KB269366

태풍지대 · 오늘의 신화

① / ② / ③

1. 연희대학교 재직 초기인 1954년 이후 산행이 습관이 되었다. 강화도에서 1958년 제자들과. 왼쪽이 필자.
2. 1956년 한양대학교로 옮겼다가 다시 연희대학교로 복직. 문학을 지망하는 제자들과 서울 근교 관악산에서. 앞줄 가운데가 필자, 오른쪽이 제자였던 소설가 정건영 씨.
3. 1954년 44세에 처음 집다운 집을 마련했다. 주소는 서대문구 북아현동 1-153, 대지 31평에 건평 18평의 조촐한 한옥. 제1회 아시아자유문학상을 수상하고 부상으로 받은 30만원에 4만원을 보태서 산 집이다. 그 전에는 집을 사는 것도 아내 정용숙 여사의 몫이었다. (대문옆에 조산원 간판이 보인다) 필자는 사망하기까지 이 집을 떠나지 않았다.

<table>
<tr><td>①</td></tr>
<tr><td>②</td></tr>
</table>

1. 자신이 다녔던 모교에서 교편을 잡은 탓인지 유난히 학교를 사랑하였다. 1962년 연세대학교 뒷길에서.
2. 제자들이 있는 곳이라면 빠지지 않고 함께 다녔다. 1962년 국어국문과 수학여행 때 찍은 사진. 앞줄 가운데가 필자, 오른쪽 한 사람 건너가 한글학자 허웅 교수.

『박영준 전집』을 내며

만우(晩牛) 박영준(朴榮濬) 선생이 가신 지 30년이, 그리고 단편집 전6권이 발간된 지도 5년이 지났다. 선생이 돌아간 동안(1976~2006), 그처럼 지식인들이 두려워 떨던 군사독재 정권도 무너졌고, 민간인 정권도 세 번째나 돌아와 있다. 우리는 선생의 생애가 일제의 가열한 민족 침탈기로부터 시작되었음을 기억하고 있다. 일제의 폭력이 혹독했던 1930년대에 문필활동을 시작하여, 가장 민감했던 청년 시절에 글쓰기의 어려운 현실적 상황이 어떤 것인지를 몸소 체험하였다.

1934년 연희대학교 문과를 졸업하던 해에 《조선일보》 신춘문예에 「모범경작생」(模範耕作生)이, 같은 해 《신동아》에 장편소설 『일년』(一年)과 꽁트 「새우젓」이 동시에 당선되어 일약 문단의 화제를 일으켰던 만우 박영준은 평생을 작품 쓰기와 모교 연세대학교에서 문학 가르치는 가운데 생애를 마감하였다. 1911년 3월 2일에 태어나 1976년 7월 14일 돌아가기까지, 66년 생애를 산 그는 일제 식민체험은 물론이고 해방정국에서의 좌우익 대립의 스산한 처신, 6·25 전쟁, 군사독재의 심란한 정국 등 소용돌이치는 역사의 현장에 놓여 있었다.

66년 그 생애의 시간 도막 위에는 지울 수 없는 국내외적 회오리바람들이 있었다. 유아기로부터 소년기에 이르는 기간은 일제 폭력의 억압 속에 있었고, 광복이 된 청년기에는 6·25 동족 전쟁이 그를 괴롭혔다. 전쟁이 끝나고 난 해로부터 모교인 연세대학교에서 후진들을 기르며 작품활동을 하던 시기가 그에게는 황금기였다. 글쓰고 가르치는 동안 틈틈이 등산과 낚시, 운동경기 관람 등으로 비교적 여유 있는 생활을 누리던 시기에 그는 갔다. 그는 일생 동안 자신의 작품 속에서 인간의 윤리적 관계 거리 조절에 관한 긴장의 눈길을 멈추지 않았다. 제자들에게도 그는 엄격한 윤리적 규범을 글쓰기의 핵심이라고 가르쳐 왔다. 그러한 그의 원칙은 여러 편으로 남긴 작품 속에 고스란히 살아 있다.

문학 교육에 관한 한 엄격하고도 자상한 스승으로서, 때로는 어버이 같은 자애로움으로 그는 제자들을 가르쳐 왔다. 이제 그가 남긴 필생의 문학작품을 모아 뒤늦게나마 전집으로 묶어 후생들에게 보이고자 하는 뜻은 그의 문학적 발자취와 함께, 우리에게 보인 그의 사람에 대한 치열한 애정을 드러내 보여주고자 함에 있다. 살아 있는 것에 대한 치열한 애정 없이는 문학 할 생각을 말라고 가르쳤던 분이신 박영준 선생께 우리 제자들은 그 동안 전집 발간에 관한 마음을 짐을 지고 살아왔다.

마침 선생과 너무도 닮은 모습으로 살아가시는 선배이며 만우 선생의 큰 자제인 승렬 형이 우리에게 마음의 빚을 탕감할 방도를 알려주며 격려함으로써 이 전집 간행의 빛을 보게 되어 기쁘기 한량없다. 그의 재정적인 뒷받침이 없었다면 아직도 우리는 그 많은 분량의 전집(단편집 전6권, 중·장편집 전7권) 간행을 꿈도 못 꾸었을 것이다. 이것은 또한 우리의 부끄러움이기도 하다.

출판 사정이 여러 면에서 어려운 시기에 단편집 출간 후 수년의 과정을 거치면서, 각 선집이나 잡지에 실린 글들은 물론이고 신문에 실려 있어 읽기가 여간 어렵지 않았던 글들을 꼼꼼히 읽고 잘못 인쇄된 철자법을 바로잡고 인멸될 처지에 있던 작품들을 찾아내어 깨끗한 인쇄에 붙이도록 만들어 준 동연출판사 백규서 사장에게도 우리는 여러 면에서 여간 고마운 게 아니다. 이 자리를 빌어 깊은 고마움의 뜻을 표하는 바이다.

2006년 3월 1일
만우 전집 편집위원

차례

일러두기

1. 『만우 박영준 전집』은 박영준이 발표한 모든 작품을 대상으로 하여 단편소설 전6권(1차분), 중·장편소설 전7권(2차분) 총 13권으로 엮는다.

2. 『만우 박영준 전집』은 박영준이 발표한 모든 문학작품을 총망라하여 일반 독자에게 소개하는 것은 물론 문학사적인 연구·정리에 목표를 둔 것이지만, 단편소설 가운데 찾을 수 없는 일부 작품과 중·장편소설 가운데 일부 작품은 제외하였다.

3. 『만우 박영준 전집』에 수록된 작품의 배열순서는 발표 연대순에 따랐다.

4. 각각의 작품 말미에 발표년도와 발표지를 밝혀 놓았으나 정확하지 않은 작품은 따로 표시하였다.

5. 『만우 박영준 전집』에 수록한 모든 작품은 발표 당시 신문·잡지의 원문을 그대로 옮긴다는 원칙에 따랐으나, 단 작가가 직접 퇴고하여 단행본으로 간행하였을 경우에는 개작본을 정본으로 삼았다.

6. 맞춤법과 띄어쓰기는 현행 규정에 맞게 고쳤으나 대화에 나오는 구어체와 사투리는 그대로 살렸다.

7. 현대 독자가 이해하기 힘든 낱말은 편집자 주( )로 설명하였다.

8. 외래어는 현재의 외래어 표기법에 맞도록 고쳤으며, 과도하게 쓰인 생략부호(……)나 장음 표시(——)는 읽기 편하도록 조절하였다.

9. 부호는 아래와 같이 사용했다.

대화	" "
인용과 강조	' '
단편 작품	「 」
책명(단행본)과 장편	『 』
신문, 잡지	《 》
영화, 노래제목	< >

태풍지대

이단의 집

창우(昌雨)가 집으로 돌아온 시간은 아침 아홉 시였다. 이왕 외박을 했으니 저녁때쯤 돌아와도 무방한 일이었다. 그러나 호텔에서 나온 것이 여덟 시였으니 다방도 문을 열었을까 말았을까 하는 이른 아침부터 거리를 헤매기가 싫었던 것이다. 만약 권숙(權淑)이가 그렇게 서둘지만 않았다면 호텔에서 조반까지 먹고 천천히 나올 수가 있었으리라는 것만 생각하며 집안에 들어섰을 때였다.

기다리고 있기나 했던 듯이 발소리만을 듣고 창우의 아버지 손명규가 마루로 나서며,

"너는 아직도 밤낮 나돌아다니기만 하느냐?"
하고 눈에 쌍심지를 켜고 큰 소리를 질렀다.

창우로서는 뜻밖의 일이었다. 극장 지배인이라 매일 나가 있기는 하지만 일주일 가운데 반 이상을 첩의 집에서 사는 아버지다. 첩의 집으로 간 것이 바로 어제의 일인데 어느새 집으로 돌아왔다는 것일까?

야단치는 소리에는 귀도 기울이지 않고 아버지가 일찍 돌아왔다는 사실에만 눈을 크게 뜨고 있을 때,

"빨리 장가나 들어…… 다 보기 싫다."

아버지가 탄식에 가까운 소리를 했다.

그래도 창우는 대꾸 한 마디 안 하고 자기 일은 자기가 다 할 테니 걱정 말라는 얼굴로 아버지를 힐끗 쳐다보기만 하고는 자기 방으로 들어가려 했다.

"집안 꼴 좀 봐라. 이게 대체 사람들이 사는 집안이냐?"

아버지는 울화가 치밀어 참을 수가 없었다는 듯이 창우를 붙잡아 세웠다.

창우는 아버지의 말뜻을 알아차릴 수가 없어 발을 멈추고 아버지의 얼굴을 한 번 더 쳐다보았다.

"에미, 자식놈, 딸년 모두가 외박이다. 모두가 외박이야……."

그 말에 창우는 집 안을 한 번 훑어보았다. 정말 식모와 어린 창식이가 있을 뿐, 어머니와 애령(愛令)의 그림자가 보이지를 않았다.

"홍……."

창우는 혼자 콧방귀를 튕기고 자기 방으로 들어갔다.

마루에서는 아버지가 혼자 무엇이라 투덜거리고 있었지만 창우의 귀에는 그것이 한 마디도 들어오지 않았다.

창우는 지난 밤 호텔에서 자던 일만을 머리에 되새기는 것이었다. 풍만한 권숙의 육체, 그 부드러운 살결, 부끄럼도 없이 만족한 기분을 그대로 나타내던 권숙의 대담성.

얼굴이 조금만 더 예뻤더라면 몇 번쯤 더 만나도 해롭지 않을 여자였다.

'다음 토요일에 다시 만나기로 약속을 했으니까, 그 동안 다른 일이 안 생기면 한 번만 더 만나 주지…….'

이런 생각을 하고 있을 때 아버지가 고함을 지르며 조반을 먹으라고 했다.

창우는 배도 고팠다. 안방으로 들어가 아버지와 창식이와 마주 앉았다. 아버지는 식사할 생각도 안 하고 한숨만을 푹푹 내쉬고 있었다.

병신 동생 창식이와 둘이서 밥을 먹고 있을 때, 아버지가,

"내가 죽어 버려야겠다. 이 꼴을 어떻게 보란 말이냐?"

하고 또 한숨을 지었다.

그때였다. 대문 두드리는 소리가 나고 식모가 달려가는 소리가 난 지 얼마 안 되어 창식의 어머니가 파랗게 질린 얼굴로 마루에 올라섰다.

어머니가 마루에 올라서기가 바쁘게 아버지가 따라나가며 다짜고짜 따귀 한 대를 올려붙이고는,

"뭐 하러 들어오는 거야? 아주 나가지를 못하구."

하는 것이었다.

매를 맞은 어머니는 그 자리에 주저앉으며,

"왜 매질을 하는 거유? 입은 뒀다가 뭣 하자구!"

하고 불꽃이 이는 눈으로 남편을 쏘아보았다.

"아가리가 있다구 나불거려?"

손명규(孫明奎)가 자기의 아내를 향해 다시 주먹을 들었을 때였다.

곱사등이로 등 굽은 여덟 살짜리 창식이가 기어가듯 마루로 나가 아버지 앞을 막아섰다. 그리고는 소리를 내어 울었다.

그래도 명규는 창식을 물리치고 상희를 주먹 대신 발길로 걷어찼다.

"빨리 보따리를 싸 가지고 나가! 나도 이젠 떳떳하게 살아 볼 테야."

"나가는 건 쉽지만 무엇 때문에 나가라는 거지요?"

"이년이 아직도 뻔뻔스럽게……."

"무엇이 뻔뻔하지요?"

"이게 철부지루 아는 모양이지? 그 의사 놈과 맞붙어 다니는 년은 누구야?"

"같이 다니기만 하면 다 그러는 줄 아는가 부지? 자기처럼."

"이년이 그래두…… 그럼 어젯밤 자구 온 곳은 어디냐?"

"동무의 어머니가 죽어서 밤샘을 하구 왔소."

"게다가 거짓말까지!"

명규가 다시 발길질을 하려고 다리를 쳐들었을 때, 그때까지 밥만 먹고 있던 창우가 뛰쳐 나가며 명규를 부여안았다. 곱사등이 창식이가 마룻바닥에 대굴대굴 구르면서 째지는 소리로 울었다.

상희가 창식을 끌어다가 자기 무릎 위에 앉히고는 머리를 쓸어 주며 달래기를 시작했다.

싸움은 한풀이 꺾인 셈이지만 분해서 참을 수가 없어 하는 상희의 푸념이

계속되었다.

　전부터 앓고 있던 동무의 친정 어머니가 어제 낮에 갑자기 죽었다는 것이었다. 집에 왔다가 가려고 했으나 음식 장만하는 일을 맡았기 때문에 손을 뗄 수가 없어 그냥 밤을 새웠다고 하며 눈물을 흘리고 있었다. 창식은 어머니의 말이 거짓이 아니라고 생각했다. 거짓말이라면 며칠이 안 가서 그것이 드러나기도 하려니와 어머니가 그런 거짓말을 해 가며 방탕한 생활을 할 여자라고는 생각할 수가 없었던 것이다. 전 달리 외출하는 시간이 많아졌다는 것은 알고 있는 일이지만 그렇다고 해서 나쁜 여자라고 단정할 수가 없는 어머니였다. 아버지가 첩살림을 시작한 지 사 년이나 되어가건만 그 동안 어머니는 아버지와 싸워 본 일이 별반 없다.

　그러나 그렇다고 해서 어머니 편을 들어 아버지를 공격할 생각은 안 했다. 어떤 경우에라도 애정 문제에는 개입하지 않겠다는 것이 그의 지론이었던 것이다.

　아버지에게는 근본적인 약점이 있기 때문에 그 이상 더 큰소리를 못했으리라. 집안은 조용해졌다.

　울음 그친 창식의 흐느끼는 소리만이 가끔 들리고 있을 때 외박한 누이동생 애령이가 휘파람을 불며 들어왔다.

　멋도 모르고 엄마 소리를 연발하며 명랑한 얼굴로 들어오는 애령을 보자 창우는 어이없는 웃음만을 혼자 웃었다.

　일이 어떻게 되나 하고 눈치만 살피고 있을 때, 애령이가,

　"오…옳아, 일요일이라구 아직 안 나가셨군?"

하고 창우 곁으로 왔다. 그리고는 아버지가 마루에 앉아 있는 것을 보고는,

　"아버지가 웬일이셔? 일요일인데……."

　아버지를 놀리는 셈으로 코를 찡긋하며 웃었다.

　그래도 누구 한 사람 대꾸를 안 해 줬다.

　"싸움들을 했나? 왜 말들이 없어?"

　이번에는 창식을 안고 있는 어머니를 보며 말했으나 어머니마저 대답이 없었다.

"꾸르미 썬데이로군……."

애령이가 혼잣소리를 하며 자기 방으로 들어가려 할 때였다.

"다아들 좀 앉아라. 이야길 해 보자."

명규가 근엄한 표정을 지으며 애령을 돌려 세웠다.

"가족회의로군요?"

애령이가 엉거주춤하고 서자,

"이리루 와 앉아라. 너두 앉구……."

아버지가 애령과 창우를 자기 곁에 앉히었다. 정말 가족회의였다.

명규는 맨 처음 애령에게,

"넌 어디서 자구 왔니? 동무 어머니가 죽어 밤샘을 했니?"

하고 물었다.

"아니요. 보이 프렌드와 반도호텔 스트립쇼를 구경 갔다가 그냥 보이 프렌드의 집에 가서 자구 왔어요."

"조금도 부끄럽지 않으냐?"

"원 부끄러워요? 제가 스트립쇼에 출연한 줄 아세요?"

"넌 앞으로 무엇이 될 작정이야?"

"뭐, 되긴 뭣이 돼요? 결혼해서 자식이나 낳구 어머니 노릇이나 하지요……."

"그래 가지구 어머니 노릇을 할 수 있을 줄 아니?"

"뭣이 부족해서 못해요?"

명규는 어이가 없는 모양이었다. 더 말을 못하고 애령의 얼굴만 쳐다보고 있었다. 창우도 그의 어머니도 입을 벌리지 않았다.

한참 뒤, 명규가 침착한 태도로 다시 입을 열었다.

"우선 창우나 결혼을 해라. 나이 삼십이 다 됐으니 이르달 수는 없다. 그리고 애령이도 시집갈 생각을 하고……."

이때 창우가 처음으로,

"결혼을 할래도 상대가 있어야지요?"

하고 대답했다.

"밤낮 여자들과 밀려다니며 그런 말이 나오느냐?"

"연애와 결혼은 다르지 않나요."

그 말에 명규는 애령을 향해,

"너도 그러냐?"

하고 물었다.

"네, 연애와 결혼은 혼동할 수가 없는 것이니까요."

애령은 자신 있게 대답했다.

명규는 어이가 없는 모양이었다. 담배를 피워 물고는,

"난 모르겠다. 마음대로들 해라."

담배 연기만 피워 올렸다.

명규는 이때까지 창우와 애령에게 자유를 주어 왔다. 말하자면 무간섭주의였다. 그런 만큼 아내에게는 매질을 하면서도 자식에게는 더 강경히 나가지 않는 것은 그가 첩을 얻음으로써 자식들에게 권위를 잃고 있다는 사실 때문만은 아니었다. 간섭을 해야 소용이 없으리라고 생각했기 때문이었으리라.

애령이가 일이 다 끝났다는 듯이 일어나 자기 방으로 들어가려고 했다. 그때 창우가 무서운 눈으로 애령을 쏘아보다가,

"나 좀 봐라."

하고 그를 불러 세웠다.

창우의 시선이 심상치 않은 것을 보자 애령도 정색을 하고,

"왜 그러세요?"

항거하는 태세를 취했다.

그때였다. 누그러진 줄 알았던 명규가 갑자기 언성을 높이며,

"끝까지 그런다면 애비두 생각이 있다. 너희들 애비를 무시하는 거지?"

아버지로서의 권위를 잃고 있기는 하지만 자식들에게 무시를 당하며 살 수까지는 없다는 태도였다.

"시집도 안 간 년이 그래 놈팽이하구 스트립쇼를 구경 가? 기가 맥힌다, 기가 맥혀……."

이때 창우가 애령을 데리고 자기 방으로 갔다.

명규가 어이없는 한숨을 내쉬고 있을 때 아내 상희가,

"당신이 반성을 해야 해요."

하고 나지막하게 말했다. 자식들이 그러는 것도 결국은 명규에게 책임이 있다는 말이었다.

그 말을 듣자 명규는 발칵 화를 내며,

"반성? 나는 반성 못하겠어. 마음대로들 해……."

하고 독이 오른 눈초리로 상희를 쳐다보았다.

"집안이 어떻게 되두 좋단 말인가요?"

그때 상희 무릎에 앉아 있던 창식이가 엄마의 입을 막으며,

"엄마 그만둬……."

하고 울상을 지었다.

"그래…… 가만 있을게."

명규 부부의 대화가 끊어졌을 때 뜰아래 창우 방에서는 창우의 훈시가 한참이었다.

"남자와 같이 스트립쇼를 구경 갔다는 것은 너의 교양 문제다. 네 교양이 그 정도밖에 안 되니?"

"………"

"거기 갈 때 너는 벌써 같이 간 남자에게 약점을 보인 거다. 어떤 요구를 해도 들어주지 않을 수 없는 약점 말이다. 약점을 잽혀도 괜찮을 사람이냐?"

"………"

"설사 그런 델 갔다고 해도 부모들 앞에서는 그런 소리를 말아야 하지 않아? 세대가 다르다는 걸 알아야 한다."

"갔던 것을 갔댔다고 말하는 게 잘못이에요?"

"이해 못할 사람에게 이야기하는 것은 필요 이상의 마찰을 만드는 거야."

"나는 내 스스로가 잘못이 아니라고 생각되는 것은 숨기고 싶지 않아요."

"그럼 그 구경 갔던 것을 잘 했다고 생각하니?"

"남자하고 갔던 것은 잘못일지 몰라두 그런 것 알아 두는 게 나쁜 일은

아니지 않아요?”

“너 혼자 갔다면 나는 아무 말도 않는다. 요는 남에게 경멸을 받지 말라는 거다. 경멸처럼 부끄러운 것이 어디 있니, 경멸받을 일을 스스로 한다는 것은 결국 교양 문제니까…….”

창우는 오빠로서 그런 설교쯤 안 할 수 없었을지 모른다. 그러나 창우의 이야기가 끝나지 애령이가,

“오빠두 한 번 가 보세요. 남자가 그런 걸 한 번쯤 봐 둬야지 않아요?” 할 때 창우는 무엇이라 할 말을 찾지 못했다. 한 번쯤 가 봐도 손해가 없을 것 같았다. 그러나 이때까지 설교 비슷한 말을 하다가 그 자리에서 구경하고 싶다는 말을 할 수가 없어 덤덤히 있을 때 애령이가,

“내 입장권을 어디서 파나 알아다 드릴게.” 하고 웃었다.

다음날 아침 창우가 출근을 하려고 할 때였다. 애령이가 쫓아 나오며,

“오빠…… 청 하나 들어 줄래?” 하며 애교를 떨었다.

창우는 또 돈을 앗으려는 거니 생각하고 자기 주머니 속을 계산하며,

“돈 말이냐?” 하고 물었다.

“응…….”

애령은 틀림없이 그 부탁이었다는 듯이 고개를 끄덕였다.

“이것밖엔 없다.”

창우는 쓰다 남은 돈 중에서 천오백 환을 꺼내 주었다.

“더 있으면서도…….”

“나도 써야지…….”

애령은 할 수 없다는 듯이 눈웃음을 지으며 주는 것을 받아 쥐고,

“청이 또 하나 있는데…….”

했다.

“그래?”

창우는 공연한 오버센스로 돈만 뺏겼다는 생각이 들었다.

"그럼 돈은 도루 내놓고 이야길 해."

"오빠도, 한 번 준 돈을 도루 내놓으라는 법이 어디 있수?"

"빨리 이야기나 해 봐."

"저…… 저당권을 설정하고 대부 신청한 사람 가운데 선우광(鮮于光)이란 사람 생각나세요?"

창우는 그런 이름이 잘 생각나지 않았다.

"하 많으니까 일일이 기억할 수 있어? 왜 너 아는 사람이냐?"

"학교 동창의 아버진데 사업을 하다가 실패를 해서 대부를 받으려는 거래요. 특별히 봐 줄 수 없어요? 서류를 낸 지가 이십 일이나 지났다는데……."

"가서 조사해 보지."

창우는 그쯤 말해 두고 은행으로 출근을 했다. 출근을 하자 미결 서류들을 들춰 선우광이라는 사람의 문서를 찾아냈다. 언젠가 출납계에 있는 행원(行員)으로부터 부탁받은 기억이 낫지만 그런 부탁쯤은 얼마든지 있는 터라 그냥 묻어 두고 있던 서류였다.

그러나 애령의 부탁을 받았다고 해서 금시 우선적으로 취급할 생각은 아니었다. 한 달에 한정된 대부금이 일정해 있기 때문에 대부 신청 들어온 것 전부를 단시일 내에 처리할 수는 도저히 없는 일이었다. 그 중에서 은행과 직접 관계가 있다거나 상부의 명령이 있는 것이 아니면 몇 달 이상씩 밀고 나가야 하는 형편이었다.

기회 있는 대로 결재를 받아 볼 생각만을 하고 오늘 현금을 지출하게 된 서류들의 정리를 착수했다.

일천만 환 이내에서 누구누구부터 먼저 주라는 과장의 말에 의하여 서류를 정리하고 있을 때였다.

"오빠……."

갑자기 등 뒤에서 애령의 목소리가 들렸다. 깜짝 놀라 뒤를 돌아보니,

"오 분만 틈낼 수 없어?"

하고 애령이가 눈을 깜짝깜짝 했다.

"안 돼! 바뻐!"

"오 분이면 된다니까……."

"오후에 와."

"그럼 이 분만……."

"무슨 일인데?"

"내 동무야. 오빠가 보면 홀딱 반할 여자야……."

"무슨 일인데……."

"글쎄 이 분만 달라니까……."

창우는 과장의 눈치를 슬그머니 살피다가 어떤 손님과 이야기하는 틈을 타서 애령의 뒤를 따라나갔다.

은행 창구(窓口) 밖 복도에까지 나갔을 때 애령이 손짓을 해서 어떤 젊은 여자를 불러다가,

"우리 오빠야."

하고 창우에게 소개를 했다.

"저 선우영(英)입니다."

인사하는 여자를 보니 과연 근사한 체격이었다. 송두리째 드러내 논 팔뚝이 토실토실한데 선(線)에 무게가 있어 보였다. 장딴지도 마찬가지였다. 이십이 인치나 될까 말까 해 보이는 가느다란 허리에 균형 지어 있는 가슴과 힙의 곡선 하나씩 떼어 보면 그렇게 잘 생겼다고는 말할 수 없으나 윤곽의 미가 현대적인 얼굴이기도 했다.

그러나 서류 정리를 오전 중에 끝내 놓으라는 과장의 말이 생각나서,

"아침에 애령에게서 이야기를 들었습니다."

하고 헤어질 것을 독촉했다.

"그럼 오후 몇 시쯤 또 올까? 참 그럴 것 없이 퇴근 뒤 천천히 만나는 게 어때요?"

애령의 제안이었다. 미리 짜 가지고 온 눈치였다. 창우도 그러는 편이 좋을 것 같았다.

“다섯 시 반 ‘알로하’ 다방에서 만나……”
하고 애령에게 말했다.

창우는 애령과 선우영에게 인사를 한 뒤에도 선우영의 뒷모습을 바라보다가야 제자리로 돌아왔다.

오전 중의 일을 다 끝낸 뒤 오후는 새로 결재 맡을 서류들을 정리하기 시작했다. 물론 그것도 과장의 의사에 따라 많은 서류 가운데서 골라낸 것들을 취급하는 일이지만 창우는 선우광의 서류를 그 속에 넣는 것을 잊지 않았다.

정리를 착수하기 전 우선 골라 논 서류를 과장에게 보였을 때 과장이 선우광의 서류만을 들고 그것이 어떤 사람의 것이냐고 물었다. 창우는 서슴지 않고 출납계 김광칠 행원의 친척 되는 분인데 꼭 해 줘야 될 사정이 있는 것 같더라고 대답했다. 그리고는,

“많은 것도 아니니까 하나 해 주시지요.”
라고 동료간의 우의를 저버릴 수가 없다는 듯이 덧붙이었다.

과장은 같은 행원이 부탁한 것이란 말에 어쩔 수 없다는 듯이 고개를 끄덕이고 서류를 돌려 주었다.

창우는 부지런히 일을 했다. 내일 아침에는 중역들의 결재를 맡을 수 있을 만큼 서류를 완비해 놓았다.

그만하면 선우영을 만날 만도 하다고 생각한 뒤 약속 시간에 ‘알로하’를 찾아갔다.

애령과 선우영은 벌써 와서 앉아 있었다.

“바쁘신 데 나오시라고 해서 미안합니다.”

선우영이 제법 인사를 차렸다.

“퇴근한 뒨데 바쁘기는 무에 바뻐……”

애령이가 미안해 할 아무것도 없다는 듯이 창우의 얼굴을 쳐다보았다.

“퇴근했다고 한가하란 법이 있어? 개인 일두 있을 수 있지.”

창우는 우선 이런 말로 애령을 눌러 논 뒤 선우영에게,

“오늘만은 별일이 없으니까 걱정 마십시오.”

하고 넌지시 웃었다. 그리고는 선우영이 먼저 말을 꺼내기 전에,

"서류는 내일부터 결재를 받게 될 겁니다. 그렇지만 결재받는 데두 상당한 시일이 걸리니까 앞으로 일이 끝날 때까지는 적어두 이십 일을 봐야 할 걸요."

하고 간단한 설명을 했다.

"그럼 아직 결재도 못 받았군요?"

선우영이 놀라는 표정으로 물었다.

"그냥 내버려 두면 언제 받게 될지 모를 걸요."

창우가 세상일이 다 그런 것이 아니냐는 듯이 선우영을 보며 이상한 웃음을 지었다.

그냥 내버려 두면 언제쯤 결재가 날지도 모른다는 말을 듣자 선우영의 표정이 갑자기 달라졌다. 얼굴빛이 창백해지면서 창우를 보는 눈에 얼음 같은 냉기(冷氣)가 돌았다. 그러나 금시 표정을 달리 하고 사정 이야기를 시작했다.

"아버지가 인쇄공장을 경영하다가 수금이 안 되어 공장을 팔았어요. 교과서 출판하던 사람에게 수금할 돈이 상당히 많았는데 그만 그 출판사가 망하는 바람에 빚에 쪼들려 그렇게 됐나 봐요. 조그마한 제본소를 만들어 보실 모양인데 그 돈이 나와야 시작하실 것 같아요."

그리고는 빨리 돈이 나오도록 애써 달라고 부탁했다.

창우는 딱한 사정을 잘 알았다는 듯이 자기가 책임을 질 터이니까 안심하라고 대답했다. 그랬더니 뜻밖에도,

"수고료는 드릴 테니까요……."

하고 말했다. 조금도 농담 같지가 않은 말이었다. 그러나 창우로서는 농담으로 들리지 않을 수 없는 말이었다.

"얼마나 주실 텝니까?"

"백오십만 환이니까 일 할은 너무 많고 십만 환만 드리지요."

"십만 환 가지고는 안 되겠는데요."

"그럼 얼마를 드릴까요?"

　“이십만 환은 주셔야지.”

　“그건 좀 많지 않아요? 십만 환으로 해 주시지요.”

　그때 애령이가,

　“오빠두 정말 돈을 받을 셈이구요?”

하고 물었다. 그 말에 선우영은 정색을 하고,

　“세상에 공짜가 어디 있니? 그러니까 사전 협정하는 것이 도리어 신사적
이지 뭐야.”

　“아니야, 오빠 농담이란다.”

　“아무리 가까워두 따질 건 따지구 시작하는 게 뒤가 깨끗해, 안 그래?”

　어디까지나 농담이 아니었다. 창우가,

　“그런 걱정 마시구 내게 맡기십시오.”

해도,

　“그래서는 안 돼요. 사무적인 일은 사무적으로 처리해야 하니까요.”

하고 고집을 세웠다.

　“얘가 삐지네스 껄이 되더니 사람이 달라졌구나! 내 면목을 봐서두 오빠
가 그런 돈을 받을 것 같으니?”

　애령이가 이렇게 말을 해도,

　“아니야, 그런 계약을 해야만 손 선생님두 책임감을 느끼실 거야. 세상이
다 그런 걸 어떡허니? 도장 하나 찍는 데두 공짜가 없다는데…….”

하고 우기는 것이었다. 창우는 선우영이 상당한 고집쟁이라고 생각했다.

　“십만 환에 해 드리죠.”

하고 창우는 그런 이야기를 더 오래 끌고 싶지 않아 그렇게 말해 두고는 화
제를 돌려 버리려 했다. 그때에야 선우영은 웃음을 지었다.

　“적지만 용서하세요.”

　“적지는 않습니다.”

　그 뒤부터야 사무적이 아닌 이야기가 화제에 오르기 시작했다.

　맨 처음 선우영의 직장에 대한 이야기가 나왔다. 어떤 중국인 무역회사의
영문 타이피스트로 출근하고 있다는 이야기에서 시작하여 중국인들의 이중

적인 성격 문제에까지 화제가 옮겨 갔다.

한참 이야기를 하다가 창우가 저녁을 먹으러 가자고 제의했다. 식사를 같이 하는 것이 감정을 접근시키는 가장 빠른 길임을 알기 때문이었다. 그러나 선우영이,

"제가 저녁을 내면 사바사바하는 것이 되구, 선생님이 내시면 뭐가 될까요?"

하고 쓴웃음을 웃었다.

창우는 약간 기분이 나빴다. 쓸데없는 것까지 따지려고 하는 태도가 건방진 것처럼 보였던 것이다.

"그런 명목을 붙이지 않고는 저녁 한 끼두 같이 먹을 수가 없습니까?"

말이 날카로워지지 않을 수 없었다.

"오늘은 사무적인 일루 만난 것이니까 사무적인 태도루 대하게 돼서 그런가 부지요? 용서하십시오."

선우영이 약간 미안하다는 표정을 짓자 애령이가,

"너무 그러지 마라. 오빠가 얼마나 좋은 사람인데……."

하고 슬쩍 오빠 편을 들었다.

그 뒤부터는 선우영이 그리 따지려고 대들지 않았다. 다방을 나올 때도 자기가 찻값을 내려고 했으나 창우가 먼저 돈을 치르자 그만 할 수 없다는 듯이 뒤를 따라올 뿐이었다.

창우가 조용한 한식 음식점으로 안내했을 때도 선우영은 아무런 잔소리를 안 하고 순순히 따라갔다.

음식을 다 먹고 나올 때,

"부탁하신 사람이 얻어를 먹었으니 일이 거꾸로 됐지요?"

하는 것으로 보아 비위에 맞지 않는 일을 했다고 생각하는 것은 틀림없었으나 그래도 창우의 감정을 건드리지 않으려고 하는 눈치가 역력히 보였다.

남대문 동화백화점 앞에서 헤어질 때,

"언제쯤 찾아뵐까요?"

하고 물을 때의 태도란 신중하기 짝이 없었다. 말에 실수를 안 하려고 무척

노력하는 모양이었다.

"안 오셔두 좋습니다. 내 힘껏은 해 드릴 테니까요."

창우는 무표정하게 대답했다. 자존심이 강한 여자에게는 친절보다도 냉정한 태도가 도리어 효과적이라는 것을 알고 있기 때문에 창우는 의식적으로 그런 태도를 취했던 것이다.

"고맙습니다. 일간 찾아뵙겠어요."

이렇게 해서 창우는 선우영과 헤어졌으나 필동(筆洞)을 걸어오는 동안 그는 애령에게 선우영에 대한 이야기만을 물었다. 특히 성격과 소행에 대한 것을 알고 싶어했다.

"좀 건방지지?"

"그런 편이지요. 그렇지만 똑똑한 애예요. 공부도 잘 했고……."

"남자들을 많이 사귀지?"

"그렇지는 않을 걸요. 사람을 사귀는데 한계선을 긋구 사귀기 때문에 교제하는 사람이 많지 않은 편이에요."

애령의 말로 선우영을 대강 짐작할 수 있었다. 그러나·창우에게는 어느 정도의 자신이 있었다. 사귀기가 힘들다 해도 제가 여자지 그 이상의 것은 못 되리라는 생각이었다. 어떤 일이 있다 해도 설득시키고야 말겠다는 생각이 들 만큼 선우영이 창우의 흥미를 끌었던 것이다.

집에 들어가니 아버지는 보이지 않고 어머니만이 어떤 남자와 이야기를 주고받고 있었다.

창우는 어머니에게 눈인사만을 하고 자기 방으로 가서 옷을 벗고 세수를 하러 나왔다. 뜰에 서서 이야기하는 말이 그대로 들렸다.

"내일 극장으로 찾아가서 직접 말씀하세요."

"그럼 댁에도 안 들어오시는 날도 있습니까?"

"바쁘셔서 못 들어오시는 날두 있지요."

손님은 아버지를 찾아온 사람인 모양이었다. 무슨 부탁을 하려고 온 모양 같은데 아버지가 외박하는 날도 있다는 이야기를 그럴 듯하게 말하는 어머니의 인품이 두드러지게 빛나 보였다.

상희와 방문객 사이에는 이야기가 더 계속되었다.

"그럼 이거나 받아 주십시오."

"글쎄 바깥양반의 승낙이 없이는 그런 걸 못 받는다고 말씀드리지 않았어요?"

"아무것도 아닙니다. 그저 왔다 가는 표적뿐입니다."

"바깥양반이 계시기만 하다면 이런 송구스런 말씀을 왜 하겠어요? 조금두 달리 생각 마시구 그냥 가세요."

"내가 부끄럽지 않습니까?"

"찾아갔던 사람이 없어서 못 만났다구만 생각하시면 되지 않습니까?"

"정 그러시다면 그렇게 생각하는 수밖에 없습니다만……."

"댁의 부인이 선생님의 뜻을 받들지 못한다면 어떻게 생각하시겠어요? 그렇게만 생각해 주십시오."

상희는 손님에게 부끄러움을 주지 않도록 이야기를 해서 돌려 보냈다.

창우는 어머니의 모성적인 태도에 머리가 수그러지는 수밖에 없었다. 세수를 다 하고 방으로 들어와서도 어머니를 생각해 보는 것이었다. 바로 어제가 아닌가? 아버지에게 부당한 매를 맞은 것이…… 그런데도 어머니는 그 아버지를 진심으로 생각하고 있다.

상희는 창우의 친어머니와 조금도 다름이 없다. 두 살 때 죽은 어머니의 뒤를 이어 시집왔으니 친어머니 이상의 정을 느낄 수가 있었던 것이다.

이렇게 상희를 존경하게 되는 마음이 일어날 때는 친어머니 아니라는 것이 도리어 좋았다. 친어머니가 아니면서도 의붓자식에게까지 존경을 받을 수 있는 어머니가 얼마나 훌륭한 것인가?

창우는 어머니가 어떤 의사와 가까이 다닌다는 것도 이해할 수 있는 것 같았다.

아버지에 대한 불만을 가슴 속에다 혼자 썩히려면 거기에 누룩이 필요할 것이다. 그 의사라는 사람은 하나의 누룩일는지 모른다. 그러면서도 방탕해질 수까지는 없는 어머니이기에 더욱 존경할 수가 있는 것 같았다.

어머니의 목소리가 응접실에서 흘러 나왔다. 애령을 불러다가 이야기를 들려 주는 모양이었다. 애령은 자기가 낳은 자식이니 창우처럼 어려움 없이 타이르기를 잘한다. 그저께 밤 외박하고 돌아온 데 대한 이야기를 하고 있으리라.

창우는 자기도 어머니의 훈계를 들어 보았으면 하는 생각이 들었다. 아버지에게는 야단을 들어 보았지만 간곡한 훈계 같은 것을 들어 본 일이 없다. 더구나 어머니는 듣기 싫은 소리를 한 마디도 해 주지 않았다.

어째서 그런 생각이 들었는지 창우는 애령에 대한 훈계나마 자기에 대한 훈계로 듣고 싶은 충동이 일어났다.

어두컴컴한 밤을 이용하여 창우는 응접실 창문 밑에까지 가서 귀를 기울였다.

"이제는 네 몸을 네가 거늘 줄 알아야지! 세상에는 너를 도와주려는 사람보다 너를 해치려는 사람이 더 많을 거다. 아니 대부분이 해치려는 사람이라구 생각하는 것이 옳은 거야."

"나두 다 알아요. 세 살 난 어린앤 줄 아시나 봐……."

"너무 자신을 갖지 마라. 에미두 어떻게 할 수 없는 경우를 많이 부닥쳐 봤다. 부닥치지 않을 수 없는 고통, 그리고 부닥침에서 오는 고통…… 모두 고통뿐이다. 너는 아직 그런 고통의 맛을 모른다. 그러니까 사흘 강아지 범 무서운 것을 모르는 거야."

창우의 귀는 점점 긴장되어 갔다. 한 마디도 놓쳐서는 안 될 이야기 같았던 것이다.

상희는 그냥 계속했다.

"너는 인생을 다 아는 것처럼 생각할지 모른다. 그러나 에미의 경험으로는 나이 들수록 인생이 몰라져 가는 것 같더라. 여자의 운명이란 사람에 따라 다르기는 하겠지만 대부분 구십 퍼센트 이상을 남자에게서 영향받는 것이 아니겠니? 그것이 사실인데도 여자들은 자기 운명이 마치 자기 손에 있어야 하는 것처럼 생각하려는 데 비극이 생기는 거다."

"엄만 그런 걸 다 잘 알면서도 왜 고통을 느끼시죠?"

"알기는 알면서도 자기의 운명이 억울하다고 생각될 때는 자기 자신에게 반역을 하게 되지는 않니? 너는 네가 네 자신에게 반역하지 않아도 좋을 남자를 구해라. 그리고 네가 억울함을 느끼지 않도록 그 사람을 사랑할 생각을 해라. 네 나이 스물넷…… 먹고 하는 일이 없으니 가만히 앉아 생각만 하고 있을 수는 없을 게다. 그렇지만 너무 나돌아다니는 것이 너를 위해 좋지 않을 거야. 많은 남자를 안다는 것은 결국 한 사람만을 사랑하는 것이 억울한 것처럼 생각하게 되는 시초니까……."

창우는 어머니의 말들이 이해할 수 있는 것 같았다. 그리고 그 말들이 자기의 괴로운 체험에서 우러나온 절실한 것이라 생각되었다.

"세대가 달라요. 엄마가 젊었다면 그래두 가만 앉아 있을 것 같우? 젊은 사람에게는 내일보다두 오늘이 중요하거든요."

애령이가 자기 소견을 이야기했다.

"세대가 다르다는 것은 나두 안다. 그렇지만 자기의 운명을 세대라는 것에 맡기려 하는 것은 옛날 무당을 찾아다니던 봉건 여성보다도 더 심한 운명론자의 행동이 아니냐?"

"왜 운명론자예요. 운명을 제 손으로 개척하려는 것이 현대인의 특징인데……."

"너희들 젊은 사람들이 요즘 불안 불안하다고 떠든다지? 왜들 그러는지 아니? 무너지지 않는 운명을 무너뜨려 보려고 발버둥을 치니까 그런 말이 나오는 거야."

"그럼 엄마는 조금두 발버둥을 안 치시우?"

"그런 소리 말구 너는 네 장래나 생각해. 남의 걱정할 것 있니……."

"난 몰라. 될 대루 되는 거지!"

애령이가 뾰로통해서 응접실을 나가는 모양이었다. 창우는 그들의 이야기가 끝난 것을 알고 발소리를 죽여 가며 자기 방으로 돌아왔다.

존경할 만한 어머니였다. 어머니의 이야기가 자기의 비위에 맞고 안 맞는 것은 둘째로 하고 어머니로서의 존경을 받을 만하다고 재삼 감탄을 하며 자기 방으로 들어왔을 때 어머니가 창우를 불렀다.

창우는 어머니가 이번에는 자기를 훈계하려는 것이라 생각하여 약간 불쾌감을 느꼈다. 훈계를 한다면 애령에게 한 말을 거듭할 것이 분명하다. 같은 말을 두 번씩 들어야 한다는 것은 고역이 아닐 수 없기 때문이었다. 그렇다고 해서 안 들어갈 수도 없었다.

"오늘 아침 아버지가 나가시며 내일 중으로 사무실엘 한 번 들리라고 하시더라……."

"무슨 일인데요?"

"누가 아니? 중요한 이야긴 것 같더라."

아버지가 자기에게 이야기할 수 있는 중요한 이야기란 가정에 대한 것 이외에 달리 있을 것 같지가 않았다.

그러나 창우는 더 알려고 하지를 않았다. 상희는 남편 명규가 창우를 만나겠다는 이유를 짐작했을지 모르나 그역 거기에 대한 이야기를 더 끌지 않고 안방으로 들어가 버렸다.

다음날 창우는 아버지인 명규에게 전화를 걸어 연락을 한 뒤 점심시간을 이용하여 A극장으로 갔다.

명규는 아들 창우를 보자 조용한 응접실로 데리고 가서,

"일전 아버지가 네 어머니를 때린 데 대해서 너는 어떻게 생각하니?"
하고 단도직입적으로 어머니에 대한 이야기를 꺼냈다.

"어떻게 생각하기는…… 제가 뭘 압니까?"

창우는 언제나와 같이 그런 이야기에 관여하지 않으려 했다.

"그 날은 내가 흥분을 해서 똑똑히 알아보지도 않고 손질을 했지만 좌우간 네 어머니는 조만간 무슨 일을 저지르고야 말 테니 두고 봐라. 그러니 떠들썩하게 집안 망신시키느니 미리 이혼을 할까 하는데 너는 어떻게 생각하니?"

창우는 약간 웃음이 났다. 집안 망신이니 집안이 떠들썩하니 하는 말은 어머니가 아버지에게 해야 할 말이다. 그런데 아버지가 도리어 그런 말로 어머니와 이혼을 하겠다고 하지 않는가?

"무슨 물적 증거가 있나요?"

"대강은 짐작하지. 그렇지만 물적 증거가 있어야만 하니? 싫으면 그뿐이

지.”

“그렇다면 새삼스럽게 그런 생각을 지금에야 하십니까?”

“생각해 봐라. 그런 생각을 안 할 수 있겠는가? 너두 아다시피 어머니가 밤낮 성심병원엘 다니구 있지? 말은 의사 부인인 자기 동창생이 오래 누워 앓고 있기 때문에 병문안을 다닌다고 하지만 살림하는 여자가 동무 병이라고 해서 그렇게 자주 다닐 수가 있니? 몇 사람한테 들었지만 그 동무의 남편인 의사와 함께 밤낮 거리를 싸돌아다닌다더라.”

“글쎄요…….”

창우도 그런 정도의 이야기는 이미 알고 있다. 그러나 그것을 가지고 아버지가 이혼하겠다는 말까지 한다는 데는 찬성할 수가 없었다.

“제가 알기에는 어머니가 절대로 실수할 어른이 아닙니다. 남자와 같이 다닌다고 해서 반드시 의심할 수가 있겠어요? 이때까지 아무 말도 안 하고 지내 오신 것도 어머니의 인품의 소치가 아닐까 생각하는데요.”

“너는 네 어머니를 절대 신용할 수 있다는 거냐?”

“아버지 편에서 보시면 어떻게 생각하실지 모르지만 저는 신용할 수 있다고 생각합니다.”

“그럼 내가 물적 증거를 잡아 낼 테니 그때는 너도 불평을 말하지 못한다, 알겠지?”

창우는 무엇이라고 대답해야 좋을지를 몰랐다. 아버지는 어머니와 이혼할 것을 결심한 모양이었다. 그리고 그 결심을 이야기하기 위하여 자기를 부른 것이다.

몇 해 동안 가정을 혼란 상태에 빠뜨리고도 이혼할 생각을 안 하던 아버지가 그런 결심을 한 이상 자기가 동의하거나 안 하거나에 따라 그 결심이 달라지리라고는 생각되지 않았다. 그러나 자기가 존경하는 어머니의 장래를 생각한다면 한 마디도 안 할 수는 없었다. 그런데 어머니를 위한 길이란 어떤 것일까? 진정 어머니를 위하는 마음이라면 이혼을 권유하는 것이 옳을지도 모른다. 그러나 그렇게 되면 어머니가 우선 슬퍼할 것이 아닌가?

“애령과 저는 어머니를 무조건 존경합니다.”

이것으로 이혼에 반대하는 의사를 표시했다. 그러나 아버지는,

"그래? 애비 편이 될 수 없다는 거지? 좋다. 애비는 혼자서라도 살련다."

하고 강경한 태도로 말했다.

사슴의 합창

은행으로 돌아와 생각을 하니 아버지가 어머니와 이혼을 하겠다는 것은 어머니에게 비행이 있어서가 아니라 아버지가 어머니에 대한 애정이 아주 없어진 때문인 것만 같았다. 애정이야 오래 전부터 없어진 것이겠지만 그래도 가정에 대한 의무 관념 때문에 이혼할 생각까지는 가지지 않았던 아버지였다.

그러나 이혼하겠다는 것을 강경하게 말하고 있는 아버지는 가정에 대한 책임감까지 잃어버리고 있는 모양이었다.

창우는 집안에 큰 파동이 일어나고야 말 것 같은 불안을 느꼈으나 그렇다고 해서 크게 걱정은 안 했다. 그것은 아버지가 이혼을 하겠다고 한다 해도 어머니에게 비행이 없다면 성립될 수 없는 일이라 생각되었기 때문이었다. 창우는 어머니에게 그러한 비행이 있으리라고는 조금도 생각지 않았다'

창우는 어제 정리한 서류를 들고 중역실로 찾아다니며 중역들의 결재를 맡기 시작했다. 사환에게 서류를 맡긴다면 결재가 끝나 그 서류가 자기에게 내려오기까지 며칠을 기다려야 하는지 모른다. 선우광의 서류가 들어 있기 때문에 창우는 열심을 내어 손수 중역실을 찾아가서 서류의 내용을 설명하고 그 자리에서 도장을 찍어달라고 청탁하는 것이었다.

중역에게 결재를 맡을 때마다 선우광의 서류가 걸리곤 했다. 창우는 그것을 설명할 때마다 땀을 흘렸다. 그러나 창우는 땀을 흘리면서도 무엇 때문에 자기가 선우영에게 열심인가 하고 자기를 의심하지는 않았다. 어떻게 해서든지 해야 할 일처럼만 생각했던 것이다.

그런데 외출한 중역이 있어 자기가 손수 서류를 들고 다니었지만 결국은

결재를 하루에 끝내지 못하고 말았다. 내일이나 기다리는 수밖에 없다고 생각하며 자기 자리로 돌아왔을 때 뜻밖에도 명권숙(明權淑)에게서 전화가 왔다.

지난 토요일 같이 호텔에 갔던 여자다.

"오늘 좀 만나고 싶어요."

"오늘은 좀 바쁜데……."

이쪽 형편을 물어 보지도 않고 자기 의사만을 이야기하는 것이 불쾌하여 창우는 일부러 한 번 틀어 보았다.

"다섯 시에 퇴근이시죠? 그럼 다섯 시 반까지 나오세요."

제법 명령조였다.

"여섯 시나 지나야 퇴근하는걸……."

"그럼 여섯 시 반까지 명동 '초혼' 다방으로 나오세요."

이쪽 의사를 전혀 무시하고 혼자 결정한 것을 통고하는 형식으로 말하는 것이 불쾌했으나,

"보고 싶어요."

하고 전화를 끊은 맨 마지막 한 마디가 창우의 마음을 흔들어 놓았다. 자기를 좋아하는 권숙, 그리고 그것을 솔직하게 표현하는 권숙이가 갑자기 보고 싶어졌던 것이다.

창우는 퇴근하자 권숙을 쫓아 '초혼'이라는 다방을 찾아갔다.

미리 와서 앉아 있던 권숙이가 기쁜 듯한 웃음을 짓고는 자기 핸드백 놓았던 옆자리를 눈짓했다.

권숙 옆에 앉은 창우가 부채만을 부치고 있을 때 권숙이가,

"바쁜 일은 없으시죠?"

하고 물었다.

"별로……."

"돈 가지셨어요?"

뚱딴지같은 말이 튀어 나왔다.

"왜?"

“오늘밤은 춤이 추고 싶어요.”

창우는 아무 대답도 않고 빙그레 웃기만 했다.

창우도 춤추러 가자는 말에 반대하고 싶지는 않았다. 권숙을 알게 된 것이 동무네 집 댄스 파티에서였던 만큼 파트너로서 손색이 없는 여자임을 알기 때문이었다.

그러나 창우는,

“글쎄, 돈이 자랄지 모르겠는데. 그럴 줄 알았더면 좀더 마련해 가지고 나올걸……”

하고 고개를 기웃거렸다.

적극적인 여자에게는 무조건 추종하는 기색을 보이지 말아야 한다고 생각했기 때문이었다.

“모자라는 건 내가 담당할 게요.”

“흥분한 것 같은데……”

“절대루…… 세상에 나를 흥분하게 해 줄 사람이 어디 있어요?”

“흥분시켜 줄 사람이 없다?”

창우가 못마땅한 얼굴로 권숙을 바라보았다.

“흥분이란 생명의 소모예요, 손해거든요. 그런 걸 무엇 때문에 해요.”

권숙은 정말 흥분이라는 것을 경멸한 듯이 눈만 움직이며 웃었다.

“그럼 오늘 따라 춤이 그렇게까지 추고 싶을 게 뭐람?”

“갑자기 여행을 떠나고 싶은 때가 있지요? 이유도 없이…… 그런 걸 정열의 잉여라구나 할까요?”

“그럼 나는 권숙 씨와 춤을 추는 것이 아니라 권숙 씨 정열의 찌꺼기와 춤추는 셈이 되게……”

“그럼 싫단 말씀인가요?”

“싫다는 건 아니지만……”

“그럼 뭘 그런 소릴 하세요?”

어쨌든 창우는 권숙과 같이 카바레로 가고 말았다.

이백 조(組) 이상이 한꺼번에 출 수 있는 서울서도 가장 큰 카바레였다.

많은 사람 틈새에서 블루스를 출 때 창우의 눈이 저절로 감겨졌다. 자기가 알고 있는 권숙에게서 어떤 포근한 감정을 느꼈기 때문이었다.

창우는 춤을 추면서 눈을 감을 수 있다는 것은 자기가 권숙을 사랑하기 때문이 아닐까 하고 생각했다. 권숙을 알게 된 것도 얼마 안 되는 일이지만 그런 생각은 한 번도 가져 본 일이 없는 창우였다.

"설마……."

창우가 혼자서 자기의 생각을 부정하고 있을 때였다. 등 뒤에서,

"오빠……."

하고 해해거리는 소리가 들렸다. 연달아,

"권숙이 아냐?"

하는 소리도 들렸다.

그것은 틀림없는 동생 애령의 목소리였다.

창우는 애령이와 맞부딪쳤다는 것이 어색해서는 아니었다. 애령이가 권숙이를 안다는 사실이 약간 열적어,

"또 왔구나?"

하고 애령을 한 번 노려보았다.

그러나 애령은 나무람을 나무람으로 듣지 않을 뿐 아니라 권숙이와 같이 온 것을 수상쩍게 생각하는 눈치도 안 보이며,

"오빠하구 한 번 춰 줄까?"

하고 해롱거렸다.

음악이 끝나 제 자리로 돌아와 앉았을 때는 애령이가 같이 온 남자를 데리고 창우 옆으로 오며,

"이왕이면 합석을 하는 게 좋지 않아요?"

하고 빈 의자에서 앉았다.

그리고는 같이 온 남자를 소개시켰다.

"미스터 조예요. 미남자죠?"

창우는 웃음이 나왔으나,

"손창우올씨다."

하고 조치구(趙致九)와 악수를 했다. 악수를 하면서도 자기 누이동생과 같이 노는 그가 어떤 사람인가 하고 조치구 얼굴을 유심히 바라보았다.

조치구는 삼십이 넘어 보이는 남자였다. 키가 후리후리한 것이 얼핏 보아 호남자 같았으나 얼굴 인상을 절대로 좋은 것이 아니었다. 우선 세련되어 보이지 않았다. 어두운 데서 보아 그런지 시꺼먼 눈이 심술궂게까지 보였다.

"저 조치구올씨다."

하고 깍듯이 인사를 하는 것으로 보아 점잔을 빼는 사람이라는 생각이 들었다.

한 말로 말해 창우의 비위에 맞지 않는 사람이었다. 그런데도 애령이가 홀에까지 같이 다닌다는 것은 무슨 까닭일까?

어떤 정도로 사귀고 있는지는 모르지만 창우로서 의심하지 않을 수 없는 일이었다.

똑똑하다고 자처하는 애령이다. 창우도 애령이가 사람을 그렇게까지 감정할 줄 모르는 여자라고는 생각해 본 일이 없다. 그런데도 애령은 조치구를 소개할 때,

"미남자죠?"

하고 낭랑한 웃음을 웃기까지 했다.

창우는 현대 여성들의 남자 감식안이 이해할 수 없는 것이라고 생각할 수밖에 없었다.

"이런 데서 인사를 드리게 되어 부끄럽습니다."

치구가 죄를 지은 사람같이 고개를 숙이고 말하는 데 창우의 비위는 한결 더 거슬렸다. 홀에서 만났으면 어떻다는 말인가? 춤추는 것이 부끄러운 일이라면 애당초 춤을 배우지 말았어야 할 것이 아닌가?

"춤추는 것이 무슨 잘못인가요?"

창우는 참을 수가 없어 한 마디 해 주고야 말았다.

"그래도 저는 소위 교육자인데요……."

이야기가 나온 김에 창우는 그의 직장이나 알려는 생각으로,

"어떤 학교에서 일 보시는데요?"

하고 처음과 달리 약간 부드럽게 질문했다.

"D고등학교에 있습니다."

"교육자일수록 선진국가의 문화를 수입해다가 실천하셔야 하지 않습니까?"

치구는 머리만 벅벅 긁으며 대꾸를 못했다. 이런 이야기를 주고받는 동안 애령은 권숙과 저희들끼리의 이야기를 주고받고 있었다. 그래서 춤을 한 번 거르고 다음 음악이 시작할 때야 자리에서 일어났다.

"오빠, 이번엔 나하구 춰 줘요."

애령이가 창우 앞으로 나섰다.

"쳉징 파트너로군. 참 조 형과 인사를 해야지."

창우는 친구에게 권숙을 소개하고 둘이서 같이 춤을 추도록 말했다.

창우가 애령과 춤을 추기 시작하자,

"조치구 씨가 애인이냐?"

하고 물었다.

"애인은…… 그저 가까운 사람이죠."

"난 인상이 좋지 않은데……."

"그래두 진실한 분예요. 난 그의 진실이 좋아요. 그리구 꿈을 가졌다는 것두 좋구……."

"무슨 꿈을 가졌는데……."

"언제든지 농촌 사업을 하겠다는 거예요. 요즘 청년으로 그런 생각을 가진 사람이 어디 있어요?"

"홍…… 진실을 팔아먹고 다니는 사람이군……."

"오빠두……."

애령이가 눈을 홀기며 창우를 쳐다보고는,

"저 권숙이 말예요. 오늘 자기의 전 애인이 자살을 했대요. 아마 오빠두 책임을 지셔야 할걸……."

하고 정말 꿈 같은 이야기를 했다.

"뭐라구?"

창우는 자기가 책임져야 한다는 말에 놀라지 않을 수 없었다.

"걱정 마세요. 그건 내가 꾸민 말이니까. 어쨌든 권숙의 마음이 변했다고 해서 한 남자가 자살한 것만은 사실이에요."

"대단한 여자로군…… 자살할 남자가 다 있었으니까…….."

창우는 약간 긴장이 풀려 농담조로 이야기를 받아넘겼다.

"죽은 사람이 바보지 뭐예요? 세상에 여자가 없다구 목숨을 끊어요?"

"너 같은 사람이 수두룩한 세상에 그런 순정적인 남자가 있다는 게 얼마나 아름다운 일이냐? 나는 단연 그 남자를 동정한다."

"그럼 오빠두 자살할 가능성이 농후하군요? 그럼 권숙이가 남자를 둘씩이나 죽이게 되게…….."

"천만의 말씀, 나는 아직 권숙이를 사랑한다구 생각해 본 일도 없으니까 안심해…….."

"그래두 조심하세요. 내 오빠가 자살했다면 나는 창피해서 거리두 나다니지 못할 거니까."

"걱정 말라니까…… 그래 그 남자는 어떤 남자이라던?"

"대학교 학생이래요. 권숙이보다도 나이두 아래라나요…….."

"그래서 우울한 표정을 하구 춤추러 가자구 그랬군…….."

"우울해 하지는 않아요. 죽기 전부터 자기 마음속에서 사라져 버린 사람이었다니까요."

여기까지 이야기했을 때 음악이 그쳤다.

테이블로 돌아온 창우는 애인이 자살한 날 춤추러 홀에 온 권숙의 얼굴을 유심히 바라보았다.

권숙은 조금도 피곤한 얼굴을 보이지 않았다. 도리어 명랑한 웃음을 웃으며,

"조 선생님 춤 잘 추시는데요…….."

하는 것이었다.

창우는 권숙이를 이해할 수 있는 것 같기도 했다. 죽었다는 건 없어졌다는 것을 뜻한다. 없어진 사람을 생각해서 무엇 할 것인가? 영구차가 굴러간

차바퀴 자리로 결혼 자동차의 행렬이 얼마든지 달리고 있지 않은가?

그러나 창우는 뜻밖에도 미림(美林)의 얼굴을 보았다. 슬퍼하기만 하던 미림의 우는 얼굴이었다. 울 줄 모르는 여자의 대조로서 생각났는지 모른다. 어쨌든 만나 주지 않는다고 해서 죽기라도 할 듯이 울던 미림의 얼굴이 눈앞에 나타났다. 그때 창우는 미림이가 철이 없어서 울기를 잘하는 것이라고 생각했다. 그러나 지금 창우는 눈물 흘리던 미림의 그 앳된 얼굴이 천사처럼 아름답게 보이는 것은 무엇 때문일까?

요한 슈트라우스의 <푸른 다뉴브의 물결>이 흘러 나왔다. 스케이팅 왈츠였다. 창우는 권숙을 끌고 나가 춤을 추기 시작했다. 그러나 워킹은 조금도 안 하고 빙빙 돌기만 했다. 음악이 끝날 때까지 돌고만 싶었다. 어지러워 쓰러질 때까지 돌고 싶었다.

권숙의 원피스 치마폭이 원을 그리며 푸른 빛, 붉은 빛의 샹들리에 그늘 밑에서 미끄러지고 있었다.

권숙이는 눈웃음을 지으며 창우를 쳐다보았다. 통쾌한 모양이었다.

"리드가 멋있는데요!"

창우는 아무 대꾸도 안 했다. 홀이 좁아라 하고 돌기만 했다. 그러나 음악이 끝나고 제 자리로 돌아왔을 때 남의 애인이 자살한 것과 자기가 미칠 듯이 춤춘 것과 무슨 관계가 있는가 하는 엉뚱한 생각을 해 보았다.

아무리 자기의 일이라 해도 알 수가 없었다. 창우는 자살한 사람의 이름도 모른다. 그리고 권숙이가 그 사람을 배반했다고 해도 자기와는 아무런 관계가 없는 일이다. 그런데도 자기는 무엇 때문에 숨이 가쁘고 상기가 되도록 발악적인 춤을 추었을까?

다음 음악이 시작될 때 창우는 비어를 마시며 일어설 생각을 안 했다. 조 치구에게 권숙을 가리키며 같이 추기를 권했다.

치구와 권숙이가 춤을 추러 나가자 애령이가,

"기분 나빠졌수?"

하고 창우에게 물었다.

"내가 기분 나쁠 까닭이 뭐냐?"

"그래두 좀 다른 것 같은데요?"

"글쎄 유쾌하지는 않다."

애령은 무슨 말을 해야 할지 모르겠다는 모양이었다. 창우의 얼굴만 쳐다보고 있을 때 창우가 갑자기 화제를 돌려,

"일전 스트립쇼두 조치구 씨와 같이 갔었니?"

하고 물었다.

"응, 왜요?"

"글쎄……."

창우는 다시 비어를 한 잔 들이켰다.

"홀에 오는 것두 죄를 짓는 것처럼 말하는 사람이……."

창우는 어이가 없는 듯이 한숨을 모아 휘파람처럼 소리를 내어 내뿜었다.

"교육자라두 알 건 다 알아 둬야 하지 않아요. 그이가 뭐 엔조이하러 갔겠나요?"

애령의 반항이었다.

"그렇지, 교육자일수록 세상일을 다 알아 둬야겠지……."

"오빠두 이상하다……."

이때 창우가 갑자기 언성을 높이고,

"너 사람을 좀 똑똑히 보구 다녀라. 악해두 좋아. 악한 사람두 솔직만'하다면 귀여운 데가 있는 거야. 그런 악질적인 이중성격자를 두둔하는 네 지성이 도대체 뭐냐 말이다."

"남을 왜 욕하세요? 결점 없는 사람이 세상에 어디 있다구…… 나는 사람들을 나쁘게 보지 않아요. 더구나 내가 아는 사람은 하나두 나쁘지 않다구 생각해요."

"그래서 나는 너를 위험하다구 생각하는 거야."

"오빤 나를 몰라요. 내가 무슨 위험한 일을 하나 살펴보세요. 다 오빠 같은 줄 아는 가봐."

"그래 좋지 않은 사람을 좋다구 생각하는 게 위험하지 않단 말이냐? 그것은 네가 속고 있다는 것 이외에 아무것도 아냐. 속으면 결국 손해 보는 거

니까……."

"천만에요. 스트립쇼 구경 갔던 날 밤 조 선생 댁에서 잤지만 난 위험한 일을 절대루 안 했어요. 앞으로두 자신 있어요."

창우는 그렇게까지 말하는 애령을 더 나무랄 수가 없었다. 그래서,

"조치구는 결혼 안 한 사람이냐?"

하고 딴 이야기를 꺼냈다.

"결혼했는지 안 했는지 알 수 있어요? 또 알 필요두 없구……."

"정말 알 필요가 없다구 생각하니?"

"남의 사생활을 알아서 무엇 해요?"

창우는 좀 안심이 되는 것 같았다. 그리고 애령을 좀더 믿을 수 있는 것 같았다. 두 사람의 이야기가 거의 일단락을 지었을 때 음악이 그치고 조치구와 권숙이가 돌아왔다. 두 사람이 자리에 앉았을 때 권숙이가,

"저도 삐루 한 잔 주세요."

하고 창우에게 손을 내밀었다.

창우는 자기가 마시던 잔을 권숙에게 내밀고 거기에 비어를 따랐다. 권숙은 대담하게 비어를 들이키고,

"너두 한 잔 해라, 애. 비어쯤 어떠니?"

빈 술잔을 애령에게 내밀었다.

"술은 배우지 않을래."

애령이가 거절했다.

"정숙한 여성이 될려구 무척 애쓰누나."

"정숙한 여성이 될래서가 아니라 필요 이상의 흥분을 하구 싶지가 않아서 그래."

"상식적인 여자들을 천시하려는 프라이드지, 안 그래?"

"내한테 그런 프라이드가 있던가?"

"프라이드 없는 여자가 어디 있니? 잃은 것은 순정이구 얻은 것은 프라이드뿐인데……."

그 뒤 음악이 시작되어 춤을 추러 나가려기에 이야기는 중단되고 말았다.

창우는 그 뒤부터 권숙하고만 춤을 추었다. 그러나 먼젓번 스케이팅 왈츠 때처럼 발악적인 춤은 한 번도 추지 않았다. 그리고 권숙의 전 애인이 자살했다는 이야기에는 한 마디도 언급하지를 않았다.

춤이 끝나고 홀을 나와 한길에서 자동차를 잡으려고 할 때였다. 권숙이가 창우를 불러 애령과 치구에게서 좀 떨어진 곳으로 끌었다.

"그냥 돌아가실래요?"

창우는 그런 말을 능히 할 수 있는 여자라고 생각했지만 갑자기 치밀어 오르는 흥분을 참을 수가 없었다.

"호텔 숙박료가 없어. 오늘밤만은 곱게 가자!"

이것은 권숙을 경멸하는 말이었다. 그러나 권숙은,

"돈은 내한테 있어요."

하고 돈걱정은 할 필요가 없다는 듯이 창우를 쳐다보았다.

창우는 자기도 모르는 새 권숙의 뺨을 보기 좋게 한 대 후려갈겼다. 그리고는 아무 말도 안 하고 애령에게로 왔다.

"가자……."

애령의 팔을 잡아끌면서

"오늘은 내가 오빠 노릇을 한 번 할 테니 혼자 돌아가시오."

하고 조치구를 뒤로 보면서 걷기를 시작했다.

애령이가 조치구에게,

"선생님 안녕히 가세요."

하고 뒤를 돌아볼 때는 창우가 잡았던 애령의 팔을 놓아 주었다. 작별의 인사라도 하게 내버려 두려 함이었다.

얼마 동안 어두운 밤거리를 걷다가야 창우는 지나가는 택시를 불렀다. 택시에 탈 때까지 아무 말도 없던 애령이가 택시 안에서야 입을 열었다.

"권숙은 참 이상한 애에요. 정신적인 연애는 연애가 아니라고 공공연히 말하구 다니는 애니까 오빠두 조심하는 게 좋을 거야."

창우는 자기가 조치구를 좋지 않게 이야기했다고 해서 애령이가 불쾌한 생각을 가지고 있는 줄만 알고 있던 참이었다. 그런 만큼 조치구 이야기는 입 밖에도 내지 않고 권숙만 험구하는 데는 애령의 얼굴을 다시 한 번 쳐다보지 않을 수 없었다.

애령은 밤낮 나돌아다니고 있다. 남자 친구가 적지 않은 것도 짐작하고 있었다. 그러나 애령의 진심을 들어 본 일은 한 번도 없는 창우였다. 그런만큼 이 날 애령을 처음으로 안 듯한 생각이 들었다.

"너, 진심으로 사랑하는 사람이 없니?"

창우는 애령의 진심을 좀더 알고 싶어 이런 말까지 물었다.

"잘 모르겠는데요."

"아는 사람은 많지? 그 중에서 누굴 가장 생각하느냐 말야?"

"글쎄, 아무래두 조치구 씨겠죠."

창우는 또다시 놀라지 않을 수 없었다.

"결혼했는지 안 했는지까지 알아볼 생각을 안 하면서 그를 제일 좋아한단 말이냐?"

"그래두 그 중 좋은 사람 같아요. 대학을 갓 졸업한 남자들두 적지 않게 사귀구 있지만 꿈이라든가 의욕이라든가 그런 것이 조금두 없어 보이거든요. 아무리 오늘이 중요하다구 해두 내일이 있다는 걸 잊어버릴 수는 없지 않아요?"

"그래 너는 내일을 얼마나 생각하구 있니?"

"난 여자가 아녜요? 여자를 경멸하는 건 아니지만 아무래두 남자가 역사를 창조하지, 여자가 역사를 창조한다구는 볼 수 없다구 생각해요."

"그럼 빨리 시집이나 갈 게 아니냐? 좋은 신랑감을 얻어서……."

"그러기는 또 싫어요. 시집을 가면 결국 얽매이고 마는 건데 무엇 때문에 내 손으루 내 몸을 그렇게 빨리 얽매 놓아요? 좀더 자유스럽게 살다 가지……."

이런 이야기를 하고 있을 때 자동차가 집 근처에까지 이르렀다. 창우는 운전수에게 집을 가리키면서 대문 앞까지 이르렀다.

아직 열두 시가 되지 않았으니까 어머니가 잠들지 않았으리라는 것을 알면서도 창우는 어머니에게 인사도 없이 자기 방으로 들어가 옷을 벗고 수도 있는 데로 나갔다.

세수를 하고 발을 씻은 뒤 자기 방으로 들어가려고 할 때 어느새 나왔는지 어머니가 타월을 들고 창우를 기다리고 있었다.

창우는 수건을 받아 무심히 얼굴을 닦았으나 이야기가 있어서 나온 듯한 어머니의 얼굴을 보자 문득 이혼하고야 말겠다던 아버지의 말이 생각났다. 어머니가 그 이야기를 듣고 싶어서 자기에게 왔으려니 생각하고 창우는,

"좀 들어오세요."

한 뒤 먼저 자기 방으로 들어갔다.

어머니는 아무 말도 없이 뒤를 따라 방 안으로 들어왔다. 그러나 어머니는 창우에게서 이야기를 들으러 온 것은 아니었다. 창우가 이야기를 꺼내기 전에 어머니가 먼저 입을 열었던 것이다.

"창우야, 난 네 의견이 듣고 싶다. 나는 장차 어떻게 했으면 좋겠니?"

창우는 점심때 아버지가 하던 말이 벌써 어머니 귀에까지 들어갔는가 하고 생각했다. 그래서,

"어떡허긴 무얼 어떡해요. 그냥 살아가는 거지."

하고 어리벙벙하게 대답을 했다.

"그래, 미행을 당하면서까지 살아야 하니?"

"미행을 당하다니요?"

"오늘 유 의사네 집엘 갔다 오는데 그 강가라는 녀석이 병원 앞에서 나를 지키고 있지 않겠니? 아버지 심부름으로 가끔 집에 오곤 하는 어깨 같은 사람 말이다. 나를 보자 슬쩍 돌아서서 소변을 보는 척하더라. 나두 모르는 척하고 그냥 지나오기는 했지만, 이거 기가 맥혀 살 수 있니?"

창우는 아버지가 증거를 붙잡고야 말겠다고 하던 말을 생각했다. 동시에 아버지가 경멸받아야 할 사람같이 생각되었다. 사람을 시켜 미행을 한다는 것처럼 비굴한 일이 어디 또 있을 것인가?

"미행을 하면 어때요. 하구 싶은 대루 하라지……."

창우는 흥분된 어조로 말했다.

"그런 모욕을 당하면서까지 어떻게 사니? 내일루라두 보따리를 싸야 하

는가 부다."

어머니는 한숨을 몰아쉬었다.

어머니가 모욕을 당했다고 해서 집을 나간다든가 하면 일은 그야말로 복잡해지고 말게 된다. 창우는 우선 동생 창식을 생각했다. 병신인 어린 동생이 누구보다도 불쌍하게 될 것이다. 학교에 갔다 오면 집안에서 한 걸음도 나가지 않는 창식이다. 동무 하나 없이 도토리알처럼 외톨박이로 지내는 창식에게 어머니마저 없어지면 그 애는 누구를 바라며 살 것인가?

창식이뿐 아니라 자기와 애령이도 비슷비슷하다. 누구의 얼굴을 보자고 집을 찾아올 것인가?

"어머니는 잠자코 계시기만 하세요. 뒷일은 내가 담당할게……."

창우는 어머니의 마음을 붙잡지 않을 수 없었다.

"나두 무던히 참았다구 생각한다. 그렇지만 이 이상 어떻게 참겠니?"

"이때까지 참았으니 좀더 참으셔야지요."

"나는 억울한 매를 맞으면서두 참아 왔다. 차라리 매를 때리지 왜 그 비굴한 행동을 하느냐 말이다."

"나두 아버지가 나쁜 줄은 알아요. 요는 아버지가 자신이 나쁘다는 것을 깨닫게 되면 문제는 해결날 게 아닙니까? 힘이 부족하지만 내가 깨닫도록 애써 보지요."

"그만둬라. 나 한 사람만 사라지면 집안이 모두 편안할 텐데……."

어머니는 의욕을 상실한 사람처럼 말에 기운이 없었다. 피곤한 얼굴이었다. 실심한 여인의 모습 그대로였다.

"아무 생각 말구 가만 계세요."

창우는 어머니가 진정 집을 나가리라고는 생각지 않았다. 오랫동안의 굴욕적인 생활을 계속해 오다가 적반하장(賊反荷杖) 격으로 되어 미행까지 당했으니 억누를 수 없는 분노를 느꼈을 것이 사실이지만 어머니의 성격으로 보아 집을 나가리라고는 생각할 수 없었다.

과연 어머니는 한숨만 푹 내쉬고는 어떻게 하겠다는 결심을 표시함이 없이 창우의 방을 나갔다.

그러나 다음날 창우는 극장으로 전화를 걸어 어머니를 미행했다는 강삼모를 불러냈다.

주로 개찰구에서 일 보는 사람이지만 얼마든지 틈을 낼 수 있는 사람이었다.

창우는 강삼모를 은행 응접실로 데리고 가서,

"어제 우리 어머니 미행을 했다면서?"

하고 웃음 섞인 말로 물었다.

"뭐라구요?"

삼모는 무슨 말인지 알아들을 수도 없다는 듯이 놀란 표정을 지었다.

"성심병원 앞에서 어머니가 강 형을 봤다구 그러시던데?"

그때야 삼모는,

"네! 볼일이 있어서 그 근처엘 잠깐 다녀왔지요……."

하고, 그러나 미행하러 간 것은 아니라는 뜻의 말을 했다.

"그러지 말구 바른 대루 말을 해요. 물론 아버지에게 충실해야 되겠지만 아버지의 말만을 듣다가는 우리 집안이 어떻게 되리라는 것두 생각해 달라는 말이야. 아무렇지도 않은 어머니에게 죄를 뒤집어씌운다면 집안이 파괴되구야 말 거요. 그렇게 되면 아버지에게도 좋을 것이 하나 없어……."

"무슨 말씀을 그렇게 하시는지 모르겠습니다. 마치 내가 무슨 흉계를 꾸미는 것처럼 생각하시는 것 같은데 그건 오해십니다. 다시는 그런 말씀 마십시오."

삼모는 자기가 전혀 모르는 일처럼 딱 잡아떼었다. 창우는 화가 났다.

"그래, 우리 집안을 망하게 만들어 놓구야 말 작정야? 마음대루 해……."

창우가 협박을 하듯이 눈을 부라리자 삼모도,

"별일 다 보겠네. 공연한 사람을 불러다가……."

하고 기세를 돋웠다.

창우는 말로만 가지고는 삼모를 움직일 수 없음을 알았다. 그래서,

"제발 우리 집안 사정을 생각해 달라는 거요. 아버지는 첩을 데리고 집안으로 들어오려고 하지만 그렇게 되면 집안 꼴이 어떻게 되겠소? 잘 좀 생각

해 주시오."

하고는 바쁜데 일부러 오라고 해서 미안하다고 하며 점심이나 사 먹으라고 천 환짜리 두 장을 꺼내 삼모에게 쥐어 주었다.

삼모는 돈 받기가 멋쩍은 듯이 창우를 한 번 쳐다보고는 창우의 웃는 얼굴에 그만 자기도 픽 하고 웃었다. 그리고는,

"나두 지각이 있는 사람이니까 걱정 마십시오."

하고 가 버렸다.

창우는 다음부터 강삼모에게 가끔 돈을 주리라 생각했다. 그렇게만 하면 삼모는 아버지의 사람이기는 하지만 자기의 사람도 될 수 있다고 생각되었기 때문이었다.

삼모를 돌려 보낸 뒤 어제 결재를 맡지 못한 서류를 가지고 중역실을 찾아다녔다.

하루 빨리 감정을 끝내야만 돈을 내 줄 수 있기 때문이었다. 그러나 감정계에는 사람이 하나도 없었다. 할 수 없이 자기 자리로 다시 돌아왔을 때 선우영에게서 전화가 왔다.

"저 선우영이에요. 안녕하셨어요?"

"지금 어디 계십니까?"

"저의 사무실이에요. 그런데 대부 건은 얼마나 진척되었나요?"

창우는 진행 상태를 있는 그대로 말해 버릴 수가 없었다. 전화로 이야기를 다 하면 만날 용건이 없어지고 만다.

"지금두 그 일루 막 뛰어다니고 있는데 조금 뒤에 알려 드리지요."

"조금 뒤예요? 그럼 전화를 걸어 주시겠어요?"

선우영은 자기 회사의 전화번호까지 가르쳐 주었다.

창우는 선우영이 전화로 용건을 끝내려는 심보가 불쾌하게 생각되었다.

최소한도 자기를 찾아와서 물어 보아야 할 것이 예의가 아니겠는가? 창우는 선우영이 예의를 갖추지 않는다고 해서만 불쾌한 것은 아니었다. 용건을 미끼로 해서 만나 보고 싶어하는 자기 심정을 알아 주지 않으려는 것이 불쾌했다.

"그러지 말구 며칠 기다리시지요. 일이 아주 확정된 뒤 알려 드릴 테니……."

창우는 선우영의 반응을 보기 위해서 일부러 능청을 부렸다.

"그럼 언제 될지두 모르는 거 아녜요?"

"십만 환 코미션을 받기루 했으니까 나두 빨리 하려구 애쓰겠지요."

"그러시지 말구 이야기를 좀 해 주세요."

선우영의 답답해하는 얼굴이 눈에 보이는 것 같았다. 창우는 전화통을 보고 싱긋이 웃으며,

"궁금하시거든 좀 있다 퇴근 후에 나오시지요. 그 동안의 경과라도 알려 드릴 테니……."

하고 말했다. 선우영도 어쩔 수 없는 모양이었다. 퇴근한 뒤에 만나기로 약속을 했다.

창우는 퇴근할 때까지 선우영을 만난 뒤에 자기가 취할 태도를 생각했다. 오늘 저녁에는 어떻게 해서라도 좀더 접근할 수 있도록 수단을 써야 한다고 생각한 것이다.

선우영의 의견에 따라 선우영의 직장 근처에 있는 '장미' 다방으로 나간 것은 여섯 시가 거의 되었을 무렵이었다.

창우는 선우영을 만나자 용건을 이야기하기 전에,

"오늘 저녁엔 바쁜 일이 없으시지요?"

하고 우선 선우영의 시간 관계를 물어 봤다.

"바쁜 일은 없어두 빨리 집엘 가 봐야지요."

선우영은 미리 방파제를 막아 놓았다.

"나 같은 사람하구는 같이 놀 수 없단 말이지요?"

창우는 우선 그 방파제를 무너뜨려야만 했다.

"그런 것이 아니라 아버지가 궁금해하실 테니까 빨리 가서 말씀을 드려야지 않아요?"

"그러시겠지요."

창우는 화가 나지만 참는 체하며 냉정한 태도로 이삼 일 내 담보를 감

정하러 사람이 현장에 나가게까지 되었다는 그 동안의 경과를 간단히 설명했다.

"감정이 끝나면 그 뒤는 며칠이나 걸릴까요?"

선우영은 돈 나오는 날이 똑똑히 알고 싶은 모양이었다.

"글쎄, 거야 두구 봐야 알겠지요. 내 맘대루 하는 일이 못 되니까요."

창우가 웃지도 않으며 사무적인 태도로 말하는 것을 보자 선우영은,

"왜 화나셨어요?"

하고 물었다.

"화는 왜 화를 내요?"

창우는 자기가 정말 화를 냈는지 안 냈는지를 몰랐다. 선우영이 자기 감정을 어루만져 주려는 눈치를 보자,

"좌우간 내 성의껏 해 드릴 테니 안심하십시오. 앞으로 열흘 이내에는 현금이나 나올 겁니다. 보통 같으면 이십여 일 걸릴 것이지만……."

하고 선우영을 안심시킨 뒤,

"사실은 오늘 저녁 영화 구경이나 가려구 했는데 바삐 돌아가야 한다니 머리가 아찔해지는군요."

하고 자기가 화냈던 이유를 설명했다.

그 말에 선우영은 웃음을 지으며,

"손 선생은 아직 어린애 같아! 구경을 같이 안 간다구 화를 다 내시구……."

하고는 계속해서,

"음흉한 것보다는 솔직한 게 좋지요. 참 <로마의 휴일>을 하던데, 전 개봉할 때 그걸 못 봤어요. 그걸 구경시켜 주신다면 같이 가 드리지……."

제법 능숙한 솜씨로 창우의 감정을 얼버무려 놓았다.

창우는 무엇보다도 부자연스럽지 않게 자기의 계획이 성공한 것을 기뻐했다. 그리고 아무리 개성이 강한 선우영이라 해도 결국은 자기에게 넘어지고야 말 것이란 생각을 했다.

사실 창우는 어떠한 여자라도 자기가 넘어뜨리려고 결심만 한다면 넘어

뜨릴 자신이 있다고 생각하는 것이었다.

창우는 선우영과 함께 길가로 나와 택시를 불러 타고 이류 극장인 T영화관으로 갔다.

택시를 타고 가는 도중 선우영은 빨리 집에 돌아가야 한다던 말을 완전히 잊어버린 것처럼 <로마의 휴일>에 대하여 여러 가지 이야기를 했다. 나중에는,

"오드리 헵번을 좋아하세요?"

하는 말까지 물었다.

"골격 미인인데 좋을 게 어디 있어요. 안으면 뼈만 맞부딪칠걸……."

창우가 이렇게 노골적인 말을 해도 선우영은,

"그럼 마릴린 몬로 같은 체격을 좋아하시나 보군요."

하고 유쾌한 웃음을 웃었다.

"마릴린 몬로두 좋지 않아요. 선우 씨 같은 체격이 꼭 표준이 아닐까?"

창우가 뜻이 있는 듯한 웃음을 보였다. 그래도 선우영은,

"아부 정신이 아니세요?"

할 뿐 조금도 불쾌한 표정을 짓지 않았다.

T극장은 좌석제가 아니었다. 더구나 영사 도중이라 그들은 극장 안으로 들어가 한참 동안이나 뒤에 서 있지 않을 수 없었다.

창우는 개봉할 때 한 번 본 영화이기 때문에 화면을 볼 생각보다도 우선 빈자리를 찾는 데 정신을 쓰고 있었다.

잘 보이지도 않은 극장 안을 두리번거리며 빈 의자만을 찾고 있을 때였다. 구경을 다 하고 나가는 두 사람이 눈에 띄었다. 창우는 아는 사람들 같은 생각이 들어 그들이 출입구로 나갈 때까지 유심히 바라보았다.

틀림없는 조치구와 명권숙이었다. 어느새 구경까지 올 만큼 가까워졌던가 하는 의심이 들지 않을 수 없었다. 어젯밤 카바레에서 처음 인사를 한 두 사람이다. 춤추는 동안에 구경할 약속을 했다는 말인가? 그럴 수는 없었을 것 같았다. 어젯밤으로 말하면 조치구가 애령을 데리고 갔던 만큼 애령 이외의 여자에게 추파를 던질 수 없는 것이 상식이다. 더구나 권숙은 자기가

데리고 간 여자인데 남의 관계가 어떤지도 모르고 극장 구경을 가자고 약속할 수가 있을 것인가?

그런데 더구나 이상스러운 것은 어둠 속을 뚫고 나가는 조치구가 명권숙의 팔목을 붙잡고 걷는 것이었다. 아무리 어둠 속이라 해도 초면인 여자의 팔목을 잡을 수 있을 것인가?

창우는 어쨌든 조치구의 대담성에 놀라지 않을 수 없었다. 점잖은 체하면서도 속으로는 누구보다도 음흉한 사람이란 생각이 들었다. 그렇게 생각을 하니 같이 영화 구경을 온 것은 권숙의 의사가 아니라 조치구의 의사라는 단정이 내려졌다.

애령과 아무리 사귀어도 뜻대로 되지 않으니까 권숙에게 손을 내뻗은 조치구라고 단정하지 않을 수 없었다.

창우는 조치구의 대담성에 놀라면서도 일은 잘 된 일이라고 생각했다. 첫째 애령이 무사해질 것이요, 둘째 권숙을 만나지 않아도 좋게 된 것이다.

창우는 조치구와 명권숙이 앉았던 자리로 선우영을 데리고 가서 앉았다.

영화를 구경하면서 창우는 선우영을 만나기 전 선우영을 극장에 데리고 가서 화면을 보며 놀라운 장면이 나올 때 놀라는 체하고 그의 손목을 잡으리라 계획했던 것을 생각했다. 그래서 그렇게 놀라운 장면은 아니나 공주가 술이 취해 한길가에 눕는 대목에서 창우는 우스워 견딜 수가 없다는 듯이 몸을 비꼬며 선우영의 손목을 잡았다.

선우영도 웃었다. 웃기에 정신이 없었던지 창우가 잡는 손목을 뿌리치지 않았다.

창우는 잡은 채 선우영의 손목을 놓지 않았다. 유쾌했던 것이다. 선우영의 그 보드라운 손.

창우는 한 번 힘을 주어 그 보드라운 손을 꼭 쥐었다. 그러나 순간 놀란 사람처럼 그 손을 놓고 말았다.

같은 의자에 앉았던 조치구가 자기와 꼭 같은 수단으로 손목을 잡았으려니 생각했기 때문이었다. 권숙에 대한 질투에서가 아니었다. 자기가 조치구와 꼭 같은 사람이라는 것이 싫었던 것이다.

거세된 슬픔

상희가 성심의원 의사 유길추의 집을 찾아갈 때마다 범죄 의식 같은 것을 느끼기 시작한 것은 일 년 전부터의 일이었다. 유길추의 부인 옥순이가 어렸을 때 동무인 만큼 그 전부터 무흠하게 찾아다니는 집이었지만 옥순이가 병으로 드러누워 앓기 시작하면서부터는 상희와 유길추 사이에 남에게 이야기할 수 없는 어떤 감정이 싹터 오르고 있었던 것이다.

상희는 유길추의 감정을 알 수가 없었다. 언제나 무표정하고 묵중한 사람인만큼 감정의 변화가 있다고 해도 그것을 쉽게 발표할 사람이 아니다. 다만 자기의 마음이 유길추에게 움직이고 있다는 사실 자체만을 가지고도 상희는 죄의식을 느끼었던 것이다.

남편이 자기를 배반하고 첩을 얻었다 해서 자기마저 남편에 대한 의리를 배반할 수는 없다고 생각했다.

그런 생각을 가지면서도 상희는 유길추의 집엘 안 갈 수가 없었다.

첫째, 친한 친구가 위중한 병에 걸려 있으니 갑자기 발을 끊음으로써 이상한 눈치를 보일 수 없다.

둘째, 자기의 감정이 유길추에게 움직이고 있는 것만은 사실이다. 유길추가 아무렇지도 않다면 아무런 사고도 발생할 수 없으니 그것을 겁낼 필요가 없다.

셋째, 남편이 자기를 배반했다는 사실이 상희에게 일종의 허무감을 갖도록 하여 어디든 나돌아다니지 않을 수 없는 심정이었다.

그래서 죄의식을 느끼면서도 유길추의 집을 계속해서 방문했다.

남편 명규가 유길추와의 관계를 의심하고 자기에게 매질을 한 뒤 요즘에 와서는 미행까지 붙이고 있는 사실을 알 때, 상희는 얼마나 고민했는지 모른다.

이제는 유길추도 상회에 대해서 자기 아내의 동무라는 태도만을 취하지 않고 있다. 같이 음식점에도 가고 같이 극장 구경도 간다. 그럴 때마다 유길추는 상회가 있으므로 해서 자기의 괴로움을 잊을 수 있다는 절실한 감정을 어떡하든 표현하고야 만다.

말하자면 두 사람의 감정이 접근해졌다는 것을 서로가 표현할 수 있는 단계에 놓여 있는 것이다.

더구나 옥순의 병은 결정적으로 비관 상태에 있다.

그럴 때 남편의 감시가 노골해지게 되니 상회의 고민은 이만저만한 것이 아니었다. 며칠째 잠을 못 자고 있다.

이미 남편은 자기에게로 돌아오지 않을 사람이 되고 말았으니 남편의 의사대로 이혼을 해 준 뒤 자유로운 생활을 할 것인가?

유길추와의 관계도 끊고 깨끗하게 자기를 지키며 살 것인가?

자기 나이 지금 마흔두 살. 앞으로 몇 해 안 가서 자기는 여자로서의 기능을 상실해 버릴 사람이다. 곱게 일생을 끝내는 것이 현명한 일일 것 같기도 했다. 그러나 상회는 유길추의 집에서 발을 끊지 못했다.

지금도 성심의원으로 발길을 옮기고 있는 것이다.

유길추가 보고 싶었던 것이다. 안 보고는 배겨날 수가 없었던 것이다.

마약환자처럼 그의 신체 구조에는 이미 이상(異常)이 생겼던 것이다. 남편에게서 거세당하고 있는 슬픔. 그뿐 아니라 남편에게 모욕을 당하고 있는 울분.

그러한 신체적 이상에는 그 이상을 마비시켜 주는 마약이 생명처럼 그리워지지 않을 수 없었다.

길갓집에서 병원을 차리고 안채에서는 살림을 하게끔 지어 놓은 것이 유길추의 집이었다.

그러나 병원과 안채 사이의 벽돌담에다가 따로 대문을 만들어 놓았기 때문에 안채에 일이 있는 사람은 병원을 통과하지 않고도 안채로 들어갈 수가 있게 되어 있었다.

그런데도 상회는 안채로 직통하지를 않고 병원엘 먼저 들렸다.

지금에 와서는 옥순의 병을 걱정해서 찾아오는 것이 아니라, 옥순의 병 간호에 지친 유길추를 위로하러 오는 것이 상희가 이 집을 찾아오는 목적처럼 되어 있었다.

진찰이 끝났는지 어떤 부인 환자와 이야기를 하고 있던 유길추가 상희를 보자,

"오셨군?"

하고 인사를 했다. 마치 환자를 대하는 태도였다. 한 번 상희를 바라볼 뿐 그 뒤에는 시선도 보내지 않았다.

"별일 없었지요?"

상희도 지나가는 말처럼 한 마디를 하고는 진찰실만 둘러볼 뿐이었다.

얼핏 보아 굉장히 서먹서먹한 사람들 같았다. 그것은 모르는 환자가 있기 때문만은 아니었다. 환자가 돌아가고 방 안에는 간호부 겸 약제사인 젊은 여자 한 명만이 있었으나 그들은 좀체로 입을 열지 않았다.

속에 들어 있는 감정을 밖으로 노출시킨다는 것이 그들에게 있어서 수영할 줄 모르는 사람이 물 속으로 뛰어들 때 이상으로 조심스러운 일일는지 모른다.

"요즘 인플렌자가 유행한다지요?"

이런 말이라도 꺼내야 하는 것은 침묵이 지나치게 무겁기 때문은 아니었다. 상희는 유길추의 옆에 있기만 하면 백 년을 가도 말 한 마디 안 하고 지낼 수 있을 것이다.

언제나 입이 무거운 길추는 그러기에 신뢰감을 줄지도 모른다.

"인플렌자에 걸리지 않으면 사람 축에 들지 못한다는 말이 있다면서요."

길추가 히죽 웃으며 대꾸를 했다.

상희는 길추의 웃는 얼굴만 보면 가슴 속의 번접한 생각이 눈 녹듯 사라지는 것을 느낀다.

아내 옥순의 병 때문에 언제나 마음을 졸이며 살면서도 가끔 웃는 그 웃음 속에는 아무런 잡티가 섞여 있는 것 같지 않았다. 믿음직스런 웃음이라고나 할까? 상희는 그 웃음이 좋았던 것이다.

"저는 사람 축에도 들지 못하는가 보지요?"

상희는 길추의 웃음이 한 번 다시 보고 싶은 생각에 그를 웃길 말을 골라 보았으나 나온 말은 결국 이런 것이었다. 상희는 자기가 한 말이 우습지 않은데 실망 같은 것을 느꼈으나 길추가,

"그런 축엔 끼지 않아도 사람 구실만 하면 되겠지요."
하고 히죽 웃어 주었다.

"사람 구실이나 제대루 해야 말이지요?"

길추는 대답을 안 했다. 상희도 대답을 기다리지 않고 안채로 발을 옮겼다. 병원에서 오랫동안 이야기하는 것을 남보기에 안 될 것처럼 생각하는 상희였던 것이다.

옥순에게 가면 언제 나올지 모르다. 그러나 그 동안 길추가 안방으로 들어와서 서로가 다시 만날 수 있다. 상희가 나올 때쯤이면 길추가 기다리고 있다가 바쁜 일만 없는 한 거리로 같이 나간다. 그래서 상희는 병원에서 발을 옮기면서도 다녀 나오겠다는 인사말 한 마디 없이 그냥 안채로 들어가는 것이었다.

안채로 들어간 상희는 발소리를 죽여 가며 옥순의 침대 옆으로 걸었다.

옥순이가 겨우 눈만을 움직이며 웃음을 웃었다. 상희를 반기는 표정이었다.

벌써 일 년 이상 병상에 누워 있는 옥순은 죽은 사람이나 마찬가지였다. 몸은 여월 대로 여위어 몇천 년 전의 미라를 보는 것 같다. 여위었다는 것뿐만이 아니라 움직이지 않는 것도 미라 그대로였다.

위암 수술을 했는데 그 경과가 좋지 않을 뿐 아니라 간장염이 겸발하여 불치의 환자가 된 옥순을 볼 때마다 사람의 명이 질기다는 것을 느낀다. 그렇게까지 여위고 그렇게까지 지치고도 죽지를 않는다는 것은 목숨이 질긴 때문이라고밖에 생각할 수 없었다.

하기야 옥순은 남편이 의사이기 때문에 아직까지 죽지를 않고 있다. 좋다는 약과 좋다는 주사는 하나도 빼지 않고 매일처럼 복용하고 있다. 만약 남편이 의사가 아니라면 비용 때문에라도 벌써 죽었어야 할 옥순이다.

상희는 옥순 옆으로 가서 의자에 앉은 뒤 옥순의 팔목을 잡았다. 그것은 기운이 없어 말하기를 좋아하지 않는 옥순에 대한 유일의 인사였다. 그리고 팔을 내미는 옥순의 동작으로 그의 병세를 알아내려는 수단이기도 했다.

옥순은 그래도 팔을 내밀며 상희가 잡아 주는 것을 즐겨하였다. 하나밖에 없는 동무 상희를 죽을 때 자기 옆에 있어 줄 유일한 친구라고 믿고 있는 옥순이었다.

"주스라도 좀 마실래?"

상희가 옥순의 손을 만지작거리며 말했다. 상희가 옥순에게 할 수 있는 말이란 옥순의 생활 주변에 대한 것에 국한되어 있다. 그 외에 다른 말은 옥순의 정신 상태가 감내해 낼 수 없기 때문이다. 옥순은 절대 안정을 필요로 하고 있었다.

"아니……."

옥순은 가느다랗게 대답했다. 간장병에는 과일이 좋다고 해서 주스를 떨어뜨리지 않고 먹는 옥순이었지만 이제는 그것도 싫증이 나서 잘 마시려 하지 않았다.

상희는 싫다는 것을 강권할 수가 없어서 화제를 돌려,

"오늘은 머리를 곱게 빗었구나……."

하고 처녀처럼 두 갈래로 땋아서 묶은 옥순의 머리를 보았다. 일평생 고생을 모르고 살아 온 옥순이다. 늙어 가기는 한다고 해도 구김살 하나 없는 얼굴에 어두운 그림자가 서리고 있었다. 병으로 인한 음산한 신음 소리가 그의 얼굴을 덮고 있는 것 같았다. 그러나 상희는 자기가 옥순의 얼굴에 또 하나 다른 그림자를 던지고 있지나 않나 생각되었다.

만약 길추와 자기와의 관계를 알기만 한다면 옥순의 괴로움이 어떨 것일까? 두 사람의 감정이 표현화되지 않은 만큼 그것을 알리라고는 생각되지 않지만 그런 일이란 감(感)으로 알게 되는 것이라 옥순이가 전혀 눈치 못 챘으리라고 말할 수는 없는 일이었다.

상희는 몸이 오싹해지는 것을 느꼈다. 다 죽어 가는 옥순이를 병 이외의 다른 문제로 속을 쓰도록 만들다니…….

상희는 며칠 전부터 계속해서 읽어 주고 있는 모파상의 여자의 일생
을 들었다. 책이나 읽어 주자는 것이다. 그러나 옥순이가,

"영완이 한 번 안 오나?"

하고 물었다. 책도 탐탁지 않은 모양이었다.

영완이란 일전 어머니 장례를 치른 동무다.

"이제 좀 한가해졌을 테니 오겠지."

상희는 이렇게 대답했으나 영완의 말이 나오자 밤샘을 하다가 남편에게
매맞은 일이 문득 머리에 떠올랐다.

"한 번 가서 데리구 올래?"

옥순이는 영완이가 보고 싶은 모양이었다.

"왜 할 말이 있어?"

"아니 그저 보구 싶어, 어머니를 잃은 얼굴이……."

옥순은 자기가 죽은 뒤의 남편이 어떤 얼굴을 하고 있을까가 알고 싶은
모양이었다. 상희는 옥순의 표정에서 그것을 알 수가 있었다.

"한 번 찾아가지……."

상희는 옥순이가 해 달라는 대로 해 주는 수밖에 없다고 생각했다. 옥순
은 지금 죽는다는 것 이외에 달리 생각하는 것이 없다. 설사 죽지를 않는다
고 해도 중병 환자에게 기분을 상하게 할 수는 없는 일이었다.

상희가 한 번 찾아가겠다는 말을 하자 옥순은,

"책이나 읽어 줘……."

하고 말했다.

상희는 책을 펼쳤다. 그러나 영완의 이야기가 나왔던 참이라 영완이 어
머니 상사 때문에 남편에게 매맞던 일이 머리에 떠올라 책이 읽혀지지 않
았다.

차라리 시원하게 이야기라도 하면 속이 가벼워질 것 같았으나 그것은 유
길추에게도 숨기고 있는 일이다. 옥순이가 그것을 안다면 정말 의심 살 만
한 일이 있을 것이라고 단정할 것이 아니겠는가?

"왜 안 읽어?"

옥순이가 책 읽기를 독촉했다. 남의 속마음도 모르고서,

"읽을게……."

상희는 대답을 했으나 그래도 책이 읽혀지지 않았다. 속으로는 옥순이를 속이고 있는 자기다. 이야기만 하면 육체적 고통보다 더 큰 마음의 고통을 받아야 할 옥순에게 그것을 숨기고 시간적 무료를 잊어버리게 하기 위하여 소설책을 읽어 주려는 자기가 얄미워졌던 것이다.

"잠깐 변소엘 갔다 와서……."

상희는 책을 덮고 옥순의 승낙을 청했다. 옥순은 말끔히 바라보며 빨리 갔다 오라는 눈짓을 했다.

상희는 변소 앞에 가서 속에는 들어가지도 않고 혼자 생각을 하는 것이었다.

커다란 과오는 범하지 않았다고 하나 오랫동안 옥순을 속여 왔다. 앞으로도 옥순을 속여야 할 것인가?

남편이 자기를 의심하고 미행까지 붙이고 있는 지금도 옥순을 속일 수가 있을 것인가?

나중에야 어찌 되든 그 동안의 이야기를 솔직하게 이야기해야만 할 것 같았다.

그러나 상희는 옥순이가 움직이지도 못하는 환자임을 잊을 수 없었다. 죽음을 내다보고 있는 환자에게 그런 이야기를 한다는 것은 죽음을 재촉하는 결과밖에 되지 않는다. 그렇다고 아무 일도 없는 것처럼 그를 속이기만 할 것인가?

상희는 어찌할 바를 몰랐다. 모른다고 해야만 자기가 살 수 있는 것이 아닌가 하는 생각도 들었다. 어떻게 해야 한다고 스스로 결정을 짓는 것은 결국 자기를 죽이는 길밖에 아무것도 아니지 않겠는가? 자기가 살려면 입을 열지 말아야만 할 것 같았다.

변소에서 너무 오래 있을 수는 없었다. 그만 방 안으로 돌아가려 할 때 저편에서 유길추가 변소를 향해 걸어왔다. 상희가 얼른 몸을 돌리려 할 때 유길추가 어느새 옆으로 와서,

"여섯 시쯤 같이 나가십시다."
하고 변소로 들어가 버렸다. 상희는 뒤를 돌아보고 알았다는 표시를 한 뒤 옥순의 병실로 들어갔다.
옥순 옆으로 가서 의자에 걸터앉자 상희는 책을 읽기 시작했다.

쟌느는 말에서 내려 나무에 기대 선 채 움직이지를 않았기 때문에 그 때까지 보지를 못했던 것이지만 산새 두 마리가 바로 그의 옆에 내려와 앉아 있었다. 그 중 한 마리가 날개를 펴고 기축지를 떨며 상대방을 몇 번이고 빙빙 돌면서 지저귀다가 마침내는 두 마리가 한 마리로 되어 버렸 다. 쟌느는 그런 것을 이때까지 알지도 못했던 것처럼 놀란 눈으로 바라 보다가 혼자서 중얼거렸다.
"그렇지 봄이니까!"

여자의 일생   의 여주인공 쟌느가 남편이 다른 여자와 함께 승 마하러 나간 것을 뒤쫓아갔다가 산 속에서 새들을 보고 혼자서 생각하는 장면이었다.
유길추와 함께 승마를 해 본 일은 없지만 간혹 극장이나 음식집에는 같이 다닌 일이 있다. 그것을 알았다면 옥순이가 쟌느처럼 자기 남편의 뒤를 따 랐을 것이 아닐까 하는 생각이 들어 상희는 잠시 책을 읽지 못했다. 책 읽는 것을 중단하자 옥순이가,
"빨리 읽어. 쟌느가 남편을 찾아내겠지."
하고 독촉을 했다.
"글쎄……."
"쟌느의 남편이 망신을 당하게 되구야 말 거야! 그래두 쟌느가 착한 여자 가 돼서 망신은 안 줄지도 모르지."
"소설인데 아무러면 어떠니?"
상희는 옥순이가 다시 더 말을 못하게 다음 줄을 읽으려 했다. 바로 그때 유길추가 들어오며,

"미음 먹을 시간이 됐으니까 좀 먹어……."

하는 바람에 상회는 책을 덮지 않을 수 없었다. 유길추의 뒤를 따라 식모가 미음 그릇을 들고 들어왔다.

유길추는 미음 그릇을 받아 책상 위에 놓고는 옥순이를 안아 일으켰다.

상회는 애정이 넘치는 듯한 부드러운 손으로 옥순이를 일으켜 앉히는 유길추를 볼 때, 마음이 흡족함을 느꼈다. 그것은 일종의 안도감이었을지도 모른다.

변함이 없는 두 사람의 애정…… 그래서 그들은 서로가 신뢰를 하고 의심할 줄을 모른다. 옥순은 그런 믿는 마음을 조금도 흐트러뜨리지 않고 죽을 수가 있을 것이다.

상회는 얼핏 몸을 일으켜 이불을 구기지 않도록 개어 주었다.

"자…… 먹어."

하고 유길추가 미음을 숟가락으로 떠서 입에 넣어 줄 때는 신문지 한 장을 집어다가 옥순의 무릎 위에 놓아 주었다.

그것은 유길추가 하는 일에 자기가 모른 체하고 앉아 있을 수가 없기 때문만은 아니었다. 유길추가 자기 아내에게 대하는 그 부드러운 태도에 만족감 같은 것을 느꼈기 때문이었다.

옥순은 미음을 한 입 한 입 받아 삼켰다. 맹물 같은 미음이었지만 그것도 먹기가 싫은지 몇 숟가락 안 먹고 손을 내저었다.

"한 숟가락만 더……."

먹지 않으려는 옥순을 걱정하는 유길추의 표정이 어린 자식을 대하는 어머니의 표정 그대로였다. 옥순은 할 수 없이 입을 벌렸다. 한 숟가락을 더 떠먹인 유길추는,

"한 숟가락만 더……."

했다. 옥순은 또 입을 벌렸다.

유길추는 그 이상 더 권하지 않고 옥순의 몸을 안기나 하듯이 움직이지 않게 뉘었다. 그리고는 잠시 서 있다가 시계를 한 번 보고는,

"오늘은 친구를 만나게 돼서 저녁을 먹구 돌아올 거야."

한 뒤 나갔다. 상희는 자기의 시계를 보았다. 여섯 시 십 분 전이었다.

유길추가 같이 나가자던 시간이 다 되었다. 상희는 떠날 준비로 방 안을 정돈하기 시작했다. 옥순의 침대를 정돈하고 책상 위를 정돈하였다. 그러고 나서는,

"내일은 영완의 집엘 들려 올게."

하고 일어섰다.

옥순은 갈 시간이 되었으니까 가는 것이려니 하고 말리지도 않았다. 그 대신,

"내 핸드백 좀 줘."

하고는 핸드백에서 돈을 꺼내서,

"내일 오는 길에 유 선생 노타이를 하나 사다 줘."

하는 것이었다. 그 동안 옥순은 상희에게 부탁하여 남편의 내의와 양말 같은 것을 사들여 왔다. 남편이 자기 손으로 그런 것을 사 오지 않으니 상희에게 부탁하지 않을 수 없었다. 그래서 이제는 그것이 한 관습처럼 되어 있기 때문에 상희도 아무렇지 않게 응할 수가 있었다. 그저 심부름이라 하고만 생각했던 것이다.

돈을 받은 뒤 상희가,

"색은 내 맘대루 고를게.

하고 말할 때,

"네 눈에 맞으면 그뿐이지."

하고 대답하는 옥순의 표정은 친구를 신뢰하는 만족한 감정을 그대로 표현한 것이었다.

"그럼 내일 또 올게."

"응……."

상희는 병실을 나서는 순간 또 한 번 시계를 보았다. 여섯 시 정각이었다. 한 지붕 밑에 있는 사람을 만나러 가는 데도 마음은 초조했다. 총총걸음으로 병원 진찰실에 이르렀을 때 유길추는 벌써 외출할 준비를 하고 서 있었다.

"나가실까요?"

상희는 지체하지 않고 앞장을 섰다.

옥순 앞에서는 마음의 동요가 적지 않은 것이지만 유길추 앞에 있기만 하면 모든 상념을 유길추에게 뺏기는 것이 상희이기도 했다. 남는 것은 유길추를 생각하는 마음뿐이었다.

앞장을 서서 병원 현관까지 나왔지만 그 뒤부터는 길추의 의사에 의하지 않을 수가 없어 발을 멈추었다.

뒤따라오던 길추가 묵묵히 걸으며 앞장을 섰다. 상희가 길추의 뒤를 따르는 태도로 발걸음을 옮기고 있을 때였다. 누가 옆에서 기침 소리를 내며 상희를 쳐다보았다.

상희는 가슴이 뭉클했다. 강삼모였던 것이다.

하루도 빼지 않고 미행을 하고 있다는 생각을 하니 부화까지 치밀어 올랐다.

그러나 화를 낼 수가 없는 일이라,

"웬일이시유?"

하고 냉정한 얼굴로 물었다.

"네……."

강삼모는 머리를 긁으며 헤식은 웃음을 웃었다.

"아는 친구가 있어서 왔다 가는 길이지요."

상희가 강삼모의 얼굴을 뻔히 바라보고 있으니까 강삼모는,

"자식새끼가 병에 걸려 누워 있지요. 그래서 아는 친구에게 돈을 좀 얻으러 왔더니 그 자식이 집에 있질 않군요."

하고 또 머리를 긁었다.

그러니 어떻게 하라는 것이냐 하는 눈으로 강삼모를 보자 그는 체면도 없이,

"사모님 돈 가지신 것 있거든 조금만 돌려주실 수 있을까요?"

하고 머리를 긁었다.

상희가 강삼모가 자기의 약점을 이용해서 돈을 뜯어먹으려 하는 것임을 알았다.

불쾌한 일이었다. 불쾌할 뿐 아니라 강삼모의 얼굴에 침을 뱉어 주고 싶은 생각까지 들었다. 남편의 심복으로 남편의 명령에 움직이면서도 돈만 주면 입을 막겠다는 그 이중성을 그냥 보고 있을 수가 없었던 것이다.

그러나 유길추가 앞에서 기다리고 있는데 강삼모와 싸우고 있을 수는 없었다. 그렇다고 자기가 자기의 죄를 인정하거나 하는 것처럼 아무 말 없이 달라는 돈을 내줄 수도 없었다.

"어디가 아픈데요?"

"이질에 걸렸는데 통 낫지가 않습니다."

"이 병원엘 데리고 오시지요. 내가 말해서 실비루 봐 드리도록 할게."

"별말씀을 다 하십니다 병원에야 집 근처에두 얼마든지 있는데요."

"내 동무의 남편인데 기술도 용하십니다. 와서 뵈세요."

"아니 사모님은 돈이 한 푼도 없으신가요? 왜 자꾸 그런 말씀만 하세요?"

돈을 받지 않고는 가만 있지 않겠다는 심보였다. 안 줄 수도 없는 일이었다. 이러한 인간은 사람을 어떻게 중상할지를 모른다. 있는 것 없는 것 다 보태어 사람을 죽일 년으로 만들 수가 능히 있다. 상희는 돈 천 환을 꺼내 주고는,

"주인한테 말해서 특별히 생각하도록 할 테니 우선 이것만 가지구 가요."
하고 강삼모를 뒤로 남긴 채 유길추가 기다리고 서 있는 데로 달려갔다.

최소한도의 돈을 준 것이지만 그래도 마음이 꺼림칙하기 짝이 없었다.

"이러구두 살아야 하는가?"
하는 생각이 치솟아 올랐다.

다행히 유길추가 강삼모에 대한 이야기를 한 마디도 묻지 않았기 때문에 불쾌한 이야기를 입 밖에 꺼내지 않을 수 있었지만, 어쩐지 자기가 죄를 짓고도 돈 천 원으로 그 죄를 감추려는 야박한 인간처럼 생각되어 견딜 수가 없었다.

그것만도 아니었다. 강삼모가 돈을 받고도 그 돈이 적다고 자기 뒤를 계속 미행하고 있을지도 모른다는 불안이 자기가 지금 구렁텅이로 발길을 옮

기고 있다는 위험을 느끼게 했다.

상희는 불안한 눈초리로 뒤를 돌아보았다. 강삼모가 보이지 않았다. 그러나 몇 걸음 안 가서 다시 뒤를 돌아보게 되는 상희였다.

상희가 불안해하는 것을 알면서도 유길추는 입을 열지 않았다. 언제나 말이 적은데다가 특히 남의 일에 간섭하지 않으려는 유길추이기 때문에 속으로는 궁금한 생각이 있어도 그런 것을 물어 보려고 하지 않는 성격이다

상희는 길추가 차라리 무슨 일이냐고 물어 주었으면 했다. 그런다면 사실대로를 이야기하고 같이 외출하는 것을 중단할 수가 있을 것 같았다.

이 날만이라도 길추와 함께 거리를 걷는 일을 그만두어야 할 것 같았다.

그러나 아무것도 모르는 채 묵묵히 걷기만 하고 있는 길추에게 자기를 미행하는 사람이 있다는 것을 경박하게 말할 수가 없었다. 더구나 그러한 불쾌한 괴로움을 길추에게까지 느끼게 만들고 싶지가 않았다.

"어디로 가서 저녁이나 먹읍시다."

유길추가 처음으로 입을 열었다.

"아무데루나 가시지요."

상희는 아무 이견이 없었다. 길추가 하자는 대로 하는 수밖에 없었던 것이다. 고민하는 여자처럼 마음이 약해지는 수가 없는 모양이었다.

"정릉으로 가지요?"

길추가 자동차를 불러 정릉에 있는 청수장까지 가자고 했다.

자동차가 돈암동을 지날 때까지 두 사람 사이에는 말이 없었다. 두 사람은 공통된 운명 속에서 서로가 맺은 묵계(默契)에 따라 몸이 움직일 뿐이라는 것 같았다.

차가 정릉 어귀에 이르렀을 때야 상희가 입을 열었지만 그것도 두 사람에 관계된 이야기는 아니었다.

"옥순이가 유 선생님 남방샤쓰를 사다 달라고 하는데 어떤 빛깔루 하실까요?"

"아무건 어떻습니까?"

유길추는 그런데 큰 관심이 없다는 듯이 대답했다.

“요새는 나이 든 남자들도 무늬가 있는 것들을 입나 부던데요?”

“젊어지려는 발악이겠지요.”

“선생님두 좀 발악을 해 보시지……”

“빨리 머리가 허애지라고 빌고 싶은데요.”

“혼자만 늙으실 필요가 어디 있어요?”

“젊어져서는 또 무엇을 합니까? 늙을 땐 늙구 죽을 땐 죽어야 하는 것이 인생의 순리가 아닐까요?”

“하긴 저두 빨리 늙기나 했으면 하는 때가 많아요. 늙기만 한다면 아무런 고통이 없을 터니까요.”

“인생에 대해서 피곤을 느끼기 때문에 그런 생각들을 하게 되는 거겠지요. 그렇다구 억지로 늙을 수도 없는 일이지만……”

두 사람의 대화는 잠시 중단되었다. 서로의 피곤한 인생을 이상 더 연상하고 싶지가 않기 때문이었으리라.

자동차가 속력을 죽이고 산길을 오르고 있었다.

“좌우간 남방샤쓰는 제가 마음대루 골라 드릴게요.”

상희가 처음 꺼냈던 말의 결말을 내렸다.

“그러세요.”

길추도 다른 의견이 없다는 듯이 대답했다.

어느덧 자동차가 청수장 현관 앞에 이르렀다. 자동차 멎는 소리에 일하는 사람 한 명이 달려와서 자동차 문을 열었다.

유길추는 자동차에서 내리자 자동차 문을 열어 준 사람에게 무엇이라 수군거리다가 상희더러 따라오라고 했다.

시냇가에 따로 세운 아담스런 별관이었다. 꼭같은 방이 두 갠가 세 갠가가 있는 조그마한 집이지만 방 안 장치와 창 밖으로 내다보이는 경치가 아담스럽기 짝이 없었다.

문을 열면 온돌방이 나온다. 그 온돌방에 연하여 저쪽 창가에 마루방이 달려 있는데 거기 의자에 앉으면 발 아래로 흐르는 맑은 물소리가 창 너머로 보이는 소나무 숲이 별천지 같은 감을 준다.

유길추와 상희는 그러한 방으로 들어갔다.

저녁식사가 들어올 때까지 두 사람은 마루방 의자에 앉아 바깥 경치를 구경하며 이야기를 시작했다.

"바깥양반이 아직도 집에 잘 들어오지 않는가요?"

단 두 사람만이 있는 자리이기 때문이었을 것이다. 길추가 오래간만에 상희의 집안 이야기를 물었다.

"하루 이틀에 고칠 병인가요."

상희는 최근의 트러블까지 이야기하고 싶었으나 첫머리부터 그런 말을 꺼내는 것이 경박스러운 것 같아 별일 없다는 듯이 대답했다.

"그렇지만 가정이라는 것이 어디 그럴 수가 있나요……."

길추는 상희가 불행한 사람이기 때문에 자기와 가까울 수 있다는 것을 알면서도 원칙적인 문제에 대해서는 공정을 잃지 않으려고 노력하는 사람이다.

"그러니까 멀지가 않은 것 같아요."

상희는 조금씩 자기의 감정을 실토하기 시작했다.

"멀지 않다니요?"

"이때까지는 가정을 파괴하지만은 않으려 했는데 요새 와서는 그런 것두 문제가 되지 않는 모양 같아요."

"그럴 수야 있나?"

"할 수 없지 않아요? 정 그렇게 나온다면 저두 생각을 달리 해야지요."

"그렇게 간단한 문제가 아니지 않을까요?"

"저두 많이 생각하구 있어요. 그렇지만 거세된 슬픔을 생각해 보세요. 저는 완전히 거세된 사람입니다. 아내가 아내의 위치에서 거세를 당한다면 가정에 붙어 있는 수가 어떻게 있겠어요?"

"인간의 위치에서 거세당하고도 그냥 살아가는 사람이 얼마나 많습니까? 다 어쩔 수 없어서 사는 거지요."

"그럼 저더러 거세를 당하고, 또 모욕을 겪으면서도 참으란 말씀인가요?"

상희는 어느 정도 반항적으로 나갔다. 상희는 남편과 이혼할 것을 완전히 결정하지 못했다. 그러나 유길추만은 자기에게 개성이 살아 있다는 것을 알아 주어야 할 것 같았던 것이다.

"글쎄요. 나는 무엇이라고 말할 수가 없는데요."

유길추로서는 그렇게밖에 대답할 말이 없었을 것이다. 자기에게는 죽어 가나마 아직 살아 있는 아내가 있다. 죽어 간다고 해서 죽을 것을 예상하여 상희에게 이혼을 권유할 수는 없는 일이다.

그러나 상희에게는 그 말이 불만스럽기 짝이 없었다. 자기가 이혼을 한다고 해서 곧 길추와 결혼한다는 것은 길추나 자기나 꼭 같이 생각할 수 없는 일이다. 그렇지만 최소한도 길추가 자기 편이 되어 자기를 도와주는 태도를 취해야 할 것이 아닌가?

상희는 눈물이 나오려는 것을 억지로 참았다. 설사 거짓말이라 해도 자기를 위무(慰撫)하고 격려해 주는 길추이기를 상희는 기대했던 것이다. 그 기대가 어긋났다는데 또 하나의 슬픔이 있었지만 돌이켜 생각할 때 길추로서도 어쩔 수 없으리라는 것을 이해치 않을 수 없었던 것이다.

상희가 울먹울먹하며 말을 못 하고 있을 때 길추가,

"우리 운명대루 삽시다.

하고 자기도 서글픈 사람이 아니냐는 듯이 말했다.

그럴 때 저녁상이 들어왔다. 그들은 온돌방으로 내려와 식상을 마주 하고 앉았다. 식사를 들기 전 길추는 반주를 시작했다. 술잔을 비우자 상희에게로 내밀며 술을 권했다.

"한 잔 드시지."

"술은 입에 대 본 일이 없는데요."

"한 잔쯤이야 어떨라구요."

"꼭 해야 한다면 마시지요."

"꼭 해야 할 것까지는 없겠지요."

길추가 내밀었던 잔을 도로 자기 앞에 놓은 다음 혼자서 술을 따라 마셨다. 몇 잔을 마셨는지 모른다.

"그만 식사를 하시지요."

상희가 만류했으나 길추는,

"최 여사 앞에서 한 번 실컷 마셔 보고 싶습니다. 그럼 안 될까요?"

길추는 주발 뚜껑에다 술을 따랐다. 상희는 하는 대로 내버려 두고 싶었다. 슬픈 사람에게서 취하는 자유까지 빼앗고 싶지 않았던 것이다.

그뿐만 아니었다. 길추가 술이 취해서 자기의 괴로움을 솔직하게 표현하는 모습이 은근히 보고 싶었던 것이다.

길추는 주발 뚜껑으로 연거푸 몇 잔이나 술을 마셨다. 나중에는 혀 꼬부라진 말을 하면서도 연방 술을 가져오라고 했다.

상희는 그래도 내버려 두었다.

"최 여사, 나두 거세된 사람이야. 거세된 남편이란 말야! 내 최 여사보다 다른 것이 뭐야? 최 여산 그래두 이혼을 생각하고 있지? 나는 어떡허라는 거야? 나는 그런 거나마 생각할 수가 없으니……."

상희는 그의 목소리가 너무나 큰데 그만 질렸다. 누가 밖에서라도 들으면 어떻게 한단 말인가?

그는 마주 앉았던 자리에서 일어나 길추 옆으로 가서 앉으며,

"정말 취하셨나 봐. 목소리를 좀 낮추세요."

하고 길추의 어깨를 잡아 흔들었다.

"내가 거짓말을 한단 말이오? 응!"

길추는 승세해서 더 큰 소리로 떠들었다.

"이러다가 망신하겠네. 좀 조용히 해요."

상희가 안타까이 길추의 몸을 흔들었다. 그때였다. 길추가 상희를 덥석 끌어안으며,

"상희 씨! 나는 어쩌라는 거요. 응?"

하고 목소리를 낮추었다. 목소리를 낮췄을 뿐 아니라 애원하는 어조였다.

"우리는 말야, 할 말이 수없이 많을 거야. 그렇지만 한 마디두 못 하구 죽을 거야. 안 그래, 응!"

상희가 안긴 채 길추의 얼굴을 쳐다보았다. 눈물이 흐르고 있었다.

상희는 길추의 눈물을 손으로 닦았다. 그러나 두 번째 닦으려 할 때는 자

기마저 울기를 시작했다.

처음으로 포옹하고 처음으로 흘리는 눈물이었다.

길추가 상희를 안은 채 방바닥에 쓰러졌다. 상희도 쓰러진 채 길추의 품에서 빠져나가지 않았다.

외로운 혼과 혼이 얼싸안고 몸부림을 치는 것이었다.

상희는 길추에게 안긴 채 밤을 새우고 싶었다. 아니 안긴 채 죽었으면 무엇보다도 행복할 것 같았다.

길추는 술에 취하여 씨근덕거리면서도 중얼거렸다.

"이혼을 해, 내 아내두 머지않아 죽을 테니까……."

그러나 취중에도 못할 말을 했다는 듯이 헛웃음을 몇 번이고 웃었다. 그리고는,

"운명이야, 모든 것이 운명이란 말야."

하고 상희를 더욱 힘주어 안았다.

상희는 아무 대꾸도 안 했다. 길추가 하는 대로 안겨 있을 뿐이었다.

길추의 팔에 힘이 죽기 시작하는 것을 느낄 때 길추는 이미 코를 골고 있었다. 상희는 잠든 길추의 뺨에 자기 얼굴을 문질렀다. 그리고는 벌떡 일어나 앉았다.

돌아가야 한다는 생각이 들었던 것이다. 만일 자기마저 그 분위기에 도취되어 버린다면 집에는 돌아갈 수가 없는 일이다. 상희는 길추의 말을 생각했다.

"거세된 인간!"

자기는 아내로서 거세된 여자만이 아니라 인간으로서 거세된 여자라는 것을 깨달았다. 사랑하는 사람과 하룻밤 즐길 만한 담력이 없었다. 자식들, 그리고 병석에 누워 있는 길추의 아내 옥순의 얼굴이 눈앞에 떠올랐다.

"가십시다, 네?"

그는 길추의 몸을 흔들어 깨웠다. 그러나 길추는 깰 생각도 안 하고 창밖에 흐르는 시냇물 소리만이 깊은 밤을 알리고 있었다.

지옥의 시련

"유 선생님!"

상희가 길추의 어깨를 잡아 흔들었으나 길추는 응응 신음 소리만 낼 뿐 꼼짝도 안 했다.

"정신 차리세요. 늦기 전에 가셔야지……."

상희가 다시 그의 몸을 흔들 때야 길추는,

"가야지! 가야 하구 말구, 아내가 기다리구 있을 텐데……."

하며 몸을 간신히 일으켰다.

상희는 아무 말도 안 하고 길추의 얼굴만 바라보았다.

정신을 차리려고 애를 쓰는 것이 역력히 보였으나 두 팔로 방바닥을 짚고 고개를 떨어뜨린 뒤 흑흑 한숨을 쉬는 것으로 보아 몸과 마음이 참을 수가 없을 만큼 괴로운 모양이었다.

상희는 아무 말도 안 하고 길추가 하는 대로 내버려 두고 싶었다. 다만 하루나마 우울한 집안일을 잊어버리고 푹 쉴 수 있는 시간이 길추에게는 얼마나 필요할 것이겠는가?

피로한 인생을 하루 저녁이나마 포근히 잠들 수 있게 해 주지 못한다면 자기는 길추에게 있어서 무엇이 필요한 존재라고 말할 수 있을 것인가? 길추는 절망과 같은 슬픔 속에 젖어 있다.

그런데도 그를 흔들어 깨워 그 절망의 심원 속으로 들여보내고야 말려는 자기는 너무나 자기 본위의 잔인한 인간이 아니겠는가?

상희는 자기가 죽어서 지옥에 가도 좋을 것 같았다. 길추를 위하여 탕녀 (蕩女)라는 말을 들어도 아무렇지 않을 것 같았다.

그래서,

"정 못 가시겠거든 마음대루 하세요."

하고 길추의 괴로워하는 어깨를 어루만져 주었다. 그러나 길추가 비틀거리는 다리에 힘을 주며 일어섰다.

"가야지. 가야 하구 말구……."

“가실 것 같지가 않은데요?”

“천만에, 가다가 죽는 일이 있어두 가야지…….”

길추는 반쯤 감은 눈으로 비틀비틀 걷기 시작했다. 위험한 걸음걸이였다.

상희는 길추를 부축해 주지 않을 수 없었다. 길추가 가야 한다고 하는데 자기가 말자고 말할 수는 없었던 것이다.

길추는 반 이상 정신을 잃었지만 그래도 음식값을 치르고 자동차까지 불러댔다. 자동차에 올라가서는 몸을 가누지 못하고 쓰러져 말도 못했다.

상희는 저쪽 창가에 쓰러져 괴로운 숨을 쉬고 있는 길추를 뻔히 바라볼 뿐이었다.

아파 죽어 가는 환자의 괴로움을 아는 체도 안 하고 칼로 피부를 째는 의사의 그 견인성을 생각해 보는 것이었다. 피부를 째고 뻘건 살을 헤쳐야만 하는 의사는 환자보다 더한 공포를 느낄지 모른다. 그러나 그런 것을 생각해서는 안 되는 것이 의사다.

길추는 지금 직업적인 의사로서의 견인성을 가지고 괴로움을 참는 것이라 생각하니 상희의 마음은 더욱 아픈 것 같았다.

“내가 나쁜 놈이지!”

길추는 혼자서 넋두리를 하는 것이었다. 그러나 상희는 길추의 손을 힘주어 잡고,

“선생님이 왜 나빠요? 절대로 나쁘지 않아요.”

하며 눈물을 떨어뜨렸다.

자동차가 어느덧 성심의원 앞에 이르렀다. 상희가 길추를 흔들며 집에 다 왔다고 말했다.

그러나 길추는 무슨 생각이 났던지,

“난 집에 안 들어갈 테야.”

하고 몸부림을 쳤다.

집 앞에까지 와서 집엘 안 들어간다는 것은 하나의 억지일 수밖에 없다. 집에 들어가기 싫은 것이 길추의 본심일지 모르지만 그렇다고 해서 상희

가 그 말을 받아들일 수가 있을 것이겠는가? 바로 대문 안에서는 옥순이가 눈이 빠지도록 기다리고 있을 것이다. 일하는 사람이라도 창 밖으로 내다보고 있을지 모른다.

"빨리 내리세요."

상희가 엄격한 어조로 말했다.

"나를 쫓아 보내려구……."

길추가 불만스럽게 투정을 했다.

"댁으로 가시라는데 쫓기는 누가 쫓아요?"

"알았어…… 이게 바루 안락한 나의 스위트 홈이지……."

길추가 허탈한 웃음을 웃으며 차에서 내렸다.

상희는 비틀거리는 길추를 부축하여 대문까지 바래다 주고는 길추가 대문을 두드리기 시작할 때 자동차로 달려왔다.

자동차에 올라앉은 상희는 대문 안으로 들어가는 길추를 바라보며 한숨을 속으로 내쉬었다.

아무 일도 저지르지 않았다는 홀가분한 마음과 아울러 무엇인가 미진한 듯한 생각이 그의 마음을 피곤하게 하였다.

'미진한 채 마음을 채워 보지 못하며 살다가 죽을 인생……'

상희는 슬퍼지는 자기를 참을 길이 없었다.

상희가 집에 이르렀을 때는 열두 시가 거의 되었다.

자기 방으로 들어가 옷을 벗고 있는데 잠을 자고 있는 창식이가 가위에 눌렸는지 끙끙 앓는 소리를 했다.

상희는 창식에게로 가서 몸을 흔들며,

"창식아……."

하고 꿈을 깨워 주었다.

그랬더니 눈을 번쩍 떴던 창식이가 다시 눈을 감고,

"엄마……."

하며 상희의 품을 더듬었다.

"무서운 꿈을 꾸었니?"

상희가 창식을 안아 주었다.

"아버지가 때렸어. 술이 취해 가지구 와서……."

눈을 감은 채 이야기를 하고 있었으나 창식의 감은 눈에는 눈물방울이 맺혀 있었다.

"아버지가 오셨니?"

"응…… 주무셔……."

그 말에 상희는 창식이가 매를 맞았다는 것이 꿈 이야기인지 정말 이야기인지를 알 수 없었다.

"생시에 맞았단 말이냐? 꿈에 맞았다는 말이냐?"

"정말로도 맞았어. 꿈에두 맞구……."

생시에 맞은 것이 꿈에까지 그대로 나타났던 모양이다.

상희는 창식을 힘껏 끌어안으며,

"우리 창식이가 무얼 잘못했다구 때린담……."

하며 혼자 중얼거렸다.

온전한 아이도 아니다. 병신 아이가 설사 잘못한 것이 있기로서니 매질까지 할 것이 무엇인가?

"빨리 자라구 하며 막 때리지 않아……."

창식은 울음이 완전히 멎지 않았는지 끽끽 느끼며 말했다.

상희의 마음이 아파 오기 시작했다. 자기가 집에 붙어 있기만 했다면 창식을 매맞게 하지는 않았을 것이 아닌가?

상희는 자기 자신에 대한 불만을 새삼스럽게 느꼈다.

그러나,

"몇 신데 지금에야 돌아오는 년이 있어?"

하며 남편 명규가 안방으로 들어올 때 상희는 머리털이 곤두서는 것을 느꼈다.

명규는 잠을 자다가 일어난 모양이었지만 아직도 취기가 돌고 있었다.

"도대체 몇 시냐 말이야."

상희는 대답을 안 할 수 없었다.

시계를 들여다보고,

"열두 시 십 분 전이로군요."

"살림하는 예편네가 열두 시까지 싸돌아다녀두 좋단 말이지?"

명규가 손찌검을 하고야 말 기세였다.

상회는 때리려면 때려라 하고,

"남편 없는 집안에서 살림은 무슨 살림을 해요?"

반항을 하고 싶었다. 무엇보다도 불쌍한 창식을 가위에 눌리게까지 때려 주었다는 것을 생각할 때 참을 수가 없었던 것이다. 여덟 살이라고는 하나 키가 대여섯 살 난 아이보다도 크지 못한 창식이다. 어렸을 때 마루에서 떨어져 꼽추가 된 뒤부터 오늘까지 오 년 동안이나 상회의 속을 썩이고 있다. 그것도 애령 밑으로 아이를 둘씩이나 잃고 처음으로 낳은 자식이다. 그러한 어린것을 잘못한 일도 없는데 때려 주었다는 것은 정말 아버지로서 할 수 없는 일이다.

그러나 명규가 손찌검을 할 듯이 덤벼들자 창식이가 경풍 들린 어린아이처럼 악 소리를 내며,

"엄마!"

하고 몸을 부들부들 떠는 것을 보자 상회는 그만 기가 죽고 말았다.

"영화 구경을 갔다가 동무네 집을 들려서 놀구 오느라구 늦었어요."

기가 죽었을 뿐 아니라 엉뚱한 거짓말까지 꾸며 했다.

"거짓말 말어! 또 성심병원에 갔던 거 아냐?"

명규는 위협하는 태도를 취하기는 했으나 단정적으로 말하지는 못했다. 미행을 시킨 강삼모가 정확한 정보를 제공하지 않은 모양이었다. 그래서 상회는 자신 있는 태도로,

"성심병원, 성심병원 하지만 거길 가는 것이 어쨌단 말씀이오? 아무렇기로서니 동무의 남편과 연애를 할 수가 있을 것 같소?"

강하게 대했다.

"요즘 세상에 동무 남편이라고 꺼려서 연앨 못하나?"

"전 못해요. 그런 짓을 할 만한 용기라두 있으면 벌써 무슨 일이 났을 겁

니다.”

“좌우간 싸다니질 말란 말이야. 예편네가 집을 지켜야지 열두 시까지 찔 찔거리며 싸다니면 어떡해? 어린 병신자식이 불쌍하지 않나?”

“불쌍한 줄 알면 때리기는 왜 때리세요?”

“속이 상하니까 때리지…….”

명규의 태도는 며칠 전과 아주 달랐다. 며칠 전 같으면 금시 이혼이라도 하고야 말 것처럼 으르렁거렸다. 그런데 지금은 그저 위협하는 데 그치는 정도다. 아무래도 강삼모의 보고가 상희에게 유리하도록 되어 있는 모양이었다. 그렇다면 앞으로도 강삼모만 삶아 놓으면 명규는 눈 뜬 장님이 되고 말 것 같았다.

상희는 속으로 웃음이 나왔다. 단돈 천 환의 효과가 그렇게도 큰 것인가 하는 것을 생전 처음 느꼈던 것이다.

그런 생각을 하고 안심을 해서 그런지 상희는 다음날 아침 또다시 유길추를 생각하기 시작했다.

옥순이가 부탁한 대로 영완을 찾아갈 것, 그리고 길추의 남방셔츠를 살 것, 이러한 생각을 하고 있을 때 상희는 문득 자기도 길추에게 무엇을 사 주어야 한다고 생각했다.

길추의 아내는 옥순이다. 그러나 자기도 옥순이와 같이 길추에게 물건을 사 주어야 할 사람처럼 느껴졌던 것이다.

상희가 하루 동안 나가서 할 일을 계획 세우고 있을 때 창식이가 학교로 가면서,

“엄마, 오늘두 나가우?”
하고 물었다.

허리가 까부라졌기 때문에 란드셀을 못 메고 큰 아이들처럼 책보를 손에 든 창식이다.

나갔다가 또 늦게 돌아오느냐 하는 뜻임을 짐작하기 때문에 상희는 잠시 동안 대답을 못했다.

언제나 남의 눈치를 살피며 혼자 생각하기를 잘하는 창식이라 그는 상희

의 얼굴을 바라보며 대답을 기다릴 뿐 말로써 대답을 독촉하지는 않았다.

상희는 창식의 그 말 없는 얼굴을 보는 것만도 죄의식을 느끼게 하는 것 같아 가슴패기로 창식의 머리를 얼싸안으며 그 얼굴을 가려 버렸다.

"오늘은 일찍 들어올게……."

그때야 창식은,

"난 엄마가 없으면 무서워……."

하며 자기 얼굴을 상희 가슴패기에 댄 채 내저었다.

"오늘은 아버지가 안 계실 텐데……."

무서울 것이 없다는 뜻으로 말을 하면서도 상희는 앞으로 일찍일찍 돌아올 것을 속으로 생각했다.

"그래두……."

창식에게는 아버지가 무서운 유령처럼 생각되는지도 모른다.

그것은 아버지가 무섭다는 생각에서만은 아닐 것이다. 자기를 지켜 주고 보호해 줄 사람이 없다는 공허감에서 오는 공포감일지 모른다.

'이제는 너를 무섭지 않게 해 주마…….'

상희는 속으로만 생각하며,

"공부 잘 하구 와, 우리 창식이 용하지."

하고 창식을 학교로 보냈다.

창식을 학교로 보내자 상희는 빨리 나갔다가 일찌감치 돌아올 것을 생각하며 집을 나섰다.

우선 영완의 집을 찾아가는 것이었다. 영완은 옥순과 같이 상희의 친한 친구였지만 나이가 오 년이나 차이 나는 아직 사십 미만의 여자였다.

영완은 상희를 대하자,

"오늘은 새벽처럼 웬일이냐?"

하고 놀라는 듯 반겼다.

"비밀 이야기가 있어서……."

상희는 정말 중요한 이야기라도 있는 듯이 시치미를 떼고 말했다.

"네까짓 것이 비밀 이야기가 있으면 뭐 대단한 걸라구……."

“정말 너를 보구 싶다는 사람이 있어서 왔어. 내 이야기가 아냐.”

“그래? 거 기적인데. 그렇지 않아두 기적이나 없을까 해서 대천엘 가려구 그러던 참인데…….”

“대천엘? 언제?”

“내일이라두 떠나 볼까 해. 그렇지만 것두 두고 봐야 알 일이지…….”

“그건 또 왜?”

“기적을 바라구 갔다가 허탕을 치구 ‘대천아, 잘 있거라.’ 하구 눈물 머금은 얼굴로 돌아올 생각을 하면 떠날 용기가 없어져…….”

“대체 네가 바라는 기적이란 뭐니?”

“왕자 같은 멋진 남자가 나타나서 ‘영완 씨’ 하구 나를 불러 줄 그런 꿈이지…….”

“남편은 어떡허구?”

“너는 그런 말 하는 게 꼭 질색이더라. 달 밝은 바닷가에서 ‘달이 밝지요?’ 하면 남편이 뭐라구 대답할 것 같으니? ‘달을 첨 봐?’ 할 게 아냐? 그런 남편하구 어딜 같이 다니니?”

상희는 영완의 얼굴을 유심히 바라보았다. 어머니가 죽은 지 며칠도 안 된다. 남편과의 사이는 누구보다도 좋다. 그런데 기적을 붙잡으려고 대천엘 가겠다는 영완의 마음이 어떤 것일까 생각하지 않을 수 없었던 것이다.

영완이가 남편에게 불만이 있으리라고는 생각되지 않았다. 경제적으로도 걱정을 끼치지 않고 정신적으로도 영완을 괴롭히지 않는 남편이다. 그러면서도 기적을 바라는 마음을 가지는 것은 무엇일까? 그것은 낭만한 꿈 이외에 아무것도 아닐 것이다.

“그래 기적이 나타나면 어떡헐래?”

상희는 자기와 유길추와의 관계를 생각하여 물었다.

“어떡허길 무얼 어떡허니? 그저 기적을 꿈꿔 보는 거지. 그것뿐이야. ‘나는 당신을 사랑합니다.’ 하며 추근덕스럽게 따라다니는 남자가 있다면 그걸 어떻게 눈꼴사나워 보니? 따귀나 갈기고 싶지…….”

결국 영완은 아무것두 못할 여자다. 남편과의 부부생활에 자극이 없어 자극을 한 번 구해 보려는 것뿐이다. 말하자면 유희 이전의 유희다.

"어린애들이나 데리고 가라. 기적두 별수 없는 게 아니냐?"

상회는 자기나 영완이나 다 같은 운명이라고 생각했다. 별수 없이 여성의 길을 걸어야 하는 사람들이다.

"참 나를 보구 싶다는 사람은 누구야?"

그때야 상회의 말이 생각났던지 영완이가 물었다.

"기적은 아냐. 그래두 만나 줘야 할 사람이야."

"대관절 누군데?"

"옥순이……."

"옥순이가 나를 보구 싶대? 참 대사 때문에 얼마 동안 못 가 봤더니 그래 요새는 좀 어떠니?"

"그저 그렇지."

"너하구 유 선생하구의 관계를 냄새 맡았니? 그래서 날 보구 싶다는 게 아냐?"

"그렇지는 않을 거야. 자기두 머지않아 죽을 테니까 네 어머니 돌아가신 이야기를 듣구 싶어서 그러는 거겠지……."

"그래 너는 요새두 유 선생을 만나니?"

영완이가 상회와 유길추와의 최근 동태를 묻기 시작했다. 두 사람의 관계를 처음부터 쭉 알고 있는 영완이였다. 상회도 영완에게만은 별반 숨기는 일 없이 두 사람의 관계를 이야기해 오고 있었지만 이 날만은 어쩐지 그 이야기를 꺼내고 싶지 않았다. 더구나 어젯밤 일 같은 것은 아무리 가까운 영완에게라두 차마 말할 수 없는 일인 것 같았다.

"만나야 별수 있어? 이제는 만나지두 않을래?"

"그럴 거야 뭐 있니? 그럭저럭 살다 죽는 세상인데……."

영완은 두 사람의 관계를 이해하고 있다. 그러나 어떻게 했으면 좋겠다고 자기의 의견을 말할 수 없는 처지에 있는 사람이다. 그런 만큼 언제나 친절한 구경꾼의 입장에서 이야기를 듣는 역할만을 한다.

상회는 그러한 영완을 알기 때문에 그에게서 어떤 해결책을 구하려는 생각은 갖고 있지 않다.

"결과 없는 행동은 미리부터 알아야 할 거야. 결과가 없을 것을 빤히 알면서도 하는 행동은 방황(彷徨)뿐일 테니까……."

상희는 이런 정도로 이야기를 끝내고는 빨리 옥순을 만나 주란 말만 남겨 놓은 뒤 영완의 집을 나왔다.

영완의 집을 나와서는 곧바로 백화점으로 갔다. 유길추의 남방셔츠를 사러 가는 것이었다.

옥순의 심부름으로 길추의 남방셔츠를 사는 것이지만 상희는 자기 마음에 드는 것을 고르는 데 한 시간이나 거의 걸렸다.

옥순의 남편 물건을 산다는 생각보다도 자기가 사랑하는 남자의 물건을 산다는 그런 심정에서였다.

한 시간 만에 고른 셔츠는 흰 바탕에 횐색 모란 무늬가 큼직하게 그려 있는 젊은 사람들만이 입을 수 있는 것이었다.

길추가 입고 다닐 수 있을지 자못 의심이 날 정도였다. 옥순이는 못마땅해 할 것이 뻔했다. 그러나 상희는 옥순이가 반대해도 자기가 그것을 입도록 하고야 말리라고 생각했다.

옥순이가 싫다고 해도 자기가 좋다고 하면 길추가 자기의 말을 들어 줄 것 같은 마음도 들었다.

남방셔츠를 사자 상희는 자기가 길추에게 줄 물건을 고르기 시작했다. 라이터 담배갑, 면도, 혁대…… 이렇게 골라 보았으나 탐탁스런 것이 별로 없었다. 기념이 되면서도 좀더 멋있는 물건을 고르려고 하니 그것이 쉽지가 않았다.

상희는 본 것을 또 보고 하며 백화점을 몇 바퀴 돌고 나서 산 것이 겨우 부채였다. 값이 비싼 것도 아니지만 그것이 마음에 들었던 것이다. 외국 제품으로 모양도 깨끗하게 생겼지만 상희는 그것이 길추에게 시원한 바람을 줄 수 있는 물건이라는 데 호감을 가질 수 있었다. 더구나 부채란 행운을 뜻한다는 말도 있다. 길추가 부채를 부칠 때마다 시원한 바람에 싸여 자기를 생각해 주기를 바라는 마음이었다.

상희는 만족스러운 마음으로 백화점을 나왔다. 백화점을 나와 유길추의 집으로 걷고 있을 때였다. 아들 창우가 다니는 은행 앞을 지나면서 은행 간판을 쳐다보았다. 별일은 없지만 창우가 일하고 있는 은행이라, 생각하니 한 번 들어가 보고 싶은 생각이 들었다. 그러나 할 이야기도 없이 만나러 간다는 것도 이상스러워 멈추었던 발을 다시 옮기려고 할 때였다.

"어머니!"

바로 창우의 목소리가 들렸다.

정문으로 나오고 있던 창우가 상희를 부르고는,

"어딜 갔다 오세요?"

하고 물었다.

상희는 얼굴이 달아올랐다. 창우가 알면 안 될 것들을 사 가지고 가는 길이다.

"뭘 좀 사느라구⋯⋯."

백화점 포장지로 싼 물건을 안고 있으면서 백화점에 갔다 온다는 것을 속일 수는 없었다.

그러나 창우는 그런 것이 문제가 아니라는 듯,

"바쁘시지 않지요?"

하고 다그채듯이 물었다.

"왜?"

"글쎄요?"

"바쁠 건 없지만⋯⋯."

"그럼 같이 가십시다."

창우는 상희를 끌다시피 어떤 다방으로 데리고 갔다.

다방에 거의 이르러서야,

"앉아서 보구만 계세요. 이야기는 나중에 해 드릴 테니⋯⋯."

하고 창우가 음모를 꾸미는 듯한 눈으로 상희를 보았다.

"무슨 일이냐 대체?"

상희가 물어도 창우는,

"다방에 들어가서는 저를 아는 척하시지 말구 혼자 앉아 계세요."

하고 기분이 나쁠 정도로 엉큼스런 웃음을 지었다.

"무슨 일인지나 알아야 들어가지 않니?"

"나중에 알아두 되니까 제 말만 들으세요."

창우는 상희를 붙잡아 끌었다.

무슨 일인지 짐작할 수도 없는 일인 만큼 다방에 들어선 상희는 창우의 말대로 따르지 않을 수 없었다. 창우는 다방에 들어서자 상희에게는 눈도 돌리지 않고 다방 안을 둘러보다가 어떤 젊은 여자가 앉은 자리로 걸어가고 있었다.

상희는 떨어진 자리에 앉아 창우의 거동을 멀리 살피기만 하고 있었다.

창우가 만난 여자는 창우보다 위인 것 같았다. 한복을 의젓하게 입은 것으로 보아 살림하는 여자라는 것도 틀림없었다.

자기보다 나이가 많은 가정부인을 만나는 데 무엇 때문에 자기를 데리고 왔을까?

상희는 창우와 그 여자를 바라보며 혼자 생각하는 것이었다. 설마 사랑하는 여자야 아니겠지?

그러나 여자가 얼굴을 붉혀 가며 중요한 이야기를 하는 것 같은 태도를 볼 때 상희는 둘의 사이가 심상한 것이 아니란 생각이 들었다.

'유부녀를 건드렸을까?'

'그래서 자기의 의견을 들으려고 하는 것이 아닐까?'

이런 생각을 혼자 하고 있을 때 창우가 눈을 부라리며 젊은 여인에게 야단치는 표정이 보였다.

'말을 안 듣는다고 야단을 치는가 보군……'

상희는 이렇게밖에 달리 생각할 도리가 없었다.

젊은 여인은 잠시 동안 머리를 숙이고 말이 없었다.

사정을 들어 본 일이 없는 만큼 이유가 무엇인지는 모르나 어쨌든 여자가 불쌍한 생각이 들었다. 만약 남편 있는 여자라 미혼인 창우를 사랑하다가 쓰라린 고통을 당하게 되었다면 그가 어찌 불쌍하지 않을 것인가?

두 사람은 한참 동안 말이 없었다. 한참 뒤 젊은 여자가 조용히 몇 마디를 하고 자리에서 일어섰다. 별로 인사도 않고 밖으로 나가고 있었다.

창우는 여인의 얼굴만 쳐다볼 뿐 아무 말도 없이 그를 보내었다.

상희는 자기가 곤란한 입장에 선 것을 느꼈다. 창우가 해결 짓기 힘든 문제를 의논해 올 때 자기는 무엇이라고 대답할 것인가?

상희는 인생 문제에 대하여 이러쿵저러쿵 말할 자신이 없었다. 표준형으로 겨냥해 가지고 만든 옷이라고 해서 누구에게나 입힐 수는 없을 것 같았다. 인간들은 제각기 제멋대로 옷을 만들어 입어야 그것이 자기 몸에 맞을 것만 같았다. 더구나 자기는 그 표준형의 옷을 만들 만한 자격도 없다.

여인이 나간 지 이삼 분 뒤 창우가 상희에게로 왔다.

"어떤 여성일 것 같아요?"

상희가 입을 열기 전에 창우가 먼저 질문을 했다.

"알 수 있나?"

"나쁜 여자 같지요?"

"나쁜 여자 같지는 않은데……."

"아버지의 작은댁이에요."

상희는 놀라지 않을 수 없었다.

남편의 소실이 창우를 만나러 왔다는 사실보다도 자기의 집안을 어지럽히고 있는 여자가 그리 나쁜 인상의 여성이 아니라는 것이 놀라웠다.

깨끗한 사랑 때문에 고민을 하고 있는 불행한 여성처럼 보였다는 것, 그것이 상희의 마음을 악하게 만들지 않았다.

그러나 무엇 때문에 만났느냐는 말을 묻지 않을 수 없었다.

창우는 묻는 말에 대답하기 전,

"알구 보니 나쁜 여자가 아니던데요."

하고 명규의 소실 윤송화(尹松花)에 대한 인상적인 말만을 했다.

그리고 나서야 송화가 찾아왔던 용건을 이야기했다.

"아버지가 어머니와 이혼을 하려고 하지만 자기는 그것을 반대하니까 걱정 말라는 거야요."

상희는 송화가 그럴 수 있는 여자일 것이라고 생각했다. 그러나 얼굴을 붉히고 이야기하던 것은 무엇이었을까? 창우도 눈을 부릅뜨고 이야기를 하지 않았던가?

"그래두 언성을 높이며 이야기를 하는 것 같던데?"

상희가 물었다.

"내 이야기를 뭐라구 그랬게?"

"아버지한테서 들은 말이겠지요. 어머니 이야기가 사실이냐구 묻지 않아요? 그래서 사실이면 어쩌겠느냐고 야단을 쳐줬지. 그랬더니 얼굴이 빨개지던군요."

"아마 내가 그랬으면 하고 바라는 거겠지."

상희는 창우의 이야기에 김이 빠지는 것을 느꼈다. 남편을 빼앗아 간 여자다. 미워져야 할 여자인데 미워지지가 않는다. 미워할 재료가 생기는가 해서 물어 보았지만 창우의 대답은 예기했던 데 비해 아무것도 아니다. 창우는 송화를 미워하기보다 그를 두둔하려 했다.

"그런 것 같지는 않던데요. 자기 때문에 집안이 편치 않게 되어 미안하다는 태도였어요."

상희는 창우가 송화를 두둔하지 않았다면 불쾌감도 느끼지 않을 뻔했다. 자식이라면 자기 친부모를 무조건 두둔해야 한다.

그러기 위해서는 송화를 무턱 미워해야 할 것이 아니겠는가.

"그렇게 미안하거든 딴 데루 시집을 갈 것이지……."

"가족에게 느끼는 미안과 아버지에게 느끼는 애정이 서루 다른 감정일 수도 있지 않아요?"

상희는 창우하고 다툴 수는 없었다. 창우도 자기를 미워하고 송화만을 두둔하는 것은 아니다. 아버지의 첩이라는 점에 구애되지 않고 하나의 여성이라는 관점에서 본다면 창우도 송화를 나쁘게 보지 않을 것이 사실이다.

"그래 그저 그 말을 할려고 찾아왔던 것이냐?"

상희는 길추에게 갈 마음이 바빠 자리를 뜰 채비를 하며 물었다.

"결국 자기가 아버지를 충동시키고 있지 않다는 것을 알아달라는 거지

요.”

　“그래?”

　상희는 창우와의 이야기를 줄이고 길추의 집으로 갔다.

　병원 현관을 들어설 때의 상희는 유쾌하기 짝이 없었다. 남방셔츠 값은 옥순이가 냈다고 하나 물건을 고른 것은 자기다. 돈 낸 사람의 공보다 자기의 정성이 깃들은 물건이다. 그리고 자기 돈과 성의를 가지고 산 부채가 있다. 모두 유길추를 위한 것들이다. 사랑하는 사람을 위하여 물건을 사 가지고 가는 쾌미를 처음 맛보는 상희였던 것이다.

　설사 얼굴에는 나타내지 않는다 해도 속으로 좋아할 길추의 얼굴을 생각하며 진찰실을 기웃 들여다보았다.

　그러나 길추가 보이지 않았다.

　상희를 본 간호부가,

　“안방에 계세요.”

하고 알려 주었지만 간호부의 표정이 심상치 않은 것 같아,

　“왜 무슨 일 생겼어?”

하고 묻는 상희의 가슴은 벌써부터 두근거리기 시작했다.

　“사모님이 위독하신가 봐요.”

　상희의 가슴이 철썩 내려앉았다. 올 날이 오고야 말았다는 생각이 들었던 것이다. 옥순은 죽을 것으로 되어 있는 사람이다.

　그러나 아직 죽지 않았다는 사실이 길추와 상희와의 사이를 평온한 위치에 앉아 있게 해 주었다. 그러나 이제 옥순이가 죽는다면…….

　상희는 안방으로 뛰어들어갔다. 자기의 운명이야 어쨌든 죽음 그 자체는 중요한 것이니까…….

성좌의 혼선

　창우가 책상에서 사무를 보고 있는데 소녀 급사가 와서,

"손님 오셨어요."

하고 말했다. 창우가 고개를 돌려 소녀를 보니 소녀는 시선을 손님들이 있는 창구(窓口) 밖으로 두고 있었다.

소녀의 시선을 따라 바깥을 보았을 때 창우의 눈은 권숙의 눈과 부딪쳤다.

'염체 없는 것.'

권숙을 보자 창우의 머리에 떠오르는 생각이었다. 동시에 그는 머리를 책상 앞으로 돌리고 일을 계속했다.

얼마 동안 장부에 숫자를 기입하고 있을 때 소녀 급사가 다가와서,

"좀 나오시래요."

했다.

"그래!"

창우는 신경질적인 목소리로 소녀를 돌려 보냈다.

마음 같아서는 권숙을 만나지 않고 싶었던 것이다. 그러나 권숙은 자기가 나갈 때까지 급사 애를 몇 번이고 보낼 위인이다.

창우는 할 수 없이 자리에서 일어나 권숙에게로 갔다.

"무슨 볼일이 있어?"

권숙은 어이가 없다는 듯이 창우의 얼굴만 쳐다보고 있었다.

"할 말이 있거든 해."

그때야 권숙은,

"할 말이 없으면 못 오나요?"

하고 반쯤은 웃음이 섞였으나 반쯤은 노기를 띤 눈으로 입을 열었다.

"나는 그렇게 한가한 사람이 아냐."

"잘 알아요. 곧 가면 되지 않아요?"

"무슨 말인데……."

"너무 그러면 하려던 말이 쏙 들어가 버리지 않아요."

창우는 난처했다. 말이 나올 때까지 기다릴 수는 없고 그렇다고 해서 자꾸 다그칠 수만도 없었다. 권숙은 말이 나올 만큼 기분이 전환되기를 기다리는지 창우를 말똥말똥 쳐다보기만 할 뿐 좀체 입을 열지 않았다.

창우는 하는 수 없이 주머니에서 종이쪽을 꺼내 주며,

"용건을 써서 급사한테 전해."

하고 권숙을 내버려 두고 자기 자리로 갔다.

자리에 돌아간 지 얼마 안 되어 소녀 급사가 쪽지를 가져왔다.

'여섯 시 초혼 다방으로 나와 주세요. 긴급히 드릴 말씀이 있습니다. 그리고 이 쪽지를 보시고는 저에게로 얼굴을 한 번 돌려 주십시오.'

쪽지를 읽자 창우는 밖으로 얼굴을 돌렸다. 이쪽만을 바라보고 있던 권숙이가 턱을 아래로 몇 번 간들간들하는 것이 보였다.

"나오지요?"

하는 뜻이리라. 창우는 공연히 웃음이 나왔다. 천진스런 태도에 화를 낼 수가 없었던 것이다. 그래서 어느새 창우는 권숙이가 한 대로 턱을 끄떡했다. 창우가 끄덕하는 것을 보자 권숙은 빵긋 웃고 한쪽 눈을 감아 윙크를 보내며 은행을 나갔다.

권숙이가 나가자 창우는 선우영을 생각했다. 언제나 새침한 선우영……. 어젯밤 극장에서 나오는 길로 중국요릿집엘 들어가자고 할 때도 선우영은 기름기 있는 음식은 싫어한다고 하며 끝내 거절을 했다.

그런데 권숙은 냉정하게 대해도 화를 낼 줄 모른다. 자존심이 없는 여자라고는 말할 수 없다. 집착심이 강한 여자라고나 할까?

창우는 권숙이를 경멸만 할 수는 없는 것 같은 생각이 들었다.

권숙에게는 결점이 있다. 남자와의 관계를 너무 쉽게 맺고 또 너무 쉽게 던져 버리는 것이다. 그러나 그것은 마음이 악해서가 아니라 성격에서 오는 어쩔 수 없는 것일지 모른다. 그러면서도 자기에게 대하는 태도는 집요하기 짝이 없다. 좋아하는 사람에게는 자존심도 아무것도 다 버릴 수 있는 그러한 여자인 모양이었다.

창우는 퇴근을 하자 권숙과 약속한 '초혼' 다방으로 갔다.

권숙이가 웃음 띤 눈초리를 던지며 창우를 맞이했다.

창우는 권숙에 대하여 불쾌한 기억이 몇 가지나 있었지만 이미 만난 터라 불쾌한 기억을 버리도록 노력하지 않을 수 없었다.

조치구와 함께 극장 구경 갔던 것도 불쾌한 일의 하나였지만 그런 것은 문제삼을 필요가 없다고 생각했다. 권숙은 지금 자기를 만나러 왔다.

자기를 만나러 왔다면 지난 일을 잊어버리고 있을 것이 분명하다. 잊어버리고 있는 일까지 일깨워 다시 기억하게 할 필요가 어디 있을 것인가?

그러나 며칠 전 홀에서 나오다가 그의 뺨을 때린 사건만은 이야기를 해두어야 할 것 같았다. 그것도 권숙을 부끄럽지 않게 이야기해야 할 것 같았다.

"요전날 밤에는 뺨이 좀 아팠지?"

"다 잊어버렸는걸요."

권숙은 잊어버리지 않았더라도 대단한 일이 아니라는 듯 생긋이 웃었다.

창우는 어이없는 웃음을 웃었다. 대로상에서 매를 맞은 것이 며칠도 지나지 않았건만 그것을 까마득 잊어버리다니…….

"왜 때렸는지 알아?"

창우는 그 정도로 지나 버릴 수 있는 성질의 일이 아닌 것 같아 좀더 말을 시키려고 했다.

그러나 권숙은,

"이런 걸 왜 자꾸 생각하시는 거예요. 기분 나쁘게……."

이렇게까지 이야기하는데 그 이상 더 되돌릴 수는 없었다. 그래서,

"긴급한 일이란 뭐지?"

하고 화제를 돌려 버렸다.

권숙은 창우의 얼굴을 한참이나 바라보다가야,

"대천 안 가실래요?"

하는 것이었다.

창우가 얼굴을 찡그리지나 않을까 해서 불안해하는 표정이었다.

"쌜러리맨이 놀러다닐 수가 있어?"

창우는 불쾌한 표정을 짓지 않았다. 가고 싶기는 하나 떠날 수가 없다는 눈초리였다.

"가고 싶다면 하루 이틀쯤 결근은 못해요?"

"밥 바가지가 달아나면……."

"쌜러리맨은 앓지도 못하게요? 아파서 결근한다면 되지 않아요?"

"그렇게까지 해서 갈 만큼 대천이 흥미 있는 곳이어야지?"

"대천이 싫으면 더 좋은 데루 가지요. 비용은 내가 전적으로 담당할게요."

"돈이 얼마나 많게 밤낮 돈 자랑을 하는 거야?"

"소식을 모르시는군요. 미국에 양아버지가 있어서 돈은 얼마든지 보내줘요."

"미국 사람인데?"

"오브 코스, 전쟁 때 나왔던 육군 대령인데 미국에 오라고 밤낮 편지가 온다나요……."

"대단한데……."

"좌우간 가시겠어요? 안 가시겠어요?"

창우는 금시 대답할 수가 없었다. 못 가겠다는 이유는 있는 것 같지가 않았다. 그렇다고 해서 손바닥을 치며 좋아라 하고 가겠다는 말을 할 수 있는 성질의 것이 아닌 것 같았다.

"좀 생각해 보구."

창우는 결국 시간적 여유를 구하는 수밖에 없었다.

그러나 권숙에게는 그것이 일종의 도피라고밖에 해석되지 않았을 것이다.

"남성적인 줄 알았더니 그렇지도 못하시군요?"

이런 말이 나오고야 말았다.

"행동에는 자유가 있다 해도 시간에는 자유가 없으니까 그런 거지……."

"그게 도피지요. 행동할 결심이 섰다면 시간에 속박을 받을 사람이 어디 있어요?"

"시간도 하나의 현실이 아냐? 현실을 어떻게 무시하노!"

창우는 이런 말로 어물어물할 뿐 결정적이 대답을 하지 못했다. 권숙의 말대로 도피하려는 마음임에 틀림없었다.

그러나 권숙이가 갑자기,

"가 보겠어요."

하고 벌떡 일어설 때는 창우도 당황하지 않을 수 없었다. 여자에게서 무능하고 용단성이 없는 남자라고 비난을 듣는다는 것처럼 치명적인 일이 어디 또 있을 것인가?

"가면 어디루 갈까?"

권숙이가 다시 자리에 앉았다.

"가기 싫거든 그만두세요. 억지루 가자는 것은 아니니까……."

권숙이가 이렇게까지 나오는 데는 할 말이 없었다. 한 대 얻어맞은 기분이었다. 그러나 그렇다고 해서 주변머리 없게 약점을 보일 수는 없었다.

"대천은 제삿집 같고 만리포는 교통이 불편하고……."

결국 갈 곳이 마땅치 않다는 것을 가지고 자기 마음이 내키지 않았다는 것을 커버하는 수밖에 없었다.

"부산에도 포항에도 해수욕장은 있지 않아요?"

"거기는 물이 차겁고 시설이 대천만 못하거든……."

"그럼 바다라야만 하는 법이 있어요? 산으로 가면 그만이지."

"손쉽게 갔다 올 산이 어딜까?"

"수덕사, 해인사, 불국사, 마곡사, 얼마든지 있지 않아요?"

"나는 불국사밖에 가 본 데가 없는데 너무 생소한 데는 공연한 신경을 잡아먹지 않을까?"

"난 불국사도 가 보질 못했어요. 그럼 불국사로 하시지……."

"불국사라면 금요일 밤차로 갔다고 일요일 밤차로 오기 똑 알맞은 코스지. 좀 고단하기는 해두……."

"고단한 것쯤 문제 돼요?"

이렇게 해서 그들은 불국사로 떠나기를 결정지었다.

"오늘이 목요일이지? 그러니까 내일 밤 떠나야겠구만……."

그 뒤부터는 여행 준비에 대한 이야기를 시작했다. 우선 차 시간을 알아볼 것, 그리고는 차표를 살 것, 그 뒤에는 기차에서 먹을 것으로 무엇을 살까 하는 이야기까지 했다.

"먹을 것은 내가 살 테니까 걱정 마시구 빨리 나가 차 시간표나 알아봅시다."

그들은 다방을 나와 공중전화가 있는 데로 가서 서울역으로 전화를 걸었다.

밤 아홉 시 반 차가 있다는 것을 알았다. 차표도 차가 떠나기 전까지 무제한으로 팔고 있으니 미리 사지 않아도 좋다는 것을 알았다.

창우는 내일 아침 여행준비를 해 가지고 출근했다가 퇴근하는 길로 권숙을 만나면 그만이게 되었다. 가슴이 약간 설레는 것 같았다. 여행을 다녀 보았지만 여자와 함께 단 둘이서 먼 여행을 떠나는 것은 처음이었기 때문이었다.

권숙이와 헤어져 집으로 돌아온 창우는 여행에 필요한 물건 등을 챙기기 시작했다. 세면도구 일체와 파자마, 양말 등 생각나는 대로 손가방을 챙기고 있으려니 자기가 무엇 때문에 여행을 떠나는가 하는 생각이 들었다. 이미 떠나기로 결정한 것이니 생각할 필요도 없는 문제였다. 그러나 결근까지 해 가며 여행을 떠난다는 생각에 필요 없는 문제나마 또다시 머리에 떠오른 것이었다.

'사랑하지도 않으면서.'

이것이 그의 마음에 걸렸던 모양이다. 만약 서울에 있는 어떤 호텔에서 권숙이와 함께 잔다고 하면 그런 것을 생각지 않았을지도 모른다.

단순한 엔조이를 하기 위하여 결근까지 하면서 여행을 떠난다는 사실이 권숙을 사랑하지 않는다는 의식을 일깨웠던 것이다.

그러나 창우는 그런 것을 생각할 필요가 없었다. 사랑하지 않으면서도 엔조이는 얼마든지 할 수가 있지 않은가? 이때까지의 창우로 본다면 좀더 규모가 큰 엔조이에 불과한 것이었다.

창우는 기차 안에서 볼 책까지 가방 속에 집어넣었다.

그 이상 더 챙길 것이 없다고 생각될 때 창우는 일찍부터 잠이나 자려고 했다. 밤차를 타고 간다면 아무래도 잠을 잘 것 같지가 않아 내일 밤의 피곤을 미리 생각했던 것이다.

잠을 잘까 할 때였다.

애령이가 헐레벌떡이며,

"오빠, 있수?"

하고 창우 방으로 뛰어들어왔다.

"왜 그래?

"오빠, 윤경상이라는 이를 알지요? 국회의원의 비서 노릇하는 사람 말야……."

애령은 숨을 돌릴 생각도 안 하고 이야기를 꺼냈다.

"그래서?"

"그 자가 저녁을 산다고 그래서 따라갔더니 글쎄 막 키스를 할려구 그러지 않아!"

창우는 터무니없었다. 정말인지 거짓말인지도 구별할 수 없었다.

"그래 당했니?"

"오빠두 내가 미친 줄 알어? 지금 막 도망쳐 오는 길이야."

거짓말 같지는 않았다. 그런데도 창우는 애령이를 두둔해 주고 싶은 생각이 들지 않았다.

"도망칠 게 뭐냐? 하는 대루 내버려 둘 것이지……."

그것은 애령에게 대한 순간적인 불쾌감 때문이었다.

윤경상이는 창우도 알고 있는 사람이다.

국회의원 비서라고 자칭하고 돌아다니며 여자만 노리는 불량한 청년이다. 정말 비서 노릇을 하는지 안 하는지도 모르는 그런 청년과 어울려 다니는 애령이가 경박하게 생각되었던 것이다.

"오빠 정말 나를 뭘루 보는지 몰라……."

"그럼 그런 작자를 따라다닐 것은 뭐냐 말이다."

"저녁을 산다니까 갔지, 누가 그럴 줄 알고 갔어요?"

"그럼 그런 짓을 하겠다고 예고를 한 뒤 데리고 갈 사람이 있을 줄 알았니?"

"그래두……."

"듣기 싫다. 여자란 자기 몸을 도사릴 줄 알아야 하는 거야. 너처럼 쫄랑
거리구 돌아다니다가야 한번 큰코를 당해야지……."

"그럼 오빠두 그런 수단으로 여자들을 노리고 다니는 거요?"

창우의 귀가 쭈뼛했다.

"뭐라구? 이년이……."

창우는 애령이를 갈기려고 주먹을 쳐들었다.

그러나 애령이가 호호 웃으며,

"오빠두 양심이 찔리는가 보지!"

하고 몸을 피할 때 창우는 들었던 주먹을 슬그머니 내리고야 말았다.

애령의 말마따나 양심이 찔리지 않는 것도 아니었다. 그러나 그보다도 키
스를 당할 뻔했다고 헐레벌떡이던 애령이가 갑자기 호들갑스럽게 웃는 웃음
에 그만 맥이 풀리고 말았던 것이다.

"남자란 다 그런 거야. 강간까지는 몰라도 아는 여자와는 야릇한 관련을
시켜 보고 또 그 여자의 육체를 건드려 보고 싶어하는 것이 본심일 거거든.
너는 그런 걸 모르니까 아직 어린애라고 할 수밖에 없어……."

창우는 이렇게 말을 돌려 버리고 말았다.

"알아요, 나도 다 알아요. 그렇지만 사람을 전부 나쁘게만 생각하면서야
무슨 재미루 살아요?"

"알면서도 모르는 척하며 사는 데 맛이 있지."

"오빤 나쁘면서도 나쁘지 않은 척하는 맛으로 살지? 안 그래?"

창우는 웃을 수밖에 없었다.

"나도 나쁜 줄을 알아. 그렇지만 나쁜 것을 깨닫지 못하게 하는 여자가
있으니까 탈 아니냐?"

"그런 여자가 어디 있을라구……."

"실제루 있는 걸 어떡허니……."

창우는 권숙을 생각했다. 그리고 권숙 때문에 자기가 죄의식이 마비되어
가고 있는 것처럼 생각했다. 사람이란 자기를 나쁘다고 생각하기 이전에 자

기가 약하다는 것을 먼저 생각하려는 모양이었다.

"건 오빠의 독선(獨善)이야."

창우를 말끔히 바라보며 이야기하던 애령이가 갑자기,

"오빠, 나 오늘 주미림(朱美林)을 봤어. 기가 맥히는 씬이었어."

하고는 눈을 깜빡이었다.

"어디서?"

놀랄 것까지는 없는 일이지만 흥미로운 일이 아닐 수 없었다. 창우가 맨 처음으로 육체관계를 한 소녀였다. 벌써 삼사 년 전의 일이니 지금은 소녀라고 할 수도 없을 것이지만…….

"오늘 신촌 동무네 집엘 갔다 오는데 말이야……."

애령은 말을 끊고,

"오빠 아직 잊지 않구 있수?"

하고 다그쳐 물었다.

"가끔 생각하지. 그래 뭘 하구 있던?"

"한턱 내면 말해 주지."

"언제부터 현금주의자가 됐지?"

애령이는 농담할 성질이 아니라는 듯 창우를 말끔히 보다가,

"기가 맥혀서. 뻐스 종점에서 뻐스를 타려는데 마이크를 내 놓고 떠들어 대는 약장수가 있지 않겠어! 무심히 거길 보니까 젊은 여자가 나와서 유행가를 부르고 있는데 그게 바루 주미림 아냐?"

"미림이가 길가에서 노래를 불러?"

"그런 걸 뭐라구 하나? 가수도 아니고……."

창우는 잠시 입을 열지 못했다. 미림이가 무엇을 하건 참견할 바 아니지만 할 것이 없어 하필 그런 직업을 구했담 하는 생각이 들었던 것이다. 수줍어할 줄만 알던 미림이었다. 그런 미림이가 지금은 지나다니는 행인들을 모아 놓고 그 앞에서 유행가를 부르고 있다니…….

"사람이란 변하는 거지……."

창우는 고등학교 제복을 입고 다니던 미림의 앳된 옛 얼굴을 연상해 보는

것이었다. 음악대학에 입학하겠다고 시험 준비를 하던 미림.

"사랑하던 사람이 불행해진 것을 보면 마음이 어떨까?"

애령은 그런 경험을 한 번 맛보았으면 하는 표정으로 말했다.

"어떻기는 무엇이 어때? 불행의 책임은 자기 혼자만이 지는 것인데 뭐……."

그러면서도 창우는 마음 한편 모퉁이가 허전함을 느꼈다. 무엇이라고 따질 수는 없었지만 안 들은 것만 같지가 못했다.

"가서 이야기라두 해 볼까 하다가 그냥 와 버렸지만 미림이가 불쌍한 것 같아……."

애령은 무엇 때문인지 미림의 이야기를 자꾸만 꺼내는 것이었다.

"그만둬라. 기억도 없는 사람의 이야기를 자꾸 해선 무엇해?"

창우는 차라리 미림의 이야기를 듣지 않는 것이 편할 것 같았다.

"속으로는 잊지를 못해하면서 공연히 그러지? 오빤 그런 것이 좋으면서도 나빠."

"그만두라니까……."

창우는 애령의 입을 막아 버렸다. 그리고 미림의 이야기를 잊으려고,

"조치구를 요새도 만나니?"

화제를 바꾸었다.

"어제 만났어요. 왜요?"

"내가 어디서 보았는데 딴 여자를 데리고 다니더라."

"그러니 어떡허란 말이지요?"

"그러니까 열심히 찾아다니지 말란 말이야."

"그가 딴 여자와 같이 다니는 것이 내한테 무슨 상관이 있어요? 오빠두 참."

"조금 전에 키스를 당할 뻔했다면서 아직두 정신을 못 차리니?"

"조 선생은 절대루 그런 사람이 아니니까 걱정마세요."

"나중에 후회하지는 말아라."

창우는 조치구가 명권숙이와 같이 극장에 가서 권숙의 손까지 잡고 있었

다는 사실을 이야기하지 않았다. 애령이가 그렇게까지 신뢰하고 있는 사람에 대해서 자기 눈으로 본 사실이라 해서 그것을 본 대로 이야기한다면 결국 자기가 험구가가 되고 말 것이다. 효과 없는 이야기를 해서 도리어 자기가 험구가가 되는 일은 하고 싶지가 않았던 것이다.

애령도,

"내 일은 내가 처리할 테니 걱정마세요."

하고, 간섭해 주는 것을 달가워하지 않았기 때문에 창우는 조치구 이야기도 그 정도로 그쳤다.

화제가 끊어지자 창우는,

"너 신촌에는 몇 시쯤 갔댔니?"

하고 꺼내지 않기로 했던 말을 다시 꺼냈다.

"열두 시쯤 해서요, 왜요?"

"글쎄……."

그것은 애령이가 미림을 보았다는 시간이 알고 싶기 때문이었다.

애령은 묻는 뜻을 추궁하려고도 안 하고 안방으로 들어가려 했다. 그래서 창우가 애령을 붙잡고,

"그래, 그 윤경상이란 친구는 어떻게 할 생각이냐?"

하고 물었다.

이야기의 결말이 있어야 할 것 같았던 것이다.

"어떻게 하기는 무얼 어떻게 해요. 다음부턴 만나지 않음 그뿐이지……."

"그래?"

창우는 자기도 어떻게 했으면 좋겠다는 의견이 없었다. 애령이가 정 분해하면 강삼모 같은 이를 시켜 두들겨라도 주겠다는 정도의 생각을 가졌을 뿐이었다. 차라리 잘 되었다고 생각했다.

애령이도 더 할 말이 없다는 듯이 안방으로 들어가려고 할 때, 대문 두드리는 소리가 났다. 애령이가 달려가서 대문을 열었다. 어머니의 편지를 가지고 온 사람이 대문 밖에 서 있었다.

애령은 어머니 상희의 편지를 받아 가지고 창우에게 가서,

“무슨 일이 생겼나 부지요?”

하고 편지를 창우에게 주었다. 창우는 범연한 태도로 편지를 뜯어보고,

“동무가 위독해서 못 오신다는 건데…….”

아무런 일도 없다는 듯이 말했다.

“병원 집 아주머니가 끝내 돌아가시는 모양이지?”

“글쎄…….”

창우에게는 아무런 감흥도 없는 일이었다.

그러나 애령은 관심을 안 가질 수 없는 문제란 듯,

“부인이 죽으면 의사의 마음이 달라지지 않을까요?”

하고 창우의 의견을 듣고 싶어했다.

“달라지면 어떻게 달라진단 말이냐?”

창우는 귀찮다는 태도였다.

“부인이 살아 있을 때도 어쩌니 저쩌니 말이 있었는데 부인이 죽으면 어머니에게 대한 태도가 적극성을 띨 게 아녜요?”

“적극성을 띠면 어떡하겠니? 어머니가 다 알아서 하지 않으리…….”

“어머니가 다른 여자와도 달리 다정다감하기 때문에 무슨 사건이 생기고야 말 것 같은 예감이 들어서 그래요.”

“너는 너를 믿는다고 하면서 왜 어머니는 믿질 못하니?”

“어머니는 육체와 정신에 초조감을 느끼며 사는 사람이니까 젊은 사람보다도 더 위험하지 않어요?”

“나이가 들면 그만큼 정신적 연륜(年輪)이 생기고 인생에 대한 중량이 생기는 것이기 때문에 너희들 애숭이보다 안전한 거야.”

애령은 자기 어머니에 대해서 적이 걱정인 모양이었다. 무엇이라고 다시 입을 열려 할 때 창우가,

“가서 잠이나 자…….”

하고 다시 더 말을 못하게 하는 바람에 할 수 없이 나가고 말았다.

다음날 아침 창우는 챙겨 놓았던 가방을 들고,

“오늘 출장 간다. 이삼 일 동안.”

하고 애령에게 말한 뒤 집을 나섰다. 애령이가 대문까지 따라오며 어디로 출장 가느냐고 물었지만 창우는 대답하기가 귀찮아 못 들은 체하고 말았다.

사실은 애령에게 이야기하여 내일 아침 은행으로 전화를 걸도록 부탁하고 싶었다. 그러면 은행에서도 몸이 아파 결근하는 것이라 믿어 줄 것이요. 또 자기가 내일 결근한다는 말을 미리 하지 않아도 좋게 될 것이다. 그러나 애령에게 권숙이와 함께 여행을 떠난다는 말이 하기가 싫어 그는 일체 입을 열지 않았던 것이다.

은행에 나가서는 전과 조금도 다름이 없이 일을 했다.

점심때가 거의 되었을 때였다. 선우영에게서 전화가 왔다. 대부금이 언제쯤 나오게 되느냐는 독촉이었다.

창우는 일이 잘 되었다고 생각했다. 오늘 전화를 걸어 왔으니 내일은 전화를 걸지 않을 것이 분명하고 모레는 일요일이니 걸래야 걸 수가 없을 것이다.

말하자면 자기가 권숙이와 여행을 떠나는 사실을 선우영에게 눈치채지 않을 수 있게 된 것이다. 그렇게 생각하니 애령에게 말을 안 했다는 것이 얼마나 다행한 일인지 몰랐다. 애령이가 그것을 알면 선우영에게 쏘곤거릴지도 모를 일이니까.

창우는 감정이 끝났으니 머지않아 돈이 나올 것이라고 의젓하게 대답했다.

그러나 선우영이,

"오늘은 바쁘신가요?"

하고 오후에라도 만나고 싶다고 말을 할 때 창우는 당황하지 않을 수 없었다.

"좀 일이 있어서요."

약속이 있다는 말로 의심을 사게 할 수도 없고 그렇다고 해서 출장 간다는 말은 더욱 할 수가 없었다. 출장 간다고 하면 제일 편하겠는데 옆에 있는 행원들이 듣고 있으니 그런 거짓말은 차마 할 수가 없었다.

"조선호텔서 음악회가 있대요. 같이 갈까 해서 초대권까지 얻어 놨는데……."

선우영은 창우와 같이 음악회 구경 갈 계획을 미리부터 세우고 있었던 모양이다.

창우는 참으로 좋은 기회라고 생각했다.

조선호텔에서 열리는 음악회라면 대개 외국 사람을 상대로 하는 것인 만큼 음악도 좋으려니와 분위기도 좋을 것이 분명하다. 외국 사람들 사이에 끼어 그들 흉내를 절반만 낸다 해도 얼마나 멋진 일일 것인가? 멋지게 놀아도 부자연스럽지가 않을 것이다.

그러나 권숙과 이미 약속을 해 놓았으니 어찌 할 도리가 없었다. 권숙은 내일 헤어지게 되는지 모레 헤어지게 되는지 모르는 여자다. 그 대신 선우영은 두고두고 사귀어야 할 여자다. 그런 만큼 권숙과의 여행을 발설만 하지 않는다면 선우영과의 관계에는 아무런 지장이 생기지 않을 터이니까…….

"오늘 저녁에는 은행과 관계있는 사람의 초대가 있어서 갈 수가 없습니다. 그렇지 않아두 조선호텔 구경은 한 번 해 보고 싶던 참이었지만 부득이 할 수가 없는데요……."

창우는 거짓말을 꾸미는 수밖에 없었다.

"그래요? 그렇지만 나는 손 선생과 같이 간 셈을 하겠어요. 못 가는 건 손 선생의 책임이지 내 책임은 아니니까……."

"가지도 못하고 간 셈을 치면 손해가 여간 아닌데요. 다음 기회에 초대권을 다시 얻으시지……."

"그건 그때 봐야 알지요 그런데 내일은 어떠세요? 한강 보트 놀이."

창우는 또 대답이 궁하게 되었다.

전화만 아니라면 눈치를 보아가며 핑계를 델 수가 있는데 이것은 핑계를 꾸밀 여유가 없다.

그래서 얼결 김에,

"요새 아버지와 어머니 사이에 트러블이 있어서 내일과 모래는 그 일 때문에 통 나올 수가 없겠는데요."

하고 대답해 버렸다.

"그래요? 그럼 월요일 다시 전화를 걸겠습니다."

겨우 전화가 끝나기는 했지만 창우는 등골에 땀을 흘렸다. 오늘 따라 선우영이 어째서 자기를 다그치는 것일까 하는 생각도 들었지만 속으로 좋아하는 선우영의 프러포즈를 거절해야 하는 자신의 마음이 괴로웠던 것이다.

'경주에 갔다 와서 내가 다그쳐야지.'

창우는 혼자 생각하는 것이었다. 경주서 돌아오기만 하면 권숙과는 만나지 않아도 좋게 될 것이다. 그 대신 선우영에게 열을 내면 그 동안 못 만난 몇 배의 효과를 낼 수가 있을지 모른다.

창우는 전화를 끊고 가벼운 한숨을 내쉬었다. 그러나 아차 하는 후회를 했다. 저녁에 만나지 못하는 대신 점심이나 같이 먹자고 했어야 했을 것을 깜빡 잊었던 것이다. 그러나 다시 전화를 걸 수는 없었다.

그 대신 창우는 거리로 나와 신촌행 버스를 탔다. 선우영의 생각을 해서 그런지 미림의 얼굴이 눈앞에 떠올랐던 것이다.

약장수 패에 어울려 길가에서 노래를 부르고 있다는 미림이가 보고 싶었다. 만나 이야기는 안 한다 해도 얼굴이나마 보고 싶었던 것이다.

애령의 말을 생각하며 신촌 종점까지 가서 로터리를 둘러보았으나 확성기를 걸어 놓고 약을 파는 약장수는 보이지가 않았다. 창우는 사람들을 모아 놓고 바이올린을 켜며 약 파는 약장수를 본 기억이 있다. 유심히 찾지 않아도 커다란 확성기 때문에 저절로 눈이 끌리도록 야단스럽게 떠들어대는 사람들이다.

그래도 창우는 혹시나 하는 생각에 귀를 기울이고 한참 동안이나 확성기 소리를 들으려 했다. 조용한 시외였지만 멀리서 들려 오는 기척도 없었다.

창우는 그들이 장소를 옮겼으리라 생각하고 시내 쪽을 향해 걷기를 시작했다. 이화대학교 입구나 북아현동 시장 근처에서 판을 차려 놓았을 것 같은 생각이 들었기 때문이었다.

아스팔트길이었다. 옛날에는 자동차가 변변히 다니지도 못하던 것이 지금은 시내 어떤 길보다도 좁지가 않다. 멀리 바라보이는 연세대학교의 육중한 석조 건물과 총총히 들어앉아 있는 이화대학교의 아름다운 경치를 바라보며 옛날의 애인 미림을 찾아 헤매는 창우의 마음은 낭만어린 꿈 속에 헤매는 것 같았다.

'만나기만 한다면……'

만나기만 한다면 정말 가만 있을 수 없을 것 같았다. 어떻게 하겠다는 구체적 생각은 들지 않는다 해도 약장수와 어울려 길가에서 노래를 부르는 일만은 시키지 말아야 할 것 같은 생각이 들었다.

그러나 굴레방다리 북아현시장에 이르러도 약장수는 발견할 수가 없었다. 마포로 가는 전찻길까지 걸었다. 아현동 마루터기까지 걸었지만 거기서도 약장수는 찾아내지를 못했다.

창우는 내친걸음에 서대문 로터리까지 걸었지만 끝내 실패를 하고야 말았다.

'다음에 시간 있을 때 시내를 편력해 보지.'

점심시간도 지나고 해서 할 수 없이 은행으로 돌아왔다.

창우는 사무를 보면서도 세 여자를 번갈아 생각했다.

순간적으로 즐길 수 있는 권숙, 향수에 젖은 꿈 속의 여인 같은 미림, 그리고 진심으로 사랑할 수 있을 듯한 현대적인 선우영.

그러나 그 중에서도 오늘 저녁부터 같이 즐길 수 있는 권숙의 비중이 가장 무겁게 머리에 떠올랐다. 그리고 권숙과 같이 지낼 일들이 하나하나 머리에 새겨지는 것이었다.

창우는 시계를 보았다. 이미 다섯 시가 지났다. 차츰 떠날 준비를 할 시간이다

창우는 과장에게로 가서 내일 결근한다는 양해를 구했다. 대전에 있는 친척집에 가서 약혼할 여자를 선본다고 거짓말을 꾸며댔던 것이다.

"손 군이 중매결혼을 해?"

과장은 의외라는 듯이 물었다. 창우 헤헤 웃기만 하고 대답을 안 했다. 뒤가 밟힐 것 같아 응대를 할 수가 없었던 것이다.

그러자 과장은,

“무결근이래야 내년에 휴가가 있다는 걸 알겠지?”
하고 결근하지 말라는 뜻의 말을 했다.
“알고 있습니다.”
창우는 알고 있으나 할 수 없다는 뜻으로 대답했다.
과장의 양해를 구하자 자기 책상으로 돌아와 퇴근할 준비를 하고 있을 때 권숙에게서 전화가 왔다. 차표를 사 놓았다는 것이었다. 그리고 ‘초혼’ 다방에서 기다리고 있으니 빨리 나오라는 것이었다.
창우는 은행을 나가는 길로 ‘초혼’ 다방으로 가서 권숙을 만나 같이 저녁을 먹고 다시 다방에서 시간을 보내다가 정거장으로 나갔다.
정거장은 몹시 붐볐으나 이등차 안에 나란히 앉은 창우와 권숙은 신혼부부처럼 다정스러웠다.
어두운 밤 속을 뚫고 기차가 달리기 시작했다.
기차가 달리기 시작하는데 권숙은 핸드백을 열고 화장도구를 꺼냈다. 짧은 동안의 화장이었지만 권숙은 루즈칠까지 새로 했다. 창우는 밤차 안에서 화장하는 권숙의 얼굴을 멍하니 바라보다가 눈을 목걸이와 귀걸이에 멈추었다. 그리고는,
“귀걸이와 목걸이는 무엇 때문에 하는 거요?
하고 물었다. 못마땅해하는 표정이었다.
“왜요?”
권숙은 창우의 얼굴이 마음에 들지 않은 모양이었다.
“가짜 진주들 아냐?”
“물론이지요.”
“얼마씩이나 하지?”
“가짜 가운데두 비싼 가짜가 되어서 이삼천 환씩 해요.”
“가짠 줄 알면서도 그걸 장식품이라고 몸에 걸어야 해?”
“가짜가 장식품으로 통용이 되니까 편리하지요. 진짜라야만 한다면 그걸 살 여자가 몇 명이나 되겠어요?”
“하려면 진짜를 하거나 그렇지 않으면 숫제 그만두는 것이 낫지 않아?”

"여자란 몸을 장식한다는 것이 하나의 상식이라면 가짜가 무슨 상관 있어요?"

"권숙 씨는 그런 상식 속에서 살려고 무척 애를 쓰누만…… 귀걸이를 해두 대단하게 보이지는 않는데……."

"여자처럼 상식적인 것이 어디 있는 줄 아세요? 남들이 몸을 노출하고 다니면 으레 자기도 그래야만 축에 끼는 줄 알거든요. 안 그래 보세요, 노출증이 싫다고 하면서도 남자들은 그런 여자를 촌스럽게 보고 비현대적이라고 비아냥을 안 하나……."

"그래두 자기의 순수성을 지켜가며 개성미를 살려야 할 게 아냐?"

"개성미란 얼굴 자체고 여성미란 일반적인 화장 그것이 아니에요?"

창우는 그 이상 더 논쟁을 하고 싶지가 않았다. 얼굴을 창 밖으로 돌리고 멀리 아득히 보이는 산과 들의 밤 풍경을 내다보았다. 어쩐지 밝은 태양이 금시 산과 들을 훤하게 비칠 것 같은 착각을 느꼈다.

창우는 꿈에서 깨어날 때처럼 머리가 띵한 것을 느꼈다.

하룻밤의 향락을 위하여 자기는 얼마나 많은 고통을 느껴야 하는가 하는 생각도 들었다. 창우는 권숙의 옆에 있는 것이 하나의 고통 같은 것으로 느껴졌던 것이다.

"트럼프나 할까요?"

권숙이가 무료함을 느꼈던지 조그마한 트렁크 속에서 트럼프를 꺼내었다.

창우는 권숙을 정면으로 마주 앉았다.

트럼프 장난을 하면서도 창우의 눈은 권숙의 얼굴로만 향했다. 일부러 예쁘게 보이려는 노력이 그대로 드러나는 화장술! 더구나 빨간 입술을 볼 때 창우는 권숙이가 수많은 남자에게 빨린 추한 입술을 감추기 위하여 루즈를 더덕더덕 바른 것이라는 생각을 했다.

그러나 창우는 금시 눈을 돌려 트럼프로 정신을 기울였다.

자기가 권숙을 미워해야 할 아무 까닭이 없다는 것을 생각했던 것이다. 더구나 이삼 일 동안 같이 다녀야 할 여행의 반려(伴侶)가 아닌가?

될 수 있는 한 권숙에게 싫증을 느끼지 않고 여행의 흥취를 느끼려고 트럼프에 몰중했을 때 멀리 출입구 가까운 자리에서 어린애 울음소리가 들려왔다. 창우는 아무렇지도 않게 트럼프만 들여다보고 있는데 권숙이가 신경질적인 눈을 그 편으로 돌리고,

"어린애를 데리고 무슨 여행을 다 다녀?"
하고 얼굴을 찡그렸다.

"어린애를 가진 사람은 여행도 못하나?"

"애들을 주렁주렁 매달고 다니는 여자를 보면 자기 불행을 캄플라지하기 위해 시위를 하는 것 같아 한심해 못 견디겠어……."

"자기 자식인데 어떻게 해? 내버릴 수도 없고……."

"그래서 난 결혼하기가 싫어요. 살림하느라고 쩔쩔 매는 동무들을 보면 숨이 꼭 맥혀 견딜 수가 있어야지요."

"그럼 평생 결혼을 안 할 생각이야?"

"그런 공포증이 없어지면 하게 될지두 모르지요. 그렇지만 결혼이란 생각하기두 싫어요."

"그럼 애정이라는 것을 절반밖에 맛보지 못하게 되는 셈 아냐?"

"천만에요. 결혼 같은 걸 생각지 않고 사랑하는 것이 더 순수하고 더 완전한 거 아녜요?"

"영원성을 바라보지 않는 애정이 완전하달 수 있어?"

"죽을 때까지 내 마음속에 애정의 감정이 살아 있다면 그게 영원성이지, 한 남자만을 사랑해야만 영원성인가요? 대상은 여러 사람이라 해도 내가 주는 것, 그리고 내가 받아들이는 것은 하나일 수 있으니까요."

"애정의 연속선이로군……."

"창우 씨가 나를 사랑한다고 해도 그것이 얼마나 오래 계속할지 누가 알아요? 애정이 중단되었는데도 결혼생활을 계속한다는 것은 억지밖에 아무 것두 아니거든요……."

"오래 계속되지 않을 줄 알면서도 관계를 맺는다는 것은 절대로 사랑이 아니야. 순간적인 유희 감정이지……."

"순간적이라고 해서 반드시 유희라고 말할 수 있어요? 순간적인 것처럼

순수하고 절대적인 것이 어디 있는데……."

이것도 결국은 승부가 없는 토론이 되고 말았다. 창우가 이야기하는 데 흥미를 느끼지 않고 중단했기 때문이었다. 아무리 토론을 한대야 신통한 결론이 나올 것 같지도 않았지만 따지고 보면 자기 역시 권숙이와 비슷한 행동을 하고 있는 사람임을 부정할 수 없었기 때문이었다.

창우는 권숙이가 자기와의 애정 행동도 오래 계속할 생각이 아니라는 데 안도감 같은 것을 느꼈을 뿐이었다.

트럼프에도 싫증을 느꼈다.

창우는 눈을 감고 잠을 청했다. 이미 열두 시가 지났던 것이다.

권숙도 남들이 다 잠들고 있는 차 안에서 이야기만 할 수가 없다고 생각했던지 아무 말 않고 눈을 감았다.

다섯 시가 거의 되어 기차가 대구역에 도착할 때까지 그들은 잠이 들고 있었다. 정거장에 내려서도 피곤을 느꼈으나 그 동안 여관에 들어가기도 무엇하고 해서 정거장 대합실에서 몇 시간을 보냈다. 일곱 시쯤 정거장 근처에서 조반을 먹고 택시를 불러 불국사로 떠날 때야 창우는 겨우 명랑한 기분으로 돌아와,

"저게 대구 사람들의 유일한 유원지(遊園地)지. 강도 아니고 호수도 아닌……."

하고 창 밖으로 내다보이는 금호강을 가리키며 말했다.

"그래요?"

권숙은 들어 보지도 못한 곳이란 듯 놀라는 표정을 지으며 창우에게 기대어 창 밖을 내다보았다. 창우는 자기에게 기대는 권숙을 지그시 안아 주었다.

앞의 운전수가 볼까 해서 팔을 아래 허리로 돌려 권숙을 껴안자 권숙은 안긴 채 얼굴을 쳐들고 창우의 얼굴을 빤히 쳐다보았다.

창우의 눈에는 권숙의 입술만이 보였다. 키스를 해 달라고 내민 듯한 도톰한 입술이었다.

창우는 제비가 물 위를 날면서 재빠르게 몸을 물에 적시듯 권숙의 입술을

급행열차식으로 눌렀다 떼었다. 그리고는 의젓하게 얼굴을 돌려 팔공산(八公山) 쪽을 바라보았다.

"저기는 동화사(東華寺)란 오랜 절이 있지. 아베크 하기 좋은 곳이야."

하고 아무 일도 없었다는 듯이 말했다.

"가 보셨어요?

권숙이도 아무 일이 없었다는 듯 차창을 내다보았다.

운전수는 백미러를 통해 그들의 움직임을 보았을지도 모른다. 그러나 못 본 체 운전에만 열중하고 있었다.

단 둘만이라는 기분인지 두 사람은 맞붙은 채 떨어지지를 않았다. 두 사람의 다리가 맞붙은 사이에서는 두 사람의 왼손과 오른손이 쥐어진 채 힘을 주었다 놓았다 하며 점점 열을 올렸다.

그래도 운전수가 미안한 생각이 들었는지 권숙은 창우의 손을 잡은 채 운전수에게 말을 건네기도 했다.

"몇 시간이나 걸려요?"

"두어 시간 걸립니다."

"그래요?"

필요 이상의 질문임을 알기 때문에 창우는 권숙을 보며 빙그레 웃었다. 권숙은 웃을 것까지 없지 않느냐는 듯이 어깨로 창우의 가슴을 지긋이 눌렀다. 그리고도 유쾌한 웃음을 생긋 웃었다.

경주에 이르러 불국사로 들어가는 길을 달릴 때부터는 창우가 좌우편 창 밖의 고적들을 설명하기에 바빴다.

안압지, 계림 그리고 가을이면 갈대가 하얗게 나부낀다는 벌판, 첨성대.

차가 첨성대 옆을 지날 때였다.

창우는 권숙이가 앉은 차창 편으로 몸을 기울이고

"보기엔 아무것두 아닌 것 같지만 천여 년 전에 저런 것을 세우고 거기서 하늘을 관측했다는 것이 놀랍지 않아……."

자기가 알고 있는 지식 전부를 털어놓으며 설명을 했다.

그때 차가 커브를 하며 창우가 권숙에게로 기울어졌다.

기울어지는 김에 창우는 몸에 힘을 주어 일부러 권숙을 옆으로 눌렀다.

"길이 나쁜데……."

하면서도 권숙은 싫지가 않다는 듯 일어나려고 하지를 않았다.

창우는 슬그머니 일어나며 권숙의 허벅다리를 꼬집었다. 그냥 있기는 몸이 근지러운 모양이었다.

"아야……."

권숙은 가볍게 소리를 지르고는 창우가 밉다는 듯이 눈을 흘겼다. 눈을 흘겼으나 입 가장자리에는 웃음이 떠 있었다.

"난 몰라요."

권숙은 스커트를 훌쩍 올렸다. 꼬집힌 자리를 보이려는 것이었다. 토실토실한 넓적다리가 전신 나체를 연상할 만큼 드러났을 때 창우가,

"보이지도 않누먼……."

한 번 더 꼬집어 주었다.

"아야."

권숙이가 창우의 무릎을 탁 쳤다. 그리고는,

"멍이 안 드는 살이니까 그렇지."

하며 꼬집힌 자기 허벅다리를 쓸고 있었다. 창우는 손가락에 침칠을 해서

"내 약칠을 해 주지."

하고는 권숙의 다리를 문질러 주었다.

불국사의 밤

자동차가 불국사역을 지나 벗나무 밑을 달릴 때부터 두 사람은 사이를 두고 조금 떨어져 앉았다.

불국사에 이를 때까지는 점잖게 앉아,

"철도호텔루 가십시다."

운전수에게까지 위엄 있게 말했다.

자동차가 호텔 현관 앞에 멎자 호텔 보이가 달려와서 가방을 받아들을 때에도 창우는 점잖은 목소리다.

"조용한 방 있소?"

하고 마치 무슨 세력이나 금력이 있는 사람처럼 배를 내밀었다.

보이는 어떤 사람인지를 모르는 만큼 굽실거리지 않을 수 없었으리라.

"네, 침대를 요구하시는지 다다미방을 요구하시는지, 다 조용한 방입니다만……."

보이가 굽실 하고는 엄명이 내리기를 기다리듯 엉거주춤 서 있었다.

창우는 아무래도 침대가 좋을 것 같았다. 그래서 권숙에게,

"침대루 하지."

하고 동의를 구한 뒤 보이에게 침대방을 달라고 했다.

보이가 안내하는 대로 본관 맨 가운데 방으로 들어간 창우와 권숙은 방 안을 한 번 둘러본 뒤 사뭇 만족한 얼굴로 베란다의 세트 있는 데로 가서 소파에 걸터앉았다.

시원한 바람이 마음껏 들어왔다. 남쪽으로 툭 트인 넓은 시야의 경치도 가슴을 툭 트이게 하는 것 같았다.

"더우시면 목욕을 하시지요. 샤워가 있습니다."

보이가 아직 나가지 않고 있었다.

"참 목욕을 할까?"

그때 권숙이가,

"목욕은 저녁때 해요. 그새 불국사와 석굴암 구경을 해야지 않아요."

하고 조급할 것이 없다는 듯 대답했다.

"그럴까? 또 땀을 흘릴 테니까……."

창우는 권숙의 말에 동의를 하고 나서,

"손님이 많지 않구먼, 냉수나 한 그릇 떠다 줘."

호텔 보이를 돌려 보냈다.

보이가 나가자 창우는 다시 툭 트인 호텔 전면을 내다보았다. 널찍한 뜰에 가지가지 꽃이 피어 있다. 가로등처럼 시설해 놓은 정원의 전등이 더욱

좋았다. 산 속에서만이 느낄 수 있는 도시에 대한 향수 같은 것이 풍겨 나오고 있었던 것이다.

부산 피난 시절에 한 번 와 본 일이 있지만 그때는 손님이 많아 그랬던지 그렇게까지 좋은 줄을 몰랐었다. 불국사를 보지 않고 석굴암을 보지 않아도 호텔만으로 여행의 목적을 이룬 것 같은 감을 느꼈던 것이다.

권숙은 어느새 침대 위에 올라앉아 머리를 부러싱하고 화장을 하기 시작했다.

폭신해 보이는 더블 침대였다.

창우는 오늘 밤 어둠이 깃들면 그 침대에서 권숙이와의 향락이 전개될 것을 생각하며 얼굴을 약간 붉혔다.

그러나 권숙은 그런 것을 생각하고 있지도 않는 듯이,

"이어링을 뗄까요? 보기 싫어하시는데……."

하고 창우에게 애교 있는 웃음을 보냈다.

"마음대루 해."

"오늘은 보아 줄 사람이 창우 씨 하나뿐인데 보아 줄 사람이 싫어하는 걸 어떻게 달아요."

"산 속이라구 자기의 아름다움을 버려서야 돼? 혼자서라도 아름답게 하고 있어야지……."

"아량이 넓은신데……."

권숙은 샐쭉 웃으며 두 팔을 널따랗게 내뻗었다. 와서 안기라는 포즈였다. 창우는 권숙에게로 달려가 그를 덥석 안았다. 그리고는 침대 위에 뒹굴며 입술을 함부로 빨았다.

"이젠 그만……."

권숙이 창우의 양 어깨를 떠밀 때까지 창우는 권숙을 안고 있었다. 창우가 정신을 차리고 침대 위에 일어나 앉았을 때 권숙이,

"한 번만 더……."

하고 입술을 뾰족하게 내밀었다.

창우는 자기도 입술을 뾰족하게 하고 권숙의 입술에 대기만 했다가 금시

떼어 버렸다.

권숙은 그때부터 루즈를 칠하기 시작했다. 그러니까 루즈를 칠하면 키스를 할 수가 없으니 그 전에 해 두자는 심사였던 모양이다.

그런 속심이 들여다보이자 창우는 공연한 심술이 생겨 권숙의 루즈칠이 끝나기를 기다려 와락 달려들었다.

권숙은 루즈가 뭉개질까 두려워 입술만을 살살 피했다.

"아이 또 칠해야 하지 않아요?"

창우는 루즈를 지워 버려야만 속이 시원할 것 같았다. 그러나 끝내 지워 버릴 수가 없었다.

"이게 그렇게 소중해?"

창우는 손바닥으로라도 권숙의 루즈칠 한 입술을 문지르려고 손을 내저었다.

"누가 소중해서 그러나요? 화장이 지워질 때가 제일 보기 숭하니까 그러지!"

권숙은 끝까지 루즈를 건드리지 못하게 하고야 말았다.

"숭하다고 생각지 않으면 그뿐 아냐?"

"내가 숭하게 생각되는걸요. 얼굴은 마음이라고 그러지 않아요?"

"단정한 마음을 가지기 위해서?"

"그런 셈이지요."

창우와 권숙은 식당으로 가서 점심을 먹은 뒤 카메라를 들고 백 미터도 떨어져 있지 않은 불국사로 갔다. 다보탑, 석가탑, 대웅전, 칠현교 등을 구경하며 사진을 찍고 있을 때였다.

"둘이 함께두 찍어야지요."

권숙이가 한 마디를 남기고 칠현교 쪽을 향해 뛰어가고 있었다.

칠현교 위에서 사진을 찍고 있는 체격 좋은 군인에게로 가자 권숙은 상냥하게 웃으며,

"샤터 좀 눌러 주시겠어요?"

하고 애교를 부렸다.

“그러지요.”

군인은 순순히 따라왔다.

창우가 서 있는 다보탑까지 와서 창우가 가진 카메라를 그 군인에게 내주고는 다시 창우 옆으로 바싹 다가선 권숙이가,

“잘 찍어 주셔야 해요. 찍을 줄 아시지요?”

하고 인사도 없는 사람에게는 지나칠 만큼 대담한 말을 했다.

“자신이 없는데요.”

군인은 그러면서도 렌즈를 눈앞에 대고 거리를 재기 시작했다.

“전신이 나오도록 해 주세요. 다보탑도 전부 들어가고…….”

권숙이가 수다를 떠는 바람에 창우는 그저 얼굴이 붉어질 뿐이었다. 그렇게 떳떳하지도 못한 사람들이 사진을 찍는데 떠들 것까지야 없지 않겠는가?

다보탑 앞에서 사진을 찍자 그 다음에는 석가탑과 대웅전 앞에서도 찍어 달라고 했다. 군인은 권숙의 말대로 몇 장이고 찍어 주었다.

사진을 다 찍고 카메라를 도로 받을 때 창우는 군인에게 고맙다는 인사를 했다. 초면이자 마지막이라는 생각에 그 인사는 정말로 정중한 것이었다.

그러나 권숙은,

“어떤 호텔에 유하시지요?”

하고 군인에게 필요 이상의 질문까지 하는 것이었다.

육군 소령의 계급을 붙인 군인은 자기 편에서 도리어 얼굴을 붉히며,

“철도호텔서 유할까 합니다.”

라고 대답했다.

“그래요? 우리도 철도호텔인데…….”

권숙은 게서 더 반가운 일이 없다는 듯이 좋아했다.

“먼저 실례합니다.”

군인은 어리둥절해서 다시 칠현교 쪽으로 걷기를 시작했다. 그런데 권숙은,

“그럼 좀 있다 호텔에서 뵙겠어요.”

하고 군인의 뒤를 향해 소리를 높였다.

군인이 멀찍이 갔을 때 창우는 권숙을 나무라는 어조로,

"알지도 못하는 사람에게 말이 왜 그렇게 많아?"

했다. 그러나 권숙은,

"이런 데 와서는 될 수 있는 대로 사람을 많이 사귀어두는 것이 좋은 거예요."

하고 도리어 창우를 아무것도 모르는 사람처럼 취급했다. 사실 몇 시간도 안 되어 권숙의 말이 그럴 듯하게 맞아 들어갔다.

내일 아침 서울로 돌아가려면 오늘 중에 석굴암 구경을 해야겠는데 거기까지 걸어서는 갔다 올 수가 없다. 더구나 하이힐을 신은 권숙에게는 가망도 없는 일이었다.

그런데 군인이 지프차를 가지고 왔으니 그에게 부탁을 해서 지프차를 같이 타고 간다면 십상이었다.

물론 지프차를 빌려 탈 생각을 한 것도 권숙이기는 했지만…….

"내가 가서 교섭을 해 볼게요."

호텔로 돌아온 권숙이가 자진해서 이런 말을 했다.

창우는 옛날에 한 번 구경한 석굴암이기 때문에 꼭 가야 한다고 생각지를 않았다. 더구나 알지도 못하는 사람에게 여자를 내세워 교섭을 해서까지 지프차를 탄다는 것이 탐탁치가 않아,

"꼭 구경해야 할 게 없지 않아?"

하고 찌부둥했다.

"여기까지 와서 석굴암 구경을 안 하구 그냥 가요?"

"가면 좋기야 하지. 그렇지만 군인에게 미안하지 않아."

"이왕 가는 지프차에 같이 타자는데 미안하기는 뭐가 미안해요?"

창우는 권숙이가 하자는 대로 내버려 두었다. 불쾌한 생각이 들기는 했지만 자기에게 손해되는 일은 하나도 없다. 권숙의 의지를 꺾을 아무런 이유가 없었다. 정말 마음으로 사랑하는 여자라면,

"아무에게나 여자라는 걸 팔지 말어."

하고 화를 냈을 것이다. 여자라는 것을 팔아서 남을 이용하자는 교양 없는

행동이라 비난하지 않을 수 없는 일이었다.

"마음대로 해……."

권숙은 호텔 사무실로 가서 군인의 방을 알아 가지고 군인의 방에까지 찾아갔다. 군인을 만나고 돌아온 권숙이가,

"내일 조반 전에 가기루 했다나요. 토함산 위에서 멀리 해 뜨는 경치를 바라보는 것이 장관이래요."

하고 자기 교섭이 성공된 것을 자랑하듯 말했다.

창우는 세상에 고마운 사람도 있다고 생각했다. 여자 혼자라면 딴 생각을 가지고 친절을 베풀지도 모른다. 그러나 그 군인은 권숙이가 혼자가 아님을 잘 알면서도 권숙에게 친절히 대하고 있다. 육군 소령 하면 전투의 경력을 가진 사람일지 모른다. 냉정할 수도 있고 용감할 수도 있는 군인이 여자라고 해서 무턱 친절을 베풀어 주다니…….

어쨌든 창우에게는 지프차를 탈 수 있다는 것만이 다행스러웠다. 조반 전에 갔다 오려면 새벽잠을 못 잘 것이 조금 걱정이었지만 그것이 내일 서울로 출발하는데 도리어 편리하다는 것을 생각하면 일이 제대로 잘 되는 것이라 만족하지 않을 수 없었다.

창우는 권숙 같은 여자와 결혼 생활을 하면 여러 가지로 편리한 점이 많으리라고 생각했다. 남자가 못할 일을 능히 해낼 수 있는 여자라고 생각되었기 때문이었다.

그러나 자기의 아내가 남자들과의 교제를 권숙이처럼 한다고 하면 과연 편리하다고 고마워할 수만 있을 것인가 하는 생각이 들었다. 사랑을 한다고 하면 아무리 신뢰를 한다고 해도 질투라는 감정을 가지게 된다. 약간 불편하다고 해도 아내의 남자 교제를 좋아하지 않을 것만 같았다.

그렇다면 자기는 권숙을 사랑하지 않는 것이 분명했다. 권숙이가 조치구와 극장에서 손을 잡고 나가던 장면을 보고도 이때까지 그것을 입 밖에 꺼내지 않고 있다. 그래도 아무렇지가 않다. 그리고 오늘 군인과의 지나친 외교에도 눈살 하나 찌푸리지 않고 넘겨 버렸다.

사랑한다면 도저히 그럴 수가 없을 것 같았다.

그런데 권숙은,

"목욕이나 하고 저녁을 먹읍시다."

하고 마치 부부이기나 한 것처럼 간격이 조금도 없는 사람들끼리나 할 수 있는 말을 했다.

"그럴까……."

창우도 당연한 일처럼 대답을 했으나 어쩐지 마음이 제대로 내키지가 않았다.

"그럼 빨리 준비를 해요."

"먼저 하구 와."

창우는 게으름피웠다. 그것은 결국 마음이 내키지 않기 때문이었으리라.

"같이 가지 왜 혼자 가요?"

권숙이가 이해할 수 없다는 듯이 창우를 바라보았다.

창우는 그때야 벌떡 일어나 옷을 벗기 시작했다. 권숙이가 둘이서 같이 목욕을 하자는데 그것을 거절할 수가 있겠는가?

팬티에 런닝셔츠을 입고 권숙과 같이 목욕탕으로 가며 창우는 생각했다.

'어째서 나는 이런 것을 먼저 생각하지 못했을까?'

결국은 자기가 권숙을 사랑하지 않기 때문이라 생각했다. 만약 권숙을 사랑하기만 한다면 권숙과의 즐거움을 만들기 위하여 바늘이 샐 만한 틈도 주지 않고 있는 기회를 모조리 차지하려 했을 것이 아니겠는가? 그런 것을 생각한다면 권숙이가 자기보다 훨씬 강하게 자기를 사랑하고 있는 것 같았다.

깨끗한 목욕실이었다. 그리 작지도 않았다. 맑은 물이 탕에 그득 차 있고 한편에는 샤워까지 붙어 있었다.

창우가 먼저 목욕실로 들어가 수건으로 몸을 씻고 있을 때 권숙이가 따라 들어왔다.

창우 맞은편에 앉아 몸을 씻고 있는 권숙은 몸을 하나도 가리지 않았다. 몸을 씻고 탕 속에 들어갈 때도 그러했다. 몸을 탕 속에 담그고는 손을 내밀어 창우에게도 들어오라고 했다.

창우는 권숙이의 손을 잡을 사이도 없이 탕 속으로 뛰어들어갔다. 맑은 물을 통해 보는 권숙의 육체가 정신을 잃을 만큼 매혹적이었던 것이다.

그러나 탕에서 나와 몸에 비누칠을 할 때 창우는 권숙의 육체에서 눈을 돌리고야 말았다. 보는 눈이 부끄러운 것 같음을 느꼈던 것이다.

물을 통해서 볼 때의 육체가 그렇게까지 매혹적이던 것이 아무것도 가리지 않고 볼 때는 어째서 보는 눈이 부끄러움을 느끼는 것일까?

창우는 외면을 한 채 몸을 닦고 먼저 나오려 했다. 그러나 권숙이가,

"비누 좀 주세요."

하고 자기 손에 닿을 곳에 있는데도 비누를 집어 달라는 바람에 창우는 또 한 번 권숙을 바라보지 않을 수 없었다.

확실히 매력이 있는 육체였다. 다른 것은 다 고사하고라도 그 탄력 있는 육체가 마음을 끌었다.

그러나 창우는 금시 눈을 돌리고 탈의장으로 나와 버렸다.

"혼자 가시면 어떡해요?"

권숙이가 목욕실 안에서 불평스러운 말을 했으나 창우는 못 들은 척 목욕실을 나와 버렸다.

자기 방으로 돌아오자 창우는 침대 위에 가로누워 방금 보고 나온 권숙의 육체를 생각하는 것이었다.

만약 자기가 마음으로 사랑하는 사람과 한 목욕실에서 목욕을 했다면 그때 자기는 어떻게 했을 것인가?

정신 상태가 혼동되고 말았을 것이다.

부끄러움 같은 감정을 느낄 여유가 없게 도취되고 말았을 것이다.

무아의 경지에서 아름다움의 극치를 발견했을지도 모른다.

그러나 창우는 권숙의 육체에서 부끄러움을 느끼고 도망치듯 뛰어나오고 말았다. 그러면서도,

"병신……."

창우는 자기 자신을 비웃어 보았다. 여자가 종이 한 장 가리움이 없는 발가벗은 육체를 보여 준다는 것은 자기의 몸을 상대방에게 마음대로 하라고 내맡기는 뜻이다.

내맡긴 육체를 마다하고 도망쳐 나왔다는 것은 바보 이외에 아무것도 아니지 않는가?

매맞기를 각오한 사람에게 매질을 안 하면 도리어 경멸을 받는 법이다. 창우는 권숙이가 자기를 경멸하고 있으리라는 것까지 생각했다.

'경멸까지 받을 필요야 없지 않은가⋯⋯.'

창우는 최소한도 권숙의 경멸만은 받지 않으리라 생각했다.

그래서 뒤따라 들어온 권숙을 보자 그의 손을 잡아끌고 난폭할 정도의 포옹을 했다. 권숙은 창우를 정말 경멸했던 것처럼 창우의 얼굴을 빤히 쳐다보았다. 그리고는 경멸할 남자가 아니라고 인식을 새롭게 한 듯 눈을 지그시 감고 창우가 하는 대로 몸을 내맡겼다.

그러나 창우는 금시 권숙을 자기 팔 안에서 놓아 주고 말았다. 옷을 입었으나 옷을 벗은 육체가 보였기 때문이었다. 아름답기만 해야 할 육체가 부끄럽게 생각되었던 것이다.

저녁을 먹고 정원을 산보하다가 침실로 들어왔을 때도 역시 그러했다. 권숙이가 슈미즈 바람으로 침대 위에 앉아 창우를 말끔히 바라보았다. 빨리 어떻게 하지 않느냐고 처분을 기다리는 그러한 태도였다.

창우는 조금도 마음이 내키지 않았다 권숙 옆에 가는 것은 둘째로 그와 시선이 부딪칠까 두려울 정도였다.

창우는 가지고 간 책을 꺼내 읽기를 시작했다.

권숙의 쏘는 듯한 시선이 등에서 따가웠으나 책에 열중한 듯 그는 뒤돌아앉은 채 몸을 움직이지 않았다.

"책 읽으러 왔어요?"

드디어 권숙의 불평이 터졌다.

"읽음 어때?"

"그럼 난 갈 테예요."

밤중에 어디를 간다는 것인지 권숙은 옷을 갈아입는 소리를 내었다.

그래도 창우는 모르는 체 책만 들여다보고 있었다.

권숙은 정말 밖으로 나가는 모양이었다. 방문 여는 소리가 났다.

그때야 창우는 몸을 돌이키고,

"어디를 가는 거야?"

하고 권숙에게 소리를 질렀다.

"아무데를 가건……."

권숙은 뒤도 돌아보지 않고 복도로 나갔다. 창우는 자기도 모르는 새 권숙에게로 달려가 팔목을 잡아끌며 무서운 눈을 부릅떴다.

"또 한 번 맞구 싶어?"

권숙은 마지못해 끌려오는 듯 끌려오면서도,

"때려 보구려."

자기에게는 조금의 잘못도 없다는 듯이 반항을 했다.

창우는 권숙을 침대 위에 앉히고 자기도 그 옆에 앉은 뒤,

"어딜 가려던 거야? 말해 봐."

하고 따졌다.

"아무델 가면 무슨 상관예요?"

"그래 아무 상관이 없단 말야?"

권숙은 화가 머리털까지 오른 듯한 창우를 말끄러미 바라보다가,

"상관있는 사람이 그 모양이군요? 빨리 가서 책이나 읽으세요. 책을 열심히 읽어야 은행 총재가 되겠지……."

하고는 새침을 떼고 외면해 버렸다.

창우는 웃음이 나왔다.

"누가 총재가 된댔어?"

"총재가 안 될 사람이야 그렇게 열심히 공부할 수 있어요?"

창우는 어이가 없는지 잠시 말을 끊었다가,

"좌우간 어딜 가려구 나갔댔어?"

하고 다시 화제를 돌렸다.

창우는 권숙이가 군인에게 가는 것이라고 생각했던 것이다.

"그걸 왜 자꾸 물으시죠?"

"정 가고 싶은 데가 있다면 지금이라도 가랠려구."

"그럴 걸 끌어들이기는 왜 했어요?"

"그럼 못써?"

"책을 읽으세요. 지금이라도 나갈게……."

"그래 책을 읽지."

창우는 테이블 있는 데로 가서 책을 들고 앉았다. 창우가 책을 읽는 체하자 권숙은 서슴지 않고 침대에서 일어나 밖으로 나갔다.

창우는 권숙이가 참으로 대담한 여자라고 생각했다. 기분이 좋지 않다고 해서 같이 온 남자를 내버려 두고 다른 남자를 만나러 간다는 것은 정말 보통 여자로 할 수 없는 일일 것 같았다.

좋고 나쁜 것은 나중 문제로 하고 우선 대담한 여자가 아니고서는 생각도 할 수 없는 일이다.

창우는 뒤를 따라나섰다. 하는 꼴을 보다가 망신이라도 주어야 마음이 편할 것 같았던 것이다.

권숙은 신을 신고 정원으로 나갔다. 달이 밝았다.

혼자서는 가만히 앉아 있을 수가 없을 만큼 밝은 달이었다.

권숙은 한참 동안 달을 바라보다가 정원을 한 바퀴 돌고 나서 호텔 정문을 빠져 나갔다.

창우는 권숙이가 보이지 않게 멀찍이 권숙을 따르기 시작했다.

권숙은 나뭇가지 사이로 달빛이 새어드는 불국사 뜰로 걸어갔다.

절간에서 목탁 소리가 은은하게 들려 왔다.

문득 저편에서 천천히 걸어오는 남자가 멀리 보였다.

창우는 권숙이와 만나기로 약속한 군인이라 생각하며 권숙에게서 눈을 떼지 않았다.

권숙이도 저편에서 걸어오는 사람의 기척을 들었는지 걸음을 멈추고 그쪽을 바라보는 것 같았다.

저쪽 사람은 계속해서 걸어오고 있었다.

창우가 장차 어떤 일이 벌어지려는가 하고 눈을 크게 뜬 채 신경을 모으고 있는 때였다. 저쪽에서 걸어오던 사람이 권숙 앞을 그냥 스쳐 지났고 권숙은 외면을 한 뒤 칠현교 쪽으로 걷기를 시작했다.

창우는 자기 눈을 의심하며 자기 앞으로 걸어오는 사람을 자세히 보았다.

그 사람은 군인이 아니었다. 동네에 사는 듯한 노인이었다.

그러나 창우는 권숙이가 호텔로 돌아오지 않는 한 안심할 수가 없었다. 권숙은 약속한 사람을 기다리고 있는 것처럼 자꾸만 사방을 둘러보며 노목 사이를 서성거리는 것이었다.

창우가 나무 뒤에 몸을 감춘 채 권숙에게서 눈을 떼지 않았건만 얼마가 지나도 사람 하나 얼씬하지 않았다.

이십 분쯤이나 지났을까 했을 때였다. 권숙이가 휘파람을 불며 호텔 쪽으로 걸어오고 있었다.

창우는 군인이 약속을 하고도 안 나온 것이 아닌가 하는 생각을 하며 권숙이가 가까이 오는 것을 기다렸다.

권숙이가 바로 자기 앞을 지나가면서도 자기를 보지 못하고 그냥 걸어갈 때 창우는 슬그머니 뒤로 가서 권숙의 어깨를 탁 쳤다.

"엄마…… 이건 또 뭐야?"

권숙이가 깜짝 놀란 소리를 지르고 돌아서며 결투 태세를 취했다.

"아무도 만나질 못해 섭섭하겠구만……."

창우가 비아냥하는 듯이 말할 때야 권숙은,

"난 또 누구라고."

하며 겨우 안심하는 태도를 보였다.

"내가 돼서 실망했어?"

"난 어떤 불량잔가 하고 한 번 해 줄려고 했지."

"불량자라 생각하고 한 번 해 봐."

권숙은 잠시 창우를 바라보기만 하다가 그만 창우의 가슴에 안기며,

"내가 의심스러워 따라나왔군요?"

했다.

"그래, 그럼 이 밤중에 무엇 하러 혼자 나온 거야."

"안 나오면 어떡해요? 책만 읽는 사람 옆에서……."

창우는 그때야 자기가 공연히 권숙을 의심했던 것을 알았다.

창우는 권숙을 힘주어 끌어안았다. 자기 뺨으로 권숙의 뺨을 힘껏 눌렀다가는 입술을 찾아 그것을 깨물기 시작했다. 권숙이가 아야 소리를 내며 입술을 뺄 때까지 권숙의 입술을 잘근잘근 깨물었다.

"빨리 들어가……."

창우는 권숙을 다시 밖으로 나오지 않게 하리라 생각했다.

"또 책을 읽게요?"

권숙은 뺐던 입술을 창우 뺨에 대고 움직이지를 않으려 했다.

"책 안 읽을게……."

창우는 늘어뜨린 권숙의 손을 힘껏 잡아 쥐었다.

"정말?"

"응……."

그들은 호텔로 걷기를 시작했다. 어디선가 라디오 소리가 들려 왔다. 경음악이었다.

그들이 방 안에 들어섰을 때는 라디오 음악이 탱고로 변했다.

창우는 방 안에 들어서기가 바쁘게 권숙을 끌어안고 탱고의 스텝을 밟기 시작했다. 그 중에도 녹크만을 밟으면 권숙의 상반신을 자기 가슴에 쓰러지도록 허리를 잡아끌었다.

탱고의 스텝을 밟으면서 창우는,

"권숙이……."

하고 권숙의 얼굴을 쳐들게 했다.

"네?"

"권숙이도 상당한 신경질이야."

"왜요?"

"조금 심심하다고 금시 화를 내니까……."

"그건 신경질이 아니에요. 오래간만의 여행이 무의미해지니까 그랬을 것뿐이지……."

"아직 끝이 난 게 아니지 않아?"

"아까로 봐서는 끝이 난 거나 마찬가지였어요."

창우는 '푸로세스'의 스텝을 밟다가 갑자기 '턴'을 하면서 선 자리에서 빙빙 돌았다.

그리고는 춤을 멈추지도 않고 권숙을 안은 채 그냥 침대로 가서 쓰러져 버렸다.

"어떻게 많이 변했어요?"

침대에 쓰러진 채 권숙이가 창우의 뺨을 만지작거렸다.

"나도 모르겠어……."

창우는 자기 뺨을 만지작거리는 권숙의 손을 잡고 그 보드라운 손가락을 깨물기 시작했다.

"바둑이……."

권숙은 손가락을 가볍게 깨물고 있는 창우를 빤히 쳐다볼 뿐 손을 빼려 하지 않았다.

"그래 겨우 바둑이야? 난 호랑이가 될 테야?"

창우는 권숙의 손가락이 아니라 주먹 전체를 씹어 삼킬 듯이 권숙의 다섯 손가락을 한꺼번에 입 속에 넣었다.

"이왕이면 코끼리가 되세요. 콧김을 확 불어서……."

"콧김을 확 불어서 권숙을 쓰러뜨리게?"

"마음대로……."

창우는 권숙을 일으켜 앉혔다. 그리고는 권숙의 등 뒤에 있는 원피스의 쟉크를 풀어 주었다.

권숙은 침대에서 일어나 원피스를 벗어 못에 걸고 다시 창우 옆으로 왔다. 슈미즈 속의 브래지어가 들여다보였다.

"벗겨 줄까?"

창우는 슈미즈 위로 브래지어를 가볍게 잡아당겼다. 권숙은 아무 말 없이 등을 돌렸다. 창우는 슈미즈 속으로 브래지어의 고리를 끌러 주고는 권숙의 육체를 살펴보았다.

역시 풍만한 육체였다. 같은 육체였건만 목욕탕에서 볼 때 느끼던 부끄러움 같은 것은 조금도 느껴지지 않았다. 속속들이 만져 보고 싶은 육체였다. 가슴이 두근거릴 뿐이었다.

'내 것…….'

창우는 그런 생각을 했다. 이때까지 적지 않은 여자와 관계해 왔지만 한 번도 느껴보지 못한 감정이었다.

'내 것이니까 마음껏…….'

창우는 다음에라도 후회되는 일을 말아야 하겠다고 생각했다. 자기의 정열을 있는껏 쏟아 놓아야만 '내 것'에 대한 의리를 다하는 것이라 생각했다.

창우는 권숙의 입술을 손으로 비틀었다. 이미 루즈는 다 지워져 원형의 입술 빛깔이 그대로 드러나고 있었다. 그러나 루즈칠 한 때 이상으로 빨간 빛깔이었다.

"내 꺼지?"

"흐 흠!"

권숙은 만족한 듯이 웃었다.

"자다가 또 뛰어나가지 말어."

"흐 흠!"

창우는 자기도 옷을 벗었다. 그리고는 담벽에 있는 전기 스위치를 탁 끄고 침대로 달려갔다.

그 날 밤 창우는 몇 시간이나 잤는지 모른다. 생각 같아서는 한잠도 자지 않고 권숙과 밤을 즐기고 싶었다. 즐길 수 있는 방법을 다하여 권숙을 만족시켜 주고도 싶었다.

상대방이 만족해하는 것을 바라보는 즐거움이란 자기 자신이 느끼는 즐거움보다도 더 큰 것이다.

창우가 잠든 것은 새벽녘이 거의 다 되어서였다. 즐거움 속에 젖은 피곤으로 자기도 모르는 새 눈을 감았던 것이다.

그러나 잠이 든 지 몇 시간도 안 되었을 때 잠을 깨우는 노크 소리가 들렸다.

"석굴암에 안 가십니까?"

창우는 문을 열었다. 군복을 입은 하사관이었다. 어제 만났던 장교의 운전병인 모양이었다.

"곧 떠나신다고 나오시라는데요……."

"그래요? 곧 준비하지요."

창우는 침대로 돌아와 권숙을 깨웠다.

"아이 곤해."

"그래도 일어나. 기다리고 있대……."

"혼자 갔다 오세요."

"정말 혼자 갔다 올까?"

창우는 권숙이가 덮고 있는 이불을 잡아끌었다. 권숙은 그런 것쯤 상관할 것도 없다는 듯이 알몸뚱이를 뒤치어 저쪽을 향했다.

창우는 권숙의 목덜미에 손을 디밀어 끌어안고는 그를 일으켜 앉혔다.

"빨리 갔다 와서 떠날 준비를 해야지……."

권숙은 마지못해 일어나 옷을 입고 세수를 하고는 화장을 하느라고 벽에 걸려 있는 거울을 내려놓고 마주 앉았다.

창우는 남이 기다리고 있는데 능청을 부려서 어떻게 하느냐고 화장을 못하게 했다. 그러나 권숙은 할 것을 다 하고야 말 작정인지 흐트러진 머리에는 손도 대지 않고 얼굴만 만지작거렸다.

밖에서 지프차 클랙슨 소리가 들려 왔다.

"화장은 갔다 와서 못해?"

"아이 참 기다리는 사람이 혼자 갈라구요?"

권숙은 루즈를 칠하기 시작했다.

창우는,

"그런 것 안 칠하면 어때?"

하고 권숙의 손에서 루즈를 빼앗았다.

"참 고집두……."

"내가 좋다면 그뿐 아냐?"

"언제까지나 좋아할라구……."

그 말에는 창우도 대답을 할 수가 없었다. 우선 그런 말을 할 수 있다는 권숙이가 너무나 대담하게 보였던 것이다. 멀리 여행을 와서 육체적 관계까지 맺은 뒤 그 날이 아직 밝기도 전에 헤어질 것부터 생각하는 권숙이다.

생각하는 것은 자유라 해도 생각한 것을 그대로 표현할 수 있다는 것이 대담하기 짝이 없었다.

"빨리 가기나 해."

창우는 권숙의 손을 잡아끌었다. 그러나 권숙은 일어서서도 거울을 보며 머리에 빗질을 하고야 핸드백을 들고 나섰다.

그들은 지프차 있는 데로 가서 그들을 기다리고 있는 군인에게 미안하다는 인사를 했다. 군인은 육중한 목소리로,

"빨리 가야 해 뜨는 걸 볼 수 있습니다."

하며 빨리 올라타라고 손짓을 했다.

창우와 권숙은 뒤로 가서 나란히 앉았다. 지프차가 토함산을 향해 달리기 시작했다. 원체 경사가 심하고 몹시 꼬부라진 길이기 때문에 지프차의 동요가 대단했다. 창우는 장교가 앞자리에서 백미러로 자기들을 볼 줄 알면서도 권숙의 허리를 꼭 부여안았다.

장교는 그러한 그들을 일부러 안 보는 체 정면을 향한 눈을 조금도 돌리지 않았다.

한참 동안 가셔야 장교가 눈을 정면에 둔 채,

"언제들 떠나시나요?"

하고 먼저 입을 열었다.

"오늘 떠날까 하는데요."

창우가 대답을 하자 장교는,

"대구로 해서 가시겠지요?"

하고 여전히 뒤를 돌아보지 않으면서 물었다.

"대구서 통일호를 탈까 하는데요!"

창우가 대답을 하는데 권숙이가 중간에서,

"장교님은 어디 계시지요?"

하고 군인에게 물었다.

"대굽니다."

"그럼 좋은 방향이네요. 언제 가시지요?"

"나두 오늘 돌아갈까 하는데 차가 없으시면 제 차루 대구까지 모셔다 드릴까 해서요."

"어마나…… 군인들이 정말 멋쟁이야. 휘발유 값은 저희가 드릴게요."

"휘발유는 만 탕크로 넣어 가지고 왔으니까 걱정 마십시오."

창우는 무엇이라 말이 나오지 않았다. 그렇게까지 고마울 사람이 또 있을 것인가?

창우는 권숙의 허리를 껴안았던 손을 슬그머니 내렸다. 돌아보지는 않는다 해도 그렇게까지 고마운 사람에게 실례되는 행동을 취할 수가 없는 것 같았던 것이다.

석굴암에 이르렀을 때는 날이 아주 밝았다. 그러나 날이 흐려서 바다가 보이지 않았다. 해 뜨는 것을 보기는 가망도 없었다.

"유감인데요."

군인이 중얼거리듯 말했다.

"여기까지 와서 해 뜨는 것을 못 보니 정말 섭섭한데요."

창우는 장교의 말에 동의를 했다. 그러면서도 장교가 무엇 때문에 그렇게까지 친절한가 하는 것을 생각하고 있었다.

석굴암에 들어가서 그 유명하다는 조각들을 보고 나와 조금 아래 있는 약수를 퍼먹으면서도 장교가 혹시 딴 마음이나 먹지 않았나 하는 것만 생각했다. 그래서 말하기가 쑥스러웠지만,

"신세를 지면서도 인사를 못 드렸습니다."

하고 웃으면서 자기 이름을 말했다. 그래야만 군인과 친밀해질 수가 있고, 또 농담을 걸 수가 있으리라 생각했던 것이다.

"참 아직 인사를 드리지 못했지요?"

장교도 그때야 통성명도 안 한 것을 생각해낸 듯,

"저 육군 소령 임천식입니다. 제이군 사령부에 있습니다."

하고 웃으면서 인사를 했다. 창우는,

　"친절에 감사합니다. 정말 임 소령님처럼 친절하신 분은 처음 봤습니다."
하고 진심으로 감사하다는 말을 하면서도 임 소령의 표정을 살피는 데 게을리하지 않았다.

　"두 분이 너무 행복하신 것 같아 구경이라도 하고 싶어서 그러는 것뿐이지요."

　임 소령의 말은 어떻게 해석해야 좋을지를 몰랐다. 야유하는 것 같으면서 또 자기가 불행한 사람임을 말하는 것 같기도 했다.

　"가정적으로 불행하신가요? 임 소령은?"

　창우는 그가 자기를 야유한다고 생각할 수 없었다.

　"불행해서만은 아닙니다. 행복에 대담하고 용감한 데 부러울 만큼 놀란 것뿐이지요."

　임 소령은 부러워하는 정도를 지나 분노에 가까운 감정을 품고 있는 듯했다

　창우는 얼굴이 붉어졌다. 임 소령의 친절이 무서운 칼날처럼 생각되었기 때문이었다.

꽃다발의 변(辯)

　석굴암에서 돌아와 호텔에서 조반을 먹기 시작할 때 창우는 불쑥,

　"우리 택시 타고 가."
하고 권숙에게 말했다.

　"건 왜요? 공짜 지프차가 있는데……."

　잠시 숟가락을 놓고 창우를 바라보던 권숙이 사뭇 불만스럽게 대답했다.

　"공짜라는 것 결국 정신적 부채야! 갚아 줄 것을 약속하고 빚을 쓰면서도 채무자는 채권자에게 머리를 굽실거리지 않을 수 없는 건데, 갚지 않을 빚을 쓴다는 것이 얼마나 큰 부담인가를 생각해 봐."

"빚이라고 생각지 않으며 주는 것을 부담으로 생각해요?"

"주는 사람을 호의로 생각하고 부담을 느끼지 않으려는 사람은 부끄럼을 도매금으로 팔고 다니는 룸펜 근성의 소유자야."

"천만에요, 이왕 가는 차에 자리만 빌려 주는 것이 뭐 그리 큰 호의라고……."

"내가 은행에 있지 않아. 나는 내 돈을 남에게 빌려 준 일이 한 번도 없어. 은행의 돈을 빌려 주면서도 나는 채권자의 행세를 얼마나 하는지 알아? 직무상만이 아니야. 유쾌한 감정에서이지……."

"그건 알 수 있어요. 그렇지만 호의를 물리치고 손해 볼 것까지는 없지 않아요? 나는 절대로 손해를 보며 살고 싶지가 않아요."

"손해를 볼 필요는 없지만 남을 의지할 필요두 없지 않아?"

"아무러면 어때요? 우리는 밤낮 자기를 잃어버릴 것 같은 불안에서 살고 있거든요. 그게 뭔데! 남들이 자꾸 나를 빼앗어가려구 하기 때문이거든요. 뺏기기 전에 내가 뺏어야지……."

"자기를 잃어버릴 것 같은 공통된 감정이지만 그것은 정신의 불안정 때문이 아닐까? 남을 바라보지 않고 자기 일만 하면 그런 불안정은 없어질 수가 있을 거야……."

"싫어요. 자기를 좁은 테두리 속에 꽁꽁 집어넣게 되는걸, 뭐……."

창우는 결국 임 소령의 지프차를 타고 싶지 않았던 것이다. 행복에 너무나 대담하고 용감하다는 말을 하던 임 소령의 말이 머리에서 사라지지 않기 때문이었다. 그러나 그 말을 솔직하게 할 수가 없어서 이야기를 길게 돌려서 했건만 권숙은 알아듣지를 못했다. 할 수 없이,

"좌우간 차값은 내한테 있으니까 택시루 가."

했으나 권숙은,

"창우 씨 돈은 종이조각인가요? 왜 자꾸만 바보짓을 하시려구 그러셔?"

하고 끝까지 반대를 했다.

"그럼 혼자 타구 가. 나는 택시로 갈게."

창우는 임 소령의 얼굴만 생각하는 것이었다. 그는 나쁜 사람일 수 없다.

그러나 자기들을 못마땅하게 보는 것이 틀림없었다. 못마땅하게 보면서도 어디까지 못마땅한가를 살펴보려고 대구까지 태워 주겠다는 것이다. 그런 것을 알면서 어찌 태워 준다고 해서 타고 갈 수가 있을 것인가?

"고집두…… 손씨가 그렇게 고집이 센 집안인가요?"

그때였다. 밥상을 물리고 떠날 준비를 하려 할 때 노크하는 소리가 들렸다. 임 소령의 운전병이었다.

"빨리 떠나시자는데요."

창우는 권숙이가 말할 사이 없이,

"먼저 떠나시라고 그래."

하고 운전병을 돌려 보냈다. 그러나 얼마 안 있어 임 소령이 쫓아와,

"미안하지만 가서 볼일이 좀 있어 일찍 떠나려고 그러는데요……."

하고 일찍 떠나는 것을 미안하게 말했다. 그때 권숙이가,

"우리도 떠나요. 여기서 할 일이 있나요?"

하고 뒤따라 나섰다.

"이거 봐."

창우가 권숙을 불렀다. 그러나 권숙은,

"빨리 오세요, 글쎄."

하고 창우를 돌아보지도 않았다.

"내 말을 못 들어?"

창우가 언성을 높였으나 그래도,

"말은 들어서 뭐 해요. 빨리 가야지."

권숙은 임 소령의 뒤만 따랐다.

창우는 화가 났다. 혼자 가라고 내버려 두고 싶기까지 했다. 그러나 남 앞에서 싸울 수는 없었다. 화를 누르면서 권숙의 뒤를 따라가려니 무엇 때문에 여행을 떠났던가 하는 후회까지 났다.

어느새 숙박료를 지불하고 돌아온 권숙이가 창우 옆으로 와서 창우의 팔짱을 끼며,

"화내지 말아요."

눈웃음을 지으며 말했다.

창우는 속으로 화가 났으나 그것을 겉으로 나타낼 수가 없었다.

"웃기는…… 싱겁게……."

눈만을 흘기며 지프차 있는 데로 갔다.

"탈래도 택시가 없대요. 대구서 왔다 가는 것이 있기나 하면 몰라도
……."

권숙은 지프차를 안 타려야 안 탈 수가 없다는 듯이 말했다.

그 말을 들으니 창우도 화만을 낼 수가 없었다. 정말 불국사에는 택시가
없다. 대구나 경주에서 손님을 태우고 왔다 가는 것이 없으면 불국사역까지
걸어가서 기차를 타거나 버스를 타는 수밖에 없다.

창우는 아무 말 않고 지프차에 올랐다.

임 소령이 운전병에게 출발하라는 말을 했다.

지프차가 한참 달리기 시작할 때 임 소령이 뒤를 돌아보며,

"날이 흐린 걸 보니 비가 좀 내릴 모양이지요?"

하고는 이어서,

"실례의 말씀입니다만 두 분은 결혼하신 지가 얼마나 되십니까?"

아주 궁금하다는 얼굴로 물었다.

창우는 대답하기가 난처했다. 결혼했다고 할 수도 없고 그렇다고 해서 사
실을 그대로 말할 수도 없었다. 그러나 권숙은 아무렇지도 않은 모양이었다.

"꼭 결혼한 사람들 같이 보여요?"

임 소령의 소견이 알고 싶은 듯 임 소령을 빤히 바라보며 물었다.

"글쎄 결혼하신 분들 같지 않은데 어떻게 보면 결혼하신 분들 같기도 하
고……."

"어디가 결혼 안 한 것 같이 보이지요?"

"따지고 말할 수는 없어도 그런 것 같아서요."

"결혼식은 안 했어도 한 거나 마찬가지예요."

"결혼하면 결혼한 표적이 드러났으면 얼마나 좋을까요? 남자는 결혼해야
수염이 난다거나, 여자는 결혼을 해야 가슴이 높아진다거나……."

"어머나! 수염이 없으면 아무리 총각이라도 보기 숭해서 어떻게 해요. 병신 같을 텐데……."

"그래도 안심하고 결혼할 수가 있지 않아요. 나는 요새 맞선을 몇 번 봤지만 모두가 의심스러워 결혼을 할 수가 없거든요."

"처녀만 고르려니까 그렇지요. 처녀면 어떻고 처녀가 아니면 어때요?"

"그래도 첫 장가를 가는데 그걸 안 볼 수 있어요?"

"정 그러시다면 결혼은 못하시는 거지요."

"안 할 수도 없고."

"그러시다면 제비 뽑는 식으로 하세요. 잘 걸리면 처녀구 잘못 걸리면 처녀가 아니구. 할 수 없지 않아요? 어렸을 때부터 데려다가 기른 여자가 아닌 다음에야 처녀구 아닌 걸 어떻게 알아요?"

권숙이가 이렇게 대담한 이야기를 하는 동안 창우는 얼굴이 뜨거워 옴을 느꼈다. 세상에는 총각으로 처녀를 고르는 신랑감이 적지 않을 것이다. 그런데 자기는 처녀를 몇이나 버려 줬는지 모른다.

처녀를 고르는 신랑감들이 자기의 소행을 안다면 얼마나 가증스럽게 생각할 것인가. 자기 같은 사람이 많을수록 세상에는 처녀라는 존재가 점점 드물어지고 말 것이다.

세상 여자들을 의심하여 결혼을 못한다는 임 소령도 속으로는 자기를 괘씸하게 생각하고 있을는지 모른다.

그러나 다행하게도 임 소령은 자기의 결혼에 대해서만 머리가 가득 차 있는 모양이었다. 권숙에게 여자 보는 법을 묻기 시작했다.

"일전 어떤 여자를 만났는데 두 번째 만나는 날 지프차를 타고 절간에 놀러 가자니까 선선히 나서지 않아요? 남자를 경계하지 않는 여자란 결국 처녀가 아니기 때문이 아닐까요?"

"임 소령님두, 남자를 경계 안 한다구 다 처녀가 아닌가요. 성격에 따라 그럴 수도 있는 거지……."

"그래도 난 싫었어요."

"얌전을 빼는 것들이 더 수상하다는 걸 아세요. 요새 세상에 얌전이니 부끄러움이니 하는 게 어디 있어요. 순진한 척하는 거죠! 내 알기엔 순진한 척하는 것들 중에 벤벤한 거 하나 없습니다.”

“나도 그런 말을 들었는데 정말 그렇다면 세상을 어떻게 믿구 삽니까?”

“그러니까 좋으면 결혼하는 거죠. 처녀만 찾다가는 좋은 여자를 고르지 못해요. 세상에 좋은 게 제일이지 그래 처녀가 제일이에요?”

임 소령은 말문이 막히는 모양이었다. 몸을 돌이켜 정면만 바라보며 입을 다물어 버렸다.

얼마 동안 말이 없는 가운데 지프차는 경주를 지나 조용한 들길을 달릴 때 권숙이가 심심한 듯 입을 열었다.

“임 소령님은 순진하셔……”

손아랫사람에게 하는 말투였으나 세상에 그런 남자도 있을까 하는 의아심을 가지고 있는 것이 분명했다.

창우는 권숙이가 임 소령을 순진하다는 면에서 그에게 매력을 느끼는 것이나 아닌가 생각했다.

임 소령이 아무 대꾸도 안 하자 권숙은 혼잣말처럼 중얼거렸다.

“세상에 순진한 남자도 있는가 부지. 더구나 군인 가운데……”

이것은 확실히 잃어버렸던 향수를 도로 찾았을 때의 심정일 것이다. 덜렁덜렁 놀기만을 좋아하는 권숙이지만 그의 가슴 속에도 자기가 모르는 향수를 지니고 있는 모양이었다.

“정말 순진한 남자가 있다면 결혼을 할래?”

창우는 이렇게 물어 보고 싶었다.

“글쎄요, 배가 불러진다고 맛없는 음식을 먹을 수 있어요.”

권숙의 대답이 귀에서 들리는 것 같았다. 권숙은 배부르기 위해 음식을 먹는 여자다.

지프차가 대구에 도착할 때까지 세 사람은 심심치 않을 정도로 이야기를 계속했다. 대구에 거의 다 이르렀을 때 임 소령이 점심을 사도 아까울 것이 없다는 듯,

“좋은 데로 안내하지요.”

했다. 얻은 바 많다고 생각하는 얼굴이었다.

"점심은 우리가 사야지요."

창우는 임 소령에게 점심이라도 대접해야겠다고 생각했다. 참으로 좋은 사람 같았다. 조금도 경멸할 수가 없는 사람 같았다.

권숙이도 임 소령과 같이 있는 것이 즐거운 것처럼 빨리 좋은 음식점으로 안내하라고 졸랐다.

임 소령의 안내로 수동(壽洞) 뒷골목에 있는 조용한 음식점에 들어가 점심을 먹고 나자 금시 기차 시간이 되어 창우와 권숙은 정거장으로 나왔다.

임 소령은 사령부에 들어가야 할 일이 있다고 하면서도 정거장까지 배웅을 나왔다.

창우는 임 소령의 친절이 고맙게만 느껴졌다. 그래서 정거장 홈에서 기차를 기다리고 있을 때,

"빨리 결혼을 하십시오. 그리고 결혼하실 땐 청첩장이라도 보내 주십시오. 축전을 쳐 드리게……."

하고, 친한 친구에게처럼 다정스럽게 말했다.

"글쎄요, 지금 같아서는 결혼을 해 볼 것 같지가 않은데요……."

"그저 믿으십시오. 의심하다가는 한이 없을 테니까……."

"나는 둘째로 하고 두 분이나 빨리 하십시오. 언제쯤 하실 작정이시지요?"

창우는 말문이 막히고 말았다. 정말 한다고도, 안 한다고도 말할 수가 없었다. 그러나 권숙이가,

"우리도 결혼을 하게 되면 청첩장을 보내 드릴게 그때 축전을 쳐 주세요. 임 소령님의 축전을 받기 위한 결혼식이라도 할게……."

하고 나서는 바람에 창우는 대답을 안 하고도 넘길 수가 있었다.

기차가 들어왔다. 창우는 차라리 가슴이 시원했다. 임 소령이 친절하기는 하나 그래도 자기 속을 들여다보면서 눈을 부라리고만 있는 것 같아 그를 대하는 것이 불안하기만 했던 것이다.

"서울 가거든 은행으로 들리겠습니다."

임 소령은 기차가 떠나려고 할 때 창우의 손을 힘주어 잡으며 이별을 섭섭해하는 것처럼 말했다.

"정말 서울 오시거든 꼭 들려 주십시오."

창우는 힘있게 악수를 했다.

"저는 찾아 주지 않고요?"

권숙이가 불만스럽다는 듯이 옆에서 한 마디를 했다.

"미쎄쓰 명, 안녕히 가세요."

기차가 움직이기 시작할 때 임 소령은 두 사람에게 손을 흔들었다. 창우와 권숙도 차창으로 고개를 내밀고 임 소령이 보이지 않을 때까지 손을 내저었다.

임 소령이 보이지 않을 때 창우는 임 소령의 말을 생각하며,

"미쎄쓰 명……."

하고 권숙을 불렀다. 권숙은 얼결 김에,

"네……."

하고 대답했지만 금시 샐쭉해지며,

"기가 막혀서……."

했다.

"미쎄쓰 명이라구 해도 할 수 없지 않아?"

"그만두세요, 남들이 듣겠어요."

"미쎄쓰 명, 여행이 어땠어. 재미있는 편이었나?"

"듣기 싫대두 그러서, 그럼 창우 씨 보고는 '미터' 송이라고 부를 테야."

"'미터'는 또 뭐야?"

"여자가 결혼하면 '미쓰'에다 중간에 '세'자를 하나 더 붙여 주니까 남자가 결혼하면 '미스터' 중간자 '스'를 하나 빼는 거죠. 여자에게 꼼짝을 못하니까 '미스터'에서 '미터'가 돼야 할 거야."

"그런 소리는 억지구…… 그런데 서울 가서도 자주 만날까?"

창우는 이번 여행으로 권숙과의 관계를 끊고 싶은 것이 본심이었다. 서로가 결혼할 생각이 없는 바에야 만나는 것이 짐스러울 것밖에 없는 일이다.

"아이 참, 창우 씨는 아직 소년이야, 그런 걸 왜 자꾸 생각하세요. 내일의 마음이 오늘과 꼭 같을 수가 있어요?"

말하는 투로 보아 권숙도 더 계속해서 만날 생각이 아닌 것 같았다. 더구나 서울역에 내렸을 때 거의 같은 방향이면서도,

"이제는 따루따루 행동을 취해요."

하며, 자동차까지 혼자 타고 가는 것으로 보아 권숙의 마음이 어떠하다는 것을 능히 짐작할 수 있었다.

창우는 혼자서 자동차를 타는 맛이 유쾌하기 짝이 없었다. 몸이 피곤하기도 했지만 서울에 도착하는 즉시로 권숙을 작별했다는 것이 일종의 해방(解放)된 감정을 가져다 주어 몸이 다 거뜬해지는 것 같았다.

그러고 보니 권숙이를 깨끗한 여자라고 말하지 않을 수 없다. 좋아할 때는 좋아하다가도 헤어질 때는 칼날로 자른 듯 끊어 버리는 것이 얼마나 산뜻한 일인가?

창우는 권숙이도 지금쯤 자동차 안에서 해방감 같은 것을 느끼며 가벼운 기분에 휘파람을 불고 있으리라 생각했다. 길에서 우연히 만난다고 해도 손을 내저으며 유쾌하게 인사를 하고는 뒤에 남기는 것 하나 없이 유쾌한 얼굴로 지나쳐 버릴 수 있는 여자.

창우는 지나간 이틀 동안의 일들을 생각하며 혼자 빙그레 웃었다. 책을 읽는다고 해서 화를 내고 밖으로 뛰어나가던 권숙의 얼굴이 눈앞에 떠올랐다.

역시 귀여운 데가 있는 여자라 생각되었다. 아주 헤어졌다고 생각해서 그런지 권숙이가 좋게만 생각되는 것을 어찌할 수 없었다.

창우는 권숙과의 여행을 잊을 수 없는 일이라 생각하며 자동차에서 내려 자기 집으로 들어갔다.

아직 아홉 시도 안 되었는데 어쩐 일인지 애령이가 집에 있었다.

그러나 창우는 애령을 보자,

"어머닌 안 들어오셨니?"

하고, 어머니 이야기부터 물었다. 여행을 하는 동안 어머니 걱정을 한 번도

해 본 일이 없는 창우였지만 어머니가 집에 있지 않는 것을 보자 문득 어머니 생각이 났던 것이다.

"글쎄나 말이에요. 그 동안 하루도 들어오질 않았어요."

애령은 걱정이 여간 아니라는 듯이 대답했다.

"무슨 기별도 없었니?"

"병원집 아주머니가 돌아가서 며칠 못 들어오신단 기별이 있기는 했어요."

그 말에 창우는 안심을 했다. 친한 친구가 죽었으니 장례식을 할 때까지 일을 봐 주는 것이라 생각했던 것이다.

"내일이나 모레쯤은 돌아오실 거다. 아버지두 그걸 아시겠지?"

"어젯밤에 오셨다가 그 말을 듣고는 일이 잘 되어 간다고 하시면서 그 자리에서 나가시지 않아요? 아무래도 무슨 일이 벌어지고야 말 것 같아요."

"넌 그런 걱정 말라니까. 잘못 하다가는 걱정을 하는 것이 아니라 무슨 일이 벌어지기를 바라고 있는 것처럼 들리겠다."

"오빠두, 일이 생기기를 바랄 사람이 어디 있겠수?"

창우는 어쨌든 그 이야기를 중단해야 했다. 걱정할 필요도 없는 일이지만 걱정하고 싶지도 않은 일이었다. 그래서,

"애령아! 선우영 말이다. 그이 연애 많이 한 여자냐?"

하고 화제를 아주 돌려 버렸다.

"오빠 출장을 갔다 오더니 이상해진 것 같아…… 대관절 어디루 출장을 갔다 오신 거유?"

"그건 알아 뭣 해? 묻는 말이나 대답해……."

"내 말엔 대답을 안 하고 자기 말만 말인가 봐……."

"글쎄 선우영의 이야기나 해."

"그건 알아서 뭣 하게요? 연앨 하시게?"

"그건 두고 봐야 알지."

창우는 갑자기 선우영이 연애 경험자인지 아닌지를 알고 싶어졌다. 그것은 모든 여자를 의심하던 임 소령의 인상이 떠올랐기 때문인지 모른다. 그

렇지 않으면 선우영을 결혼할 상대로 사귀고 싶은 마음이었기 때문인지도 모른다. 그러나 애령은 일부러 창우의 속을 긁어 주려는 듯이,

"알고 싶거든 본인에게 물어 보구려."

하고 토라진 소리를 했다.

창우는 애령이가 무엇 때문에 토라졌는지를 이해할 수 없었다. 자기가 선우영이를 좋아한다고 해서 질투를 느낄 것도 아니다. 권숙과 함께 여행을 갔다 오는 길로 선우영의 이야기를 묻는다고 해서 불쾌하게 생각하는 것도 아닐 것이다. 애령은 자기의 여행에 대해 아무것도 모르고 있으니까.

"내가 선우영과 연애를 하면 안 될 일이 있니?"

"안 되기는 왜 안 돼요? 연애를 하면 오빠가 하지 내가 하나요?"

"그럼 왜 묻는 말에 대답을 안 하니?"

"하기 싫으니까 안 하지요."

"하기 싫은 이유가 뭐냐 말이다."

애령은 어제 선우영을 만났다. 그때 선우영은 아버지와 어머니의 트러블이 있다지 하고 물었다. 애령은 얼굴을 붉히고 대답을 못했다.

자기가 이야기하지 않은 집안 비밀을 남의 입에서 듣는다는 것은 불쾌했기 때문이었다.

그랬더니 너의 오빠가 그러더라고 하며 의아스러운 표정을 짓고 나서,

"참 너희는 한 어머니가 아니래지?"

하고 물었던 것이다. 그 말을 듣자 애령은 더욱이 불쾌했다. 창우가 배 다른 오빠임이 틀림없는 사실이지만 그것을 캐어 묻는 선우영의 교양이 의심스러웠기 때문이었다.

"한 어머니가 아니면 안 되니?"

애령은 신경질적인 태도로 반문을 했다. 그때 선우영은 아무 생각 없이 한 말이지만 자기의 말이 애령을 자극시켰음을 알고 사과하는 태도로,

"너 화났니, 아무 뜻도 없이 한 말인데."

했다. 그래도 애령은 화를 풀지 못했다. 어째서 그런지 이복형제라는 말이 자기를 경멸하는 말처럼만 생각되었던 것이다.

"화를 낸 건 아냐. 오빠하고는 그런 것을 느낄 틈이 없을 만큼 가까우니까 네 말이 터무니가 없어서 그런 거지……."

이렇게 대답하고도 속으로는 선우영이 경솔한 여자라는 생각이 들어 선우영에 대한 고까움이 풀리지가 않았다.

집안 사정 때문에 만날 틈도 없다고 하던 창우의 말과 집안 트러블이 있는 체도 안 하고 자기를 찾아온 애령의 태도가 너무 다르다는 데서 그런 말이 나온 선우영의 심정을 애령이가 알 까닭이 없었다.

그렇다고 해서 오빠에게 선우영이 하던 말을 그대로 털어놓고 그를 경솔한 여자라고 말할 수는 없었다. 그것은 결국 이복형제라는 말을 오빠에게도 의식시키는 결과가 되고 말기 때문이었다. 그래서 창우가 애령에게 화난 이유를 추궁해도 애령은 아무 대답을 안 했다.

선우영의 이야기를 꺼내기 시작하면 아무래도 그 말이 나오고만 말 것 같았던 것이다.

창우는,

"그럼 나는 네 말을 믿고 선우영과 결혼한다. 좋지?"

하고 따졌다. 사실은 그 말이 너무 빠르다는 것을 창우도 알고 있다. 선우영의 의사를 한 번도 물어 본 일이 없다. 그런 말을 물어 볼 만큼 사이가 친밀한 것도 아니다. 그러나 그래야만 애령이가 책임 있는 말을 할 것이고 또 자기도 안심하고 선우영을 사귈 수 있을 것 같았던 것이다.

"아니, 그 애가 결혼을 한 대요?"

애령이가 이때까지와 달리 눈을 똥그랗게 뜨고 물었다.

"그이는 결혼을 안 한다던?"

"그런 말을 들어 본 일이 없기에 말이에요."

창우는 애령의 말을 어떻게 들어야 할지 몰랐다. 이때까지 결혼을 생각할 만큼 좋아한 사람이 없었다는 뜻인가? 그렇지 않으면 독신주의를 가지고 있다는 뜻인가?

"선우영이 독신주의란 말이냐?"

창우가 물었다.

"독신주의자까지는 아니래도 얼마 동안은 결혼을 안 할 거예요."

애령이가 자신 있는 태도로 대답했다. 그러나 창우는 소리를 내어 웃었다. 웃지 않을 수 없었다. 여자로서 부족한 데가 하나도 없는 선우영이 결혼을 생각하지 않다니 도저히 생각할 수 없는 일이었다.

창우는 수녀복을 입은 선우영을 생각해 보았다. 정말 어울리지 않았다. 시골노파가 양장한 것보다도 더 어색할 것 같았다.

창우가 쓴웃음을 혼자 웃는 것이 애령에게는 조금도 이해가 되지 않는지,

"무엇이 그렇게 우스워요?"

하고 정색한 얼굴로 물었다.

"우습지, 선우영이 결혼을 안 한다니 우습지 않을 수 있어?"

"결혼 안 한다는 것이 뭣이 그렇게 우스워요?"

"그래 현대 여성으로 결혼을 부정한다는 일이 있을 수 있니? 그것은 십구세기 여성들이나 생각하던 일이야……."

"참 오빠두, 이십세기 여성도 얼마든지 결혼을 안 하고 살 수가 있어요."

"그래 자기가 자기를 속박하고 자기를 속이고 그런 일을 할 수가 있단 말이냐?"

"속박이 아니고, 속이는 일이 아니라고 생각하면 얼마든지 아름답게 볼 수가 있지 않아요?"

"아름다움의 관념이 달라졌어. 가장(假裝)과 속박 속에는 아름다움이 있을 수 없단 말이야."

"본능적으로 살아야만 아름다움이 있다는 거죠? 너무 상식적이에요."

"상식적이래도 그것이 현실인 것 어떡허니? 시대의 반역 정신인데 그걸 무시할 수 있어?"

"무시할 수는 없어요. 그렇지만 무시할 수 없는 걸 무시하는 것이 훌륭하지 않아요? 선우영은 얼마나 많은 꿈을 가지고 있게요? 그렇기 때문에 결혼을 안 하고도 살 수 있는 여자예요."

창우는 애령과 이야기를 하는 동안 생각이 조금 변해졌다. 생각할 수 없는 일이기는 했지만 그것이 경멸할 수 있거나 증오할 수 있는 일이 아니라

는 것이었다. 도리어 선우영만이 가진 보물(寶物) 같은 생각이 들었다. 아무데서나 찾아볼 수 없는 순수(純粹)와 아름다움이 선우영에게 숨어 있는 것 같기도 했다.

"꿈이란 어떤 꿈인데?"

창우는 선우영의 보물에 어떤 매력 같은 것을 느끼었다.

"영문학을 연구한다는 거지요. 자기의 문학을 창조하기 위해 외국문학을 연구한다는 거예요."

그 말을 듣자 창우는 또 웃음이 나왔다. 선우영에게서 그러한 학문적인 냄새를 한 번도 맡아본 일이 없는 창우였다. 그런 만큼 문학 운운하는 말이 입에만 발린 하나의 허영적 언사같이 들렸기 때문이었다.

"참 오빠두 사람을 막 무시하셔, 왜 함부로 웃으세요?"

"위대한 문학가를 알아보지 못했으니까……."

"오빠 선질(善質)이 못 돼, 여자라구 마구 경멸하는 법이 어디 있어요?"

"경멸하는 건 아니지만 그래 생각해 봐라. 영어를 조금만 씨부렁거리면 누구나 영문학자가 될 것처럼 으스대지만 결국은 미국이라도 한 번 다녀오고 싶다는 속셈이지 뭐냐?"

창우는 정말 선우영을 현대 청년들이 가지고 있는 유행병에 걸린 여자라고 생각되었다. 어떤 허영보다도 가장 오만한 허영이 아닐 수 없었다.

다음날 창우는 은행에 출근하자 선우영의 대부금 관계를 무엇보다도 먼저 알아보았다. 언제쯤 현금을 내줄 수 있는지를 알아보았다. 언제쯤 현금을 내줄 수 있는지를 알아 선우영에게 전화를 걸려는 생각이었다.

선우영이 오만한 허영에 걸린 여자라고 한다면 한 번 공박을 해 줘야겠다는 충동을 느꼈다. 그리고 독신주의는 아니라 해도 당분간 결혼을 하지 않는다고 하니 그것도 확인을 해 봐야 할 것 같았다.

대개가 오만한 허영을 가진 여자가 독신주의니 무어니 하고 떠들어댄다.

만약 선우영이 그러한 여자라면 가만둘 수가 없을 것 같았다. 어쨌든 요는 선우영을 빨리 만나야 할 일이었다.

만나되 자기가 자기의 일을 다 하고 만나야만 선우영을 공박할 위치에 설

수가 있을 것 같았다.

창우는 대부계 주임에게로 갔다. 우선 하루 결근한 데 대한 인사를 안 할 수 없었다.

"그래 선을 본 결과 합의가 됐소?"

주임은 무엇보다도 창우가 선보러 간다고 한 말이 생각났던 모양이다.

"그만두기로 결정했습니다."

창우는 간단히 대답했다.

"왜 마음에 들지 않습디까?"

"알아봤더니 첩의 딸이라나요."

창우는 생각도 해 본 일이 없는 말을 힘들지 않게 꾸며댔다. 어째서 그런 말이 나왔는지 모른다. 권숙도 첩의 딸이라는 말을 들은 일이 없다.

"손 군도 상당히 따지는 편이로군……."

계장은 창우를 보며 싱긋이 웃었다. 그러나 그 이상 더 흥미가 없는 일이라는 듯 서류를 뒤적이기 시작할 때 창우는 선우영의 대부금 관계를 꺼냈다.

"좀 급한 모양 같던데 특별히 생각해 주실 수는 없을까요?"

"안 급한 사람이 어디 있을라구……."

계장은 창우가 특별한 부탁이라도 받았는가 해서 한 번 퉁겨 보는 것이었다.

"같은 행원을 통해서 부탁하는 것을 어떡헙니까? 본인이 직접 부탁하는 것이라면 이런 말씀도 드리지 않겠습니다."

창우는 처음부터 같은 행원의 부탁이라는 것을 내세웠기 때문에 떳떳한 태도로 말 할 수가 있었다.

사실 창우는 이때까지 그런 부탁을 해 본 적이 없었다. 그런 만큼 계장도 창우의 부탁을 의심스러운 눈으로 보지는 않았을 것이다.

"오늘 회수되는 금액을 봐서 내일이나 모래쯤 지불을 하지……."

계장은 힘들지 않게 대답했다.

"그럼 그렇게 전하겠습니다."

창우는 계장에게 인사를 하고 자기 책상으로 돌아오자 얼마 안 있어 출납계로 가서 어떤 친구와 잡담을 몇 마디 하고는 수위실로 들어갔다.

출납계원의 부탁이라고 했던 만큼 그것을 알려 주는 척해야 했다. 그리고 선우영에게 전화 거는 것을 계장이 들을까 해서 일부러 조용한 수위실로 갔던 것이다.

선우영은 자리에 있었다.

창우의 목소리를 듣자 선우영은 다짜로 집안일은 무사하게 되었느냐고 물었다. 창우는 거짓말을 그대로 듣고 걱정하는 선우영이 우스웠으나 별일 없었다고 대답했다.

그러고 오랫동안 같이 사는 부부 사이에는 싸움이란 것이 으레 따라다니는 것이 아니냐고 대단치 않은 일처럼 말했다. 그리고는 이어서,

"오늘 꼭 좀 만나야겠는데 찻값이나 톡톡히 가지고 나오십시오."

하고 대부금이 금명간 나올 것 같다는 말을 했다. 대부금이 금명간 나오게 되었다는 말을 듣자 선우영은,

"지금 갈까요?"

하고 마치 오늘 안으로 나오는 것이기나 한 것처럼 서둘렀다. 그러나 창우가,

"지금은 바쁘니까 퇴근 뒤에 만납시다."

하고 딱 잘랐다.

선우영은 전화를 끊기가 불안한 것처럼,

"그럼 내일 아니면 모레는 나온단 말씀이죠?"

하고 재차 물었다.

"만나서 자세한 걸 이야기합시다."

창우는 정말 채권자와 같은 무뚝뚝한 말로 대답하고 전화를 끊었다. 전화를 끊고 자기 자리로 돌아오니 가슴이 후련해지는 것 같았다. 아무리 위대한 꿈을 가진 선우영이라 해도 당장에는 자기에게 머리를 숙이지 않을 수 없다. 말하자면 채권자만이 느낄 수 있는 통쾌감이었다.

창우는 조금도 초조해 할 것 없이 일을 했다. 일을 하다가 가끔 시계를 보기는 했지만 그래도 시간이 빨리 안 간다고 애태우지를 않았다.

퇴근 시간이 거의 되었을 때도 약속 시간에 꼭 대어 갈 필요를 느끼지 않
으며 슬금슬금 책상을 정리하고 있었다. 그때였다. 생각지도 않았던 강삼모
가 찾아왔다. 창우는 그가 무엇 때문에 찾아왔으리라는 것을 짐작했다. 그러
나 먼저 입을 여는 것이 자기에게 불리한 일인 줄을 알기 때문에 창우는 삼
모가 입을 뗄 때까지 아무 말도 안 했다.

강삼모도 창우의 어머니 상희에 대해서는 아무 말도 하지 않고 얼마나 바
쁘냐는 식의 속이 들여다보이는 말만을 하고 또 하다가,

"사실은 돈이 좀 필요해서 왔는데 며칠만 돌려주실 수 없을까요?"
하고 마치 며칠 뒤에는 돈을 돌려 주기나 할 것처럼 말했다.

창우는 그런 말이 나올 줄 뻔히 알고 있었기 때문에,

"얼마나 필요한데?"
하고 물었다.

"이만 환만 주시면 고맙겠는데요……."

"이만 환?"

창우는 놀라지 않을 수 없었다. 저번에는 단 천 환에 만족하던 사람이 이
만 환이나 요구한다는 것은 자기를 봉으로 생각하거나 그렇지 않으면 그런
돈을 요구할 만큼 사건이 중대해졌다는 것을 암시하는 것이다.

"네, 급한 일이 있어서요."

삼모는 무리한 요구가 아니라는 듯이 말했다.

그러나 창우로서는 어떠한 사태가 벌어진다고 해도 그만한 돈은 내 줄 마
음이 생기지 않았다. 자기를 너무나 만만히 보고 대드는 것 같았기 때문이
었다.

"돈이 없는데……."

"그러지 마십시오. 공연히……."

"내한테 무슨 돈이 있단 말요? 정 쓰고 싶거든 담보물을 잡히고 대부 신
청을 해요. 은행돈은 얼마든지 있으니까……."

창우는 화가 나지 않을 수 없었다.

"왜 이러십니까? 제가 돈 이만 환짜리 자격도 없다는 말씀입니까? 그러

지 마십시오. 머지않아 집안이 벌집처럼 될 걸 알아야지. 부친께서 얼마나 화를 내고 계신지나 아십니까?”

　그러니 자기를 잘못 다루면 일이 크게 벌어질 것이라는 협박조였다. 그러나 창우는 강삼모의 협박에 굴복할 수가 없었다. 당장에 물러가라는 태도로 삼모를 쏘아보았다.

　“아버지가 화를 내는 것과 내가 무슨 상관이 있단 말야?”

　“아버지와 아들이 상관이 없다? 어디 두고 봅시다.”

　강삼모가 나중에 가서 후회를 해야 소용이 없다는 듯이 마지막 말을 뱉어 버리고 나가 버렸다. 창우는 두고 보려면 보아라 하는 배짱으로 나가는 삼모를 거들떠보지도 않았지만 속마음은 켕기지 않을 수가 없었다. 강삼모만 잘 구슬려 놓으면 아버지를 흥분하지 않도록 만들 수가 있을지도 모른다. 아버지만 흥분하지 않는다면 집안은 현상이라도 유지하면서 분란이 일어나지 않을 것이다.

　무사주의(無事主義)라서가 아니다. 현상만이라도 유지하여야만 아직 결혼 안 한 자기와 애령, 그리고 창식이가 가정이라는 울타리 밑에서 숨을 쉴 수가 있을 것 같았다. 창우는 은행에서 퇴근하고 선우영을 만나러 가면서도 자꾸만 불길한 생각이 들어 가슴이 불안해 견딜 수가 없었다.

　강삼모가 일종의 악마 같은 생각도 들었다. 아무렇지도 않은 집안을 파괴하려고 달려드는 악마가 아니고서야 돈 몇 푼에 남을 협박하러 다닐 수가 있을 것인가?

　‘알로하’ 다방에서 선우영을 만났으나 강삼모 생각 때문에 좀체 기분이 명랑해지지가 않았다.

　“왜 화가 나셨어요?”

　선우영이 창우의 눈치를 살피며 물었다.

　“아니오.”

　창우는 선우영에게 집안 이야기를 잠깐 한 일이 있기는 하지만 그것을 화제에 올리고 싶지가 않았다. 그래서 내일이라도 강삼모를 만나기로 혼자 생각한 뒤 자기의 불안을 스스로 떨쳐 버렸다.

그래야만 선우영과의 이야기가 순조롭게 진행될 것 같았던 것이다. 내일 강삼모만 만나면 집안 일이 일단 해결되는 것이라 생각하니 기분이 약간 상쾌해져,

"내일이나 모레에는 틀림없이 돈이 나올 겁니다."
하고 선우영이 묻기 전에 대부금 이야기를 꺼냈다.

"고맙습니다. 돈이 나오기만 하면 그 자리에서 십만 환을 드릴게요. 아버지께서도 그러라고 하셨으니까요."
선우영도 앉은 채 고개를 까딱하며 고마운 인사를 했다.

"아 참, 십만 환을 주시기루 했지요?"

"그럼 그걸 잊고 계셨어요? 그걸 잊지 않으셨더면 좀더 빨리 나올 수도 있었을걸……."
비록 농담이라고 할지라도 창우는 농담으로 맞받아 넘기기가 싫었다.

"사람을 어떻게 보시고 하시는 말씀이죠?"

"제가 실언을 했나요? 참 그저께는 애령에게 실언을 하고 오늘은 손 선생께 실언을 하고…… 좀더 수양을 해야겠는데요."
선우영은 자기의 말이 실언이었다는 것을 진심으로 후회하는 듯 고개를 숙이었다. 창우는 선우영이 그렇게까지 나올 줄을 몰랐던 만큼,

"애령에게 무슨 말을 했는데요?"
하고 화제를 돌려 버렸다. 선우영의 이야기를 들었을 때 애령이 토라졌던 이유도 알고 싶었던 것이다.

"애령이가 무슨 말을 하지 않아요?"

"아니오, 선우영 씨가 굉장한 꿈을 가진 독신주의자라고만 하던 데요……."
창우는 애령의 말을 과장해서 이야기함으로써 공박전을 시작하려 했다.
그러나 선우영은 애령이가 전달하지 않은 말을 되풀이하여 창우의 기분까지 상하게 할 필요가 없다고 생각한 나머지,

"내가 왜 독신주의자예요?"
하고 창우의 말만을 받아 따지기를 시작했다.

선우영이 말하는 태도로 보아 그가 독신주의를 신봉하는 것 같지는 않았다.

독신주의에 대해서 무엇보다도 공박하려고 준비했던 만큼 창우는 약간 김이 빠진 듯한 감을 느끼지 않을 수 없었다. 그러나,

"그래도 당분간은 결혼을 안 할 생각이라면서요?"
하고 화살을 던지고야 말았다.

"당분간 결혼 안 하는 것과 독신주의가 같아요?"

"거의 비슷하지요. 청춘이 다 간 뒤에야 결혼하려는 것은 인생의 나머지만을 가정에 바치겠다는 뜻이 아닙니까?"

"결혼이란 인생의 일부에 지니지 않지 않아요? 그렇다면 결혼한 뒤에 할 수 없는 일을 먼저 해 놓고 결혼을 나중에 할 수가 얼마든지 있지 않아요."

"청춘이 다 시든 뒤에 결혼한다는 것은 양로원에 가는 심정밖에 아무것도 아니겠지요."

"인생의 반려를 구하는 것이 결혼이라면 늦게 한다고 해서 양로원행이란 말은 할 수 없겠지요."

"좌우간 언제쯤에나 결혼하실 생각이지요."

"그런 건 아직 생각해 본 일이 없는데요."

"최소한도 미국은 다녀와야겠군요?"

"글쎄요? 가능하다면 미국도 영국도 다녀와야지요."

선우영의 이 말이 창우의 비위를 왈칵 상하게 했다.

"미국을 다녀와야만 학자가 되니까 빨리 가야겠군요?"

창우의 말이 야유에 가까운 것을 알자 선우영은,

"호호, 그런 줄 몰랐더니 비꼬시는군요?"
하고 유쾌하다는 듯이 웃었다. 그래도 창우는 태도를 달리하지 않고 말했다.

"문학을 하신다죠?"

"애령이가 그런 말을 했군요? 아직 남한테 말할 정도까지는 이르지 못했지만 문학을 해 볼 생각예요. 자격이 없는 것 같아요?"

선우영은 조금도 화를 내지 않고 도리어 창우의 의견을 들으려는 태도를

보였다.

창우는 선우영을 공박하려고 벼르고 왔던 것이지만 정작 만나 이야기를 시작하니 공박할 재료가 나서지 않는 것 같았다. 그래서,

"자격이 있는지 없는지야 내가 압니까? 그렇지만 현실에 마이너스가 되는 꿈은 가질 필요가 없겠지요."

하고 누그러진 태도로 말했다.

"현실에 플러스가 될지 마이너스가 될지는 두고 봐야 알겠지요. 그렇지만 생의 의의를 느끼려는 노력이 없어야 살 수 있어요."

"산다고 하는 것 자체가 하나의 진리요 하나의 철학이라면, 문학을 해야만 생의 의의를 느낀다고는 할 수 없지 않을까요."

"그래도 저는 문학을 해 보겠어요. 대학을 졸업시킨 부모를 위해서라도 해야 할 것 같아요. 부모가 그런 것을 기대하지는 않을지 모르지만 그렇다고 해서 평범한 자식 노릇을 하고 싶지는 않아요. 어머니가 참 저를 사랑해요. 그 사랑을 받기만 하고 그냥 있을 수가 없어요. 어머니가 못하신 것을 아무것이나 해야만 어머니도 산 보람을 느끼실 것 같아요."

"좋은 생각입니다. 잘 해 보십시오."

창우는 그만 손을 들고 말았다. 이야기를 듣고 보니 선우영은 창우가 생각하던 것과 달리 허영을 가진 여자가 아니었다. 경멸할 수가 없었다. 도리어 의지력을 가지고 무엇을 해 보겠다는 그 마음이 아름답게만 느끼게 했다.

창우는 선우영의 작품을 읽어 본 일이 없다. 그리고 영어에 대한 실력을 테스트 해 본 일도 없다. 그러나 그가 문학을 어느 정도 할 수 있느냐 하는 것은 전혀 알 수 없는 일이었다. 그러나 인생의 의의를 느끼기 위해서, 그리고 부모에 대한 의무감을 다하기 위해서 문학을 하겠다는 선우영의 욕망이 가장 겸손한 데서 출발했다는 데 호감을 가지지 않을 수 없었다.

"재간이 없으니까 경과가 어떻게 될지는 모르겠어요. 그렇지만 죽을 때까지 하면 되겠지요."

선우영은 자기의 결심이 어떤 정도라는 것을 말해 주었다. 그때였다. 창

우는 그 기회를 놓치지 않고,

"그러니까 결혼을 못하겠군요?"

하고 묻고 싶던 이야기를 다시 꺼냈던 것이다.

"그렇다고 해서 결혼을 못한다고는 생각지 않아요. 평생 할 일인데요, 뭐……."

"그렇지만 결혼하기 전에 어떤 성과를 올려놔야 할 게 아닙니까?"

"그렇기는 하지요. 그래서 결혼을 빨리 할 생각은 안 하고 있어요."

"사실이야 상대편이 이해를 하고 협조를 해 준다면 결혼을 해도 무방하기는 하겠지만……."

"글쎄 그런 사람이 쉬울까요?"

"전혀 없다고는 말할 수 없겠지요."

"왜 그런 사람을 아직 발견하지 못했는가 보군요?"

창우는 선우영의 표정을 유심히 살폈다. 그러나 선우영은 딴 생각을 조금도 갖고 있지 않은 듯이 명랑한 얼굴로,

"없던데요, 좀체 그런 사람이 있을 것 같지도 않고요."

하는 것이 그런 남자를 구하려 하는 노력도 안 하는 것 같았다.

창우는 속으로 빙그레 웃었다. 선우영은 현재 연애를 하고 있지 않은 것이 분명했기 때문이었다. 그리고 자기가 선우영의 협조자가 될 수 있는 것 같은 생각이 들었던 것이다.

"나갑시다."

창우는 다방이 싫어졌다. 청신한 기분을 만족시키기에는 다방 공기가 너무나 혼탁한 것 같았다.

"어디루 갈까요?"

선우영은 다음에 갈 장소를 물었다.

"아무데로나 가지요."

갈 곳을 정하지 않았지만 다방을 나오고야 말았다. 한길로 나온 창우가,

"멋진 데가 없나……."

하고 하늘을 쳐다보았다.

백오십만이나 산다는 서울이건만 갈 만한 곳이 없었다. 권숙하고라면 갈 데가 있을지도 모른다. 그러나 선우영과 같이 갈 곳은 생각나지가 않았다.

잠시 동안 망설이고 있을 때 선우영이,

"반도호텔에 가실까요? 스카이라운지……."

하고 말했다.

"참 거기가 좋겠군!"

창우는 선우영이 멋진 곳을 생각해낸 데 감탄을 하며 반도호텔로 발을 옮겼다. 창우에게는 반도호텔에서 통용되는 티켓이 있었던 것이다.

하늘이 보이는 옥상……거기서 시원한 것을 마시며 선우영과 이야기를 한다면 거기서 더 멋질 일이 있을 것인가? 생각만 해도 통쾌했다.

옥상으로 올라가다 그들은 유리방을 지나 노천(露天)으로 나갔다. 조선호텔이 바로 눈 아래로 내려다보이는 쪽에 자리를 잡고 앉으려 할 때였다.

"미스 센우……."

조금 이상스런 발음으로 선우영을 부르는 사람이 있었다. 그래서 창우와 선우영이 한꺼번에 고개를 돌렸다.

태풍 전야

창우는 선우영과 아는 남자려니 생각하면서도 자리에 앉기도 전에 남의 동반자를 불러 세우는 무례함에 그 남자를 불쾌한 눈으로 노려보았다.

"사장님 오셨어요?"

인사를 할 뿐 그 남자 곁으로 한 걸음도 나가지 않는 것으로 보아 선우영 역시 그렇게 달갑지 않게 생각하는 사람이 분명했다. 선우영이 사장이라고 한 남자는 선우영더러 어서 앉으라는 말을 하고도 선우영과 창우에게서 눈을 조금도 떼지 않았다. 두 사람의 관계를 알아내고 싶은 모양이었다. 선우영은 일부러 그 남자를 등으로 향하는 자리에 앉아,

"회사 사장인 중국 사람이에요."

하고는 창우더러 그쪽을 볼 필요도 없다고 말했다.

"자아식, 사장이면 사장이었지 남을 왜 째리고 보는 거야……."

창우는 선우영만이 들을 수 있는 목소리로 말했다.

"내버려 두라니까요. 며칠 전부터 주종 관계를 떠나 개인적인 접촉을 가지자고 그러는 걸 모르는 척 내버려 두었더니 이상하게 생각하는가 봐요. 여기두 같이 오자고 한 일이 있는데 자기 하구는 오지를 않고 손 선생하고만 왔으니 질투를 느낄 거예요?"

그러기는 하면서도 선우영은 부자유 같은 것을 느끼는지 얼굴 표정이 생경한 것 같았다.

선우영의 말을 듣자 창우는 더욱 불쾌감을 느꼈으나 그래도 자기가 관여할 바 아닌 것 같아 주문 맡으러 온 보이에게 비어와 오렌지 소다를 시키고,

"조금만 있다가 갑시다."

했다. 그때였다. 사장이라는 사람이 선우영을 부르고 자기에게 좀 오라고 했다. 선우영은 창우의 표정을 살폈다.

"가지 말아요. 밖에 나와서까지 자기 부한가? 오라 가라 하게……."

창우가 신경질적인 목소리로 선우영을 움직이지 못하게 했다. 그러나,

"잠깐만 갔다 올게요. 사람이 그럴 수 있어요?"

하고 선우영이 창우를 달랬다.

"안 가믄 어때 그깟 자식. 정 뭐라고 그러면 사표를 제출하지……."

"세상일이 어디 그렇게 간단해요? 정말 잠깐만 갔다 올게요. 어떻게 하나 보고 계세요."

선우영이 자리에서 일어섰다.

"그럼, 난 먼저 갈 테야."

창우도 자리에서 일어섰다.

"남들이 보는데 창피하게 그러지 말고 점잖게 앉아 계세요."

선우영은 사장에게로 가고야 말았다.

"월급자리가 달아날까 무서워서……."

창우는 선우영까지가 불만스러웠다. 그러나 선우영의 말마따나 남들이

창피스러워 자리에 도로 앉고야 말았다.

앉아서는 선우영과 사장이라는 사람의 움직임만을 살피기에 다른 정신을 잃고 있었다.

사장이 유리잔을 선우영에게 주었다. 그리고는 코카콜라 같은 것을 부어 주며 무엇이라고 입을 벌렸다. 같이 온 사람에게 선우영을 소개시키기도 했다. 선우영은 하라는 대로 하며 코카콜라를 마셨다. 그리고는 정말 얼마 안 되어 웃는 얼굴을 지어 보이고는 창우에게로 돌아왔다. 돌아오자 선우영은,

"같이 온 사람이 누구냐고 묻지 않아요? 그래서 약혼한 사람이라고 그랬지요, 용서하세요. 그러지 않으면 추근덕거릴 테니까 할 수 없지 않아요?" 하고 창우를 쳐다보았다. 창우에게 정말 미안해하는 표정이었다.

약혼한 남자라고 거짓말을 꾸며댔다고 해서 그것이 창우에게 불쾌할 수는 없었다. 거짓말이나마 선우영이 다른 사람에게 자기를 약혼한 남자라고 말할 수 있다는 것은 결국 두 사람 사이가 그만큼 무흠하다는 것을 말하는 것 같아 선우영이 사장이라는 사람에게 갈 때 느끼던 불쾌감을 도리어 잊을 수가 있었다.

그래서 선우영에게는 아무 말도 안 하고 사장이라는 사람에 대해서만 불만을 털어놓았다.

"남이야 아무하고 다니건 무슨 상관이람……."

"제가 비서 겸 타이피스트니까 다른 직원하고는 좀 달리 생각하겠지요."

"비서면 애인 노릇까지 해 줘야 하는가요?"

"사장급들이 여비서를 둘 때는 대개 그 비슷한 생각을 가지고 채용하는 게 아닐까요?"

"그럼 선우영 씨는 그런 걸 알면서도 그런 데 취직했단 말이지요……."

"아니까 했지요! 모르고 했다면 정말 위험하게요……."

이렇게 나오는 데는 창우도 할 말이 없었다. 생각 같아서는 당장에 사표를 제출하라고 권하고 싶었다. 선우영을 못 믿어서가 아니라 열 번 찍어 넘어지지 않는 나무가 없다. 불안한 자리에 앉아 있을 필요가 무엇인가? 그러

나 자기에게는 아직 명령권이 없다. 선우영을 못 믿는 투로 말할 만큼 아직 각별한 사이도 아니다.

　"웬만하면 불쾌한 데 오래 있을 필요는 없겠지요."

　창우는 누구나 할 수 있는 말로 선우영의 반성을 촉구하는 수밖에 없었다.

　"취직을 안 할 수는 없고, 또 다른 데를 가자니 손쉽게 갈 데도 없고 그러니 할 수 없지 않아요?"

　창우는 취직자리를 구해줄 힘이 없는 한 무어라고 말할 수가 없었다.

　"어쨌든 불쾌한 자식인데, 갑시다."

　주문한 비어를 마시자 창우는 선우영의 동의도 구하지 않고 자리에서 일어났다. 멀지 않은 곳에서 이쪽만 바라보고 있는 중국인의 시선을 받는다는 사실이 불쾌했던 것이다.

　선우영은 창우의 행동이 마음에 들지가 않는 모양이었다. 그러나 창우가 이미 자리에서 일어났으니 혼자 앉아 있을 수도 없는 일이라 따라 일어서기는 했으나 사장이라는 사람에게 가서,

　"갈 데가 좀 있어 먼저 실례합니다."

하고는 상냥스럽게 인사를 하고는,

　"굿나잇, 씨 어게인 투모로우."(내일 또 뵙겠습니다)

　고개를 까딱이었다.

　사장이라는 친구는 얼굴을 찡그렸으나,

　"굿나잇."

하고 선우영에게 시선을 보낸 채 눈을 떼지 않았다.

　반도호텔을 나오자 창우는 어디로 가서 저녁이라도 먹을까 했다. 그러나 선우영은,

　"빨리 가서 아버지한테 대부금이 나온다는 소식을 전해 드려야지 않아요?"

하고 그냥 집으로 돌아가려 했다.

　창우는 빨리 나오자고 한 것이 선우영을 불쾌하게 한 것 같아,

　"화났어요?"

하고 물었다. 선우영은,

"천만에요, 화는?"

하며 놀라는 표정을 짓고 나서,

"아버지가 그 돈을 얼마나 기다리고 계시게요. 그 맘을 아니까 빨리 가려는 거지요."

했다. 그러나 아무리 숨기려 해도 얼굴 한편 모퉁이에는 그늘진 데가 있어 보였다.

창우의 경망한 행동에 불만이 있는 모양이었다.

창우도 그러한 선우영의 마음을 읽지 못할 수가 없었다.

"다음부터는 어울리지 않는 델 가지부터 말아야겠군요."

이런 말로 선우영의 마음을 떠보려 했다.

그러나 선우영은,

"어울리지 않는 데가 어디 있어요. 반도호텔도 사람이 가는 곳인데……."

하고 자기는 조금도 불쾌하지 않다는 듯이 말했다.

"그야말로 사장급들이나 가는 곳이 아닙니까?"

"아니 들어가실 때 거기 써 붙인 것 못 보셨어요? 넥타이를 매고 양복을 입은 사람은 누구나 들어갈 수 있는 것 같던데요."

창우는 말로 이겨낼 도리가 없었다. 그러면서도 불쾌한 패배감을 느끼지 않았다. 그만큼 선우영이 슬기로웠던 것이다.

"현명한 여자야……."

불만을 품고도 그것을 조금도 나타내지 않는 선우영에게 창우는 새삼스럽게 감탄했다. 그래서 세종로 네거리까지 선우영을 바래다 주고는,

"그럼 내일이나 모래 전화를 걸지요."

하고 선우영이 집으로 바로 가겠다는 말에 순종하는 듯 말했다.

"기다리겠어요. 그렇지만 기다리게 하는 재미루 일부러 늦게 전화하지는 마세요. 그건 악취미니까……."

선우영이 눈으로 웃음을 지으며 말했다. 그 눈웃음이 기막혔다. 끊임없이 전화를 기다리겠다는 뜻이 품어 있는 동시 그 기다리는 마음을 알 수 있겠

느냐고 질문하는 듯한 웃음이었다.

창우는 달려들어 포옹이라도 해 주고 싶은 충동을 느꼈다. 그러나 마음과 달리 몸이 더욱 굳어지는 것을 느끼는 창우였다.

노상에서 포옹까지는 못한다고 해도 그것이 선우영이 아니라 권숙이라면 손쯤은 능히 잡을 수 있었을 것이다. 그러나 선우영의 얼굴에는 웃음이 돌고 있으면서도 웃음 뒤에는 위엄이 감싸고 있는 것 같았다.

"돈이 나오는 대로 일 초도 지체함이 없이 전화를 걸겠습니다."

창우는 자기도 모르게 굳어진 얼굴로 대답을 한 채 선우영이 서대문행 버스에 오르는 것을 바라볼 뿐이었다.

붐비는 버스 속으로 들어가자 선우영의 모습을 찾아볼 길이 없었으나 창우는 그 버스가 떠날 때까지, 그리고 서울고등학교 앞 커브를 돌아 아주 보이지 않을 때까지 멀리 바라보며 선 자리에서 조금도 움직이지를 못했다.

선우영을 보내자 창우는 아무것도 타지 않고 시청 앞을 걸어 필동 자기 집으로 왔다.

걷는 동안 창우의 머리에는 선우영의 여러 가지 얼굴이 선명하게 떠올랐다.

사장이라는 사람에게 불려 가던 때의 얼굴, 반도호텔에서 나와 걷던 때의 얼굴, 버스를 타기 직전의 얼굴, 그 얼굴들이 모두가 다르게 그러나 뚜렷하게 눈앞에 떠올랐다. 권숙을 생각할 때는 권숙의 순간적인 얼굴보다도 권숙의 상징적인 전체적 이상만이 머리에 떠올랐다. 그러나 선우영은 어째서 얼굴의 선 하나하나가 전부 인상적인 것일까?

창우는 집으로 돌아오자 자기 방으로 곧장 들어갔다. 아무도 만나지 않고 혼자 있고 싶었던 것이다.

그러나 방에 들어가 옷을 갈아입고 있을 때 어머니 상회가 문 밖에까지 와서,

"저녁 채려야지?"

하고 물었다. 창우는 그때야 자기가 저녁을 안 먹었다는 생각을 했다 그러나 배가 고프다는 생각보다는 어머니와 이야기해야 한다는 생각이 더 앞을

섰다.

"저녁을 먹어야지요."

창우는 저녁밥을 달라고 한 뒤,

"그새 피곤하셨겠군요?"

하고 상회의 이야기가 듣고 싶다는 듯이 그의 얼굴을 바라보았다.

상회는 식모에게 저녁상을 차려 오라고 한 뒤,

"며칠 동안 꼼빡 뜬눈으로 새웠더니……."

하고 사뭇 피곤한 눈을 껌벅이었다. 그러나 자기 이야기는 별로 할 것이 없다는 듯,

"그새 출장을 갔다 왔대지?"

도리어 창우의 이야기를 묻기 시작했다.

"네, 대전엘 한 이틀 동안 다녀왔습니다."

"은행에도 지방 출장이라는 것이 다 있나?"

"대부금 관계지요."

창우는 거짓말을 얼마든지 꾸며댈 수가 있었다. 그러나 거짓말이란 너무 오래 하면 흥미가 없어지는 법이다. 흥미가 없을 뿐 아니라 어머니의 이야기가 듣고 싶었다. 그래서 화제를 돌리려고 했지만 아무리 알아야 할 일이라 해도 직접 들어 본다는 것이 주제넘은 일 같아 어물어물하고 있을 때였다. 상회가,

"그 강삼모란 녀석 알지?"

하고 자기 편에서 화제를 그리로 끌었다.

"알지요. 왜 무슨 일이 있었어요?"

"글쎄 나더러 돈을 빌려 달라니 나를 어떻게 보고 그리는 셈인지 너 한 번 만나 주지 않을래?"

"얼마나 빌려 달라고 합디까?"

"적지않이 이만 환이나 달라지 않아……."

"뭐라면서 달라고 합디까?"

"이상한 눈초리로 협박하는 것처럼 말하지 않아. 정말 기분이 나빠 못 살

겠어!"

그 말을 듣자 창우도 불쾌하기 짝이 없었다. 자기에게 빌려 달라는 것을 주지 않았다고 해서 어머니에게까지 공갈을 했다는 것은 악질적인 깡패가 아닐 수 없었다. 더구나 상희가,

"상갓집 일을 보느라고 며칠 집에 들어오지 못했더니 그걸 가지고 나를 무슨 죄인처럼 취급하려고 그러지 않아, 제가 뭔데. 그리구 내가 무슨 죄가 있다구, 나는 손톱만한 죄도 없어……."

하고 자기의 결백을 자신 있게 말할 때 창우는 강삼모가 돈을 앗으려고 근거 없는 일을 꾸며 일부러 사건을 만들어 내려는 행동에 분개하지 않을 수 없었다.

어머니가 사흘, 아니 석 달 나가 자고 돌아왔다 해도 잘못한 것이 없다면 아무 문제가 될 것이 없다. 그런데도 강삼모가 술책을 부려 이편에 불리한 결과를 가져오게 한다면 그것은 그냥 둘 수가 없는 문제다.

창우는 아침에 화를 내어 강삼모를 돌려 보낸 뒤 속으로 혼자 떨었다. 그래서 내일이라도 돈을 구해다 주려고까지 생각했던 것이지만 상희의 말을 듣자 마음을 돌리고 말았다. 어떤 일이 생겨도 그런 자에게 돈을 줄 수는 없다는 것이었다.

"내버려 두세요. 어머니가 결백한데 제가 협박을 하면 얼마나 하겠어요."

창우는 사뭇 강경한 태도로 말했다.

"그렇지만 생각할수록 불쾌한 걸 어떡허니?"

"제가 만나서 혼을 내 주지요. 걱정하실 필요 없습니다. 그깟 자식!"

이렇게 해서 어머니를 안심시켜 안방으로 들어가게 하고는 저녁밥을 먹었다.

저녁밥을 먹고는 다시 선우영을 생각하기 시작했다. 왜 그런지 선우영의 생각이 잠시도 머리에서 떠나지 않았다. 손 한 번 잡아 보지 못한 선우영이언만 그의 체온이 가슴에 스며드는 것만 같아 그냥 있을 수가 없었다. 편지라도 써야 할 것 같았다.

그래서 종이를 꺼내 놓고 펜을 들었다.

창우는 편지를 쓰기 시작했다.

'선우영 씨…….'

그러나 그는 금시 붓을 놓았다. 그 다음 구절을 쓸 수가 없었던 것이다. 쓴다면 결국 그립다든가 사랑한다든가 그런 말을 써야겠는데 그런 내용의 편지를 써서 당자에게 읽으라고 내 줄 수가 없을 것 같았던 것이다. 한다면 말로도 능히 할 수 있는 말인데 소년처럼 그런 것을 글로 쓴다는 것이 얼마나 쑥스러운 일일 것인가?

사랑한다든가 그립다든가라는 말 대신 다른 추상적인 말로 그리운 마음을 표시할 수도 있을 것 같았다. 그러나 그런 것은 낯간지러운 장난에 지니지 않는 것 같았다. 이십 미만의 감상적인 소년들이 하는 장난에서 지나지 않는다.

창우는 종이를 찢어 버리고 만년필 뚜껑을 닫아 버렸다. 그리고는 선우영과 결혼할 것을 생각했다. 급히 서두를 필요는 없는 일이지만 내년이나 내명년쯤에는 식을 올려야 할 것이라고 생각했다. 결혼하기 전까지는 그의 육체를 건드리지 말아야 한다는 것까지 생각했다.

그러나 결혼에 대한 이야기는 일찍부터 말해 두어야 할 것 같았다. 그래야만 선우영이 다른 남자와 약혼을 안 하게 될 것이니까……. 그러려면 아무래도 애령의 손을 빌려야 할 것 같았다. 자기 입으로 결혼 이야기를 꺼내기는 선우영의 접촉이 너무나 짧게 느껴졌던 것이다.

이렇게 생각을 하나 당장에 해야만 할 이야기도 아닌데 애령이가 기다려졌다.

그러나 애령은 밤이 깊도록 돌아오지를 않았다. 다음날 아침에도 돌아오지를 않았다.

애령은 그 날 조치구와 함께 댄스홀엘 갔다가 언제처럼 조치구의 하숙집으로 가서 잤던 것이다.

애령은 조치구를 존경하고 있다. 그리고 그를 신뢰하고 있기 때문에 그의 하숙집으로 가서 같이 자는 것을 조금도 부자연스럽게 생각하지 않는다.

조치구는 자기보다 나이가 십 년이나 위고 또 부인과 자녀까지 있다는 것을 애령은 누구보다도 잘 알고 있다.

그렇기 때문에 조치구가 자기를 좋아한다고 해서 한계선을 뛰어넘으리라고는 도저히 생각할 수 없었다.

얼마 전 애령이가 조치구 하숙에서 잠을 잤지만 그때도 조치구는 손 하나 건드리지 않았다.

물론 남들의 시선이 싫지 않은 것은 아니었다. 하숙집에서 나올 때 주인집 식구들이 자기를 보면 어떻게 하나 하는 걱정이 없지 않았지만 조치구와 함께 하숙으로 들어갈 때는 미처 그런 생각을 할 수도 없었다.

저번에도 그랬지만 이 날도 조치구는 댄스홀에서 나와 자동차를 탔을 때 잠깐만 들렀다 가라고 하고는 애령을 자기 방으로 끌어들인 뒤,

"애령…… 우리 이야기를 좀 해. 나는 정말 서울이 싫어졌어. 하루 빨리 시골로 가서 흙냄새가 나는 어린애들 하고 지내고 싶어. 빨리 갈 수 있는 계획을 세워 보지 않을래?"

하는 것이었다. 애령은 언젠가 조치구가 시골 가서 계몽운동을 하면 자기도 따라가고 싶다고 말을 한 적이 있다. 그런 만큼 조치구가 일평생 자기 몸을 바치겠다는 농촌운동 이야기를 꺼내는 데는 딱 자르고 일어설 수가 없었다.

더구나 이 날은,

"우리 한 번 시골엘 가 봐. 직접 눈으로 봐야 애령도 일할 결심이 굳어질 테니까……."

하고 자기 고향 이야기를 털어놓는 데 애령은 그만 정신없이 열두 시를 넘겨 버렸다.

그러나 애령은 이 날 밤이 그렇게도 괴로운 밤이 될 줄은 정말 생각해 보지 못했던 일이었다.

조치구가 자기 고향엘 한 번 가자는 말에 애령은 무심코,

"정말 한 번 가세요."

진심으로 반기는 표정을 했다. 애령은 조치구를 따라 농촌운동을 하러 시골로 갈 생각을 굳게 먹은 것은 아니었다.

갔으면 좋겠다는 정도의 생각을 가지고 있다. 뜻이 맞는 남자와 결혼을 해서 같이 농촌운동을 한다면 남들이 생각할 염도 못하는 그 일이 얼마나 아름다울 것이겠는가?

그러나 조치구가 아무리 자신 있게 이야기한다고 해도 그것이 순조롭게 진행될는지가 적이 의심스러웠다. 돈 한 푼 없이 맨주먹으로 가서 살 수가 있을는지 우선 그것부터가 걱정이었다.

그래서 아직 완전한 결심을 못하고 있는 것이지만 조치구의 고향을 한 번 시찰하자는 말에만은 귀가 솔깃하지 않을 수 없었다. 서울서 자랐기 때문에 아직 농촌 구경을 한 번도 못 해 본 애령이었다.

더구나 육이오 이후로는 여행이라고 한 번도 해 본 적이 없다. 우선 농촌으로 여행을 떠난다는 것이 무엇보다도 흥미로웠다.

애령이가 좋아서 여행 떠나는 데 찬성을 하자 조치구는 자기 계획이 성공했다는 즐거움에서인지,

"정말이지?"

하고 애령의 손을 덥석 잡았다. 감격 끝에 의식 없이 잡는 것 같았지만 애령은 가슴이 섬찍함을 느꼈다. 춤을 출 때는 몇 번이고 쥐어 본 손이다. 그러나 단 둘이 앉아 있는 방에서 손을 잡히고 보니 조치구가 이때까지 표현해 본 일이 없는 야릇한 심정이 가슴 속을 스며드는 것 같았다.

애령이 귀 밑을 붉히고 조치구를 바라보자 조치구는 금시 손을 놓고 여행 떠날 이야기를 계속했다. 기차를 몇 시간 타고 자동차를 몇 시간 타야 한다는 둥 자기가 일하려는 곳은 고향에서도 삼십 리쯤 산 속으로 들어가야 하고 또 그 시골의 경치가 비할 수 없이 아름답다는 둥 이야기에 도취되고 있는 조치구를 볼 때 애령은 아무런 내색도 할 수 없었다. 무의식중에 손을 잡은 것이라고 하면 그것을 가지고 조치구를 경계하는 태도를 보일 수가 없었던 것이다.

그러나 시간만 있다면 집으로 돌아가야겠다는 생각을 했다. 불길한 예감

같은 것이 그를 불안케 했던 것이다. 그러나 이미 시간은 늦었다. 다음 토요일쯤 떠나자는 약속을 하고 그들은 자리에 누웠다.

하숙 생활이라 이부자리에 여유가 있을 리 만무했다. 저번처럼 애령은 아랫목에서 조치구의 요를 깔고 담요 한 장을 덮었다. 조치구는 웃목에다 이불을 펴고 뎅그러니 알몸으로 누웠다. 추우면 한편 끝을 덮는다는 것이었다.

요와 이불 사이의 거리가 서너 자쯤 떨어져 있을까? 지난번에는 그 거리가 상당히 먼 것같이 생각되었지만 이 날만은 그 거리가 굉장히 가까운 것처럼 느껴지는 것은 무엇 때문일까?

애령은 그런 불안 때문에 잠이 잘 오지가 않았다. 잠을 못 이루고 있는 동안 애령은 오빠 창우의 말을 생각했다.

남자를 경계하지 않다가는 혼을 나고야 만다던 그 말이 정말이나 아닐까 하는 생각이 들었다.

그러나 조치구가 자리에 누워 조용히 잠을 청하고 있는 듯이 보일 때 애령은 마음놓고 잠을 자도 무방하리라 마음먹었다. 애령은 잠을 청하느라고 모든 불안을 떨쳐 버렸다. 정말 거의 잠들려고 할 때였다. 무엇이 자기 가슴을 어루만지는 촉감을 느꼈다.

애령은 잠이 채 들지 않았기 때문에 가슴을 어루만지는 것이 조치구의 손임을 능히 알 수 있었다. 그러나 애령은 잠든 사람처럼 몸을 움직이지 않았다.

너무나 극도로 절박했기 때문에 몸을 움직이지 못했는지도 모른다. 그러지 않으면 생리적으로 일어나는 육체적 경련으로 정신상태가 마비되었던 때문인지도 모른다. 어쨌든 잠든 사람처럼 숨소리 하나 크게 내지 못하고 있을 때,

"벌써 잠이 들었군⋯⋯."

하며 조치구가 애령의 뺨을 쓸기 시작했다.

애령은 한편 조치구가 자기를 완전히 잠든 사람이라고 생각해 주기를 바랐다. 그래야만 조치구가 자기 가슴을 쓸어 만진대도 반응을 보이지 않은 자기의 구실이 설 것 같았던 것이다.

그런 심정을 가진 애령인 만큼 조치구가 뺨을 어루만질 때도 그것을 아는 체할 수가 없었다. 그랬더니 조치구는 애령의 눈에다 입술을 대었다. 뜨거운 것이 눈동자를 통해서 가슴을 찌르르하게 했다. 그러자 조치구는 애령의 첫잠이 어지간히 깊이 든 것이라 생각했던지 자기 입술을 애령의 입술에다 댔다. 그리고는 아프지 않을 정도로 깨물기 시작했다.

애령의 몸에서는 열이 타오르는 곳 같았다. 뺨이 화끈화끈 했다.

"애령……."

조치구는 연방 애령의 이름을 부르며 이번에는 누워 있는 애령의 목 밑으로 손을 넣어 애령을 끌어안았다.

애령은 참을 수가 없었다. 자기도 모르는 사이에 몸에 힘이 주어지며 피부 속의 근육이 경련을 일으켰다.

조치구가 밉다는 생각보다도 자기가 자는 체 가장하고 있을 수가 없어 눈을 번쩍 떴다. 그리고는 반사적으로 조치구의 몸을 밀쳤다.

애령이 잠에서 깬 것을 안 조치구는 그래도 애령에게서 물러가지를 않았다.

"애령! 왜 깼어?"

하고 도리어 애령이 잠에서 깬 것을 의외로 생각하는 듯한 말을 했다. 그리고는,

"애령! 용서해, 어쩔 수가 없었어. 어쩔 수도 없는 심정을 알아 줘. 그 대신 달리 더 괴롭히지는 않을게."

하고 애령을 끌어안았다. 애령은 몸을 오므리면서 포옹을 거부했다. 그 정도였다. 몸을 일으켜 벌떡 일어날 수도 있는 일이지만 조치구의 품 안에서 그냥 몸을 오므리기만 했던 것이다.

"애령, 용서 못하겠어? 절대로 더 괴롭히지는 않을게……."

애령은 아무런 반항도 안 했다. 반항을 안 했을 뿐 아니라 오므렸던 몸을 펴고 조치구가 포옹을 할 수 있도록 몸에서 힘을 빼어 버렸다.

조치구의 어쩔 수 없다는 심정을 이해할 수 있을 것 같았던 것이다. 설사 인간적으로만 좋아하는 사이라 해도 같은 방에서 육체를 가까이 할 때 육체

적인 충동을 느낀다는 것은 젊은 사람에게 능히 있을 수 있는 일이다. 더구나 조치구는 부인과의 사이가 좋지 않아 별거 생활을 하고 있다. 그뿐 아니라 그 이상 달리 괴롭히지는 않는다고 한다.

애령이 포옹을 허락하자 조치구의 열에 뜬 입술이 애령의 입술을 눌렀다.

"그러지 말까?"

조치구는 그러면서도 그래서는 안 될 것을 알고 있다는 듯이 애령의 대답을 구했다.

'그러지 말라면 안 그럴라구…….'

애령은 자기 말 한 마디로 조치구의 얼굴이 여지없도록 뜨거워질 것을 안다. 그렇기 때문에 냉혹한 말을 차마 할 수가 없었던 것이다.

자기가 강경하게 나가지 못함을 안 조치구는 계속적으로 애령을 포옹했다. 포옹뿐이 아니었다. 그 이상 더 괴롭히지 않겠다고 한 말을 완전히 잊어버리고 말았다.

애령은 어떻게 해야 할지를 몰랐다. 만약 조치구가 앞으로 결혼할 수 있는 사람이기만 한다면 애령은 괴로워하지 않았을지도 모른다. 몸이 움직이는 대로 내버려 두었을 것이다. 충동적인 발작을 억제하려 하지 않아도 좋았을 것이다.

"선생님! 아까 뭐라셨지요?"

애령은 조치구의 반성을 구하는 수밖에 없었다. 그러나 조치구는,

"애령, 내가 나쁘지?"

하고 조금 물러나기는 했지만 금시 흥분한 숨소리를 내뿜으며 뜨거운 얼굴을 비벼댔다.

"그러시면 어떡해요?"

애령은 조치구의 인격을 상하지 않도록 순순하게 말했지만,

"애령은 목석이야, 정말 목석이야."

조치구는 애령을 원망하는 듯 그러나 애원하는 듯이 말했다.

목석이라는 말을 듣자 애령은 나중에야 어떻게 되든 조치구에게 모든 것을 바칠까 생각했다. 자기는 지금 가슴을 떨고 있다. 얼굴이 상기되어 확확

달아오르고 있다. 애령은 조치구가 자기를 꼼짝 못하게 해 놓고, 하고 싶은 일을 한다면 아무런 반항도 하지 않을 것이라 마음먹고 있다.

사실 한 번쯤 육체적 관계를 맺는다고 해서 그것이 어떤 표적을 남기지는 않는다. 아무 일도 없었던 것처럼 마음먹으면 그뿐일 것 같았다. 그러나 애령의 입에서 나온 말은,

"목석이 나쁜가요?"

하는 반문이었다.

"나쁘고 좋은 것을 모르겠어, 그러나 목석이 인간일 수는 없을 거야."

조치구가 흥분된 어조로 애령을 비난했다.

"천만에요, 인간이기 때문에 지킬 것을 지키려는 거지요."

"애령은 겉과 달리 속이 기맥힌 봉건주의자야."

"봉건주의자라도 좋아요."

애령은 자기가 한 말을 고집하지 않을 수 없었다. 자기는 죄의식 때문에 자기를 지키려고 할지도 모른다. 봉건사상이라 말할 수 있을지도 모른다. 그러나 여자가 몸을 지켜야 한다는 관념이 봉건시대에 생긴 유물이라 할지라도 그것을 봉건주의적이라 해서 무조건 배격할 수는 없을 것 같았다. 더구나 애령은 죄의식보다도 자기가 자기를 지킬 줄 모르는 그러한 여자가 되고 싶지 않았다. 자기가 자기를 믿을 수 없는 여자라고 스스로 인정한다면 자기는 자기에게 떳떳한 사람이 될 수 없다. 자기는 남성과의 교제를 조금도 제한하지 않고 있다. 그런 자기가 자기의 지킬 것을 지키지 못하게 된다면 자기는 어떤 종류의 여자 속에 속해야만 하는 것이겠는가?

"결국 내가 싫다는 거겠지, 안 그래?"

조치구는 애령이 이해할 수 없는 여자라는 듯이 그러나 불쾌하다는 어조로 말했다.

애령은 발칵 일어나 앉았다. 그리고는 눈을 똑바로 뜨고,

"무슨 그런 말씀을 하세요?"

추호의 타협도 할 수 없다는 듯이 말했다. 그 말을 듣자 조치구는 슬그머니 자기 자리로 돌아가며,

"내가 잘못했어, 용서해."

하고는 저편을 향해 누웠다. 후회를 하는 것 같기도 했고 가책 때문에 한숨을 짓는 것 같기도 했다. 애령은 그러한 조치구를 보자 그만 슬픔 같은 것이 북받쳐 올랐다. 그는 조치구에게로 가서 그의 가슴에 안기고 말았다.

애령은 자기의 슬픔이 어떤 것인지 그 심경을 알지 못했다. 조치구를 슬프게 했다는 안타까운 생각에서인지, 그렇지 않으며 관념에 사로잡혀 행동의 자유를 완전히 잃어버린 자기 자신을 불쌍하게 생각해서인지 도시 분간할 수가 없었다. 사실은 두 가지 생각이 합쳐서일지도 모른다.

어쨌든 애령은 눈물이 나올 만큼 슬펐다. 말을 한 마디도 안 하고 조치구에게로 가서 그의 품 안에 안겼으나 조치구가 어찌 할 바를 몰라 애령을 힘껏 껴안지도 못할 때 애령은 더욱 슬퍼졌다.

조치구가 측은하게 생각되었는지도 모른다. 어떻게 해야 좋을지를 몰라 하는 조치구였다. 양심의 가책을 받을 때 인간이 가장 약해지는 그러한 순간에 빠지고 있는 모양이었다.

"애령……나를 용서해 주겠지?"

조치구는 애령이 자기를 용서하고 안심시키기 위하여 자기에게로 온 것으로 해석한 모양이었다. 그러기에 조치구는 뜨거운 눈물을 떨어뜨리기까지 했다.

애령을 자기도 눈물이 나올 것이라고 생각했다. 그러나 눈물은 안 나왔다. 그 대신 조치구를 힘주어 안고,

"선생님! 슬퍼하진 마세요."

조치구를 위로하듯이 말했다.

"고마워……."

조치구는 감격하여 애령의 손을 힘껏 쥐었다.

그러나 애령은 그것으로 만족하지를 못했다. 자기 얼굴을 조치구의 얼굴에다 함부로 비비었다. 그리고는 조치구의 가슴에 얼굴을 틀어박았다. 왜 그런지 자꾸만 난폭해지고 싶었다. 내일이란 것을 생각할 필요가 없을 것 같았다. 죄의식 같은 것을 생각하는 자기가 미웠다. 결국은 슬픔밖에 없는

것…….

애령은 너무나 의젓한 자기를 경멸해 주고 싶었던 것이다. 의젓하다는 것은 결국 감정의 가식(假飾) 이외에 아무것도 아니다. 가식의 선수에게 난폭이 있을 뿐이다. 애령은 조치구의 어깨를 깨물었다. 피를 보고야 말듯이 물고는 놓지를 않았다. 조치구가 아프다고 소리를 냈으나 그래도 놓지를 않았다. 더욱 힘주어 깨물었다. 자기 자신에게 난폭해진 하나의 역설적인 행동이었다.

그러나 조치구는 의젓하게,

"정말 아파……."

하고는 몸을 빼고 일어나 앉았다. 애령은 따라 일어났다. 그리고는 조치구의 무릎에 앉아 그의 어깨를 쓸어안았다. 그래도 조치구는,

"가서 자……."

하고 애령을 물리쳤다.

할 수 없었다. 조치구는 난폭해질 수가 없는 사람이다.

'바보…….'

애령은 조치구를 속으로 경멸하며 자기 자리로 가서 누웠다.

잠이 올 리가 없었다. 어떻게 밤을 새웠는지 모른다.

날이 훤히 밝았을 때 조치구가 부스럭거리며 일어났다. 애령은 조치구가 다시 자기 자리로 와서 지난 밤처럼 자기를 포옹하지나 않을까 하고 눈을 감은 채 귀를 기울였다.

그러나 조치구는 자기에게로 오지를 않고 테이블 있는 데로 가서 의자에 앉았다. 애령은 자는 체하면서도 눈을 살금 뜨고 조치구의 동정을 살폈다.

조치구는 책상 앞에 앉아 책을 꺼내어 읽기를 시작했다. 결국 그러는 수밖에 없었을 것이다.

애령은 괴로운 밤이 완전히 걷혔다고 생각했다. 차라리 고마운 아침이었다. 이제는 아무 걱정할 것이 없었다. 조치구가 고맙게만 생각되었다.

"선생님…….""

애령은 조치구에게로 달려가 그를 뒤로 얼싸안았다.

조치구는 무감각한 사람처럼 움직이지를 않았다.

"공부를 하세요?"

애령이가 물어도,

"응, 오늘 가르칠 걸 좀 살피느라고……."

할 말만 했다.

"선생님은 역시 좋으신 분이다."

애령은 조치구가 존경할 만한 사람이라고 생각되었다. 그러나 조치구는 좋은 사람이라고 칭찬하는 데 반발심이 일어났던지,

"좋은 사람은 아니야, 세상에 좋은 사람이 어디 있어."

하고 애령을 뒤돌아보며 눈을 흘겼다.

"왜 없어요. 얼마든지 있지……."

"듣기 싫어. 누가 좋은 사람이 되려고 가만 있었는지 알어? 애령이가 무서워서 그랬어……."

조치구는 사뭇 불만인 모양이었다.

"제가 왜 무서워요? 그런 말씀하시면 제가 실망을 느끼지 않아요?"

"실망 느껴도 할 수 없어. 나는 좋은 사람이 아니니까……."

애령은 조치구의 마음을 알 수 있는 듯했다. 신이 아닌 이상 조치구도 괴로운 밤을 보냈을 것이 사실이다. 더구나 자기의 본심 때문이 아니라 애령이가 무섭다는 생각에서 자기의 욕망을 억제했다고 말한다면 조치구는 애령을 원망하고 싶을 것도 숨길 수 없는 일이었다. 그러나 애령을 원망한다는 것은 다음 기회가 다시 있기를 바라는 마음일 것이 분명했다. 애령에 대한 미련을 버리지 않았다는 것을 뜻한다.

"좋은 사람이 되셔야 오래 오래 사귈 수 있잖아요?"

그래도 애령은 조치구에게 실망을 느끼지 않으려고 타이르듯이 말했다.

그때야 조치구는 태도를 누그리고,

"참 오래 오래 사귀어야지. 날 나쁘다고 생각지 말어, 응……."

하고 돌아서며 애령을 가볍게 안아 주었다.

"왜 나쁘게 생각해요?"

"사실은 밤새도록 괴로웠어……."

"아이, 난 그런 말 싫어요."

"그럼 말두 하지 말까?"

"그럼요, 시시하게……."

조치구는 다시 책상을 향하고 책을 읽기 시작했다.

그새 애령은 옷을 입고 머리에 빗질만 한 뒤,

"저 가겠어요."

하고 일어섰다.

"밖에 나가서 조반이나 먹지."

"싫어요. 집엘 빨리 가야죠."

애령은 조치구에게 실망을 느끼기 전에 빨리 집으로 돌아가고 싶었다. 조치구도 무슨 생각에서인지 붙잡으려 하지를 않았다. 그 대신,

"토요일 떠나지?"

하고 시골 갈 이야기를 꺼냈다. 애령은,

"그새 전화를 걸게요."

하기만 하고 꼭 간다는 말은 안 했다. 그 동안 자기 마음이 어떻게 변할지 모르기 때문이었다.

"그럼 언제쯤 전화를 걸래?"

"모레나 글피쯤."

"그럼 기다리고 있을게……."

"그러세요."

애령의 대답은 헤식은 것이었다. 왜 그런지 몰랐다. 조치구와 멀어지고야 말 것 같은 심정이었다.

조치구도 애령의 얼굴에서 이상한 것을 느낀 모양이었다.

"애령……."

하고 애령을 부른 뒤 애령을 덥석 끌어안았다. 그리고는,

"나 후회되는 일을 안 할래. 모두가 후회돼서 싫어."

하고 확 확 다는 입김을 애령의 콧잔등이에 내뿜었다. 한쪽 손으로는 애령

의 가슴을 더듬었다.

"그러지 마세요."

애령은 그러면서도 조치구를 뿌리치지 못했다.

조치구는 애령의 눈치도 살필 겨를이 없이 애령을 번쩍 안아 방바닥에 뉘었다. 애령은 벌떡 일어났다. 그리고는 테이블 있는 데로 가서 의자에 앉고는 머리를 매만졌다.

조치구가 따라와,

"내가 싫어졌어?"

슬픈 목소리로 말했다.

"왜 그런 말씀을 하세요?"

"그런 것 같아서⋯⋯."

조치구는 가까이도 오지 못했다. 그리고 목소리가 떨려나오는 것 같았다.

애령은 조치구가 일종의 공포 관념 같은 데에 사로잡힌 것을 알았다. 앞으로는 만나 주지도 않을 것 같다는 불안감이 확대된 모양이었다.

"그런 걱정은 마세요. 싫어질 까닭이 뭐예요?"

"내 나쁜 면을 너무 많이 보여서⋯⋯."

"나쁘기는 뭐가 나빠요? 도리어 제가 나쁘지⋯⋯."

"정말야?"

조치구가 다시 애령에게로 달려들려 했다. 그러나 애령은 조치구를 뿌리치고 미닫이 있는 데로 와서 조치구를 향해 손을 내밀었다. 조치구의 손을 잡자 눈에 웃음을 띠며,

"전화를 꼭 걸게요."

했다. 조치구는 어정쩡하니 서서 반신반의하는 눈으로 애령을 바라보았다.

"정말 기다려두 좋아?"

이런 말을 하는 데도 통 자신이 없었다. 애령은,

"학교가 필하면 일찍일찍 돌아오세요. 공연히 싸다니지 마시구⋯⋯."

하고는 얼핏 미닫이를 열었다. 오래 있으면 자기 마음이 또 변할지도 모를 것 같았던 것이다. 자기를 놓칠까 해서 공포 같은 관념에 사로잡혀 있는 조

치구를 보며 떠나는 것이 자기를 위해서도 좋을 것 같았다. 그래야 조치구가 싫어지지 않을 것 같았던 것이다.

미닫이를 열고 문 밖으로 나오자 애령은 쏜살같이 걸었다. 햇빛이 눈부셨다.

괴로운 밤이었는지, 허무한 밤이었는지, 그렇지 않으면 안타까운 밤이었는지 자기 일이나마 애령은 그것을 분간할 수 없었다.

햇빛이 눈부셨고 자기가 무사했다는 것이 다행스러울 뿐이었다.

그렇다고 해서 조치구가 미워진 것도 아니었다. 인간으로서의 조치구는 그래도 선량한 편에 속하는 것처럼 생각되었다.

집에 이르렀을 때 애령은 지난 밤의 일이 기억에도 희미할 만큼 오랜 옛날 일처럼 생각되었다. 잊어버려도 안타까울 것이 없고 잊어버려야 시원할 것도 아닌 말하자면 아무렇지도 않은 일처럼 생각되었던 것이다. 그래서 명랑한 태도로,

"오빠……."

하며 대문께서부터 창우를 불렀다. 그러나 나온 것은 창우가 아니라 어머니였다.

"어딜 또 가서 자구 오니?"

"엄마가 오셨네, 어젯밤에 오셨수?"

애령은 어머니에게 반가운 기색을 하고,

"동무네 집에서 잤어요. 여럿이 모여 놀다가 함께 자 버렸어!"

하며 정말 아무 일도 없었다는 듯이 마루로 올라섰다. 상회는 외박하고 온 딸을 나무라려고 했지만 동무네 집에서 잤다고 하는데 나무랄 수도 없어서 애령을 찬찬히 바라보고만 있었다. 그때였다. 대문이 떠나가게 소리를 내며 남편 명규가 들어왔다. 눈에는 쌍심지가 돋아 있었다.

명규는 마루에 올라서기가 무섭게,

"응, 아직은 안 나갔겠지. 좀 들어와."

하고 안방으로 들어가서는,

"인젠 변명도 듣기 싫으니까 여기다 도장이나 찍어."

하며 양복 안주머니에서 인찰지를 꺼내 펼쳐 놓았다. 이혼합의서였다.

"그건 뭔데요?"

상희가 상기된 얼굴로 물었다.

"보면 몰라, 잔소리 말구 찍어."

"며칠 나가 잤다구 또 이러시는 거유?"

"잔말 말구 찍기나 해. 저 좋고 나 좋은 일인데 잔소리가 필요 없지 않아?"

"건 질투라는 거야요. 나이에 어울리지 않지 않아요?"

"건방진 소릴 다 하는데…… 무엇이 안타까워 질투를 해? 질투라도 하게 됐으면 좋게?"

"질투도 아니면 잘못한 것도 없는 사람을 왜 내쫓으려는 거유?"

"죄가 없어? 뻔뻔스럽게도 그런 말이 다 나오눈……."

"죄가 있거든 말을 해 봐요."

"말을 해야 알겠어? 양심은 팔아서 엿을 사 먹구 다니냐?"

"글쎄 말을 해 봐요, 무슨 죄가 있나……."

"못할까 봐, 장례식이 끝나고도 집에 돌아오지 않은 건 뭐지? 유길추란 놈과 끼구 자지 않았다고 뭘루 증명해?"

"한 집에서 자면 끼구 누워야 하나요? 생트집을 잡아도 분수가 있어야지……."

"거 말구두 또 있어. 그렇지만 말하기도 귀찮으니 도장이나 찍어."

"죽어도 못 찍어요. 죄 없는 사람을 죄인으로 만들려는데 누가 도장을 찍어요?"

"죽어도 보기 싫은데 그래도 이 집에서 안 나가겠단 말야?"

"그냥 나가라면 도장을 찍지요. 나도 입에서 신물이 났으니까."

"그래 이유를 붙이지 않는다면 도장을 찍는단 말이지? 그렇다면 아무 이유도 붙이지 않지."

그때 창우가 방 안으로 들어왔다. 밖에서 엿듣다가 참지를 못해 들어온 모양이었다.

"아버지, 그럼 우리도 다 내쫓으시렵니까?"

창우는 항의하는 투로 질문을 했다.

"너희들은 잠자코 있어. 애비 하는 일에 참견이 무슨 참견이냐?"

명규가 눈을 부릅뜨고 창우를 누르려 했다. 그때 애령이도 다가앉으며,

"저두 나가겠어요, 엄마하구."

하고 기세를 올렸다.

"세상 모르는 소리를 하지 말아, 듣기 싫다."

명규는 창우도 애령이도 상대하지 않았다. 그때 상희가,

"걱정 말아요. 도장을 찍을 테니. 이젠 물을 떠 놓고 빌어도 안 있을 테예요."

하고 강경하게 나왔다. 그 말을 듣자 명규는,

"그럴 줄 알았어. 도리어 잘 됐단 말이지?"

하고 종이를 상희 앞으로 내밀었다.

"왜 자꾸들 이러십니까?"

창우가 가운데로 나서서 종이를 명규에게 밀었지만 상희가,

"놔 둬라. 내가 나가야 이 집안이 편할 테니까 나가야지."

하며 도리어 창우를 떠밀려고 했다.

그때 애령이,

"엄마, 빨리 찍으세요. 나하고 창식이도 이 집에서 나갈게요."

하고 눈물을 터뜨렸다. 어린 창식이도 애령 옆에서 애령을 따라 울었다. 그러자 상희도 소리를 내어 울기 시작했다.

"난들 어떻게 하겠니? 어떻게 이 집에서 살란 말이냐? 이건 내가 살 집이 아니야. 날더러 어떻게 지옥에서 살라고 하니……."

마음의 환절기

상희와 애령과 창식이가 울고 부르짖는 통에 집안은 금시 아비규환 그대

로였다.

"어머니! 지옥은 마음에 있는 거야요. 이 집을 나간다고 지옥을 면할 수 있어요?"

창우가 상희를 붙드는 말이었다.

"지옥이 평생 나를 따라다닐 거다. 그렇지만 불바다보다도 더한 이 고문을 어떻게 견디니? 죽어도 나가서 죽어야지."

상희는 울음을 그칠 줄 몰랐다. 그러나 명규는 염라대왕처럼 냉정했다.

"울면 일이 다 되는 줄 알아? 찍는다고 했으니 빨리 찍기나 해."

어디까지나 자기의 의지를 관철하고야 말 모양이었다.

"글쎄 찍는다니까요."

상희가 일어나 의롱 서랍을 열었다. 도장을 꺼내는 것이었다.

그때 창우와 애령이 달려들어 상희를 끌어다 도로 앉혔다.

"그러지 말아. 도장을 안 찍는다고 내가 이 집에서 살 것 같으냐?"

상희는 몸부림을 쳤다. 어차피 이 집에서 살지 못할 바에야 비굴한 행동을 안 하겠다는 생각인 모양이었다.

"나가실 땐 나가신다 해도 도장을 찍으면 어머니가 죄인이란 것을 스스로 인정하는 게 되지 않아요?"

애령이 상희의 팔을 붙잡고 꼼짝도 못하게 했다. 그때 명규가 소리를 버럭 질렀다.

"그래 너희들은 하나두 내 편이 아니란 말이냐? 괘씸한 것들아……."

"아버지보다는 자식들이 현실적이니까요. 아버지는 초조해 있어요. 늙음을 바라보는 초조 속에서 최후의 발악을 하시는 거예요."

창우가 참을 수 없다는 듯이 명규의 급소를 찔렀다.

"뭐라구? 내가 어째서 최후 발악을 한단 말이냐?"

창우는 아버지가 젊은 여자에게서 느끼는 청춘의 향수를 버리지 못해 가정까지 파괴하려는 것이 아니냐고 대들고 싶었으나, 아들 된 위치를 생각하고 입을 다물어 버렸다.

"아무래도 좋다. 이 집은 내 집이니까 내가 와서 살아야겠다. 누가 밀려

나가나 보자……."

명규는 도장을 찍고 어쩌고 할 계제가 못 됨을 알았던지 그만 자리에서 일어섰다. 그러나 상희는,

"걱정 말구 와서 사세요. 언제든지 나가 드릴 테니까……."

자기 역시 비굴한 사람은 아니라는 듯 끝까지 뻗대었다.

"알았어. 잘 알았어……."

명규는 차압통지서를 전하러 왔던 집달리처럼 뒤도 돌아보지 않고 나가 버렸다.

밖으로 나가는 아버지의 뒷모습과 눈물이 글썽해 있는 어머니의 흥분한 모습을 번갈아 보던 창우는 모든 일이 강삼모의 술책이라 생각하고 그 자에 대한 보복 방법을 궁리하기 시작했다. 그러나 애령은,

"어떤 일이 있어도 엄마가 나가서는 안 돼요. 그건 엄마가 지는 거니까요. 아버지가 뭘 잘 하신다고 엄마를 내쫓을 권리가 있어요? 권리도 없는 아버지에게 지는 것은 굴욕 이외에 아무것도 아녜요."

하고 어머니가 집을 나가지 못하게 하는 데 열중했다. 그 말을 듣자 창우는,

"애두, 어머니가 왜 나가시니? 나갈 이유가 어디 있어?"

하고 애령이가 도리어 필요 없는 말을 하는 것처럼 규정지었다. 그러나 상희는 냉정한 태도로,

"내가 흥분해서 한 말만은 아니다. 정말 나는 이 집이 싫어졌다."

하고 다짐을 하듯이 말했다.

어머니의 결심이 심상치 않은 것을 보자 창우는 가슴이 섬찟해졌다. 싸움을 하다가 나가겠다는 말쯤은 누구나 할 수 있는 말이다. 그러나 어머니가 꼭 나가고야 말 것 같은 기세를 보일 때 창우는 어머니와 유길추와의 관계를 의심하지 않을 수 없었다.

나가도 받아 줄 곳이 없다면 흥분 김에 한 말을 끝까지 뻗대고 나가지는 못하리라 생각되었던 것이다. 그래서,

"저 불쌍한 창식을 생각해 보세요. 저걸 어떡허시구 나가신단 말씀입니까?"

하고 상희의 마음을 한 번 떠보았다.

"글쎄 나도 저게 제일 맘에 걸린다. 그렇지만 내가 배겨날 수 없는 걸 어떻게 하니?"

상희는 자식들까지 버릴 각오인 모양이었다.

"나가시면 어떻게 사시게요?"

창우는 상희를 걱정하는 투로 물었으나 실속은 그 대답이 듣고 싶었던 것이다.

"살 길이 어디 있겠니? 팔을 벗구 밥벌이루 나서야지."

그것이 진심이라면 안심할 수가 있었다. 정말 상희의 얼굴은 거짓말을 꾸며내는 것 같지가 않았다.

"어쨌든 안 됩니다. 괴로워도 참으셔야 합니다."

창우는 강제로라도 상희를 나가지 못하게 할 생각이었다. 그때 애령이도

"글쎄 되지도 않는 말예요, 왜 어머니가 나가시느냐 말예요."
하고 흥분조로 말했다.

"만약 네가 내 입장에 섰다고 생각해 봐라. 남편이 첩을 얻어 가지고 집을 나가도 아무 불평을 말하지 않으며 살다가 도리어 누명을 쓰고 쫓김을 당하게 될 때 그래도 너는 참을 수가 있겠니?"

상희가 애령에게 물었다.

"어머니 같은 나이가 되고 또 자식이 우리들처럼 다 컸다면 참지요. 참아야 하지 않아요?"

애령은 눈을 깜빡이며 대답했다.

"그것이 현대 여성의 윤리관이냐?"

"그럼요, 청춘 때는 자기 개성을 살리며 살아야 하지만 늙어서는 그 개성을 버릴 줄 알아야만 할 거예요. 늙어서까지 개성을 찾다가는 자기가 파멸되고 말 테니까요……."

"그러니까 나는 늙은 사람이란 말이지?"

"늙지는 않았다 해도 정신적으로는 늙은 어머니가 아니에요?"

상희는 대답을 못했다. 애령의 말이 옳아서가 아니라 자기를 늙은 어머니

라고 하는 데 불만이 있었기 때문이었다. 남편은 자기보다 나이가 위인데도 아직 정열을 가지고 산다. 그러나 자기는 정열을 거세하고 여성적 본능을 거세한 노파 행세를 한다는 말인가? 그렇다고 해서 그 불만을 자식들 앞에서 발설할 수도 없는 사십대의 상희였다.

말없는 것을 보고 상희의 기가 꺾인 줄 알았던지 창우가,

"제가 서모를 만나서 절대로 들어오지 못하게 하겠어요. 그러니까 아무 걱정 마시고 계세요."

마치 이야기가 끝난 것처럼 말했다.

상희는 그 말에도 대꾸를 안 했다. 자식들이 그렇게까지 붙잡는데 그래도 고집을 세운다면 자식들이 자기에게 반감을 가질 것 같았기 때문이었다. 나갈 때 나간다 해도 자식들의 반감은 살 수가 없었다.

"빨리 조반을 먹고 출근이나 해라."

상희는 이야기를 그 정도로 그치려 했다. 그때야 창우는 시계를 보고,

"시간이 한 시간이나 늦었어……."

하고는 조반 먹을 생각도 안 하고 출근을 했다. 출근을 하자 계장이 불렀다. 선우영에 대부금을 오늘 중으로 지불하라는 것이었다. 창우는 지체할 수가 없었다. 즉시로 선우영에게 전화를 걸고 선우영의 아버지를 보내라고 했다.

수화기를 통해서 들려 오는 목소리로 보아 선우영은 전화통 앞에서 고개를 까딱까딱하며 좋아서 어쩔 줄을 모르는 것 같았다.

"고맙습니다. 곧 아버지 모시고 가겠어요. 그새 어디 나가시지 않으시죠?"

"꼭 붙어 앉아 기다리겠습니다."

"거짓말은 아니죠?"

"남자들한테 무척 속아 보신 모양이로군?"

"입이 나쁘신데요."

"그러니까 아직 결혼도 못했지요."

"호 호…… 참 재미있으셔!"

"좌우간 빨리 오십시오."

“네, 한 시간 안으로 가겠어요.”

창우가 전화를 끊으려고 하는데 선우영이,

“선생님…….”

하고 불렀다.

“네?”

“고마워요. 좀 있다 만나서 절을 할게요…….”

창우는 웃음이 나왔다. 전화를 끊고도 한참 동안이나 속으로 웃었다. 선우영이 올 시간이 거의 되었을 때였다. 창우는 오늘 저녁 선우영과 어디를 갈까 하고 혼자 궁리를 하고 있었다. 오늘만은 어디든지 자기가 가자는 대로 따라와 줄 것 같았다. 춤을 추러 가자고 할까 그렇지 않으면 시외로 드라이브를 가자고 할까 궁리를 하고 있을 때였다.

뜻밖에도 권숙에게서 전화가 왔다.

“그새 별일 없으셨어요?”

창우는 까마득하게 잊고 있었던 만큼 당황하지 않을 수 없었다.

“네, 별일 없습니다.”

“재미두 좋으시고요?”

“그저 그렇지요.”

스스러운 사람들이나 할 수 있는 말을 주고받았다. 그러나 권숙이가 갑자기 태도를 달리하여,

“보고 싶어졌어요. 오늘 바쁘세요?”

하고 애원하듯이 만나달라는 말을 했다. 경주에 갔다 온 뒤 아직 한 번도 만나 보지 못한 권숙이었다. 예의로라도 한 번쯤 만나는 주어야 할 것 같았다.

그러나 오늘 저녁에는 선우영을 만나야 할 것이 아닌가?

“오늘 저녁은 바쁜데…….”

“무슨 일인데요?”

“은행 동료가 전근을 가게 되어 송별회를 열기로 해서…….”

“몇 시에 시작인데요?”

“여섯 시부터…….”

"그럼 한 시간만 참석했다 오세요. 일곱 시부터 '초혼' 다방에서 기다릴 게……."

"시간에 대 가지 못하면?"

"그러지 말고 일곱 시엔 나오세요. 내가 보고 싶지 않아요?"

"그러지……."

그러는 수밖에 없었다. 못 갈 때는 못 간다 해도 미리부터 못 간다고 말할 것까지는 없지 않은가? 선우영과 약속을 했다면 모른다. 약속도 하지 않은 선우영을 믿고 있다가 그에게 급한 사정이 있다면 어떻게 할 것인가? 선우영을 만나지 못한다면 권숙을 만나지 않을 이유가 없다. 권숙에게는 아름다운 추억이 있다. 어떤 여자도 가지고 있지 않은 매력을 가지고 있다.

전화를 끊고 한참 있을 때 선우영이 자기 아버지와 함께 은행을 찾아왔다.

"제 아버지예요."

선우영은 창우를 보자 즉시로 자기 아버지를 소개했다.

선우영의 아버지는 오십이 조금 넘어 보이는 키가 작은 노인이었다. 키가 작아서 그런지 양복이 그렇게 어울려 보이지 않았다. 더구나 파나마의 앞 챙이 쑥 하늘로 올라간 것이 어딘가 촌스러워 보였다.

그러나 창우는 정중하게 인사를 했다. 은행 손님 가운데는 나이가 많은 사람이 적지 않다. 그러나 창우는 어떠한 손님에게도 그렇게 정중한 인사를 해 본 일이 없다. 자기 이름을 대면서 머리를 숙이면 그뿐이었다. 그러나 선우광에게는 자기 이름도 말하지 못했다. 친척 어른에게 인사를 하듯 긴장한 마음으로 허리를 구십도 이상 구부렸다. 그때 선우영이,

"이번 대부에 전적으로 애써 주신 손창우 씨예요."

하는 바람에 선우광은 어리둥절했다.

특별히 수고를 한 게 없는데 게다가 지나치도록 깍듯이 인사를 하는 데는 송구스럽지 않을 수 없었을 것이다.

"감사한 말을 뭐라고 해야 할지 모르겠습니다."

그때 창우가,

"말씀을 낮추십시오."

하고 말했다. 선우영의 아버지에게서 존대를 받는다는 것은 정말 어울리는
일이 아닌 것 같았다.

"별말씀을 다 하시는군요."

선우광은 창우가 젊은 사람이라고 해서 해라나 하게를 할 처지가 아니
었다.

"젊은 사람인데 뭐 어떻습니까……."

창우는 정말 하게나 해라를 듣고 싶었다. 처음 보는 사람이지만 선우광이
남 같은 생각이 들지 않았기 때문이었다. 그러나 그것을 가지고 오래 이야
기할 수도 없어 곧 사무적인 일로 들어갔다.

모든 절차를 밟아 현금을 가져오기까지에는 상당한 시간이 걸렸지만 그
동안 창우는 정말 남의 일 같지 않게 서둘렀다.

선우광에게 현금을 내 줄 때는 자기도 모르는 한숨이 휘이 나왔다.

"이걸 가졌으니 사업을 시작할 수가 있겠습니다."

돈을 받아 쥔 선우광은 거저 생긴 돈이나 한 것처럼 감격한 어조로 말
했다.

"돈이 많지가 못해 죄송합니다."

창우는 마치 자기 돈이나 주는 것처럼 미안한 뜻을 표시했다.

참으로 아름다운 풍경이었다.

그때 선우영이 자기 아버지에게,

"사례금을 드리기로 하지 않았어요?"

하고 이때까지 잊어버리고 있던 이야기를 꺼냈다.

"참 드려야지. 그렇지만 여기서야 어떻게 드리니?"

그 말에 선우영은 잠시 무엇을 생각하다가,

"참 그렇군요."

하고는 창우에게,

"퇴근한 뒤 잠깐 뵐 수 없을까요?"

하고 말했다. 창우는 만나자는 용건을 짐작할 수 있기 때문에 그러라고 대
답할 수가 없었다. 오늘 저녁 만나러 간다면 선우영이 처음부터 십만 환이

니 뭐니 하던 그 돈을 받으러 가는 셈이 된다.

"오늘은 바빠서 만날 시간이 없는데요."

"십 분만이라도 틈을 내 주시지요."

창우는 어물어물할 필요가 없다고 생각했다. 어떤 형식으로 주거나 선우영에게서 커미션을 받을 수는 없는 일이기 때문이었다.

"사례금을 주려고 만나자는 거지요? 그렇다면 평생 만나지를 않겠습니다."

선우영은 당황하지 않을 수 없었다.

좌우간 만나서 고맙다고 말이라도 해야 할 것이 아닌가?

"사례금 이야기는 취소하겠어요. 그렇다면 만나 주실 수 있지요?"

"정말 취소하세요. 그런 말을 진담으로 하면 그건 나를 멸시하는 것이니까요."

"글쎄 취소한다고 그러지 않았어요? 그러니까 꼭 만나 주시지요?"

"그렇다면 나가지요."

그래서 창우는 선우영과 만나기로 약속을 했다.

그러나 퇴근 뒤 선우영을 만났을 때 선우영은,

"처음부터의 약속이었으니까 아무 말씀 말고 받아 주세요."

하며, 미리 가지고 온 돈보자기를 풀어 놓았다.

"이건 정말 나를 모욕하는 겁니까?"

창우는 화를 냈다.

"약속을 이행하는 건데 왜 화를 내시죠? 안 받으시면 제가 사기꾼이 되지 않아요?"

"정말 그러깁니까?"

창우는 벌떡 일어섰다. 다방 손님들의 시선이 자기에게로 집중될 것도 생각지 못했다.

그때야 선우영은 창우가 본심으로 불쾌해하는 것을 알고,

"그럼 도루 쌀 테니 앉으세요."

하며 창우의 손을 잡아끌었다. 그리고는,

"세상에 돈 싫다는 사람이 어디 있어요? 다음에 돈을 주는 사람이 있거든 받아다 저를 주세요."

하며 돈을 도로 싸기 시작했다. 돈을 싸면서도 창우를 쳐다보며 해죽이 웃었다.

"이젠 그런 이야기 그만둬요."

창우는 선우영의 입에서 돈 이야기 나오는 것이 진정 싫었다. 그러나 선우영은,

"그만둘게요. 그 대신 저녁이나 먹으러 가십시다."

아무래도 가만 있을 수는 없는 모양이었다.

"그것두 싫어요. 영 씨가 월급을 타서 한 턱을 낸다면 모르지만……."

"그땐 그때대루 또 사 드리지요."

"좌우간 오늘은 싫어요."

"아이 고집두, 그런 줄 몰랐더니 왕고집이셔……."

창우는 그 날 밤 선우영과 같이 댄스홀엘 가거나 드라이브를 하려고 생각했었다. 그러나 돈 쓰는 일을 하면 선우영이 돈을 내고야 말 것 같은 생각에 저녁을 먹으러도 가지 않았다.

그 대신 영화 주제가의 레코드가 많기로 유명하다는 이백 환짜리 다방 '쎄시봉'으로 가서 영화 주제가를 듣다가 집으로 돌아왔다. 그러나 헤어지기 전 다음 약속하는 것을 잊지 않았다.

다음 토요일쯤 남한산성엘 가지 않겠느냐고 물었다.

"좋아요, 전 서울 살면서도 하이킹 한 번 가질 못했는걸요."

선우영은 꿈에도 생각지 못했던 일을 이루기나 한 것처럼 좋아했다.

"점심을 제가 만들어 가지고 갈게요……."

"그런 걸 다 만들 줄 아세요?"

"사람을 뭘루 보셔? 이래 뵈두 여자가 하는 일은 못하는 게 없어요."

"문학 공부를 한다면서……."

"인식 착온데요, 문학 공부를 하면 밥짓고 옷 만들 줄도 몰라야 하나요? 다음에 수를 하나 놔다 드릴게 두고 보세요."

창우는 정말이냐는 듯이 선우영을 바라보며 웃기만 했다.

"기가 맥혀서. 그렇게 사람을 깔보면 다음부터 만나지 않을 테예요."

"토요일에 봅시다. 반찬을 얼마나 맛있게 만들었나……."

창우는 토요일 남한산성엘 가서 선우영과 같이 놀 것을 벌써부터 생각하고 있었다.

남한산성의 꿈을 꾸며 선우영과 작별한 뒤 집으로 돌아올 때야 창우는 권숙이가 혼자 기다리다가 갔을 것을 생각했다.

몹시 불만스런 얼굴로 돌아갔으리라는 생각이 들기는 했으나 그래도 그렇게 미안한 마음이 들지 않았다. 선우영과 만났던 것이 조금도 불만스럽지 않았기 때문이었으리라.

창우는 돈 문제로 선우영에게 화를 냈지만 그런 화를 내게 했다고 해서 선우영이 미워진 것은 아니었다. 어물쩍하지를 않고 자기의 책임을 끝까지 다하려는 심정! 말하자면 이 날 창우는 선우영에게서 조금의 불만도 느끼지 않았다. 그러니 권숙을 생각하고 또 미안을 느낄 여유가 있을 리 없었다.

더구나 권숙은 약속을 했다고 해서 자기만을 기다리고 있지는 않았을 것 같았다. 아는 남자를 만났다면 그 남자와 시간을 보냈을 것이 분명했다.

'다음에 만나거든 미안했다고 사과나 하지.'

창우는 그런 정도로 권숙을 생각하며 집으로 돌아갔다.

집안에 들어설 때 창우는 문득 어머니 일이 생각났다.

창우는 종일토록 선우영의 일을 보아 주기에 어머니 일을 잊고 있었던 것이다. 강삼모도 만나지를 못했다.

아차 하며 집안에 들어서자 창우는 무엇보다도 먼저 어머니가 있는가 없는가를 살펴보았다.

집안은 괴괴했다. 텅 빈 집 같았다. 창우는 가슴이 섬찍했다. 일이 일어나고야 만 것 같은 예감이 들었다.

창우는 안방으로 들어가 안방을 휘 둘러보았다. 어머니 안 오셨느냐고 식모에게라도 물어 보면 간단히 알 수 있는 일이었지만 그는 입을 벌려 소리를 내기가 싫었던 것이다.

마치 흉가에라도 들어온 기분이었다.

방 안에는 창식이 혼자 자리에 누워 있었다. 잠이 들었는지 꼼짝도 안 했다. 널따란 방 안에 어린 창식이가 다만 홀로 누워 있는 것을 보자, 창우는 눈시울이 뜨거워지는 것을 느꼈다.

거리에서 보던 거지 애가 생각났다. 열너덧 되어 보이는 머슴애가 대여섯 살 난 계집애를 업은 채 한길에 누워 자는 모습이었다. 돌보아 줄 사람이 없는 고아다. 그러나 어린 동생을 자기 몸에서 떼지 않고 등에 업은 채 쓰러져 잠자는 고아.

창우는 자기가 창식이라면 얼마나 외로움을 느낄 것인가 하고 생각했다. 만약 자기가 어머니도 아버지도 없는 방 안에서 혼자 자리를 깔고 혼자 자야만 한다고 하면 자기는 차마 잠을 이루지 못할 것 같았다. 눈물이 나와 어떻게 잠을 잘 것인가?

창우는 잠든 듯한 창식의 얼굴을 유심히 들여다보았다. 남달리 불구자인 창식이라 슬픔은 누구보다도 더할 것이다. 그래도 얼굴 하나 찡그리지 않고 눈을 감은 채 자고 있었다.

창우는 창식의 이불을 한 번 매만져 주고 일어서려 했다. 그때였다. 잠든 줄만 알았던 창식이가,

"언니, 엄마 아직 안 왔수?"

하고 묻는 것이었다.

"응, 이제 오시겠지, 빨리 자거라."

창우는 엄마를 기다리는 창식의 얼굴을 더 볼 수가 없었다.

"잠이 잘 오지 않아……."

"그래도 자야지……."

창우는 도망치듯 안방을 나와 부엌을 향해 소리를 질렀다.

"애령두 안 들어왔어?"

식모가 애령도 아직 돌아오지 않았다고 대답했다.

창우는 속이 뒤집혔다.

만약 어머니가 딴 생각을 가지지 않았다면 오늘만은 집에 있어 주어야 할

것 같았다. 이혼 소동이 있은 날로 나가 밤늦게까지 돌아오지 않는다는 것은 어머니의 마음이 변했다는 것을 말해 주는 것이다.

창우는 집을 뛰어나갔다.

공중전화가 있는 집으로 달려가서 성심병원의 전화번호를 찾았다. 그리고는 수신기를 걸고 다이얼을 돌렸다.

전화 받는 소리가 났다. 남자의 목소리였다.

"여보세요……."

창우는 말문을 열었으나 금시 말을 끊고 송화기를 놓아 버렸다.

전화를 받는 사람이 바로 유길추일지 모른다. 그렇다면 어머니 이야기를 무어라고 물어야 할 것인가? 그리고 자기는 누구라고 말을 해야 할 것인가?

그러다가 혹시 홍분이라도 하면 자기는 무엇이 될 것인가?

전화를 끊고 집으로 돌아오는 동안 창우는 다리의 힘을 잃었다.

집이 자기 집 같지 않았다. 자기도 마음만 변하면 언제든 떠나고야 말 것 같은 집, 그 집을 찾아가야 한다는 것이 슬픈 것 같기도 했다.

창우는 집에 채 이르기 전 문득 민영완을 생각했다. 어머니 상회와 친한 친구였다. 상회가 민영완의 어머니가 죽은 날 밤샘을 하고 왔을 때 외박하고 돌아왔다고 해서 명규와 상희가 싸움한 일을 기억했던 것이다.

창우는 민영완의 집으로 발길을 돌렸다.

언젠가 은행에서 차압한 집을 사겠다고 하며 그 집에 대한 것을 알아보려고 민영완이 상회를 데리고 창우를 은행으로 찾아왔던 일이 있다. 그때 창우가 영완이 알려는 것을 알려 주었다고 해서 영완은 창우를 자기 집으로 데리고 가서 저녁을 먹였다. 그래서 창우가 영완의 집을 아는 것이지만 영완이라면 능히 어머니에 대한 이야기를 의논해도 무방하리란 생각이 들었던 것이다.

그리고 어머니의 친한 친구이니까 밤늦게 방문한다 해서 달리 생각할 것 같지도 않았다.

그래서 민영완의 집을 찾아간 것이지만 민영완의 집에 도착했을 때 창우는 또 한 번 실망하지 않을 수 없었다.

민영완이 외출하고 집에 있지 않았던 것이다.

그러나 창우는 민영완이가 자기 어머니와 함께 외출한 것이나 아닌가 생각했다. 그러기를 바라는 마음이었을지도 모른다. 그래서 식모에게,

"혼자 나가셨어요?"

하고 물었다. 식모는 어떤 친구와 같이 영화 구경을 갔다고 대답했다.

"어떻게 생긴 분인데요?"

"극장 지배인 부인이에요"

창우는 자기 생각이 틀림없는 데 만족감을 느꼈다. 상희가 딴 데를 가지 않고 영완과 함께 나갔다고 하는 데 우선 안심할 수가 있었다.

그러나 이왕 온 김이니 영완을 만나 어머니에 대한 이야기를 한 번 의논해 보는 것이 좋을 것 같아 창우는 영완이가 돌아올 때까지 기다리기로 했다. 기다리는 시간이 십 분도 지나지 않아 영완이 돌아왔다. 그러나 영완 혼자가 아니었다. 상희와 그리고 낯모를 남자와 셋이었다. 창우는 낯모를 남자가 유길추라는 예감이 들었다. 밤이 깊었는데 어쩌자고 어머니는 집으로 돌아가지를 않고 남의 집으로 들어오는 것일까?

창우를 보자 상희는 물론 영완이까지 놀라는 표정이었다.

그 놀라는 표정을 보자 창우는 낯선 남자가 틀림없는 유길추라고 생각했다. 그리고 유길추와의 관계가 이렇듯 깊으니까 상희가 집을 나가겠다는 생각을 가진 것이라고 추측했다.

창우는 아무 말도 않고 상희 앞으로 다가섰다. 지체함이 없이 집으로 끌고 갈 작정이었다.

그러나 영완이가 앞으로 나서며,

"창우가 왔군, 빨리 들어가. 내가 차 한잔 대접하기루 약속하고 모시고 왔지. 시간도 없고 하니 빨리 들고 가셔야지……."

하는 데는 무어라고 할 말이 없었다.

마치 다른 계획은 아무것도 없고 오직 헤어지기 전에 차나 한잔씩 같이 하기 위해서 모여든 것처럼 말하는 것이 아닌가?

상희도,

“시간이 없으니까 빨리 들어갑시다. 창우도 빨리 들어가.”

하고 서둘렀다. 차나 마시고는 곧 집으로 돌아갈 생각인 모양이었다.

창우는 마지못해 방 안으로 들어갔다. 그러나 누구 하나 창우가 무엇 때문에 왔느냐고 묻는 사람은 없었다. 영완이가,

“인사를 드려. 우리가 늘 신세지고 있는 유 선생님이시야.”

하고 인사부터 시키는 것도 결국은 창우가 찾아온 이유를 함구(緘口)시키기 위한 것이나 아닐는지? 영완은 곧 이어,

“상희 아드님이에요. 은행원인데 착실한 청년이지요.”

하고 유길추에게 창우를 소개했다.

창우는 시키는 대로 인사를 했다. 그러나 유길추가 불쾌감을 느낄 정도로 유길추의 얼굴을 뚫어지게 바라보았다. 그것만은 할 수가 없었다. 연적(戀敵)도 아니다. 어머니를 빼앗으려는 사람이라고 해서 적의(敵意)를 느끼는 것도 아니었다. 그러나 다음에 다시 만나야 할 것만 같은 생각에 얼굴을 외어 두려는 것이었다.

유길추는 자기를 뚫어지게 바라보는 창우의 얼굴에서 불안을 느꼈다.

창우가 밤늦게 상희를 찾아다닌다는 것부터가 유길추에게는 향기롭지 못한 일이었다. 그런데다가 시선을 떼지 않고 바라보고 있으니 적의를 가진 것이 틀림없었다. 그러나 그런 불안감을 내색할 수도 없어서,

“이렇게 장성한 자제분이 다 있었군요?”

하고, 마치 창우의 이야기를 처음 듣기나 하는 것처럼 상희를 보았다.

“상희 나이가 얼만데요?”

영완이가 가로채서 대답을 했다. 상희의 나이가 그만큼 많다는 것을 암시하는 것으로 창우더러 들으라는 말이었다.

유길추는 고개를 끄덕끄덕했다. 그리고는,

“나한테도 좀 놀러 와.”

하는 것이었다.

창우는 그들의 말이 모두 아니꼽게 들렸다. 자기가 상희의 의붓자식이라는 것을 숨기는 영완이라든가 모르는 체하면서도 아무렇지가 않은 체 놀러

오라고까지 하는 유길추가 모두 눈에 보이는 연극을 하는 것 같았다.

어느새 커피가 나왔다. 모두들 기차를 타러 정거장에 나가는 사람들처럼 커피를 바쁘게 마셨다. 커피를 마시자 상희가,

"빨리 가자."

하며 서둘렀다. 그러나 한길까지 나와 유길추와 인사를 할 때 상희는 서글픈 표정을 감추지 못했다. 창우와 함께 자동차에 올랐을 때도 그러했다.

그러한 상희를 보다 창우는 갑자기 자기가 죄를 지은 것 같은 생각이 들어 상희를 쳐다볼 수가 없었다.

어머니의 마음을 알아 주려고 하지 않는 자식이라면 그것은 불효에 속하는 자식일 것이다.

어머니는 확실히 괴로움 속에 살고 있다. 그 괴로움을 알려고 하지 않고 집에 돌아오지 않으면 안 된다는 오직 자식의 입장만을 지키기 위해 밤늦게까지 찾아다닌 자기의 경솔을 뉘우치지 않을 수 없었다.

그러나 불효가 안 되려면 어머니를 어느 정도까지 이해해야 할 것인가?

창우는 그 한계점을 알 수가 없었다. 만약 자기가 영완의 집에까지 가지 않았다면 상희는 그 날 밤 어떻게 되었을지 모른다. 집에는 영 돌아오지 않을지도 모른다.

만약 그런 것까지를 알고 상희를 찾아다녔다면 그래도 자기는 불효에 속하는 자식일는지…….

어쨌든 침울에 잠긴 상희의 얼굴을 보는 것은 창우에게 괴로운 일이 아닐 수 없었다. 만약 아버지를 떠나 유길추에게로 가는 것이 어머니를 위하여 행복한 길이라면 그것을 막는 자기는 어머니에게 해로운 존재가 아닐 수 없다.

자동차를 타고 오는 동안 상희가 입을 봉한 채 아무 말도 안 하는 것이 더욱 괴로웠다.

"영완 아주머니 댁 근처를 지나가다가 생각을 하니 어머니가 거기 꼭 계실 것 같지 않아요? 그래서 그저 들러 봤던 거예요."

창우는 일부러 찾아갔던 것이 아니라고 변명을 했다. 그래야만 미안한 마

음이 조금 덜할 것 같았던 것이다.

"잘 왔지 뭐냐? 그렇지 않아도 늦어서 혼자 올 것이 걱정되던 참이었는데……."

상희는 아무렇지도 않게 생각한다는 듯이 말했다. 정말 그까짓 것쯤 아무렇지도 않은 모양이었다.

상희는 좀더 중요한 것을 생각하고 있었다.

유길추의 아내 옥순이가 죽은 뒤부터 상희는 유길추를 자주 만나지 않으려고 했다. 옥순이가 살았을 때는 옥순이가 하나의 울타리로 생각되었다. 그것이 싸리 울타리건 벽돌담이건 어쨌든 뛰어넘을 수 없는 하나의 울타리였다.

그리고 그것은 이편과 저편이 서로 가리도록 남의 눈을 막아 주는 하나의 방파제였다.

그러나 두 사람에 있어서 울타리요, 방파제였던 옥순이가 죽어 버렸다.

상희는 뛰어넘지 않아도 유길추에게 가까이 갈 수 있는 자기가 위태롭게 생각되었다. 그리고 자기가 달음박질해서 가까이 가기를 기다리고 있을 유길추가 두렵게 생각되었다.

오늘도 상희는 유길추를 만나려고 하지 않았다. 더구나 남편 명규와 싸우고 난 뒤 명규와는 절대로 같이 살 수 없는 생각을 가지고 있는 때다. 그런 때 유길추를 만나는 자기가 더욱 무서웠던 것이다. 그러나 영완이가 상희의 의사를 무시하고 유길추에게 전화를 걸었다.

"얘, 유 선생이 불쌍하지 않니? 그렇지 않아도 외로울 텐데 너까지 안 만나 주면 얼마나 외롭겠니? 어차피 너는 손명규 씨와 같이 살 수 없는 사람……."

영완은 상희가 싫다고 해도 이런 말을 하며 유길추를 불러내고야 말았다.

셋이서 극장 구경을 하고 요릿집에까지 갔다. 그 동안도 상희는 자기 마음의 갈피를 잡지 못하였다. 그저 유길추의 고독한 얼굴과 자기의 우울한 마음이 합세하여 슬퍼질 따름이었다. 요릿집에서 나와 바로 집으로 돌아오려 했지만 영완이가 어쩐 생각에서인지 자기 집으로 끌고 갈 때는 그것을 물리칠 기력마저 잃어버린 상희였던 것이다. 그런데 때마침 창우가 와 있는 것을 보았다. 생각지 않았던 일인 만큼 놀라지 않을 수 없었다.

더구나 자기는 아무런 생각도 없이 그저 끌려왔을 뿐이지만 유길추와 같이 다니다가 밤늦어서 남의 집으로 들어오는 것을 본 창우가 무엇이라 생각할 것인가?

현행범을 잡은 것 같은 기분일 것이다.

창우가 자기 아버지 편이 되어서 상희를 해롭게 할 사람이 아닌 것은 잘 알고 있다. 그러나 누구의 편이든 그것은 상관이 없다. 창우가 속마음으로라도 자기를 오해할 것이 겁났던 것이다.

상희는 창우가 찾아온 것을 차라리 잘 된 일이라고 생각하나 속마음으로는 변명할 수도 없는 안타까움에 몸을 움직일 수가 없었다.

창우도 상희에게 유길추와의 관계를 캐어 물을 수는 없었다.

두 사람은 꼭같이 벙어리가 되었다. 그러나 상희의 심정만을 그래도 알아야 할 것 같았다.

"어머니, 정말 집을 나가려는 생각은 버려 주세요."

창우는 그 대답 한 마디면 충분하다고 생각했다. 설사 유길추와 같이 밤 늦게까지 돌아다닌다 해도 상희 마음속에 굳은 결심이 들어 있다면 그런 것쯤 문제가 될 것 같지 않았다.

"글쎄, 마음으로야 하루에도 열두 번 이상 집을 뛰쳐 나가고 싶지만 어디 마음대로 할 수가 있니? 아무것도 생각지 않고 먼지를 털 듯 털고 뛰어나갈 수 있는 그런 성격이 못 된 게 한이지……."

상희는 이런 말을 할 수 있도록 창우가 말문을 열어 준 데 고마운 마음이 들었다.

일부러 변명할 수는 없지만 자기의 심정이라도 알리고 싶던 참이었다.

"그럼 알았어요, 안심을 하겠습니다."

창우가 이런 말을 했지만 상희는 이야기가 미진한 것 같아,

"다른 여자 같으면 벌써 일을 내고야 말았을 게다. 아는 남자가 없대도

모른다. 아는 남자가 있으면서도 지켜야 할 선을 넘지 못하는 것은 오직 성격 문제야. 나는 내 성격 때문에 나쁜 짓을 하려고 해도 할 수가 없는 것 같아…….”

하고, 유길추와의 관계도 의심할 만한 것이 못 된다는 것을 암시하고야 말았다.

“그게 여성적 성격이 아닙니까? 여자는 모름지기 여성적이어야 해요. 조금도 부족하다고 생각지 마세요.”

“글쎄, 그래도 살 수가 있으면 좋겠는데…….”

이런 이야기를 할 때 자동차가 집 앞에까지 이르렀다.

집에 들어섰을 때는 애령이 두 사람을 반겨 맞아 주었다. 식모에게서 창우가 집에 들어왔다가 얼마 전에 나갔다는 말을 들었기 때문에 그 창우가 어머니와 함께 들어오는 것이 대견스러웠을 것이다.

잠자던 창식이도 뛰쳐 나와 상희의 치마를 잡고 늘어졌다.

상희는 창식의 손목을 잡고 안방으로 들어가서는,

“왜 그냥 자지를 못하고 깼니?”

하고, 창식을 자리에 뉘었지만 어쩐지 남의 집에 온 것 같은 어설픈 마음을 참을 수가 없었다.

남편 명규가 돌아오기만 하면 이혼을 하느냐 안 하느냐는 싸움밖에 달리 벌어질 것이 없는 집안…….

그러나 상희는 참았다. 며칠을 집안에서 나가지도 않았다. 그러나 사흘째 되는 날 아침, 명규가 들어오자 다짜고짜로 상희의 따귀를 때리며 왜 아직도 나가지 않았느냐고 야단을 쳤다. 정말 참으려야 참을 수가 없게 되고 말았다.

명규가 또다시 화를 내고 찾아와서 상희를 때린 것은 상희가 창우를 시켜 명규의 첩 송화를 만나게 했다는 것이 그 이유였다.

상희는 그런 일을 시킨 일도 없거니와 설사 시켰다고 해도 매맞을 것까지는 없는 일이라고 생각했다. 그러나 아무런 변명도 안 했다. 아무런 반항도 안 했다.

그 대신 상희는 보따리를 싸기 시작했다. 보따리를 싸는 손이 떨렸다. 눈에서는 눈물이 끊어지지 않았다.

떠나는 것이 서러운 것은 아니었다. 매를 맞고 쫓겨 나간다는 것이 슬펐다.

"울기는? 속으로는 좋아서 춤을 출 것이……."

명규가 옆에서 비아냥을 해도 상희는 대꾸를 하지 않았다. 쫓겨가는 사람에게 무슨 말이 있을 것인가? 그저 슬프기만 했다.

집을 나설 때 어린 창식이가 뒤따라 나오며 상희에게 매달렸다. 상희는 가슴이 찢어지는 것처럼 아팠다. 명규가 따라나와 몸부림치는 창식을 안고 들어갈 때 상희는 그 자리에서 피를 토하고 고꾸라졌으면 하고 생각했다.

명규에게 안긴 채 발버둥을 치며,

"엄마! 엄마."

부르짖는 창식의 울음소리는 상희의 오장을 후벼내는 것 같았다.

그러나 상희는 떠나지 않을 수 없었다. 언제까지라도 자기를 부르며 눈물에 젖어 살 창식을 생각하니 발걸음이 떼어지지 않았지만 자기에게 놓여진 운명을 거역할 수가 없었다.

때마침 창우와 애령이 없어 다행이었다. 창우는 남한산성에 간다고 나가 들어오지를 않았고 애령은 이삼 일 시골엘 다녀온다면서 집을 떠났다.

만약 창우나 애령이가 집에 있었다면 상희는 집을 나가는 데 또 이중의 괴로움을 느껴야 했을 것이다.

아무래도 나가야 할 길이라면 붙잡는 사람 하나 없는 것이 얼마나 편한지 몰랐다.

상희는 미안한 일이지만 영완에게로 가는 수밖에 없었다. 살뜰한 일가친척이 없기도 하지만 사십이 넘은 여자로 시집에서 쫓겨 나오는 꼴을 누구에게 보일 수 있을 것인가? 사정을 가장 잘 아는 영완만이 만만했다.

보따리를 싸 가지고 들어오는 상희를 보자 영완은,

"잘 했다, 잘 했어. 내 속이 다 시원하다."

하며 상희를 반겨 주었다.

“까짓 거 입에 풀칠이야 못하겠니? 나하구 장사라도 하자.”

영완은 먹고 살 걱정도 할 것이 없다는 듯이 상희를 격려했다.

상희는 영완이가 냉정하게 대해 주지 않는 것만을 고맙게 생각했다. 만약에 영완마저 자기를 푸대접해 준다면 자기는 어디로 가야 할 것인가?

그러나 다음날 유길추가 상희를 찾아온 데는 놀라지 않을 수 없었다. 분명 영완이가 전화를 걸었을 것이다. 지나친 친절이었다.

이십여 년 동안 같이 살아 오던 남편에게서 쫓겨온 다음날로 유길추를 만나고 싶은 생각은 추호도 없었다. 만나도 얼마 후 흥분이 가라앉은 뒤에나 만나려니 생각했던 것이다.

유길추가 걱정하는 표정으로 물었다.

“또 트러블이 있었다구요?”

그러나 상희는 아무 대꾸도 안 했다.

“참 살기가 힘든 세상이로군요…….”

유길추는 순전히 상희를 동정하는 태도로 말했다. 남편과 헤어진 것을 우울하게 생각하고 있는 듯이 보이는 상희에게 달리 무슨 말을 할 수 있겠는가? 그러나 상희는 자기를 동정하는 듯이 하는 그 말에 그만 울음을 터뜨리고 말았다. 인생의 패배자라는 설움이 북받쳐 올랐던 것이다.

슬퍼하는 사람의 모습은 보는 사람의 마음을 딱하게 만들어 놓고야 만다. 유길추는 상희의 등을 어루만지며,

“울지 마십시오. 이런 땔수록 마음을 단단히 먹어야 하는 거니까요…….”
하고 위로의 말을 하는 수밖에 없었다. 그저 보기가 딱했던 것이다.

그러나 보는 사람이 딱해하는 것을 알면 설움이 더 커지는 것인지 상희는 점점 더 슬프게 흐느꼈다.

“글쎄 울지를 말라니까요…… 운다고 일이 해결되는가요?”

그때 상희는 슬픔의 절정에 이르렀는지,

“저는 어떻게 살아야 해요? 네, 선생님…….”
하고 길추를 쳐다보았다.

상희는 유길추가,

"내가 있지 않어? 차라리 잘 됐지 뭐야?"

하고 상희를 쓸어 주리라 생각했을지 모른다. 그러나 상희의 슬픔이 어떤 성질의 것인지도 모르는 만큼 유길추는,

"산 사람은 다 살게 마련입니다. 너무 걱정 마십시오."

하고 두루뭉수리로 상희를 위로했다.

"정말 못 살 것 같아요. 죽어야만 할 것 같아요."

"왜 그런 말씀을 하십니까? 살고 싶어도 못 사는 사람이 많은 세상인데……."

"세상이 무서워졌어요. 옥순이가 부러워요. 죽지 않아도 좋을 옥순은 왜 죽었구……."

"그런 소리는 하지두 마십시오. 나를 보아서라도 그런 말은 말아야 하지 않습니까?"

유길추는 그런 자리에서 죽은 아내를 생각하는 것이 싫기도 했지만 상희가 자꾸만 약한 소리를 하는 것이 더욱 싫었다.

"저는 옥순에게까지 죄를 졌어요. 죽고 싶어도 옥순이를 만날까 무서워서 못 죽을 것 같아요."

그 말을 듣자 유길추는 죽은 아내가 새삼스럽게 불쌍한 생각이 들었다. 자기도 옥순에게는 죄 많은 남자가 아닐 수 없다.

"최 여사, 그런 말을 자꾸 하면 나는 어떻게 하라는 거요?"

유길추의 목소리에도 애수가 섞여 있었다. 유길추마저 슬픈 감정에 사로잡히게 되자 상희는 걷잡을 수 없는 자세로,

"유 선생님! 저는 어떻게 살아야 합니까? 네……."

하고 유길추의 무릎에 얼굴을 묻었다.

"그러지 말라니까요…… 우리 나중에 조용히 만나서 이야기합시다. 서루 위로하며 살아야 하지 않겠습니까?"

유길추가 다시 냉정한 태도로 상희를 위로했다. 그때야 상희는 유길추가 바쁜 사람인 것을 생각하고,

"정말 가 보셔야겠군요. 공연히 유 선생님 마음까지 언짢게 해 드려

셔……."

하고 자세를 바로 한 다음 머리를 쓰다듬기 시작했다.

"정말 마음을 든든히 잡수세요. 이제는 내 말도 좀 들어 줘야 하지 않겠습니까?"

유길추도 가 봐야 할 것처럼 옷매무시를 고쳤다.

"네, 잘 알았어요. 다음부터는 울지 않을게요."

상회는 우선 유길추를 돌려 보내야만 했다. 병원을 너무 오래 비게 할 수가 없었기 때문이었다.

"그럼, 저녁때쯤 다시 만날까요?"

"그러세요."

상회는 유길추를 빨리 돌려 보낼 생각으로 긴말을 안 했다. 그래서 어떤 다방에서 만나기로 약속까지 했던 것이지만 막상 그 시간이 가까워 올 때는 망설이지 않을 수 없었다.

유길추의 마음은 완전히 자기에게로 기울어지고 있는 것 같았다. 딱히 무어라고 말은 못 하나 이제부터는 자기 말을 조금씩 들어 주어야 하지 않겠느냐고 하던 유길추를 생각한 것이다. 그 말 한 마디만으로도 유길추의 마음은 넉넉히 짐작할 수가 있는 것 같았다.

그런 만큼 약속한 대로 그를 만나러 찾아간다는 것은 결국 유길추의 마음과 접근하기 위해서 가는 것이 되고 만다.

상회는 유길추가 싫은 것이 아니었다. 마음 같아서는 당장에라도 유길추에게로 달려가고 싶었다.

그러나 그럴 수가 없는 상회였다.

첫째, 죽은 옥순을 생각 아니할 수 없었다. 둘도 없이 친하던 옥순이다. 그러한 친구가 죽은 지 얼마도 안 되어 그의 뒤를 이어 유길추와 관계를 맺는다는 것은 상상할 수도 없는 일이었다.

둘째로는 창우나 애령을 생각해서였다.

그들이 자기를 이해한다고 해도 집을 나간 지 얼마도 안 된 자기가 딴 남자와 밀접한 관계를 맺는다면 그들이 자기를 얼마나 경멸할 것인가? 창우야 자기의 친어머니가 아니니 조금 덜할 것이겠지만 애령과 창식은 한없이 슬퍼할 것이 사실이다. 자기의 어머니가 부실한 여자라고 얼마나 저주를 할 것인가?

약속시간이 거의 되었는데도 망설이기만 하고 가지를 못하고 있을 때 밖에 나갔던 영완이가 들어왔다.

영완은 옷도 갈아입을 생각을 안 하고 상희 있는 방으로 들어왔다.

"왜 아무데도 나가지 않았니?"

상심하고 있는 상희가 무척 걱정스러웠던 모양이다.

"나가서는 무엇 하니……."

"유 선생은?"

"아침에 잠깐 왔다가 갔어."

"언제 만나기로 약속도 안 하고?"

"응……."

상희는 일체 이야기하기가 싫었다. 일부러 숨기려는 마음이 아니었다. 마음의 피곤을 느꼈던 것이다.

"어째서 그럴까?"

영완은 약속도 안 하고 그냥 돌아갔다는 유길추를 의아스럽게 생각하는 모양이었다. 안방에서 영완의 남편이,

"여보……."

하고 볼이 부은 듯한 목소리로 영완을 불렀다. 종일 나가 있다가 자기 방부터 먼저 들르지 않고 딴 데로 가는 법이 어디 있느냐는 그런 목소리였다.

"네……."

영완도 큼직한 목소리로 대답을 했다. 부르지 않으면 안 갈라구요? 하는 대답 같았다. 역시 다정한 부부였다.

상희는 문득 자기가 고독하다는 것을 느꼈다. 완전히 혼자라는 것을 깨달았다. 짜증을 내고 응석을 해도 그것을 받아 줄 남편이 영영 없어지고 만 것이다.

상희는 지금쯤 유길추가 눈이 빠지도록 기다리고 있을 것을 생각했다. 그

러나 유길추는 기다려도 소용이 없는 사람 같은 마음만이 들었다.

사실은 미안했다. 가서 이야기만이라도 하고 돌아오고 싶은 생각이 들었다. 그러나 꼼짝도 할 수가 없었다.

이제는 기다리다가 지쳐서 그냥 돌아갔겠지 하는 생각이 들었을 때였다.

유길추가 찾아온 것이 아닌가?

유길추는 상희를 보자,

"아…… 있었구만! 나는 또 어딜 가고 없는 줄 알았더니……."

하고 반가워했다. 찾아와서까지 만나지 못하면 어떻게 하나 하고 걱정을 하다가 겨우 안심이 되었다는 표정이었다.

"가긴 어딜 가요?"

"일이 있으면 나가기도 하는 거지……."

상희는 갑자기 유길추가 싫어졌다. 이유도 아무것도 없이 약속을 지키지 않은 자기다. 그러한 자기를 꾸짖지 않고 도리어 호의로만 해석하려는 유길추의 유약성이 도리어 속없는 사람처럼 생각되었던 것이다. 그래서,

"일은 무슨 일이 있어요?"

하고 도리어 화난 얼굴을 지었다.

슬픈 희생자

그때야 유길추는,

"일두 없는데 나오지를 않았군?"

하고 상희의 마음을 알 수 없다는 듯이 눈을 껌벅이었다. 그러나 상희를 공박하려는 태도는 취하지 않았다.

상희는 유길추가 화라도 내 주었으면 하고 생각했다. 자기는 지금 어쩔 줄을 모르고 있는 사람이다. 어쩔 줄 몰라 하는 사람을 존중하는 나머지 어디까지나 호의로만 대하려는 것은 어쩔 줄 몰라 하는 사람을 그냥 내버려 두려는 것이나 마찬가지다.

"그냥 약속을 안 지키고 싶었어요."

상희는 유길추의 약을 올려서라도 무슨 반응이 있기를 바랐다. 그러나 유길추는,

"그럴 수야 있나? 무슨 일이 있었겠지……."

하고 상희를 의심하는 눈치도 보이지 않았다.

"일은 무슨 일요? 만나고 싶지 않으니까 안 나간 거지요."

"그래요?"

그래도 유길추는 화는커녕 빙글빙글 웃기만 했다.

상희는 속이 상했다. 세상에 저런 사람이 있을 수 있는가 한탄까지 나왔다.

"정말예요. 이젠 유 선생님을 안 만나기로 했어요. 과일 씨를 보세요. 과일 씨는 과일 속에 있을 때 까맣게 그리고 딴딴하게 굳을 수가 있어요. 그것이 과일 밖으로 나오면 퍼런 채 말라 버리는 게 아녜요. 저는 지금 심술 궂은 장난꾸러기 애가 먹다가 뱉아 버린 덜 익은 씨예요. 퍼런 채 말라 버려야 하는 씨예요. 누구를 만나고 어쩌고 할 수가 없어요."

상희는 결국 자기 마음의 일부를 토로하는 수밖에 없었다. 그래도 유길추는,

"살을 잃어버린 씨. 씨를 잃어버린 살. 좋은 대조로군요."

하고 마치 남의 이야기나 하듯 말했다.

"정말예요, 옥순이가 살아 있고 또 제가 소위 남편이 있을 때는 아무런 짓을 해도 좋을 것 같았어요. 그러나 이제는 나에게 인력(引力)이 없어진 것 같아요. 무한정 하늘로 날아갈 것 같아 무서워졌어요. 땅에는 다시 발을 디딜 수 없는 것 같은 불안감이에요."

그때 유길추는 자기도 할 말이 있다는 듯이,

"이야기를 다 했습니까?"

하고 상희를 바라보았다.

"네, 제 이야기는 그것뿐이에요. 그래서 약속도 안 지킨 것이에요."

"잘 알았습니다. 나야말로 씨를 잃은 사과 알이라는 것을 말하지 않을 수 없습니다. 옥순이 살았을 때 나는 옥순에게 불만이 있었습니다. 너무 오래

누워서 아내 구실을 못했기 때문이었습니다. 그러나 옥순이 죽고 나니 그런 불만도 가질 수가 없게 되었습니다. 씨를 잃은 사과 알이지요. 잃어버린 씨를 도루 찾아 집어넣을 수도 없고 새로운 씨를 얻어다 넣을 수도 없는 속 빈 사과입니다.”

결국 유길추의 말은 상희의 말과 똑 같은 것이었다. 그러니 서로가 공통되는 감정 속에서 서로를 이해할 마음이 이미 준비되고 있는 셈이었다.

그러나 상희에게는 새로운 불만이 생겼다.

“그럼 무엇 때문에 일부러 찾아오셨어요?”

“찾아온 것이 잘못이었던가요? 최 여사의 신상(身上)을 걱정도 말아야 할까요?”

유길추가 도리어 불만스럽다는 듯이 물었다.

“이제는 그런 걱정도 해 주실 필요가 없어요.”

상희는 그만 울상이 되어 버렸다. 자기가 바라는 대로 되어 가는 데도 상희는 자기가 외로운 사람이라는 감정에 사로잡혔던 것이다.

“그건 지나치게 감정적인 언사가 아닐까요?”

유길추가 상희를 어루만지듯이 말했다.

“아무래도 좋아요. 저는 새들새들 말라 썩어 버릴 덜 익은 씨예요. 누구에게 걱정을 끼칠 존재도 되지 못해요.”

상희는 절망이 최고조에 달한 감정이었다.

“정 그러시다면 걱정도 안 하겠습니다.”

유길추는 그 이상 더 할 말도 없는지 그만 돌아가려고 했다.

상희도 돌아가려는 유길추를 막으려 하지 않았다.

그러나 유길추는 한 번 일어섰다 도로 앉으며,

“우리 거의 같은 입장인데 서루 절망하는 일만은 안 하도록 하십시다. 외로운 환경에 놓여 있다고 해서 생명까지 버림받았다고는 생각지 말아야 할 것이 아닙니까? 살아야 합니다. 살면서 자기의 진실을 발견하는 데 생명의 의의가 있는 것이니까요.”

하고 상희의 얼굴을 바라보았다. 상희가 절망에 싸여 있는 것을 그냥 보고 갈 수가 없는 모양이었다.

"시들어 가는 생명에 의의는 무슨 의의가 있어요?"

"최 여사가 그렇게까지 감정적일 줄은 몰랐는데요. 어쨌든 절망이란 인간의 최후의 감정입니다. 그러나 젊었기 때문에 가질 수 있는 감정이기도 하지요. 우리 젊음을 버리고 살도록 하십시다."

유길추로서는 이런 말을 안 할 수가 없었다. 유길추는 이미 상희와의 관계를 끊으려 하고 있다. 아내가 죽은 뒤 자기는 아내의 애정을 새롭게 느꼈다. 자기에게 모든 순정을 바쳐 온 아내의 따뜻함을 처음으로 느끼는 듯했다.

그러한 아내를 잊어버릴 수는 없다고 생각했다. 그러나 그렇다고 해서 상희를 원수처럼 대할 수는 없었다. 더구나 영완이가 전화를 걸고 꼭 와 달라는 데 안 만난다는 이유를 설명할 수 없었다. 남편과 헤어지고 나왔다는 상희다. 가장 복잡한 감정을 가지고 있는 상희에게 모르는 체한다는 것은 어린아이 같은 감정적인 행동이다. 최소한도 상희의 마음을 위로해 줄 의무는 있다고 생각되었다.

상희의 이야기를 듣고 자기 마음과 비슷함에 적이 안심하기는 했으나 극도의 절망을 느끼고 있는 상희를 모른 체 내버려 둘 수만은 없었다. 그래서 젊음을 버리자고까지 말했지만 상희는 그 말에 대답을 안 했다.

"우리는 아직까지 청춘을 지니고 있기 때문에 불안과 절망을 느끼는 것입니다. 머지않아 그런 불안 속에서 안정될 나이가 되었으니 그 청춘을 조금 일찍 포기해 버리면 되지 않겠어요?"

그때 상희가 발악을 하듯 말했다.

"저는 벌써 청춘을 잃고 있어요. 청춘이 남아 있어 그런 것은 절대루 아녜요."

"그러시겠지요. 좌우간 나가서 저녁이나 먹읍시다. 혼자 앉아 있으면 자기를 괴롭히는 생각에 사로잡히기가 쉬우니까요."

유길추는 오직 상희를 위로하려는 마음에서 같이 나가자는 말을 했다.

그때였다. 안방에 있던 영완이가 들어오며 저녁을 어떻게 하느냐고 물었다.

그래서 유길추가 나가서 같이 먹을까 한다고 말하자 영완은,

"빨리 나가라, 시장할 텐데……."

하고 뜻있는 웃음을 웃었다.

"난 싫어, 안 나갈 테야."

상희가 터진 입술을 삐죽이자,

"이 앤, 남의 쌀값도 생각지 않나 봐. 한 끼라도 사양을 해 줘야지 않아."

영완이가 상희를 떠다밀면서 밖으로 내보냈다.

상희는 영완이와 실랑이를 할 수가 없었다. 영완이가 떠다밀면서 나가라고 하는데도 안 나간다고 우겨댄다면 영완은 상희가 유길추 사이에 무슨 싸움이라도 벌어진 것이라고 딴 생각을 가질 것이 분명했다.

영완에게 그런 생각을 주고 싶지는 않았다. 상희가 유길추와 같이 나가고 싶지 않다는 것은 유길추가 싫다거나 밉다는 생각에서는 아니다. 그런데도 사이가 비틀어져서 안 나가는 것처럼 상식적인 판단을 내린다면 그것은 유길추나 자기의 인격을 모독하는 일이 된다.

상희는 일부러 웃음을 지으면서,

"그럼 갔다 올게. 너의 집 쌀을 굳히기 위해서……."

하고 명랑한 목소리로 말하고 유길추의 앞장을 섰다.

상희와 유길추는 거리로 나오자 어떤 대중식당으로 들어갔다. 상희가 조용한 방이 있는 음식점을 싫다고 했기 때문이었다.

상희는 남보기에 떳떳하지 못한 일을 하고 싶지가 않았다. 어디서 누구를 만날지 모른다. 만약 으슥한 음식점에서 유길추와 같이 나오다가 아는 사람이라도 만나면 그가 무엇이라 말할 것인가?

유길추와의 관계를 가지고 집을 나온 이유로 삼을 것이 분명했다.

여러 사람이 같이 앉아 음식을 먹는 식당에서 그들은 비빔밥을 시켜 먹었다.

유길추도 상희도 말이 없었다. 밥을 먹고는 잘 가라는 간단한 말 한 마디로 작별할 수 있는, 우연히 만났다 우연히 헤어지는 그런 사람들 사이

같았다.

　그러나 밥을 한참 먹고 있을 때 그들의 시선이 합쳤다. 시선이 합치는 순간 유길추가 씩 하고 웃었다. 소가 웃는 것처럼 무표정한 웃음이었다.

　그 웃음이 상희의 가슴을 아찔하게 했다. 심장이 녹아 들어가는 것 같았다. 녹아 들어가는 것 같은 심장 속에서는 상희도 알 수 없는 웃음이 나왔다.

　웃는 얼굴이 맞부딪쳤다.

　상희는 부끄러웠다. 고개를 숙였다.

　그러나 금시 또 유길추의 얼굴이 보고 싶어졌다.

　무표정하게 웃는 그 웃음이 유길추의 따뜻한 인정으로 변하여 상희 가슴 속에 스며들었던 것이다.

　상희는 무슨 말을 하고 싶었다. 그러나 시장했다가 갑자기 밥을 먹은 때처럼 머리가 혼몽해져 무슨 말을 해야 할지 몰랐다.

　피곤하되 지쳐서 느끼는 피곤이 아니었다. 머리가 혼몽하되 속이 비거나 흩어진 데서 오는 혼몽이 아니었다.

　저녁을 끝내고 음식점을 나올 때까지도 두 사람은 아무 말이 없었다.

　한길로 나와 헤어질 때쯤 되어서야 유길추가,

　"너무 실망하지는 마십시오."

　마지막 부탁인 것처럼 입을 열었다. 그래도 상희는 대답을 못했다.

　"그럼 안녕히 가십시오."

　유길추가 발길을 돌리려 할 때야 상희는 겨우 입을 열었다.

　"이제는 안 만나세요?"

　그 말에 유길추는 놀라지 않을 수 없었을 것이다.

　"만나지 않는 것이 좋지 않을까요?"

　어리둥절하게 대답하는 유길추의 말에,

　"상식적인데요!"

　상희는 신경질적인 시선을 던졌다.

　"그럼 어떻게 해야지요?"

“만나기만 하는데 뭣이 나빠요? 무슨 원수를 졌다구…….”

“그렇기야 하지만…….”

“그렇기야 하지만이 뭐예요?”

유길추가 입을 열지 못하고 멍하니 서 있을 때였다. 상희가,

“빨리 가세요. 제가 전화를 걸게요.”

하고 유길추에게 눈웃음을 웃어 보이고 획 돌아섰다.

유길추와 작별한 뒤 영완의 집으로 돌아와 자기 방으로 들어간 상희는 자기가 그래도 죽지 않고 살아 있다는 것을 느꼈다.

유길추의 인정어린 그 웃음이 눈앞에 떠오르며 자기가 살아 있다는 의식을 갖게 했다.

만나서 안 되는 유길추다. 그것을 모르지 않는다. 그러나 상희가 자기의 생명처럼 느껴지는 유길추의 인정…….

상희는 다음날 유길추에게 전화를 걸 것이 아니라 그의 집으로 찾아갈 것을 생각했다.

그도 외로운 사람이다. 옥순이가 죽은 뒤 마음 둘 곳이 없어진 사람이다. 살림에도 손이 닿지 않을 것이 분명했다.

자기가 가서 집안을 치우고 살림도 돌보아 주어야 할 것 같았다.

유길추의 얼굴을 보지 않아도 좋다. 며칠에 한 번씩이라도 가서 살림을 돌보고 식모에게 시킬 일을 시켜 옥순이가 살아 있을 때처럼 유길추가 불편을 느끼지 않도록 해 주리라 생각했다.

그럴수록 유길추를 만나지 말아야 한다고 생각했다.

보지 않는 가운데서 서로의 인정을 교류한다면 그것으로 사는 의의를 느낄 것이요. 또 서로가 슬픔 같은 것을 잊어버리고 살게 될 것이 아닌가?

’보이지 않는 인정의 교류.’

상희는 생각만 해도 가슴이 흐뭇해지는 것을 느꼈다.

다음날 상희가 예정했던 대로 유길추의 집을 찾아가려고 할 때였다.

뜻하지 않았던 창우가 허덕거리며 뛰어들어왔다.

“애령이가 자동차 사고로 입원을 했어요.”

벼락같은 말이었다.

"뭐?"

"애령이가 자동차에 치어 다리를 상했어요."

"언제?"

그때 창우가,

"한 너덧 시간 전입니다. 아침도 안 먹고 나가다가 그만……."

하고 대답했다.

"어떤 병원엘 입원했니?"

"S대학 부속병원이에요."

"그래 생명은?"

우선 죽었는가 살았는가가 궁금했다.

"생명에는 지장이 없는 것 같아요."

"어디를 다쳤길래?"

"다리를 하나 짤라야 할 것 같아요."

"뭐?"

기가 막힌 일이었다. 애령이가 다리를 자르다니…….

이렇게 떠들썩하게 이야기를 하고 있을 때 영완이가 달려왔다.

상희와 창우가 뛰쳐 나오는데 영완도 같이 간다고 따라나섰다.

세 사람이 자동차를 타고 S병원으로 가는 도중에야 상희는,

"조반도 안 먹고 어디를 가다가 그런 일을 저질렀담……."

하도 꿈 같은 일이라 어이가 없어 혼자 개탄하듯이 말했을 때 창우가,

"아버지를 찾아가던 길이었어요."

하고 대답했다.

"새벽같이 아버지는 뭣 하러 찾아간담……."

"아버지와 담판을 한다나요…… 제가 가지 말라고 붙잡았는데도 뿌리치고 가더니 그만……."

자동차가 S병원 현관 앞에 머물렀다. 허둥지둥 차에서 내린 상희가 파랗게 질린 얼굴로 병원 안엘 뛰어들어간 순간이었다. 상희는 저 편에서 걸어

나오고 있는 손명규의 시선과 맞부딪쳤다. 손명규 뒤에는 손명규의 첩, 윤송화가 따라오고 있었다. 애령의 병실을 찾아갔다가 나오는 모양이었다.

손명규를 보자 상희는 우선 몸 감출 곳을 살폈다.

좌우편으로 뚫린 복도가 있었다. 접수실(接受室)로 들어가는 문이 반쯤 열려 있었다.

좌우편 복도로 달려가면 손명규와 부딪치지 않을 수 있었다. 말을 물어보는 체하고 접수실로 뛰어들어가면 손명규와 정면으로 부딪치지는 않을 수 있었다.

그러나 상희는 아무데로도 몸을 피하지 못했다. 그것은 자기가 서 있는 복도에 사람이 그리 많지 않았기 때문이었다. 자기가 움직이는 것 하나 하나가 손명규의 눈에 들 것이 싫었던 것이다.

만약 사람들이 웅성거려 어디로 피해도 보이지가 않을 정도라면 상희는 몸을 감출 수가 능히 있었을 것이다.

상희는 창우 뒤에서 몸을 가리는 도리밖에 없었다. 앞에서는 창우, 옆에서는 영완이가 상희의 몸을 가려 주었다.

명규와 마주 바라보는 위치에 이르렀을 때 창우와 영완이가 발을 멈추었다. 명규와 이야기를 하기 위함이었으리라. 그 순간 상희는 복도의 벽을 바라보며 슬쩍 빠져나갔다. 명규가 나온 복도를 한참 동안 걷던 상희는 발을 멈추었다. 입원실이 어딘지도 모르고 무턱 걸어갈 수가 없었던 것이다. 그러나 창우 있는 쪽으로 돌아보지를 않았다.

명규와 시선이 부딪칠까 두려웠던 것이다.

이십 년 동안이나 한 집에서 같이 살던 명규였다. 그런데도 일단 헤어지고 나니 이제는 얼굴 대하기도 싫은 사람이 되었다.

창우와 영완이가 뒤따라 와서 앞장을 섰을 때 상희는 혹시 명규가 자기 이야기라도 꺼내지 않았는가 생각했다.

명규의 입에서 자기 이야기가 나온다는 것은 얼굴을 대하는 것보다도 더 징그러운 일 같았던 것이다. 더구나 시앗이 옆에 있는데 그 앞에서 자기 이야기를 꺼낸다는 것은 모욕적인 행동이 아닐 수 없다.

그러나 창우와 영완은 아무 일도 없었다는 듯이 입을 다물고 앞을 걸었다.

상회는 병실 앞에 이르렀다.

창우가 노크를 하는 순간 상회는 눈을 꽉 감았다. 흰 보자기를 덮은 애령의 시체가 눈앞에 떠올랐기 때문이었다. 몸서리가 쳐졌다.

상회는 정말 애령이 죽은 것으로만 생각되었던 것이다.

그러나 창우가 문을 열었을 때 애령은 죽지 않고 있었다. 붕대를 감기는 했으나 침대에 누워 있는 애령의 얼굴이 보였다.

상회는 침대로 달려갔다.

"애령아……."

애령이 눈을 떴다. 그러나,

"어머니……."

한 마디 소리만 내고는 곧 눈을 감았다.

눈을 감은 애령의 얼굴에 눈물이 흘러내렸다.

"이게 웬일이냐?"

상회도 울음을 터뜨리고야 말았다.

한참 동안 울기만 하던 상회가 정신을 차려 애령에게 어디를 어떻게 다쳤느냐고 물었으나 애령은 좀체로 입을 열지 않았다.

상회는 담요를 들치고 애령의 몸을 살폈다. 그 순간 상회는 그만 들쳤던 담요를 내던지듯 다시 덮어 버렸다. 바른 다리 하반부가 기둥만큼 굵게 붕대로 처매어 있었던 것이다.

상회의 눈에서는 다시 눈물이 흐르기 시작했다.

'다리 하나 없는 애령…….'

상회로서는 상상도 할 수 없는 일이었다.

자기가 낳은 아들로 하나밖에 없는 창식은 곱사등이다. 지금 애령이마저 다리 하나를 잃고 불구자가 되게 되었으니 자기가 세상에 남겨 놓은 것은 불구자의 자식뿐이 아닌가?

상회는 통곡하고 싶었다.

자식은 모두가 불구자요. 자기는 남편에게서 쫓겨난 불행한 여인. 세상에 자기보다 더 불행한 여자는 없을 것 같았다.

"애령아……."

상희는 애령의 이름을 부르며 자기 가슴을 주먹으로 두들겼다.

그때 애령이,

"엄마, 난 죽고 싶어, 왜 죽지를 못했는지 몰라."

하며 감았던 눈을 떴다.

"그런 소릴 마라. 어머니 앞에서 그게 무슨 말이니?"

영완이가 애령을 달랬다. 창우도,

"목숨을 구한 것이 다행한 줄만 알어. 쓸데없는 생각말구……."

하고 애령의 말을 막아 버렸다.

그러나 애령은,

"죽어도 아깝지 않은 생명이에요."

하며 누가 무어라 하든 자기는 진심으로 죽고 싶다는 표정을 지었다.

사실 애령은 정말로 죽고 싶었다. 불구자가 될 것이 겁나서는 아니었다. 자기의 힘으로는 아버지와 어머니를 합하게 할 수 없다는 슬픔에서도 아니었다.

죽어야 한다는 자기 마음의 부르짖음에서였다.

참을 수 없을 만큼 쑤시는 상처가 문제 아니었다. 안타까이 울고 있는 어머니의 눈물쯤 아무것도 아니었다.

가슴 속에 뭉쳐 풀어지지 않는 괴로움…… 그것을 참을 수가 없었던 것이다.

애령은 조치구와 함께 조치구의 고향엘 갔다.

여행이 하고 싶다는 호기심과 조치구가 일생 몸을 바치겠다는 농촌사업에 흥미를 가진 탓으로 조치구를 따라나섰다.

여행을 떠날 때 애령의 가슴은 부풀어 올랐다. 국민의 팔 할을 점하고 있는 것이 농민이지만 아직 농촌을 한 번도 구경해 본 일이 없는 애령이었다. 농촌을 본다는 것은 국가를 보는 것이나 마찬가지의 일 같았다. 이때까지도 이 나라의 백성이기는 했겠지만 나라를 구경도 못한 백성이었던 것이다.

박이 열려 있고 고추가 널려 있는 농촌 풍경을 사진으로 본 일은 있다. 그러나 그 박 덩굴 밑에서 살고 있는 농민들을 목도한 일은 한 번도 없었다.

기차를 타고 가는 도중 애령의 시선은 창 밖으로만 향했다. 푸른 곡식이 쭉 깔려 있는 벌판. 그것이 모두 농민들의 손으로 이루어졌을 것을 생각할 때 농민들이 대견해서 견딜 수가 없었다. 빨리 농민들을 만나 그들과 이야기를 해 보고 싶었다.

그러나 그러한 꿈을 지니고 있는 애령에게 조치구가 인도한 곳은 농촌이 아니라 조그마한 도시의 어떤 여관이었다.

목적지로 가는 버스가 다음날 아침밖에 없다는 것이 이유였다.

애령은 할 수 없는 일이라고 생각했지만 며칠 전 괴로웠던 밤의 일을 생각지 않을 수 없었다.

여관에 이르자 조치구는 애령을 보며,

"방을 두 개 달라고 할까?"

하고 물었다.

애령의 의사를 존중하는 뜻으로 묻는 말이겠지만 그것은,

"애령은 나를 싫어하지?"

하고 묻는 말처럼 들렸다.

싫어하니까 신뢰할 수도 없는 것이 아니냐는 듯 애틋한 얼굴로 애령을 바라볼 때 애령은 무엇이라 대답해야 좋을지를 몰랐다.

애령은 서울을 떠나 먼 곳에 와서까지 조치구를 불신한다든가 싫어한다는 눈치를 보이고 싶지 않았다.

그것이 순간적 생각이기는 했었지만 방을 두 개 쓰자고 하기만 하면 조치구는 섭섭하게 생각하고야 말 것 같았다. 우울해 할 얼굴이 눈앞에 보이는 것 같아,

"좋도록 하세요."

하고 자기에게는 아무런 의견도 없다는 듯이 말했다. 그러나 조치구는 자신이 없는 얼굴로,

"나는 아무래도 좋아. 그러니까 애령이 생각대루 해."

했다가 금시,

　"두 개를 달라지?"

하고 애령의 얼굴을 쳐다보았다.

　애령은 조치구의 말이 속마음에서 우러나온 것이 아님을 직감할 수 있었다.

　"돈두 없는데 하나만 달래세요."

　애령은 조치구가 결단성을 내리도록 말했다. 그러나 밤이 가까워짐에 따라 애령은 불안감에 사로잡히기 시작했다.

　조치구가 곱게 있을 것 같지가 않았던 것이다. 만약 조치구가 가만 있지 않는다면 자기는 어떻게 해야 할 것인가?

　웬일인지 자기가 어떻게 해야 할 것이라는 생각이 들지 않았다. 어떻게 해야 할지 모르는 자신이 불안할 따름이었다.

　애령은 이제라도 방을 두 개 달라고 해서 따로따로 잘까 하고 생각했으나 지금에 와서 그런 말을 꺼낸다는 것은 자기 자신에 대한 불신(不信) 이외에 아무것도 아닌 것 같아 그런 말을 꺼낼 수가 없었다.

　애령은 이 밤이 무사하기만 바라며 자리 속에 들었다.

　자리를 따로따로 깔고 서로 거리를 멀리하고 누웠기 때문에,

　"안녕히 주무세요."

　"잘 자."

하고 인사할 때까지는 아무런 일이 없었다. 그러나 조치구가,

　"나는 불을 안 끄면 잠을 잘 못 자는데……."

하고 누운 채 말할 때 애령은 조치구의 마음이 어떻게 움직이고 있음을 짐작할 수 있었다.

　그래서 애령은,

　"수건으로 가리지요."

하고 벌떡 일어나 타월로 전등을 가리려 했다.

　"잘못하면 타월이 탈걸!"

　조치구가 애령을 바라보며 걱정하는 듯이 말했다.

"닿지만 않으면 타지 않아요. 더구나 흰 타월인데!"

애령은 전등에 타월을 씌우고 자기 자리로 돌아와 누웠다. 그리고는 성공한 듯이 조치구를 보고 한 번 웃어 주었다.

조치구는 할 수 없다는 듯이,

"빨리 자……."

하고 저쪽을 향해 돌아누웠다.

"누가 빨리 잠드나 봐요……."

애령은 눈을 감았으나 똑바로 누운 채 몸을 돌리지 않았다. 모로 누워 자는 버릇이 아니기 때문에 똑바로 누운 것이지만 조치구가 잠이 드는 것을 감시하기 위함이기도 했다.

과연 조치구는 좀체로 잠이 들지 않았다. 뒤치락거리기도 하고 헛기침을 하기도 하며 잠을 못 이루고 있었다.

애령도 잠이 오지 않았다. 조치구에 대한 불안도 없지 않았으나 불안을 불안으로 느끼는 자신을 경멸하는 마음 또한 없지 않았던 것이다.

애령은 어쩌다가 자기 유방을 자기 손으로 만져 보았다. 순간 그것이 자기 손 같지 않은 감촉에 몸이 오싹해짐을 느꼈다.

조치구의 손길이 닿는 것 같은 감촉…… 그것은 아무래도 황홀에 가까운 것이었다.

애령이 황홀감 같은 것을 느끼며 자기도 모르게 조치구 반대쪽을 향해 모로 누워 두 다리를 옹크리고 있을 때였다.

조치구가 벌떡 일어나 전등불을 끄고는 도로 자기 자리로 뛰어가 누웠다.

애령도 그것을 알은 체하고 싶지가 않아 아무 말도 안 했다.

불을 끈 지 삼십 분이 되도록 두 사람은 아무 말을 안 했다. 말없이 한 시간이 지났다.

애령은 잠이 오는 것 같았으나 잠이 들지 않았다. 아무것도 생각지 않고 잠에 들려고 속으로 하나 둘 셋을 세기 시작하여 이백까지 세었다. 그래도 잠이 오지 않았다. 조치구도 잠이 못 들고 있음을 알 수 있었다. 그러니 더욱 잠이 오지 않았다.

‘왜 잠이 못 들까?’

애령은 조치구를 생각하는 것이었다. 조치구만 잠이 들면 자기도 잠이 들 수 있을 것 같았던 것이다.

애령은 서로 말이 없는 채 밤을 새우지나 않는가 생각했다. 그러나 그런 생각을 하고 있을 때,

“애령……..”

하고 조치구가 애령을 불렀다.

애령은 대답을 말까 생각했다. 그러나,

“빨리 주무세요.”

하고 잠 못 드는 조치구를 나무라듯이 말했다. 그랬더니 조치구가 벌떡 일어나서 전등불을 번쩍 켰다. 그리고는 한 편 벽에 기대앉으며,

“우리 자지 말고 이야기나 하며 밤을 새워.”

하는 것이었다.

애령도 그 말에 찬성했다. 잠을 못 잘 바에야 차라리 앉아서 이야기라도 하며 불안을 없애 버리는 것이 나을 것 같았다.

그래서 애령도 벽을 기대고 앉아 조치구를 바라보았다.

“재미있는 이야길 하세요.”

그러나 조치구는 애령을 빤히 바라볼 뿐 입을 열지 않았다.

“빨리 이야기를 하세요.”

그래도 조치구는 성난 황소처럼 애령을 바라보고 있을 뿐이었다.

“그럼 무서워요.”

그때였다. 조치구가 애령에게로 달려와서,

“애령은 왜 잠을 못 자는 거야?”

하고 충혈된 눈으로 물었다.

“선생님이 주무시지 않는데 혼자 잠을 잘 수 있어요?”

“깍쟁이……..”

조치구는 와락 애령을 안았다. 그리고는,

“나는 신이 아니야, 나는 인간이야. 나를 용서해 줘……..”

하며 애령의 얼굴에다 함부로 키스를 하는 것이다.

뺨, 입술, 눈, 귀, 심지어는 머리털까지 입을 대고 비비었다.

"나는 지옥에 가도 좋아, 용서해……."

조치구가 너무 힘차게 안는 것이라 생각했다. 애령은 목을 옴짝도 할 수가 없었다. 손으로 조치구를 밀쳐 보려고 했으나 팔에 기운이 하나도 없는 것 같았고 조치구는 아무리 밀어야 꿈짝도 안 할 사람 같았다.

아무리 발악을 해도 소용이 없을 것만 같았다. 자기의 무기력을 느꼈던 것이다.

애령은 아무 말도 안 했다. 아무런 반항도 못했다.

조치구가 불을 끄고 다시 애령에게로 왔다.

그러나 얼마 뒤 조치구가 제물에 자기 자리로 돌아갔을 때 애령의 눈에서는 눈물이 흐르기 시작했다.

무엇 때문인지를 몰랐다. 무엇 때문인지 모르면서도 애령은 눈물이 나오는 것을 참을 수 없었다.

조치구가 전등불을 끄자고 맨 처음 말할 때부터 애령은 어떤 불안을 느꼈다. 그러나 그 불안 속에서도 그 불안이 하나의 형태로 눈앞에 나타나지나 않나 하고 기다리고 있었을지도 모르는 애령이었다.

그렇다면 눈물이 나올 것까지는 없어야 할 것이 아니겠는가? 그런데도 눈물은 그치지 않았다.

귀중한 무엇을 잃어버린 것 같은 허전함이었다. 육체의 일부가 몸에서 떨어져 나간 듯한 슬픔이었다.

애령이 우는 것을 알고 조치구가 다시 옆으로 왔다.

"왜 울어? 응?"

측은하게 생각한다는 음성이었다.

애령은 아무 대답도 안 하고 그냥 울었다.

"내가 미워졌어?"

"………"

"내가 죽어 버릴까?"

“………”

“울지 말어…… 애령이 울면 나는 어떻게 해?”

“………”

“울지 말어, 응…….”

조치구는 정말 자기도 울기나 할 것처럼 안타까이 말했다.

애령은 그만 조치구가 불쌍하게 생각되었다. 만약 나쁘다고 한다면 조치구만이 나쁜 것은 아니었다. 자기가 더 나빴을지 모른다. 방을 두 개 쓰자고 할 때 그러자고 동의만 했다 해도 이런 일이 생기지 않았을지 모른다.

조치구가 자기를 포옹할 때 그를 물리치지 못한 것도 자기의 책임이다. 힘으로 대항할 수가 없다면 소리라도 지를 수가 있었을 것이 아닌가?

일이 다 끝난 뒤 이제 와서 눈물을 흘리며 조치구의 마음을 안타깝게 한다는 것은 자기의 주체성(主體性)이 너무나 희박함을 말해 주는 것이 아니겠는가?

“울지 않을게요. 가서 주무세요.”

애령은 조치구를 안심시키는 말을 했다.

“정말 울지 않지?”

“네.”

“애령이 울면 나두 울 테야.”

“걱정 마세요, 안 울게…….”

이래서 조치구는 다시 자기 자리로 돌아갔지만 애령은 좀체로 울음을 그치지 못했다.

슬픈 것 같지는 않았다. 그러면서도 자꾸만 울고 싶었다. 아프지는 않으면서도 상처에서 흐르는 피를 보고 놀라 우는 어린애와 같았다.

그러나 조치구가 우는 상을 하고 다시 달려올 것이 싫어서 소리를 내지 않고 속으로만 울었다.

얼마를 울었는지 애령은 자기 울음에 지쳐 자기도 모르는 새 잠이 들었다.

그러나 다음날 아침 애령은 자기 육체에 아무런 변동이 없음을 느꼈다. 떨어져 나간 것이 하나도 없었다.

애령이 아직도 울고 있지나 않나 하고 불안한 눈으로 애령을 바라보고 있는 조치구를 향하여 그는 양팔을 벌렸다.

그때 조치구는 희열에 넘치는 얼굴로 애령에게 달려와 마음껏 애령을 안았다.

"애령……."

감격에 찬 환희였다. 그때 애령은,

"오늘은 일찍 떠나요, 네?"

하고 어젯밤 일은 아무것도 생각지 않고 앞으로의 일에 대해서만 관심을 가지고 있는 듯이 말했다.

"그래, 빨리 조반을 먹고 떠나가……."

조반을 먹고 버스 정류장에까지 가서 버스에 몸을 실은 애령은 자기 옆에 앉아 있는 조치구를 몇 번이고 바라보았다. 어젯밤의 일이 있기 이전의 조치구와 지금의 조치구가 자꾸만 달라져 보였기 때문이었다. 이때까지는 그저 신뢰할 수 있는 사람, 존경할 수 있는 사람이라고만 생각되던 조치구였지만 어젯밤의 일이 있기 때문인지 지금은 멀리서 바라보기만 할 그런 사람 같지가 않았다. 자기의 마음과 그의 마음은 둘이 아니라 하나인 것 같았다. 자기의 육체와 그의 육체는 떨어질 수가 없이 서로 붙은 것만 같았다.

옆에서 살과 살이 닿는 것도 믿음직스럽기만 했다.

'아내가 있는 사람인데…….'

이런 생각도 안 든 것이 아니지만 그런 것이 문제될 것 같지가 않았다. 서로가 좋기만 하다면야 아내라는 여자가 겁날 것이 조금도 없을 것 같았다. 자연히 없어질 존재 같았던 것이다.

그러나 버스에서 내려 시골길을 걷기 시작할 때야 애령은 마음이 켕기기 시작했다. 사이가 좋건 나쁘건 조치구의 아내가 살고 있는 조치구의 집이 가까워 오는 데서 오는 일종의 불안이었을 것이다.

아직 이혼을 안 하고 있는 조치구 아내 앞에 자기는 어떤 표정을 지으며 나서야 할 것인가? 우선 그것이 겁났다. 조치구의 아내뿐 아니라 조치구의 부모나 또는 조치구의 친지들이 자기를 어떤 눈으로 바라볼 것인가?

애령은 그만 발에 힘이 빠지고 말았다.

"얼마나 멀지요?"

애령은 조치구의 집이 얼마나 머냐고 물었다.

"두어 시간 걸어야 할 거야."

"어마나, 거기서 우리가 갈 데는 몇 린데요?"

애령은 조치구의 집으로 간다는 것이 싫었다. 그래서 먼 것을 핑계 삼아 조치구의 집에는 들르지 말자고 하려는 심산이었다.

"집에는 들릴 새가 없겠는데…… 오늘 안으로 돌아가야 할 테니까…… 그래서 직접 농장 있는 데로 가는 길이야."

조치구가 의논 없이 계획을 바꾼 것이 미안하다는 어조로 대답했다.

"잘 하셨어요. 오늘은 돌아가야 하니까요."

애령은 차라리 잘 되었다고 생각했다.

그들은 두 시간쯤 걸어 어떤 마을이 있는 데까지 이르렀다. 그리고는 언덕 하나를 넘어 개활지로 된 넓은 들까지 갔을 때 조치구가,

"어때? 바루 여기야……."

하고 사방을 둘러보았다. 뒤에는 높은 산을 지고 개천이 흐르고 있었다. 개천 좌우편이 넓은 들로 되어 있는데 얼핏 보아 정말 세상과 멀리 떨어져 있는 곳 같은 느낌을 주었다.

"산을 등진 곳에 학교와 기숙사를 질 계획이야. 그리고 넓은 들은 실습 농장과 목장을 만든단 말이야. 그러면 학생들의 등록금으로는 선생들 인건비를 지출하고, 농장과 목장에서 나는 수입으로는 이 근방 문화사업을 할 수 있거든. 그렇게 되면 생활의 기반이 생길 뿐 아니라 몇 해가 지나면 내가 이곳에서 하고 싶은 일을 무엇이든지 할 수가 있지. 말하자면 국회의원도 될 수 있어……."

조치구가 신이 나서 설명을 했다.

"토지는 누구 것인데?"

애령은 물었다.

"다 주인이 있겠지. 그렇지만 살 수가 있어. 군청과 교섭만 하면 반값도

안 주고 살 수가 있거든."

"어쨌든 돈이 있어야 반값으로라도 살 수가 있지 않아요?"

애령은 조치구의 말에 과장이 너무 심한 것 같은 생각이 들어 조금씩 캐어묻기를 시작했다.

"돈이야 또 생길 구멍이 있지. 어떤 사람을 통해서 미국 선교사와 교섭을 하고 있는 중인데 대개 성공할 수 있을 거야."

조치구는 쉽게 대답했다.

"땅만 사면 돼요? 학교도 지어야지."

"그건 아는 국회의원을 통해 운크라의 보조를 받기로 추진 중이야."

"그런 줄 몰랐더니 상당한 외교가이신데요?"

애령은 조치구를 새롭게 인식해야 할 사람이라고 생각했다. 말이 조금 허황된 것 같기는 하나 빈손으로 농촌사업을 생각하는 사람이라면 그런 수단도 있어야 할 것 같았다.

그러나 애령으로서는 상상도 못했던 일이었다.

"장차 국회의원이 되어 전국적으로 농촌 사업을 전개시키려는 사람이 그만한 수단도 없어서 어떻게 해?"

조치구는 점점 더 자신 있는 말을 했다. 그러나 국회의원이라는 말에 애령은 조치구의 얼굴이 다시 한 번 쳐다보였다.

"국회의원이 안 되면 농촌운동을 할 수 없나요?"

"할 수 없는 건 아니지만 세상에 농촌운동을 생각하는 놈이 어디 있어? 국회의원이 되어서 세상 사람들을 깜짝 놀래도록 만들어 놔야지……."

애령은 조치구가 대단한 것까지 꿈꾸고 있는 사람이라고 생각했다. 사업욕과 더불어 명예욕도 상당히 큰 사람 같았다.

"그래 언제부터 착수를 하세요?"

"곧 해야지, 그렇지만 큰 사업이 그렇게 빨리야 되나? 그새 연애도 좀 하고 천천히 하지."

조치구는 농담을 섞어가며 여유 있는 태도로 말했다.

"부인은 어떻게 하고 연애를 하세요."

묻는 자신이 쑥스럽기는 했으나 이런 기회에 조치구 마음을 알아보는 것이 좋을 것 같아 애령도 웃으면서 농담처럼 물었다.

"아내가 있으면 연앨 못하나?"

"그래두……."

"아내가 연애의 지장이 된다고는 생각지 않아. 더구나 고향 근처에서 농촌운동을 하려면 이혼이란 걸 생각할 수가 없거든. 이혼을 해 봐. 농촌 사람들이 어떻게 생각하겠는가? 내가 국회의원 입후보를 해도 투표 한 장 안 해 줄 거야."

조치구는 아무렇게나 대답하는 것처럼 말했으나 애령의 귀에는 아무렇지 않게 들리지 않았다.

"그렇겠지요. 도시와 달라 농촌 사람들은 봉건적이니까……."

"그렇구말구. 농촌 사람들은 이혼이란 걸 무엇보다도 제일 싫어하거든. 사실은 나도 그래. 애새끼가 셋씩이나 있는 걸 이혼한다면 자식들이 불쌍하지 않아……."

애령은 그 이상 더 듣고 싶지 않았다. 조치구의 인간을 완전히 안 듯했던 것이다. 이때까지 순진해 보이는 이상을 가진 기특한 사람이라 생각되던 마음이 일시에 모래성처럼 무너지고 말았다.

자기와 사귀어 온 것도 인간적인 접촉이 아니라 결국은 어젯밤과 같은 일을 머리에 두고 미리부터 계획해 온 소위 조치구가 말하는 연애가 아니었던가?

애령은 언젠가 오빠 창우가 하던 말이 생각났다.

"조치구가 딴 여자와 같이 다니더라."

애령은 소름이 끼치는 것 같았다. 자기를 단순한 아쁘레로 취급한 조치구.

자기의 욕심을 달성하기 위하여 가장 선량한 사람인 체 가장을 하고 다니던 조치구. 애령은 인간이 이렇게까지 이중적일 수 있으리라고는 정말 생각해 본 일이 없었다.

이중적인 인간에게 계획적인 농락을 당했다고 생각하니 갑자기 슬퍼지며 분한 생각이 들었다. 결혼까지는 안 해도 좋다. 정말 좋아서 어쩔 수 없이 저지른 일이라면 용서할 수가 있는 일이기도 하다. 그러나 조치구는 농촌운동을 꿈꾸면서도 국회의원이 되려는 야심을 가지고 있다. 아니 국회의원이 되기 위해서 농촌운동을 꿈꾸고 있는지도 모른다. 자기를 사귄 것도 딴 야심 때문이었을 것에 틀림이 없다.

애령은,

"이젠 돌아가요."

하고 발길을 돌렸다. 아무 흥미가 없었던 것이다.

"뭐가 바빠? 오늘 안으로 돌아가면 될 텐데…… 자, 좀 봐요. 저 산 밑에다 커다란 현대식 건물을 짓거든. 학교와 기숙사를 말이야. 한 편에서는 소와 말이 풀을 뜯어 먹고 그런 풍경을 상상해 보란 말이야……."

조치구는 신이 나서 설명을 하는 것이었다.

"참 좋아요. 그렇지만 볼 걸 다 봤으면 가야지요."

애령은 자기의 실망을 될 수 있는 한 얼굴에 나타내지 않으려고 노력하였다.

"자기도 와서 살 곳인데 잘 봐 둬야지 않아……."

"많이 봤어요."

애령은 이런 곳엘 누가 와서 사느냐고 반발하고 싶었으나 이야기가 구차해질 것 같아 참아 버렸다.

조치구는 시장도 하니 농촌 생활을 구경할 겸 점심을 지어 먹고 가자고 했다.

애령은 농민들의 생활이 보고 싶었지만,

"빨리 서둘러야 오늘 안으로 돌아갈 수 있지 않아요?"

하고 돌아가기를 재촉했다.

"배가 고파서 어떻게 걸어가?"

"한 끼쯤 괜찮아요. 결식하는 농민들을 생각하세요."

"다리도 아플 텐데……."

"글쎄 제 걱정은 마시라니까요……."

할 수 없이 조치구도 걷기를 시작했다. 걷는 동안 조치구는,

"이 길로도 버스가 다니도록 해야지……."

하며 자기가 마치 그 근방의 주인이나 된 것처럼 기염을 토했다.

"전국의 뜻있는 청년들이 모여들 것을 생각해 봐. 나는 우선 음악대를 조직할 테야. 그래서 그들의 씩씩한 기상을 북돋워 줄래……."

애령은 들은 체도 안 했다.

'북 소리 나팔 소리로 자기 이름을 선전하겠다는 거겠지…….'

이런 정도로밖에 해석이 되지 않았던 것이다.

어젯밤 잔 K시에 이르러 점심을 먹었다. 점심을 먹자 조치구가,

"좀 쉬어 가지, 어젯밤 그 여관에서."

하는 것이었다. 애령은 속으로,

'천만의 말씀입니다.'

라고 생각하면서 대답했다.

"곤하지도 않으니까 빨리 돌아가요."

"내가 정거장에 가서 기차 시간을 알아올 테니 그새라도 가서 쉬고 있어."

"아아니요. 다방에 가서 앉아 있을 테니 다녀오세요."

애령은 조치구와 타협하기가 싫었다. 무엇에나 반발하고 싶었다. 친절하면 친절할수록 그의 이중적 성격이 눈에 보이는 것 같아 옆에 있고 싶지가 않았다.

오후 서울행 기차에 올랐을 때였다. 옆에 앉아 있는 조치구의 살이 애령의 팔을 스쳤다. 애령은 자기도 모르게 몸을 움찔하고 놀랐다.

"왜 그래?"

조치구가 애령의 놀라는 이유를 몰라 의아한 눈으로 물었으나 애령은 지네를 피하기나 하듯 조치구에게서 몸을 피하기만 했다.

애령이 몸을 피하는 것으로 눈치를 챘는지 조치구도 몸을 멀찍이 떼고 앉았다. 그리고는,

"불쾌한 일이 있어?"

하고 물었다. 애령은,

“아니요.”

하고 대답했으나 속으로는 조치구가 어째서 남의 마음을 알아채지도 못하는가 하고 둔감한 데 불만이 더욱 커졌다.

자기가 한 일들을 생각해 보면 애령이 불쾌해하는 이유가 무엇인지 알 수 있을 것이 아닌가?

“불쾌한 일이 있는 것 같은데…….”

“아무 일도 없어요.”

이렇게 대답하기는 했으나 속으로는 말이라도 말아 주었으면 하는 애령이었다. 서울까지 오는 동안 조치구는 코카콜라를 사 준다 과일을 사 준다 있는 친절을 다 베풀어 주었으나 애령은 하나도 고맙지 않았다. 빨리 서울만 가면 앞으로는 조치구를 두 번 다시 만나지 않으리라는 것만 생각했다. 조치구를 존경했던 것이 후회스러웠다. 그런 사람을 알았다는 것까지 후회스러웠다.

이중적인 성격을 가진데다가 허황된 야심까지 가진 조치구에게 자기 육체의 가장 중요한 부분을 빼앗겼다는 것을 생각하니 분한 생각이 들지 않을 수 없었다. 후회가 되고 분한 생각이 들기 때문에 육체를 빼앗겼다고 생각되었는지도 모른다. 애령은 정말 조치구에게 육체를 빼앗긴 것이라 생각되었다.

서울에 도착하자 애령은 필동 경유 삼선교로 가는 버스를 탔다. 조치구가 자동차로 집에까지 바래다 준다고 했지만 기어이 거절하고 혼자 버스를 탔다.

“안녕히 가세요, 다음에 전화를 걸게요.”

애령은 작별 인사를 천연스럽게 했다.

아무리 육체를 빼앗겼다 생각해도 조치구에게만 책임을 씌우는 무지각한 감정을 표출하고 싶지가 않았기 때문이었다.

그러나 조치구와 작별한 순간부터 애령은 걷잡을 수 없는 감정에 사로잡혔다.

여관에서 몸을 허락한 뒤 눈물을 흘리던 때의 감정이 문제가 아니었다.

그때의 슬픔은 그래도 감미로운 것이었다. 그러나 지금의 슬픔은 그야말로 통분한 것이었다. 사람을 볼 줄 몰랐던 자기 자신을 원망하는 슬픔까지 가미되어 어떻게 할 수가 없었다.

그런데다가 집에 들어서는 길로 오빠 창우에게,

"너는 어디를 갔다 이제야 오는 거냐?"

하는 꾸지람을 들을 때 애령은 머리를 쳐들 수가 없었다.

"말을 해 봐. 어디서 자구 오는 거야?"

애령은 전처럼 솔직한 대답을 할 수가 없었다.

"동무 집에서 자구 왔어요."

"그 동무가 누구냐?"

"그거까지 알아서는 무엇 해요?"

애령은 화를 내면서 창우의 입을 막으려 했다. 그러나 창우는 계속해서

"너 또 조치구 집에서 잤지?"

하며 소리를 질렀다.

"오빠는 알지도 못하며 공연히 사람을 의심하셔."

"그만둬. 누가 모를 줄 아니? 너 앞으루 조치구를 만났단 봐라. 가만 두지를 않을 테다……."

"그렇지 않아도 벌써부터 안 만나기로 하고 있어요."

애령은 이렇게 대답했으나 아무래도 창우가 자기 속을 들여다보면서 말하는 것 같아 머리가 자꾸만 수그러졌다.

창우가 자기의 속을 들여다보고 있다면 자기의 비밀은 집안이 다 알게 될지도 모른다. 만약 아버지나 어머니가 자기의 비밀을 알게 된다면 그때 자기는 어떻게 해야 할 것인가?

질투라는 것

애령은 부끄러웠고 또 슬펐다. 가슴은 메어지는 듯 아팠다.

"정말예요, 조 선생하고는 만나지 않기로 했어요. 나쁜 사람은 아니지만 만나는 것이 좋지 않은 것이라고 생각했어요."

애령은 창우가 자기를 의심하지 말기를 바라는 마음에서 조치구와 멀어졌다는 것을 호소했다. 조치구를 나쁜 사람이라고 욕설하면 창우가 더 수상하게 생각할 것 같아 조치구에게 아무런 감정도 없는 듯이 말했으나 그렇게 자기를 속이며 말하고 나니 눈물이 왈칵 쏟아져 나왔다.

"오빠, 정말 믿어 줘요."

애령은 눈물을 흘리며 창우의 의심이 풀리기를 바랐다. 그러나 창우는 들은 체도 안 하고,

"너라도 집에 있었더면 이런 일이 안 생겼을 게 아니냐?"

하고 어머니가 집을 아주 나간 사실을 이야기했다. 그때 잠들고 있던 창식이가 눈을 뜨고는 애령에게 달려들며,

"누나……."

하고 가슴에 안겼다.

애령은 오직 눈물을 흘릴 뿐이었다. 아무 말도 나오지 않았다. 올 날이 오고야 말았다는 생각이 들었지만 너무나 꿈 같은 일이었다.

세상에 그런 일이 있을 수 있을 것 같지가 않았다.

애령은 잠을 못 이루며 생각했다. 조치구에 대한 분격과 아버지에 대한 분노였다. 애령은 아버지에 대하여 참을 수 없는 분노를 느꼈다. 아직 나이가 젊었다고 해도 모를 일이지만 다 늙어 가는 아버지가 여자 때문에 어머니를 내쫓고 가정을 황무지로 만든다는 그 무책임성에 분노 이상의 분노를 느꼈던 것이다.

조치구에 대한 격분과 합치어 남성들에 대한 불신(不信)이 커졌기 때문인지도 모른다.

뜬눈으로 밤을 새운 애령은 다음날 아침 조반도 안 먹고 아버지를 찾아 나섰다. 창우는 가야 소용이 없는 일이라고 하며 가도 천천히 가라고 했다.

아버지의 감정이 조금 가라앉은 뒤 가는 것이 효과적일 것이라고 말했다.

그러나 애령은 참을 수가 없었다. 조치구에 대한 분풀이로라도 아버지와

담판을 해야 할 것 같았던 것이다.

길을 걷는 동안 애령은 무엇을 생각했는지 모른다. 모름지기 아버지에 대한 것보다도 조치구에 대한 것을 더 많이 생각했을지 모른다. 지방 사람들의 인심을 잃지 않기 위해서 이혼은 안 할 생각이면서도 연애를 해야겠다던 조치구.

그런 생각을 가지고 있으면서도 미국 선교사의 보조를 받으려는 조치구. 그것뿐 아니라 국회의원이 되어서 자기 명성을 떨치겠다는 조치구.

이렇게 조치구에 대한 증오심이 극도로 달한 애령이었을 것이다.

얽히고 설킨 머리로 길을 건너다가 저편에서 달려오는 자동차와 충돌을 하고 부상을 당했으니 지금 침대에 누워 있는 애령으로서 살고 싶은 생각이 있을 리 만무했다.

더구나 다리를 다쳐 불구자가 될 운명에 놓여 있다. 살아 무엇 할 것인가?

애령은 살고 싶은 의욕을 완전히 잃고 자꾸만 울었다.

그러나 상희는 애령의 눈물을 닦아 주며,

"내 죄가 많아서 그렇구나. 어떻게 하겠니? 그래도 살아야지……."

하며 애령과 호응하여 자기 설움 속에 젖어드는 것이었다. 자기의 불행한 운명이 자식까지 불행하게 만들었다는 슬픔을 걷잡을 수 없었다.

"다리를 자를 바엔 죽어 버릴 테야. 수술도 안 하고 그냥 죽을 테야."

애령은 소리를 내면서 울었다. 애령이 너무나 절망적인 울음을 우는 바람에 상희는 그만 울지를 못하고,

"의사가 하라는 대로 해야지 어떻게 하니? 아무 말 말고 마음을 진정해라."

애령을 달래기 시작했다.

"싫어요. 나는 수술 안 할 테야, 죽어도 안 해."

애령이 일어나려고 상반신을 움직였다.

"애가 왜 이러니? 정말 무슨 일을 내고 말 작정이냐?"

창우가 애령의 상반신을 눌러 움직이지를 못하게 했다.

"싫어, 난 죽을 테야."

그래도 애령은 몸을 일으키려 했다.

"너무 그러지 말어. 어머니가 더 슬퍼하시지 않니?"

옆에 있던 영완이도 한 마디 했다. 그러나 애령은,

"차라리 죽어서 어머니가 안 보시는 것이 편할 거예요."

하며 조금도 마음을 진정시키려 하지 않았다.

"네가 이렇게 상처까지 입었으니 아버지의 마음도 편치 않을 거다. 집안
이 다시 평화스럽게 되면 웬만한 거야 참을 수 있지 않겠니?"

영완은 하도 보기가 딱해서 이런 말로 달래 보았다.

"아이구, 엄마……."

애령은 몸을 움직인 때문인지 신음 소리를 내기 시작했다. 얼굴을 온통 찌
푸리고 몸을 부들부들 떨며 금시 목숨이 넘어갈 것처럼 앓는 소리를 했다.

상희, 영완, 창우 모두 어찌할 줄을 몰랐다. 딱해할 뿐이었다. 그러나 그
냥 있을 수가 없었다. 창우가 뛰어가서 간호부를 불러 왔다.

간호부가 달려 왔으나 지혈대(止血帶)로 묶어 놓았기 때문에 금시 고통이
없어질 것이라 하며 주사 한 대 놓아 주지 않고 그냥 나가 버렸다.

간호부가 이렇게 하고 나가고 보니 애령이 아무리 신음한다 해도 손 쓸
도리가 없었다.

애령이 계속적으로 몸을 가누지 못하며 신음 소리를 내고 있을 때였다.

명규의 심부름으로 강삼모가 찾아왔다. 누구 하나 반가워 할 사람도 없었
지만 무슨 일로 왔느냐고 궁금히 생각할 사람조차 없었다. 말하자면 그들에
게는 송충이와 같은 존재였다.

더구나 애령의 신음 소리에 신경을 날카롭게 하고 있는 때라 누구 하나
그를 거들떠보지도 않았다.

그러나 강삼모는 인사도 하지 않고 가지고 온 수표를 꺼내며,

"사장님이 주십디다."

하고는 그 수표를 쑥 내밀었다. 마치 더러운 물건을 내던지는 듯한 아니꼬
운 표정이었다. 애령의 입원비로 보낸 것이겠지만 상희는 받으려 하지를 않

았다. 창우가 받는 수밖에 없었다.

창우는 한 걸음 앞으로 나가 수표를 받으며 강삼모의 얼굴을 힐끗 쳐다보았다. 사람을 경멸하는 듯하는 강삼모의 표정이 못마땅했던 것이다.

강삼모는 수표를 주자 그 자리에서 뒤돌아섰다. 어디까지나 사람을 경멸하는 태도였다.

그렇지 않아도 강삼모에게 복수를 해 주고 싶던 창우는 문간까지 간 삼모를 불러 세웠다. 그리고는 주머니에서 휴지 한 장을 꺼내어 강삼모에게 주고는 침을 강삼모의 얼굴에다 탁 뱉었다. 그러자 강삼모는 창우가 준 휴지로 얼굴을 닦으며 다른 한 손으로 창우의 손목을 잡았다.

"자식, 밖으로 나가……."

강삼모는 환자가 누워 있는 병실에서는 싸울 수가 없다고 생각한 모양이었다.

"나가자……."

창우도 허세를 피우며 강삼모를 끌다시피 낭하로 나갔다. 그러나 손목을 붙잡힌 사람이 강삼모가 아니라 창우인 만큼 남들이 보기에는 창우가 약점을 잡힌 것이 분명했다.

창우 자신도 자기가 강삼모에게 약점을 잡혔다고 생각했다. 그러나 자기가 약점을 잡혔다고 해서 기를 죽이고 싶지는 않았다. 다만 강삼모가 깡패라는 것이 겁났다. 밖으로 나가면 주먹으로써 싸움하기 시작만 하면 뼈도 추릴 수 없게 얻어맞을 사람은 자기뿐이다.

강삼모의 손에 잡힌 채 복도를 걷는 동안 창우는 가슴이 두근거렸다. 얼굴에 침을 뱉은 통쾌감을 통쾌하게 느낄 마음의 여유가 없었다.

강삼모는 아주 침착한 태도로 조급해하지를 않았다. 걸음걸이도 느릿느릿했다. 창우를 노리지도 않았다. 수중에 든 새 다리를 붙잡고 있는 그런 태도였다.

거기에 창우는 더 기가 질렸다. 한 대만 맞으면 그 자리에서 쓰러질 것 같았다.

그래서 복도를 지나 현관까지 이르렀을 때였다. 밖에서 들어오는 사람을 피하는 체하며 창우는 강삼모의 손을 뿌리치고 자기 손목을 뺐다. 그리고는 걸음아 날 살려라 하고 도망질을 쳤다. 어떻게 도망을 쳤는지 모른다. 서울 역전의 번잡한 사람 틈새를 뚫고 남대문 근처까지 와서 택시를 불러 탔다.

무사히 은행까지 오기는 했으나 마음은 불안하기 짝이 없었다. 은행까지 따라올 것만 같았다.

아무리 강삼모라 해도 밥을 먹여 주는 사람의 아들이니 자기가 모욕을 당했다고 해서 끝까지 복수하려고는 하지 않을 것이다. 그러나 창우에게는 그런 생각에 떠오르지가 않아 퇴근할 때까지 불안 가운데 가슴을 떨었다.

퇴근 시간이 되자 창우는 불안을 털기 위해서 누구보다도 먼저 은행을 나왔다. 그리고는 언제나 하는 버릇대로 단골로 다니는 '아로하' 다방엘 갔다.

오늘은 선우영과는 약속이 없었다.

아무와도 약속이 없었지만 집으로 가고 싶지 않은 심정에서 다방엘 들른 것이었다.

다방에 앉아 있으면서도 창우는 출입문이 열릴 때마다 혹시 강삼모가 나타나지나 않나 하고 그쪽으로 시선을 던지게 되었다.

불안해서 견딜 수가 없었다.

창우는 아버지를 찾아갈까 하고 생각했다. 아버지 말이라면 강삼모도 안 듣지는 않을 것 같았기 때문이었다.

이런 생각을 하고 있을 때였다.

출입문이 열리며 군복을 입은 사람이 들어왔다.

임천식 소령이었다. 임 소령 뒤에는 명권숙이가 따라 들어오고 있었다.

창우는 가슴이 덜컥 내려앉았다. 눈에서 불이 번쩍 하는 것 같기도 했다.

어느새 두 사이가 저렇게 되었나 하는 생각과 동시에 하도 많은 다방을 두고 하필 자기가 자주 다니는 다방으로 찾아왔을까 하는 생각에 부아가 터졌던 것이다.

창우는 강삼모에게 한 듯이 권숙의 얼굴에다 침을 탁 뱉어 주고 싶었다.

그러나 창우는 참았다. 임 소령과 시선이 부딪칠 때까지 그들의 거동만 살폈다. 임 소령과 시선이 마주칠 때 창우는 빙그레 웃으며 자리에서 일어섰다. 그러나 속에서 방망이질하는 것을 억지로 누르기에 표정이 자꾸만 굳어지는 것을 어떻게 할 도리가 없었다.

"언제 오셨습니까? 전번 불국사에서는 실례가 많았습니다."

임 소령에게 이러한 인사말을 하면서도 창우는 권숙에 대한 격분 때문에 얼굴이 뜨거워 옴을 어쩔 수 없었다.

"오늘 올라왔습니다. 출장이기는 하지만 미스 명의 편지도 있고 해서 우선 미스 명부터 찾았습니다."

임 소령은 창우를 통해서 권숙을 만나지 않고 권숙을 직접 만났다는 것이 미안한 듯 변명 비슷한 말을 했다.

"좌우간 만나게 돼서 반갑습니다."

창우와 임 소령이 나란히 앉았다. 그럴 때 권숙은 권하는 사람이 없는데도 창우 맞은편 자리에 와서 앉으며 창우를 바라보았다. 시선이 마주치지 않을 수 없었다.

권숙과 시선이 마주칠 때 창우는 정말 침을 뱉어 주고 싶었다. 무슨 까닭인지를 알 수 없었다. 자기는 권숙을 생각하고 있지도 않다. 권숙과 약속을 하고도 만나지 않았을 뿐 아니라 권숙 대신 선우영을 매일처럼 만났다.

그냥 만난 것만도 아니었다. 남한산성에 가서 하룻밤을 같이 자기까지 했다.

잤대야 별일은 없었지만 별일 없었다는 것이 도리어 불만스러워 얼마나 신경을 날카롭게 했는지 모르는 자기다.

사랑하지도 않는 권숙이라면 그가 다른 사람과 가깝게 지내건 말건 그것이 미울 까닭이 무엇일까? 무엇 때문에 침을 뱉어 주고 싶을 것인가?

아무래도 질투 이외에 다른 감정이 아니었다. 사랑은 하지 않는다 해도 자기의 사람이던 여자가 자기 아닌 사람의 여자가 되었다는 것을 목전에서 본다는 것을 불쾌하기 짝이 없는 모양이었다.

"미스 명이 이리로 오면 손 형을 만날 수가 있다고 해서 일부러 왔습니다."

임 소령이 이런 말을 할 때야 창우는 마음이 약간 풀리기 시작했다. 같이

왔다고 할 뿐 그밖에 다른 아무 의미가 없는 것처럼 생각되었기 때문이었다. 그래서 그때야 권숙에게,

"그새 별일 없었어?"

하고 처음으로 알은 체를 했다.

"네, 허탕을 친 뒤부터 아무 일 없었어요."

권숙이가 가볍게 웃으며 대답했으나 약속하고도 나오지 않았던 창우를 임 소령 앞에서 비꼬는 데는 놀라지 않을 수 없었다.

"그 날은 정말 몸을 뺄 수가 없었어."

임 소령 앞에서 그런 이야기를 길게 할 수가 없어서 창우는 간단히 변명을 해 버렸다.

"바쁘신 몸이시니까요."

권숙은 계속해서 비꼬는 말을 했다. 창우는 권숙이가 주책없는 것 같아 그 말은 들은 체도 안 하고,

"며칠이나 유하십니까?"

하고 임 소령을 보았다.

"이삼 일 있겠습니다. 오늘 바쁘시지 않으시면 저녁이나 같이 먹을까 하는데……."

임 소령 말에 창우는 얼굴이 약간 붉어졌다. 임 소령이 말하기 전에 자기가 먼저 했어야 할 말이었기 때문이었다.

그러나 창우는 미안한 마음을 돌이키려 하지는 않았다. 이제라도 자기가 솔선해서 앞장을 나서 저녁을 산다면 미안할 것도 아무것도 없을 것이지만 창우는,

"오늘 저녁엔 약속이 좀 있어서요…… 사실은 제가 저녁이라도 대접을 해야겠지만……."

하는 말로 임 소령의 호의를 거절했다.

질투의 감정이 사라져 그런지 권숙의 비꼬는 말이 비위를 상하게 해서 그런지 좌우간 임 소령이 권숙과 둘이서 나가 무슨 일을 저질러 주었으면 하는 생각을 했다.

"어떤 약속인지는 모르지만 그래도……."

"은행 거래 관계로 만날 사람이 되어서요."

창우는 기어이 거절하고야 말았다.

저녁 먹으러 가자는 것을 거절했지만 임 소령은,

"대구도 그렇기는 하지만 서울은 눈이 부시어 견딜 수가 없는데요."

하고 딴 이야기를 꺼냈다. 서울이 지나치게 화려하다는 뜻이리라.

"아름다운 것은 언제나 좋은 것이 아닙니까? 걱정하실 필요까지는 없겠지요."

창우는 임 소령이 어디까지나 순진하다고 생각되었다. 순진한 임 소령이 권숙에게 꼬임을 받고 있다는 것을 생각할 때 속으로 웃음이 나왔다. 악마적 심리인지는 모르나 임 소령이 권숙의 꼬임을 받아 쩔쩔매는 꼴을 눈으로 보았으면 하는 생각도 드는 동시에 빨리 임 소령으로 하여금 그 꼬임에 빠지도록 만들고 싶었다.

그러나 차마 빨리 가라는 말을 못하고 있을 때 권숙이가,

"약속이 있다는 분과 마주 앉아서 뭘 해요. 나가십시다."

하고 임 소령을 독촉했다.

창우는 제발 좀 빨리 가 주었으면 하고 생각했으나 임 소령이,

"섭섭해서 안됐는데요. 내일은 어떠신지요?"

궁둥이가 잘 떨어지지 않는 듯이 다음날 약속을 청했다.

"글쎄요, 갑자기 급한 일이 생기곤 해서 무어라 말씀드리긴 힘들지만 지금 같아서는 별일 없을 것 같습니다. 내일 이맘때 여기서 만나실까요?"

창우는 이렇게 말을 해야 임 소령이 빨리 갈 것 같기도 했지만 내일의 임 소령을 보고 싶은 생각이 또한 없지 않았다.

"그럼 내일 이맘때 오겠습니다."

임 소령은 그때야 자리를 뜨고 다방을 나갔다.

다방을 나가는 임 소령의 뒷모습을 바라보고 있을 때 권숙이가,

"구경하기 재미있지요?"

하고 한 마디만 던지고 임 소령의 뒤를 따라나갔다.

창우는 빙그레 웃었다. 임 소령이 불쌍하게 생각되었기 때문이었다.

권숙이가 밉다든가 그런 생각은 조금도 들지 않았다. 처음 임 소령과 같이 들어오는 것을 볼 때는 눈에서 쌍심지가 솟았던 창우였지만 나가는 그들을 볼 때는 유쾌한 것 같은 느낌을 느낀 창우였다.

창우는 오늘 밤 권숙이가 임 소령을 어떤 방식으로 꼬일까 하는 것을 생각해 보았다. 임 소령이 어쩌지도 못하도록 고등 수단을 쓸 것이 분명했다. 저녁을 먹고는 늦게까지 거리를 헤매다가 통행금지 시간이 거의 되어서야 임 소령을 여관으로 돌려 보낼 것이다. 혼자 돌려 보내는 체다가는 혼자 가기가 쓸쓸할 테니까 여관까지 바래다 준다고 여관까지 따라갈 권숙. 그리고는 잠깐만 이야기하고 가겠다면서 방 안에까지 들어갔다가 그만 통행금지 시간을 넘겨 보낼 권숙.

이런 것을 생각하니 창우는 새삼스럽게 불쾌해짐을 느꼈다. 고등 창부. 불국사 철도호텔 목욕탕에서 보던 권숙의 육체가 눈에 떠오르며 구역질이 나려고 했다.

동시에 선우영의 얼굴이 눈앞에 떠올랐다. 권숙과 너무나 대조적인 여자이기 때문이었으리라.

남한산성에 갔을 때였다.

창우는 선우영의 육체를 건드리지 않으리라고 마음먹었었다. 그러나 단둘이 아는 사람 하나 없는 산 속에 들어갔을 때 창우의 마음은 자기도 모르는 새 변하고 말았다. 그래서 당일로 돌아올 수 있는 일이었지만 일부러 남문에서 북문까지를 돌고 또 고적들을 살피는 체하며 시간을 끌어 하룻밤 묵지 않을 수 없도록 만들었다.

알지도 못하는 노인을 불러 고적에 대한 역사 이야기를 듣기도 하며 저녁 늦게까지 시간을 보내다가 서울 가는 차편이 끊어졌으리라고 생각되는 시각에야,

"이제는 가 볼까요?"

하고 서장대(西將臺)에서 마을로 내려왔다.

창우는 주차장을 돌아다니며 서울 가는 차편이 없느냐고 물었다. 예상했

던 대로 내일 아침 아니면 차편이 없다는 대답들이었다.

"어떻게 하지요? 큰일 났는데……."

창우는 진심으로 걱정이 되는 것처럼 말했다.

"몇 시까지 차가 있었대요?"

선우영은 적이 난처한 모양이다.

"조금 전까지 있은 모양인데 서장대에서 늦장을 부리지만 않았어도 탈수 있을 뻔했는데……."

창우는 모든 불찰이 자기에게 있는 것처럼 보이기 위하여 주먹으로 손바닥을 탁탁 치며 입맛을 다시었다.

"그럼 어떡하지요?"

선우영은 앞으로의 일을 걱정했다.

"글쎄, 내일 아침까지 기다리는 수밖에 없겠는데요."

"어디서 기다리나요?"

이 말에 창우는 대답하기가 곤란했다. 여관이라는 말을 꺼내기가 거북했던 것이다. 그러나 안 할 수도 없는 말이었다.

"여관은 여러 개 있는 모양인데요……."

그때 선우영이,

"그럼 여관에서 자지요. 하룻밤 옛 역사 속에서 현실을 떠나 보는 것두 좋지 않아요?"

하고 안 될 것이 하나도 없다는 듯이 말했다.

그 말에 창우는 안심이 되었다. 혹시 여관에서 자는 것을 꺼려하는 나머지 자기를 의심하게 되면 어떻게 하나 하는 불안이 없지 않았던 것이다.

"댁에서 걱정들을 하실 텐데……."

창우는 여관에서 자는 것이 어디까지나 본의가 아니라는 것을 보이려 했다.

"걱정들 하시겠지만 어떻게 하겠어요. 할 수 없지……."

선우영이 이렇게 쉽게 단념해 버리는 데 창우는 일루의 희망을 가지지 않을 수 없었다.

　부모의 걱정도 대단치 않게 생각한다는 것은 결국 자기를 그만큼 크게 생각하는 것이라 해석되었기 때문이었다.

　"그럼 여관으로 갈까요?"

　창우는 선우영의 눈치를 보며 걷기 시작했다.

　"깨끗한 여관이 있을까요?"

　"유람객을 상대로 하는 여관들이니까 깨끗은 하겠지요."

　이런 말을 하며 어떤 여관에까지 갔다. 정말 정갈하게 꾸민 여관이었다.

　그렇게 크지는 않았으나 서울 조그마한 여관들처럼 방이 다닥다닥 붙어 있지가 않았다. 여염집처럼 방이 떨어져 있는데 그것도 서로 마주 보이는 것들이 아니었다.

　여관 사동이 그들에게 안내한 방은 조그마한 딴채 집이었다. 더구나 뜰에 나무가 무성해서 방 안은 아무데서나 들여다보이지가 않았다.

　"조용하고 시원한 방입니다."

　사동이 특별 서비스를 하는 것처럼 방에 대한 자랑을 했다. 그리고는,

　"들어가 계십시오, 세숫물을 떠다 드리겠습니다."

하고 우물 있는 데로 가 버렸다. 부부 사인 줄 아는 모양이었다. 그러기에 방을 몇 개 쓰겠느냐고 물을 생각도 안 했다.

　창우도 조금 머뭇거렸지만 이렇게 된 이상에는 할 수 없이 한 방을 쓰는 것이라 생각하며 방 안으로 들어갔다.

　그러나 선우영은 방 안으로 들어올 생각을 안 했다.

　방 안에서 와이셔츠를 벗어 놓은 뒤 창우가,

　"왜 안 들어오세요?"

해도 선우영은 마루에 걸터앉은 채,

　"땀이나 식히고 들어가지요."

하고는 방 안을 들여다보지도 않았다.

　창우는 선우영이 마음속으로 주저하고 있음을 알았다. 그러나,

　"방이 마땅치 않아요?"

하고 선우영의 심중을 알 수 없다는 듯이 물었다.

“아니요.”

선우영은 조금도 언성을 달리 하지 않고 대답했다.

창우는 이런 때 어물어물해서는 안 된다고 생각했다. 그래서 마루로 나가,

“빨리 들어와요, 남들이 보면 이상하게 생각지 않아.”

하고는 억지로라도 끌어들이려 했다.

그러나 선우영은 가까이 오는 창우를 피해서 일어서며,

“변소에 좀 갔다 와서요.”

하고 세숫물 떠오는 사동에게로 가까이 갔다.

사동에게 변소가 어디냐고 물었다. 사동이 턱으로 가리키며 변소를 가르쳐 주었다. 그러나,

“좀 가리켜 줘⋯⋯.”

하고는 사동이 세숫대야를 방 앞에 놓고 앞장을 서도록 하고야 말았다.

창우는 정말 변소에 갔노라고만 생각했다. 그러나 변소를 가르쳐 주러 간 사동이 통 나타나지가 않았다. 변소가 상당히 먼 곳에 있는 모양이었다.

한참 뒤 사동이 나타났다. 그리고 얼마 뒤 선우영이 나왔다.

그런데 변소에서 나온 선우영이 방 있는 데로 오지를 않고 안으로 들어간 사동만을 찾고 있었다. 선우영이 한참 동안 서 있을 때 사동이 안에서 뛰어나오며,

“이리로 오십시오.”

하고 선우영의 앞장을 섰다.

저편 모퉁이에 있는 방 앞으로 가서,

“이 방은 어떻습니까?”

하고 사동이 선우영을 쳐다보았다.

“이 방을 줘⋯⋯.”

선우영은 더 말할 새도 없이 신발을 벗고 그 방으로 들어갔다.

창우는 선우영의 속을 짐작했다. 그러나 그렇다고 해서 금방 화를 낼 계제가 못 되었다. 선우영에게로 가서,

“이 방이 저 방보다 좋아요?”

하고 넌지시 물었다.

“전 좁은 방에선 답답해서 자지를 못해요. 그래서 독방을 쓸려구요.”

선우영은 조금도 언짢은 표정을 짓지 않고 대답했다.

참으로 기가 차는 일이었다. 닭 쫓던 개가 지붕만 쳐다보는 격이 되고 말았다. 그렇다고 해서 무엇이라 불만을 말할 수도 없는 창우였다. 고작 할 수 있는 말이,

“이왕이면 붙어 있는 방을 달래지. 너무 떨어진 것 같은데.”

하는 것이었다.

“빈 방이 없대요.”

선우영은 어디까지나 창우를 무색하지 않도록 말했다.

창우는 창피까지는 느끼지 않았으나 불만스럽지 않을 수 없었다. 더 긴 이야기도 하고 싶지가 않아 자기 방으로 돌아와 세수를 하고는 덥석 누워 버렸다.

누워서 담배만 피우고 있을 때 선우영이 찾아왔다.

“피곤하세요? 그까짓 얼마 걷지도 않으시구……”

창우는 선우영이 자기의 심정을 알고 그것을 어루만져 주러 온 것이라 생각했다. 그래서 일어나지도 않고 누운 채,

“피곤한데요.”

하고 대답했다.

“여자만 못한 남자가 어디 있어요? 저는 아무렇지도 않은데……”

선우영이 상냥스럽게 웃었다.

“컨디션이 나빠서요……”

창우는 자기의 불만을 털어놓을 수 있는 실마리로서 기분이 명랑치 못하다는 것을 암시했다. 그러면 무엇 때문에 컨디션이 나쁘냐고 물어 줄 것 같았던 것이다. 그러나 선우영은 그러한 창우의 감정을 완전히 묵살하고,

“우리 화투 사다가 매맞기 화투나 해요.”

하며 생긋 웃었다. 그 웃음 속에는 잡티가 조금도 섞여 있는 것 같지 않았

다. 귀찮은 것은 깊이 생각하지 않으려는 태도였다.

창우는 할 수 없는 여자라고 생각했다.

"심심한데 화투나 하지."

창우는 선우영의 동의에 찬동을 하고 사동을 불러다 화투를 사 오게 했다.

화투를 사 오자 창우는,

"몇 끗에 한 대씩 때리기로 할까요?"

하고 물었다.

"열 끗에 한 대씩."

그래서 화투 놀이가 시작되었다. 첫 판에 창우가 이겼다. 선우영이 선뜻 팔목을 내밀었다.

창우는 선우영의 주먹을 긁어쥐었다. 그리고는 오른손으로 선우영의 팔목을 두어 번 쓸었다. 아플 텐데…… 하는 뜻으로 쓴 것이지만 실상은 그 부드러운 감촉을 합법적으로 감각해 보려는 의도였다.

두어 번 그 부드러운 살결을 쓸어 보고는 두 손가락을 모아 사정없이 내려 갈겼다. 자기의 감정을 너무나 간단히 묵살해 버리는 데 대한 일종의 보복적인 행동이었다.

두 차례를 내려 갈기자 선우영의 팔목에는 금시 손가락 자리가 빨갛게 부풀어올랐다.

"아프지요?"

창우는 미안할 것이 없다는 듯이 웃어가며 말했다.

"약간……."

선우영도 맞은 것이 당연하다는 듯이 웃었다.

두 번째 판에는 선우영이 열 끗을 이겼다. 겨우 한 대밖에 때릴 수가 없게 되었다.

"빨리 내미세요."

선우영은 창우가 선뜻 내밀지 않는 팔을 끌어다 잡았다. 그리고는 팔에만 힘을 주는 것이 아니라 온몸에 힘을 주어 호되게 내려 갈겼다. 그것은 못 마땅한 생각을 가진 창우에 대한 일종의 태형(笞刑) 같은 것이었다.

창우는 매맞은 자리가 아파서가 아니라 자기를 극상으로 아프게 하려는 선우영의 마음속이 들여다보여 다음부터도 사정없이 갈겼다. 그러나 한참 때리고 맞고 하다가 창우는 그만,

"재미없어……."

하고는 화투장을 던져 버렸다. 선우영을 아프게 한댔자 자기 마음이 시원해질 것 같지가 않았기 때문이었다. 정말 무의미한 노릇이었다.

선우영도 별반 흥미가 없다는 듯이 화투장을 던지고는 맞은 자리만 들여다보고 있었다. 두드러기가 돋은 것처럼 맞은 자리가 부풀어올라 있었다.

창우는 본 체를 안 했다. 본 체를 안 할 뿐 아니라 선우영을 좀더 골려 줄 것만 생각하고 있었다. 어떻게 해서든지 자기 가슴이 시원하도록 선우영에게 보복을 해 주어야 견딜 것 같았던 것이다. 그래서 저녁을 먹자,

"산보나 합시다."

하고 선우영을 끌고 동문(東門) 있는 쪽으로 걷기를 시작했다. 어두컴컴한 저녁이었다. 어둠과 고요를 이용해서 선우영을 보복할 수 있는 적당한 시간이었다.

왜 그런지 몰랐다. 선우영이 얄밉게만 생각되어 장래 같은 것은 생각할 여유가 없었다. 자기 마음을 알아 주려고 하지 않는 데 대한 보복적 행동을 취하지 않고는 견딜 수가 없었다.

사람 하나 없는 호젓한 저녁 길을 말없이 걷고 있던 창우가 별안간 길에서 떨어져 있는 커다란 바위로 가서 걸터앉았다. 그리고는 아늑히 높은 서쪽 하늘의 희미한 별들을 바라보며 가극 <사랑의 묘약> 가운데의 <남몰래 흘리는 눈물>을 가사 없이 노래하기 시작했다.

선우영은 안중에도 없다는 듯이 혼자서 노래에 열중하고 있을 때였다. 선우영이 창우 옆으로 와서 앉으며,

"저게 뻐꾸기 소리 아니에요?"

하고 눈을 깜박이며 귀를 모았다.

창우의 노래보다도 뻐꾸기의 울음소리가 더 신기롭다는 표정이었다.

창우는 노래를 그치고 뻐꾸기 소리에 귀를 기울였다. 뒷산 멀지 않은 곳

에서 뻐꾸기 한 마리가 슬피 울고 있었다.

"뻐꾸기 소리로군……."

창우가 뻐꾸기 소리임에 틀림없다고 말했다.

"정말 뻐꾹 뻐꾹 하는데요. 그렇지만 새 소리 같지가 않고 짐승 소리 같아요."

"몸은 작아도 마음은 짐승처럼 큰가 부지."

"어떻게 생긴 새예요?"

"아직 그것두 몰라?"

"뻐꾸기 소리를 처음 들었어요."

"비둘기와 꼭 같은 거야."

이럴 때 날개를 치며 그들 머리 위로 뻐꾸기 두 마리가 날아가고 있었다.

"저거야, 봬요?"

창우가 손가락질을 했다. 컴컴한 밤이었으나 채 어둡지 않은 하늘에서 뻐꾸기의 형태를 어렴풋이 찾아볼 수 있었다.

"두 마리네요. 혼자서 우는 줄 알았더니……."

선우영이 신기로운 듯 뻐꾸기에서 눈을 떼지 않으며 감탄조로 말했다.

"혼자서야 싱거워서 어떻게 운담. 두 마리니까 울지……."

창우는 선우영을 약간 멸시하는 듯한 어조로 말했으나 금시 태도를 달리하여,

"나하구 처음으로 뻐꾸기라는 것을 봤군요?"

하고는 선우영에게로 고개를 돌렸다.

"정말 처음이에요."

선우영이 의미가 있는 일이라는 듯 웃음을 지으며 새까만 속눈썹을 깜박이었다.

그때였다. 창우는 선우영을 와락 껴안으며 입술을 비볐다. 그리고는 금시 손을 놓고 돌아앉았다.

어떠한 형태로든지 선우영의 입술을 빼앗는 것이 창우의 목적이었다. 그것이 하나의 보복적 행동이었던 것이다.

창우가 돌아앉자 선우영은 창우 옆에서 약간 몸을 멀리했다. 그러나 입은 통 열지 않았다.

창우는 선우영이 자기를 못마땅하게 생각하는 증거임을 알았다. 선우영이 속으로 바라던 키스였다면 최소한도 자기에게서 멀리하지 만은 않을 것이다.

자기에게 멀리하면서도 말을 않는 것은 자기의 흥분을 진정시키려는 노력 때문이리라. 생각 같아서는 창우를 두들겨 주고 싶을지도 모른다. 그러나 선우영은 아무렇지도 않다는 듯이,

"아까 그 노래 계속하세요. 나도 좋아하는 거예요."
하고 말했다.

창우는 아무 일도 없었다는 듯이 노래를 계속했다. 보다 높은 목소리로.

선우영이 부르라고 해서 부르는 노래가 되어 그런지 보복을 하고 났다는 생각이 들어서 그런지 노래가 흥겨운 것 같았다.

창우가 노래를 부르는 동안 선우영은 들릴락 말락 한 목소리로 창우의 노래를 따라 불렀다. 그러다가 노래가 끝났을 때는 아무 말도 않고 일어서서 걷기를 시작했다.

창우는 뒤따르는 수밖에 없었다. 밤은 어두울 대로 어두웠다.

캄캄한 밤길을 걷고 있을 때 선우영이 <이별의 곡>을 혼자 부르기 시작했다.

기러기 울어 예는 하늘 구만리
바람은 산들 불어 가을은 깊었네
아아 아아 너도 가고 나도 가야지

선우영이 불러서 그런지 처량하기 짝이 없게 들렸다. 창우는 그 노래를 여러 번 들었다. 그러나 아직 배우지를 못한 노래다.

"거 누구 작곡이죠?"
창우가 물었다.

"박목월 작사, 김성태 작곡이에요."

"꼭 외국 노래 같아…… 한 번 더 부르세요. 나도 좀 배우게."

"여관에 가서 배워 드릴게……."

이렇게 해서 여관으로 돌아오자 선우영은 창우의 방으로 들어가 <이별의 곡>을 부르기 시작했다.

배워 주기에 정신이 쏠렸으나 선우영은 노래를 감흥 속에서 한 절 한 절을 음미하듯 노래 불렀다.

창우도 될 수 있는 대로 빨리 배우기 위하여 정신을 바짝 차렸지만 노래의 감흥에서 벗어날 수가 없어 심각한 얼굴을 지었다.

몇 번을 거듭 불러 준 선우영이,

"그럼 혼자서 한 번 불러 보세요."

했다. 창우는 하라는 대로 혼자 불러 보았지만 제대로 되지가 않았다. 그러자 선우영은 아무 말 없이 또 노래를 부르기 시작했다. 창우가 선우영의 노래를 받아 불렀다. 한참 동안 노래를 불러 주던 선우영이,

"내일 또 배워 드릴게요."

하고는 노래를 그만 중단했다. 그리고는 자기 방으로 돌아가며,

"안녕히 주무세요."

했다. 창우도,

"안녕히……."

하고 대답했으나 역시 마음이 허전했다.

자기가 선우영을 리드하는 것이 아니라 선우영에게 리드를 당하고 있다는 사실이 가슴의 공허를 느끼게 했다.

그러나 창우는 더 달리 행동을 취하지 않고 자리에 누웠다. 사실은 술을 마시고 술김에라도 선우영을 건드리려 마음먹고 있던 창우였다. 그것은 저녁을 먹고 산보를 나가기 전부터의 계획이었다.

그러나 노래의 탓이었을지 모른다. 선우영이 자기의 의사를 묵살한 불만과 자기를 리드하고 있다는 공허감을 억누르면서 자기의 행동을 삼가리라 마음먹었다. 어느 정도 선우영에게 리드를 당해도 좋다고 생각했다. 그럼으

로 해서 자기에게도 미덕이 있는 것이라 생각하고 싶었다.

다음날 아침 창우가 눈을 떴을 때 선우영의 방에서 '기러기 울어 예는 하늘 구만리'가 가느다랗게 흘러옴을 들었다 창우는 그 노래를 받아 불렀다. 노래로서 선우영과 자기 마음이 통하는 것이라 생각하며……,

그러나 여관을 나설 때 선우영이 숙박료를 먼저 지불한 데는 놀라지 않을 수 없었다. 그리고 서울로 돌아와 헤어질 때,

"다음에 전화를 걸게요."

하고 말한 선우영이 이틀이 지나도록 아무 소식도 없다는 데는 선우영의 마음을 의심하지 않을 수 없었다. 그러나 그리운 마음은 전보다 더한 것 같았다.

소식이 없다는 것은 결국 자기에 대한 생각이 멀어졌다는 것을 뜻함일 것이다. 멀어진 사람에게 먼저 전화를 거는 것이 자존심을 꺾이는 일 같아 아직 전화는 걸지 않고 있지만 그래도 창우는 선우영을 나쁜 여자라고는 생각지 않고 있다. 순간적인 감정으로 자기를 멀리하고 있을 뿐이라고 생각하고 있다. 그런 만큼 며칠이 지나면 반드시 전화가 걸려 오리라고 믿고 있는 창우였다.

남자를 리드하려는 것은 권숙이나 선우영이 비슷할지 모르지만 그 리드의 성격이 얼마나 다른 것인가?

임 소령을 리드하며 그를 끌고 나간 권숙은 선우영에게 비교가 되지도 못하는 여자라고 생각되었다.

그러나 권숙과 임 소령이 나간 지 얼마가 안 되어 창우는 임 소령과 권숙을 단 둘이 나가게 한 데 대해서 자기 자신을 후회하기 시작했다.

무엇인가 억울한 생각이 들었다. 무엇인가 손해를 보는 것 같았다.

권숙이가 사랑할 만한 여자가 못 된다 해도 권숙에게서 손해를 보고 싶지가 않았다. 선우영에게서는 전화도 안 오고 권숙은 친밀하지도 않은 남자와 같이 나갔고…….

창우는 다음날 저녁때를 기다렸다. 권숙을 꼭 만나야 할 것 같았던 것이다.

다음날 창우가 퇴근하기가 바쁘게 '아로하' 다방으로 갔을 때 임 소령과 권숙은 벌써 와서 자기를 기다리고 있었다.

임 소령은 전날보다 확실히 풀어 죽어 있었다. 그렇게 보아 그런지 마음의 죄를 지은 사람처럼 고개를 버젓하게 들지 못하는 것 같았다.

창우는 어젯밤이 절대 무사하지 않았다는 것을 짐작했다.

"고얀 것……."

이렇게 속으로 중얼거리는 순간 창우는 맞은편에 앉은 권숙의 발을 테이블 밑에서 꼭 밟았다. 억센 구둣발로 나일론 양말 하나밖에 신지 않은 권숙의 발을 힘주어 밟았으니 그 고통이 오죽했을 것일까? 권숙은 차마 소리는 지르지 못하고 얼굴을 찡그린 뒤 발을 빼 버렸다.

창우는 사람이 많은 데서 권숙이가 아야 소리를 내지 않고는 못 배기게 하고 싶었다. 그래서 잠시 동안 이런 이야기 저런 이야기를 하다가 권숙의 발이 테이블 밑으로 다시 뻗어 나왔을 때 창우는 뱀 대가리를 밟아 비비듯이 권숙의 발을 짓밟아 주었다.

"아야……."

권숙이가 아야 소리를 내고야 말았다. 모든 사람들의 시선이 권숙에게로 집중되었다. 권숙은 금시 얼굴이 새빨개졌다.

그때 창우는 싱긋이 웃으며,

"왜 누가 꼬집었어?"

하고 능청스럽게 물었다.

권숙은 분한 모양이었다. 새빨개진 얼굴을 쳐들지도 못하고 입술만 바들바들 떨었다.

창우는 권숙을 본체만체하고 임 소령에게만,

"저녁이나 먹으러 갑시다."

하고 일어서기를 권했다. 임 소령은 어리둥절해서 따라 일어설 뿐 아무 말도 하지 못했다.

한편 창우는 선뜻 일어서지 못하는 권숙을 향해서,

"같이 가서 저녁이나 먹어……."

하고 천연스럽게 일어서기를 독촉했다.

　권숙은 마지못해 일어섰다. 그러나 눈에는 독이 올라 있었다.

　창우는 그런 것쯤 문제 삼지도 않았다. 그보다 더한 복수를 속으로 생각하고 있었기 때문이었다.

　다방을 나와 거리를 걷는 동안 창우는 임 소령에게,

　"조금도 달리 생각지 마십시오. 저는 미스 명을 미워하지도 않습니다."

하고 자기가 권숙에 대해 아무 감정도 없다는 것을 귀띔했다. 그리고는,

　"임 소령도 권숙을 사랑하지는 않을 것입니다."

하고 권숙에게 신경을 쓰지 말라는 말을 덧붙이었다.

　임 소령은 아무 대꾸도 하지 않았다.

　어젯밤 권숙은 창우가 예상한 것과 꼭 같이 임 소령의 여관으로 가서 잤다.

　임 소령은 그 일을 어떻게 생각해야 좋을지 아직까지도 그 결론을 내리지 못하고 있다. 그런데다가 창우가 그것을 눈치채고 있는 것 같으니 어찌 입을 열 수가 있을 것인가? 창우는 임 소령에게만,

　"중국요리는 어떠세요?"

하고 임 소령의 의사를 들어 본 다음 권숙에게는 물어 볼 생각도 안 하고 명동에 있는 어떤 중국집으로 들어갔다.

　중국집에 들어가서 보이가 방을 안내할 때만은 권숙을 앞세우고 여자에 대한 에티켓을 지키는 체했다.

　권숙이 먼저 방 안에 들어가고 그 뒤로 따라가던 창우가 임 소령이 약간 뒤떨어진 기미를 채고 방에 들어서기가 무섭게 권숙을 껴안고 키스를 했다.

　키스를 하는 순간 임 소령이 방 안에 들어서다가 그 광경을 보고 뒷걸음을 쳤다.

　창우는 그런 것을 다 계산하고 있었다. 그렇기 때문에 그는 금시 권숙을 놓고 임 소령에게,

　"들어오세요."

하고 어물어물하는 임 소령을 그럴 것 하나 없다는 듯이 말했다.

“난 가요.”

권숙이 볼이 부어 도로 나가려 했다.

“귀한 손님이 계신데 신경질을 부리지 말어. 우리 사이가 그런 줄 모르실 라구…….”

창우는 천연스럽게 말하고 권숙의 손을 잡아끌었다.

“사람을 어떻게 보는 거예요.”

권숙이가 몸을 흔들며 창우의 손을 뿌리쳤다. 그러나 창우는,

“화내지 말어, 여자는 화내는 것이 매력이라지만…….”

하면서 권숙의 허리를 끌어다 의자에 앉히고야 말았다.

말 한 마디 없는 임 소령 앞에서 아웅당거려야 더 창피만 할 것 같아 권숙도 더 대항을 하지 않고 기를 죽여 버렸다.

권숙이 아무 반발도 하지 않고 부끄러움을 감수(甘受)하는 태도를 보일 때 창우는 자기가 할 일을 다 끝냈다고 생각했다. 더구나 임 소령이 환멸 속에서 자기 자신을 증오하고 있는 듯한 표정을 짓고 있음을 볼 때 창우는 오직 보복심에만 불타고 있던 자기를 뉘우치기 시작했다.

사랑하지도 않는 여자를 가지고 무엇 때문에 체면이 깎이는 일까지 했을까? 결국은 하나의 질투였으리라.

그러나 사랑하지 않는 여자에게도 질투라는 것이 있을 수 있을 것인가?

오후의 병실

애령이 입원한 지도 벌써 이십여 일이 지났다. 창 밖으로 내다보이는 나무들이 누렇게 단풍 지어 한 잎 두 잎 떨어지기 시작했다.

애령은 그렇게까지 수술을 하지 않으려고 했지만 결국은 다리 하나를 잘리고야 말았다. 그리고 지금은 의족(義足)을 하느냐 안 하느냐가 문젯거리로 되고 있었다.

애령은 의족이란 것이 싫었다. 절름발이면 절름발이대로 살고 싶었다. 고

무다리를 했다고 해서 다리를 절지 않을 수는 없다. 이왕 다리병신이라는 것이 숨길 수 없는 일이라면 그것을 감추려고 애쓸 필요가 없을 것 같았다.

병신이 병신 아닌 체하는 것은 비굴한 행동에 속하는 일이다.

그러나 병원 의사를 비롯하여 병문안 오는 사람마다가 의족을 권했다.

조금 절기는 하지만 쌍지팡이를 짚고 다니는 것보다는 몇 배나 편리하다는 것이었다.

오늘 낮에도 어머니 상희가,

"며칠 안 있으면 퇴원을 할 텐데 빨리 그걸 주문하도록 하자."

하고 걱정을 했다. 그러나 애령은,

"글쎄 싫다니까요. 피가 통하지 않는 육체라는 것이 어디 있어요? 눈이 나쁠 때 안경을 쓰는 것은 육체의 부족한 기능을 보조하게 하는 거거든요. 그러나 안경이 육체의 일부일 수는 없지 않아요."

이것은 애령의 고집일지도 모른다. 어쨌든 의족이라는 것이 싫은 애령이었다.

"육체의 일부니 뭐니 할 것이 있니? 자기 편한 대로 사는 거지……."

"불편할 거 하나 없어요. 죽은 셈치고 밖엘 나다지니 않으면 그뿐 아녜요? 전 정말 세상과 등지고 살 테예요."

"산 사람이 어떻게 세상을 등지고 사니?"

"전 산 사람이 아녜요. 목숨이 달랑 붙어 있는 육체지, 육체를 지배하는 목숨이 아닌 걸 어떡해요."

"너무 그러지 마라. 정신이 살아 있으면 육체가 약간 부족했다 해도 능히 살아갈 수 있는 것 아니냐? 사람은 어떠한 경우에라도 정신만 잃지 않으면 생명의 의의를 느낄 수 있는 거야. 헬렌 켈라 같은 여자를 봐라. 세상에 그런 병신이 어디 있니? 그래도 그이만큼 의의 있는 생활을 하는 여자가 얼마 있니?"

"저는 생명의 의의를 느끼고 싶지 않아요. 느끼고 싶지 않은 데야 어떻게 해요."

같은 이야기를 몇 번이고 되풀이했는지 모른다. 그러나 본인이 싫다고 하는 데야 상희도 강제로 고무다리를 달게는 할 수 없었다.

상희가 다른 기회나 기다릴 겸으로 이야기를 중단하고 병원을 나갔다.

요즘은 상희도 애령 옆에 앉아 있는 시간이 전처럼 그렇게 길지가 않았다. 영완 아주머니와 함께 장사 궁리를 하러 다닌다고 하며 병원엔 잠시 들르는 정도로 얼굴만 보이는 것이었다.

상희가 왔다 간 뒤 애령은 혼자서 자기의 장래를 생각하기 시작했다.

자기에게도 생의 의욕을 가질 때가 있을까 하는 것이 요즘 애령이 갖고 있는 생각의 전부였다. 죽을 때까지 생의 의욕을 느끼지 못할 것만 같았기 때문이었다. 생의 의욕을 느끼지 못할 바에야 차라리 죽는 편이 낫지 않을까 하고 혼자 생각하며 며칠 전 선우영이 가져다 꽂아 놓은 빨간 달리아를 바라보고 있을 때였다. 뜻밖에도 조치구가 병실로 찾아왔다. 입원 이래 처음으로 찾아오는 조치구였다.

노크를 하고 들어오는 조치구를 보자 애령은 가슴이 서늘해졌지만 언제 인사를 했던 사람인가 기억도 희미하다는 듯이 조치구의 얼굴을 멀거니 바라보았다.

"글쎄, 어제야 그런 말을 듣지 않았어…… 왜 알리지도 않았어?"

조치구는 이제야 찾아오게 된 데 대한 미안함을 어떻게 표현해야 할지를 몰라 했다. 그러나 애령은 무슨 말을 하는 것인지 말의 뜻도 알 수가 없다는 듯이 눈을 깜박이며 조치구를 멍하니 바라보고 있었다.

"참 세상일은 알 수가 없어. 애령이가 이렇게 될 줄이야 꿈에나 생각했을라구?"

조치구는 애령에 대한 이야기를 전부 알고 있다는 듯이 입원 뒤의 경과 같은 것은 물어 볼 생각을 안 했다. 그저 놀람과 걱정뿐이라는 태도였다.

그러나 애령은 조치구가 무슨 말을 하건 입을 열지 않으려고 생각했다.

'가면 덩어리.'

그러한 사람과 이야기를 한다는 것은 차라리 고양이 같은 동물과 이야기하는 것보다도 더 의미가 없는 것처럼 생각되었다.

고맙게 해 주면 품 속에까지 들어오고 귀찮게 하면 화를 내고 달아나는

고양이가 얼마나 솔직하고 귀여운 존재인가? 속은 엉뚱한 데 두고도 겉으로
는 선량한 체 능숙한 화술(話術)로서 사람의 마음을 붙잡으려는 이중적인
인간. 그것은 얄미운 정도가 아니다. 이중성을 갈라 놓아 천치 바보를 만들
어 주고 싶을 만큼 가증스러운 존재다.

애령은 조치구가 찾아오지도 말아 주었으면 얼마나 고마웠을까 하는 생
각을 했다. 조치구가 나타나지만 않았다면 그 미워하는 마음이 부풀어오르
지는 않았을 것 같았던 것이다.

"오빠한테 부탁해서 전화라도 걸 수 있지 않아?"

조치구는 그래도 자기에게 알려 주지 않은 것만을 섭섭하게 이야기했다.

무엇 때문에 알려야 하는가? 애령은 조치구에 대한 의무 같은 것을 조금
도 느끼지 않으려 하고 있다.

그러나 조치구는 의무감 같은 것을 떠나 뗄 수 없는 사이가 두 사람의 관
계라는 생각을 그대로 가지고 있는 모양이었다.

애령은 더욱 말이 안 나왔다. 견해의 차이가 너무 심했기 때문이었다.

통 말이 없는 애령을 보자 조치구는 애령의 마음속을 탐색해 내려는 듯
이,

"그게 바루 언제였어?"

하고 화제를 자동차 사고 발생 당시로 옮겼다.

애령은 어떤 이야기든 조치구와는 상대할 생각이 아니었다. 그래서 조치
구를 바라보면서도 대답을 안 하자,

"타격이 크겠지만 마음을 넓게 먹어야 하지 않아?"

조치구는 애령의 침묵이 자기와 관계있는 것이라고는 해석하고 싶지가
않은 모양이었다. 불구자가 된 슬픔에 자기에게까지 불친절한 것이라 생각
하는 모양이었다. 어쨌든 애령은 그 말에도 대답을 안 했다.

"애령! 내가 늦게야 찾아왔다고 그래?"

그제서야 애령의 침울이 자기와 관계있는 것이나 아닌가 하는 생각이 든
모양이었다.

애령은 더 참을 수가 없었다. 내버려 두면 하고 싶은 말을 다 하고야 말

것 같은 불안이 들어,

"조 선생님, 저를 생각하신다면 아무 말씀 마시고 나가 주세요."
했다.

"뭐라구?"

조치구는 예상하지 못했던 말에 깜짝 놀라는 표정을 지었다.

"저는 이 세상과 인연을 끊기로 했으니까 조 선생뿐 아니라 누구하고도
만나지를 않을 거예요."

애령은 조치구가 자기 때문에 받은 타격이 격심한 것이라 생각할 것이 싫
었다. 조치구에게 그런 생각을 준다는 것은 조치구에게 낭만(浪漫)을 만들
어 주는 것이 된다.

"다리 하나를 잃었다고 해서 세상과 인연을 끊을 수가 있어? 그럴수록 더
외롭기만 하지……."

조치구는 애령의 말을 액면대로 받아들이는 모양이었다.

"외로움도 느낄 여유가 없어요. 그냥 살다가 그냥 죽겠어요."

"외로울수록 인정이란 것이 그리운 거야. 애령은 남의 인정을 받아들일
줄 알아야 해. 그것을 받아들이기만 하면 살아 나갈 구멍이 생기거든……."

"싫어요, 인정이라는 것이 싫어요. 무엇 때문에 남의 인정을 바라며 살아
요."

애령은 거짓이 인정이 아니라는 말을 하고 싶었다. 조치구는 거짓 덩어리
라고 말해 주고 싶었다. 그러나 그런 말을 하면 자기의 슬픔이 조치구에게
서 온 것이라는 것을 단박 알아챌 것이다.

"내 마음도 받아들일 수가 없어?"

조치구가 안타깝다는 표정을 지으며 물었다. 아직까지 자기는 애령에 대
한 애정을 버리지 않고 있다는 말투였다.

"아까 말씀드리지 않았어요? 누구하고도 만나지 않는다고……."

"무엇 때문에 그런 생각을 하는 거야? 필요 이상의 생각은 자기를 이롭게
해 주지 않는 법이야."

"제 걱정은 하지 말라니까요. 아무 생각도 안 하면서 살려는 저니까요."

그래도 조치구는 추근추근 애령의 마음을 건드리려 했다. 애령은 더 참을 수가 없었다. 조금만큼이라도 미련이 있는 사람이라면 그에게서 무엇을 구해 보려고 했을지도 모른다. 그러나 실망과 환멸 이외에 아무것도 없는 조치구였다.

"선생님…… 일어서세요."

애령이 명령조로 말했다. 조치구는 무슨 일인지도 모르고 하라는 대로 했다.

"문 있는 데로 가 주세요."

조치구는 또 하라는 대로 했다.

조치구가 출입문 있는 데까지 갔을 때,

"문을 열고 나가 주세요."

하고 조치구를 내보내고야 말았다.

조치구는 어이가 없으나 어떻게도 할 수 없다는 듯이 애령을 힐끗 뒤돌아보고는 아주 나가 버렸다.

아무 항변도 없이 하라는 대로 나가는 조치구를 보자 그때야 애령은 조치구가 불쌍한 생각이 들었다. 역시 본바탕은 선량한 사람 같았다. 선량하나 인간이기 때문에 이중성을 가지지 않을 수 없는 조치구가 아닐 것인가? 조치구의 이중성이란 순전히 후천적인 것 같았다. 후천적인 것이란 고칠 수도 있고 용서받을 수도 있을 것이 아닐까?

애령은 앞으로 조치구와 상종을 안 한다 해도 그렇게까지 냉혹하게 돌려보내지만은 않았어야 할 것이라고 생각했다.

조치구를 미워할 권리가 없는 자기였다. 조치구를 원망할 이유도 없는 애령이었다. 다만 그의 이중적 성격과 야비한 인간성이 싫을 뿐이다. 그러나 그것은 그에게 관심을 안 가지는 순간부터 관여할 아무 필요도 없는 그야말로 남의 일이다. 관심도 없는 남을 미워할 까닭이 무엇인가?

애령은 자기가 야박스런 사람이란 생각이 들었다. 그러나 오후 세 시쯤 권숙이가 찾아오는 길로,

"조치구 씨 안 왔댔니?"

하고 묻는 데는 아연하지 않을 수가 없었다. 권숙은 어제 조치구를 만났을 때 애령의 이야기를 해 주었다는 것이었다.

애령은 조치구가 돌아간 뒤 조치구가 누구한테서 자기 소식을 들었을까 하고 생각해 본 일이 있다. 자기를 찾아오는 사람 가운데 조치구와 만날 사람은 하나도 없는 것이라 생각했기 때문이었다. 아는 정도로는 창우와 권숙이가 있다.

그들은 댄스홀에서 한 번 인사한 정도인 만큼 자주 만나리라고는 생각되지 않았다. 오빠 창우는 조치구를 만난다 해도 그에게 자기 소식을 전할 만큼 그에게 흥미를 갖고 있지도 않다.

권숙을 통해서 조치구가 자기 소식을 듣고 찾아왔다는 사실을 알자 애령은 언젠가 창우에게서 들은 말이 생각났다.

"조치구가 딴 여자와 같이 다니더라."

그 딴 여자란 결국 권숙이가 아니었던가? 가슴이 섬찍했다.

"너 조치구 선생을 자주 만나니?"

애령은 자기도 모르게 흥분된 어조로 물었다.

"응! 그저께 저녁에도 만났지. 그래서 네 이야기를 알려 준 게 아니니."

권숙은 천연스럽게 대답했다.

애령은 귀밑이 달아오름을 느꼈다. 권숙이와 자주 만난다면 두 사람의 관계가 능히 짐작이 되었기 때문이었다.

그렇기 때문에 애령은 그 이상 더 다른 말은 묻지 않았다. 조치구가 권숙과 어떠한 관계를 맺고 있건 자기가 관여할 바 아니라고 생각했기 때문이었다.

조치구와 권숙이라면 능히 어떤 일이라도 할 수 있는 사람들이다. 우정과 신의(信義) 같은 것은 헌신짝만큼도 생각지 않을 사람들이 그들인 것 같았다.

그래서 조치구가 자기의 친구인 권숙과, 권숙이 자기와 가깝던 조치구와 치정의 관계를 맺고 있다 해도 그것이 놀라울 일 같지가 않았다.

능히 있을 수 있는 일이라 생각하니 분한 생각도 들지 않았다. 그러나 권

숙이가,

"너 조 선생하고 친하지? 뭣이 좋아서 가깝게 지내니?"

하고 묻는 데는 놀라지 않을 수 없었다.

조치구를 자주 만난다고 하면 조치구를 좋게 말해야 할 것인데 자주 만나기는 하면서도 좋아하지는 않는다는 것은 뭣을 뜻함일까?

싫어하면서도 이용하기 위하여 자주 만난다는 것일까? 권숙 같으면 능히 그럴 수도 있을 것 같았다. 그러나 애령은 권숙의 내심을 떠보기 위해,

"좋은 사람은 그냥 좋은 것이지 여기가 좋다 저기가 좋다 따질 수가 있나?"

하고 자기는 조치구를 어디까지나 좋은 사람으로 생각하는 것처럼 말했다.

"나는 그이가 너하구 상당히 가까운 사인 줄 알고 있는데 그이는 서루 이름이나 아는 사이처럼 이야기를 하지 않던, 이중 성격두 이만저만이 아니더라."

애령은 권숙에게도 날카로운 면이 있음을 알았다. 그러나 잘못 하다가는 권숙에게 발목 잡힐지도 모른다는 생각에,

"사실이야. 가깝다고 해도 그런 정도겠지. 별 다른 관계가 있은 것은 아니니까……."

하고 얼버무려 넘겼다.

"아무래도 좋아, 어쨌든 조치구는 이중 성격자야. 기분 나쁜 사람이야."

권숙은 사뭇 분개한 것처럼 말했다.

"기분 나쁜 사람인 줄 알면서 만나기는 왜 만나니?"

애령이 권숙을 한 번 퉁겨 보았다.

"기분 나쁘니까 만나지. 그런 작자는 한 번 골탕을 먹여 주기 위해 만나는 거야. 좋아서 만나는 것이 아니라."

"그럼 앞으로도 만날 작정이냐?"

"암, 만나야지. 손을 들 때까지 만날 테야."

권숙의 태도는 자못 발랄한 데가 있었다. 어째서 권숙은 조치구에 대하여 그렇게까지 적의를 품고 있을까?

애령은 도시 이해할 수가 없었다. 권숙은 웬만한 남자면 가릴 것 없이 마구 교제하는 여자가 아니었던가?

"난 네 마음을 모르겠다. 조 선생은 어디까지나 좋은 사람이라고 생각하는데……."

애령은 권숙의 진심을 알아보고 싶은 호기심이 여간 크지 않았다.

"말 말어. 가장 점잖은 척하면서 밑구멍으로 호박씨를 까는 친구야. 언젠가 처음으로 극장엘 갔을 때야. 어벌쩡하고 내 손을 잡지 않겠니? 나는 그의 용기가 대단한데 호감을 가졌어. 그랬더니 그 뒤에는 아주 점잖은 척하고 가까이 오지도 않지 뭐냐? 교육자 냄새를 풍기려는 모양이야 아니꼽게. 그래서 나두 그저 그런가 부다 하고 내버려 두었더니, 요 며칠 전에는 중국집엘 데리고 가서 술을 먹이지 않아? 몇 잔을 마시고 취한 척했지. 속이 들여다보이니까 어떻게 하나 두고 볼 셈이었어. 아니나 다를까 내가 정신을 잃은 줄 알고 나를 자동차에 싣더니 호텔로 데리고 가지 않아……. 내가 그깐 수단에 넘어갈 줄 아니? 내가 좋아하는 사람이라면 그래 주기를 바랄지 모르지만 아니꼽게 보는 사람에게 내가 이용을 당해? 어림없지! 그렇지만 그 자리에서 창피를 주어서야 그게 골탕 먹이는 게 되니? 그래서 슬슬 굴리며 애만 태워 주고는 그 뒤부터 매일 만나 주지. 속이 아주 달아오르도록 만들어 논 뒤에 픽 쓰러지도록 하려구 말이다."

애령은 권숙이가 다시 쳐다보였다. 경멸만 할 여자가 아닌 것 같은 생각이 들었던 것이다. 그러면서도,

"나는 그렇게 나쁜 사람이라고 생각지 않았는데……."

하고 조치구 편을 들었다. 그것은 자기가 조치구와 아무런 관계가 없다는 것을 말하기 위함이기도 했지만 권숙의 이야기를 좀더 듣고 싶기 때문이기도 했다.

"나는 세상에서 제일 싫은 것이 솔직하지 못한 남자야. 솔직만 하다면 나를 욕하구 때려두 좋아. 솔직한 말이지만 내가 네 오빠를 좋아하는 건 네 오빠가 솔직하기 때문이야. 요전에는 딴 남자가 있는 데서 나를 키스하지 않니? 창피하긴 해두 얼마나 멋지냐 말야. 내가 미워서 그런 줄은 나두 알아.

그래두 멋지거든. 딴 여자를 사랑하니까 걱정이지……."

처음으로 듣는 이야기가 많았다. 홍미 있는 이야기이기도 했다. 그러나 창우와 선우영과의 관계를 어렴풋이 알고 있는 애령인 만큼 창우에 대한 이야기는 듣지 않아도 좋았다. 그래서,

"그래 조치구 씨를 어떻게 할 작정이냐?"
하고 권숙의 결심을 타진했다.

"어떻게 하긴 뭘 어떻게 하니? 얼마 동안 열을 올려 주지. 돈도 좀 쓰게 하고 그러다가 열이 바짝 올랐을 때 발길로 차 버리거든! 그거뿐이야."

"남을 골탕먹여 주느라고 무척 애쓰겠구나……."

"약간 정력이 소비되겠지. 그렇지만 재미있는 사업이 아니니?"

애령은 속으로 웃음이 나오는 것을 겨우 참았다. 조치구가 권숙에게 넉아웃 당하는 장면이 통쾌하게 생각되어서는 아니었다. 권숙에게도 영웅적인 일면이 있다는 데 홍미를 느끼기 때문이었다.

그리고 권숙이가 조치구와 자기와의 관계를 조금도 모르고 자기대로 홍분해 있다는 것이 재미있었다.

애령은 조치구가 권숙 같은 여자에게 한 번 넉살을 맞아야 한다고 생각했다. 그러나 그렇게 된다고 해서 시원할 것은 없다고 생각했다. 애령은 조치구에게 복수할 생각까지는 가지고 있지 않기 때문이었다.

그러면서도 애령은 권숙을 말리고 싶지가 않았다. 말려야 소용도 없는 일이겠지만 말린다고 하면 도리어 자기가 오해를 받을 것 같아 싫었다. 그래서,

"넌 참 이상한 애야. 싫으면 안 만날 뿐이지 남을 골탕먹일 것까지야 뭐 있니?"
하고 약간 불만스럽기는 하나 그 이상 더 이야기할 홍미가 없다는 듯이 말끝을 맺었다. 그러나 권숙은 그렇게 단순한 일이 아니라는 듯 그냥 열 오른 목소리로,

"나는 꽤 많은 남자를 사귀어 봤어. 그 결과 조치구 같은 남자는 골려 줘야 한다는 결론을 가진 거야. 내 육체가 피곤했나 봐. 아니 피곤한 정신에는

새로운 영양소가 필요한가 봐.”

마치 인생관이 달라지기나 한 것처럼 말했다. 그리고는 자기가 지나치게
흥분한 것을 그때야 깨달은 듯이,

“너무 지껄여서 네가 피곤하겠다.”

하고 애령을 보며 애교 있는 웃음을 웃었다.

“나는 괜찮아, 참 재미있었어…….”

애령도 웃음을 띠며 정다운 눈으로 권숙을 바라보았다.

그때 권숙이 무슨 생각이 들었던지,

“참 너하구 가까운 사람인데 내가 조치구를 골탕 먹여두 괜찮으니?”

하고 물었다.

“글쎄 그이 말대로 하면 이름이나 아는 사인데 내가 뭘 알아?”

이렇게 대답은 했으나 애령은 속이 쓰라렸다.

자기가 자동차 사고를 일으킨 것도 결국은 조치구 때문이다. 그렇게까지
자기에게 큰 타격을 준 조치구에게 조치구의 말을 빌어 이름만 아는 사이라
고 한다는 것이 얼마나 고소(苦笑)해야 할 일인가?

“또 올게…….”

권숙이 침대 옆 의자에서 일어섰다.

“왜 좀더 놀다 가지 않구…….”

“가서 사업을 시작해야지…….”

애령은 그 말만은 들은 체하지 않았다. 사업이란 결국 조치구를 만난다는
일이겠지만 그 일에 관여할 생각이 조금도 없었던 것이다.

권숙은 두 손가락을 모아 군인이 경례하듯 손을 내젓고는 출입문으로 걷
기 시작했다. 그러나 몇 걸음 걷지 않아 다시 돌아와서는,

“너의 오빠 그 여자와 결혼할 생각이니?”

하고 물었다. 그 여자란 선우영을 두고 하는 말이리라.

“글쎄 내가 아니?”

“애두, 내가 불쌍한 것 같아서 말을 못하겠?”

“정말야, 내가 오빠 마음을 어떻게 아니?”

“여기두 둘이서 같이 오지?”

“같이 온다구 반드시 그런 건가?”

권숙은 잠시 말이 없었다. 눈만 깜박거리다가,

“내가 그 여자를 만나서 나와 창우 씨하구의 관계를 이야기하면 어떻게 될까?”

하고 혼잣말 비슷하게, 그러나 애령의 눈치를 살피며 말했다.

“거야 자유겠지. 그렇지만 그건 네 인격에 관계되는 일이 아닐까?”

만약 권숙이가 그런 행동을 한다면 그야말로 경멸받을 일이라 생각되었다. 그것은 창우와 선우영의 관계를 걱정해서는 아니었다. 그런데 권숙이가,

“공연한 소리야. 내가 할 일이 없어서 그런 짓을 해?”

하고 권숙이가 훌쩍 나가 버리는 데는 애령도 한숨을 내쉴 수가 있었다. 그것은 권숙이가 정말 나쁜 여자가 아니라는 일종의 안도감 같은 마음이 들었기 때문이었다.

왜 그런지 애령은 자기가 권숙이를 이해해 주는 사람이 되고 싶어졌다. 불행할 때는 자기보다 더 불행한 사람에게 너그러워지는 그런 심정일지도 모른다.

애령은 언제나 명랑해 보이고 언제나 향락에 빠져 있는 듯한 권숙에게도 말 못 할 내면적 불만이 숨어 있으리라고 생각했다. …… 주체할 수 없는 정열 그리고 그 정열을 완전히 태워 버릴 수 없는 자기 혐오(嫌惡)……. 그런 것들이 권숙을 방탕하게 만들고 있을지 모르나 그래도 현실적 타산(打算)에서 우러나오지 않은 행동이라 순수한 인상을 주는 것 같기도 했다.

만약 자기의 이익을 위하여 그 정열을 악용한다면 권숙을 타매할 존재라고밖에 달리 해석할 도리가 없다 .그러나 권숙은 죄의식도 느끼지 않으며 오직 자기의 정열을 낭비하고 있다. 어떤 계산 위에서 성립된 정열의 낭비가 아니다.

성격적으로 대담할 수가 있기 때문에 정열의 낭비도 가능할 것이겠지만 그 대담성이란 자기 해방일지도 모른다.

애령은 자기를 권숙과 비교해 보기도 했다. 자기는 자기를 아끼는 마음에

서 자기를 신뢰하려 했고, 그 신뢰감을 유지하기 위하여 자기를 얽매어 두고 있었다. 자기의 감정을 관념의 세계에서 개방하지 않으려고 노력했다.

그러나 그 노력은 절대적인 것이 아니었다. 결국은 권숙과 비슷한 결과를 맺고야 말았다.

그러면서도 언제나 위축된 감정세계에서 맴돌았던 것이 아닌가?

차라리 죄의식에 눈이 어두울 정도로 자기 감정에 충실한 것이 순수한 것이나 아닐는지?

애령은 권숙이가 조금도 추한 여자라 생각되지가 않았다.

더구나 자기 비위에 거슬리는 남자에게는 무시가 아니라 증오로써 대한다. 증오에서 그치는 것도 아니고 한 걸음 더 나아가 보복을 계획한다.

그것은 투사(鬪士)만이 가질 수 있는 행동이다. 싸워서 이겨야만 쾌감을 느끼는 투사다.

그런 의미에서 권숙은 인생과 싸우는 투사라 말할 수 있다. 그가 남자를 육체적으로 대하는 것도 결국은 싸워서 이겨 보겠다는 마음이나 아닐는지…….

애령이 권숙에 대해서 이러한 생각을 하고 있을 때 창식이가 문을 방싯이 열고 발소리도 없이 방 안에 들어왔다.

"벌써 끝났니?"

어서 오라는 듯이 애령이 창식에게 손을 내밀었다. 창식은 애령이 입원한 뒤로 학교에 갔다가는 바로 병원으로 오는 것이 버릇처럼 되어 있었다.

"응…….."

창식은 매일 보는 누나지만 그래도 수줍은지 침대 옆에까지 가서는 고개를 숙였다.

애령은 침대에 누운 채 목이 바싹 달라붙은 창식의 어깨를 어루만지며,

"공부 많이 했니?"

하고 물었다.

"응…….."

원체 말이 적은 창식이지만 이 날은 한층 더 침울해 보였다. 애령은 창식

에게 과자를 쥐어 주었다. 창식은 과자를 받아먹기 시작했으나 그것도 시원
스럽게 먹지를 않았다.

"오늘 학교에서 배운 걸 공부해 볼까?"

해도 책보를 풀 생각도 안 했다. 움푹 들어간 애령의 한쪽 다리를 요 위로
바라보기만 하던 창식이가 불쑥,

"누난 이제 시집을 못 가우?"

하고 물었다.

"왜 못 가? 다리 하나 없다고 시집도 못 가나!"

"나는 장가를 못 가고 누난 시집을 못 간다든데…….”

"넌 장가가 가고 싶으니?"

"아아니."

"누나두 시집가고 싶지 않아."

"그럼 내가 누나한테 장가갈까?"

"그래…….”

애령은 창식을 끌어다가 창식의 머리를 가슴에 안았다.

애령은 창식의 머리를 안고 두 형제가 모두 똑같이 병신이 되고 만 너무
나 기구한 운명을 생각해 보는 것이었다.

부모의 죄도 아니다. 그렇다고 해서 사회의 죄랄 수도 없다. 불행을 지니
고 태어난 생명들이라고밖에 할 수 없다.

그렇다고 해서 그 불행이 선척적인 것이라 생각하고 싶지는 않았다.

산다고 하는 것에 대한 하나의 보수로서 얻은 것이 결국 병신이 아닐까
생각되었다.

그러기에 애령은 그 이상 더 다른 보수를 받고 싶지가 않았다. 보수 없는
생활이 그리웠던 것이다.

이런 생각을 하고 있을 때 절단한 다리 끝이 따끔함을 느꼈다. 창식이가
만지작거리고 있었던 것이다.

애령은 고통에 대한 반사적 행동으로 창식을 밀치다시피 떼어 버렸으
나 금시 그를 다시 끌어다 안고 그의 꼬부라진 등을 손바닥으로 힘주어

눌렀다.

이때까지는 불쑥 올라온 그 등을 만져 보지도 못한 애령이었다. 만지면 터질 것 같은 두려움도 없지 않았지만 그것을 건드린다는 것이 창식의 슬픔을 건드리는 것 같아 감히 만져 볼 생각도 못했었다.

그러던 애령이었지만 창식이가 자기 상처를 만지작거렸다는 순간적 충격에서,

"차라리 터져 버리기라도 했으면……."

하는 생각으로 창식의 등을 힘주어 눌렀다. 그러나 그것은 단단한 뼈였다. 아무리 힘주어 눌러도 까딱 하지를 않았다.

불필요한 군더더기가 불룩 솟아오른 창식의 곱사등이, 그것은 필요한 일부분을 잃어버린 자기의 다리와 꼭 같이 종신의 불구임을 깨닫자 애령의 눈에서는 자기도 모르는 사이에 눈물이 쏟아져 흘렀다.

창식은 눈물을 흘리지 않았다. 그러나 창식도 누나의 다리가 왜 잘렸을까 하고 그것만 생각하고 있는 모양이었다. 아무 말 없이 애령의 다리만을 바라보고 있었다.

이럴 때 노크하는 소리가 들렸다.

벌써 퇴근을 했는지 창우가 불쑥 들어섰다.

언제나 같이 오던 선우영이 보이지 않았다. 그 대신 한편 눈이 붕대로 감겨 있었다.

"다치셨어요?"

붕대가 안질 같은 것을 말해 주는 것 같지 않아 애령은 적이 걱정이었다. 혹시나 눈 병신이 된 것은 아닐는지. 이러한 불길한 생각까지 들었다.

"응, 좀 다쳤어."

"조금만?"

"응, 대단친 않아. 한 대 얻어맞았지."

애령은 안심을 했다. 오빠마저 병신이 되었다면 어떻게 될 것인가?

"맞기는 누구한테요?"

"강삼모에게! 오늘 청량리 쪽으로 출장을 갔다 오는 데 동대문에서 강삼

모를 만나지 않았니? 요전에 얼굴에다 침을 뱉어 준 뒤 처음 만난 거야. 그
런데 그 자가 내 얼굴에다 침을 뱉으려 하지 않아? 그래서 한 대 갈겨 줬지.
그랬더니 그 날쌘 주먹이 눈을 딱 하고 때리더라. 꼭 한 대 맞았는데 이렇게
부어오르지 않아……."

창우는 분하다는 것도 아니요, 어처구니가 없다는 것도 아닌 그저 밍밍한
어조로 매맞은 이야기를 설명했다.

상처도 대단치 않은데다가 창우가 흥분해하지도 않으니 애령으로서는 안
심하지 않을 수 없었다.

"그런 사람한테 손질을 하실 게 뭐예요. 싸워야 손해 볼 것이 분명한
걸……."

그 정도로 그친 것이 다행스런 일이기는 했으나 애령으로서 한 마디의 걱
정도 안 할 수는 없었다.

"나두 그 친구와 싸울 생각은 없었어. 그래서 저번에는 내가 도망을 쳤던
것이지만 나중에 생각하니 도망친 것이 너무나 비굴스러운 것 같아 견딜 수
가 있어야지. 그런데다가 나한테 침을 뱉으려 하니 가만 있을 수 있어?"

창우는 미소를 띠며 말했다. 비록 한 대 맞기는 했으나 선수를 썼다는 것
이 마음 가뜬한 모양이었다.

두 사람 사이에는 잠시 침묵이 흘렀다. 화제에 흥미를 느끼지 않는 모양
들이었다.

잠시 뒤 애령이,

"오빠……."

하고 창우를 불렀다.

"응……."

"오빠, 선우영과 결혼을 할래?"

애령은 권숙의 이야기를 꺼내려 했으나 그러려면 자연 조치구 이야기가
나오게 될 것이기 때문에 권숙이가,

"너의 오빠가 그 여자와 결혼을 하니?"

하고 물을 때 대답에 궁했던 자기를 생각하며 선우영과의 관계만을 묻기로

했던 것이다.

그러나 창우는,

"너는 어떻게 하는 것이 좋을 것 같으니?"

하고 도리어 반문을 했다.

"내가 두 사람의 마음을 어떻게 알우?"

"두 사람의 마음은 둘째로 하고 결혼하는 것이 좋을 것 같은가 나쁠 것
같은가 말이야?"

"그럼 오빠는 아직 결심을 못 하고 있수?"

"결심은 했어두 네 의견은 들을 수 있지 않니?"

"오 오, 참고루 말이죠? 나는 그런 무책임한 말은 싱거워서 안 할래요."

"그럼 네 말대루 한다구 그래야 말을 하겠니?"

"그것두 싫어요. 왜 내 의사를 남에게 강요해요?"

창우는 잠시 말을 끊었다가,

"사실은 결혼할 생각이다. 선우영 씨가 공부를 더 하겠다니까 좀 늦어질
지는 모르지만……."

하고 진실한 태도로 말했다.

애령은 창우의 마음을 알았다는 듯이,

"잘 생각하셨어요. 저두 찬성이에요."

했지만,

"그 애가 내 올케……."

하고 말을 채 끝내기도 전에 가벼운 한숨을 내쉬었다.

선우영이 자기의 올케가 된다는 것을 생각하니 감회가 새로운 모양이었
다. 동시에 평생 결혼이라는 것을 해 보지 못할 자기가 불쌍하기도 했을 것
이다.

애령이 한숨짓는 것을 보자 창우는 애령의 심정을 알아챘던지,

"어머니는 그래 어떻게 하실 작정이던?"

하고 화제를 획 돌려 버렸다.

"제가 알아요?"

애령은 시덥지않은 대답을 했다.

"네가 퇴원할 때는 어머니두 집으로 돌아오시도록 해라. 기회두 좋구 하니까. 내가 아버지의 그 여자를 만나서 집으로는 절대 못 온다고 다짐을 해 놨으니까 그 걱정은 마시라구 그래. 어머니는 그래도 네 말을 누구 말보다 들을 거다."

애령은 대답을 안 했다. 어머니가 혼자서 살아갈 궁리를 하고 있는 만큼 웬만해서는 집으로 돌아오지 않을 것을 알고 있다. 그러나 그 어머니 문제보다도 자기의 장래가 더 걱정스러워 입이 열리지 않았던 것이다.

하얀 백합

그 날도 창우는 출장을 나갔다. 그 동안 창우는 대부계에서 관리계(管理係)로 옮겨졌던 것이다. 그래서 요즘은 대부금을 독촉하고 징수하기 위하여 매일처럼 시내를 출장하고 있었다.

고달프고 귀찮은 일이었다. 대부금을 체납하는 사람으로 친절한 사람은 별로 없었다. 어떻게 해서든 독촉 나간 사람을 모면하기만 하려는 것이 채무자들의 공통적인 태도였다. 돈은 내지 않고 독촉 나간 사람을 빨리 돌려 보내려는 채무자들은 대부분이 창우를 지옥에서 온 사나이처럼 꺼리기까지 했다.

그러니 일에 대한 재미를 느낄 도리가 없었다.

그 중에는 납부해야 할 줄 알면서도 형편이 피지 않아 이자도 납부하지 못한다고 진심으로 미안을 느끼며 사죄하듯이 말하는 사람도 없지 않으나 그런 사람에게는 불쾌는 아니나 어찌할 수 없는 딱한 마음이 그를 언짢게 했다. 자기 개인 돈이 아니니 마음대로 연기를 하거나 탕감해 줄 수가 없는 일이다. 그러니 마음이 좋은 사람에게도 창우는 한결같이 채권자의 위치를 벗어날 수가 없다.

이 날 신설동으로 찾아간 집도 그러했다. 어떻게 된 일인지 조그마한 집

문간방에 사는 사람이 채무자였다. 서류에는 집 주인으로 되어 있는데 안채에는 딴 사람들이 살림하는 것 같았다.

그래도 창우는 대부금 독촉을 안 할 수 없었다. 그랬더니 오십이 넘어 보이는 채무자가 기침을 쿨럭거리며,

"게다가 병까지 들어 이 모양이니 좀더 연기해 주십시오."
하며 사정을 했다.

창우는 그 사람이 돈에 쪼들려 안방을 세로 놓고 자기는 문간방에서 사는 것을 알았다. 그래도 할 말을 안 할 수는 없었다.

"연기해 드리고 싶기는 하지만 저당물이 경매처분을 당하면 어떡허시지요?"

"그러니까 사정을 보아 달라는 말씀이 아닙니까?"

"개인의 돈과 달라서 사정을 보아 드릴 형편이 못 됩니다. 그러니까 이제라도 빨리 물으셔야지요."

"글쎄 할 수만 있다면야 누가 구차스럽게 사정사정 하겠습니까?"

거짓말로 앓는 소리를 하는 사람이 아니었다. 만약 자기 개인의 돈이라면 탕감이라도 해 주고 싶을 만큼 사정이 딱함을 짐작할 수 있었다. 그러나 창우는 최후의 기일을 말하고 그 날까지 이자와 본금의 일부라도 납부하지 않으면 저당물이 차압된다는 말을 했다. 그것은 자기의 직무였다. 직무를 포기할 수는 없었던 것이다.

그러나 그 말을 하고 그 집을 나온 창우의 마음이 좋을 리 없었다.

은행 생활을 하려면 출납 대부 서무 할 것 없이 무슨 일이나 다 겪어 봐야 한다. 그래서 이번에는 '관리계'로 배치된 것이지만 고달픈 직무가 아닐 수 없었다.

창우는 몇 군데 더 찾아가야 할 집이 있기 때문에 신설동을 나와 경마장 앞으로 해서 숭인동 쪽을 향해 걷고 있었다.

"이번에 가는 집에서는 어떤 꼴을 보아야 하나……."

이런 생각을 하며 걷고 있을 때였다. 왕십리 쪽으로 가는 큰 길이 왼편에 보였다. 그리고 그 어귀에서 확성기를 통해 노래 소리가 들려 왔다. 여

자의 목소리였다. 그리고 그 마이크가 있는 곳에는 수많은 사람들이 둘러서 있었다.

창우는 문득 주미림(朱美林)을 생각했다. 언젠가 애령이가 약장수 틈에 끼어 노래를 부르더라는 미림이다.

창우는 생각할 여유도 없이 사람들이 삥 둘러서 있는 데로 달려갔다. 그리고는 사람들 틈새로 얼굴을 디밀고 마이크 있는 쪽을 바라보았다.

바이올린을 켜고 있는 남자 옆에 두 여자가 마이크를 향해 서 있었다. 모두가 짙은 화장을 했는데 그 짙은 화장과 싸구려 나일론 옷이 어울려 촌스러운 차림을 한 여자들이었다.

모양을 내고 싶기는 한데 돈은 없고 하니 빛깔로나 남의 눈에 띄도록 하겠다는 그런 화장이요, 그런 옷차림이었다. 더구나 화장과 옷차림에 세련된 기풍을 보여 주고 있는 권숙 또는 선우영만을 대하고 있는 창우인 만큼 그 촌스런 화장이 마음에 들 리 없었다.

그러나 그 두 여자 가운데 하나가 주미림이라는 것을 알자 창우는 미림의 외면적인 모양보다도 그 얼굴 속에 있는 미림의 마음을 엿보고 싶은 생각이 앞을 섰다.

만약 자기가 미림 앞에 나타나서 이야기라도 하자고 한다면 그는 무엇이라고 대답할 것인가?

미림이 쉬고 딴 여자가 유행가를 부르기 시작했다. 그 동안 미림은 묵묵히 서서 삥 둘러선 관중들을 바라보았다.

몹시 불투명한 것 같은 시선이었다. 눈앞에 안개라도 서리고 있는 것처럼 눈을 활짝 열지 못하고 있었다.

노래 부르는 여자는 신이 나는 듯이 어깨를 들썩이며 마이크 앞에서 몸을 이리저리 움직였으나 미림은 부동한 자세로 꼿꼿이 서 있었다. 노래 부르던 여자가 노래를 그치고 미림이 노래를 부르기 시작했으나 미림은 유행가수 같은 제스처를 조금도 쓰지 않았다.

창우는 미림이 아직도 직업에 동화되지 않은 것이라 생각했다. 그리고 직업에 동화되지 않을 만큼 내면에 무엇이 남아 있는 것이라 생각했다.

노래가 순전한 유행가로, 유행가도 순전히 행인을 끌기 위한 것이라면 미림도 다른 여자와 같이 교태를 부리며 군중의 눈을 끌어야 할 것이 아니겠는가?

창우는 미림이 자기에게서 받은 타격을 아직까지 마음속에 지니고 있는 것이라 생각했다. 그리고 자기의 비극을 완전히 잊을 수 없는 불행한 여자라고 생각했다.

창우는 가슴이 써늘해졌다. 미림의 일생을 침울하게 만든 사람이 자기라는 가책을 스스로 느꼈기 때문이었다.

노래 부르고 있는 미림의 얼굴을 빤히 바라보고 있던 창우에게는 갑자기 자기가 죄인이라는 생각이 들었다.

'죄인……'

그의 마음속에 처음으로 떠오른 어휘였다.

'죄인……'

미림의 가슴에 못을 박았고 그밖에도 적지 않은 여자의 가슴에다 못을 박은 죄인.

창우의 머릿속에서 사라진 여러 여자들…… 그러나 자기에게 죄의식을 느끼게 하지 않은 그 여자들까지가 머리에 떠올랐다. 아무렇지도 않게 생각하며 자기 곁을 떠난 여자들이지만 그들도 마음 한편 구석에는 미림과 같이 어두운 그림자가 끼어 있을 것이 아닌가?

창우는 미림에게로 달려가고 싶은 충동을 느꼈다. 사죄를 한대야 그것이 미림에게는 아무것도 아닐 것이지만 그 동안 저지른 죄를 미림에게 대표적으로 사죄하고 싶은 마음이 일어났던 것이다.

그러나 그의 발은 미림에게로 향해지지가 않았다. 사죄를 한다고 해서 미림 앞에 나타난다는 것은 미림을 위한 일일 수 없으리라고 생각했기 때문이었다.

자기가 나타남으로 해서 미림은 아픔을 잊은 상처에 새로운 아픔을 또 한번 느껴야만 할 것 같았던 것이다. 발길이 미림에게로 향해지지 않았으나 그렇다고 해서 자기가 가야 할 다른 방향으로도 떠나지지가 않는 몸이었다.

창우는 못에 박힌 것처럼 서 있는 자리에서 몸을 움직이지 못했다. 그리고는 얼굴 표정과 어울리지 않는 유행가를 부르기에 전 신경을 기울이고 있는 미림의 얼굴에서 눈을 떼지 않고 있었다.

예쁜 얼굴이었다. 화장을 촌스럽게 했을 뿐 본바탕은 누구보다 아름다운 얼굴이었다.

창우는 속으로 생각하는 것이었다. 선우영보다도 명권숙보다도 얼굴만은 예쁘다고…….

그 예쁜 미림에게 돈만 있다면 미림이 저런 직업은 택하지 않았을 것이란 생각이 들어 미림이가 갑자기 불쌍해 보였다.

마음의 타격이야 어쨌든 돈만 있다면 남 앞에서 저런 꼴까지는 보이지 않을 것이 아니겠는가?

창우는 미림에게 경제적 원조라도 해 주었으면 하고 생각했다. 그러나 그것도 부질없는 생각이라고 마음먹었다. 원조를 해 주면 그것을 받을지 안 받을지도 모른다. 그러나 그 원조만으로 미림의 운명이 새로 개척될 수가 있을 것인가? 그 원조를 받는 동안 미림을 자기를 못 잊어할지 모른다. 자기가 미림을 달리 구해 줄 수 없다면 미림의 마음에다 자기의 기억을 새롭게 해 줄 것이 무엇인가?

창우는 미림을 다시 사랑하리라고는 생각지 않았다. 자기 마음속에는 선우영이 너무나 크게 자리를 차지하고 있다. 더구나 미림은 그 동안 어떤 생활을 했을지 모른다. 돈에 팔려 다니는 몸이니 그 몸이 성할 리 만무할 것이 아니겠는가?

"가야지……."

창우는 자기 마음을 달랬다. 결국은 생각해도 아무 소용이 없는 미림이란 마음이 들었다. 못 본 체하고 발길을 돌리는 수밖에 없다고 생각했다.

미림의 노래가 채 끝나는 것도 보지 않고 발을 돌리려 했다. 그러나 창우는 노래나 끝나는 것을 보고 가려고 다시 발길을 돌렸다.

미림의 노래가 끝났다. 그때 창우는 발길을 돌려 몇 걸음을 걸었다. 그러나 어쩌면 발이 그렇게도 무거운 것일까?

‘미림에 대한 향수……’

창우는 자기의 마음을 통 알 수 없었다.

‘미림에 대한 죄의식……’

따지고 보면 모두가 그런 것 같기도 하고 모두가 그렇지 않은 것 같기도 했다.

노래 소리가 울려 나오던 확성기에는 약장수의 약 선전하는 점잖은 목소리가 울려 나오기 시작했다.

‘이름도 없고 효과도 없는 약을 팔아먹기 위해 갖은 수단을 다 써 가며 남을 속이려는 친구들……’

창우는 미림을 돈으로 사서 끌고 다니는 약장수가 미운 생각이 들었다. 불쌍하다고 생각하는 사람의 편이면서도 표면적으로 그 편에 기울어지지 못하는 일그러진 마음일 것이다.

어쨌든 미림을 다시 만나지 못하는 여자란 생각을 하며 동대문 쪽으로 걷기를 시작할 때였다. 머리를 숙이고 몇 걸음 걸었을 때 마이크 옆 스리쿼터 뒤에서 이쪽으로 뛰어오는 사람이 옆눈으로 보였다. 옷의 빛깔로 보아 노래를 부르던 여자임에 틀림없었다. 창우는 얼굴을 들어 그 여자를 정면으로 보았다. 그것은 틀림없는 미림이었다. 창우는 가슴이 출렁했다. 미림이 자기를 향해 달려오는 것으로만 생각했던 것이다. 그러나 미림은 창우와 시선이 마주치고도 본체만체하고 토막장수 있는 데로 달려갔다.

창우는 귀밑이 화끈 달아 옴을 느꼈다.

자기를 무시하기 위해서 일부러 자기 앞을 지나가면서도 인사를 안 하는 미림이라 생각했기 때문이었다.

‘나를 무시해?’

창우는 그만 흥분하고 말았다. 이때까지 미림을 두고 혼자 마음하던 생각이 어디로 달아났는지 몰랐다.

‘사람을 무시할 수 있을 만큼 그렇게까지 변했던가? 그렇게까지 대담한 여자가 되었던가?’

창우는 미림의 행동을 주시했다. 미림은 길가에 벌여 놓은 토막장수에게로 가서 손에 든 십 환짜리 몇 장을 세어 보지도 않고 그냥 주고는 껌 두 개를 샀다. 그리고는 스리쿼터가 있는 데로 다시 달려오는 것이었다. 창우 앞에까지 왔다. 그러나 창우를 쳐다볼 생각도 않고 아까와 같이 그냥 스치고 지나는 것이었다.

창우는 소리를 질렀다.

"미림……."

그때야 미림은 발을 멈추고 뒤를 돌아보았다.

"왜 사람을 보구두 그냥 지나가는 거야?"

창우는 네가 무엇이 잘났기에 사람을 그렇게까지 무시하느냐고 야단을 칠 생각이었다.

그러나 미림이,

"악……."

소리를 내고 몸을 뒤로 돌린 뒤 두 손으로 자기 얼굴을 가리고는 몸을 꼼짝도 못하는 것을 볼 때,

"날 정말 못 봤어?"

하고 미림에게로 가까이 가 부드러운 목소리로 물었다.

"………"

미림은 현기증을 느끼는지 손에 힘을 주어 얼굴을 가리면서 고개를 점점 더 숙이었다.

"미림! 그러지 말고 나를 좀 봐, 나야 손창우야."

그래도 미림은 얼굴을 들지 않았다.

창우는 자기가 무시를 당했다는 감정이 어느새 없어지고 그 이전에 생각하던 마음이 되살아나 미림이 그저 측은하기만 했다.

"아무 말도 말고 그냥 갈까?"

그래도 대답이 없어,

"한 번만 나를 봐, 그럼 아무 말 않고 갈게……."

할 때야 미림은 얼굴에서 손을 떼고 창우에게 허리를 굽혀 절을 했다.

상대방을 존경하며 정성을 다하여 허리를 굽히는 그러한 절이었다.

창우는 그 절을 받을 수가 없었다. 그저 바라볼 뿐이었다. 그리고는 미림의 입이 열리기만을 기다렸다.

그러나 미림은 절이 끝나자 머리를 숙인 채 스리쿼터 있는 데로 달려갔다. 말 한 마디 남기지 않고.

창우는 미림을 뒤쫓아갔다. 그러나 미림은 창우가 어떻게도 할 수 없게 마이크 앞 약장수 있는 데로 가서 그 옆에 바싹 붙어 서 있었다.

창우는 그 속에까지는 차마 뛰어들어갈 수가 없었다. 멀리서 미림의 동작을 살피는 수밖에 없었다.

미림은 얼굴을 푹 숙이고 입술을 깨물었다. 같이 노래를 부르는 한 여자가 옆으로 가서 손을 내밀 때 미림은 그 여자에게 껌 한 개를 쥐어 주었으나 얼굴은 그냥 숙인 채였다.

약장수가 무어라고 열심히 떠들었으나 창우의 귀에는 아무것도 들리지 않았다.

빨리 약장수의 떠드는 소리가 끝났으면 하는 것만 생각했다. 그러나 언제 끝날지 감감했다. 그리고 미림도 서 있는 자리에서 좀체 움직일 것 같지가 않았다. 그러나 한참 뒤 미림이 스리쿼터 속으로 뛰어들어가는 것이 보였다. 창우는 더 생각할 사이가 없이 포장 친 스리쿼터로 달려갔다.

스리쿼터에까지 뛰어가기는 했으나 창우는 그만 주춤하고 말았다. 벤치 같은 의자에 앉은 미림이 머리를 수그리고 생각에 잠겨 있는 모습이 너무나 처량하게 보였기 때문이었다.

옆에서 벼락이 떨어져도 까딱하지 않을 것 같은 자세였다. 세상 무엇에도 눈을 팔지 않고 자기 마음만 응시하고 있는 듯한 얼굴이었다.

마치 로댕의 <생각하는 사람>의 조각 그대로였다.

창우는 입을 열 용기가 나지 않았다. 움직이지 않는 조각의 마음을 흔들어 놓는 것이 죄스러웠던 것이다.

창우는 주머니에서 명함 한 장을 꺼내어 미림 앞으로 던지고는 발길을 획 돌려 버렸다. 일이 있거든 찾아오라는 뜻이었으리라.

창우는 미림과 한 마디의 말도 나누지 못했으나 그래도 자기 책임을 다한 것 같은 마음의 가벼움을 느꼈다. 말을 하고 싶었으나 할 수가 없었다는 자기의 마음을 충분히 표시했을 뿐 아니라 앞으로도 이야기할 기회가 있다는 여운을 그 명함 한 장으로 충분히 남겨 놓았다 생각했기 때문이었다.

그러나 대부금 독촉을 하기 위하여 채무자를 찾아다니는 동안 창우는 눈앞에 나타나는 미림의 얼굴을 지워 버릴 수가 없었다.

노래를 부르던 미림, 아무 말도 않고 절을 하던 미림 그리고 조각처럼 움직이지 않던 미림.

창우는 미림을 생각하는 자기 마음을 생각해 보았다.

미림의 영상이 지금 자기 마음에서 떠나지 않고 있는 것은 미림을 동정하는 마음에서 우러나온 것일까? 그렇지 않으면 미림에 대한 일종의 책임감 같은 것이 미림을 생각하도록 강요하는 것일까? 또는 미림에 대한 미련이 되살아나기 때문일까?

그리고 지금 미림에 대한 생각이 시간적으로 얼마나 지속될 것인가 하는 것도 생각해 보았다.

오래간만에 만났으니까 일시적으로 마음의 격동을 일으킨 것이나 아닐까?

창우는 미림이 비참한 생활만 하지 않는다면 자기가 느끼는 격동도 그리 큰 것이 못 되지나 않을까 하고 생각해 보았다.

정말 그럴 것 같았다. 처음 미림을 알 때 창우는 미림을 사랑하지는 않았다. 그 미모에 매혹을 느꼈을 뿐이었다. 그러기에 육체관계를 하고는 얼마 안 가서 그를 잊어버렸다. 잊어버리고도 마음의 타격을 그리 크게 받지 않았다.

만약 미림을 만나지만 않았다면 평생 생각지 않고 지낼 수가 있었을 것이 아닐까?

대부금을 독촉하다가 퇴근 시간이 거의 되어서야 은행으로 돌아온 창우는 그래도 미림에게서 혹시 전화나 오지 않았을까 생각했다. 명함에 적혀 있는 전화번호를 보고 전화를 걸어 주었을 것만 같은 생각이 들었던 것이다.

벙어리처럼 말을 못 하던 미림. 말을 안 하면서도 경건한 태도로 절을 하던 미림. 그 미림은 아직까지 자기를 사랑하고 있는 것만 같았다. 그렇게 생각해서 그런지 미림에게서 전화가 있었을 것만 같았다. 그러나 사동에게 물어 보아도 전화가 온 일이 없다고 대답했다. 그리고 퇴근 시간이 거의 되었을 때까지 미림에게서는 전화가 오지 않았다.

창우는 기다리던 마음이 무너진 듯 허전함을 느꼈다. 그러나 퇴근하려고 할 임시 창우를 찾는 전화가 왔다. 그것은 미림에게서 온 것이 아니라 선우영에게서 온 것이었다. 창우는 목소리를 높여,

"나 창우요."

하고 대답했다. 마치 얼마 동안 선우영을 잊어버리고 있던 자기 자신을 참회하는 그런 태도였다.

"오늘두 바쁘셨어요?"

수화기를 통해 들려 오는 선우영의 목소리였다.

"조금 전에 돌아왔어요."

창우는 자기가 먼저 전화를 걸지 못한 데 대한 변명 같은 말을 했다. 그리고는,

"별일 없었지요?"

하고 물었다. 항용 있을 수 있는 인사말이었다. 그러나 창우에게는 그냥 지나가는 말이 아니었다. 선우영을 만나지 않은 동안 자기에게는 커다란 사건이 벌어졌었기 때문에 선우영에게도 별일 없었느냐고 물어 보아야 할 것만 같았던 것이다.

"대단한 일은 없었어요."

선우영의 목소리는 조금도 흩어져 있지 않았다. 언제나처럼 낭랑한 목소리였다. 그러나 대단한 일은 없었어요 하는 말에는 무엇인가 있었던 것을 암시해 주는 것 같았다.

"대단한 일은 아니라도 무슨 일이 있기는 있었군요?"

창우는 선우영에게도 자기와 비슷한 일이 있지나 않았을까 생각했다.

"좀 있다 만나서 이야기할게요."

확실히 무슨 일이 있은 모양이었다.

창우는 자기 이야기를 들려 주고 싶은 생각에 앞서 선우영의 이야기를 듣고 싶었다. 그러나 전화로 듣잘 수는 없는 일이었다. 그저 빨리 만나고 싶은 생각에,

"이제 곧 나갈게요."

하고 약속 장소만 정한 뒤 전화를 끊었다.

약속 장소는 역시 '아로하' 다방이었다.

창우는 '아로하' 다방으로 가서 선우영을 기다렸다. 그러나 선우영은 좀체 나타나지 않았다.

그 동안 창우는 선우영에게 무슨 일이 있었을까 혼자 생각했다. 여자에게는 파리 떼처럼 모여드는 남자들이니까 어떤 싱거운 친구가 선우영을 유혹하려 한 것이나 아닐까? 그렇지 않으면 집에서 약혼을 하라고 어떤 남자를 내세우고 강요하는 것이나 아닐까?

창우는 생각을 달리 하여 선우영이 금시 미국으로 가게 된 것이나 아닌가 걱정했다. 미국 간다는 생각을 버리고 있지 않은 선우영인 만큼 그런 길이 갑자기 틔었을지도 모른다.

미국엘 가면 최소한도 이삼 년은 걸린다. 그 동안 자기는 어떻게 할 것인가?

이런 생각을 하면서도 창우는 자기 이야기를 선우영에게 들려 주어야 하겠다는 의무감을 느끼지 않았다.

선우영에게 무슨 일이 있다고 해서 그것을 궁금히 생각한다면 자기 이야기도 응당 들려 주어야 할 창우였다.

그런데도 창우는 미림의 이야기를 선우영에게 해 주어야 하는가 안 해 주어야 하는가에 대해서 망설였다.

선우영이 모르는 비밀을 혼자 가지겠다는 생각은 아니면서도 지금 당장에 이야기해야 할 필요성이 있는가 없는가 그것을 따지는 창우였다.

참으로 이해할 수 없는 심정이었다. 그러나 창우는 당분간 미림의 이야기를 선우영에게 말하지 않으리라 생각했다. 누구를 위한다는 생각도 아니었

다. 그저 그래야만 할 것 같았다.

선우영이 왔다. 조금도 구김살이 없는 보통 때의 선우영이었다.

창우는 자기 이야기를 안 하기로 마음먹었으나 선우영의 이야기를 듣고
싶어 선우영이 의자에 앉기가 무섭게,

"무슨 일이 있지요?"

하고 선우영의 입을 열기에 조급했다.

그러나 선우영은 한 번 빙그레 웃기만 하고,

"재미있는 시(詩) 한 구절을 들려 드릴게요."

하며 핸드백을 여는 것이었다.

선우영은 핸드백에서 종이쪽지를 꺼내 들고,

"영국의 시인 '키이츠'(Keats)의 고호(古壺)라는 시(詩)예요. 내가 번역해
본 건데 읽어 드릴게요."

한 뒤 그 시의 마지막 대목을 읽기 시작했다.

       싸늘한 파스토랄(田園의 彫刻)이여

       헌 세대(世代)가 찾아와서

       누리의 세대를 황폐(荒廢)시킬 때

       그대는 우리와 다른 세대의

       비애(悲哀) 속에 그대로 남아

       인간의 벗으로

       인간에게 말하리라

       '아름다운 것은 진리(眞理), 진리는 아름다운 것'

       이것만이 지상(地上)에서

       인간이 알 수 있는 것의 전부

       그리고 알아야 할 것의 전부이다

시를 다 읽고 난 뒤에도 선우영은,

'Beauty is truth, truth is beauty.'

라는 구절을 영어로 두어 번이나 외었다. 아름다운 것이 진리라는 말이 선우영을 감격하게 하는 모양이었다.

그러나 창우는 선우영이 어찌해서 갑자기 그런 시를 읽는지 그 심경이 알고 싶었다. 아름다운 것이 진리라고 읊고 싶어하는 심경 속에는 반드시 무슨 사건이 숨어 있을 것만 같았다.

"왜 갑자기 그런 시를 읽는 거지요?"

그러나 선우영은,

"갑자기 읽고 싶어진 것은 아니에요. 언제나 외고 있는 시예요. 죽을 때까지 욀지도 몰라요."

하고 담담히 이야기했다.

창우는 유도 심문으로 선우영의 심경을 타진하기가 불가능하다는 것을 알았다. 선우영은 화술(話術)에 넘어갈 만큼 미련한 여자가 아니다. 그래서,

"대단한 일은 아니래도 일은 있은 모양인데 그것이 어떤 일이지요?"

하고 단도직입적으로 물었다.

선우영은 전화를 걸 때 이미 일이 있는 것을 비친 만큼 그때부터 이야기할 마음이었을 것이다. 그러나 이때까지 먼저 이야기를 꺼내지 않은 것은 그 이야기가 중대사처럼 해석될 것이 싫었기 때문이었으리라. 그러기에 그는,

"정말 대단한 일은 아녜요."

하고 우선 창우에게 다짐을 받는 것처럼 말해 놓고야,

"어젯밤 일이었어요."

하고 지난 밤에 생긴 이야기를 설명하기 시작했다.

어제 저녁 퇴근하기 전에 중국인 사장이 선우영을 불러 회사 직원들을 자기 집으로 초대하기로 했으니 선우영도 참석해 달라고 말했다.

선우영이 예의적으로 사양을 했으나 사장은 자기 생일이 되어 직원 전체를 초대하는 것이니까 사양할 것이 없지 않느냐고 꼭 참석해 주기를 바랐다. 별 요리는 없지만 중국 독특한 음식을 몇 가지 장만한다고 하며 중국김치 자랑을 했다.

선우영도 평소 사장의 거동을 수상쩍게 보고 있지만 생일 초대인만큼 그것을 거절할 계제가 못 되는 것 같아 사장의 집으로 갔다. 갈 때도 남자 사원들은 걸어올 것이라고 하며 사장은 선우영과 서무 일로 보는 중국 사람 하나만을 자동차에 태워 자기 집으로 갔다.

그러나 사장의 집에 이르렀을 때 다른 직원이 한 명도 와 있지 않음을 보자 선우영은 의아한 생각이 들기 시작했다. 다 해야 몇 명도 안 되는 직원이었지만 그들은 반 시간이 지나도 나타나지를 않았다. 사장은 중국인 사원과 다른 직원들이 왜 오지들을 않을까 하고 걱정하는 듯이 말을 주고받았으나 사양하는 뜻에서 안 오는 것이라 쉽게 단정을 내리고는 요리상을 들여오게 했다.

선우영은 어느 정도 눈치를 챘지만 모르는 체하고 하는 대로 내버려 두었다.

요리상이 들어오자 사장은,

"늦게들 오는 모양이니까 먼저 시작합시다."

하고 술잔을 들었다. 그리고는,

"한 잔쯤은 받아야지요."

하고 선우영에게 그 술잔을 내밀었다. 선우영은 아무 말 없이 술잔을 받았다. 그리고 술을 붓고 싶은 대로 붓게 내버려 두었다.

술잔을 받아 식탁에 놓고는 사장의 거동을 살폈다. 선우영이 술을 따라 주는 것이나 아닌가 하고 기다리는 눈치였다. 그러나 선우영은 모르는 체하고 사장을 보지도 않았다.

생일축하로 술 한 잔쯤 따라 주어도 무방하다고 생각했지만 잘못하면 자기를 녹녹히 볼 것 같아 미리부터 경계하는 것이었다.

중국인 사원이 사장의 잔에 술을 부었다. 그러자 사장은 술잔을 들고,

"자아 마십시다."

하며 선우영을 보았다. 선우영은,

"축하합니다."

하고 술잔을 입술에 댔다. 그리고는 그야말로 한 방울쯤 마셨다.

"술을 정말 못합니까?"

사장이 물었다.

"네, 전혀 못해요."

한 잔쯤 못 마실 것도 없지만 조금이라도 마시는 것을 보였다가는 그 뒤가 귀찮을 것이 분명하기 때문에 처음부터 딱 잘라매야 했던 것이다.

"반도호텔 스카이라운지 출입까지 하면서 한 잔도 못한다는 것이 말이 되나……."

사장은 술을 한 잔 들이키자 벌써 비꼬는 말을 시작했다.

"거기는 술 먹는 사람만이 출입하나요?"

"대부분이 그렇지요."

선우영은 대꾸를 안 했다. 사장은 중국인 사원과 술잔을 주고받으며 술을 열심히 마셨다. 그 동안 선우영은 안주를 집어먹었다. 안주래야 중국 요릿집에서 먹을 수 있는 고급요리였고 생전 처음 보는 요리라고는 하나도 없었다.

중국 김치라는 것은 우리 나라 짠 김치나 비슷한 것으로 별미가 있어 보이지도 않았다.

어쨌든 선우영이 배가 부르도록 요리를 먹었을 때 중국인 사원이 사장과 중국말로 한참 동안 무어라 지껄이다가,

"잠깐 나갔다 오겠습니다. 축하 케이크를 주문해 놨는데 깜박 잊어버리고 찾아오지를 못했습니다."

하고 일어섰다. 선우영은 사장과 단 둘만이 남게 된 것을 아무렇지도 않게 생각할 수가 없었다. 게다가 요리는 먹을 만큼 먹은 참이었다.

"저두 가 보겠어요."

일어서려고 할 때 중국인 사원이,

"잠깐만 다녀올 테니까 기다려 주십시오. 이십 분이면 충분히 다녀올 테니까요."

하고 선우영을 일어나지 못하게 했다.

"배가 부르도록 먹었으니까 이제는 가야지요."

그때 사장이,

"밥을 지어 놓았으니까 밥을 먹구 가야지요."

하고 식모를 불러 밥을 들여오게 했다.

꼭 먹어야 할 것도 없지만 식사는 역시 밥으로 끝내야 하는 것이다. 선우
영은 주저앉지 않을 수 없었다.

중국인 사원이 나가고 선우영이 밥을 먹기 시작했을 때였다. 중국인 사장
이,

"민족 관념이 상당하신가 본데요? 내가 중국 사람이라고 멀리하는 거지
요?"

하고 시비조로 말을 꺼내었다.

사장의 말뜻을 못 알아들을 리 없었다. 그러나 선우영은,

"무슨 말씀인지 잘 모르겠는데요?"

하고 반문했다.

사장은 술이 얼근한 얼굴로,

"안 그렇단 말이오? 만약 내가 한국 사람이라면 그렇게까지 냉정하지는
않을 거야……."

눈을 껌벅이며 항의조로 말했다.

"제가 사장님을 중국 사람이라고 달리 생각한 기억은 없는데요."

"말 말아요. 극장 구경을 가자고 몇 번 청했지요? 저녁을 먹으러 가자고
몇 번 청했지요? 한 번이나 들어 주었소?"

"그것을 들어 드리지 않았다고 민족적 감정이 농후하다는 말씀을 하실
수 있을까요?"

"그게 민족적 감정 아니고 뭐요? 내가 다른 사람보다 무엇이 모자라지
요?"

"저는 사장에게 고용된 사무원입니다. 사무원으로서 충실하게 일을 한다
면 달리 불만이 없으실 텐데요?"

"나두 인간이오. 왜 인간이 인간으로 대하자는 것을 거절하는 거요?"

"저는 사무에 충실한 것이 인간인 사장에게 충실한 행동이라고 생각하는

데요……."

"그래두 내 마음을 못 알아 주겠소?"

사장이 선우영에게 다가앉으며 충혈된 눈을 껌벅이었다. 금시 손이라도 붙잡을 기세였다.

선우영은 앉은 채 뒷걸음을 치며,

"사장님의 권위를 잊지 마세요."

했다.

"그것이 민족 관념이야. 중국 사람은 한국 사람을 사랑 못해?"

사장이 자꾸만 선우영을 따라왔다.

"저는 절대로 민족 관념을 가지고 있지 않습니다. 사랑만 한다면 어떤 나라 사람하고도 결혼할 수 있다고 생각합니다."

"그럼 민족 관념이 없다는 것을 증명해 보아요."

사장이 와락 달려들며 선우영을 끌어안았다.

선우영은 사장을 뿌리치고 벌떡 일어섰다.

"술이 취하셨어요. 중요한 이야기는 술이 깬 뒤에 하셔야 하지 않아요? 내일 점심시간에 점심을 사 주세요. 그때 모든 말씀 듣겠어요."

"아니야, 지금 이야기를 하고 싶어!"

"그건 신사적이 아닌데요. 저한테도 생각할 시간을 주셔야지 않아요? 저는 정말 사장님의 마음을 모르고 있었으니까요? 내일 점심 때 조용한 데 가서 식사를 하며 이야기를 하세요."

"정말?"

"정말예요."

사장은 슬며시 뒤로 물러났다. 그리고는,

"그럼 내일 점심은 나하고 같이 해……."

했다.

"그러시라니까요."

이렇게 해서 그 자리를 모면했지만 오늘 점심 때 사장이 선우영을 어떤 중국요리점 으슥한 방으로 끌고 가서,

“잘 생각해 봤소?”

하고 묻는 말에,

“술이 깨셔도 그런 말씀을 또 하세요? 농담이 아니셨군요?”

하고 선우영은 의외라는 듯 놀라는 표정을 지었다.

“농담 아니야. 술이 취해서 한 말도 아니야…….”

그때 선우영은 정색을 하고,

“저를 회사에서 내쫓고 싶지는 않으시지요? 저는 사장님 옆에서 오래 오래 일하고 싶은데요…….”

속으로는 사장을 존경하고 있다는 것을 암시했다.

“나는 사장 대 사무원의 관계만을 가지고 선우영 씨를 만나고 싶지는 않아…….”

사장은 술을 한 잔도 안 했지만 용감한 말을 마구 했다.

“사장님의 마음을 잘 알겠어요. 그렇지만 여자가 한 번 결심을 하는 데는 시간이 필요한 것이니까 그것만은 알아 주셔야 해요. 남자와 달리 금시 결심할 수 없는 것이 여자거든요. 아시겠어요?”

선우영은 ‘아시겠어요?’ 하는 말에 힘을 주었다. 만약 그것도 몰라 준다면 이야기할 상대도 못 된다는 듯이.

사장은,

“그런 것쯤은 알아…….”

하고 속이 튄 듯 말했으나 금시 선우영에게로 달려들어 포옹을 했다. 그리고는 뜨거운 얼굴을 선우영의 뺨에 비비었다.

선우영은 하는 대로 내버려 두었다. 만약 거기서 반항을 한다면 반발적으로라도 더 짓궂은 행동을 할 것이라 생각했기 때문이었다.

반항 없는 선우영을 안고 뺨을 비비다가 슬며시 물러난 사장은 선우영의 뺨을 손가락으로 가볍게 꼬집어 흔들며 싱긋이 웃었다.

자기는 그만큼 점잖다는 것을 보이기 위함이리라.

적어도 사장이라는 사람이다. 더구나 외국인이란 자존심을 버릴 수 없는 사람이다. 선우영이 자기의 인격을 테스트하는 이상 그 테스트에 낙제하고 싶지는 않았을 것이다.

선우영은 그렇게 해서 사장의 유혹을 물리쳤다고 창우에게 설명했다. 설명하는 태도로 보아 정말 대단한 일이 아니었던 것 같았다.

선우영의 설명을 듣자 창우는 얼굴색을 달리했다.

"그래도 그 회사에 나갈 작정인가요?"

창우에게는 절대로 대단치 않은 일이 아닌 모양이었다.

"나가지요? 왜 안 나가요."

선우영은 창우의 질문이 도리어 의외라는 표정을 지었다.

"사장을 만난다는 것이 불쾌하지도 않아요?"

"유쾌하지는 않지만 그렇다고 해서 그만둘 것까지는 없다고 생각해요."

"유혹의 손이 좀더 강력하게 뻗쳐 오기를 기다리는 모양이로군요?"

창우는 그런 불쾌한 직장에 그대로 남아 있으려는 선우영의 마음을 이해할 수가 없었다. 만약 선우영이 결백을 좋아하는 여성이라면 당장에 사표를 내야 할 것 같았다. 더구나 창우 자신을 위해서라도 그런 위험한 직장을 주저할 것 없이 내버려야 할 것이라고 생각했다. 그러나 선우영은 창우의 삐뚤어진 말에 화를 발칵 냈다.

"인격이 의심되는 말은 삼가세요."

창우도 자기가 한 말이 조금 심했다고 생각되기는 했으나 선우영이 반박을 해 오는 데는 참을 수가 없었다.

"거길 나오면 당장에 밥을 굶을까 걱정이 되어서 못 나오는 거요?"

"밥을 굶어서가 아니라 나와야 할 필요성을 느끼지 않아요."

"그럼 몸을 더럽혀도 상관없단 말이오?"

"왜 더럽혀요? 창우 씨는 내가 그렇게 될 것만 같아요?"

"그렇게 된다는 것이 아니라 그렇게 되기가 쉽단 말이지!"

"남자들은 다 마찬가지예요. 창우 씨도 남한산성에 갔을 때 어떻게 했지요? 나는 사장이 그러는 것쯤 불쾌하게도 생각지 않아요. 그러다 마는 것이려니 하고 안심하고 있어요."

선우영의 이 말에 창우가 가만 있을 수 없었다.

"뭐라구?"

창우는 그 사장이라는 사람과 자기를 같은 사람으로 취급하는 것이 불쾌했다. 그것은 자기를 모욕하는 것이라 생각했기 때문이었다. 그러나 사람들이 웅성거리는 다방에서 무어라 큰 소리를 지를 수도 없었다. 치밀어 오르는 격분을 참으며 선우영을 노려보기만 했다.

"나쁘게 생각해도 할 수 없어요. 남자란 여자를 대할 때 누구나 정복하려는 욕심을 가지게 되는 거 아녜요? 그렇지만 그것이 불가능하다고 생각되거나 옳지 않다고 느껴질 때는 그 욕망을 버리는 것이 남자들의 미덕이지요?"

선우영은 냉정한 어조로 차근차근히 이야기했다.

"그러니까 그 작자도 미덕을 가진 사람이란 말이지?"

"미덕이란 자기 자신에게서 우러나오는 경우도 있겠지만 타동적으로 받아들이는 경우가 더 많지 않을까요?"

"아주 이론이 정연한데…… 세상이 그렇게 이론대로 되는 줄 알어?"

"힘든 줄은 나도 알아요. 그렇지만 사장이 불쾌한 행동을 했다고 그 자리에서 사표를 내고 싶지는 않아요. 그것은 내가 나 자신을 믿지 못하는 데서 오는 행동이니까요……."

"그래! 좋도록 해. 나중에야 어떻게 되든 자기 속이 편하도록 해야 하니까……."

"그렇게 감정적으로 말씀하실 게 아녜요. 불쾌하지만 경솔한 행동을 할 수 없는 나의 마음도 알아 줄 생각을 하셔야지……."

"사장의 행동을 불쾌하게도 생각지 않는다면서?"

"그것은 관심도 안 가지고 있다는 뜻이지요. 관심도 없는 사람이 어떤 행동을 하든 크게 신경 쓸 것이 없지 않아요?"

창우는 아무래도 선우영의 마음을 이해할 수가 없었다.

"좌우간 사표를 내지 않겠다는 거지요?"

"네, 그럴 생각은 없어요. 더구나 사장은 일시적으로 그래 보는 데 그치는 것일 테니까요. 그 사람은 자기 나라에 가족이 있습니다. 나를 어떻게 하겠다는 거겠어요. 흥분이 가라앉으면 부끄러움을 느낄 거예요."

“마음이 태평하시군…… 좌우간 마음대로 하시오.”

창우는 그 이상 더 이야기하고 싶지 않았다. 이야기를 한대야 아무런 효과도 있을 것 같지가 않았기 때문이었다. 그래서,

“애령한테 가 보지 않겠소?”

하고 말문을 돌려 버렸다.

선우영은 한참 동안 대답을 안 했다.

불쾌한 태도로 자기를 불신(不信)하는 채 이야기를 중단시키는 창우에게 불만이 없을 수 없었던 것이다. 결국 창우에게는 자기를 이해하려는 노력이 부족하다고 생각되었다.

잠시 뒤 선우영은,

“오늘은 바루 집에 들어가겠어요.”

하고 대답했다.

“그래요?”

창우도 선우영과 같이 가는 것을 쉽게 단념했다. 단념한 것이 아니라 포기했다. 창우는 창우대로의 불만이 있는 것이니까.

심상치 않은 일을 대단치 않게 생각하는 것이 못마땅했고 그런 중대사에 대해서는 자기의 의견을 들어야 할 것인데도 불구하고 도리어 자기를 불만스럽게 생각하는 선우영이 싫었던 것이다.

결혼을 하고 부부생활을 한다고 해도 선우영은 남편의 의사에 좇으려 하기 이전에 자기 생각대로 행동해 버릴 여자 같았다.

창우는 불현듯 주미림을 생각했다. 백합 가운데에서도 하나밖에 없는 하얀 백합 같은 생각이었다.

“그럼 난 좀 가 봐야겠어…….”

창우는 다방을 나왔다. 다방을 나오면서도 창우는 선우영이 자기를 따라오려니 생각했다. 그러나 선우영은 아무 주저함도 없이 자기 길을 걷는 것이었다.

패배의 연속

창우는 애령이 입원하고 있는 병원 현관까지 걸어갔다. 그러나 현관문을 열 생각을 않고 주춤 섰다.

뒤에서 여자 발소리가 들리는 것 같았기 때문이었다. 그는 몸을 완전히 돌리고 뒤를 돌아보았다.

그러나 그것은 선우영이 아니었다. 병원 간호부였다.

창우는 병원에까지 이르는 동안 몇 번이나 뒤를 돌아보았는지 모른다. 선우영이 꼭 뒤따라 올 것만 같았던 것이다.

그런데 선우영은 끝내 따라오지를 않았다. 이제는 더 기대할 수가 없었다. 창우는 그만 발길을 돌려 버렸다. 애령을 만나 볼 기분이 나지 않았던 것이다.

창우는 명동 쪽으로 나와 어떤 스탠드 바로 들어갔다. 여급이 따라 주는 술을 연방 집어 마셨다.

그리고는 주기가 돌기 시작할 때부터 <이별의 곡>을 부르기 시작했다.

산천에 흰 눈 쌓인
그 어느 날 밤
촛불을 밝혀 놓고
나 홀로 울리라
아아 아아 너도 가고 나도 가야지……

술을 마시던 사람들이 창우에게로 시선을 집중했다. 그러나 창우는 목청을 높여 이별의 곡을 계속해서 불렀다.

어쩐지 선우영이 그 노래를 지금 이때 부르라고 배워 준 것 같은 생각이 들었던 것이다.

바에서 나와 집으로 돌아오는 노상에서도 창우는 <이별의 곡>을 불렀다. 자기는 지금 술에 취했다고 생각했다. 술 취한 사람이 노상에서 노래를 부르기로서니 누가 무어라 할 것인가 하는 생각에 거리낄 것 없이 소리를 높였다.

노래를 부르니 어쩐지 자기가 슬퍼지는 것 같았다. 노래를 그친 뒤에는,

"슬프다."

혼자 중얼거리기도 했다.

"사랑하는 사람이 떠나갔다. 슬프지 않을 수 있어……."

창우는 혼자서 넋두리까지 했다. 지나가는 사람들이 픽픽 웃어도 상관없다는 생각했다. 사랑하는 사람을 잃은 것이 사실이니까…….

창우는 자기 집 대문 앞에까지 이르렀다. 잠긴 문을 두들겼다.

그러나 안에서 식모의 발소리가 대문께로까지 들려 올 때 그는 휙딱 발길을 돌려 버렸다.

대문을 열었다가 다시 잠그는 소리가 뒤에서 들렸으나 창우는 못 들은 체 발길을 바쁘게 옮겼다.

그는 명권숙을 찾아가는 것이었다.

이런 날 밤 집에서 자기는 싫었다. 권숙이라도 만나야 할 것만 같았던 것이다.

"이런 때 만나자고 권숙을 알아 둔 거야…… 권숙이가 제일이거든……."

입안으로 중얼거리며 큰길까지 나와서 자동차를 멈추었다. 자동차를 타고는,

"말도 않고 절만 하는 색시가 무슨 소용 있어. 남의 말은 들으려고도 하지 않고 제멋대로 사는 여자도 소용없는 거야……."

하며 떠들어댔다. 운전수가 빙그레 웃는 것이 보였다.

"여보! 운전수, 왜 웃는 거야? 내가 실연한 줄 알고? 천만에……지금 애인을 만나러 가는 거야……."

떠들기는 하나 정신은 멀쩡했다. 권숙의 집 대문까지 이르렀을 때였다. 누가 뒤에서,

"창우 씨 아녜요?"

하고 부르는 소리가 들렸다. 창우는 뒤를 돌아보았다. 거기에는 권숙과 조치

구가 따라오고 있는 것이 아니겠는가?

창우는 정신이 번쩍 들었다.

저런 꼴을 보자고 왔던가 하는 생각에 권숙을 찾아온 자기가 미워졌던 것이다. 그러나 그렇다고 해서 물러서기는 싫었다.

"미쓰 명……, 그새 잘 있었어? 보고 싶어서 찾아왔어……."

창우는 술기운을 백 퍼센트 이용하려고 했다.

그러자 권숙은 조치구에게로 돌아서서 무어라고 소곤거리다가 조치구를 돌려 보내고 창우 곁으로 오며,

"취하셨군요?"

하고 팔을 쥐었다.

"나 안 취했어. 그런데 조치구 선생 가는 거야?"

어물어물 인사도 제대로 못하고 돌아가는 조치구에게까지 소리를 질렀다.

"조 선생, 미안합니다. 안녕히 가세요!"

창우는 조치구에게 손을 흔들었다.

"아이 떠들지 마세요. 창피하게……."

권숙이가 창우의 몸을 흔들었다.

그때 창우는,

"떠들지 말까? 여기는 권숙의 집이니까……."

하고 이때까지 떠든 것은 일부러 그런 것이라는 듯이 갑자기 조용한 목소리로 말했다. 그러나 권숙이가 멍멍해서 대문 두들길 생각도 안 하고 있음을 보자,

"빨리 대문을 열어. 정말 권숙이가 보고 싶었어……."

하고 권숙을 껴안으려 했다.

그때 권숙은 용하게 창우의 팔을 피하며,

"오늘은 안 돼요. 시골서 손님들이 와 있어요."

하고 그냥 돌아가기를 애원했다.

"왜 이러는 거야? 조치구는 데리고 와도 상관 없구 손창우는 돌려 보내야 한다는 법이 어디 있어?"

창우는 다시 술기운을 빌리기 시작했다.

"아녜요, 그이도 집에까지 바래다 준 것 뿐예요."

"그만둬. 빨리 대문이나 열어. 나더러 어떻게 돌아가라는 거야?"

"내가 바래다 드릴게요."

"그럼 우리 집에까지 같이 갈 테야?"

"네, 그럴게요."

"그럼 그래, 우리 집에는 아무도 없으니까……."

권숙은 아무 말도 안 하고 창우의 팔을 낀 뒤 걷기를 시작했다. 한참 걷다가 지나가는 자동차를 불러 세웠다. 그리고는 창우를 먼저 태운 뒤 자기도 자동차에 올랐다.

자동차에서 창우는 술이 취한 체 몸을 권숙에게 기대고 건들거렸다. 그러나 권숙은 아무렇지도 않은 듯이 하는 대로 내버려 두었다.

그러나 속으로는 불쾌한 감정이 구름처럼 뭉쳐 올라왔다. 권숙은 조치구를 어찌할 생각으로 집에까지 데리고 온 것은 아니었다. 조치구가 자기를 사랑하도록 만들기 위해 매일같이 만나는 것이요, 또 헤어질 때는 집에까지 데려다 주는 버릇을 만들어 놓았을 뿐이었다. 그런 만큼 창우가 조치구에게 자기를 나쁜 여자로 인상 주었다는 불쾌감을 추호도 가지지 않는 권숙이었다.

다만 창우가 술을 마시고 자기를 찾아와서는 집에까지 들어가겠다는 것이 불쾌했던 것이다. 창우에게는 따로 연인이 있다. 그러나 그것도 상관없다. 오직 자기를 마음대로 할 수 있는 여자로 생각하는 창우가 싫었던 것이다.

권숙은 자기가 남자를 마음대로 하고 싶을 뿐 남자의 마음에 움직이고 싶어하지 않는 여자였다. 그래서 창우의 집에 이르렀을 때는 창우만을 들여보내고 자기는 어떤 일이 있든 집으로 돌아가려고 했다. 그러나 창우는,

"못 가!"

하며 권숙의 손을 잡고 놓아 주지를 않았다.

권숙은 비상수단을 쓰지 않고서는 창우의 손에서 빠져나갈 수가 없음을

깨달았다.

그래서 창우의 팔을 힘주어 끼고는 대문을 두드렸다.

식모가 대문을 열어 줄 때는,

"다 왔어요. 정신을 좀 차리세요."

하며 창우를 끌다시피 앞을 서서 집안으로 들어갔다.

방 안에 들어가서는 창우의 옷을 벗겨 주며,

"오늘은 왜 술을 잡수셨지요?"

하고 진심을 창우를 걱정하는 듯이 물었다.

"먹구 싶으니까 먹었지……."

창우는 아직도 술에 취한 듯한 태도로 대답했다.

술 마신 이유를 밝히고 싶지 않은 때문이었다.

"아직도 정신이 들지 않으세요?"

권숙은 어린애를 달래는 어머니처럼 부드러운 말씨였다.

"몰라."

창우는 내뱉는 듯이 말을 하고는 권숙의 손을 잡아당겼다.

권숙은 끄는 대로 끌려 창우 옆으로 갔으나 속으로는 창우가 절대로 정신이 흐릴 만큼 취하지 않은 것이라고 생각했다. 창우가 껴안아도 권숙은 그냥 내버려 두었다. 그러나 창우에게 안긴 채 창우의 발바닥을 가볍게 긁고 창우가 간지러워하며 다리를 내뻗치는 것을 볼 때 창우가 정말 취하지 않은 것을 알고,

"창우 씨……."

하고 창우를 불렀다.

"응?"

"우리 언제 결혼할까요?"

창우는 어리둥절하며 권숙의 몸에서 손을 뺐다.

"결혼?"

"네, 이젠 나도 결혼을 해야겠어요."

"나하구 결혼을 한단 말이지?"

"왜 창우 씨는 나하고 결혼 못하나요?"

"허허, 심각한 문젠데."

"세상 남자가 모두 내 건 줄 알았는데 사실은 그렇지 않은 것을 알았어요. 내 것은 하나두 없어요."

"그러니까 나더러 권숙 씨 것이 되어 달란 말이지?"

"그래요."

"권숙 씨두 남에게 숙제를 줄 때가 다 있군 그래?"

"학교 선생은 학생들을 공부시키기 위해 숙제를 주는 것이지만 숙제를 안 내 주면 자기 자신이 불안해서 내 주는 거기도 해요."

"권숙 씨도 인생에 대한 불안을 느끼기 시작하는 거로군?"

"점점 자신이 없어져요. 어쨌든 저와 결혼을 해 주시지요?"

"글쎄, 일생의 중대사니까 좀 생각을 해 봐야지?"

권숙은 창우가 절대로 승낙하지 않을 것이라고 생각했다. 그런 줄 알면서도 그런 말을 꺼낸 것은 오직 다음 말을 하기 위함이었다.

"제 요구를 들어 주는 날까지 창우 씨의 요구도 보류해 주세요."

창우는 무어라 할 말이 없었다. 권숙이가 정색을 하고 결혼을 요구한 데 대하여 거짓말이나마 희망적인 말을 해 주고 싶지 않은 창우였다. 그런 만큼 자기의 요구만은 들어 달랄 수가 없었다.

권숙은 일어섰다.

"나는 모든 남성을 내 손 안에 넣으려고 했으나 결국은 남자에게 경멸받는 결과밖에 가져오지 못했어요."

창우는 권숙을 멀거니 바라볼 뿐이었다. 가지 말라고 붙잡을 용기가 조금도 생기지 않았다. 자기도 권숙을 경멸했다. 이때까지는 그 경멸이 일종의 통쾌감을 주었다. 그러나 권숙이가 그 경멸로 인생관을 변경시킨 듯이 보일 때 창우는 그를 다시 경멸할 수 없음을 깨달았다.

권숙이 돌아가자 창우는 술이 완전히 깨는 것을 느꼈다. 술에서 깨는 것을 느낄 뿐 아니라 이때까지 살아 온 자기 인생에서 눈을 뜨는 것 같음을 느꼈다.

자기는 권숙을 경멸했다. 권숙의 육체를 향락하고도 그에게 차마 할 수 없는 모욕까지 주었다.

그러나 오늘 자기가 권숙을 경멸한 것이 아니라 권숙에게서 자기가 경멸을 받았다.

생각해 본 일도 없는 결혼 이야기를 꺼냈다가 확답도 들으려 하지 않고 자기의 요구를 거절한 뒤 돌아갔다. 경멸에 대한 보복적 경멸이라고밖에 해석할 수가 없었다.

창우는 최후로 무시를 당한 것이 권숙이가 아니고 자기라는 것을 생각하자 이때까지 권숙을 이용한 자기가 우스꽝스러워졌다. 최후로 패배의 쓴잔을 마신 것은 결국 자기가 아니었던가?

권숙뿐 아니라 선우영도 그런 것 같았다. 선우영만은 진심으로 사랑하려고 했으나 결국은 선우영도 자기를 무시하고 만 것이 아닌가? 선우영은 자기와 타협하려고 하지 않았다. 타협하지 않는다는 것은 결국 승부를 겨루는 일이다. 선우영은 승부를 겨루고는 자기에게 패배감을 느끼게 하고 가 버렸다.

이렇게 생각하니 창우는 자기가 인생을 잘못 산 것 같기만 했다.

이기는 체하면서도 언제나 지기만 하는 인생을 산 것 같았다.

이삼 일 동안 창우는 선우영도 만날 생각을 안 했다.

출장으로 시내를 싸돌아 다녔으나 주미림을 찾아보려 하지도 않았다.

사실은 미림이가 벙어리처럼 말도 없이 허리를 굽히고 절하던 모습이 언제나 눈에 삼삼했지만 그를 만나면 또 어떻게 하랴 하는 생각에 만나고 싶은 마음을 눌러 버렸던 것이다.

그 날도 창우는 출장을 나가 채무자들을 찾아다니다가 퇴근 한 시간 전쯤 해서야 은행으로 돌아왔다.

은행으로 돌아오자 창우는 자기 책상 위에 놓여 있는 편지 한 장을 발견했다.

그것은 주미림에게서 온 것이었다.

비록 미림의 주소가 적혀 있지 않은 편지였으나 창우는 반가웠다. 편지가 자기를 향해 절을 하는 것 같아 더욱 대견스러웠다.

　선생님
　선생님에게 제 얼굴을 보여 드리게 해서 죄송합니다. 그 동안 쭉 시골 친척집에 있다가 있을 수 없는 사정이 생겨 할 수 없이 서울로 올라왔던 것입니다. 초라한 꼴을 보시고 상심하셨을 줄 압니다.
　다시는 얼굴을 보여 드리지 않을 것이니 안심하시기 바랍니다.
　　　　　　　　　　　　　　　　　　　　　주미림 올림.

　편지를 읽자 창우는 미림이가 절대로 벙어리가 아님을 깨달았다. 하고 싶은 말을 얼마든지 할 수 있는 영리한 여자처럼 생각되었다.
　그러나 미음은 하고 싶은 허구 많은 말 가운데 어찌하여 얼굴 보여 준 것이 죄송하다는 말만을 했을까?
　최후로나마 자기를 저주하고 원망했다면 자기는 할 수 없이 또 한 번 패배자의 쓴잔을 마시지 않을 수 없을 것이 아닌가? 그런데도 미림은 어찌하여 자기에게 패배감을 느끼게 하지 않았을까?
　창우는 그 동안 미림은 한 번도 찾아보지 않은 자기를 후회했다. 찾아간들 어떻게 했으랴마는 어쨌든 창우는 자기 할 일을 다 하지 못했다는 자기 불만을 느끼지 않을 수 없었다. 그는 퇴근하는 대로 동대문 밖엘 나가리라 마음먹었다.
　미림을 만나 시원한 이야기라도 해야 할 것 같았다. 그러나 동대문으로 떠나려 할 즈음 선우영에게서 전화가 왔다.
　"아주 잊어버리실 작정이신가요?"
　첫마디부터가 노여움에 차 있었다.
　창우는 어이가 없었지만,
　"요새 좀 바빠서요."
하고 점잖게 대답했다.
　"지금도 바쁘실 텐데 공연히 전활 걸었게요?"

선우영에게서 보기 드문 비아냥조였다.

"실은 지금도 바쁩니다. 볼일이 있어서 나가려던 참인데……."

"그럼 전화를 끊을까요?"

"좋도록……."

선우영은 혼자 망설이는 모양이었다. 전화를 끊지도 않았지만 말도 안 했다.

잠시 뒤에야,

"의논할 일이 좀 있는데요."

나지막한 목소리가 흘러나왔다.

"무슨 일인데요?"

"바쁘시다니까 내일 또 전화를 걸지요."

창우의 태도가 지나치게 냉정함에 선우영은 마음이 내키지 않는 모양이었다.

"간단한 일이면 지금 이야기를 해요."

창우는 무슨 일인지는 모르나 들어야 할 이야기를 다음으로 미룬다는 것이 밥을 먹고 양치질을 안 한 것처럼 꺼림칙했다.

"바쁜 일은 아녜요."

선우영은 그쯤만 말해도 만나서 이야기를 하자는 말이 나오리라 기대했을지 모른다. 그러나 창우가 만나자는 말을 끝까지 하지 않는데 불만이 있었을 것이다.

"무슨 일이건 빨리 말을 해 봐요."

창우는 선우영의 회사 사장에 관한 것이나 아닌가 해서 이야기를 독촉했다. 그러나 선우영은,

"지난번엔 실례를 했어요. 화를 내고 집에까지 갔지만 마음이 언짢아 집에 들어가지도 않고 병원으로 달려갔더니 오시지를 않았더군요."

하고 생각지도 않았던 이야기를 끄집어냈다.

그 말을 듣자 창우는 자기도 모르게,

"거짓말 말어."

퉁명스런 말을 해 버렸다. 창우는 그 날 밤 스탠드바에서 <이별의 곡>을 부르던 자기를 생각했다. 권속에게 모욕을 당하던 자기를 생각했다.

선우영이 자기를 무시했다고 해도 뒤를 따라와 자기를 만나 주기만 했다면 그런 일이 없지 않았을 것이 아닌가?

"네?"

선우영은 어이가 없는 모양이었다.

"어젯밤에두 병원엘 갔댔는데……."

창우는 애령에게서 선우영이 왔더라는 말을 듣지 못했다. 그러니 거짓말이라고 생각할 수밖에 없었다.

"그만두세요."

선우영은 그만 전화를 끊어 버렸다.

거짓말이라는 데 참을 수 없는 모욕감을 느꼈던 것이다.

창우는 수화기를 놓고 한참 동안 멍하기 앉아 있었다.

"선우영이 거짓말을 할까?"

그러나 그것은 애령을 만나 들어 보면 금시 알 수 있는 일이다. 금시 밝혀지고 말 일을 가지고 거짓말을 할 수 있을까?

창우는 거짓말이라도 좋을 것 같았다.

선우영이 자기의 행동을 뉘우치고 마음을 달리 먹기만 했다면 그 날 병원에까지 안 왔더라 해도 좋았다. 자기를 뉘우치는 말을 해 주는 것만으로도 만족할 것 같았다. 그러던 선우영이 병원으로 달려갔었다는 말을 꺼낸 것은 결국 자기가 마음을 달리 먹었다는 것을 표시하기 위함이 아니었을까?

창우는 미림을 찾아가리라던 마음을 돌려 버렸다. 가야 만날지도 모르는 미림이다. 만나도 어떻게 할 수 없는 미림이다. 어쩐지 창우는 미림을 젖혀 놓고 선우영을 만나러 가야 한다는 생각을 했다.

창우는 은행을 나오자 바로 선우영의 회사로 달려갔다. 먼저 전화를 끊어 버린 선우영에게 이쪽에서 전화를 걸고 만나자는 말을 꺼낼 수가 없었던 것이다. 전화를 걸어도 선우영이 받지도 않을지 모른다. 가서 끌고 나오는 수밖에 없었다.

그러나 회사에 이르렀을 때 선우영은 벌써 회사를 나가고 자리에 있지 않았다.

창우는 가슴이 덜컥 내려앉음을 느꼈다. 선우영을 아주 놓쳐 버린 것 같았던 것이다.

마음을 달리 먹고 전화를 건 선우영에게 지나치게 냉혹했던 자기가 후회스럽기도 했다.

그러나 생각할 여유가 없었다. 자기의 불찰로 선우영을 놓쳐 버릴 수는 없었기 때문이었다.

창우는 금시 발길을 돌려 선우영의 집으로 달리기 시작했다. 그러나 창우는 택시를 타지 않았고 버스도 타지 않았다. 잘못 하다가는 선우영보다 먼저 도착해서 도리어 선우영을 만나지 못하게 되지나 않을까 걱정되었기 때문이었다.

달리는 택시와 버스들을 보자 창우는 자기의 걸음이 너무나 느린 것을 깨달았다. 그러나 지금의 초조한 마음이 만나지 못하고 돌아설 때의 실망보다는 가벼운 것이려니 하는 생각에 그는 그 초조가 달콤하기도 했다.

걷는 동안 창우는 선우영이 다른 데 들르지나 않을까 생각했다. 혼자서 다방에는 다니지 않는 선우영이다. 그러나 화나는 바람에 미용원이나 백화점 같은 데를 들를지도 모른다.

그러나 창우는 선우영이 바로 집으로 갔으리라 생각했다. 자기가 혼자 병원으로 가면서도 선우영이 뒤를 따라오리라 속으로 기대하던 자기와 꼭 같은 선우영이기를 바라는 마음에서였으리라.

선우영의 집에 이르렀을 때였다. 대문을 두드리자 달려나온 것이 선우영이었다. 창우는 역시 선우영도 뒤를 돌아보며 온 것이리라 생각했다. 뒤따라올 자기를 기다리며 대문 두드리는 소리에 귀를 기울이고 있었을 것이 분명했다.

창우는 와락 선우영을 안아 주고 싶었다. 그러나 대낮에, 더욱이 남의 집에서 그럴 수는 없었다.

빙긋 웃기만 했다. 선우영도 샐쭉하기는 했으나 창우의 얼굴을 찬찬히 바

라보다가,

"빨리 들어오세요."

하고 앞장을 섰다.

문 앞에까지 여러 번 와 본 일이 있지만 대문 안에 들어서기는 이것이 처음이었다. 그런 만큼 창우는 우선 집 안을 살펴보지 않을 수 없었다.

그리 큰 집은 아니었으나 그리 작은 집도 아니었다. 방이 너더댓 개 있어 보였다. 뜰에는 화단이 꾸며져 있는데 가을꽃들이 다 시들은 여름꽃나무 옆에서 청초하게 피어 있었다.

그 화단 앞을 지나던 선우영이 부엌을 향해,

"엄마……."

하고 소리를 질렀다. 부엌에서 오십이 지나 보이는 여자가 나오자,

"은행에 계시는 손창우 씨예요. 아시죠?"

하고 손창우를 가리켰다.

"누추한 집엘 다 오셨군요. 은혜를 태산같이 지구두……."

선우영의 어머니는 황송스러운 듯이 말끝을 못 맺었다. 창우는 그런 인사를 받기가 부끄러워 얼굴을 붉혔다. 그때,

"놀다 가시게 할게요."

하고, 선우영이 창우를 안내하고 자기 방으로 들어갔다.

"천천히 이야기를 해라. 저녁 준비를 할게……."

어머니는 딸의 말을 승낙한다는 듯이 상냥하게 대답했다. 창우가 선우영의 방 안에 들어가 앉자 선우영이,

"잠깐만 앉아 계셔요. 세수를 하구 올게요. 누구 땜에 세수도 못 했네……."

하며 살짝 웃고 밖으로 나갔다.

창우는 선우영이 세수를 하러 나오다가 대문 소리를 듣고 대문을 열어 준 것이지 자기를 기다리고 있다가 뛰어나온 것이 아님을 알고 가느다란 실망을 느꼈다.

세수를 하고 들어와서도 선우영은 책상머리에 앉아,

“고개를 저리루 돌리고 계세요.”

하고는 혼자 화장만 할 뿐 창우가 심심해하는 것을 생각해 주지 않았다.

화장을 하고 나서도 한다는 소리가,

“무엇 때문에 오셨지요?”

하는 것이었다.

아무 일 없이 찾아온 사람에게도 그런 농담은 할 수가 없을 것이다. 하물며 전화로 감정의 대립을 노골적으로 나타낸 뒤 그것을 수습하기 위해 찾아온 사람에게야.

“무슨 때문이 아니면 못 오는 집인가요?”

“처녀의 집을 함부로 찾아와도 좋아요?”

“그럼 가지요.”

창우가 일어날 자세를 취할 때야 선우영이,

“이왕 오신 김이니 용서해 드리지요. 앉아 계셔요, 꿀물을 타다 드릴게…….”

선우영은 또 생긋 웃었다.

창우도 웃을 수밖에 없었다.

선우영은 부엌으로 가서 꿀물을 타 가지고 왔다.

“이거 잡숫구 화내지 마세요. 진짜 꿀물인데요, 뭐.”

제법 애교를 피웠다.

“사탕발림이 아니라 꿀발림인가?”

창우는 넘어가는 줄 알면서도 넘어가지 않을 수 없었다. 웃으면서 꿀물을 마시고 있을 때,

“그새 화를 내셨지요?”

하고 선우영이 눈웃음을 지으며 물었다.

“화나지 그럼 안 나요?”

“그런 줄 알았어요. 그런 줄 알면서도 어떻게 할 수가 없었어요. 내가 나쁜 여자지요? 나쁜 줄을 모르지도 않아요.”

선우영이 자기가 나쁜 줄을 안다는 데는 창우로서 할 말이 없었다. 이때

까지 품고 있던 감정으로는 속 시원하게 선우영을 비난해 주고 싶었지만,

"그래 그 사장이란 친구와 그 뒤는 아무 일 없었어?"

하고 사건의 후일담이나 듣자고 했다.

"일은 무슨 일이 있어요? 그런 걸 보면 창우 씨는 참 단순하서. 체면이라든가 지위라든가 그런 생각하는 남자는 그런 문제를 오래 오래 끌고 가지를 못하는 법이에요."

"그러니까 영 씨는 지금 안심하고 출근한단 말이지?"

"말하자면 그렇지요. 그래도 경계는 게을리하지 않지요."

해야 또 끝이 나지 않을 것 같았다. 그래서 창우는,

"그런데 아까는 왜 전화를 그렇게 끊었지요?"

하고 화제를 돌려 버렸다. 어떤 이야기로든지 선우영을 공박해 주고 싶은 창우의 심정이었다.

"여자는 가끔 자기도 모르는 신경질을 부리게 되는 때가 있어요. 최소한도 한 달에 한 번은요……."

선우영이 한 달에 한 번 있는 생리적 현상을 암시하며 웃을 때 창우는 갑자기 관능적인 정열을 느꼈다. 그래서 선우영을 포옹했다. 그래도 괜찮을 것 같았던 것이다. 그러나,

"창호지 한 장 밖에 어머니가 계셔요."

하고 선우영이 창우의 가슴에서 빠져나갔다.

여자의 비밀인 생리적 현상까지 암시한다는 것은 상대방에게 그만큼 간격을 느끼지 않는다는 것을 뜻함이다. 그런데도 포옹을 거절한다는 것은 무슨 까닭일까?

창우는 선우영의 심리를 해부해 보려고 하기 전에 우선 불쾌감을 느꼈다. 선우영에게서 멀리 떨어져 앉아 고개를 돌려 버렸다.

그때 선우영이,

"어머니가 창문을 꿰뚫고 들여다본다고 생각하면 부끄럽지가 않아요?"

하고 창우가 무안해하는 것을 무마하려는 듯이 말했다.

"창문을 어떻게 꿰뚫어 보노? 싫으면 그저 싫다고 그래."

창우가 볼멘소리를 하자, 선우영이,

"우리를 위해서 그러는 거예요. 그렇게 나가다가는 결국 서루가 환멸을 느끼게 되구 말 거니까 말예요."

하고 말했다.

"왜 환멸을 느껴?"

"관능적 즐거움이란 그렇게 아름다운 것이 아니니까요."

"부부 생활을 하는 사람들은 전부가 추하겠군요?"

"그건 다르지요, 부부니까요. 그렇지만 결혼하기 전에는 서루 존경하는 마음을 가져야 한다고 생각해요."

"그런다고 해서 존경을 못하게 되나?"

"그렇게 되면 네것 내것 하는 소유 관념이 생겨 아무래도 존경하는 마음이 적게 될 것 같아요."

"거리가 축소되고 애정이 밀착한다면 그거야말로 아름다운 것이 아냐? 아름다운 것이 진리라고 했지?"

"서루가 존경할 수 있을 때의 아름다움이라야 진리로 빛나는 거예요."

창우는 선우영의 얼굴을 오래 보았다. 선우영은 자기를 보는 창우의 표정을 곁눈으로 살피고 있었다. 말은 그렇게 하면서도 속으로는 무엇을 기다리고 있는 듯한 얼굴 같았다.

창우는 선우영도 인간이라고 생각했다. 고정된 관념을 스스로 뛰어넘지는 못하나 넘고 싶은 호기심을 안 가질 수 없는 인간.

창우는 선우영에게로 달려들어 그를 껴안고 입술을 더듬었다. 순간적 행동이었다. 그러면서도 선우영이 꼼짝 못하고 가만 있으려니 생각했다. 그런 선우영은 두 팔에 힘을 주어 창우를 내밀며,

"다음엔 안 만나도 좋아요?"

하고 물었다.

"응, 안 만나도 좋아, 한 번만 허락해 줘."

창우는 홍분 김에 대답했다.

"다시 안 만날 사람하구 누구 그런 짓을 해요?"

창우는 선우영을 한 대 갈겨 주고 싶었다. 그렇게까지 냉정할 수가 있을 것인가? 그렇게까지 냉정한 것은 결국 애정이 없는 여자를 사랑하고 있다는 것은 생각하니 분해 견딜 수가 없었다.

창우는 벌떡 일어났다.

"이제부턴 안 만날 테야."

그때 선우영이 따라 일어서며 창우의 손을 잡았다.

"전 좀더 영원한 것을 바래서 그러는 거예요. 오해를 마세요."

"영원이라는 것도 순간에서 출발하는 것이 아냐? 좌우간 이젠 싫어졌 어⋯⋯."

"아이 참 골보야. 내가 창우 씨를 싫어서 그러는 줄 아시는가 봐⋯⋯."

"귀찮아⋯⋯."

창우는 선우영의 방을 뛰쳐 나오고야 말았다. 선우영의 뒤를 따라 선우영 의 어머니가 쫓아 나오며 저녁이 다 되었다고 붙잡았다. 그러나 창우는 바 쁜 일이 있다고 하며 뒤도 돌아보지 않고 선우영의 집을 나서고야 말았다.

선우영의 집에서 나온 창우는 곧바로 어떤 스탠드바를 찾아갔다.

외로워 견딜 수가 없었다. 세상에는 자기 편이 하나도 없는 것 같은 고독 감이 슬픔을 자아내기도 했다.

창우는 국산 위스키를 더블로 해서 몇 잔이고 들이켰다.

그러나 주기가 돌아도 그는 <이별의 곡>을 부르지 않았다. 자기를 사랑 하지도 않는 선우영을 생각하고 싶지가 않았던 것이다.

사랑하지도 않으면서 자기의 애정을 받아들이는 체한 선우영의 냉정하고 도 이중적인 인간성이 미워 견딜 수가 없었다.

창우는 바보처럼 선우영에게 속고 있었다는 자기를 안타깝게 비웃기도 했다. 정말 안타까운 일이었다. 자기는 진심으로 선우영을 사랑했건만 선우 영은 마음의 불을 조금도 불태우지 않는 것 같다. 그렇게까지 인색한 여자 를 사랑하다니⋯⋯.

창우는 여급을 불렀다. 젊은 여급이 가까이 오자,

"술을 가져와!"

하고 호령했다.

여급이 술병을 들고 와서 잔에 부으며,

"기분이 좋게 잡수시는데요……."

하고 의미 있는 듯한 웃음을 웃었다.

"기분 좋아, 한 잔 안 할 테야?"

창우가 여급의 손을 잡아끌었다.

"조금만 주세요."

여급은 사양하는 체하면서도 술잔을 받았다. 술잔을 받고는 그 자리에서 잔을 비웠다.

여급이 술잔을 비우는 것을 보자 창우는 여급의 어깨 뒤로 손을 돌려 지그시 안았다. 여급은 아무 반항 없이 창우에게 웃음을 보냈다.

뭉클한 육체.

창우는 술김에도 여급의 몸을 내밀었다. 선우영이 생각났던 것이다. 자기를 싫어하지 않는다고 하면서도 포옹을 허락지 않던 선우영. 그런데 그 선우영이 갑자기 그리워졌던 것이다. 만약 아무렇게나 할 수 있는 여급이 선우영이라고 한다면…… 그래서 그런지 창우는 여급이 싫어졌다. 너무나 무가치한 육체에 매력을 느낄 수가 없었던 것이다.

창우에게서 내밀린 여급은 딴 손님 곁으로 가서 그 손님에게 안긴 채 또 술을 마시고 있었다.

육체가 애정에 있어서 불가결한 것이라고 생각하는 창우였지만 여급과 선우영이 비교해 보이며 무절제한 육체가 무가치한 것으로 생각되는 것은 또한 어쩔 수 없는 일이었다.

선우영이 비록 자기에게 육체를 허락지 않으므로 해서 자기에게 불쾌감을 주었다고 해도 창우는 선우영의 육체가 깨끗한 우상처럼 보이는 것은 어찌할 수 없는 일이었다.

'육체를 깨끗하게 함으로써 마음을 깨끗하게 하려는 선우영…….'

이렇게 생각하니 선우영의 마음이 이해되는 것 같기도 했다.

창우는 술이 아주 취하기 전에 바를 나왔다. 건성 취해야 할 까닭이 없는 것처럼 생각되었던 것이다.

창우는 바를 나오는 길로 애령의 병실을 찾아갔다. 애령과 선우영의 이야기를 하고 싶은 마음에서였다.

선우영에 대한 애령의 지식을 빌려 자기 마음을 좀더 확실하게 가지고 싶은 충동을 느꼈기 때문이었으리라.

선우영이 정말 자기를 사랑하지 않는 것일까. 그것을 똑똑히 알고 싶었던 것이다.

창우는 병실에 들어서자 애령의 고무다리가 언제쯤 되느냐는 말을 지나가는 말처럼 묻고는,

"너 선우영의 성격을 어떻게 생각하니?"

하고 마치 자기는 선우영의 성격을 이해할 수 없다는 투로 말을 꺼냈다.

다짜고짜로 이렇게 묻는 말에 애령은,

"왜 무슨 일이 있었어요?"

하고 의아한 눈초리를 던졌다.

"일이 있어서가 아니라 성격이 너무 괴상한 것 같아서……."

창우는 그 동안 있는 일을 전부 털어놓기가 싫었다. 애령이 아는 범위 내의 이야기를 듣고 싶을 따름이었다.

"조금 괴상하기도 하지요. 자기 이야기를 남에게 좀처럼 안 하는 애거든요. 그러니까 이해하기가 곤란하지요. 그래서 친한 동무도 없지 않아요?"

"알 수 있는 듯하면서도 알 수가 없는 여자 같아서 그러는 거야."

"선우영의 매력은 그럴 거예요. 알 듯하면서도 알 수 없는 것. 그러면서도 공부를 열심히 하고 나쁜 생각을 안 하니까 좋은 애는 좋은 애지요."

"고집두 엔간히 세지?"

"제가 옳다는 것은 누가 뭐라고 해도 하는 애죠. 한참 단발이 유행할 때 선우영만은 긴 머리를 하구 다녔어요. 동무들이 깎으라고 야단을 해도 죽어라 듣지를 않거든요. 아마 변화 같은 것을 좋아하지 않는가 봐요."

창우는 그쯤만 알아도 만족했다. 사장과의 사건을 자기 마음대로 혼자 해결 지으려는 태도. 그리고 자기를 싫어하지 않으면서도 포옹마저 허락지 않

는 고집.

그러니 선우영이 자기를 사랑 안 한다고 단정할 수가 없는 동시에 자기를 무시한다고 생각할 수가 없었다.

창우는 애령의 말처럼 선우영에게 매력이 있다고 생각했다. 알 수 있는 듯하면서도 알 수 없는 매력이었다. 그러나 어디까지나 믿음직스러운 매력이었다.

그러나 창우는,

"연애할 맛이 있는 여자는 아냐."

하고 선우영에 대하여 불만이 적지 않다는 듯이 말했다.

"그럴 거예요. 선우영을 사랑하려면 이해력이 풍부해야 될 테니까요……."

"힘들어 못하겠어."

"그래서 술을 잡수셨군?"

"술을 마신 것 같으니?"

"냄새가 확 풍기는데요, 뭐……."

"조금밖에 안 먹었는데……."

이렇게 창우는 이야기를 흐려 버렸다. 그리고는 선우영의 이야기가 다시 나오지 않도록,

"그래 어머니는 어떻게 하실 작정이시던?"

하고 화제를 돌려 버렸다.

"모르겠어요. 아무래도 집에는 돌아오지 않을 것 같아요."

"그래 그 당구장인가 뭔가는 시작했던?"

"아직 시작은 안 했어두 곧 시작하는가 봐요."

"돈은 어디서 돌린다던?"

"그걸 누가 알아요? 영완 아주머니와 동업을 한다니까 영완 아주머니가 대 줄 리는 없구요."

"내 생각엔 아무래도 유길추라는 사람한테서 나오는 것 같더라. 그렇게 되면 일이 점점 커지는데……."

그 말에 애령은 눈을 동그랗게 떴다. 애령은 어머니에게서 당구장을 경영하겠다는 말을 들을 때마다 그런 일이 어머니가 집으로 돌아오는 데 점점 멀어지게 하는 길이라고 걱정해 왔다. 그런데 그 자금을 유길추에게서 융통한다고 하면 그것은 보통 일이 아니다. 돈을 융통해 줄 만큼 둘 사이가 가깝다는 것을 말하는 것도 되지만 그 돈 관계로 둘 사이가 뗄 수 없게 될 것이 아닌가?

"어떡하면 좋지요?"

애령이 절망에 가까운 비참한 얼굴로 물었다.

"글쎄 나도 모르겠어. 될 대로 되라지."

창우는 자기 힘으로는 어떻게도 할 수 없는 일이라는 듯 대답했다.

"될 대로 되라고 하면 어떡해요?"

애령이 누웠던 침대에서 벌떡 일어나 앉았다.

흐려진 초점

상희는 앞으로 혼자 살아 나가기 위한 경제적 지반을 닦아야만 했다. 그래서 영완과 동업으로 최근 가장 성행하고 있는 당구장을 내기로 하고 그 자금을 돌리려다가 결국은 유길추에게 빌리게 되고야 말았다.

유길추가 상희에게 돈 일 이백만 환쯤 돌려주는 것이 그리 힘든 일은 아닐 것이지만 상희로서는 돈을 돌려달라고 입을 벌린다는 것이 참으로 힘든 일이었다.

상희가 영업을 시작하여 경제적 생활의 안정을 얻겠다는 것은 재혼이라는 것을 생각지 않는 증거다. 그러니 유길추와도 결혼할 생각은 없다.

유길추와 결혼할 생각을 안 하면서도 그에게 돈을 돌려달란다는 것은 유길추와의 감정을 완전히 무시하는 행동이라 말하지 않을 수 없다. 만약 유길추와의 감정을 시인한다면 금전 관계를 맺지 않아야만 그 감정이 깨끗한 것이 된다.

서로 사랑하고 서로 존경하는 사이에는 금전 거래라는 것이 없어야만 한다고 생각하는 상희인 만큼 유길추에게 돈을 돌려달라는 말을 하기가 정말 싫었다.

유길추와 결혼을 안 한다고 해도 그와의 감정 세계는 아주 끊어 버리고 싶지 않은 것이 또한 상희의 마음이었던 것이다.

그러나 상희는 경제적 안정이 없이는 살아 나갈 수 없다는 것을 또한 부정할 수 없었다.

영완이가 당구장만 내면 절대로 밑지는 일이 없으며 그것이 샤풀보드나 베이비 골프처럼 일시적 유행이 아니기 때문에 죽을 때까지 가질 수 있는 사업이라면서 그것을 꼭 해 보자고 할 때 상희는 어디서 돈을 구할까 우선 돈 문제부터 생각했다. 물론 그때는 유길추를 생각지도 않았었다. 달리 돌릴 데가 없는가 하고 아는 사람들을 모두 손꼽아 보았으나 적지 않은 그 돈을 돌려줄 사람이 있을 리 없었다.

하고 싶기는 하나 돈이 없이 걱정하고 있을 때 영완이가 유길추의 이야기를 꺼냈다. 그때 상희는 그럴 수가 없다고 거절했다. 그러나 영완은 자기가 유길추를 찾아간다고 하며 위험한 장사도 아닌데 사양할 것이 무엇이냐고 도리어 상희를 바보처럼 말했다.

그래도 상희는 유길추와의 애정을 어디까지나 깨끗한 것으로 만들기 위한 금전관계를 맺지 않으려고 했다.

"남들은 얼굴만 아는 사람도 이용을 하려고 덤비는데 너는 무엇 때문에 유 선생을 꺼리는 거지? 유 선생도 좋아서 돌려줄 텐데……."

영완이가 상희를 못 마땅하게 말했다.

"이용한다는 것이 싫어. 내가 어떻게 유 선생을 이용하니?"

"이용한다는 것은 좀 어폐가 있지만 이런 때 서루 돕는 게 사랑하는 사람들이 할 수 있는 일이 아니냐?"

"애두, 사랑하기는……사랑하면 결혼을 해야 하게?"

"결혼을 안 한다구 그럴 건 또 뭐냐? 하게 되면 하는 거지. 그렇지만 결혼 안 한다구 사랑두 못하니?"

"좌우간 나는 유 선생한테 돈 돌려달란 말을 못하겠어."

"그럼 사업하기는 다 틀렸지. 어디 취직자리나 구해 보렴……."

"이 나이에 취직도 할 수 없고……."

이렇게 이야기를 끝맺지 못하고 있을 때 하루는 유길추가 상회를 찾아온 것이 아니겠는가?

상회는 그 동안 자기가 유길추의 집을 찾아가기도 했고 또 유길추와 함께 식사하러도 다녔으니 그냥 찾아온 것이려니만 생각했다. 그러나 유길추는 상회를 대하자,

"당구장을 내시겠다고요?"

하고, 먼저 당구장 이야기를 꺼냈다.

상회는 영완이가 자기에게 의논도 없이 유길추를 찾아갔던 것이라고 생각했다. 말하자면 유길추가 이미 알고 있는 사실을 감출 수가 없게 된 형편이었다.

"네, 영완이와 같이 해 볼까 해요."

"자금이 얼마 든다구요?"

유길추는 영완에게 구체적 이야기를 전부 들었으나 그래도 상회의 말을 다시 들어야 하겠다는 것처럼 말했다.

"다 해서 삼사백만 환은 드는가 봐요."

"나도 생각해 보았는데 당구장 같으면 실패하지는 않겠더군요."

"저도 그렇게 생각해요. 더구나 천한 영업도 아닌 것 같구요."

"그럼 최 여사는 이백만 환만 내시면 되겠군요."

"그렇지만……."

상회는 유길추가 그 돈을 주려고 온 것을 알았다. 그러나 차마 돈을 돌려달라는 말을 할 수가 없었다.

"걱정 마십시오. 이자를 달래지는 않을 테니까……."

"그러니까 싫어요. 차라리 딴 데서 구해 보겠어요."

"그러실 것까지는 없지 않아요? 없어지는 돈도 아니고 언제든지 팔기만 하면 그만한 돈이 나올 테니까……."

"그래두 마음의 빚이 돼서 싫어요."

"그렇게 생각하시는 게 우스운데요? 마음의 빚을 느낄 그런 사이던가요?"

"가까울수록 빚을 지지 말아야 한다고 생각해요."

"그러니까 빚이라고 생각지를 말라는 거 아니에요?"

상희는 그 이상 더 거절할 수가 없었다. 이미 돌려줄 작정으로 찾아온 유길추에게 그 이상 거절한다는 것은 결국 유길추의 성의를 무시하는 것이 된다.

"그럼 주세요, 없어질 돈은 아니니까……."

이렇게 해서 유길추의 돈을 빌려 쓰기로 했으나 상희는 그로 인해서 마음이 무거워짐을 어떻게도 할 수 없었다.

그 전에는 며칠에 한 번씩 유길추의 집으로 가서 유길추 모르게 방 안을 정돈해 주기도 하고 식모에게 음식 만드는 지도도 해 주었다.

그러나 유길추에게 돈을 받은 뒤부터는 유길추의 집을 찾아가게 되지가 않았다. 돈을 썼기 때문에…… 하는 생각이 그를 대하는 마음에 거리감을 가져다 주었던 것이다.

종로에 집을 얻고 그것을 수리하는 한편 당구대를 주문하고 설비를 꾸미는 며칠 동안 상희는 바쁘기도 했으나 그러한 거리감에서 유길추를 한 번도 찾아가지 않았다.

집 수리가 거의 끝나고 당구대도 들여 놓게 된 어떤 날에야 상희는 유길추를 찾아갔다. 그냥 만나러 가는 것이 아니라 그 동안의 경과보고를 하기 위함이었다. 일을 거의 끝날 때까지 한 번도 그 경과를 보고하지 않으면 유길추가 궁금하게 생각할 것 같았기 때문이었다.

경과를 보고하러 찾아가는 길이었기 때문에 상희는 안 대문으로 해서 내실로 들어가지를 않고 직접 병원으로 들어갔다.

유길추는 방금 환자의 진찰을 끝내고 있었다.

"오래간만이군요?"

상희를 바라보는 유길추의 눈에는 그새 얼마나 기다렸는지 아느냐 하는 호소가 숨어 있었다.

"바빠서요."

상회는 자기도 모르게 고개를 숙여 버렸다. 사실은 자기도 보고 싶은 유길추였다. 어째서 자기는 유길추가 보고 싶지 않았을 것이냐 하는 정겨운 태도였다.

그러나 두 사람은 꼭 같이 자기들의 감정을 있는 그대로 표현하지를 못했다.

"그새 일은 잘 되어 가고 있습니까?"

유길추는 상회를 진찰실로 들어오게 한 뒤 손님을 대하듯 범연한 태도로 말을 했다.

"네, 거의 다 되어가고 있어요. 며칠 안에 문을 열게 될 것 같아요."

상회도 사무적인 태도로 설명했다.

"장소는 어디라지요?"

"종로 2가예요. 파고다 공원 맞은편 골목으로 들어가 왼편 2층집인데 위치는 괜찮은 것 같아요."

아무가 들어도 무방할 사무적인 대화를 주고받았다.

상회는 집 권리비가 얼마, 수리비가 얼마, 설비비가 얼마, 하고 경비 지출의 내용까지 말하고 싶었으나 조수와 간호부가 있는 데서 그런 말을 한다는 것은 자기가 경솔해지는 것 같아 그것만은 딴 기회로 미루리라 생각했다.

그때였다. 유길추가 일어서서 진찰실을 나가며,

"잠깐만……."

하고 상회를 복도로 불러냈다.

"좀 의논할 일이 있는데요."

상회는 따라나가지 않을 수 없었다.

유길추는 상회의 동의도 구하지 않고 내실로 들어가고 있었다.

상회는 자기도 보고해야 할 일이 남아 있는 만큼 차라리 잘 되었다 생각하며 내실로 따라갔다.

유길추는 아담스럽게 꾸민 응접실로 들어가 먼저 소파에 앉은 뒤 상회에게 앉기를 권했다.

가운데 놓여 있는 책상 위에는 하얀 국화꽃이 탐스럽게 활짝 피어 있었다.

두 사람은 국화꽃을 바라보는 사이에 시선을 부딪쳤다. 시선을 부딪치고도 그들은 상대방에게서 눈을 떼려고 하지 않았다.

서로 뚫어지게 바라보는 것이었다. 얼핏 보면 모두가 성난 사람 같았다.

한참 뒤에야 유길추가,

"돈을 공연히 돌려드렸나 보지요?"

하고 나직이 입을 열었다.

"그런 것 같아요."

상희는 동감이라는 듯 대답했다.

"그렇다고 발을 끊을 수야 있습니까?"

그때 상희는 태도를 달리하고,

"정말 바빴어요. 발 뺄 틈이 없었는걸요."

유길추의 말을 막아 버렸다.

"아무리 바쁘기로서니……."

"바쁜 걸 어떻게 해요?"

상희가 그런 종류의 이야기를 회피하려는 태도에 유길추도 생각을 달리했던지,

"사실은 좀 의논할 일이 있는데요."

하고 사무적인 태도로 용건을 꺼내려 했다.

"무슨 일인데요?"

상희는 어떤 일이든 같이 의논할 아량이 있다는 듯이 물었다.

"좀 거북한 일인데 들어 주실 수 있을는지요?"

"말씀을 하셔야지요……."

유길추는 잠시 망설이다가,

"학생 시절의 은산(恩師)데 그 분이 이번 우리 나라엘 오시지 않았어요……."

"어떤 나라 사람인데요?"

"미국 분인데 볼일이 있어서 다니러 온 모양입니다. 곧 귀국을 하는데 그
들을 집으로 초대하지 않을 수가 없게 되었어요."
"부부 동반인가?"
"그렇습니다."
"그때 음식을 만들어 달란 말씀이군요?"
"네, 그런데 그것뿐이 아닙니다. 내 아내를 대신해서 그들을 접대해 달라
는 것입니다."
그 말에 상희는 대답을 못하고 유길추의 얼굴만 쳐다보았다.
상희가 미처 대답을 못하고 있을 때 유길추가,
"생각하면 우스운 일이지만 언제 다시 볼지 모르는 사람들에게 집안 사
정을 이야기해서 찾아오기를 꺼리게 하고 싶지가 않아 아내 죽은 이야기를
숨겼지요."
하고 두 손을 모아 쥔 뒤 마룻바닥으로 시선을 떨어뜨렸다.
상희도 유길추를 정면으로 바라보기가 안되어 고개를 숙여 버렸다. 그때
상희는 유길추가 파리가 앞발을 비비듯 두 발을 비비고 있음을 보았다.
말을 꺼내기는 꺼냈으나 종아리를 걷어올린 어린애가 아버지의 채찍이
세차지 않기를 비는 듯한 그런 심정인 모양이었다.
상희는,
"그것쯤 뭐 힘든 일이라구요. 하루쯤 대역을 해 드리지요."
하고 가볍게 대답했다.
우리 나라 사람도 아닌 외국인이다. 그뿐 아니라 다시는 볼 가능성도 없
는 사람들이다. 그들 앞에서 유길추의 아내 행세를 한다고 해서 부끄러울
것이나 창피할 것이 하나도 없다. 뒷소문이 날 걱정이 날 걱정도 없다.
"고맙습니다."
유길추는 고개를 들어 상희를 한 번 바라보았으나 금시 또 숙여 버렸다.
면목이 없는 모양이었다.
그러나 상희는 유길추가 면목이 없다는 생각만으로 고개를 숙이는 것이
라고는 생각지 않았다.

하루나마, 그리고 아무 내막도 모르는 외국인 앞에서나마 유길추와 자기가 남편과 아내로 꾸며진다는 것은 어린애들의 철없는 소꿉장난과는 성격이 판이하다. 소꿉장난이라면 장난할 때도 그럴 것이지만 끝이 난 뒤에도 가슴에 남는 것이 아무것도 없을 것이다.

그러나 소꿉장난이 실제로 남편과 아내라는 실감을 가져다 준다면.

상희는 가슴이 두근거림을 느꼈다. 그러니 유길추도 자기와 똑같이 가슴을 두근거리고 있을 것 같기만 했다.

가짜 아내나마 아내 노릇을 하면서,

"여보……."

하고 유길추를 부를 때 정말 남편이 아니면 부를 수 없는 그런 심정이 우러나온다면 그때는 어떻게 할 것인가?

유길추도 지금 그 '여보!'를 속으로 연습하고 있을지 모른다.

그러나 상희는 지금 그런 것을 생각하고 있을 때가 아니라고 생각했다. 이미 마련된 연극이라면 막이 내릴 때까지 연극을 해야 할 자기임을 깨달았다.

"언제라고 하셨지요?"

상희는 묻는 말에 냉정을 가식했다.

"바루 내일 모렙니다."

"그럼 내일 장을 봐야겠군요?"

"글쎄 아마 그래야겠지요."

"수정과 같은 것을 하려면 이미 늦었는데요."

"약식으로 하지요. 홀아비 살림인데 뭐……."

"아니 저더러 아내 역할을 하라시고는……."

"참, 그 날은 홀아비가 아니지……."

유길추가 머리를 벅벅 긁으며 빙그레 웃었다.

"걱정 마십시오. 수정과도 과일 통조림을 사다가 하면 즉석에서라도 만들 수 있으니까요……."

상희는 임시 아내가 될 것을 완전히 승낙했다. 그리고 나서는 자기가 준비하고 있는 당구장 시설에 들어간 비용이 얼마 얼마라는 것을 간단히 설명한 뒤 내일 다시 찾아오기를 약속하고 유길추의 집을 나왔다.

임시 숙소인 영완의 집으로 돌아오자 상회는 영완을 자기 방으로 불러다 놓고 내일과 모레 이틀 동안은 당구장 공사에 나가지 못할 것 같다는 말을 했다.

"왜?"

영완이가 적이 의아하다는 표정으로 물었다. 그러나 유길추의 집에 외국 손님이 오게 되어 자기가 임시로 주부 노릇을 해 주어야 한다는 말을 하자 영완은,

"그래?"

하고 즉시로 표정을 달리했다. 그런 일이라면 할 수 없지 않느냐는 태도였다.

"미안하다."

상회는 자기 개인 일로 동업하는 당구장 공사를 이틀 동안이나 돌보지 못하게 되었으니 미안하지 않을 수 없었다.

그러나 영완은,

"어차피 나는 나가 있을 테니까 어떠니! 꼭 둘이서 지키고 있어야 하니?"
하고 아무렇지도 않다는 듯이 말했다. 사실 상회가 안 나간다고 해서 지장이 있을 것은 없었다. 설계를 해서 도급을 맡긴 일이니까 한 사람이 나가서 감독만 하면 그뿐이었다.

그러나 상회는 영완이가 지나치도록 대범하게 자기 말을 받아들이고는 딴 말을 한 마디도 안 하는 것이 섭섭했다.

"임시 마누라 노릇을 잘 해라."
하고 한 마디쯤 농담을 해 주어도 좋을 것이 아니겠는가? 그런데 영완은 뜻 있는 웃음 하나 웃지 않고 안방으로 들어가 버렸다.

상회는 저녁을 먹자 영완을 다시 자기 방으로 불러들였다. 아무래도 하루 동안이나마 유길추의 임시 아내 노릇 하는 데 대한 이야기를 안 하고는 가슴 속이 간지러워 그냥 잘 수가 없었던 것이다.

"너 미국 사람을 집으루 초대해 본 일이 있니?"

상희는 이런 말로 이야기를 시작했다.

"내가 무슨 사교가라구 외국인을 초대하니?"

영완이가 어이가 없다는 듯이 대답했다.

"누구 집에 가서 구경한 일도 없구?"

"파티에 가서 미국 사람들 구경한 일은 있지."

"말을 몰라서 어떻게 하니? 나는 그게 걱정이 돼서 죽겠다."

"유 선생이 통역해 주지 않으리. 차라리 한 마디두 모르는 게 좋아. 공연히 서투른 말을 가지고 아는 척하다가 망신하는 것보다 벙어리 되는 것이 편해."

"그럴까?"

그래도 영완은 유길추와 상희의 임시 부부에 대한 이야기는 입에 내지를 않았다. 상희는 할 수 없이,

"내가 유 선생의 임시 부인 노릇을 해도 괜찮을까?"

하고 정면으로 질문을 시작했다.

"어떠니? 그 사람들이 임시 부부라는 것을 눈치나 챌 것 같으니?"

"그래두 어색할 것 같아서 말이야."

"정 어색하면 어색하지 않도록 진짜 부부가 되렴……."

"애두 못하는 소리가 없네……."

어쩐지 상희는 영완의 말이 밉지가 않아 웃음을 띠며 응수했다.

"그게 왜 못할 소리냐? 홀아비하고 과부하고 서로 좋아 결혼한다면 당연한 일 가운데서도 당연한 일이지."

"싫어, 유 선생하고는 결혼을 안 해. 옥순일 생각해서라도 그걸 어떻게 하니……."

이렇게 말을 하면서도 상희는 모레 유길추와 임시 부부가 될 장면들을 생각해 보는 것이었다. 정말 부부처럼 나란히 앉아서 미국인 부부와 함께 음식을 먹는 장면. 일부러라도 웃음을 띠며 다정한 부부처럼 유길추에게 친밀하여야 할 자기. 상희는 밤자리에 들어가서도 미국 사람들이 다정한 부부라

고 느낄 만큼 자기가 서투르지 않게 유길추의 아내 노릇을 해야 한다고 생각하며 손님들 앞에서 취할 행동을 하나하나 연구해 보는 것이었다.

다음날 상희는 아침부터 유길추의 집에 가서 다음날 차려 놓을 요리 준비를 했다. 우선 시장엘 가서 재료들을 사 왔다.

특히 상희는 한국 특유한 요리를 만들려고 부심을 했다. 갈비, 신선로, 생선, 심지어는 메밀묵에 이르기까지 외국 사람으로서는 본 일이 없는 음식만을 만들려고 시장을 몇 바퀴나 돌았는지 모른다. 장을 보는 데만도 반나절을 소비했다.

장을 보아 가지고 와서는 식모더러 깨끗이 씻어 오게 한 뒤 요리 만드는 것은 순전히 자기 혼자의 손으로 했다.

요리를 만들면서도 상희는 내일 어떤 옷을 입을까, 화장은 어떻게 할까 하는 것을 생각하기에 마음은 계속해서 바쁘기만 했다.

내일 익히기만 하면 되도록 요리 준비를 다 해 놓았을 때는 이미 저녁 여덟 시가 지났었다.

그 동안도 유길추가 몇 번씩 들락날락했지만 요리가 끝났을 때는,

"저녁이나 먹읍시다."

하며 안방으로 들어와 옷을 갈아입고 있었다.

상희는 시장도 했지만 이런 때는 유길추의 집에서 유길추와 단둘이서 식사를 해도 무방하리라 생각하고 식모가 들여다 주는 겸상에 유길추와 마주 앉았다.

"수고했습니다."

밥상을 마주하고 앉자 유길추가 새삼스럽게 인사를 했다.

"수고는요?"

"수고지요…… 그런 수고가 또 어디 있습니까?"

수고라는 말을 두 번이나 거듭할 때 상희는 눈을 샐쭉하며

"누가 그런 말을 듣자구 일했어요?"

하고 토라진 말을 했다. 정말 상희는 일을 하는 동안 자기가 수고한다고 생각해 본 일이 한 번도 없었다. 해야 할 일을 당연히 하는 것으로만 생각

했다.

유길추도 지나치게 형식적인 인사를 했다고 생각했던지,

"그럼 그 말을 취소하겠습니다."

하고 식사를 하기 시작했다.

상희는 유길추가 취소한다는 말까지 하게 한 자기가 도리어 미안해서,

"취소까지는 안 해도 좋아요."

하고 생긋 웃었다.

찬을 이것저것 집어먹으며 식사를 하고 있을 때 유길추가 달걀찌개를 젓가락으로 집어 상희 밥그릇 위에 놓으며,

"잡수세요."

했다. 상희는 유길추의 얼굴을 한 번 쳐다보고 웃음을 지으며 그 달걀찌개를 집어먹었다. 그리고는 불고기 반 점을 집어 유길추의 입에 넣어 주려 했다. 무심중 손이 유길추의 입에까지 올라가려 할 때 상희는 문득 손을 멈추고 유길추가 한 대로 고기를 유길추의 밥그릇 위에 놓았다. 유길추는 빙그레 웃기만 하며 고기를 집어먹었으나 상희는 얼굴이 빨개졌다.

밥을 다 먹자 상희는 그만 자리에서 일어섰다. 오래 있으면 있을수록 마음이 달라질 것 같음이 겁났던 것이다. 그런데 상희가 자리에서 일어서려 할 때 유길추가,

"잠깐만 계십시오."

하고 응접실로 나가 물건 하나를 들고 왔다.

"아무것도 아니지만 내일 쓰시라고 사 온 겁니다."

그것은 여자용으로 무엇이나 다 들어 있는 외국제 고급 화장품 세트였다.

"어마나, 다 늙은 할마씨가 이런 걸 뭣해요?"

속을 들여다보던 상희가 기절할 것처럼 놀란 표정으로 말했다.

"할마씨는 왜 할마씨에요?"

유길추가 눈웃음을 지으며 상희를 바라보았다.

"참 당신두, 그래 내가 이런 걸……."

상희는 자기도 모르게 자기 입에서 나온 '당신두'라는 말에 그만 얼굴을

붉히고 말을 맺지 못했다.

어째서 그런 말이 나왔을까? 그러나 유길추가 얼른,

"꼭 젊은 여자만이 화장을 하나요? 사실이야 화장이란 나이 든 여자만이 해야 하는 걸 텐데……."

하고 상희에게 무안을 느낄 겨를을 주지 않았다. 상희는 연극의 막이 아직 열리지도 않았는데 자기는 벌써 연극을 시작한 것이 아닌가 하는 생각이 들어 유길추의 얼굴 보기가 부끄러웠다.

눈을 화장 세트에 떨어뜨리고 화장품만 바라보고 있던 상희가 부끄러움을 떨치듯이,

"꼭 같은 게 세 개나 있네요……."

하며 향수병 세 개를 집어들었다. 그때 유길추가,

"하나는 변소 갈 때 쓰는 향수, 하나는 낮에 쓰는 향수, 하나는 파티 같은 데 갈 때 쓰는 향수랍니다."

하고 설명했다.

"우리 생활과는 거리가 먼 물건들이군요…… 갖다 놓고 구경이나 하지요."

상희는 무안했던 얼굴을 지우고 웃음을 띠었다.

"구경을 하시든 무엇을 하시든 좌우간 가지고 가십시오."

그 뒤 그들은 손님이 내일 저녁 여섯 시에 오니까 음식을 적어도 다섯 시까지 준비해야 한다는 이야기로부터 손님 대접 절차에 대한 이야기를 주고받다가 밤 아홉 시나 거의 되어서야 헤어졌다.

상희가 유길추의 집을 나올 때 유길추는 서양사람 식으로 미닫이를 열고 상희를 먼저 나가게 했다. 상희는 응당 그런 대접을 받아야 하는 것처럼 아무 사양도 않고 미닫이를 열어 주는 대로 앞을 서서 나왔다. 대문을 나설 때 유길추가 대문 연 손을 내뻗친 채 상희를 내보내는 데는 방 안에서 나올 때와 달리 상희의 가슴이 두근거리지 않을 수 없었다. 자기 몸이 유길추의 가슴을 스치게 되었고 그것이 꼭 포옹을 하는 자세와 같았던 것이다.

상희는 순간 걸음을 멈추고 유길추의 얼굴을 뒤돌아보았다. 그러나 내밀

고 있는 팔을 휘감기만 하면 자기가 안기고야 말 그런 위치에 있는데도 불구하고 유길추는 상희를 물끄러미 바라볼 뿐 몸을 조금도 움직이지 않았다.

상희는 입이 열려지지 않았다. 유길추가 들고 있는 화장품 상자를 빼앗듯이 잡아 쥐고,

"빨리 들어가세요."

소리만 남기고 도망치듯 종종걸음으로 대문을 나와 버렸다.

집에 돌아와 자리에 누웠을 때 상희는 자기의 팔을 벌렸다가 빈 공간이나마 웅크려 안아 보았다.

"내가 남자라면……."

하고 중얼거리기도 했다. 유길추가 못난 남자처럼 느껴졌던 것이다.

그러면서도 유길추가 고마운 사람이란 생각을 잊어버리지는 않았다. 만약 유길추가 방탕성이 조금이라도 있는 남자라면 자기를 가만 두지는 않았을 것이다.

그렇게 된다고 하면 그때 자기는 어떻게 될 것인가. 유길추와 결혼을 안할 수가 없게 된다. 결혼을 하게 되면 유길추의 죽은 아내 옥순에 대한 면목은 둘째로 하고 병신자식인 애령과 창식이가 자기를 어떻게 생각할 것인가?

이런 생각을 하면서도 상희는 유길추의 얼굴이 자꾸만 눈앞에 떠올라 밤잠을 이루지 못했다. 그리고 내일, 즉 자기가 임시 아내 노릇 하는 그 날이 왜 그렇게 기다려지는지 몰랐다.

다음날 상희는 조반을 먹자 일찌감치 유길추의 집으로 갔다. 갈 때는 어제 유길추가 준 화장품으로 화장하는 것을 잊지 않았다. 그리고 옷에는 향수까지 약간 뿌렸다.

이 날은 그리 바쁠 것이 없었다. 준비해 놓은 음식을 손질해서 익히기만 하면 되는 것이니까 그것은 손님이 올 시간에 임박해서 해도 무방했기 때문이다. 그래서 상희는 주로 집안 정돈에 시간을 보냈다. 응접실 청소와 안방 청소를 깨끗이 했다. 그러고 나서 유리창들을 닦기 시작했다.

응접실의 남향 유리창을 신문지로 닦고 있을 때였다. 유길추가 들어와,

“이거 너무 수고하시는데요.”

하고 인사를 했다.

상희는 아무 대답도 않고 유리만 닦고 있을 때,

“좀 쉬어 하시지요.”

하고 유길추가 상희 가까이로 왔다.

“할 거 다 하고 쉬지요.”

상희는 그래도 손을 쉬지 않았지만 갑자기 무슨 생각이 났던지 응접 테이블 있는 데로 오며,

“참 꽃을 좀 사 와야겠어요. 꽃들이 시든 것 같아요.”

하고 꽃병을 만지며 말했다.

“사람을 시켜 사 오지요.”

그때 상희가,

“아녜요, 꽃도 꽃이지만 화분이 좀 있어야 할 것 같아요. 만년초가 하나도 없지 않아요? 제가 가서 이 방에 어울리는 걸 골라 올게요.”

하고 밖에 나갈 채비를 했다. 그리고는 이어서,

“이 방에는 무화과나무가 어울릴 것 같아요. 그렇게 넓은 방이 아니니까 잎이 생긴 나무가 좋거든요. 그리고 창가에는 키가 작은 샤보텡이 어울릴 거구요.”

했다.

“그런 것까지 생각하실 줄을 아시누먼요.”

이것은 유길추의 말이었지만 절대로 비꼬는 소리가 아니었다. 오랫동안 병석에 누워 있다가 죽은 아내는 방 치장에 대해서 생각할 마음의 여유가 조금도 없었다. 그렇기 때문에 오래간만에 살림을 정돈해 주는 상희의 마음씨를 보고 고맙기 짝이 없다는 감탄조가 그렇게 나왔을 뿐이었다.

“사람을 아주 무시하는데요……”

상희가 웃음에 섞인 말을 했다.

어떤 말을 해도 통할 수 있는 서로의 심정인 모양이었다. 유길추는 상희의 말에 변명할 생각도 않고,

"같이 나가서 사 올까요?"

하는 말만 했다.

"그만두세요. 바쁘실 텐데 혼자 갔다 올게요."

상희는 군이 혼자 가려고 했다. 가도 좋겠지만 유길추의 방에 장식할 화초를 자기 마음껏 골라보고 싶은 심정이었다. 유길추는 몇 번이나 같이 간다고 했지만 상희가 절대로 혼자 간다고 하기 때문에 더 우길 수가 없었다.

상희는 끝내 혼자 나섰다. 그러나 대문 밖에까지 나갔던 상희가 달음박질로 돌아오며,

"여보! 돈을 안 가지고 갈 뻔했어요."

하고 유길추에게 소리를 질렀다. 유길추는 '여보'라는 말에 대답을 못하고 빙그레 웃기만 했다. 유길추가 웃는 것을 보자 상희는 또다시 무안을 느꼈지만,

"미리 연습을 해 본 거예요. 손님들 앞에서는 그래야 하지 않아요?"

하고 웃어 버렸다. 겉으로만 웃는 것이 아니라 속으로까지 웃는 것이다.

'내가 미쳤나?'

하고 상희는 혼자 중얼거렸다.

상희는 화초를 사 가지고 유길추의 집으로 돌아왔을 때는 벌써 다섯 시가 거의 다 되어 있었다.

상희는 부리나케 꽃을 꽂고 화분을 놓을 자리에 놓은 뒤 식모를 독촉하여 밥을 짓고 국을 끓이게 했다.

그리고 나서는 음식을 가져올 때는 반드시 쟁반에 올려놓아 가지고 오라는 것, 그리고 쟁반은 반드시 자기에게로 가져오라는 둥 식모에게 여러 가지 주의를 시켰다. 그리고도 식모에게만 맡기기가 마음이 놓이지 않아 부엌으로 나가 식모와 함께 이 일 저 일 참견을 하고 있을 때 유길추가 부엌문을 열고 상희를 잠깐만 들어오라고 했다. 손을 대기 시작하니 자기가 없으면 일이 하나도 안 될 것 같아 마음이 놓이지 않았으나 유길추가 중요한 이야기가 있는 것처럼 부르는 데 안 들어갈 수가 없었다.

"왜 그러시지요?"

앞치마로 손을 씻으며 유길추의 뒤를 따라 안방에까지 들어갔을 때 유길추는,

"시간이 다 되어서 손님을 모시러 가야겠는데요."

하면서 의장 문을 열고 한복 한 벌을 꺼내 놓았다.

"이것은 아내가 입으려고 만들어 놓았던 것인데 한 번도 입어 보지를 못하고 말았습니다. 최 여사가 입고 있는 옷보다는 못하지 않을 테니까 이걸 입고 있다가 손님을 맞이해 주십시오."

소위 홍콩 양단이었다. 큼직한 꽃무늬가 있고 빛깔도 연한 갈색이어서 약간 화려해 보이기는 했으나 상희에게 꼭 어울리는 옷감이었다.

상희는 어떻게 해야 좋을지를 몰랐다. 죽은 옥순의 옷을 입고 옥순이 대신 임시 아내 노릇을 한다는 것이 우선 가슴에 걸리는 것 같았다.

만약 혼이 있어서 옥순이가 자기를 내려다보고 있다면 무엇이라고 변명할 수 있을 것인가?

상희가 결단을 내리지 못하고 묵묵히 있을 때 유길추가,

"죽은 사람의 옷이 돼서 불쾌하세요?"

하고 물었다.

"아네요."

상희는 고개를 내저었다. 그리고는 치마저고리를 집어 자기 몸에 대보았다. 옥순의 옷은 옥순의 옷이로되 한 번도 살을 대보지 않은 옷이다. 그리고는 유길추가 주는 것이라면 무엇이나 받아야만 할 것 같았다. 받아야 할 것 같은 것이 아니라 받고 싶었다.

옷을 몸에 대어 보며,

"너무 화려하지는 않아요?"

하고 묻자, 유길추가,

"빨리 입어 보세요."

하고 자리를 피했다.

상희가 옷을 갈아입자 유길추가 다시 들어와서,

"좋은데요……."

하며 옷을 쓸어 보는 것이었다.

옷 위로 유길추의 손이 닿는 것을 감각할 때 상희는 유길추의 손길이 좀 더 억세었으면 바랐으나,

"그럼 다녀올게요."

하고 유길추가 놀란 사람처럼 방을 뛰쳐 나갔다.

상희는 넋을 잃은 사람처럼 한참 동안 멍하니 서 있다가 다시 부엌으로 나갔다. 그러나 정각 오 분 전 상희는 손을 씻고 병원 현관 앞으로 나갔다. 손님들을 맞이하기 위함이었다.

어떻게 그렇게 시간을 재었는지 유길추는 정각 여섯 시에 손님들을 모시고 현관 앞에까지 이르렀다. 손님 부부가 자동차에서 내리자 상희는 반가운 얼굴을 지으며 그들 앞으로 걸어갔다. 유길추가,

"제 아내입니다."

하고 상희를 소개시키자 손님들은 상희에게 악수를 청하며 상희의 옷에 매혹된 듯 원더풀 소리를 연발했다.

유길추의 옛날 스승이라는 미국 손님은 나이 육십도 훨씬 넘어 보이건만 그 몸짓과 말씨가 무척 명랑했다. 한식 음식이라고 해도 처음 대하는 것은 아닐 것이지만 음식에마다 감탄사를 섞어 가며 그 진미를 칭찬했다. 그리고 는 말끝마다 상희에게 시선을 보내는 것이었다. 상희는 그들이 하는 말을 알아듣지 못하면서도 훌륭한 부인이라고 자기를 칭찬하는 것쯤 짐작할 수 있었다.

식사가 끝나고 디저트까지 다 먹자 손님은 사진기를 꺼냈다. 플래시 장치를 했으니 밤에도 능히 찍을 수 있는 카메라인 모양이었다.

손님은 유길추와 자기를 찍으려 하는 모양이었으나 상희는 주춤하지 않을 수 없었다. 그것만은 사양해야 할 것 같았다. 그래서 손짓을 하며 소파에 앉으라고 해도 앉지를 못하고 주춤거릴 때 유길추가,

"빨리 오시오. 아무래도 찍어야 할 건데……"

하고 정말 아내에게 대하듯 반말로 상희를 불렀다.

"창피해서……"

"창피하기는……."

유길추가 상희에게로 와서 팔목을 끼고 소파로 끌어다 앉혔다. 상희는 그저 부끄러워서 사양한다는 태도를 보이는 수밖에 없었다. 그러나 남편이 끌면 끄는 대로 끌리는 체 아니할 수 없었다.

상희와 유길추가 나란히 앉자 손님은 행복스러운 부부에게 축하를 하는 듯 얼굴에 웃음을 지으며 플래시를 터뜨렸다.

사진을 찍은 뒤에도 손님들은 유길추와 환담을 하다가 여덟 시쯤 해서야 돌아갔다. 손님들이 돌아갈 때 유길추와 상희는 현관까지 나가서 그들을 자동차에 태워 보낸 뒤 서로의 얼굴을 마주 보았다. 무대에 처음 선 배우가 연기를 끝냈을 때의 안도감 같은 것이 두 사람의 마음속에 꼭 같이 작용했던 모양이었다.

"수고했습니다."

유길추가 가벼운 한숨을 섞어가며 말했다. 그러나 상희는 아무 대답을 안 했다. 그냥 방 안으로 걷기만 했다. 안방으로 들어가자 상희는 옷을 갈아입으려 했다. 일이 끝났으니 돌아가야 할 것만 같았던 것이다. 그러나 유길추가 뒤따라 오며,

"피곤하실 텐데 좀 쉬어 가시지요."

하고 상희의 어깨를 쓸어 만질 때 상희는 정말 긴장이 탁 풀리며 팔다리에 힘이 쑥 빠지는 것을 느꼈다.

상희는 자기도 의식하지 못하는 사이에 아랫목에 있는 침대로 가서 함부로 엎드려 버렸다.

"최 여사! 왜 그러시지요?"

유길추가 상희의 몸을 안아 일으켰다.

상희는,

"가야겠어요."

하고 입으로는 가야 할 듯이 말하면서도 몸은 유길추의 품에 늘어지고 있었다.

"가셔야지."

유길추도 말과는 달리 팔에 힘을 주어 상희의 몸을 자꾸만 죄는 것이었다. 상희는 죄어드는 가슴에 터질 것 같았으나 유길추의 얼굴에 뺨을 비비며 자기도 모르는 눈물을 흘렸다. 그때 유길추가,

"우리는 끝내 교차되지 않는 평행선을 걸어가야만 할까요?"

하고 말했다. 상희는 정말 아무것도 생각하고 싶지가 않았다.

"저는 몰라요, 마음대로 해 주세요."

자기의 운명을 항거할 수 없는 위대한 힘에 내맡기는 듯한 울부짖음이었다.

"놓치고 싶지 않아요."

"마음대로 하세요."

상희는 유길추의 품에 얼굴을 파묻고 그냥 울기만 하는 것이었다.

유성과 같이

창우는 퇴근하는 즉시 '아로하' 다방으로 나갔다. 누구와 약속한 것도 아니었다. 늘 나가는 단골 다방이라는 습관처럼 나간 것이지만 그래도 속으로는 누구든 찾아와 주었으면 하고 기다리는 마음이었다. 기다린대야 선우영밖에 기다릴 사람이 없다. 그러나 선우영은 어제 만났다 헤어질 때 이삼 일 뒤 전화를 걸기로 했으니 약속도 안 한 날 찾아올 까닭이 없다.

선우영은 자기 편에서 먼저 전화를 거는 경우가 있기는 하지만 약속 없이 다방으로 찾아오는 일은 한 번도 없었다.

지난번 선우영의 집을 찾아갔다가 저녁도 안 먹고 뛰쳐 나온 다음날 선우영에게서 전화가 왔었다. 퇴근 뒤에 만나자는 것이었다.

그 전화를 받을 때 창우는 정말 반가웠다. 포옹을 허락지 않은 자기의 옹졸을 후회하고 사과하려는 것이라고 생각했었기 때문이었다.

창우는 선우영을 이해할 수 없는 여자라고 생각지 말아야 한다고 마음먹었다. 선우영은 틀림없이 자기를 사랑한다고 생각되었기 때문이었다. 그래

서 약속한 장소로 달려갔을 때 선우영은 과연 자기의 잘못을 사과했다.

눈웃음을 지으며 고개를 숙였다 올리는 것이었다. 그리고는,

"화나셨지요?"

하고 물었다.

잘못했다는 말을 안 해도 선우영의 마음을 알 수가 있었다. 선우영의 마음을 알 수가 있기 때문이었는지 창우는,

"화가 안 날 수 있어?"

하고 위압적인 태도로 나왔다.

그러나 선우영은 웃음을 띤 채,

"그런 일에 화를 내시면 인격이 의심되지 않아요?"

하고 창우를 못마땅하게 말하기 시작했다.

"인격이 무슨 인격이란 말요? 애정의 표현은 비인격적 행동인가?"

창우가 억세게 나오자 선우영은 그래도 웃음진 얼굴로,

"애정의 표현은 알 듯 모를 듯하게 하는데 묘미가 있지 않아요? 솔직한 것도 좋기는 하지만 표현을 다 해 버리면 그 뒤의 흥미가 없어지고 말거든요."

하고 자기의 마음은 움직일 수 없다는 듯이 말했다.

창우는 그만 실망을 느끼고 말았다. 자기가 옹졸했다고 머리를 숙여 사과를 한다면 그 뒤는 그런 사과를 다시 하지 않도록 해야 할 것이 아닌가? 그런데도 선우영은 그런 경우가 다시 있을 때에도 솔직한 애정 표현을 받아들이지 않겠다는 것을 말하고 있다.

"그만둬요. 이제는 아무것도 요구하지 않을 테니까. 우리는 성격적으로 서루 맞지가 않는 사람들이야."

창우는 선우영을 단념하지 않을 수 없다고 생각했다. 그러나 선우영이,

"맞지 않는 성격을 맞추도록 하는 것이 좋지 않아요? 사랑에는 인내와 노력이 필요하다는 말도 모르시는가 봐……."

할 때는 창우도 크게 나아갈 수가 없었다.

확실히 자기를 싫어하는 것은 아니었다. 좋아는 하면서도 적극적이 못 되

기 때문에 자기의 비위를 건드리는 것이었다.

"죽을 때까지 인내만 하다가 말겠군……."

이런 말을 했으나 창우의 얼굴에는 웃음이 흘렀다. 사랑하는 마음을 없앨 수가 없는 사람의 약점이었을지도 모른다.

"참는 자는 복이 있나니……."

선우영은 창우의 간장을 긁어 놓기만 했다. 그러나 창우는 화를 내지 못하고,

"깍쟁이!"

한 뒤 테이블 밑으로 선우영의 발을 가볍게 밟아 주었다.

그 날 저녁 창우는 선우영을 데리고 중국요릿집으로 가려 했다. 중국요릿집 조용한 방에서 강제로라도 키스를 해 주어야 직성이 풀릴 것 같았던 것이다. 뭐니뭐니 해도 선우영이 자기를 사랑하기만 한다면 걷잡을 수 없이 대들 때 어쩔 수 없는 항복을 하고야 말리라 생각했기 때문이었다.

다방에서 나와 어떤 중국요릿집 앞을 지날 때 창우는 선우영의 의견도 들어 보지 않고,

"간단히 저녁이나 먹읍시다."

하고 앞장을 서서 요릿집으로 들어갔다.

선우영이 어쩔 수 없이 따라 들어오려니만 생각했던 것이다.

그런 요릿집으로 들어가 뒤를 돌아보았을 때 창우는 실망하지 않을 수 없었다. 선우영이 들어오지 않은 것이었다.

창우는 밖으로 뛰어나갔다.

"왜 안 들어오는 거요?"

창우가 언성을 높이었으나 선우영은,

"중국요리는 느끼해서 먹지를 못해요."

하고 창우를 똑바로 쳐다보았다.

"느끼하지 않은 걸루 먹으면 되지 않아?"

"그런 게 어디 있어요? 그리고 밀가루 음식을 먹으면 꼭 체하고야 마는 걸요."

"배두 괴상하군……."

선우영이 버티고 서 있는 형세로 보아 중국요릿집에는 절대로 들어가지 않을 것이 분명했다.

창우는 선우영이 자기 속을 들여다보고 하는 일이려니 생각지 않을 수 없었다. 불쾌해 견딜 수가 없었다. 그러나 선우영이,

"이왕이면 멋진 델 가서 저녁을 사 주세요. 왜 외국 사람들이 다니는 K 그릴이 있지 않아요."

하고 창우의 팔을 끼는 것이 아닌가?

선우영은 체온이 옷을 통하여 피부로 스며들 때 창우는 입을 막지 않을 수 없었다.

결국 K그릴로 가서 여러 사람들 틈에서 양식을 먹고 말았다.

그러고 난 뒤 이삼 일이 지난 어제야 선우영을 만났다. 어제는 집에 가서 해야 할 일이 있다고 하면서 저녁도 안 먹고 들어갔다. 붙잡을 새가 없을 만큼 몸을 피해 달아나고 말았다.

말하자면 선우영은 미꾸라지처럼 빠져나가기를 잘하는 여자였다. 붙잡을 수가 없었다.

그러나 창우에게는 그러한 선우영이기에 매력을 느끼는지도 모른다.

어쨌든 빠져나가기를 잘하는 선우영, 녹녹치가 않은 선우영임을 잘 알면서도 혹시나 하는 마음에 찾아오지나 않을까 하는 기대를 버릴 수 없는 창우였다. 사랑이란 기다리는 마음인 모양이었다.

창우는 담배를 피우면서 창 밖을 내다보았다. 쌍쌍이 지나가는 젊은 사람들이 보였다. 모두가 다정한 사이인 것 같았다. 남자 옆에 바싹 붙어 가는 여자들…… 그들은 선우영처럼 빠져나갈 궁리만 하는 여자가 아닐 것 같은 생각이 문득 머리에 떠올랐다.

그런 생각을 해서 그런지 자기가 불쌍한 생각이 들었다. 열정적으로 사랑하지도 않는 선우영을 자기만이 못 잊어 하는 까닭이 무엇일까?

창우는 자기가 선우영을 기다리고 있는 것이 아니라고 혼자서 다짐을 했다. 기다릴 필요도 없는 사람을 무엇 때문에 기다릴 것인가.

어떤 여자가 다방으로 들어와도 눈 하나 까딱하지 않고 있을 때였다.

"혼자 앉아 있는 게 처량하게 보이눈요."

낯익은 목소리가 들렸다.

명권숙이었다. 기다리는 마음이었기 때문인지 창우는 권숙이가 반가웠다.

"오래간만이군!"

"안녕하셨어요?"

권숙은 전과 달리 얌전해 보였다. 창우가 자기 옆 의자를 가리키며 앉으라고 했으나 권숙은 거기 앉지를 않고 맞은편으로 갔다.

"재미 좋아?"

창우가 권숙을 대하는 태도는 아무래도 헌 물건을 다루듯 조심성이 없었다.

그래도 권숙은,

"그저 그렇지요."

하고 얌전하게 대답했다.

창우는 권숙이가 갑자기 얌전해진 데 의심하지 않을 수 없었다. 얼마 전 술을 마시고 집으로 찾아갔던 일이 아직까지 마음에 걸려 그것을 불쾌하게 생각하고 있는지 그렇지 않으면 결혼을 하자고 한 말의 대답을 들어야 한다는 사무적 의식이 권숙을 지배하고 있는지…….

권숙은 창우를 빤히 바라볼 뿐 좀체로 입을 열려고 하지 않았다.

창우 역시 할 말이 생각나지 않았다.

"왜 보는 거야?"

"………"

창우는 권숙이가 전 달리 심각한 무엇을 생각하고 있는 것이라 느꼈다. 창우는 그것이 싫어졌다. 가볍게 취급할 수 있을 만큼 명랑하지 않다면 권숙은 아무런 맛이 없는 여자다.

"보지 마……."

창우는 권숙의 웃음을 보려고 손바닥으로 자기 얼굴을 가리며 일부러 애교를 떨었다.

"전 지금 선생님 얼굴에서 남자 전체를 보고 있는 거예요."

권숙은 절대로 웃지를 않았다.

"내가 남자의 대표 같아? 뭐 미남자도 아닌데……."

창우는 권숙을 웃기려고 노력했으나 권숙은,

"이걸 보세요."

하며 핸드백 속에서 편지 한 장을 꺼냈다. 임 소령에게서 온 것이었다.

"무슨 편진데?"

대강 짐작할 수는 있었지만 읽고 싶은 흥미도 없었다.

"읽어 보세요."

"남의 편지를 왜 읽어……."

"읽어도 괜찮아요."

창우는 편지를 읽었다.

권숙을 그리워하는 마음, 그리고 머지않아 서울에 올라오겠다는 말들이 기다랗게 적혀 있었다. 응당 그러려니 생각했던 만큼 창우는 놀라지는 않았다.

창우는 편지를 읽고는 무감각한 표정으로 그것을 되돌리자 권숙이가,

"진실한 사람이죠?"

하고 물었다.

"순진한 사람이지……."

"진실한 사람의 사랑도 받을 수 없는 내가 불쌍하죠?"

"못 받는 게 아니라 안 받는 것이니까 불쌍할 것도 없지!"

"진실하지 않은 마음을 주고 진실한 사랑을 받을 수 있어요?"

"이제라도 진실된 마음을 주면 되지 않아?"

"그럼 그이가 불쌍하구요."

"난 몰라. 마음대루 해……."

창우는 권숙의 애정 세계를 더듬고 싶지가 않았다.

"진실된 것은 진실되기 때문에 받을 수가 없고 진실되지 않은 것은 진실되지 않기 때문에 받을 수가 없고……."

권숙은 혼자 중얼거리다가,

"저 외국유학 가기로 했어요. 스페인으로 가겠어요. 여권을 신청했으니까 나오는 대로 떠나겠어요."

하고 말했다. 창우는 놀라는 표정을 지었으나 권숙이가 외국으로 간다는 것이 그의 마음을 흔들 아무것도 없었다. 그것을 빙자해서 오늘 밤을 즐기고 싶을 뿐이었다.

"그럼 오늘 밤 송별회를 하지. 홀로 가서……."

"송별회는 좀 빨라요."

권숙은 출발하기까지엔 아직 시일이 많다고 생각하는 모양이었다.

"미리 해 두면 어때? 공식적인 송별회도 아닌데……."

창우는 송별회가 아니라도 좋았다. 무료하던 하루의 마지막 시간을 즐겁게 지내고 싶을 따름이었다.

권숙은 그래도 주저주저했으나 창우가 이제는 춤출 기회도 없을 테니 마지막 셈치고 한 번 가 보는 것이 어떠냐는 말에,

"마지막이라니까 가 볼까요?"

하고 따라나섰다.

두 사람은 간단히 저녁을 먹은 뒤 종로에 있는 C카바레로 향했다. 가는 도중 창우가,

"양아버지가 학비를 댈 텐데 어째서 미국 아닌 스페인으로 가지요?"

하고 권숙의 유학에 대한 화제를 꺼냈다.

"물론 양아버지의 도움이지요. 그렇지만 나를 가장 잘 이해해 주는 분이니까 문제없어요. 공부를 마치고 돌아올 때나 양아버지를 만나러 미국엘 들리겠어요."

"하필 스페인을 택한 이유는?"

"투우사에서 연상되는 남성다운 씩씩함과 스페인 춤이 연상시키는 정서적인 면이 좋아서요."

"양 극단의 것을 다 배우려고?"

"투우 가운데는 굉장한 서정이 깃들여 있다고 생각해요. 목숨을 내걸고

싸우러 나가는 투우사들의 옷맵시를 보세요. 그리고 스페인 춤의 애수 속에는 장엄하고도 씩씩한 정신이 들어박혀 있는 것 같구요. 대차적인 것의 조화된 아름다움이거든요.”

“권숙 씨도 사고방식이 달라진 것 같은데…….”

“상당히 달라졌지요. 이때까지는 너무나 현실적으로 살았거든요. 현실적인 생활이란 순간적인 자기 도취 같아요. 이제부터는 꿈이라는 걸 가져 보기로 했어요.”

“그래?”

“아까 창우 씨 얼굴을 보며 남자 전체를 생각한다고 그랬지요? 정말 이제는 남자 개개인의 체취보다는 남성 전체의 체온을 발견하고 싶어졌어요.”

“대 비약인데…….”

이런 말을 하며 카바레까지 이르렀다.

카바레에 이르자 창우는 우선 술을 주문했다. 권숙에게도 권하며 술부터 마시었다. 권숙은 술을 조금도 마시지 않았다. 뿐만 아니라 창우가 춤을 추자고 할 때도,

“이야기가 더 재미있지 않아요?”

하며 춤까지 사양하려 했다.

“이야길 하러 카바레까지 왔나?”

창우가 억지로 끄는 바람에 몇 번 홀로 나가기는 했으나 두서너 번 추고 나서는,

“재미있는 이야기를 할게요.”

하고 자리에 달라붙었다.

“무슨 이야긴데?”

창우는 반드시 춤만 추어야 한다고는 생각지 않았다. 늦게까지 앉았다가 그야말로 마지막 엔조이를 하면 그뿐이라고 생각했던 것이다.

“저…… 조치구 씨 아시죠?”

권숙이가 이야기를 시작했다.

“알지. 요 전날 밤 권숙 씨하고 권숙 씨 집에까지 갔던 사람 말이지?”

"네, 바루 그 사람 말이에요. 그이를 어떻게 보시죠?"

"어떻게 보긴 무얼 어떻게 봐. 음흉한 사람이지……."

"나하구 연애를 한다고 생각하지요?"

"그런 것 같더군."

"연애는 안 했어요. 농락을 했을 뿐이고……."

권숙은 창우의 얼굴을 찬찬히 바라보다가,

"내가 나쁜 여자지요?"

하며 창우의 반응을 기다렸다.

"경우에 따라 사람은 어떤 일이라도 할 수 있는 것이 아닐까?"

창우는 의식적으로라도 권숙을 나쁘다고 말할 수 없었다. 다음 계획을 생각 안 할 수 없기 때문에…….

"그이는 참으로 이중적인 인간이에요. 여자를 속이려는 것이 뻔하거든요. 그렇지만 진심으로 사랑하는 척해요. 그래서 나는 사랑하는 척했지요. 가자는 데마다 따라가기도 했어요. 시외 드라이브, 카바레, 고급요리점, 어디든지 따라다녔지요. 그러면서도 넘어가지는 않았어요. 그러다가 며칠 전 온양온천엘 가자고 그러지 않아요? 그래서 나도 좋아하는 척했지요. 여행 도구를 준비하고 기차표까지 두 장 사게 했어요. 그게 바루 어제였어요. 그러나 정작 떠나는 시간에는 정거장에도 나가지 않고 빼 버렸지요."

"그건 악질인데……."

"의식적으로 한 행동이니까 악질이래도 할 수 없어요. 그렇지만 그것으로 그친 것도 아녜요. 기차 시간에 편지를 써서 사람을 내보냈거든요. 몸이 불편해서 오늘은 못 떠나나 내일은 꼭 간다고요. 그 대신 차표는 무를 수가 없으니 한 장이라도 써 먹어야 한다고 먼저 가서 기다리라고 했지요. 내일 온양온천 정거장에서 만나면 얼마나 극적인 장면이냐고 했더니 조씨는 간단한 회답을 써서 보낸 뒤 혼자 떠나갔어요. 지금쯤 온양에서 나를 눈이 빠지도록 기다리고 있을 거예요."

"통쾌하겠군?"

"일이 끝나고 나니 통쾌할 것 같은데 그렇지도 않은 것 같아요. 정말 내가 악질인 여자 같은 생각이 들어서요……."

"선질은 아닌데……."

"그렇지만 후회는 안 해요. 나도 나쁜 행동을 많이 했지만 그래도 나는 순수했다고 생각해요. 순수하지 못한 사람은 한 번 골탕을 먹어 보고 여자라는 것을 알아야 할 거예요."

"나도 권숙 씨 행동을 비난하고 싶지는 않아……."

"마지막이니까 걱정 마세요. 앞으로는 그런 일을 하래도 못할 거니까요. 순수하기는 했다 해도 결국은 남자들에게서 경멸을 받고야 말았다는 나 자신에 대한 반발이었을 뿐이에요."

"이젠 그쯤 해 두고 춤이나 춰."

창우는 그 이상 더 흥미를 느낄 이야기가 못 된다는 듯이 권숙의 손을 잡아끌었다.

"그럴까요?"

권숙도 이야기에 피곤을 느낀 듯 창우를 따라 홀로 나갔다.

음악은 슈트라우스의 원무곡 <푸른 다뉴브>이었다.

미끄러지듯 스피드가 있게 앞으로 전진하며 빙빙 도는 스케이팅 왈츠에 두 사람은 금시 황홀경에 도취되고 말았다. 몸을 밀착시키고 서로를 끌어당겨야만 중심이 잡히는 왈츠의 턴은 두 사람의 호흡을 가쁘게도 했다.

다음은 하와이 음악이었다. 애조를 띤 기타가 비오는 날의 구슬픈 정서를 자아냈다.

창우는 권숙의 뺨에 뺨을 대고 움직이는 것 같지도 않게 스텝을 옮겼다.

창우는 춤을 추면서도 무어라고 지껄이고 싶었다. 그러나 권숙이가 황홀 속에 자기를 잃고 있는 것 같아 입을 뗄 수가 없었다. 춤이 다 끝나고 돌아올 때야,

"호텔로 가지……."

하고 이미 약속이나 했던 일처럼 말했다. 권숙의 기분으로 보아 권숙이도 그러기를 기대하고 있는 것 같아 창우는 자신 있는 어조로 말했던 것이다.

그러나 권숙의 대답은 천만 뜻밖이었다.

“그냥 가겠어요.”

창우는 놀라는 표정으로,

“왜?”

하고 물었다.

“그저요.”

창우는 권숙이가 거절하는 이유를 알 수 없었다. 그럴 까닭이 없는데…….

“먼즈야?”

그것밖에는 다른 이유가 없을 것 같았던 것이다.

“신사답지 않은 용어는 삼가세요.”

“그럼 내가 싫어졌단 말야?”

권숙은 창우의 얼굴을 바라보다가 잠시 뒤에야,

“창우 씨는 언제나 나를 좋아했지요?”

하고 반문을 하는 것이었다.

“내가 싫은 것을 억지로 따라다녔단 말인가?”

“싫어하지는 않았을지 모르지만 좋아하지도 않았어요.”

“과거를 캐고 앉아 있을 시간이 어디 있어. 당장에 서루가 좋으면 그뿐이지.”

“그 당장이라는 말이 싫어졌어요. 내일 아침에는 환멸로 변하고야 말 순간적인 감정이거든요. 나는 속죄를 하고 구원을 받으려고 하지는 않아요. 속죄가 되리라고는 생각지도 않으니까요. 그렇지만 환멸을 느끼는 생활만은 그만두려고 해요.”

“결심이 대단한데…….”

“대단한지 안 한지도 모르겠어요. 지금의 내 심정이 그냥 귀한 것 같은 위태로움을 느끼지 않도록 해 주세요.”

창우는 더 이야기해야 소용이 없으리라는 것을 알았다. 관념의 집착은 쉽게 깨뜨릴 수가 없는 것이니까.

“잘 가…….”

창우는 퉁명스럽게 말로 권숙을 보냈다.

"안녕히 가세요."

권숙은 조금도 미련이 없다는 듯이 명랑한 어조로 말하고는 뒤도 돌아보지 않고 걸어갔다.

집에 돌아오자 창우는 야릇한 공허감을 느꼈다. 세상에 마음대로 되는 일이 하나도 있지 않다는 것은 슬픈 일이 아닐 수 없었다.

창우는 정말 자기가 슬픈 사람 같았다. 슬픈 사람이 아니고야 여자에게 경멸을 당하고도 멍청하니 앉아 있을 수가 있을 것인가 하는 생각이 들었다.

이상한 일 같았다. 이전 같으면 여자에게 경멸을 당했다고 생각하는 순간 그런 여자를 그냥 두지는 않았을 것이다. 뺨을 한 대 후려갈기든가 요절을 내고야 말았을 것이다. 그런데 요즘의 자기는 어째서 여자들에게 그렇게까지 의젓하기만 한 것인가?

결국은 선우영도 자기를 경멸하는 것이라고밖에 해석할 수 없다. 권숙이도 그러하다. 그런데도 창우는 시원하게 욕설 한 마디도 못하고 돌아와서는 야릇한 공허감에 사로잡혀 우울을 벗 삼고 있는 것이다.

다음날 아침 창우는 은행에 출근하는 길로 선우영에게 전화를 걸었다.

"오늘 저녁에 좀 만날 수 없을까요?"

창우는 비굴하다고 생각되는 말이었다. 저쪽에서는 생각지도 않은 것을 이쪽에서만 만나고 싶어하는 투의 말이 창피하기 짝이 없었으나 역시 할 수가 없었다. 사랑을 애원할 수밖에 없는 고독한 마음이었다.

"퇴근한 뒤 '아로하' 다방으로 나가지요."

창우는 선우영이 그러지 않아도 전화를 걸려고 하던 참인데요 하고 반가워해 줄 줄 알았으나 그러나 선우영은 할 수 없으니 만나주지요 하는 투의 대답이었다.

그래도 창우는,

"꼭 나오지요?"

하고 선우영의 대답을 다짐하는 것이었다. 어째서 나오기 싫거든 그만두라고 큰소리를 못 하는지 몰랐다.

“언제는 거짓말을 했던가요.”

선우영이 도리어 이상스럽다는 듯이 말했다.

“그런 일은 없지만…….”

선우영을 의심했던 자기가 부끄러운 것 같아 말끝을 맺지 못했지만 전화를 끊은 뒤에도 마음은 역시 허전했다. 자기에게 자신(自信)이 없어진 것 같은 허전함이었다. 자기가 마음대로 할 수 없는 여자…… 그러기에 자기가 그 앞에서 머리를 굽실거려야만 한다는 서글픔이 그를 허전한 공허감으로 끌어들였던 것이다.

이 날은 서대문 출장을 나가는 날이었다. 버스를 타고 채권자를 찾아가는 길에서도 창우는 비굴할 대로 비굴해진 자기 자신의 허무함을 자꾸만 되씹는 것이었다.

자기에게서 멀어지려는 선우영. 그러나 멀어지려는 것을 겁내어 초조해하는 자기.

선우영은 높은 데서 자기를 내려다보는 것 같고 자기는 저 밑바닥에서 선우영을 올려다보고 있는 것만 같았다.

권숙이 자기에게서 유성처럼 사라진 것처럼 선우영의 그림자도 아주 사라지기 직전처럼 아물아물 멀어지는 것 같았다.

‘퇴근 뒤에는 정말 나와 줄 것인가?’

이러한 의심까지 가지게 되었다.

‘설사 나온다고 해도 나를 즐겁게 해 주려고 노력하지 않겠지…….’

선우영이 손닿을 수 없는 곳에 앉아 있는 것만 같았다. 그래도 자기는 선우영을 붙잡아 보려고 발버둥을 치고 있는 것이 아닌가?

창우는 서대문 로터리에서 버스를 내렸다. 그러나 찾아갈 채권자의 주소를 살피려 하지 않았다.

아무도 만나기가 싫었던 것이다. 비참한 자기 얼굴을 아무에게도 보이고 싶지 않았던 것이다.

창우는 다시 버스를 타고 신촌으로 향했다. 언젠가 애령이 미림(美林)을 보았다는 신촌 버스종점을 찾아가는 것이었다.

아무 말도 못하고 허리를 굽혀 절하던 미림…… 얼굴을 다시 보게 해서 죄송하다는 편지를 보낸 미림. 그 미림만은 자기를 괄시하지 않을 것 같았다. 자기를 비굴하게 만들지 않을 것 같았다. 그러나 미림은 찾을 길이 없었다. 버스를 타고 신촌에 이르는 동안 약장수는 어디서도 보이지 않았다.

행여나 하고 나섰던 길이기는 했으나 찾으려던 미림을 찾아내지 못했을 때 창우는 갑자기 미림에 대한 그리운 정이 폭발했다.

'이번에 만나기만 하면…….'

창우는 지난번 미림을 만났을 때 말 한 마디 못하고 헤어진 것을 후회했다. 하려고 하기만 했다면 어떻게 해서든지 미림을 끌어냈을 것이다. 그리고 미림의 과거에 대한 이야기도 들을 수 있었을 것이다. 그런데도 어째서 그런 바보짓을 했던 것일까?

창우는 동대문으로 직행했다. 그러나 방랑객처럼 이리저리 떠돌아다니는 약장수를 한 번 본 곳에서 다시 만날 수가 있을 것인가? 창우는 청량리로 나갔다. 그리고 왕십리 쪽을 돌았다. 모두가 헛수고였다.

"우연이 아니면 영 만날 수 없는 사람일까?"

창우의 입에서는 긴 한숨이 나왔다.

창우는 문득 미림의 번지를 생각했다.

시골 친척 댁에도 있을 수가 없기 때문에 서울로 올라왔던 것이지만 다시 서울을 떠나야 할 것 같다던 편지였다.

그렇다면 미림은 다시 시골로 내려갔을지도 모른다.

자기를 만나지 않기 위해서 시골로 내려간 미림이라면 영 만날 기회가 없는 사람이다.

창우는 실망을 느끼지 않을 수 없었다. 자기를 원망하지도 않으나 다시 만나려고도 하지 않는 미림. 죽을 때까지 가슴 속에 자기 그림자를 간직하고 있을 미림!

그 미림을 영 만날 수 없다는 것은 잊을 수 없는 원한을 수평선 저쪽에 파묻어 둔 듯 가슴 아픈 일이 아닐 수 없었다.

'얼마를 찾아다니느라면 약장수들이야 만날 수 있겠지…….'

창우는 계속해서 약장수를 찾아다니리라 마음먹었다. 그들만 찾아내면 미림의 주소를 알 수 있을 것 같았기 때문이었다.

창우는 은행 일을 아주 사보타주하고 서울 거리를 헤매었다. 그래도 찾을 길이 없을 때 그는 문득 미림의 집을 생각했다. 미림이 시골로 내려갔다고 해도 그의 부모들은 서울에 그냥 살고 있을지 모른다. 만약 그 부모들이 살아 있기만 한다면 미림의 주소쯤은 알고 있을 것이 분명했다.

몇 해 동안 발을 끊었던 미림의 집이다.

창우는 계동에 있는 미림의 집을 찾아갔으나 차마 대문을 두드릴 수가 없었다.

미림의 아버지 문패가 그냥 붙어 있는 것으로 보아 그들이 아직까지 그 집에 살고 있는 것만은 분명했다.

그러나 미림의 부모를 만나 미림의 이야기를 무어라고 물어야 할 것인가?

미림이 부모를 떠나 시골로 갔다면 그것은 반드시 자기와의 추문(醜聞) 때문일 것이다. 집을 쫓겨났는지도 모른다. 그렇다면 자기가 무슨 낯으로 미림의 부모를 대할 것이며 또 미림의 주소를 어떻게 물을 수 있을 것인가?

창우는 아무리 용기를 내려 했으나 그 용기가 차마 나오지 않았다. 망설이기만 하다가 그만 돌아서고 말았다.

돌아서기는 했으나 단념할 수는 없었다. 그는 대학 동창생이요, 미림과 자기와의 관계를 어렴풋이 알고 있는 K를 찾아가기로 했다. K는 남의 일이라면 발을 벗고 나서기 좋아하는 사람이다.

그에게 부탁하여 어떠한 수단으로든지 미림의 주소를 알아내도록 하려는 것이었다.

창우는 K가 다니는 회사로 갔다.

그리고는 미림을 만나고 싶다는 심정을 말한 뒤,

"자네 연극을 한 번 꾸며 주게. 자네 누이동생과 미림이 가장 친한 사이인데 주소를 몰라 편지도 못해서 안타까워한다고 하면 알으켜 줄지도 모르니까 말일세……."

하고 부탁했다. 그때 K가,

"연극을 하려면 좀더 근사한 연극을 꾸며야지 겨우 누이동생을 팔아?"
하고 창우를 못마땅히 흘기며 자기에게 맡기라고 했다. 이삼 일 내에 알아
다 주겠다는 것이었다. 그러나,

"주소를 알면 어떻게 할 참인가?"
하고 물을 때 창우는 답변하기가 곤란했다. 어떻게 하겠다는 구체적 생각은
조금도 없다. 그렇다고 해서 아무렇게도 안 한다고 하면 K의 성의가 죽어질
것 같아,

"찾아가지. 찾아가서 사과라도 해야겠어……."
하고 자기의 애절한 마음을 있는 그대로 토로했다.

K와 헤어지자 창우는 은행으로 돌아와 하루 종일 돌아다녔으나 효과는
하나도 없었다고 과장에게 거짓말 보고를 꾸며댄 뒤 선우영을 만나러 다방
으로 갔다.

약속을 했으니 안 갈 수가 없어서 가는 것이었다. 창우는 정말 선우영이
안 보고는 견딜 수가 없을 정도로 그리운 것이 아니었다.

만난다고 해도 할 이야기가 통 없을 것만 같은 생각이 들었다.

선우영에 대해서 자신을 잃었기 때문이리라. 그리고 종일 미림을 찾아 돌
아다닌 마음과 육체의 피곤에서 온 결과일지도 모른다.

그러나 그렇다고 해서 선우영을 만나러 갈 필요가 없다고는 조금도 생각
지 않았다. 만나기는 만나야 할 사람 같았다.

결국 사랑하기는 사랑하는 모양이었다.

다방에 들어서자 자기를 지켜보고 있는 어떤 시선과 마주쳤다. 선우영이
었다.

창우는 가슴이 설렘을 느꼈다. 자기보다 먼저 와서 자기를 기다리고 있은
일이 별반 없는 선우영이었다.

창우는 시계를 들여다보았다. 몇 시 몇 분이라고 약속한 일은 없지만 어
쨌든 선우영이 예상보다 일찍 왔다는 것을 알고 싶었던 것이다.

창우는 선우영 곁으로 가 앉자마자,

"시간보다 일찍 올 때가 다 있군요?"

하고 우선 빈정거려 보았다. 그러나 빈정거리는 것은 아니었다. 고마운 생각에 마음이 정겨웠던 것이다.

"일찍 오면 안 되나요?"

선우영이 얼굴 전체에 웃음을 띠고 질문하는 투로 말했다.

"안 되는 것이 아니라 해가 서쪽에서 뜰 것 같아서요."

"해가 서쪽에서 떠도 일찍 왔다는 것밖에 죄는 없어요."

"그런 죄는 번번이 짓는 게 좋을 것 같은데요."

"그럼 다음부터는 늘 그러지요."

창우와 선우영은 서로 마주보며 소리 없는 웃음을 웃었다.

창우는 선우영의 마음을 조금 알 듯한 생각이 들었던지 약간 자신이 생기는 것을 느꼈다. 그래서,

"영 씨, 애정이란 서루의 거리감을 압축시키는 것이 아닐까요?"

하고 자기가 선우영에게서 거리감을 느끼고 있다는 것을 암시했다.

그러나 선우영은 들은 체도 안 하고 이야기를 꺼냈다.

"오늘 회사를 그만두기로 했어요."

창우는 또다시 자기가 무시당하는 듯한 불쾌감을 느꼈으나 선우영의 이야기가 그 성질로 보아 사뭇 중대한 것이기에,

"왜요?"

하고 자기 감정을 누르며 놀란 표정을 지었다.

"사장이란 사람이 부산으로 출장을 가는데 같이 가자나요. 그래서 싫다고 그랬더니 직무상 요청도 들어 줄 수가 없느냐 하며 사원으로서의 의무감이 희박하다고 그러지 않아요. 사원으로서의 의무감이 희박하다는 데야 아무리 월급이 필요하기로서니 그냥 있을 수가 있어요. 그래서 사표를 제출했어요."

창우는 속으로 잘 됐다고 생각했다. 그러나,

"그럼 다시 취직자리를 구해야겠군요?"

하고 냉정히 말했다.

"네, 이번에는 개인회사의 개인비서 같은 건 안 하겠어요. 신문사나 은행

조사부 같은 델 갈래요."

"나도 좀 알아볼까요?"

"괜찮아요, 부탁할 사람들이 있으니까요."

이 말에 창우는 갑자기 얼굴이 달라졌다. 힘이 있건 없건 같이 걱정해 주겠다는 자기의 호의를 물리치는 이유가 무엇일까?

"내 호의는 필요치가 않다는 말이죠?"

창우는 마침내 불쾌감을 있는 그대로 드러냈다.

"필요치 않다는 것이 아니라……."

선우영이 변명하는 투로 말을 꺼냈으나 창우는 그것을 가로막고,

"필요치 않은 것이 아니라 폐가 될까 걱정된단 말이죠?"

입을 삐쭉였다.

"아버지 대부금 때문에도 애를 쓰셨는데 내 문제루 또 걱정을 끼칠 수가 있어요?"

선우영은 미안해서 그런 부탁을 할 수 없는 것이 자기의 진심인 것처럼 말했다.

"그것이 결국 거리감을 느낀다는 거예요."

창우는 그러한 선우영이 싫었던 것이다.

"그것이 어째 거리감과 관계가 있어요? 내가 노력하다가 안 되면 몰라도 처음부터 남에게 부탁한다는 것은 결국 내 자신에 대한 내 성의가 부족한 것이 아녜요. 내 자신에 대해서 성의가 없는 사람이 되고 싶지 않기 때문이에요."

"남?"

창우는 남이란 말이 귀에 거슬렸다. 자기를 남이라고 생각하는 그 자체가 벌써 거리감을 가지고 있는 것이기 때문이었다.

그러나 선우영은,

"내가 아니면 다 남이 아녜요?"

하고 남이란 말이 조금도 잘못된 말이 아니라는 듯 도리어 항변하는 투로 말했다.

"부부 사이에도 서루가 남이겠군?"

"그렇지만 우리는 부부가 아니니까요."

선우영은 조금도 지려고 하지 않았다. 도리어 도전적인 태도였다.

창우는 선우영에게 증오감을 느꼈다. 비록 결혼한 부부는 아니라 할지라도 그렇게까지 꼬집어서 서로가 남남이라는 것을 밝혀야 할 것이 무엇인가?

그러나 선우영 앞에서 화를 내고 다투기가 싫었다. 다투면 자기가 지고야 말 것 같은 예감이 들었던 것이다.

창우는 빙그레 웃음을 지으며,

"나는 영 씨와 남남이 아닌 부부가 되고 싶은데……."

하고 은근히 결혼을 신청했다. 그런 말을 그런 경우에 꺼내는 것이 옳은 태도라고는 물론 생각지 않았다. 깊이 생각한 것처럼 존엄한 태도로 꺼내야 할 말이지만 선우영의 반응을 보고 싶었을 따름이었다.

"그런 것을 당분간 생각지 않겠다고 말씀드린 기억이 있는데요."

선우영의 대답은 쌀쌀했다. 그러나 창우는 능글맞게 웃으며,

"그 말을 잊어버렸을 줄 알았지요."

하고 선우영과 결혼을 안 해도 무방하다는 여유 있는 태도로 야유 비슷한 말을 했다.

그러나 선우영은 잠시 입을 다물었다가,

"권숙 씨가 양행을 한다지요?"

하고 이때까지의 화제를 무시해 버리는 듯한 태도로 입을 열었다.

"어디서 들었지요?"

"애령에게 갔더니 거기에 왔더군요. 직접 들었어요."

"권숙의 이야기가 우리하고 무슨 상관이 있지요?"

"상관있는 이야기만 해야 하나요?"

창우는 더 참을 수가 없었다. 어디까지나 자기와 빗나가려는 선우영. 그런데다가 권숙의 이야기를 꺼낸다는 것은 자기를 모멸하기 위한 행동이다.

"그러니까 나하고는 결혼을 못하겠다는 말이지?"

창우가 얼굴을 구기고 언성을 높였다.

그것은 창우의 자격지심일지도 몰랐다.

권숙과의 관계를 안다면 선우영이 좋아할 까닭이 없을 것쯤 잘 알고 있는 창우니까…….

그러나 선우영은 조금도 흔들림이 없는 태도로,

“나는 창우 씨의 과거를 꼬집으려는 생각으로 권숙 씨 이야기를 꺼낸 것은 아녜요. 그런 것이 우리의 결혼과 무슨 상관이 있어요? 남자들의 과거란 전부 그런 것인데…….”

“난 권숙을 사랑하지는 않았어.”

“그게 자랑은 아녜요. 사랑하지도 않았다면 창우 씨가 더 나쁜 사람이 되니까요…….”

“듣기 싫어. 싫으면 싫다고 그 말만 똑똑히 해.”

“참 창우 씨는 어린애야. 왜 화만 자꾸 내시지요?”

“화를 안 낼 수 있어?”

정말 창우로서는 화를 안 낼 수가 없었다. 선우영의 입에서 나오는 한 마디 한 마디가 모두 자기를 꼬집어 뜯으려고 하는 것처럼만 생각되었으니까. 선우영이 자기를 사랑하기만 한다면 그렇게까지 자기를 꼬집지는 않을 것 같았다.

“창우 씨가 화를 내고 그 바람에 내가 또 화를 내면 두 사람은 어떻게 되지요?”

선우영은 어디까지나 냉정한 태도로 말했다.

“싸우게 되겠지. 싸우면 결판이 날 거구…….”

“그러면 그뿐이에요?”

“그뿐이지 뭐 겁날 거 있어?”

“그건 너무나 무사려(無思慮)한 감정적 행동이 아닐까요?”

“아무래도 좋아. 나는 뜨뜻미지근한 게 싫어…….”

창우는 벌떡 일어나 다방을 나왔다.

선우영을 다시 안 만나도 좋다고 생각했다. 그래서 뒤도 돌아보지 않으며 걷고 있을 때,

"어디루 가시지요?"

선우영이 뒤따라오며 물었다.

"아무 델 가건 상관할 것 없지 않아?"

"왜 상관할 것이 없어요? 우리가 그렇게 무관심한 사이였던가요?"

선우영이 그냥 따라오며 말을 건네었다.

"무관심보다 더한 증오를 느끼는 사이일지도 모르지!"

"너무 그러지 마세요. 나는 오늘 직업을 잃어버린 사람이에요. 위로는 못할망정 마음 아프게까지 할 것은 없지 않아요?"

"난 몰라. 나는 내 일이 제일 중요하니까……."

"아무래도 나는 창우 씨의 너무나 감정적인 성격을 고쳐야겠어요. 화내시지 말고 어떤 다방에라도 가서 이야기를 더 합시다."

"가장 지성적인 사람하고 가장 감정적인 사람하고 이야기가 돼? 나는 나대로 살다가 죽을 테니까 내버려 둬요."

창우는 선우영과 이야기하는 것이 싫었다. 이야기를 한다면 결국 선우영에게서 설교를 듣는 것밖에 아무것도 없다. 아무리 못났다고 해도 여자에게서 교육을 받아야 할 만큼 못나지는 않았다고 생각하는 창우였다.

창우는 바람이 일 만큼 몸을 홱 돌리고 선우영이 도저히 따라올 수 없을 만큼 빠른 속도로 걸음을 걷기 시작했다.

이번에는 선우영도 따라올 생각을 안 하는 모양이었다.

창우는 술집으로 갈까 했으나 그의 발은 애령에게로 향했다.

채워지지 않는 그리움이란 술로써 만족되지가 않는 모양이었다. 불쌍한 애령이 자기의 유일한 동정자처럼 생각되었을지도 모른다. 그러나 병원에 이르렀을 때 조치구가 거기 와 있는 것을 보고 창우는 일종의 분노 같은 것을 느꼈다.

절규 이전

권숙을 희롱하려 하다가 결국은 권숙에게 희롱을 당하고 만 조치구.

얼마나 못났기에 여자에게 희롱을 당하고 또 속임을 당할 것인가?

그런 면에서 창우는 조치구를 경멸하고 싶었다. 경멸을 받아야 할 그 사나이가 지금 애령에게 나타난 것이다. 지금쯤 애령도 조치구를 속으로 경멸하고 있을지 모르나 창우에게 하나밖에 없는 누이동생 애령이가 그 경멸받아야 할 조치구와 마주 앉았다는 사실이 불쾌하기 짝이 없었다.

창우가 들어가자 두 사람은 이야기를 중단하고 창우를 바라보았다. 조치구는 의자에서 일어나 창우에게 악수를 청했다.

창우는 조치구와 악수도 하기 싫었다. 그래서 그가 내민 손을 보지 못한 체하고 애령에게로 가서,

"별일 없었니?"

하고 애령의 머리카락을 쓰다듬어 주었다. 애정에 찬 손길이었다. 그러나 누구도 자기를 통함이 없이는 애령에 다가갈 수 없다는 것을 조치구에게 보이기 위한 행동이었을지도 모른다.

"네……."

애령이 다소곳이 대답했다.

"빨리 퇴원을 해야지, 지루해서 견디겠니?"

"내일은 의족을 가져온대요. 그럼 모레라도 퇴원을 하지요."

"그래? 참 오랫동안 고생했다. 그래도 너니까 참고 견디었지. 나 같으면 벌써 미쳤을 거다."

"저에게는 집보다도 병원이 더 좋았어요. 조금도 지루한 줄 몰랐으니까요."

"집이라고 해서 시원할 건 없지만 그래도 병원보다야 낫겠지. 병원이란 유치장 같은 감이 나지 않아?"

"저는 그렇지가 않았어요. 마음이 절대로 자유스러웠으니까요."

여기서 이야기는 잠시 중단될 우려가 있었다. 창우는 조치구를 완전히 무시하는 태도를 취하기 위해 일부러라도 이야기를 만들어 내야만 했다.

"어머니는 언제 왔다 가셨니?"

이 말에 애령이 잊어버렸던 것이 생각난 듯,

"오빠, 참 빨리 집엘 가 주세요. 창식이가 아프대요."

하고 말했다.

창우는 혹시 애령이 조치구와 이야기를 하기 위해서 자기를 내보내려는 계책이나 아닌가 생각했다. 아침 출근할 때도 창식은 학교엘 가고 없었다. 그 애가 아프다고 하는 말이 곧이들리지가 않았던 것이다.

"천천히 가지."

창우가 능장을 부리자 애령이,

"아까 식모가 왔다 갔어요. 의사를 불러다 뵈어야 할 것 같다구요."

그래도 조치구가 앉아 있는 이상 창우는 병원을 떠나고 싶지 않았다. 애령 옆에 앉아 있는 조치구가 불결한 물건처럼 보여 견딜 수가 없었던 것이다. 창우의 그러한 심정을 눈치챘는지 그때야 조치구는,

"좀 볼일이 있어서 가야겠습니다."

하고 의자에서 일어섰다.

창우는 잘 가라고 간단히 인사를 해치웠고 애령도 별다른 미련이 없는 듯이,

"안녕히 가세요."

한 마디만을 했다. 조치구가 나가자 창우는,

"그 자가 아직도 너를 잊지 못해 하니?"

하고 애령에게 물었다.

"한 번 안 사람을 갑자기 잊을 수가 있겠어요?"

애령이 아주 너그러운 태도로 말했다. 그러나 속은 언짢은지,

"오빠, 저기 꽃다발 있지요. 그걸 갖다 없애 주세요."

하고 침대 발치에 있는 조그마한 탁자 위를 가리켰다.

"그게 바루 조치구가 가져온 거냐?"

창우는 꽃다발에까지 경멸의 눈초리를 던지며 물었다.

"네, 세상 사람들을 모조리 색맹(色盲)으로 생각하는 바루 그 사람이 가져온 거예요."

애령이 창우 앞에서 처음으로 조치구를 험구하는 말이었다.

"정말 뻔뻔스런 자식이야. 너 권숙하구의 이야길 아니?"

"약간! 그렇지만 권숙도 잘 한 건 아니에요. 미우면 그저 미워할 거지 남을 골려 줄 거까지야 없지 않아요?"

"그래도 정신을 못 차리고 또 너를 찾아오는 친군데 잘못 하긴 뭘 잘못해?"

"모르겠어요. 나는 입원해 있는 동안 나의 올바른 자세(姿勢)를 발견하는 데만 노력했어요. 그래서 남을 나의 주관으로 바라보는 일을 안 하고 나의 불구를 슬퍼하며 실망하지 않겠다는 결론을 얻었어요. 말하자면 인생에 대한 실망을 느끼지 않아야 나는 목숨을 지탱해 나아갈 수 있다고 생각했어요."

애령은 신념을 가진 사람처럼 조용조용히 이야기를 했다.

"그래서 조치구 같은 친구도 경멸은 안 한단 말이지?"

"그렇다고도 말할 수 있지요. 남을 미워하면 내 자신이 미워지고 동시에 인생에 대한 실망이 점점 커지니까요."

"그럼 꽃다발은 왜 없애라는 거지?"

"그런 것이 눈앞에 어른거리면 조치구 씨의 속마음이 들여다보이는 것 같아서요."

창우는 꽃다발을 집어다 애령이 눈앞에서 그것을 꺾고 비비고 해서 휴지통에 던져 버렸다. 그리고는,

"그래 그 자가 와서 뭐라고 하던?"

하고 조치구를 어디까지나 증오의 대상으로 취급하며 물었다.

"뭐라긴 뭐래요. 나를 진심으로 걱정하는 것처럼 말하더군요."

"부끄러움도 없는 자식 같으니……."

"오빠두 그 사람을 왜 그렇게 미워하세요. 나하구는 아무 상관도 없는 사람인데……."

애령은 기다란 속눈썹을 껌벅거렸다. 뭐라고 더 하고 싶은 말이 있는 모양이었다.

사실 애령은 창우에게나마 조치구와 자기와의 관계를 이야기하고 싶었을 것이다. 그래서 자기가 자동차에 치게 된 이유까지 말하고 싶었으나 애령은 입을 다물고야 말았다. 만약 창우에게라도 그 이야기를 한다면 앞으로 살아 나아갈 자기의 미래를 모두 조치구와 관련시켜 보려고 하는 불쾌한 눈이 자기를 뒤쫓아 다니리라는 불안에서였다.

앞으로 사는 자기의 일생은 조치구의 것일 수가 없다. 오직 자기만의 것이어야 한다. 그런데도 자기의 비밀을 알기만 하면 창우는 그렇게 보려고 하지를 않을 것이 분명했다.

애령이 입술을 깨물며 조치구의 이야기를 입 안에서 씹고 있을 때 창우가

"그깟 자식 생각지 말아라. 정말 서 푼짜리도 못 되는 자식이야."

하고 조치구의 이야기를 더 하고 싶지 않던 참이라,

"오빠…… 나 아무래도 나를 필요로 하는 사람들을 찾아가서 일해야 할 것 같아. 그래야 세상을 아름답게 보며 살 수가 있을 것 같아요. 어디 그런 데를 알아 주세요."

하고 자기의 장래에 대한 이야기를 꺼내기 시작했다. 창우는 지금의 자기 감정으로 애령의 그 심각한 이야기를 듣기가 너무나 가슴 벅찼다.

"내가 그런 데를 아는 데가 있어야지. 그렇지만 두고 생각해 보자."

우선 이렇게라도 해서 애령의 마음을 더 슬픈 절망 속으로 떨어뜨리지 않게 하는 동시 그 이야기를 뒤로 돌리지 않을 수 없었다.

그러나 애령은 그런 미적지근한 말에 만족할 수가 없는 듯 자기 심경을 좀더 구체적으로 설명했다.

"내가 병신이 된 것을 도리어 다행한 일이라고 생각해 줄 수 있는 곳이라야 하겠어요, 예를 들면 고아원이라든가 맹아학교라든가 그런 곳 말예요. 불행한 사람은 불행한 사람에게 친근감을 느낄 것이거든요. 그러면 나를 진심으로 필요한 사람으로 생각할 거 아녜요. 그밖에도 육체가 조건이 안 되는, 말하자면 순전히 목소리만 가지고 일하는 곳도 좋아요. 정거장의 아나운서는 인기 직업이니까 불구자는 안 쓸 거구요."

창우는 애령이 말이 현실을 도피하려는 절망적인 데서 오는 것이 아님을

알 수 있었다. 정말 불구자라는 슬픔을 느끼지 않으며 자기를 잃어버리지 않으려는 건실한 생각임에 틀림없다고 생각했다. 그렇기 때문에 그런 말을 한다고 해서 가슴이 그렇게까지 답답해질 것까지는 없었다.

"은행이란 각 방면으로 발을 뻗치고 있는 곳이니까 알아보면 적당한 자리가 있을지도 몰라. 그러니까 퇴원이나 한 뒤 서서히 알아볼게……."

창우는 이렇게 애령을 안심시켰다. 그러나 이때까지 취직을 안 했던 애령이 자기가 비뚤어지지 않게 살기 위하여 직업을 가지려 한다는 것을 생각할 때 마음이 좋을 리가 없었다.

"오빠! 그리고 이젠 남자 교제를 안 할래. 남자 교제를 하면 결국 내가 슬퍼질 것 같아요. 그러니까 더욱 직업 같은 것이 필요해요."

이런 말을 할 때는 창우의 마음이 더욱 슬퍼졌다. 그렇다고 해서 그것이 자격지심에서 나오는 감정적 자학(自虐)이 아닌 바에야 무엇이라고 자기의 의견을 말할 수도 없는 일이었다.

"그래 잘 알았다. 빨리 알아보도록 하자."

하는 수밖에 없었다. 그래도 애령은 이야기가 미진한지,

"의족을 만들라고들 그럴 때 처음에는 반대를 했지요. 그때는 정말 아무렇게나 살다가 죽을 작정이었어요. 내 생명을 아무것도 아닌 것이라 생각했어요. 그러나 두고두고 생각해 보니 그런 것이 아닌 것 같았어요. 어쩔 수 없는 운명은 그것을 감수해야 한다는 인간의 사명을 깨달았어요. 운명에 항거한다는 것은 우선 그것을 감수한 뒤에 하는 일이 아닌가 생각했어요."

하고 조금도 흔들림이 없는 표정으로 말했다.

"잘 알았다."

창우는 오직 감격할 따름이었다. 밤낮 남자와 같이 놀기만 좋아하던 애령이 그렇게까지 인생을 깊이 생각했다는 것은 애령에게 본질적인 사고력이 있기 때문이라고 단정하지 않을 수 없었던 것이다.

애령은 할 이야기를 다 했는지,

"참 오빠! 정말 빨리 집으로 가 주세요. 창식이가 걱정돼요. 어머니는 요새 이삼 일 동안 얼굴도 비치지 않으니 누가 창식이를 돌봐 줍니까? 퇴원한

뒤에는 내가 창식을 맡겠어요. 정말 그 애가 불쌍해 죽겠어……."
하고 창식이 걱정을 시작했다.

"그래 가 보마. 그렇지만 대단한 병은 아닐 테니 걱정 말아라."

창우는 애령의 말대로 집으로 가려고 했다. 거역할 수 없을 만큼 애령이 말이 진실되고 또 엄숙했기 때문이었다.

사실은 선우영에 대한 이야기를 하고 애령의 의견을 들으려고 찾아왔던 것이지만 그런 말을 꺼낼 계제가 못 되는 만큼 어찌할 수가 없었다.

창우는 그야말로 미진한 가슴을 안은 채 집으로 돌아가는 수밖에 없었다.

창우가 집에 돌아온 것은 밤이 어지간히 깊은 때였다.

집에 들어서는 길로 창식이 누워 있는 안방으로 갔지만 창식은 잠이 들어 얼핏 보기에 환자 같지가 않았다.

창우는 어린 동생의 이마를 짚어 보았다. 따끈따끈했다. 열이 있는데도 잠을 잘 수 있는 것은 병세가 대단치 않기 때문이리라 생각했다.

그러나 넓은 방에 댕그라니 혼자 누워 있는 창식을 볼 때 부모가 다 살아 있는 애가 이렇게까지 외로울 수 있을까 하는 생각이 들어 갑자기 측은한 마음이 생겼다.

가정이라기보다는 지나가던 행인들이 하룻밤 자고 가는 주막집 같은 집에서 밥값도 없어 배를 곯고 있는 천애의 고아 같은 생각이 들었다.

창우는 식모를 불러 창식의 병세를 물었다. 식모는 창식이가 학교에 갔다가 몇 시간도 안 되어 집으로 돌아왔다고 말했다. 그리고는 자리에 누워 앓는 소리를 하기 시작했는데 몸을 만져 보니 불덩어리 같더라는 것이었다. 그래서 걱정이 되어 애령에게 찾아갔지만 누구 하나 와 주지를 않아 의사를 부르지 못했다고 하며,

"참 딱해 죽겠어요."
하고 난처한 얼굴을 지었다. 딱하다는 것은 창식을 두고 말하는 것이 아니라 집안 꼴을 보고 하는 말 같았다.

"언제부터 아프기 시작했는데요?"

"이삼일 됐을 거예요, 밥을 잘 안 먹기 시작한 것이……."

창우는 다시 창식의 이마를 짚어 보았다. 그렇게 대단한 열인 것 같지는 않았다. 이삼 일 동안이나 학교에를 다니며 앓았다고 하니 하룻밤쯤 별일 없을 것 같았다. 이미 밤도 깊었으니 내일 아침까지 기다려 보아 정 낫지가 않으면 의사를 부르리라 생각했다.

그 대신 자기 이부자리를 가져다가 창식 옆에 펴고 하룻밤 창식과 같이 자기로 했다.

다음날 아침에도 창식의 병세는 더 악화하지를 않았다. 열이 있고 가끔 기침을 했지만 창식은 학교를 간다고 떼를 썼다.

창우는 창식을 학교에 보내지 않았다. 집에 있으면 어머니를 오게 할 터이니 어머니나 기다리고 있으라고 한 뒤 집을 나섰다.

창우는 이런 때야말로 어머니가 필요하다고 생각했다. 그래서 은행에 가는 길로 영완 아주머니의 집을 찾아갔다. 그러나 상희와 영완은 오늘이 당구장 개업을 하는 날이라고 일찍부터 나가고 집에 있지를 않았다.

창우는 출근이 조금 늦는다고 해도 어머니를 만나야 하겠기 때문에 당구장까지 찾아갔다.

상희를 만나자 창우는 창식의 병세를 설명하고,

"대단치는 않지만 심상한 병 같지도 않습니다. 빨리 가서 봐 주셔야 할 것 같은데요."

하고 창식에게는 어머니가 절대로 필요하다는 것을 덧붙이었다.

상희는 창식이가 앓는다고 하니 놀라지 않을 수 없었다. 그러나 대단치 않다는 말에,

"글쎄, 오늘이 바로 개업하는 날이니 큰일인데……."

하고 도저히 발을 뺄 수가 없는 것처럼 말했다.

"어린것이 혼자서 누워 앓는 것을 생각해 보십시오. 어머니가 안 계시니 아파도 아프단 소리 하나 못하지 않아요."

창우는 어떤 일이 있다 해도 집에 가야 한다고 말했다. 그러나 상희는,

"봐서 갈게……."

하고 끝내 꼭 간다는 말을 안 했다.

창우는 상회가 너무 심하다고 생각했다. 개업날이니 발을 빼기가 힘들 것만은 사실이지만 그래도 어린 창식이가 앓는다는 말을 듣고도 쫓아갈 생각을 안 하다니…….

상회는 가정이나 자식에 대한 애정을 완전히 잊어버린 모양이었다.

창우는 상회가 가정에 대한 애정을 느끼지 못하는 것쯤 이해할 수 있었다. 그러나 앓는 병신자식에 대해서까지 냉정할 수 있다는 것은 도저히 이해할 수가 없는 일이었다.

창우는 상회가 자기의 어머니지만 그가 여자로서의 보편적인 아름다움을 상실했다고 생각했기 때문인지 상회에 대한 실망을 느끼고야 말았다.

"까짓 거, 내 아들인가?"

창식이가 죽는다고 해도 자기의 책임은 조금도 없는 것이라 생각했다.

상회에게 인사도 제대로 하지 않고 은행으로 갔다.

은행으로 가서 출근부에 도장을 찍은 뒤 또 출장 나갈 준비를 하고 있을 때였다. 선우영에게서 전화가 왔다.

"아직 화가 풀리지 않았어요?"

선우영으로서는 어젯밤 헤어질 때의 일이 머리에 남아 있어 하는 말이겠지만 창우에게는 귀에 거슬리는 말이 아닐 수 없었다. 자기를 철부지 어린애로 취급하는 것처럼 들렸던 것이다.

'첫마디부터…….'

속으로는 불평스러웠지만 그런 말을 입 밖에 내기가 싫어,

"어디서 전화를 걸지요?"

하고 딴전을 피웠다. 선우영이 회사에 사표를 냈다니까 출근하지는 않았을 것이려니 생각했기 때문이었다.

"집에서 가까운 공중전화예요. 출장 나가시기 전에 전화를 거느라고 부지런히 뛰어나왔어요."

"무슨 일인데요?"

"점심때라도 좀 만날 수 없을까요? 그때 이야기 드릴게…….”

창우는 잠시 생각했다. 만나서 이야기한댔자 결국은 선우영이 자기의 감

정적인 행동에 대한 비판적인 교훈 같은 말을 벌여 놓을 것이 분명했다.

"오늘은 홍제동 방면으로 출장 가기 때문에 점심시간이라고 해서 시내에 들어올 수가 없는데……."

그것은 사실이기도 했다. 홍제동까지 갔다가 선우영을 만나기 위해 일부러 시내까지는 들어올 수가 없었다.

"그래요? 그럼 퇴근 뒤에 만나세요."

"퇴근 뒤에는 집엘 가 봐야겠어. 동생이 앓기 때문에……."

"무슨 병인데요?"

"무슨 병인지는 모르지만 나밖에 간호해 줄 사람이 없으니까……."

"그래요? 그럼 제가 댁으루 가지요."

"마음대루……."

집으로 오겠다는 것까지 마다할 수가 없어 하고 싶은 대로 하라고 했다.

전화를 끊고 창우는 출장을 떠났다. 어제 하루 사보타주한 것까지 보충하려고 열심히 뛰어다니며 일을 했다.

그러나 종일 마음이 우울했다.

자식에 대한 애정까지 잃어버린 어머니의 얼굴. 사랑은 하면서도 감정에 인색한 선우영의 딱딱한 목소리.

퇴근하기 직전 은행으로 돌아갔으나 퇴근 시간이 조금도 기다려지지 않았다.

집으로 와서 기다리고 있을 선우영을 생각하면서도 집으로 돌아갈 마음이 내키지 않았던 것이다. 다방에도 가기 싫었다. 술이나 마실까 하고도 생각했으나 그역 탐탁치가 않았다. 고독을 맛보고 싶은 심정인 모양이었다. 그러나 문득 K 생각이 났다. 미림의 주소를 알아놓고 자기를 기다리고 있을 것 같은 마음이 들었던 것이다.

창우는 K에게 전화를 걸었다.

"나 창운데 내가 부탁한 것 알아봤나?"

창우는 전화통을 들자 다짜고짜로 미림의 주소에 대한 것을 물었다.

"응, 조금 전에 계동엘 갔댔지."

K는 창우의 마음이 얼마나 조마조마해하는지를 보려는 듯 말을 끊어 버렸다.

"그래서 어떻게 됐나?"

"내가 임시형사 노릇을 했지……."

"그래 주소를 알았단 말인가?"

"형사 행세하기가 그리 쉽지 않던데……."

K는 좀체로 창우가 알고 싶어하는 말을 꺼내지 않았다.

"내 곧 갈게 기다리고 있어 주게……."

"일부러 올 것까지는 없네. 명동 어디서 만나지. 술은 많이 안 사도 좋으니까……."

창우는 차라리 잘 되었다고 생각했다. 미림의 주소를 알고 있는 K와 함께 술을 마신다면 그 이상 더 유쾌한 일이 없을 것 같았다.

그래서 창우는 어떤 다방에서 K를 만났고 그를 끌고 어떤 스탠드 바로 갔다.

술을 먹기 전부터 창우는 미림의 주소를 알려 달라고 몇 번이나 졸랐으나 K는 바에 가서 술잔을 들기 시작할 때에 미림의 집에 갔던 이야기를 처음으로 꺼냈다.

"이 댁 따님을 좀 만나 보러 왔는데요, 찾아가자 우선 이렇게 말을 꺼냈지. 그러니 부모들이 얼마나 놀라겠나? 그래서 내가 형사라는 것을 알린 뒤 미림이가 취직하고 있던 회사 사장이 밀무역 혐의로 체포되었다는 것을 말했지. 그러고 나서는 그 사장이란 자가 사원들의 월급까지 지불하지 않았다고 하기에 댁의 따님은 몇 달치나 못 받았는가 그것을 알아보려고 왔다고 안심을 시키지 않았겠나. 그때야 부모들은 안심을 한 듯이 미림이 집에 있지 않다는 사실을 이야기하더군. 그래서 어디 갔느냐고 했더니 시골 갔다고 그러지 않아. 말하자면 그렇게 해서 주소를 안 걸세."

창우는 K의 어깨를 탁 치며,

"자네 직업을 잘못 택하지 않았나?"

하고 웃었다. 미림의 주소를 안 것만은 사실이기 때문에 너무 서두를 필요가 없다고 생각하고 여유 있는 행동을 취했던 것이다.

"수사 계통으로 들어가란 말이지?"

K도 소리를 내어 웃었다. 그리고는 미림이 가 있는 친척집 주소를 알려 주었다.

경상북도 상주였다.

창우는 미림의 주소를 수첩에 기입해 놓고 그 뒤부터는 유쾌하게 술을 마셨다.

참으로 유쾌했다. 미림을 만날 수 있다는 것이 하루 종일 느끼던 우울과 고독감을 씻어 주는 것 같았다.

아무 말도 없이 허리를 굽혀 절을 하던 미림의 모습이 눈에 사물사물했다. 앞으로 그를 찾아가면 또 그런 절을 할 것만 같은 미림.

밤늦게까지 술을 마신 뒤에야 집으로 돌아갔다.

집은 여전히 쓸쓸했다. 누워 있는 창식의 쌔근거리는 숨소리만이 넓은 방의 정적을 깨뜨리고 있을 뿐이었다. 어머니는 끝내 발길도 안 했다고 했다. 선우영이 찾아와서 창식의 병을 간호해 주었고 감기약을 사다가 먹여 주었다고 했다. 선우영은 이때까지 앉아 있다가 한 시간 전쯤 해서 돌아갔다고 했다.

창식은 병이 더 할 것 같지는 않았으나 차도가 있는 것 같지도 않았다.

창우는 창식이 유행성 감기에 걸린 것이려니만 생각하고 별로 걱정을 안 했다. 그 대신 내일로라도 상주엘 가서 미림을 만나 볼 생각만 하고 있었다.

다음날은 바로 토요일이었다. 창우는 출근하는 즉시로 출장을 간다고 한 뒤 은행을 나왔다. 은행을 나와서는 애령에게 가서,

"나 오늘 급한 볼일로 지방엘 내려가게 돼서 네가 퇴원하는 것을 못 보게 됐다."

하고 말했다. 오늘이 애령의 퇴원일이다.

창우는 거들어 주지 못하는 것이 미안하다는 뜻으로 말했지만 애령이,

"무슨 일인데요?"

하고 물었을 때,

"미림을 만나야겠어."

하고 서슴지 않고 미림의 이야기를 꺼냈다. 창우는 자기의 미묘한 감정을 애령에게라도 이야기하고야 견딜 것 같았던 것이다. 사실은 애령 이외에 달리 자기의 심정을 토로할 곳도 없었다.

"만나서는 어떻게 하게요?"

"좌우간 한 번 만나 봐야겠어. 그 뒷일은 만나 보고 나서 생각할 일이고……."

"선우영은?"

"선우영은 나하고 가까워질 사람이 아닌 것 같아. 내가 좋아한 사람이기는 하지만 끝까지 좋아질 사람이 아니야."

"그건 오빠의 변덕이지. 선우영이야말로 오래 사랑할 수 있는 사람이 아녜요?"

"글쎄, 나도 선우영을 나쁜 여자라고는 절대로 생각지 않는다. 신뢰할 수 있는 여자야. 그렇지만 신뢰만 가지고는 살 수 없을 것 같아. 바위는 믿음직스러워도 너무나 차. 그렇다고 해서 권숙 같은 요소를 바라는 것은 아냐. 권숙은 회오리바람처럼 발작적으로 휘몰아치고는 어느새 자취도 남기지 않는 여자니까."

"그래도 선우영은 오빠를 극진히 사랑하는 것 같던데요……."

"선우영은 나를 사랑하기보다는 석고를 가지고 조각을 만드는 조각처럼 나를 자기의 이상형으로 빚어 만들고 싶은 의욕이 더 강할 거야."

"사랑하기 때문이 아닐까요?"

"그럴지도 몰라. 그렇지만 나는 나를 한 번 부정해 봐야겠다. 이때까지 산 것이 내가 산 것 같지가 않아. 나 아닌 다른 사람이 나를 살아 준 것 같아. 그래서 권숙이도 선우영도 다 잊어버릴래."

"그런 의미에서라면 저도 오빠를 무조건 지지하겠어요. 사람은 살아가는 동안 여러 번 껍질을 벗어야 하는 것 같아요."

"좌우간 내 다녀올게……."

그때 애령이 침대에서 내려와,

"오빠, 내가 의족 단 것을 한 번 보시고 가세요."
하고 지팡이도 없이 걷기를 시작했다.
　그 동안 벌써 의족을 끼우고 퇴원할 준비를 하고 있었던 모양이다.
　과히 절지는 않았으나 조심스러운 걸음걸이였다. 한 걸음 내디디고는 잠시 쉬었다가 다시 한발을 내디디는 위태로운 모습이었다.
　창우는 애령에게로 달려가 팔을 붙잡고 부축을 해 주었다. 그러나 애령은
　"괜찮아요. 혼자 걷게 놔 두세요."
하며 창우의 손을 뿌리쳤다.
　"어제 밤새껏 걸음 연습을 했어요."
　애령은 서툰 걸음걸이가 고통스러우나 일련의 희망을 가지고 있는 듯 찡그린 얼굴에 웃음을 지었다. 그리고는,
　"내 다리가 아니지만 내 생활의 영원한 반려(伴侶) 같이 믿음직스러워요."
하며 의족을 내려다보는 것이었다.
　창우는 눈물이 나오려는 것을 겨우 참았다. 슬픈 인생이기는 하나 경건한 삶을 가지려는 애령…….
　창우는 오래 기다리지 않고도 경부선 열차에 몸을 실릴 수가 있었다.
　김천(金泉)역에서 내려서도 곧 경북선(慶北線)을 갈아 탈 수가 있었다. 그래서 상주에는 어둡기 전에 도착할 수가 있었다.
　상주에 내리자 창우는 미림의 주소를 찾아가서 대문을 두드렸다.
　미림이 나왔다. 그러나 미림은 그 자리에서 졸도라도 할 것처럼 입을 벌린 채 몸을 움직이지 못했다.
　화석처럼 서 있는 것이나 금시 어디로 도망가려는 태세 같기도 했다.
　창우는 언제까지라도 미림의 입이 열리기를 기다리는 수밖에 없었다. 동대문 밖에서처럼 도망칠 수는 없을 것이니 집으로 들어가자고 하든 어디 밖으로 나가자고 하든 좌우간 말이 있어야 할 것이라 생각했던 것이다.
　미림이 겨우 입을 열었다.
　"잠깐 밖에서 기다리세요."

몹시 당황해하는 표정이었다.

창우는 하라는 대로 밖에서 기다렸다.

그러나 미림이 좀체로 나오지를 않았다. 계교를 꾸미는 모양이었다. 그리고 친척들에게 양해를 구하는 모양이었다.

그것이 잠시 동안에 성공하기는 그리 쉽지가 않았을 것이다.

창우는 이렇게 생각하며 기다릴 만큼 기다렸는데도 미림이 그냥 나오지를 않았다.

모르는 체하고 꽁무니를 빼려는 것이 아닌가 하는 생각이 들었다. 그럴 수가 있을라고 하면서도 너무나 오랫동안 나오지를 않으니 별별 생각이 안 들 수 없었다.

창우는 안으로 들어가 다시 미림을 불러 볼까 생각했다. 일부러 먼 길을 찾아왔다가 이야기도 못해 보고 그냥 돌아갈 수는 없었던 것이다.

그러나 미림을 부른다면 미림의 친척들이 무엇이라 생각할 것인가? 불량자가 찾아왔다고 몽둥이를 들고 나올지도 모른다.

창우는 좀더 기다려 보았다. 그래도 나오지를 않을 때 그는 대문 틈으로 안을 들여다보았다. 그때였다.

여자의 날카로운 목소리가 흘러 나왔다. 거기에 대꾸하는 소리가 들리기는 했으나 얕은 음성이라 똑똑히 들리지가 않았다.

"내가 나가서 돌려 보내마."

날카로운 중년부인의 목소리만 똑똑하게 들렸다.

"글쎄 안 된다니까. 내가 죽는 꼴을 보고야 말 작정이냐?"

"………"

"만나서는 뭣 한다는 거냐? 한 번 속았으면 그뿐이지. 그 차돌처럼 빤들빤들한 서울놈을……."

미림이가 무어라고 길게 이야기를 하는 모양이었다. 중년부인의 목소리가 한참 동안이나 들리지 않았다.

그러고 난 뒤에야 미림이 나왔다.

"잠깐만 들어왔다가 가세요."

창우는 중년인의 이야기를 엿듣고 있은 만큼 집안에 들어갈 생각이 나지를 않았다.

"어디루 나가서 잠깐만 이야기하지……."

"안돼요. 제가 나갈 수가 없어요."

사정이 짐작되기 때문에 창우로서 고집을 세울 수는 없었다. 그러나 집안에 들어갔다가는 봉변을 당하고야 말 것 같은 예감에,

"그럼 그냥 돌아가지."

하고 발길을 돌리려 했다.

"일부러 오셨다가 어떻게 그냥 가세요?"

미림이 울며 말했다. 인정상 차마 그럴 수가 없는 모양이었다.

창우는 들어가기를 싫어하고 미림은 나갈 수가 없는 형편이니 두 사람은 꼭같이 망설이는 수밖에 없었다.

"보고 싶어서 왔던 것뿐이야."

창우는 미림을 만나서 어떻게 하겠다는 복안이 있어서 찾아왔던 것이 아닌 만큼 한 마디 하고 싶은 말이나 남기고 돌아가려 했다. 그러나 보고 싶어 왔다는 그 말 한 마디가 미림의 쌓이고 쌓인 미련의 도가니를 터뜨렸는지

"저도 선생님이 보고 싶었어요."

하고 그 자리에서 울음을 터뜨렸다.

"미림! 복잡한 사건이 있는 모양이지?"

창우는 가슴도 복닥질을 했다. 그냥은 참을 수가 없을 만큼 안타까운 심정이었다.

"저 약혼을 했어요. 그것이 싫어서 서울로 도망쳐 갔던 거예요. 그렇지만……."

미림은 말을 끝내지 못하고 흐느껴 울기만 했다.

창우도 할 이야기가 많은 것 같았다. 그러나 남의집 대문 밖에서 긴 이야기를 꺼낼 수는 없었다. 미림의 이야기도 마음놓고 들을 수가 없었다.

집안에서 미림을 부르는 소리가 들렸던 것이다.

"빨리 들어가 봐……."

창우는 미림과 작별하는 수밖에 없다고 생각했다.

미림도 들어가지 않을 수 없는지 아무 말을 못하고 창우의 눈치만 살폈다.

"가까운 데 있는 여관으로 가서 하룻밤 자고 내일 아침 떠날래……."

창우는 이 말 한 마디를 남기고 발길을 돌려 버렸다. 그때였다. 미림이,

"한성여관으로 가세요."

뒤에서 가느다랗게 일러 주었다.

창우는 걷기를 시작했다. 그러나 두 걸음도 못 가서 뒤를 돌아보았다. 미림이 그냥 서서 창우를 바라보고 있었다.

"들어가."

창우가 손짓을 했으나 미림은 들은 체도 안 했다.

창우가 미림을 바라보며 서 있으려니 미림이 대문 안으로 들어서는 체했으나 또다시 뒤를 향해 창우를 바라보았다.

밤을 새도 끝이 없을 것 같았다.

창우는 입을 꼭 다물고 발길을 돌렸다. 그리고는 뒤도 돌아보지 않고 걸으면서 미림이 말해 준 한성여관을 찾았다.

그 여관은 그리 멀지 않은 곳에 있었다.

창우는 여관으로 가서 우선 저녁밥을 시켰다. 그러나 목이 타서 물만 켤 뿐 밥이 들어가지를 않았다.

건성으로 밥상을 받았다 그냥 내놓고는 미림을 기다리기 시작했다.

자기가 여관 이름을 대면서 그리로 가라고 했으니 밤중에라도 찾아오는 것이려니 생각했던 것이다.

그러나 밤이 깊도록 미림은 찾아오지를 않았다.

'그렇게까지 자유가 없는가…….'

'이미 약혼을 했다니까 자기를 단념하려고 하는 것이나 아닐까…….'

창우는 미림이 찾아오지 않는 이유를 여러 가지고 생각해 보았다.

그러나 어떻든 한 번쯤 찾아와야 할 미림 같았다. 서울에서 만났을 때도 그러했지만 오늘의 미림 역시 자기를 미워하거나 원망하지를 않고 있다. 언제까지라도 자기를 잊지 않고 있을 미림 같았다.

그러나 밤이 새고 날이 밝아 올 때까지도 미림은 나타나지 않았다.

'이제 떠나면 영 만나지를 못하고 말 것이련만……'

창우는 한잠도 자지를 못했다. 영화에 나오는 연애 장면 같은 것이 벌어지기를 기대하며 미림을 기다렸으나 새벽까지도 미림은 찾아오지를 않았다.

창우는 미림이 원망스러웠다. 어떤 일이 있든 자기를 찾아와서 사정 이야기라도 들려 주어야 할 미림이 아닌가? 그런데도 친척이 무서워 찾아오지도 않는 미림.

'여자란 할 수 없는 동물.'

창우의 마음속에는 반발심이 일어났다. 미림이 그렇게까지 소견머리가 없는 여자라면 차라리 만나지 않고 돌아가는 것이 마음 편할 것 같았다. 사정이 복잡한 미림을 만나 그의 사정 이야기를 듣는다면 자기의 마음만 무거워질 것이다. 차라리 마음 가볍게 떠나는 것이 얼마나 편한 일일 것인가?

그래도 자기는 자기의 일을 다 한 셈이 된다. 주소를 알아 가지고 그 먼 곳을 일부러 찾아왔으니 미림에 대한 미안한 마음은 그것으로 사과가 된 셈이 아니겠는가?

창우는 마음놓고 한잠을 잔 뒤 서울로 떠날 생각을 했다. 창이 희유스름 밝아 왔으나 이제부터 잠을 자도 아침 첫차까지는 충분히 잠잘 수 있을 것 같았다.

그래서 눈을 감고 잠을 청하려 했다.

그러나 잠은 좀체로 오지 않았다. 여기까지 왔다가 미림의 이야기도 못 듣고 간다는 것이 도대체 있을 수 없는 일만 같았던 것이다. 그리고 미림이 아무때건 찾아오고야 말 것 같은 생각이 들었던 것이다.

잠을 못 이루고 몸을 뒤척일 때였다. 대문 두드리는 소리가 들렸다.

창우의 귀가 그리로 기울어지지 않을 수 없었다. 더구나 대문 두드리는 소리가 그렇게 요란하지 않은 것으로 보아 여자의 소행이 틀림없었다. 창우의 귀는 더욱 날카로웠다.

세 번째 두들기는 소리가 날 때야 누구냐고 소리를 지르며 대문 열러 나가는 사람의 발소리가 들렸다. 대문 여는 소리와 함께,

"저 손창우 씨라는 분이 유숙하고 계시지 않아요?"

하는 여자의 목소리가 들려 왔다.

틀림없는 미림이었다.

창우는 벌떡 일어나 옷을 주워 입었다. 그리고는 여관 사환이 안내해서 데리고 올 때까지를 참지 못하고 미닫이를 버럭 열었다.

미림이 고개를 숙이고 창우의 방으로 들어왔다. 그리고는 사뿐히 자리에 앉아서,

"기다리셨지요?"

하고 기다리게 해서 미안하다는 뜻의 말을 했다.

"감시가 엄해서 못 나왔어요."

창우도 미림의 사정을 이해할 수 있다는 듯이 너그러운 목소리로 물었다.

"네, 저의 고모 댁인데 부모들의 부탁을 받아서 그런지 부모들보다 더 엄하게 구시지를 않아요."

"그럼 지금은 어떻게 나왔소?"

"변소에 가는 척하고 빠져 나왔어요. 일을 저질러 놓으면 할 수 없으니까요. 저번에 서울로 도망갔다가 돌아왔을 때도 처음에는 화들을 내셨지만 할 수 없는지 용서를 해 주었어요. 부모들보다는 그래도 덜 무서운 셈이에요."

미림은 전과 달리 이야기를 곧잘 했다.

"그럼 빨리 돌아가야겠군 그래?"

"되는 대로 하지요. 이제는 무서운 것도 없어요."

창우는 미림이 서울서 보던 때와 판이하게 달라진 것을 느낄 수 있었다. 마음에 변동이 일어난 것만은 확실한 일이었다. 그래서,

"서울서는 왜 말을 한 마디도 안 했지?"

하고 그때의 심경과 지금의 심경에 대하여 그 달라진 이유를 알려고 유도 질문을 시작했다.

미림은 그 말에 대답을 안 했다.

"그때는 내가 미웠던가?"

창우가 이렇게 물을 때야 미림은,

“그 반대였어요.”
하고 입을 열었다.
　“그럼 지금은 밉고?”
　“그건 모르겠어요.”
　미림은 지나간 일이 아니면 설사 자기의 감정이라 해도 그것을 판단 내릴
수 없는 모양이었다.
　“미워하지도 않으면서 말 한 마디 안 했다는 건 알 수 없는 일인데……．”
　창우가 이해할 수 없는 일이라고 다짐을 하자 미림이,
　“그 순간엔 저도 몰랐어요. 며칠 지나고 나니 그때 제가 송 선생님을 미
워하지 않았던 것을 분명히 알 수 있었어요. 스리쿼터까지 쫓아와서 저를
바라보던 그때의 송 선생님 눈이 아직도 머릿속에 남아 있어요.”
하고 과거를 추억하듯 말했다.
　“그게 어떤 눈이었지?”
　“저를 잊지 않고 있다는 눈이었어요.”
　“그런데 도망을 친 이유는 또 뭐야?”
　“송 선생은 저를 잊지 않고 있지만 저는 송 선생님을 잊어야 할 것 같아
서요.”
　“미림에게는 나를 잊어야 할 이유가 있었던가?”
　“있지요. 저 같은 여자는 송 선생님의 대상이 될 수가 없을 터니까요.”
　“어떤 점에서?”
　“그걸 왜 저에게 물으세요. 선생님 마음에 물으시지.”
　“가만 있어. 좀 물어 보고 올게……．”
　창우는 잠시 눈을 껌벅이며 무엇을 생각하는 체하다가,
　“물어 보았는데 모른다고 대답을 하누만……．”
하며 빙그레 웃었다.
　“잘 물어 보지를 못한 거지요.”
　“아니야 똑똑히 물어 봤어……．”
　“그렇지 않을 거예요.”

잠시 두 사람의 말이 끊어졌다. 침묵으로만이 통할 수 있는 두 사람의 마음이었으리라.

"약혼했다는 사람은 어떤 사람인데?"

창우가 다시 입을 열었을 때 미림은 그 말이 나오기를 기다리기나 했던 것처럼,

"여기서 한 사십 리 떨어져 있는 시골 사람이에요. 땅마지기나 가졌다고 동네서 일등 가는 깡패 노릇을 하는 난폭한 사람이래요."

하고 대답을 했다.

"농사가 짓기 싫어서 그러는 게 아냐?"

창우가 뒷거리를 쳤다.

"순박한 농민이라면 소작인이라도 좋아요. 고생하는 것쯤 조금도 무섭지 않다고 생각해요."

미림이 약혼한 남자를 진심으로 싫어하는 이유를 짐작할 수 있었다. 그러나 창우는 좀더 자세한 이야기가 알고 싶어,

"그런 사람에게 결혼을 강요하는 고모는 무엇 때문일까?"

하고 추궁해 물었다.

"그의 아버지가 그 고장에서는 제일가는 유력자래요. 그런데 고모부가 군의원에 출마를 하려고 하거든요. 그러니 유력자의 감정을 살 수가 없지 않아요."

"그래도 미림은 그 사람과 결혼할 생각으로 서울을 떠났다면서?"

"그럴 수밖에 없다고 생각했어요."

"지금은?"

"모르겠어요."

미림은 얼굴을 떨어뜨렸다. 그리고는 손을 눈으로 가져갔다. 어깨가 들썩이었다.

"모르겠어?"

창우가 반문을 했다.

창우는 미림이 모르겠다고 하는 말을 어떻게 해석해야 좋을지 몰랐다. 울

고 있는 것으로 보아서는 약혼자와 결혼하기 싫어하는 것이 분명했다.

그러나 그 사람과 결혼하기로 결심은 했으나 창우를 대하고 있는 이 순간의 감정을 무엇이라 설명할 수가 없어서 모른다고 하는 것은 아닐는지?

미림은 아무 대답도 않고 자리에서 일어섰다. 그리고는 눈물을 닦으며,

"가 봐야겠어요."

하는 것이었다.

창우는 울면서 돌아가는 미림을 그냥 볼 수가 없어 벌떡 따라 일어섰다. 그리고는 미림을 끌어안으면서,

"내가 아직 미림을 사랑한다면 어떻게 할 테야?"

하고 미림을 껴안은 팔에 힘을 주었다. 미림의 얼굴에는 뜨거운 눈물이 번지며 흐르고 있었다.

"응? 어떻게 하겠어?"

그때 미림은,

"모르겠어요."

하며 눈물이 번진 얼굴을 창우의 뺨에 비비었다.

"그러지 말어. 왜 자기 마음을 자기가 모른다고 그래?"

"알면 제가 어떻게 하겠어요?"

"나는 그 동안 미림을 잊어버리고 있었던 것이 사실이야. 내가 나쁜 줄은 나도 잘 알고 있어. 그렇지만 지금 미림을 만나러 여기까지 오질 않았어? 과거의 나를 용서하고 지금의 내 마음을 알아 준다면 나는 죽을 때까지 미림을 버리지 않을 테야. 미림! 어떻게 하겠어?"

그래도 미림은,

"모르겠어요."

하였다.

"나를 믿지 못하겠다는 거야?"

"그렇지는 않아요."

"약혼한 사람을 물리칠 수가 없다는 거야?"

"아아뇨."

“그럼 뭐야?”

“………”

“나하구 오늘 서울로 올라가. 그리고 곧 결혼식을 거행해.”

그때도 미림은 눈물을 흘릴 뿐 대답이 없었다.

“싫다는 거야?”

“………”

“그러지 말고 같이 가, 응…….”

창우가 미림의 허리를 끊어져라 하고 끌어안으며 금시 눈물이라도 떨어뜨릴 것처럼 애원을 했다. 그때야 미림은 눈물을 그치고,

“정말예요?”

하고 아직 눈물에 젖은 눈동자를 반짝였다.

“정말이야.”

“마음대로 하세요.”

미림이 창우의 가슴에다 얼굴을 파묻었다. 두 사람은 한참 동안 서로를 끌어안고 뜨거운 눈물을 나누었다. 그러는 동안 미림이,

“저는 그새 선생님만 생각하며 살았어요. 몸도 한 번 더럽히지를 않았어요.”

했다.

“고마워, 그런 줄 알았어…….”

그들은 서울로 떠날 준비를 했다. 그러나 기차 시간까지는 아직 두 시간이나 거의 남아 있었다.

창우가 조반을 두 상을 시키려고 사환 애를 부르려 할 때였다. 미림이,

“가서 인사라도 하고 떠나야지 않을까요?”

하고 창우에게 물었다.

“만약 붙잡고 놓아 주지를 않으면 어떻게 하려고…….”

창우가 미림을 가지 못하게 했다. 바로 그때였다.

“미림아.”

하며 마루가 울리도록 떠드는 목소리가 복도에서 들려 왔다.

미림의 고모부였다. 미림의 고모부는 창문을 버럭 열고는 대뜸 미림의 손목을 잡아 쥐고,

"그럴 줄 알았다. 환장한 년 같으니……."

하고는 창우를 한 번 흘겨 본 뒤 미림을 끌고 나가는 것이었다.

"부모를 망신시키더니 이번에는 우리까지 망신시켜야 하겠니?"

미림의 고모부는 혼자 떠들며 나가다가 창우에게 되돌아와,

"여기서는 얌전하기루 이름난 애야. 공연히 남의 신세 망치지 말구 빨리 돌아가. 공연히 소문을 퍼뜨렸다가는 내 얼굴에까지 똥칠을 할 테니……."

주먹으로 한 대 갈기기라도 할 듯 을러대고는 다시 미림 있는 데로 걸어갔다.

잠시 고모부의 손에서 해방이 된 미림이 살그머니 창가에 몸을 숨기고 서 있다가 고모부가 자기를 찾아 몸을 돌리는 틈새를 이용하여 창우에게,

"먼저 올라가세요. 이삼 일 내에 꼭 갈게요."

하고는 의젓이 고모부의 뒤를 따라 걷기를 시작했다.

일이 이렇게 된 이상 창우로서는 어떻게도 할 수가 없었다.

그는 미림이 최후로 남긴 말만을 믿고 떠날 수밖에 없었다.

그러나 미림이 그렇게까지 완고한 친척집에서 과연 뛰쳐 나올 수가 있을는지 창우는 의심하지 않을 수 없었다.

창우는 서울까지 도착하는 동안 끝내 불안한 마음을 털어 버릴 수가 없었다.

미림이 도저히 빠져 나올 수 없을 것만 같았던 것이다.

'만약 미림이 올라오지를 못한다면……'

창우는 혼자 생각하는 것이었다. 자기는 평생 미림과 같은 여자를 만날 수가 없을 것 같았다.

잡초가 우거진 허허 벌판을 혼자서 걸어야 할 자기. 가다가 칡덩굴 같은 데 걸려 고꾸라져서는 기운을 잃고 허덕여야 할 자기.

그뿐만도 아니었다. 자기만을 생각하면서 일평생 불행한 생활을 계속해야 할 미림. 강제에 못 이겨 하라는 대로 결혼을 하면 그 뒤에는 어떠한 불

행이 닥쳐와도 그것을 감수해야 할 미림.

창우는 주먹으로 기차 차창을 두들겨 부수며 소리를 지르고 싶었다.

마음의 절규(絶叫)였을 것이다. 그러나 창우는 유리창에 입김을 불고 손바닥으로 그것을 살살 닦으며,

'신이여……'

하고 속으로 기도를 드리는 것이었다. 그는 진심으로 미림이 서울로 올라올 수 있도록 마음으로 빌었다.

창우가 서울역에 도착하여 집에까지 이른 것은 밤 아홉 시가 거의 되었을 때였다.

대문을 열어 주는 식모의 얼굴이 몹시 초조하게 보였다.

불길한 예감이 들었다. 그러나 창우는 입을 열기가 싫어 아무 말도 묻지 않고 안방으로 발을 옮겼다.

안방에는 뜻하지 않았던 아버지 아머니, 그리고 애령까지 온 가족이 둘러앉아 있었다. 모두 심각한 얼굴이었다.

창식의 병이 심상치 않은 모양이었다.

창우가 들어가도 누구 하나 입을 열어 말해 주는 사람이 없었다. 애령만이 몸을 비켜 창우가 앉을 자리를 비어 줄 뿐이었다.

창우도 창식의 병세에 대해 입을 열고 물어 볼 수가 없었다. 창식의 얼굴을 들여다볼 뿐이었다.

숨소리도 들리지 않았다. 눈은 감은 채였다. 그러나 가끔 숨을 몰아쉴 때마다 가슴이 움직이는 것으로 보아 아직 죽지만은 않고 있었다.

"의사를 왜 안 부르세요?"

창우가 입을 열고야 말았다. 그때,

"방금 왔다 갔어요."

애령이 대답했다.

태풍은 걷히고

의사가 방금 다녀갔다면 능히 알 수 있는 일이었다. 창식은 그만 죽음의 선언을 받은 모양이었다.

창우는 묻고 싶은 말이 꼭 하나 있었다. 창식의 병명이었다. 무슨 병이기에 죽음에까지 이르렀단 말인가?

그러나 그 말도 물을 수가 없었다. 아버지 어머니의 너무나 심각한 얼굴이 창우의 입을 열지 못하게 했던 것이다. 더구나 창식의 병이 초발할 때부터 그것을 알고도 의사를 불러다 진찰을 시키지 않았다는 자책이 그의 입을 열지 못하게 했다.

앓으면서도 아프다는 말 한 마디 마음대로 못하던 창식. 병석에 누워 있는 동안 엄마를 그리는 마음이 병보다도 더 그의 가슴을 아프게 했을 것이지만 엄마 소리 한 번 불러 보지 못하던 창식.

창우는 창식이가 밤낮 꼬부장하고 허리를 꼬부리고 다니던 모습이 눈에 떠올라 눈시울이 뜨거워졌다.

창식은 창우의 배 다른 동생이다. 그러나 그런 생각은 조금도 들지 않았다.

부모가 있으나 천애의 고아처럼 외로운 넋으로 최후의 죽음을 맞이하게 되는 불쌍한 창식으로만 생각되었다.

만약 그의 옆에 아버지나 어머니가 있어 주었다면 창식은 지금의 죽음을 당하지 않아도 좋았을지 모른다.

얼마 안 있어 창식은 숨을 거두고야 말았다.

상희가 소리를 내어 울기를 시작했다. 손명규도 가슴을 치며 울기를 시작했다.

"창식아……."

상희와 명규는 죽은 창식의 손을 하나씩 부여잡고 뛰쳐 나가는 사람을 붙들어 들이기나 하는 것처럼 마구 잡아 흔들었다.

창우도 눈물을 흘렸다. 그러면서도 상희의 얼굴에서 눈을 떼지 않았다. 상희가 얼마만큼이나 슬퍼해하는가를 보기 위함이었다. 정말 슬퍼해야 할 사람은 상희일 것 같았다. 창식이가 앓는다는 소식을 전해 주었으나 당구장 개업이라고 해서 찾아오지도 않았던 상희.

만약 상희에게도 눈물이 있다면 있는 눈물을 한 방울도 아낌없이 창식 앞에서 전부 쏟아 놓아야 할 것이 아니겠는가?

상희는 창식이 숨을 거두기 직전까지 석고 모양 몸을 움직이지 않았다. 그때는 괴로움 속에서나마 자기를 고정시켜 보려는 노력이 눈에 보이는 것 같았다. 그러나 창식이 아주 눈을 감자 상희를 완전히 자기를 흐트려 버렸다. 자기의 줏대를 완전히 상실한 사람처럼 몸을 가누지 못하고 괴로움을 함부로 발산했다.

그러나 상희의 입에서는,

"창식아, 네가 죽다니?"

할 뿐 자기의 넋두리는 한 마디도 비치지 않았다. 창식의 죽음에 따라 자기 잘못의 뉘우침이 있어야 할 것이다. 창식의 죽음에 대한 책임감이 보여야 할 것이다. 그런데도 자기의 괴로움을 한 마디의 푸념으로도 나타내지 않음은 모든 식구가 전부 모인 가운데서 자기의 죄상을 드러내기가 싫기 때문일까?

상희는 자기 괴로움의 푸념도 할 수 없음이 더욱 안타까웠을지 모른다. 정말 숨이 끊어질 것처럼 몸부림을 치며 안타까이 울었다.

창우는 속으로,

'괴로워 마땅한 일이지!'

하고 생각했다. 그리고는 아버지 편을 바라보았다. 가정에 대한 애정이 없는 아버지. 그러니 울어도 대단한 슬픔을 느끼는 것이 아니라고 생각되는 아버지. 그러나 명규는 성난 황소처럼 얼굴을 찡그리고 부끄러움 없이 울고 있었다. 양 뺨이 눈물에 젖어 번쩍였으나 닦을 생각도 안 했다.

손명규의 울음도 병신자식이나마 자식이 죽었으니 울지 않을 수 없다는 그런 종류의 울음 같지가 않았다. 가슴 속에서 우러나는 침통한 슬픔 같았다.

"창식아……."

명규는 창식의 하얀 뺨에다 자기 얼굴을 비비며 소리를 질렀다.

"창식아."

하고 부르는 목소리 뒤에는,

'애비를 원망했지?'

하는 부르짖음이 숨어 있는 것 같았다.

자기의 무책임한 과거를 자식의 죽음에서 자각하는 듯한 울음이었다.

창우는 아버지와 어머니의 울고 있는 모습에서 인간이라는 것을 발견한 듯했다. 자기의 위치에서 한때 이탈할 수는 있으나 언제든 자기 위치로 되돌아오는 인간.

다음날 오후 명규, 상희, 창우, 애령 네 식구는 망우리 공동묘지 길을 걷고 있었다. 영구차가 망우리 고개 밑에서 고장이 나 할 수 없이 시체를 인부에게 메우고 식구들이 걸어서 그 뒤를 따르는 것이었다.

애령과 창우가 바로 관 뒤에서 걸었다. 애령의 절름거리는 걸음걸이가 명규와 상희 눈앞에 보였다.

고개를 다 올라 공동묘지 사무실 앞을 지날 때까지 명규와 상희는 벙어리들처럼 말이 없었다.

인부 어깨에 메어져 있는 창식의 관과 절름거리는 애령의 걸음걸이를 번갈아 볼 뿐이었다.

치마를 입으면 다리가 가려지기는 하나 의족이 고무신에 들어가지가 않아 양복바지를 입은 만큼 애령이 절름거릴 때마다 고무다리가 휘청휘청 흔들리는 것처럼 보였다.

아직 익숙지가 못해서 걸음걸이가 부자유스러운 애령은 한참 동안 걷다가 기운이 없는 듯 창우의 팔을 붙잡기도 했다.

명규는 그런 애령을 볼 때 가슴이 뜨끔거렸다. 자기가 애령에게 지울 수 없는 죄를 진 것 같은 생각이 들었던 것이다.

명규는 어젯밤 창식이가 위독하다는 소식을 듣고 집으로 달려온 뒤부터 여러 가지를 생각했다.

생각되는 것마다 그를 괴롭히지 않는 것이 하나도 없었다.

상희와 나란히 걷고 있는 지금도 여러 가지 생각에 잠겨 있으나 그래도 입은 도저히 열려지지가 않았다.

상희도 마찬가지였다.

창식이 운명할 때 상희는 자기가 창식을 죽인 것이란 생각이 들었다. 자기가 집안에 있기만 했다면 좋은 약이 얼마든지 있는 요즘 세상에서 창식을 폐렴에 죽일 리가 없을 것 같았다.

그리고 창식의 시체 뒤에서 애령의 절름거리는 걸음걸이를 볼 때 가슴이 울렁거려 견딜 수가 없었다.

그러나 무엇이라고 자기 속을 털어놓을 수는 없었다. 아무리 같은 자식의 아버지요 어머니라 해도 명규와 자기는 남편과 아내가 아닌 것이다. 남편과 아내가 아닌 이상 창식을 낳은 아버지와 어머니라 해도 그들은 마음이 통할 수 없는 남남인 것이다.

인부들이 파 놓은 무덤 앞에 이르렀을 때까지, 그리고 그 무덤 속에 시체를 파묻을 때까지도 그들은 서로가 입을 열지 않았다. 어젯밤처럼 울지도 않았다. 처절한 슬픔의 눈물을 소리 없이 흘릴 뿐이었다.

시체를 파묻고 평토를 할 때였다. 애령이 명규와 상희를 불러 마주 앉게 한 뒤 나뭇가지 하나를 꺾어 땅바닥 위에 삼각형 한 개를 그려 놓았다.

애령은 어젯밤부터 오늘 이 순간까지 아버지와 어머니가 말을 건네는가 그것만 살피고 있었다. 그러나 창식의 시체를 파묻을 때까지 두 사람은 정말 원수이기나 한 것처럼 입들을 열지 않았다.

애령은 그럴 수가 없다고 생각했다. 만약 서로가 끝까지 입을 열지 않는다면 창식의 매장이 끝나고 서로 흩어지는 때가 최후가 되고 말 것이다. 설사 그것이 최후라 해도 이십여 년 동안 부부 생활을 해온 사람들이 혈육의 시체를 땅 속에 묻고 나서도 말 한 마디 나누지 않는다는 것이 있을 수 있는 일이겠는가?

그래서 참다 참다못해 아버지와 어머니를 서로 마주 대하게 하고 삼각형을 그려 보인 것이다.

설명 안 하고는 해득할 수 없는 삼각형이건만 그것이 무슨 뜻이냐고 묻는 이도 없었다.

그래서 애령은 세모에다 동그라미 하나씩을 그린 뒤 설명을 하기 시작했다.

"여기 저변(底邊)의 두 각(角)은 아버지와 어머니예요. 그리고 저변 중심
에서 수직선에 위치해 있는 또 하나의 각은 오빠와 저예요. 제 옆에 있던
창식은 하늘로 올라갔구요. 그런데 이 세 동그라미는 선(線)이 연결로 삼각
형의 꼴을 나타내고 있었는데 지금 그 선이 지워지고 없어졌어요."

애령은 삼각형의 세 변을 손바닥으로 지우고 동그라미만 세 개 남겨 놓았
다. 그리고는,

"이 세 동그라미의 운명은 어떻게 될까요?"
하고 명규와 상희의 얼굴을 쳐다보았다. 그래도 두 사람은 꼭 같이 말이 없
었다.

"이건 비겁한 이야길지두 모르겠어요. 그렇지만 제가 비겁한 것이 아니
라 아버지와 어머니가 저를 비겁하게 만드셨다는 것을 아셔야 하실 거예요.
창식이가 죽고 제가 병신 된 것은 누구 때문일까요?"

애령은 잠시 말을 끊었다가 다시,

"부모의 책임은 자식들을 행복하게 살도록 기르고 또 교육시키는 것이
아닐까요? 선의 연결이 없어 세 동그라미가 제각기 따로 논다면 삼각형의
형태는 아주 없어지고 말 것이며 오빠와 저는 저변이 없는 가공에 뜨게 될
게 아니겠어요?"
하고 입을 다물었다.

명규와 상희는 애령의 말을 확실히 들었을 것이나 들었는지 듣지 못했는
지 얼굴 표정으로는 도저히 알아볼 수가 없었다.

애령도 그 자리에서 아버지와 어머니의 대답이 있으리라고는 기대하지
않았다. 가장 적절한 시간에 가장 적절한 말을 했으니 그 뒷일은 아버지나
어머니 각자에 맡기지 않을 수 없었다.

그런데 창우가 묵묵히 있는 명규와 상희가 답답해 견딜 수가 없었던지
"그래도 아버지와 어머니는 말씀을 안 하실 작정이십니까?"
하고 물었다.

그때 애령이,

"오빠두…… 대답을 들어야 꼭 시원하겠수?"

하고 창우를 끌고 애송들이 있는 데로 걸어갔다.

두 사람의 시간을 주자는 것이었으리라.

명규와 상희는 서로 말을 안 했다. 그러나 자기 자리에서 한 걸음도 움직이지만은 않았다.

매장을 다 끝내고 귀로에 올랐을 때였다. 창우와 애령이 역시 앞장을 섰고 명규와 상희가 그 뒤를 걷고 있을 때 명규가 무거운 입을 열었다.

"여보……."

"네?"

상희는 땅을 보며 대답했다.

얼마만의 대화인지 몰랐다. 그리고는 '여보'와 '네'라는 말이 얼마 만에 쓰이는 어휘인지 몰랐다.

아득한 옛날에 쓰던 말을 도로 찾은 듯이 두 사람은 자기들의 입에서 나온 말들을 음미하며 잠시 침묵을 계속하다가 명규가,

"어제부터 오늘까지 우리가 마음속으로 생각한 것은 서루가 꼭 같은 것이 아닐까?"

하고 말했다.

"글쎄요……."

상희는 명규의 말에 거역할 의사가 없다는 태도였다.

"우리는 그 동안 공통되는 생각을 잊어버리고 있었어. 애령의 말처럼 우리 두 사람은 하나의 정점(頂點)이 흩어졌었고 또 연결이 안 되었던 거야."

실마리가 잡히자 명규의 이야기는 술술 풀려 나왔다.

"나 때문에 애령이 병신 됐어. 그리고 또 창식을 죽여 버렸어. 모두가 내 탓이야. 늦기는 했지만 나는 발길을 돌려 집으로 돌아올 테야."

이 말을 하자 명규는 잠시 입을 다물었다. 자기 말에 자기가 감격한 모양이었다. 그러나 잠시 뒤 또 이야기를 계속했다.

"당신이 돌아오고 안 오고는 별 문제야. 나는 나만의 행동을 취하겠어……."

그때야 상희가,

"소실은 어떻게 하구요?"

하고 나직이 물었다.

"그건 문제될 것이 없겠지. 어느 정도의 생활비만 주면……."

상희가 아무 대꾸도 못하고 있을 때 명규는 다시,

"젊음에 대한 매력을 잊을 수는 없어. 그러나 사람이란 자기 분수에 따라 욕망이라는 것을 겸허하게 가질 필요가 있다고 생각해. 내가 젊음을 가져 보지 못했던 것 같은 착각에서 젊은 여자의 육체를 그리워했던 것이지만 그것이 내 육체와 균형 잡히지 않는다는 것을 내가 모를 까닭이 있어?"

하고 말했다.

"그러니까 젊은 여자에게 지쳤단 말씀인가요?"

상희는 약간 불만스러운 어조로 물었다.

"너무 솔직한 이야기까지 해서 오해할지는 모르지만 나는 나의 원위치로 돌아가야 한다는 것을 자각했을 뿐이야. 그것만 알아 주면 그만이야."

명규는 그 이상 더 할 말이 없다는 듯이 푸른 하늘을 쳐다보았다. 그리고는 뒤돌아서서 그 수많은 무덤들을 바라보았다. 무덤을 바라보던 명규가,

"저것이 창식의 무덤이로군!"

하며 빨간 조그마한 무덤을 손가락으로 가리키었다 상희도 명규의 손가락 방향을 바라보았다. 그리고는 고개를 숙이고 눈물을 떨어뜨리는 것이었다.

"이제는 창우와 애령밖에 남지 않았지?"

명규는 육중한 목소리였다.

"우리가 없으면 애령이 얼마나 슬픈 애가 될까? 불구자란 어린애나 어른이나 마찬가지야. 죽을 때까지 마음으로 의지할 사람이 있어야 하는 거야."

두 사람은 무덤에서 눈을 떼고 다시 걷기를 시작했다. 창우에게 매달려 절룩거리며 걷는 애령이 멀리 보였다.

"다시 도장을 찍으라고는 안 하시겠어요?"

상희가 애령을 바라보며 혼잣말 비슷하게 물었다.

"도장을 찍으랜다고 찍은 적은 있고?"

명규가 빙그레 웃으며 말했다.

"찍으라고 야단을 칠 때 순순히 찍었다면 어떻게 되었을까요?"

상희도 지나간 과거가 하나의 추억에 지나지 못한다는 듯 잔잔히 물었다.

"글쎄, 어쨌든 여자가 남자보다 현명하니까 집안이 유지되는 게 아니유?"

"그런 말을 듣자는 건 아녜요. 과거가 너무나 기막혔기 때문에 하는 말이지……."

"지나간 이야기를 해서 무엇 하겠소. 한대야 결국 후회스러운 것뿐일 테니까. 잘못 했으니 용서하라고 머리를 숙여야만 알아들을 수 있는 사람들도 아니고…… 이런 말을 내 입으로 하기는 좀 미안한 일이지만 그 동안 일은 물에 씻어 버립시다."

명규가 이렇게까지 말하는데 상희로서 달리 할 말이 있을 리 없었다.

명규에게 지나간 일에 대한 사과를 요구하기도 싫었다. 그러한 과거가 없었던 듯 평온한 가정을 회복하면 그뿐이었다. 그러나 한 마디만은 아니할 수가 없었다. 그것은 자기 자신의 문제였다. 명규가 자기의 과오를 뉘우치는 나머지 상희의 과오를 추궁하지 않았으나 속으로는 의심쩍은 마음을 일소하고 있지 않을 것이 분명했다.

남자란 자기의 과오를 도외시하고 여자의 결백을 요구하는 성벽이 있다. 만약 여자가 결백하지 않다고 생각되는 경우에는 그것을 이해하는 체하면서도 그 여자를 경멸하려는 것이 그 본성이다.

그런 경멸을 받고 싶지가 않았던 것이다.

"저…… 유길추 씨와의 관계를 의심하고 계셨지요?"

상희가 이렇듯 대담하게 자기 이야기를 꺼내는 데는 명규도 기가 죽을 수밖에 없었을 것이다.

"지나간 이야기는 서루 말자구 그러지 않았어?"

"싫어요. 이야기 안 함으로써 의심을 산다는 것은 어리석은 일이에요. 제가 이야기를 할 테니까 듣고만 계셔요."

상희는 유길추와의 감정 문제를 솔직하게 이야기했다. 본시 친구의 남편으로 가깝게 지나던 사이였는데다가 그 친구가 불치의 병으로 누워 있게 될 때 유길추와 자기는 좀더 가까운 정을 주고받았다는 것, 그러다가 친구가 죽고 또 자기는 명규에게 쫓겨나게 되어 유길추와 자기와는 감정적으로 밀접해질 가능성이 농후했으나 그때는 도리어 서로를 경계하는 나머지 아무 일도 없었다는 것.

그 뒤 어떤 미국 사람을 초청하게 되어 자기가 임시 아내 노릇을 해 주던 날 밤, 그 날 밤은 정말 위험 상태에 놓여 있었다는 것 그러나 급한 환자가 와서 위험한 순간을 넘기게 되자, 그 뒤부터는 당구장 준비 때문에 만날 시간이 충분하지 못했다는 것.

이러한 이야기를 자상히 설명한 뒤,

"처음에는 당신에 대한 반발이었을 거예요. 그러나 소녀가 아닌 이상 반발만을 가지고는 행동을 할 수가 없었어요. 그리고 나중에는 당신과의 관계가 아주 절망적이라고 생각될 때 나라는 것을 진흙탕 속이든 어디든 내던지고 싶은 심정이었어요. 유길추 씨도 외로운 사람이라는 생각이 없지 않았지만…… 그러나 신이 위험한 순간들을 내버려 두지를 않았던가 봐요. 순간이란 것이 정말 중요한 것 같아요."

이런 말을 하고 나서는,

"어쨌든 제 몸을 부끄러움 없도록 지켜 왔던 것만 믿어 주세요."
하고 끝을 맺었다. 이렇게까지 솔직하게 말하는 데 명규가 의심하는 마음을 가질 리 만무하였다.

"이야기가 아슬아슬한데……."

명규가 웃는 얼굴로 상희의 손을 쥐었다.

"제 이야기를 아무렇게나 들어넘길 수가 있어요?"

상희는 명규가 너무나 대범하게 자기 이야기를 넘겨 버리는 데 도리어 불안한 듯한 얼굴을 지었다.

"그럼 끝까지 의심을 해야 하겠소?"

"의심을 해 달라는 것이 아니라 마음이 개운하도록 따지고 물어 봐야 할 게 아녜요?"

"들어 보지 않아도 마음이 개운하면 그뿐 아니요? 내가 내 과거를 깨끗이 씻은 거와 같이 당신이 당신의 과거를 깨끗이 씻었으리라고 생각하는데……."

"씻구 안 씻구가 문제 아니라 내 과거에 회색 장막을 치지 말라는 거예요."

"사람에게는 육감이라는 것이 있지 않아 왜? 아무리 능숙한 거짓말을 해도 육감까지는 속일 수 없는 거야. 나는 당신이 나를 속인다고 느껴지지 않으니 이젠 그런 말 말기로 합시다."

명규는 진심으로 상희를 믿는 것 같았다. 그래서 상희는 추궁하는 듯한 말을 그만두고,

"한 가지 부탁이 있어요."

하고 유길추에게 빚을 얻어 쓴 이백만 환 이야기를 꺼냈다.

"그것을 갚아 주어야 내 마음이 개운하겠어요."

"그래? 당구장 만드느라구 빚을 졌단 말이지? 거야 갚아 줘야겠지. 내 변통해 보리다."

그들의 이야기는 이것으로 완전히 끝났다. 이야기를 끝내자 명규가 앞에 걸어가고 있는 창우와 애령을 소리쳐 불렀다.

창우와 애령이 발을 멈추고 뒤를 돌아보았다.

"좀 섰거라."

하고는 명규와 상희가 그들 가까이까지 가서,

"우리 삼각형의 선을 이었다."

먼저 명규가 입을 열었다.

"어마나……."

애령이 명규와 상희 가운데로 끼어들며 그들의 팔을 하나씩 붙잡았다.

"태풍이 걷히었군요?"

창우도 빙그레 웃었다.

"너희들 보기가 부끄럽다만 할 수 있나? 우리는 삼각형 속에서만 살아야 할 사람들이니까……."

　명규의 말이었다.

　그때 애령이,

　"창식이가 조금만 더 살았더면……."

하고 쿨적쿨적 울기를 시작했다. 애령의 울음에 따라 상희도 손등을 눈으로 가져갔다.

　망우리 고개를 거의 다 내려와서야 시외로 나갔다. 돌아오는 빈 택시 하나를 불러 세웠다. 네 사람을 태운 자동차는 창식을 묻어 놓은 망우리에서 점점 멀어져 갔다.

　차 안에서였다. 창우가 불쑥,

　"이젠 애령이 시집을 보내야 하잖어요?"

하고 입을 열었다.

　차 안의 분위기를 부드럽게 하기 위한 화제였을 것이다.

　"참, 애령이 결혼을 해야지. 그래 그 동안 사귄 남자들 가운데 신랑감이 없나?"

　명규가 창우의 말을 받았다. 그러나 애령이,

　"제 걱정은 마시고 오빠 결혼이나 시키세요."

　약간 신경질적인 어조로 말했다. 애령은 결혼을 단념하기로 했으나 오늘 같은 분위기 속에 자기 이야기가 화제에 오른다는 것이 싫었던 것이다.

　상희도 창식을 묻고 돌아오는 도중에서 결혼 이야기를 꺼낸다는 것이 그렇게 적합지 않게 생각했던지,

　"그런 이야기는 집에 가서 해……."

하고 말했다.

　창우는 공연히 말을 꺼냈다가 본전도 못 찾은 셈이 되었다.

　그러나 아버지와 어머니가 화의를 했다는 즐거움과 그리고 미림의 소식을 기다린다는 들뜬 마음이 침울한 분위기에서 뛰쳐 나가려고만 했다.

　상희와 애령이 무어라든 개의할 바 없다는 듯이,

　"그래 병원에 입원해 있는 동안 조치구 이외에 문병 온 남자가 몇 명이나 있었니?"

하고 마치 문병 온 남자 가운데서 신랑감을 고르려는 것처럼 물었다.

"한 명도 없었어요."

애령이 무뚝뚝하게 대답했다. 원체 결혼 이야기 같은 것은 꺼내기도 싫어하는 애령이었던 것이다.

"그럴 수가 있니? 다만 몇 명이라도 있겠지?"

"한 번쯤 찾아온 사람은 몇 명 있어도 두 번 이상 찾아온 사람은 하나도 없었어요."

창우의 입을 막기 위해서 한 말이기는 했으나 그것은 일부러 꾸며 하는 거짓말도 아니었다.

"그래?"

창우가 그럴 수도 있을까 하는 식의 의아스러운 눈을 이상스럽게 굴렸다.

"정말예요."

애령은 거짓말이 아니라는 것을 강조하기 위해 정말이라고 말을 했으나 그렇게 말하고 나니 자기가 사귀던 남자들이 모두가 이기적인 인간이었다는 생각이 새삼스럽게 그의 가슴에 공허감을 가져다 주었다.

춤을 추고 하이킹을 가고 차를 마실 때는 모두가 기사(騎士)들처럼 여자를 위해 주는 체하던 남자들이 일단 그 여자가 불구가 된 순간부터는 그 여자를 아는 체도 안 하는 것이 남자들이란 생각을 안 가질 수가 없었다.

이야기 동무로나마 이용가치가 있을 때는 제각기 우정 이상의 감정을 가진 듯 호의를 보이다가도 이용가치가 없을 때에는 아는 것마저 불명예스럽게 생각하는 남자들…….

그래서 창우가,

"그럼 내가 매부감을 물색해야겠구나."

하며 웃을 때에도 애령은,

"그런 걱정은 마시라니까요."

하고 정색한 얼굴로 대답했다.

"내가 걱정을 안 하면 누가 걱정을 하니?"

"내게 있어선 결혼이 다음 다음에 가는 문제예요. 딴 생각 마시고 취직자리나 구해 주세요."

애령은 창우의 입을 막은 뒤,

"참! 아버지 어머니 앞에서 상주 갔다 온 이야기나 하세요."

하고 미림의 이야기를 꺼냈다.

그 말이 나오자 창우는,

"글쎄 해야지."

하고 잠시 머리를 떨어뜨렸다. 이때까지 부모 앞에서는 한 마디도 해 본 적이 없는 미림의 이야기다. 그러나 미림이 서울로 올라오기만 하면 아무래도 알려야 할 일이니 이야기 안 할 수도 없는 일이었다.

"저 어제 상주에 갔다 왔어요."

창우는 미림과의 관계를 간단히 설명한 뒤 미림과 결혼할 자기의 마음을 표명했다.

"어떤 여잔데?"

명규가 물었다.

"고등학교밖에 졸업하지 못했지만……."

창우는 끊을 수 없는 관계까지 맺었다는 이야기를 했다.

"글쎄 한 번 보기라도 해야 하지 않겠니?"

명규가 아버지로서의 권위를 세우기 위하여 근엄한 태도로 말했다.

창우가 결혼을 해야 한다고 하면 자기가 반대할 아무 이유가 없다. 다만 아버지로서의 체면만 유지하면 그만이다.

"그렇지 않아도 이삼 일 내에 올라올 거예요. 서울 오면 갈 데도 없으니까 우리 집에서 유하도록 해야 할 것 같아요."

창우가 이렇게 대답하자

"그건 좀 생각해야 할 문제가 아니냐? 민며느리가 아닌 다음에야 결혼두 하기 전에 시집에 와서 유할 수가 있니?"

명규가 집안 체면을 생각지 않을 수 없다는 듯이 말했다.

"애령의 방에서 애령과 같이 지나면 되지 않아요?"

창우가 어거지 떼를 썼다.

"남이야 누가 사실대루 봐 주니? 겉만 보구 남의 집안 흉이나 보지."

그때 상희가,

"그러지 말구 당신이 신부집에 찾아가서 정식으루 혼담을 맺구려. 그럼 부모들도 따님을 받아들일 게 아녜요?"

하고 그런 지혜도 없느냐는 듯이 명규를 살금 쳐다보았다.

"참 그렇구나. 그럼 만사 해결인데……."

명규가 상희의 등을 가볍게 두들기며,

"역시 여자가 지혜를 가지고 있어……."

했다.

어느새 자동차가 창우네 집 앞에까지 이르렀다. 차에서 내려 대문 안으로 들어서는데 가족은 꼭같이 기도를 드리는 듯한 엄숙한 표정으로 서로가 침묵을 지켰다.

나갈 때는 시체라 할지라도 창식과 합해 다섯 식구였다.

그러나 돌아올 때는 네 식구뿐이다. 창식이 영영 돌아오지 못할 식구라는 생각이 제각기의 가슴을 텅 비게 했을 것이다.

네 사람은 누가 시키지도 않았지만 다 같이 응접실로 들어갔다. 그리고는 각기 소파에 앉아 고개들을 숙였다.

창식의 생각으로 네 마음이 완전히 통일된 순간이었다. 한참 뒤 명규가

"죄 없는 어린것이니 천당엘 갔겠지!"

하고 입을 열었다.

명규는 물론 기독교 신자가 아니다. 다만 불쌍한 창식이 죽어서나마 천당에 갔으면 하는 염원이었을 것이다.

"저두 그걸 생각하구 있었는데요."

상희가 대꾸를 했다.

"그 애가 천당엘 못 가면 누가 가게요."

창우가 한몫 끼었다.

그때 애령이 소파에서 일어서며,

"창식이가 좋아하던 노래를 부르겠어요."
하고,

> 고드름 고드름
> 수정 고드름
> 고드름 따다가
> 발을 엮어서
> 각시님 영창에
> 달아 놓아요

느릿느릿하게 애조를 띠어가며 노래를 불렀다. 첫 절을 끝내자 그때는 가족 네 명이 꼭같이 일어서서 둘째 절을 합창했다.

> 고드름 고드름
> 수정 고드름
> 낮에는 햇님이
> 찾아오시고
> 밤에는 달님이
> 문안 오셔요

노래를 끝내자 네 식구는 다시 소파에 앉아 모두 기도를 드리는 얼굴로 고개를 숙였다. 창식을 생각하는 하나의 마음으로 집중되는 거룩한 순간이었다.

다음날 아침 창우가 출근하려고 옷을 갈아입을 때였다.

"손님 오셨어요."

식모는 창문 앞에서 창우가 열기를 기다렸다.

"누군데?"

그 질문이 나올 줄 미리부터 알고 있었던지 식모는,

"며칠 전에 와서 창식이 병간호를 해 주던 여자예요."
하고야 부엌으로 들어갔다.

선우영임을 알자 창우는 조금도 일찍 출근을 했다면 하는 생각을 했다.
안 만나는 것이 가장 편할 것 같았던 것이다. 이제 선우영을 만난들 무슨
말을 할 것인가?

그러나 집에까지 찾아온 사람을 안 만날 수도 없었다. 창우는 옷을 갈아
입은 뒤 모자까지를 쓰고 방을 나섰다. 집 안에 들어오게 할 것도 없이 걸으
면서 이야기를 하다가 그냥 헤어지려는 심산이었다.

"어떻게 이렇게 일찌감치……."

창우는 대문 밖에 서 있는 선우영을 보자 이렇게까지 일찍 찾아온 용건이
무엇이냐는 듯 선우영의 얼굴을 똑바로 쳐다보았다.

그러나 선우영은,

"어제 은행에 출근두 안 하셨더군요?"
하고 창우의 질문을 아주 무시해 버렸다.

"네……."

창우가 창식의 장례에 대한 이야기를 꺼내기도 전에 선우영은.

"토요일에도 출근부에 도장만 찍고는 안 들어가셨다지요?"

마치 꾸지람을 하듯 창우를 흘겨보았다. 창우는 기분이 덜 좋았다. 선우
영에게서 자기의 행동에 대한 간섭을 받고 싶지 않은 생각이 들었기 때문이
었다.

"시간이 다 되어서 가 봐야겠는데……."

창우는 선우영을 돌려 보낼 생각뿐이었다. 그러나 선우영은,

"저 창식이 병문안 왔어요. 제 걱정 마시고 빨리 가세요."

마치 창우와는 할 이야기가 없다는 듯이 말했다.

"창식은 어제 공동묘지에다 파묻었습니다. 그렇지만 애령이 있으니까 들
어가 보시지요."

창우는 안방을 향해 애령을 불렀다. 그리고는,

"선우영 씨가 왔다."

하고 애령을 불러냈다. 선우영이 창식의 죽음을 슬퍼할 여유도 주지 않고,

"애령아, 내가 상주에 갔다 온 이야기를 하나두 빼지 말고 이야기해 줘
라."

한 뒤 창우는 훌쩍 나가 버렸다.

은행으로 나간 창우는 무엇보다도 미림의 소식이 궁금해서 동료들에게
자기를 찾아온 여자가 없었느냐고 물어 보았다. 그러나 미림에게서는 전보
도 와 있지 않았다.

창우는 미림이가 친척들에게 붙잡혀 못 올라오는 것이 아닌가 하고 걱정
했다. 그럴 수도 있을 것 같았다. 억척스럽게 붙잡으면 그렇지 않아도 순량
한 미림인 만큼 어찌할 줄을 모르고 주저앉게 될지도 모른다.

'만약 미림이 올라오지 않는다면…….'

창우는 그때의 자기를 생각지 않을 수 없었다.

'선우영을 다시 사랑해야 할 것인가?'

미림이 없다고 해서 평생 혼자 살 수는 없다. 누구하고라도 결혼을 해야
할 것이다. 그러나 창우는 혼자서 고개를 흔들었다. 아내로서의 선우영은 생
각할 수가 없었던 것이다. 아내란 남편의 마음을 안정시켜 주는 역할을 맡
고 있다. 그러나 선우영은 차라리 불안 속에서 새로운 것을 창조해 내려는
타입의 여성이다. 가난한 마음을 어루만져 줄 포근한 맛이 없는 여자다.

창우는 미림의 소식만을 기다렸다. 종일 출장을 다니면서도 혹시 미림이
은행으로 찾아오지나 않았을까 그것만을 생각했다. 그래서 전 달리 일찍
은행에 돌아가기까지 한 창우였다. 그러나 미림에게서는 아무런 소식도 없
었다.

자기가 상주에 갔다 온 것도 벌써 사흘째가 된다. 그런데도 전보 한 장
없다는 것은 미림이 그곳을 떠날 수 없는 형편임을 말해 주는 것이나 아닐
는지…….

아직 단정까지 할 수는 없는 일이지만 어쨌든 창우는 실망한 마음으로 은
행을 나오지 않을 수 없었다.

집으로 돌아오니 애령이 창우를 불러 선우영이 써 놓고 간 편지를 내어

주었다.

　창우는 편지를 읽기 전에,

　"도리어 잘 됐다구 그러지 않던?"

하고 애령에게 물었다. 애령은 그런 일에 개입하고 싶은 생각이 없다는 듯

　"편지를 읽어 보면 아실 텐데요, 뭐……."

하고 편지나 빨리 읽어 보라고 했다. 창우는 편지를 읽기 시작했다.

　"그렇게 좋아하시는 분이 계신 줄은 몰랐습니다. 그 분과 결혼을 하시면 정말 행복하시겠습니다. 제가 존경하는 손 선생님의 행복은 결국 저의 행복도 될 것입니다. 이 즐거운 소식을 들으려고 아침 일찍 찾아왔던 것 같습니다.

　끝내 행복하시기를 진심으로 바라나이다."

선우영

　편지를 다 읽자 창우는 속으로 픽 웃었다. 자기를 보이지 않도록 보자기 속에 싸 가지고 다니며 사는 여인. 어디까지나 감정에 솔직하지 않은 여자. 그러므로 남보다 몇 갑절이나 불행을 느끼며 살아야 하는 여자다.

　"참 영리한 여잔데……."

　창우는 이렇게밖에 더 할 말이 없었다.

　"그럼 어떻게 해요, 울 수도 없는 일인데……."

　애령이 선우영을 동정하는 듯이 말했다. 그때 창우는 언젠가 권숙이 하던 말이 생각났다.

　"얻은 것은 자존심이요, 잃은 것은 성실성이야."

　그렇다고 해서 새삼스럽게 선우영을 시비할 마음은 생기지 않았다. 또 그럴 필요도 없었다. 편지를 접어 주머니 속에 집어넣은 뒤 창우는,

　"너 정말 결혼할 생각 없니?"

하고 화제를 돌렸다. 애령을 보면 그것이 무엇보다도 걱정인 모양이었다.

　"안 한다니까요."

애령이 말하기도 귀찮다는 듯이 대답했다.

"여자가 결혼을 안 하고 일평생 살아갈 수가 있니?"

"이때까지 여자들은 자기의 행복을 남자들에게만 의존하고 살았어요. 그렇기 때문에 여자는 결혼 안 하고 못 산다는 생각을 가졌던 것이지요. 그러나 앞으로는 여자도 자기의 힘으로 자기의 행복을 창조하여 살아갈 수가 있다고 생각해요. 더구나 나 같은 여자가 자기의 행복을 남에게 의존함으로써 구하려 한다면 그 결과가 어떻게 되겠어요? 뻔한 일이 아니겠어요?"

"글쎄……."

"저 오늘 생각한 일인데 아버지한테 부탁해서 임시로라도 극장 아나운서 노릇을 해 볼까 해요. 아버지도 그 청이야 들어 주시겠지요. 월급을 받기 위한 취직이 아니에요. 일을 한다는, 다시 말하면 생활을 가진다는 의식을 갖기 위한 취직이에요."

이런 이야기를 하고 있을 때 명규가 돌아왔다. 퇴근하자 집으로 돌아오는 것이 얼마만의 일인지 몰랐다.

명규는 집안에 들어서자,

"어머니는 아직 안 돌아오셨니?"

하고 물었다.

아내를 생각하는 남편이 아니고서는 도저히 흉내낼 수 없는 은근한 목소리였다. 애령은 아버지의 그러한 목소리에 말할 수 없는 매력을 느끼고 아버지 방으로 걸어갔다. 어머니 대신 옷을 벗겨 드리고 한복을 갈아입게 했다. 그리고는

"오늘은 조금 늦으실 것 같다고 그랬어요."

하고 상희가 집을 나가며 하던 말을 그대로 전달했다.

"바쁜가 보군……."

명규는 조금도 달리 생각지 않고 상희를 신뢰하는 표정이었다.

"아버지는 벌써 아주 청산하셨어요?"

애령이 미심쩍은 듯이 물을 때도,

"여자 문제란 마음먹기에 달린 것이야 간단하려면 얼마든지 간단할 수

있는 일이니까. 내일쯤 내 옷가지들이나 가져오면 마지막이다."

"생활비라도 줘야 하지 않아요?"

"지금 살고 있는 집을 그대로 주기로 했다. 평생 혼자 살 여자가 아니니까 그것만 가져도 어떻게 되겠지……."

이런 이야기를 하고 있을 때 저녁 밥상이 들어왔다. 명규와 창우와 애령이 둘러앉자 명규가,

"저녁 먹자."

하고 젓가락을 들었다. 그때 애령이,

"어머니도 같이 먹었으면……."

하고 상희가 없는 것이 적이 심심하다는 듯이 말했다.

"내일 저녁부터야 같이 먹게 되겠지……."

명규가 안심하라는 듯이 말했다.

명규네 세 식구가 상희 이야기를 하며 저녁밥을 먹고 있는 바로 그 시간에 상희는 유길추의 집에 가 있었다.

"잘 되었군요. 그것이 최 여사의 가장 행복스러운 길이겠지요."

상희의 이야기를 듣고 난 유길추의 육중한 목소리였다.

"행복이라든가 불행이라든가 그런 것은 생각할 수도 없어요. 그저 그렇게 해야 될 것만 같았어요. 유 선생님이 고독하실 것을 생각하면 뼈가 저린 것 같지만 어떻게 하겠어요? 여자의 운명인걸……."

"내 걱정은 조금도 마십시오. 얼마 동안이나마 내 외로운 혼과 더불어 같이 해 주신 것을 고맙게 생각할 뿐입니다."

상희는 자기도 모르게 눈물을 흘렸다. 아무리 운명을 따라 자기의 길을 걷기로 결심했다 해도 외로운 유길추를 혼자 남겨 두고 간다는 마음이 어찌 가슴 아프지 않을 것인가?

"앞으로도 가끔 만나십시다. 그저 친한 사람들로서 말입니다. 다행하게도 우리들은 지킬 것을 지켜 왔습니다. 그렇기 때문에 우리 사이는 우정으로 변할 수가 능히 있다고 생각합니다."

"알겠어요. 누구에게도 부끄러움이 없는 사이였으니까 옛날처럼 동무의

남편으로 찾아뵙겠어요."

 이 말을 하자 상희는 자리에서 일어섰다. 상희가 유길추의 집을 나서려고 하며,

 "참 그 돈은 될 수 있는 대로 빨리 갚아 드리겠어요."
하고 이때까지의 관계를 끊는 마지막 고개라는 듯이 말을 끊어 했다.

 "아무때도 좋습니다. 안 받는다면 도리어 의심하실 분이 계실 테니까 안 받을 수 없겠지만……."

 상희의 뒤를 따라 걷던 유길추의 말이었다. 상희가 묵묵히 걸어 안 대문까지 걸어 나왔을 때였다.

 "최 여사……."

 유길추가 상희를 불렀다. 그러나 상희가 뒤를 돌아볼 때는,

 "안녕히 가십시오."
하고 고개를 숙였을 뿐이었다.

 다음날 아침 명규네 네 식구가 조반상을 대하고 앉아 있었다. 그러나 한편에서 조간신문을 읽고 있는 애령을 기다리기에 그들은 아직 숟가락들을 들지 않고 있었다.

 "조반 먹고 읽어라."

 상희가 독촉을 해도 애령은 들은 체를 안 하고 신문 읽기에 열중해 있었다.

 그때 창우가,

 "다들 기다리고 있지 않니?"
하고 신문을 뺏었다. 애령이 할 수 없이 밥상 앞으로 다가앉자 그때야 온 가족이 식사를 시작했다.

 단란한 가족이라 말하지 않을 수 없었다. 그러나 창우는 애령이 무엇을 그렇게까지 열심히 보고 있었는가 하는 궁금증이 들어 식사를 하면서도 애령에게서 뺏은 신문을 펼쳐 들었다. 얼핏 눈에 띄는 기사……그것은 조치구에 대한 것이었다.

 어떤 다방 마담과 결혼을 전제로 하고 애욕생활을 계속해 오다가 마담으

로부터 사기횡령의 죄명으로 고소를 당했다는 조치구의 사진까지가 게재되
어 있었다. 그 기사를 읽자 창우는 애령의 표정을 바라보았다. 그러나 애령
은 극히 평온한 얼굴로 식사만을 열심히 하고 있었다.

창우는 신문기사를 읽은 체도 안 했다.

세상에 얼마든지 있는 너저분한 일. 신문 3면에는 그 대부분을 차지하고
있는 기사. 조치구에 대해서 조금이나마 관심을 가질 필요가 없었다. 묵묵히
밥만을 먹고 있을 때 상희가,

"이젠 밤낮 집안에 앉아 있어야 할 텐데 창식이 대신 말동무라도 하나 있
었으면 좋겠다."

하고 입을 열었다. 애령은 내일부터는 극장엘 나가기로 했다. 당구장에는 하
루에 한 시간쯤 나가 수입을 계산하고 돌아오면 그뿐이다. 집에서 시간 보
낼 것이 걱정인 모양이었다.

"그러니까 오빠가 빨리 결혼해서 애를 낳아야겠지요."

애령이 생긋이 웃으며 말했다. 그때,

"참 미림인가 그 여자는 왜 올라오지를 않니?"

하고 명규가 창우를 바라보았다.

"글쎄나 말입니다. 눈이 빠지도록 기다리고 있는데요…….."

창우가 시름없이 대답했다.

바로 그때였다. 대문 두드리는 소리가 들렸다. 식모가 나가는 모양이었으
나 네 식구의 귀는 모두 대문으로 향해 있었다.

잠시 뒤 식모가 들어와 창우에게,

"여자 손님이 오셨어요."

했다. 또 어떤 손님이냐고 물을 줄 알고 창우의 얼굴을 바라보고 있었으나
창우는 그런 말을 물어 볼 새도 없이 대문으로 뛰쳐 나갔다.

"언제 왔어? 빨리 들어와…….."

창우는 미림을 보자 성급하게 손을 잡아끌었다. 그러나 미림이,

"그냥 들어가면 어떻게 해요?"

하고 주저주저했다.

"이렇게 올라왔으면 다 된 거지 다른 일이 뭐 있어. 부모님들도 다 기다
리고 있으니까 빨리 들어가 인사를 해."

창우는 미림의 그간 이야기를 들으려고도 하지 않았다. 상주에서 도망쳐
나왔으면 그뿐이라고 생각했다. 앞으로는 미림의 부모에게서 정식으로 승낙
을 받으면 그뿐이다. 그러나 미림은 한 마디라도 해야 하겠는 모양이었다.
창우에게 끌리면서도,

"자살 소동을 일으키고야 겨우 빠져 나왔어요."

하고 말했다. 창우는 잘 했어, 소리만 연발하며 미림을 끌고 안방으로 들어
가 부모 앞에서,

"미림입니다."

하고 미림을 소개시킨 뒤 미림에게,

"인사를 드려……."

했다. 미림은 아무 말 없이 명규와 상희에게 절을 하며 방바닥에 이마를 조
아리는 것이었다.

(원) 《서울신문》 1957. 1~1958. 1, (출)　　　한국대표문학전집 7　　　삼중당, 1972.

오늘의 신화

196004-10동아일보 연재

낭만이 아니다

S고등학교 이학년 이반 영어시험 시간이었다. 시험감독으로 들어간 방준호(方俊鎬) 선생이 교실 맨 뒤에서 학생들의 움직임을 살피고 있을 때, 커닝하는 것이 틀림없다고 생각되는 한 여학생을 발견했다. 가끔 뒤를 돌아보는가 하면 답안지로 향한 머리가 미풍에 흔들리는 나뭇잎처럼 좌우로 흔들거리기도 했다.

왼쪽 손 안에 쥐고 있는 무엇을 들여다보면서 답안지를 쓰는 것이 분명했다.

준호는 발소리를 죽이고 그 학생의 움직임이 똑똑히 보일 만한 위치로 몸을 옮겼다. 확실히 왼쪽 손에 흰 종이쪽지가 쥐어져 있었다.

준호는 딴 데를 보는 척하며 그 여학생 뒤로 살금살금 걸어갔다. 실내화인 운동화를 신고 있기 때문에 발소리도 나지 않았겠지만 여학생은 커닝하기에 정신이 없었는지 뒤를 돌아보지도 않았다.

준호는 뒤에서 그 쪽지가 쥐어져 있는 왼손을 꼭 붙잡았다. 그리고 쪽지를 잡아뺐다.

쪽지를 뺏자 여학생의 머리를 가볍게 툭 치고,

"나쁜데……."

하고는 발걸음을 돌렸다. 조그만 쪽지에 깨알 같은 글씨로 영어 단어를 백여 개나 적었지만 그새 봐야 몇 자 못 봤을 것 같아서 한 번쯤 용서해 줄 생각이었다.

용서할 바에야 딴 학생들이 알게 할 필요가 없기 때문에 슬쩍 지나 버린 것이었다.

그런데 그 여학생은 이 분도 못되어 어디서 꺼냈는지 다시 종이쪽지를 펴 들고 있었다.

두 번째 커닝하는 것을 보는 순간 준호는 피가 위로 솟구치는 것을 느꼈다. 한 번 용서해 주었는데도 다시 커닝을 한다는 것은 감독하는 자기를 무시하는 행동이다.

준호는 발소리를 죽이며 그 여학생 곁으로 갔다. 그런데 이번에는 어떻게 알았는지 준호가 채 가기 전에 쪽지를 쥐었던 손을 스커트 밑으로 들이밀었다.

준호는 황급히 달려가 스커트 밑에 있는 손을 잡아당겼다. 여학생 얼굴이 조금 파래졌다.

"너, 정말 나쁜 애로구나!"

그때 여학생은 뜻밖이라는 듯,

"뭐가 나빠요?"

하고 도리어 반항하는 태도를 보였다.

준호는 참을 수가 없었다. 그렇다고 해서 스커트 밑을 보잘 수도 없어,

"순순히 내 놔."

하고는 무서운 눈동자를 굴렸다.

"뭘 내 놔요. 뭘 잘못했다구 그러세요?"

참으로 뻔뻔스런 태도였다. 준호는 우선 뺨부터 한 차례 갈기고 싶었으나 여학생이라 차마 그럴 수도 없었다. 그러나 참을 수가 없어 떨리는 손으로 여학생의 팔을 잡아끌며 일어서라고 했다.

"시간이 없는데 답안을 써야지 않아요?"

"글쎄 일어서지 못해?"

준호는 여학생의 팔을 끌어 일으켜 세우고야 말았다. 그 순간이었다. 흰 종이쪽지가 스커트 밑에서 떨어졌다. 종이를 보자 준호는 여학생을 의자에서 나오게 한 뒤 그 쪽지를 집어들고,

"이래도 잘못하지 않았니?"

했을 때였다.

"어젯밤 한 잠도 못 자고 공부했어요."

"밤새우며 쪽지를 썼구나……."

"사람을 무시하지 마세요."

"내가 너를 무시해?"

준호가 입이 떨려 그 이상 말을 못하고 있을 때 여학생은 다시 의자에 앉으며 답안지를 쓰려고 했다.

"그만둬."

"왜 그만둬요?"

여학생이 도리어 반항하는 기세로 나올 때 준호는 더 참을 수 없어 기어코 따귀를 한 대 갈기고야 말았다.

따귀를 때리는 순간 교실 안 여학생들의 시선이 총집중되었다.

준호는 따귀 때린 손바닥에 불이 이는 것 같은 뜨거움을 느꼈다.

매를 맞은 여학생이 쓰러지듯 의자에 앉아 울기를 시작했다.

다 큰 처녀가 여러 학생들이 있는 자리에서 매를 맞았으니 울지 않을 수 없으리라.

준호는 시험지 위에 커닝하던 쪽지를 얹어 접었다. 그리고는 아무 일도 없었던 것처럼 태연함을 가장하고 학생들 새를 걷고 있을 때였다. 울고 있던 여학생이 벌떡 일어나더니 어깨와 궁둥이를 흔들며 교실을 나가기 시작했다.

준호는 하는 대로 내버려 두는 수밖에 없었지만 얼굴에 독기를 품고 바람이 일게 걸어 나가는 그 여학생의 뒷모습을 보는 순간 속이 뒤집혀 올라옴을 느꼈다. 적의에 찬 태도이기 때문이었다. 자기를 무시하는 오만불손한 태도이기 때문이다.

준호는 우선 그 여학생의 가정이 궁금스러웠다. 담임이 아니기 때문에 보통 때는 이름도 기억하지 못하는 여학생이다. 만약 깡패 오빠라도 있다면 오빠를 시켜 분풀이나 하지 않을지?

법보다 주먹이 무서운 세상인지라 적의에 찬 눈으로 교실을 나간 여학생의 뒷모습에서 준호는 우선 육체적인 보복이란 것을 생각했던 것이다. 그 여학생의 집안에 깡패가 있기만 하다면 지나가는 자기를 미행하다가 무조건 갈길지도 모른다. 그러면 맞는 수밖에 없다. 준호는 공포심이 들지 않을 수 없었다. 동시에 여학생에게 손질한 자기가 후회스러웠다.

시험 감독을 끝내고 직원실에 돌아오자 맥이 풀려 한참 동안 멍하니 엽차만 마시고 있었다.

그러나 사무적인 처리를 해 놓아야 했기 때문에 그 반 담임선생에게로 가서 커닝 쪽지를 주고 최영실이란 학생의 이름을 밝혔다. 최영실의 커닝 사건을 듣자 변성제(邊成濟) 선생은 대뜸 난색한 얼굴을 짓고,

"어젯밤 꿈이 뒤숭숭하더니……."

하는 것이었다. 평소에 명랑하던 변성제가 난색해하는 얼굴을 보이는 데 준호는 불길한 생각이 들어,

"특별한 사정이 있는 앤가요?"

하고 물었다.

"특별할 건 없지만 어머니가 좀 괴상해서요."

"괴상하다니요?"

변성제는 대단한 일이 아니라는 듯 벌떡 일어나 최영실의 커닝 쪽지와 시험 답안지를 들고 교무주임에게로 시선을 보냈다가,

"괜찮습니다. 규칙은 어쩔 수 없는 일이니까요."

하고 교무주임에게로 걸어갔다.

준호는 변성제가 교무주임에게서 돌아올 때까지 기다렸다. 최영실이 보통 집 딸이 아니라는 생각이 들었기 때문이었다. 한참 뒤 돌아온 변성제가,

"염려 마십시오. 규칙대로 처벌하기로 했습니다. 고관의 딸이라구 별수 있나요!"

마치 지나간 옛 일처럼 말했다.

"고관이라니요?"

"××국장의 딸입니다. 국장은 아주 점잖은 분인데 부인이 말썽을 일으키기 좋아하지요. 그렇지만 어떡하겠어요. 아무리 국장의 부인인들……."

변성제는 아무렇지 않게 이야기하는 것 같았으나 준호는 그렇지가 않았다. 커닝하는 것을 발각했다는 사실만이라면 준호도 켕길 것이 없다. 그러나 여학생에게 손질을 했다는 것이 가슴에 걸렸던 것이다. 만약 그 부모들이 구타 사건을 가지고 문제를 일으킨다면 자기는 학교 안에서 물론 사회에까지 문제를 일으키는 존재가 될지도 모른다.

이런 것을 생각하니 변성제에게 최영실을 구타한 사실을 말하지 않은 것이 또 가슴에 걸렸다. 사전에 이야기를 안 했다가 문제가 발생한 뒤에야 이야기를 하면 자기가 약점을 잡히게 될지도 모른다.

준호는 변성제를 데리고 교무주임 앞으로 갔다. 두 사람 앞에서 구타한 사실을 말해 버리려 함이었다.

"사실은 그 애의 태도가 불손했기 때문에 한 대 때려 주었습니다."

준호의 첫마디 말에,

"때려요?"

교무주임이 눈을 크게 뜨고 준호를 쳐다보았다.

"사실은 처음 발견했을 때는 그냥 용서해 주었습니다."

준호는 경위를 자세하게 설명했다. 두 번째 쪽지를 스커트 밑에 집어넣었다가 떨어뜨린 일, 그리고 잘못했다는 태도는 고사하고 도리어 반항만 했기 때문에 그냥 둘 수가 없었다는 말을 할 때, 교무주임은,

"민주교육에선 선생이 학생을 구타하지 못하게 되었는데……."

역시 난색한 얼굴이었다.

"문제가 일어나면 시끄러울 텐데……."

교무주임이 머리를 긁으며 당황해하고 있을 때 준호는,

"제가 책임을 지겠습니다."

교무주임의 마음을 가볍게 해 주는 수밖에 없었다. 그때 옆에 서 있던 변

성제가,

　"잘못하고도 선생에게 반항하는 학생이 민주주의를 깨뜨리고 있는데, 그런 학생을 때렸다구 선생이 무슨 책임을 집니까……."
하고 준호의 편을 들었다.

　"좌우간 때려서는 안 된다는 것을 방 선생두 알구 계실 텐데……."
　교무주임의 말이 채 떨어지기도 전에 또 변성제가,

　"때려야만 효과가 있을 때는 때려도 무방합니다. 교육이란 나쁜 점을 고쳐 주는 데 있는 것이니까……."
하고 언성을 높였다. 잘못하다가는 교무주임과 변성제의 언쟁이 벌어질 우려가 있다. 그래서 준호가,

　"문제가 생길 때는 제가 책임을 질 테니 걱정 마십시오."
하고, 변성제를 끌고 자기 자리로 돌아왔다.

　자기 자리로 돌아오자, 다른 선생들이 쭉 몰려와서 사건의 진상을 묻기 시작했다.

　준호는 간단 간단히 설명해서 그들을 헤쳐 보냈으나, 자기 자리로 돌아간 선생들의 관심은 준호의 구타 사건에만 있는지 종일 교무실 안이 술렁술렁했다.

　몇 시간 더 시험감독을 하고, 다섯 시까지 채점을 하고 있었으나 준호의 불안은 조금도 가셔지지 않았다. 최영실을 불렀으나 벌써 집으로 돌아가고 없었다. 오늘 안으로 처벌 문제가 결정되지 않을 것이 분명하다. 그런데다가 어수선한 직원실 분위기 전체가 심상치 않았던 것이다. 꼭 문제가 일어날 것만 같이 수군덕거렸다. 그런데 교장은 어째서 자기를 부르지 않을까? 교장도 구타했다는 사실에 불만을 갖고 있으리라. 그렇다면 문제가 일어났을 때 자기는 절대 불리하다. 학교를 쫓겨날지도 모른다. 신문에 이름이 나고 학교를 쫓겨나고.

　그런데, 교장이 끝까지 부르지 않았다. 불러야 할 사람이 부르지 않으니 더욱 불안하다. 불안한 채 학교를 나와야 할 때, 변성제가 준호를 끌었다. 술이나 한잔하자는 것이었다. 자기 편이 되어 주는 변성제가 고마웠다. 그래

서 가자는 대로 빈대떡 집엘 가서 술을 마시고, 또 변성제가,

　"책임은 내가 질 테니 걱정 마시오."

하며 준호를 안심시키려고 노력했지만, 준호처럼 말단 교사의 한 사람인 그의 말이 준호의 불안을 일소해 줄 수는 없었다.

　집으로 돌아오자, 준호는 불안한 마음을 아내에게 호소했다. 아내의 부드러운 말이 듣고 싶었던 것이다. 그러나 아내는,

　"큰 실수를 하셨군요. 이때까지 그런 일이 없던 분이 고관의 딸을 때리시다니……."

　역시 걱정에서 나온 말이겠으나, 준호의 불안을 더 크게 해 줄 뿐이었다.

　준호는 따뜻함을 기대했던 아내에게서 배신이나 당한 듯 마음이 더욱 무거워졌다. 그래서 아무 말 않고 자려고 하는데 잠이 오지 않았다. 어느덧 열두 시가 가까웠다. 그때야 딸 미원(美媛)이가 아직 돌아오지 않는 것을 생각해냈다.

　"아니 애가 웬일이오? 무슨 말을 하고 나갔소?"

　불길한 생각이 들어 아내에게 물었으나 아내는 자기도 걱정하고 있는 중이라는 듯,

　"글쎄, 너무 늦는데요……."

하며 괘종을 쳐다보았다.

　준호는 한숨을 내쉬었다. 아내에게나마 딸에 대한 예감을 그대로 말할 수가 없으니 한숨이 나올 수밖에.

　'드디어 외박까지 하게 됐군…….'

　준호는 혼자서 한탄하지 않을 수 없었다. 행동거지로 보아 미원이 일반 여자대학생과 조금 다르다는 것은 평소부터 알고 있는 터다. 그렇지만 아무 예고도 없이 외박까지 하게 될 줄이야 누가 알았을 것인가?

　준호는 설마설마 하는 생각으로 한 시가 지날 때까지 미원을 기다렸다. 그 동안 미원을 나쁘게도 생각했으나 결론에 가서는 미원을 호의로 두둔해 주었다. 여자 동무들끼리 모여 놀다가 밤이 늦어 못 돌아오는 것이겠지, 하고. 그러나 한 시가 지나도 돌아오지 않을 때 준호는 미원이 나쁜 길로 들어

선 것이라고 단정했다.

꼭 그러리라는 근거가 있는 것은 아니나 어쩐지 그렇게 생각이 되는 것이었다. 그런 단정을 내리니 몇 달 전 크리스마스 이브에 외박한 것도 의심이 가고 겨울방학이 지난 뒤 시골 갔던 동무가 올라와 그 동무 하숙에서 잤다는 것도 의심이 갔다.

"요새 어떤 사내애하구 연애라도 한답디까?"

준호는 자기처럼 잠을 못 이루고 있는 아내에게 물었다.

"글쎄 누가 알아요? 그렇지만 설마 그렇기야 할라구요……."

아내도 속으로는 여러 가지 생각을 했을 것이지만 미원을 나쁘게 말하고 싶지가 않은 모양이었다.

"별일이야 없겠지만 혹시 나쁜 놈과 사귀면 또 알 수 있나……."

준호도 딱히 꼬집어 말할 수가 없어 사교 관계나 알자는 듯이 말했다.

"저한테는 뭐 말하나요? 아는 남자는 많은 것 같지만 어느 남자하구 좋아하는진 저두 모르겠어요."

아내가 숨길 리는 없다. 모르니까 모른다는 것이리라.

'깜찍한 년.'

자기도 옛날에 부모가 살아 있는 동안 연애를 해 본 일이 있다. 그때 부모에게 그 연애를 말해 본 일이 없었다. 그러면서도 준호는 지금 부모에게 조금도 알리지 않고 연애를 하는 자기 딸에게 괘씸한 마음을 갖고 있는 것이었다.

'요즘 젊은 애들은 정조관념이 회박하다.'

그렇다면 지금 이 시간에 미원은 어떤 남자와 어떤 행동을 하고 있을 것인가? 몸서리가 쳐졌다.

준호는 낮에 학교에서 일어난 일이 있어 그런지 신경이 예민해졌다. 통잠을 이룰 수가 없었다.

창문이 밝기 시작할 때부터 준호는 미원의 발소리를 기다렸다. 잘못했다고 용서를 빌며 돌아올 미원을 기다리는 것이었다. 그것은 아버지로서의 염원이었을지 모른다. 그러나 아내가 조반을 지을 부엌으로 나갈 때까지 미원은 돌아오지 않았다. 아내도 잠을 못 이루고 생각에 잠겨 있었을 것이다.

"이제라도 눈을 좀 붙이시구려."

한 마디를 남기고 부엌으로 나갔다. 오늘도 시험감독을 몇 시간 해야 한다. 다만 몇 시간이라도 잠을 자 두어야 할 것이지만 준호는 끝내 잠을 못 이루었다.

조반을 먹을 때 아내가,

"곤해서 어떡하시겠수?"

하고 준호의 건강을 걱정했다.

"………"

"별일 있겠어요? 걱정 마시구 일을 보세요."

준호보다도 더 마음을 앓고 있을 아내였건만 남편을 안심시키려고 했다.

"들어오거든 전화를 걸어 주우."

준호는 외박한 딸이 돌아오는 것을 보지 못한 채 학교로 출근을 했다.

학교에 가기는 했으나 최영실의 사건이 어떻게 터질 것인가 하는 생각과 딸 미원은 어떻게 된 일일까 하는 생각에 준호의 가슴은 불안할 대로 불안해 있었다.

교원 생활 십오 년 간 이러한 불안은 처음이었다.

시험감독을 하러 교실에 들어갔으나 여학생들의 얼굴이 잘 보이지 않았다.

적의에 찬 눈으로 자기를 쳐다보던 최영실의 얼굴. 본 일은 없으나 독살스럽게 생긴 입으로 자기를 힐난하는 최영실 어머니의 얼굴. 그런 것들만이 눈앞에 어른거렸다.

얼굴만이 어른거리는 것이 아니라,

"제 딸은 어떻게 길러 놓고 남의 자식에 손을 대는 거야."

하는 앙칼진 목소리까지 들리는 것 같았다. 무엇이라 답변할 수 없는 무서운 말이었다.

시험감독을 하는 것이 아니라 도리어 무서운 감시를 받고 있는 듯한 심정으로 첫째 시간을 끝내고 직원실로 돌아왔을 때였다. 준호는 우선 최영실의

담임선생인 변성제에게로 가서,

"그 애 나왔습디까?"

하고 물었다. 아무 일 없이 사건이 잔잔해지기를 바라는 심정이었다.

"글쎄 나왔겠지요. 그 애 어머니두 나왔으니까."

변성제는 전 달리 침울한 표정이었다.

준호는 최영실의 어머니가 왔다는 말에 가슴이 철렁했다. 역시 문제가 커지고야 마는 것 같았던 것이다.

"뭐랍디까?"

"뻔한 일이죠. 지금 교장실에 들어갔습니다."

변성제도 상당히 귀찮아하는 눈치였다.

"그런데 교장 선생은 왜 나를 부르지 않을까요?"

"이제 부르겠지요. 그 애두 부르기루 했으니까요."

이런 말을 주고받을 때 최영실의 어머니라는 여자가 교무주임과 함께 교장실에서 나와 직원실로 돌아왔다. 직원실로 들어서자 교무주임과 같이 준호에게로 왔다. 그 여인은 준호 옆으로 오자마자,

"그래 선생이라는 사람이 학생을 때려도 좋습니까?"

하고 준호를 고문이라도 할 것처럼 떠들었다. 변성제에게서 듣기는 했지만 과연 안하무인격의 태도였다.

"때린 것은 잘못입니다. 그러나 때리지 않을 수 없는 사정이 있었다는 것을 알아 주셔야 할 것입니다."

준호로서는 같이 싸우자는 태도로 나갈 수가 없었다.

"이유야 어디 있던 신성한 학교에서 학생을 구타하는 법이 어디 있어요. 그냥 있을 순 없어요. 두구 봅시다."

최영실의 어머니가 협박조로 떠들고 있을 때 사환이 와서 교장 선생이 준호를 부른다고 했다.

준호는 차라리 잘 되었다고 생각하며 교장실로 들어갔다. 그러나 고관의 부인과 만난 뒤라 교장도 그 부인과 같은 태도가 아닐까 하고 걱정이 됐다. 만약 그런 태도라면 자기에게 벌을 줄 것이 분명하다. 학생을 구타하고 쫓

겨나는 자기!

교장 앞으로 걸어가는 준호의 머리가 수그러지기만 했다. 그러나 교장은 준호가 가까이 가자마자 담배를 내밀며,

"담배나 한 대 피우시오."

했다. 준호는 안 받을 수가 없어 한 꼬치 받아 쥐었으나 태울 생각은 나지 않았다. 그때 교장이,

"여기 성냥 있소."

하고 성냥까지 내밀었다. 준호가 성냥불을 켜지 못하고 있을 때 교장은,

"학교 규칙대로 처벌하기로 했습니다. 그리고 방 선생의 그 구타 사건은 내가 시 교육위원회에 가서 양해를 얻겠소. 딴 걱정 마시고 일을 보십시오."

뜻밖에 교장 선생은 모든 책임을 자기가 지겠다는 태도로 말하는 것이었다.

"고맙습니다."

준호로서는 더 할 말이 없었다. 때릴 것까지야 없지 않았느냐고 한 마디쯤 나무람 함직도 한데 교장은 전적으로 준호의 편이었던 것이다.

"그 부인이 아직 직원실에 있겠지?…… 좀 앉아 있다가 나가십시오. 그 애가 커닝하던 쪽지를 스커트 밑에 집어넣었다구요? 어린것들이 벌써 그런 지능부터 발달하니 크면 무에 될까…… 참!"

교장은 준호를 보고 나가지 못하도록 최영실에 대한 이야기를 꺼내는 것이었다.

"저는 그것보다도 선생을 무시하며 반항하는 태도에 참을 수가 없었습니다."

준호가 한 마디 자기 변명을 했다. 그러나 교장은 그 말을 들은 척도 않고,

"방 선생은 학생들에게 유혹을 받은 일이 없습니까? 원체 나이에 차이가 있으니까 방 선생에게 감히 그런 짓을 못하겠지만……."

하고 딴 소리를 꺼냈다.

"없지는 않습니다."

나이 사십이 지났지만 준호에게도 그런 일은 한두 번이 아니었다. 문제될

일은 한 번도 없었지만,

"그래요? 참 요새 애들은 정말 모르겠어. 그러니 그런 애들을 교육시킨다는 것이 쉬울 리가 있어야지. 규칙을 엄하게 하구 규칙에 사(私)가 없도록 하는 도리밖에 없단 말야. 낡은 세대의 우리와 젊은 세대의 그 애들 하구 관련 있는 것은 오직 그것뿐이니까⋯⋯."

교장은 여유 있게 이런 이야기를 했으나 준호는 그런 화제에 휩쓸릴 만큼 마음의 여유가 있지 않았다.

"그래두 우리 학교 애들이 품행이 좋은 셈이죠?"

교장은 딴 학교 여학생들에 대한 소문을 늘어놓기 시작했다. 어떤 여학교 학생들은 연애를 잘 하고, 어떤 여학교 출신 가운데에는 양부인이 많고, 어떤 학교 여학생은 학교 변소에서 해산을 했고, 또 어떤 여학교 선생은 학생 십 여 명을 버려 주었고 등등, 이런 이야기를 하다가 시계를 들여다보던 교장이,

"이제는 갔겠지⋯⋯."

하고 준호더러 나가도 좋다는 시선을 보냈다. 준호는 들어올 때와 달리 약간 안정된 마음으로 교장실을 나섰다. 그러나 돌아갔을 줄 알았던 최영실의 어머니가 아직까지 교무주임과 아웅다웅하고 있었다. 변성제도 그 옆에 있었다.

"글쎄 사람이란 실수도 하는 것이 아닙니까? 한 번만 용서하십시오."

교무주임이 이런 말을 하는 것으로 보아 부인은 아직도 직성이 풀리지 않은 모양이었다. 그런데 준호가 들어오는 것을 보아 부인은 기다리고 있었다는 듯이 달려와,

"어떡헐 테요? 응. 그만한 책임감쯤은 가졌으리라고 생각하는데요."

마치 교장보다도 더한 직권을 가진 사람처럼 대들었다.

"책임감은 느낍니다만⋯⋯."

"책임감을 느끼면 학굘 그만둬야 할 게 아닙니까? 학생을 구타하는 선생에게 자식을 어떻게 맡길 수 있어요⋯⋯."

이때 교무주임과 변성제가 그 부인에게 학교로서도 생각하는 바가 있을

테니 맡겨 두고 돌아가 달라고 애원을 했다. 그래도 부인이 끝장을 보고야 말 것처럼 떠들 때 교무주임과 변성제가 그 부인을 밀다시피 끌고 직원실 밖으로 나갔다. 부인은 할 수 없이 끌려 나가면서도,

"누가 못 견디나 해 보자. 해 봐."

준호는 책상에 머리를 대고 눈을 감았다. 눈물이 나려고 했다.

이 날은 시험감독도 별반 없었다. 직원실에 앉아 있으려니 동료 선생들이 여러 가지로 위로의 말을 해 주었으나 준호는 종일 죽고 싶도록 우울함을 느꼈다.

교장이 자기 편이니 진퇴 문제를 걱정할 필요는 없다. 동료 선생들도 그 부인을 공격하는 말로 준호의 편이 되어 주었다. 그러나 준호는 학부형에게 그러한 모욕을 당하고도 그냥 주저앉아야 하는가 생각했다. 만약 자기에게 배우는 학생들이 그 부인이 떠들던 소리를 들었다면 뭐라고들 할 것인가?

준호가 변성제에게 이런 경우 사표를 제출해야 하는 것이 아니냐고 말했을 때 변성제가 교육자의 권위를 위해서라도 그만두어서는 안 된다고 대답했지만 준호는 사표를 제출해 버리고 싶은 심정이었다.

그러던 아내에게서 전화가 없다. 미원이 아직 돌아오지 않은 모양이다. 준호는 딸의 일이 걱정되지 않을 수 없다. 외박을 하고도 아직 돌아오지 않았으면 영영 집을 나가 버렸단 말인가? 그런 일은 있을 수 없다고 생각했다. 요구를 해 보고 그 뜻이 이루어지지 않을 때 집을 나가는 법이니까. 그런데 미원은 아무것도 요구해 본 일이 없다.

'교통사고나 아닐까?'

이런 생각도 해 보았으나 대학교 삼학년 학생이 그런 사고를 일으켰으리라고는 생각되지 않았다.

그저 자기 힘으로 해결 지을 수 없는 우울한 일들뿐이었다. 하학 시간이 되었을 때 준호는 변성제와 같이 술이나 마시려고 했다. 학생을 때린 것을 잘 했다고 생각지 않는 아내와 마주 앉아야 시원할 것이 없다. 더구나 어제 변성제의 술을 얻어먹었으니 오늘은 술 값음을 하기 위해서라도 술을 마셔야 한다. 그런데 변성제가 오늘은 약속이 있다고 했다.

할 수 없는 일이었다. 집에는 들어가기 싫고 그렇다고 해서 혼자 술 마시려 갈 수도 없다. 준호는 가끔 술을 마시나 그렇게 즐기는 편은 아니었다. 더구나 우울할 때 술을 마시면 우는 버릇이 있다. 준호는 술을 마시고 울고 싶지는 않았다. 차라리 혼자서 조용한 시간을 가지고 싶었다.

준호는 학교를 나와 인적이 적은 돈화문 앞으로 걷기를 시작했다. 어디랄 것 없이 걷고 싶었던 것이다.

발 가는 대로 가면 창경원 돌담을 끼고 원남동으로 가야 한다. 그쪽으로 가면 사람이 더 적어진다. 왠지 그것이 싫었다. 혼자라 해도 복잡한 거리에서 혼자가 되고 싶었다. 그래서 단성사 있는 데로 해서 종로로 나갈 생각을 했다. 그런데 단성사 앞까지 이르러 상영 중인 영화 제목을 보니 갑자기 영화가 보고 싶은 생각이 들었다. 수많은 군중 속에서 자기가 혼자라는 것을 느끼고 싶었던 것이다.

더욱이 영화는 보겠다고 마음먹고 있던 <귀로>였다.

영화가 이미 시작되었으나 빈자리가 있다고 해서 안내하는 소녀의 플래시를 따라 극장 안으로 들어갔다. 자리에 앉아 스크린만 바라보고 있을 때 준호는 바로 왼편 자리에 여자가 앉아 있고 그 여자가 자기를 힐끗 곁눈질해 보는 것을 알았다. 그러나 아랑곳할 바 아니기 때문에 준호는 스크린에서 눈을 떼지 않았다.

가정을 가진 자기 비슷한 나이의 남자가 젊은 처녀와 연애하는 이야기의 영화를 끝까지 본 뒤, 처음 얼마 동안 못 본 것을 마저 볼 것인가 그냥 갈 것인가 망설이고 있을 때였다.

"방 선생님 아니세요?"

옆에서 자기를 눈여겨보던 여자가 준호를 정면으로 쳐다보며 물었다.

전등불이 켜진 만큼 얼굴이 똑똑히 보였으나 준호는 그 여자를 알아볼 수가 없었다.

"누구시죠?"

"저를 모르세요? S여고를 나온 심성희(沈星姬)예요."

수많은 졸업생을 하나하나 전부 기억할 수는 없는 일이었다.

"언제 졸업했는데?"

"사 년 전 졸업했어요. 며칠 전에 Y여자대학을 졸업했구요."

"그래요, 몰라보겠는데……."

졸업한 뒤 사 년 동안 한 번도 못 만난 모양이니 특별한 인상을 남긴 여학생이라 해도 아직까지 기억에 남을 까닭이 없다.

"삼학년 때 선생님 영어 성적이 나빴어요."

성희는 준호에 대한 인상이 뚜렷하게 남아 있는 모양이었으나 준호는 그래도 성희를 기억 속에서 찾아낼 수가 없었다.

그러나 기억이 없다고만 말할 수가 없어,

"그래 낙제는 안 했군요?"

하고 농담조로 받았다.

"낙제야 할라구요? 우등생을 꿈꾸고 있었는데. 그래서 점수가 제일 박했던 선생님을 잊을 수가 없었어요."

"나쁜 의미에서 잊지 못했을 테니 이런 데서 만난 것두 기쁘지가 않겠군?"

"아까 선생님이 들어오실 때부터 저는 몇 번이나 쳐다봤는지 몰라요. 그렇지만 선생님이 시침을 딱 떼시는데 말을 건넬 수가 있어야지요……."

"심성희라구 그랬지? 좌우간 반갑군. Y대학에선 무슨 과를 졸업했나?"

"영어 공부하기가 싫어서 가정과엘 다녔어요."

"거 좋지. 여자는 누구나 결혼을 하면 주부가 되는 거니까. 미리부터 그런 공부를 해 두는 것이 현명한 일일 거야."

"그런 의미에서는 아녜요. 하기는 미술을 하려구 했는데 아버지가 반대하시는 바람에 제비를 뽑아 택한 거예요."

"어쨌든 좋은 공부를 했어. 곧 결혼을 하겠구만……."

"그런 이야기는 그만두시구 나가세요. 선생님이 못 보신 대목은 제가 말씀해 드릴게요. 십 분도 안 되는 동안이었지만요."

"글쎄 나두 그냥 갈까 생각하던 중이었어!"

이렇게 말하기는 했으나 성희의 뒤를 따라 극장을 나오는 준호의 마음은 뭐가 뭔지 몰랐다. 자기의 의사로 움직이는지 성희의 의사로 움직이는지 그리고 성희와 같이 나가면 어디로 갈 것인지 통 생각을 못했다.

종로 2가 어떤 다방 앞에서 성희가,

"커피 사 주시겠어요?"

하고 말할 때까지 준호는 아무 말 않고 걸었다.

성희 역시 별말이 없었다.

다방 한편 구석 자리에 마주 앉았을 때 성희가 웃음을 지으며 입을 열었다.

"영화 재미 있으셨어요?"

"재미있더군. 그렇지만 연애에두 손해를 보는 건 여자뿐이야."

대답을 하면서도 준호는 성희의 얼굴만 바라보았다. 정면으로 보이는 얼굴에서 성희의 재학 시절을 연상해 보려는 것이었다. 그러나 아무리 정면으로 보아도 학생 시절의 성희가 기억되지 않았다. 그래서 준호는 기억에 남지 않은 성희가 필경 얌전한 학생이었으리라 생각하고 더 생각하기를 단념했다. 그러면서 성희 얼굴을 그냥 바라보았다. 혹시 다음에 또 만난다 해도 얼굴을 잊어버려 실례되는 일을 안 하리라는 마음에서였다.

"왜 그렇게 째리세요?"

성희가 웃었다. 커다란 눈. 새까만 속눈썹. 얄따란 입술. 오뚝한 코. 얼굴 전체의 윤곽이 현대적이라 할까 선명한 선을 이루고 있었다.

더구나 웃음을 지을 때 근육을 많이 움직이지 않고 눈동자를 위로 굴리는 것이 매력적이었다.

"너무 달라진 것 같아서……."

준호는 옛날의 성희와 지금의 성희를 비교해 보는 것처럼 대답하고 성희에게서 눈을 뗐다.

커피를 마시는 동안 둘은 또 말이 없었다. 성희도 별로 말을 하려 하지 않았다. 성격적으로 그런지 자기대로의 생각에 잠겨 있는지 그것까지 분간할 수 없었다.

얼마가 지난 뒤 성희가 입을 열었다. 무료한 시간에 민망 같은 것을 느낀 모양이었다.

"<귀로>의 여주인공이 죽기는 했지만 자기 말대로 일주일 동안이나 행복을 느꼈으니 후회는 없겠지요."

"그럴지두 모르지. 그렇지만 그것이 인생의 전부라고 말할 수 있을까?"

준호는 성희가 얌전해 보이지만 속으로는 현대적인 연애관을 가진 여자라고 생각하며 자기의 소신을 말했다.

"생각 나름이겠지만 인생이란 별거 있어요? 더구나 행복이란 순간적으로밖에 느낄 수 없는 건데요."

"행복만 찾다가는 인간이 전부 노이로제에 걸려 정신병자가 되지 않을까……."

준호는 무조건 성희의 의견에 반대하고 싶었다. 미원을 합친 모든 젊은 사람들에 대한 반발심일지도 모른다.

"그럼 노이로제에 걸리지 않기 위해서 감각을 빼놓구 살아야 하게요?"

"차라리 그것이 무난한 생활 태도일지두 모르지."

준호는 성희와 이러한 대화를 주고받는 순간 최영실과 미원을 생각했다. 그 애들도 성희와 꼭 같은 사고방식 속에 살고 있을 것이다. 경망한 그 애들을 경멸하고 싶었다.

"선생님하구 이야기가 안 되겠는데요."

성희는 흐홍 하고 웃었다. 그 웃음은 절대로 불쾌한 것이 아니었다. 준호는 무시하는 웃음이 아니라 귀여운 어린애를 보고 귀여워 견딜 수가 없어 하는 그런 웃음이었다.

준호는 아무 대답도 않고 '지금쯤 미원이 집으로 돌아왔을까…….' 하는 것을 생각했다. 동시에 빨리 집으로 가야겠다고 생각했다. 준호가 대답을 안 하자 성희도 입을 다물어 버렸다. 준호가 성희도 모르는 생각에 잠긴 것처럼 그도 준호가 모를 생각에 잠긴 모양이다.

얼마 뒤 준호가,

"가 볼까?"

하고 일어설 준비를 했다. 그러나 성희는,

　"오 분만 더 있다가 가세요."

하고 일어설 생각을 안 했다. 미진한 이야기가 있는 것 같았다. 그러나 오 분이 지날 때까지 성희는 아무 말도 안 했다. 말없이 오 분이 지나자,

　"가실까요?"

하고 일어섰다. 이해할 수 없는 행동이었으나 준호는 불쾌하지가 않았다. 이해할 수 없는 점을 가진 성희에게 미소를 보냈다.

　다방에서 나와 버스 정류소로 걷고 있을 때 성희가 문득,

　"고독하신 것 같은데요? 전 하구 달라지셨어요."

하고 준호를 쳐다보았다.

　"천만에, 고독이구 뭐구 할 건덕지가 있나……."

　"억지를 쓰시는 것두 전과 다르시구……."

　어느새 버스 정류장에 이르렀다. 때마침 후암동행 버스가 왔다.

　"나 먼저 갈게……."

　준호는 성희와의 상봉을 머릿속에 남겨 둘 생각도 없다는 듯이 버스에 올라탔다.

　"안녕히 가세요."

　성희도 길에서 만났다가 그 자리에서 헤어지는 사람처럼 고개를 끄떡할 뿐이었다.

　그러나 버스가 떠날 때까지 버스를 지켜 서 있는 성희와 버스 안에 있는 준호의 시선이 어떤 의무감 속에서 교차되고 있었다.

　아무것도 아닌 의무감일지 모른다. 서로 상대방을 보아 주어야 한다는 그런 의무감이라고 준호는 생각했다.

　버스가 떠날 때 성희가 고개를 숙였다. 그러니까 준호는 버스가 떠나는 순간까지 성희에게 시선을 주고 있었던 것이다.

　그러나 버스가 떠난 뒤부터 준호는 성희를 별반 생각하지 않았다. 자기의 제자가 귀부인으로 변한 것을 보고도 놀라지 않을 만큼 가지가지의 졸업생을 알고 있는 준호였기 때문에…….

　집으로 돌아가자 준호는 무엇보다도 미원이 돌아왔는가가 알고 싶었다.

그러나 아내는,

"늦으셨군요?"

하고 준호를 맞이할 뿐 미원의 이야기를 꺼내지 않았다.

"그 앤 아직 안 돌아왔수?"

할 때야 아내는,

"돌아왔어요. 시험이 끝나서 동무네 집에서 놀다 왔다니까 암 말씀도 마세요."

하고 도리어 쉬쉬하는 태도였다.

"그래 어디 있어?"

"제 방에 있어요. 제가 잘 타일러 놨으니까 어서 주무시기나 하세요."

"돌아오기는 몇 시에 돌아왔구?"

"다섯 시가 지나서예요. 그때 전활 걸었더니 벌써 나가시구 안 계시더군요."

아내가 뭐라든 준호는 참을 수가 없었다. 아내가 미원을 신뢰하는 그런 태도가 준호를 더 참지 못하게 했을지도 모른다.

"미원아!"

준호는 옷도 갈아입지 않고 소리를 질렀다. 미원이 대답을 안 하자,

"못 오겠니? 응."

하고 더 큰 소리를 내질렀다.

미원의 방문 여는 소리가 들렸다. 자신 있는 발소리를 내며 걸어오던 미원이 안방 미닫이를 열자,

"부르셨어요?"

하고 무슨 일이냐는 듯한 얼굴로 준호를 바라보았다.

"외박을 하구 와두 괜찮나?"

준호는 앙증스런 미원이 미웠다.

"동무네 집에서 잤는데 어때요?"

미원은 준호를 도리어 못마땅하게 여기는 태도였다.

"어떤 동무네 집이냐?"

“한 반 애예요.”

“이름이 뭔데?”

“전광숙이라구 여학교 때부터 동창이에요.”

“집은 어디냐?”

“인사동 파고다 공원 뒤예요.”

“번지수는?”

“몰라요.”

그 순간 미원의 얼굴이 빨개지며 아래로 수그러졌다.

“학교에 가서 주소를 알아 가지고 찾아가 본다. 그래두 좋지?”

“그렇게두 못 믿겠거든 마음대로 하세요.”

“결국 결백하다는 말이지?”

“저를 고문하시는 거예요? 참 기가 막혀서⋯⋯.”

미원이 비쭉하고 돌아서더니 그냥 자기 방으로 돌아가 버렸다.

준호는 따라가서 따귀라도 한 대 갈겨 주고 싶었다. 남 못지않은 가정교육을 시켰다고 생각하는데 애비에게 그런 버릇없는 행동을 하다니⋯⋯.

“죄 없는 애를 가지구 들볶으면 도리어 반발심이 생기지 않아요.”

준호가 흥분하고 있는 것을 눈치챈 아내가 어느새 준호의 팔목을 잡고 늘어졌다.

“동무의 집이건 누구의 집이건 말두 않구 나가서 자는 게 그래 잘 했단 말야? 그래두 고문이란 말을 해?”

“차차 이야기하지 뭘 그러세요? 설사 의심스런 일이 있다 해두 할 수 없잖아요. 다시 그런 일을 못하게 하는 게 수지⋯⋯.”

“어쨌든 애비에게 그런 태도를 취해두 좋으냐 말이냐?”

“그 앤들 마음이 편안하겠어요? 외박했다는 사실 자체를 미안하게 생각하구 있을 거예요. 미안해하는 마음에서 진심으로 후회를 하게 하려면 온정을 보여 주어야 합니다. 그런 때에 정이 필요하지 않을까요?”

아내의 온정이란 말이 도리어 준호의 비위를 거슬렸다. 온정이란 것은 죄를 짓기 전에 베푸는 것이다. 죄를 저지른 사람에게 온정이 무슨 온정인가?

준호는 미원이 동무 집에서 잤다는 것을 정말이라고 믿지 않았다.

"안 되겠어, 아무래도 가만둘 수는 없어."

준호는 아내의 손을 뿌리치고 방을 뛰쳐 나갔다.

아내에게 끌려 앉히지 않기 위해 미닫이를 열고 쏜살같이 마루로 나가는데 무엇인가 발에 채였다. 동시에 양말이 척척함을 느꼈다. 물그릇인 모양이었다.

물이 쏟아진 대접을 집어 바로 놓고는 그런 데다 물그릇을 놔 둔 아내를 속으로 투덜거리며 양말을 벗었다. 양말을 벗고 나니 갑자기 고장난 자동차처럼 앞으로 걸을 생각이 없어지고 말았다.

"물을 떠 가지고 오는데 거지가 와서 대문을 두드리는 바람에 그냥 놔 두고 나갔더니⋯⋯."

아내가 뛰어나와 준호를 방 안으로 끌고 들어갔다.

양말을 벗었으니 넥타이를 그냥 매고 있을 수가 없었다. 넥타이를 풀고 양복을 벗었다.

이렇게 옷을 갈아입고 나니 미원에게로 뛰어가던 때의 홍분이 멀쑥해지고 말았다.

"정말 동무네 집에서 잤는지 조사를 해 보고야 말 테야."

이런 말을 아버지로서의 엄격성을 잃지 않으려 할 때 아내가,

"만약 동무네 집에서 자지 않았다는 것이 드러난다면 어떡허시겠수? 죽일 수는 없을 테니 난처해지기만 하지 않아요? 공연한 수고는 안 하시는 편만 못해요."

하고 준호의 홍분을 부질없는 것으로 돌리려 했다. 아내의 말을 듣고 나니 준호의 가슴은 더욱 답답해 왔다. 비록 내 자식이라 해도 마음대로 죽일 수는 없다. 죽이지를 못할 뿐 아니라 내쫓아 버리는 것도 문제다. 죽이지도 내쫓지도 못한다면 차라리 모르는 척 묵살해 버리는 것이 옳지 않을까?

말하는 것으로 보아 아내도 미원을 의심하고 있는 것이 분명했다. 의심을 하면서도 의심하지 않는 척하는 것이 집안의 평화와 부모의 권위를 위해 온당한 일일 것 같았다.

그러나 자식의 패륜을 뻔히 알고 있으면서도 모른 척해야 하는 부모가 어디 있을 것인가? 부모는 자식의 교육도 제 뜻대로 할 수가 없다는 말인가? 자식은 반항의식과 자유의식으로 부모의 뜻을 어기고 방종을 해도 무방하다는 말인가?

준호는 커닝을 하고도 반항하던 최영실을 생각했다. 그리고 두고 보자면서 복수를 하고야 말겠다던 최영실의 어머니를 생각했다.

확실히 세상은 정궤(正軌)를 돌고 있지 않다. 옳은 것과 그른 것이 구별되어 있지 않다. 올바르게 살려고 하면 돈키호테가 된다. 정당한 노력의 보수가 보증되지 않는 세상이다.

그러나 미원은 자기의 자식이다. 자기 자식에게까지 올바름을 요구할 수가 없다는 말인가?

준호는 슬픔 같은 것을 느꼈다. 그 슬픔만이라도 미원에게 하소하고 싶었다. 미원의 잘잘못은 덮어 두고라도 아버지로서의 정을 말함으로 진실을 교류하고 싶었다. 미원도 자기의 진실을 알아 준다면 자기 잘못을 후회할지도 모른다.

그러나 자식의 불륜을 의심하고 화를 냈던 애비로서 고개를 숙이고 하소하는 태도로 나갈 수가 있을 것인가? 체면이 허락지 않았다.

분노한 제왕은 자기 나라가 망하게 되는 전쟁도 불사한다.

준호는 자리 속으로 들어가고 말았다. 옆방에서는 미원이 승리감을 느끼고 있을지 모른다. 승리감은 아닐지라도 무서울 것이 없다고 반항심에 불타고 있을지 모른다.

그런 것을 생각하니 안타깝기까지 했지만 어찌할 도리가 없었다.

'외롭구나……'

자탄하지 않을 수 없었다. 외롭다는 생각을 하니 '고독해 보이시는데요?' 하던 심성회의 말이 생각났다. 고독을 어루만져 주는 듯한 음성이었다.

한 번 다시 들어 보고 싶은 말이었다.

다음날 아침 조반을 먹을 때 미원과 한 자리에 앉았다. 한 자리에 앉아서도 준호는 하고 싶은 말을 꺼내지 못했다. 미원이 닿을 수 없을 만큼 먼 곳에 있는 사람처럼 생각되었던 때문이다.

그러나 미원은 서슴지 않고 먹을 것을 골라 먹었다. 젓가락을 음식 그릇에 부딪쳐 소리가 나도 눈 하나 까딱하지 않았다. 정신적으로 거세당하지 않았다는 것을 일부러 보여 주기 위함인지 모른다. 한편 분노한 준호에게 도전해 보는 것인지도 모른다.

"밥이 왜 이렇게 질어……."

밥투정까지 하는 미원이었다.

준호는 밥상을 둘러엎고 싶을 만큼 미원이 얄미웠으나 참았다. 참기는 하나 속은 분노가 터질 것 같다는 듯이 가끔 미원을 노려보았다. 아무 말 못하고 노려볼 뿐이었다. 미원을 노려보는 동안 준호는 조롱 속의 새를 생각했다. 조롱을 뛰어나갈 때 새는 즐거워하리라.

그러나 마음대로 날아갈 수 있는 공중에는 무서운 독수리가 기다리고 있다.

자세히는 모르나 미원은 어떤 한 남자만을 사랑하는 것 같지가 않다. 여러 남자를 순간적으로 사랑하고 있을지 모른다. 얼마나 무서운 일인가?

준호는 분노를 눌러 가면서라도 미원이 알아듣도록 이야기해 주어야겠다고 생각했다. 서로의 증오심과 적의를 버리고 다정한 부녀(父女)가 되어야 할 것 같았다.

자기는 미원을 오해하고 있을지도 모른다. 순진한 오해라고 하면 미원이 자기에게 적의를 품은 것도 무리가 아니다.

위험 속에 빠져 있는 미원. 그 미원을 위험 속에서 건져 내려면 아내의 말과 같이 온정이 필요할지 모른다.

'내가 분노를 눌러야지.'

준호는 자기가 참는 수밖에 없다고 생각했다. 반항심과 반발심이 강한 젊은 사람들에게는 억압이 금물이다.

준호는 지극히 부드러운 태도로,

"미원아!"

하고 딸을 불렀다. 만약 자기가 오해를 하고 있다면 가볍게 사과를 하고 난 뒤 자기의 진심을 말해 볼 생각이었다.

그런데 뜻밖에도 미원이,

"광숙의 집엘 찾아가신댔지요?"

반항적인 어조로 칼날같이 물었다.

준호의 억누르려던 분노가 반항적으로 뛰쳐 나왔다.

"그래 찾아가겠다. 왜 가면 안 되니?"

"가셔요. 누가 가지 말랬어요."

미원이 계속해서 반항하는 태도로 말할 때 준호의 주먹이 부들부들 떨렸다.

"이년아. 애비가 원수처럼만 보이느냐? 응, 이 고약한 년아……."

"아버지가 저를 원수처럼 생각하시는 거지, 제가 아버지를……."

"그래두 대답질이냐? 이때까지 배운 것이 그것뿐이냐, 응."

준호는 주먹을 내흔들었다. 그때 아내가,

"여보! 왜 이러시우? 남이 부끄럽지 않수? 빨리 출근이나 하세요. 늦지 않게……."

하고 준호의 손을 잡아 내렸다. 미원도 말투를 조금 부드럽게 하여,

"아버진 너무하세요. 왜 의심부터 먼저 하세요? 의심보다 더한 모욕이 어디 있을 줄 아세요?"

준호의 옳지 않음을 가리려 했다.

"그래 내가 너무했다. 잘못 없는 너를 의심한 애비가 잘못이다."

못마땅하게 비꼬기는 했으나 준호는 그 이상 더 싸우려 하지 않았다. 자기가 큰소리를 치면 그야말로 딸과의 싸움이 벌어진다. 지려고 하지 않는 딸과 일대 일의 싸움을 하게 되면 딸보다도 자기가 창피를 당하게 된다.

준호는 옷을 갈아입은 뒤,

"다시 외박을 했다가는 자식으로 취급 안 할 테니까 알아서 해."

하고 높은 언성은 아니나 최후의 선언을 남기고 집을 나와 버렸다.

참으로 슬픈 일이었다. 마음을 터놓고 이야기를 하기 전에 협박적인 명령만을 내리지 않을 수 없는 아버지 된 사람의 슬픔이었다.

사랑은 현실인가

이해와 자각 위에서 서로의 윤리를 세워 가야 하는 것이 가정이라면 미원은 원리를 파괴한 가정의 반역자다. 그런데도 미원은 아버지에 반항만 하려고 한다. 준호가 자기를 꺾고 미원의 자각을 촉구하려는 선의의 타협을 기도했으나 미원은 그런 기회를 주지 않았다. 그러므로 준호는 할 수 없이 아버지로서의 권위만을 세우려고 협박적인 최후의 선고를 내렸다.

이해가 없는 부모와 자식의 관계는 옥리(獄吏)와 죄수 이상의 냉전이다.

"낳고 싶어 난 것두 아닌데!"

"누가 낳아 달래서 났던가?"

부모와 자식 사이에 이런 말을 주고받게 되는 경우가 있다면 인간의 생식 본능은 오직 죄악에 속하는 것뿐이 아니겠는가?

준호는 암담한 마음으로 학교까지 갔다. 그러나 그 암담은 거기서 그치는 것이 아니었다.

어제로 학기말 시험이 끝났고 내일부터 고등학교 입학시험이 있기 때문에 재학생 수업은 없었다.

그래서 고등학교 입학시험 문제를 출제하고 있을 때였다.

교장실에서 준호를 불렀다. 또 최영실 사건이 아닌가 하고 가슴을 두근거리며 교장실로 들어갔을 때 거기에는 시 교육위원회의 장학관이 한 명 와 있었다.

"바로 이 분입니까?"

장학관의 눈길이 부드럽지 않은 것으로 보아 준호를 문책하러 온 것이 분명하였다.

준호가 깍듯이 인사를 하자 장학관은 준엄한 어조로,

"지금 교장 선생님의 말씀을 잘 들었습니다만 학생을 구타하여 문제를 일으킨다면 교육계의 명예를 손상시키는 일이 안 될까요?"

하며 준호를 아래위로 훑어보았다.

"미안합니다."

장학관이 하려고 하는 말이 무엇인지를 모르기 때문에 준호는 우선 사과를 하는 수밖에 없었다.

"교장 선생님이 너그러우시고 또 구타도 큰 부상을 입을 정도가 아니기 때문에 문제화되지는 않으리라고 생각합니다만 앞으로 조심하셔야 할 겁니다."

준호는 일단 안심해도 좋았다. 그 정도의 견책쯤 대단치가 않기 때문이었다.

"앞으로 조심하겠습니다."

감사의 뜻을 표한 뒤 직원실로 돌아왔으나 시 교육위원회에까지 자기 이름이 알려졌다는 것을 생각할 때 가슴은 또다시 암담해졌다.

그런데다가 얼마 안 있어 ××신문사 기자라고 하는 사람이 준호를 찾아와서 최영실 구타 사건의 전말을 물었다.

신문기자도 대단치 않은 사건이라고 생각했는지 편집국장의 명령으로 기사 취재를 나왔던 것뿐이라고 도리어 미안하다는 말을 남긴 뒤 돌아갔지만 준호는 마음을 정리할 수 없을 만큼 암담함을 느꼈다. 사회가 시시비비를 가려 주기는 하나 화제의 인물이 되었다는 자체가 불명예스럽기 짝이 없었다.

억울하다거나 더럽다거나 시시하다거나 그런 말로 표현하기 이전의 허무감과 불안감이었다.

교육계를 떠나는 날까지 없어지지 않을 불안감 같기도 했다. 준호는 시험 문제를 출제하여 교무주임에게 넘겨 준 뒤 일찌감치 학교를 나왔다. 허무감과 불안감을 처리할 수가 없었기 때문이었다.

생각대로 한다면 당장에 인책 사직을 해 버리면 모든 불안과 허무감은 해소될지도 모른다. 그러나 경솔한 행동은 할 수가 없다. 우선 아내가 놀라 자빠질 것이다.

학교를 나와 안국동까지 걷는 동안 준호는 하루를 어떻게 보낼 것인가 하는 것을 생각했다. 그러다가 공중전화로 미원이 다니는 학교에 전화를 걸었다. 광숙의 주소를 알기 위함이었다. 미해결된 문제 중 가장 급한 것이 그것이라는 생각이 들었기 때문인지 모른다. 그것은 자기 자신을 정리하기 위한 하나의 방법일지도 모른다.

광숙의 주소를 안 준호는 서슴지 않고 인사동으로 발길을 옮겼다.

미원이 의심부터 하는 준호가 나쁘다고 한 말을 잊은 것은 아니었다. 도리어 그 말을 기억하기 때문에 광숙을 찾아가는 것인지도 모른다. 그것은 일단 의심이 깃들여 있는 자기 마음을 깨끗하게 밝히기 위함이었다. 밝히지를 않는다면 앞으로도 의심하는 마음이 그대로 남게 된다. 죄 없는 미원이라면 앞으로는 절대로 의심해서 안 된다.

그래서 광숙의 집을 찾아갔다. 그런데 준호가 광숙이라는 여학생을 만나 자기가 미원의 아버지라는 것을 알리는 순간 준호는 그새 미원이 다녀갔다는 것을 직감했다. 순진해 보이는 광숙의 안색이 급변했기 때문이었다. 그러나 그 이상 안 물을 수도 없어,

"내 딸을 의심해서가 아니라 그런 일이 있어서 묻는 것인데……."
하고 계면쩍은 얼굴로 그젯밤 미원이 이 집에서 자고 갔느냐고 물었다.

광숙은 거침없이 그렇다고 대답했다. 같이 잔 다른 여학생의 이름까지 말했다. 그렇게 대답할 것이다. 그러나 한 마디의 질문으로 그치기는 싱거웠다. 이렇게 되면 형사와 같은 심리가 발생하는지,

"그럼 몇 시에 돌아갔지요?"
하고 물었다.

"조반두 안 먹구 일찌감치 돌아갔어요."

이 말은 첫말처럼 자신 있게 나오지가 않았다. 거기에 대한 타협은 미처 하지 못한 모양이었다.

준호는 미원을 의심한 자기가 절대로 잘못이 아니었다는 자신을 가지고 광숙의 집을 나왔다.

참으로 깜찍스런 미원이었다. 죄를 짓고도 남을 의심하는 사람이 나쁘다는 말로 준호의 입을 봉하려던 미원이다. 양심은 개에게라도 주어 버렸다는 말인가? 얼굴색 하나 붉히지 않고 처음부터 아버지를 의심 많은 사람이라고 공박하다니. 물론 성공만 한다면 전술로서는 훌륭한 전술이다. 그러나 이

왕 광숙과 결탁을 하려면 집에 돌아온 시간까지 머리에 넣고 전략을 써야
할 것이 아닌가? 역시 여자의 머리가 꾀가 얕은 모양이었다.

　어쨌든 수배했던 범인의 행방을 확인한 형사처럼 일종의 만족감을 가진
준호는 그 만족감 때문에 학교에서 가졌던 불안감은 일시나마 잊어버릴
수 있었다. 그는 개선장군처럼 의기 있게 집으로 돌아왔다. 그리고 아내를
만나자,

　"미원이 광숙이란 애의 집에서 자지 않았어."
하고 미원을 의심했던 자기의 예감에 틀림이 없었다는 것을 자신 있게 말
했다.

　"그래요? 광숙의 집엘 가셨었군요?"
　아내는 놀라는 표정이었다.
　"응, 갔었지. 안 갈 수 있어?"
　준호는 자기가 속아 넘어가지 않은 것을 자랑하는 태도로 말했다.
　그러나 아내는,
　"그럼 이걸 어떡허지요? 죽일 수도 내쫓을 수두 없구……."
　이제부터 걱정이라는 듯이 말했다.
　"까짓 거 내쫓아 버리지. 그런 계집애를 집안에 붙여 둬……."
　이것도 준호의 승리감 같은 마음에서 함부로 나온 말인지 모른다.
　"말이 쉽지 내쫓는 건 쉬운 일인가? 집안 망신을 생각해야지요. 더구나
반발심이 강한 애라 타락할 것이 뻔한 일이 아녜요. 그러지 않으면 자살을
할지두 모르구요."

　그 말을 들으니 그때야 앞으로의 대책이 중요하다는 것을 느꼈다. 죄의
확증을 잡았다고 해서 함부로 취급을 해도 괜찮을 일이 아니었다.

　내쫓아 버리구 그 뒤는 모른다는 식으로 처리한다면 간단한 문제일지 모
른다고 할 수가 있을 것인가? 이런 걱정을 하고 있을 때 외출했던 미원이
휘파람을 불며 명랑하게 돌아왔다.

　미원은 아무 죄도 없는 어린애가 부모에게 어리광을 피듯이 안방 문을 열
고 고개만 디민 뒤,

“다녀왔어요.”

하고는 다시 휘파람을 불며 자기 방으로 돌아갔다. 그러한 미원을 보자 준호는,

‘어딜 갔다 왔느냐고 물으면 또 동무의 집엘 갔다 왔노라고 대답하겠지.’

하는 생각을 했다. 한 번 의심을 하기 시작하면 의심 안 해도 좋을 일까지 의심하게 되는 모양이었다. 남자들과 놀다 오고는 그것을 캄플라지하기 위하여 일부러 명랑을 가장하는 것이라는 생각이 들었다. 미원에 대한 증오심이 털끝까지 치밀어 오르지 않을 수 없었다.

준호는 앞뒤를 가릴 것이 없이 미원을 불러다가,

‘이런 뻔뻔스런 계집애 같으니, 그래 광숙이네 집에서 잤다는 말이 입 밖에 나와?’

하고 소리를 지르고 싶었다. 그러나 아내가,

“잘 생각해 봅시다. 부모가 경솔했다는 말을 들어서야 되겠어요?”

준호는 아내에게 짜증을 냈다. 자기에 대한 중대한 의논을 하고 있는데도 그런 것을 아랑곳할 바 아니라는 듯 휘파람만 불고 있는 미원을 볼 때 참는다는 것이 어리석은 일로만 생각되었다 그러나 부모가 된 죄로 참지 않을 수가 없다. 참으려고 하니 짜증스런 마음이 아내에게로 향할 수밖에.

“그 애한테는 아무 기색도 보이지 말구 오늘밤 충분히 생각하십시다.”

아내는 얄미울 정도로 침착했다. 어쩌면 그렇게까지 침착할 수가 있을 것인가?

본시 아내는 준호보다 침착한 성격을 가진 여자였지만 눈앞에 불이 튀는 사실 앞에서도 침착할 수 있다는 것은 인간 아닌 다른 무엇의 탈을 쓰고 있기 때문이나 아닌지? 준호는 아내를 얄밉게 생각하면서도 아내의 마력(魔力)에 끌려가는 자신을 또 어떻게 할 수도 없었다.

“생각해야 별거 있어. 우선 버릇을 고쳐 놔야지.”

이런 말을 하면서도 준호는 미원이 들을세라 목소리를 죽이는 것이었다.

“버릇을 고쳐 주는 건 좋은데 잘못하다가 자식을 잃어버릴 게 걱정돼서 그러지요.”

"안 난 셈치면 그만 아니야?"

"셈두 종류가 있지요. 제 피와 살루 이루어진 자식인데, 안 난 셈을 할 수 있어요."

"하면 하지 못할 게 뭐야?"

"자식은 부모에게 불효를 해두 부모는 자식을 미워하지 못한답니다."

준호는 딸을 능히 미워할 수 있을 것 같았다. 다만 그 애가 타락을 하거나 자살을 할 것이 겁났다. 그 마음이 그 마음일 것이지만 어쨌든 준호는 미워한 뒤가 걱정되어,

"제 자식두 마음대루 못하다니……."

하고 혼자 탄식을 해 버림으로 우선 생각해 보자는 아내의 말에 동의를 했다.

혼자 탄식을 하고 나니 지나칠 정도로 복잡한 인간관계가 인간의 순수성을 말살하고 있다는 생각이 머리를 떵하게 했다. 확실히 인간관계는 날로 복잡해 가고 있다. 아버지와 딸의 관계도 순전한 의리나 애정에서 연결된 것이 아니라 종잡을 수 없는 가느다란 선으로 연결되고 있다. 그 선을 끊어 버릴 수가 없어 자기는 지금 미원에게 할 말도 못하는 것이다.

옷을 갈아입고 세수를 한 미원이 안방으로 들어왔다. 역시 휘파람을 불면서. 그것도 명쾌한 <카르멘 서곡>이었다.

방 안에 들어서자,

"아버지 <귀로>란 영화 보셨어요? 참 좋던데……."

애교를 띤 얼굴로 말했다. 준호는 그 얼굴에서 '카르멘'을 연상했다. 카르멘을 연상하는 준호의 가슴이 떨렸다. 그리고 떨리는 가슴을 누르며,

"봤다."

하고 평온한 말로 대답 아니할 수 없는 준호였다.

"거기 나오는 남자 멋있지요? 아버지."

미원은 상대방이 끌리지 않고는 못 배길 만큼 자기의 감정을 강력하게 나타냈다.

그러나 준호는 무감동한 태도로,

"응."

하고는 시선을 딴 데로 보냈다.

"우리 아버지두 한 번 그래 봤으면 얼마나 멋이 있을까? 그렇지만 아버진 죽어두 그런 연앨 못 해 보실 거야! 그렇지요? 아버지."

아버지의 탈선을 희망하는 딸이 있을 수 있는가? 그것은 정말 정상적이 아니다. 그러나 미원은 진실된 태도로 준호에게 그런 것을 기대하는 모양이었다.

"집안 망칠 소리 작작해라."

"가정을 잃어버릴 정도의 열렬한 사랑이라면 죽어두 좋을걸요? 어때요? 죽음이 그렇게두 무서운가요?"

그때 아내가,

"얘, 닥치지 못해?"

하고 미원의 입을 막았다. 그러나 미원은,

"엄마는 이해하실 거야. 남편이 한 번쯤 바람을 피면 스릴이 있어 살맛을 느낄 텐데…… 엄마 안 그러우? 평범한 것보다 평범하지 않는 게 언제나 가치 있는 거거든요."

"글쎄 입을 닥치지 못해? 부모 앞에서 그게 무슨 소리냐?"

"엄마두 시시하셔라. 벌써부터 화를 내시니 정말 그런 일을 당하면 큰일 나겠다. 인식을 달리 해야겠어."

"쟤는 말이라구 함부로 해도 되는 줄 아는가 봐. 정 그러구 싶거든 아버지한테 여잘 하나 소개해 드리렴!"

이런 말을 주고받고 있을 때도 준호는 어떻게 하면 미원을 다시 외박하지 못하도록 하나 하는 생각을 했다. 광숙의 집에 갔던 이야기를 하고 야단을 치지 않는다 해도 최소한도 외박을 거듭하지 않도록은 해야 할 것 같았다. 그러나 무슨 말부터 꺼내야 할 것인가? 요는 자기 말의 효과가 나타나야 할 것인데 효과를 나타내게 하기 위해서는 미원이 반발하지 않을 말을 골라야 한다. 반발을 하게 되면 역효과가 나타난다.

역효과가 무섭지 않을 수 없었다. 준호는 정말 적당한 말을 골라내기가 힘들었다. 불쌍한 아버지였다. 야릇한 선 하나로 겨우 줄이 이어 있는 부녀의 관계라고 생각되면서도 그거나마 끊어질까 두려워하지 않을 수 없는 아버지였다.

준호가 이렇게 주춤거리고 있는 동안 아내와 미원은 씨가 들어 있지 않은 이야기에 홍미를 잃었는지 혼자 생각에 잠겨 있는 준호에게 시선을 돌리고 이야기를 중단했다.

조용해진 방 안. 아무 일도 없는 듯 평온한 분위기가 엿보일 때 준호는 이런 기회에 입을 열어야 하는 것이라고 생각했다. 부드러운 말로 진실을 이야기하면 미원도 알아들을 것 같았다. 어차피 한 번쯤은 해야 할 말이 아니겠는가? 그래서,

"미원아."

하고 잔잔한 목소리로 딸을 불렀다. 그런데 미원은 놀란 토끼처럼 눈을 크게 뜨고,

"그래 광숙의 집엘 가셨었어요?"

하고 다시 도전적인 태도로 말을 꺼냈다.

그 말에 준호는 다시 신경이 날카로워졌다. 더 참을 필요가 없다고 생각했다. 그래서,

'갔었다. 네가 그 애 집에서 자지 않은 것을 확실히 알았다.'

하고 벌통을 쑤셔 버리고 싶었다. 그러나 준호는 그 말을 차마 하지 못하고 어처구니없다는 표정으로 미원의 얼굴만을 바라보다가,

"응, 갔었다. 죄 없는 너를 의심해서 미안하다."

하고 속마음과 정반대의 말을 했다.

"아버지두 누가 그런 말을 들으려고 그랬나요?"

미원은 부끄러운 태도를 보이며 만족감을 나타냈다. 그러나 준호의 마음은 쓰리고 아팠다.

왜 자기는 아는 사실도 숨기지 않으면 안 되었을까? 역시 야릇한 선이 끊어질까 두려워하기 때문일까?

옛날 같으면 이런 경우 자식들이 끊어질 선을 두려워했다. 그러나 지금에

와서는 부모가 도리어 두려워해야 하는 까닭은 무엇일까?

구세대가 신세대에 끌려가고 있기 때문일까? 부모가 자식을 율(律)해 나갈 능력을 상실했기 때문일까?

어쨌든 준호는 딸에게 패배감 같은 것을 느끼지 않을 수 없었다.

그러나 아버지로서는 권위를 잃지 않기 위하여 쓰라린 가슴을 누르며 입을 열기 시작했다.

"미원아. 네가 꼭 그렇다는 건 아니지만 요새 청년들은 연애와 결혼을 별개로 생각하는 모양 같더라. 그렇지만 어떤 사람의 연애관을 살펴봐두 그것이 옳은 생각이라고 적혀 있지는 않더라. 질서를 유지해야 하는 인간사회에서 동물과 같은 야합(野合)이라든가 장래를 생각지 않은 일시적 향락이 옳다는 윤리는 성립될 수가 없을 거다. 개인적으로 볼 때두 감정을 축적할 줄 모르고 순간에 따라 분산시키기만 하면 그 사람은 생활이 분산되고 성실성을 잃은 가장 가여운 인간이 되고 말 것이다. 너두 감정분산파(感情分散派)에 속하는 것 같은데 잘 생각해서 감정축적파(感情蓄積派)가 되는 것이 좋을 것 같다."

준호가 말을 끝내자마자 미원이,

"돈은 쓰자는 거 아녜요? 축척만 하면 그 가치가 없어지는걸 뭐. 저는 감정두 마찬가지라구 생각해요."

하고 용기 있게 말했다. 어쩌면 그렇게 자신이 있을까?

준호는 그 자신 있는 태도가 현대인의 위험성이 아닐까고 생각했다. 사상성과 윤리성이 있은 뒤에 오는 자신이라면 위험할 것도 아무것도 없을 것이지만 무내용성의 자신은 개인의 성격과 전통을 확립시키지 못하게 한다.

"돈이란 결국 쓰는 것이지. 그렇지만 생기는 쪽쪽 써 버리면 가장 필요한 때 못 쓰게 되지 않니?"

이런 말을 하는 준호는 자기 말이 미원에게 아무 영향도 주지 못하는 것이라고 생각했다. 말하자면 미원에게 대하여 자신을 갖지 못했다.

"그래두 돈이란 쓰는 맛에 가지는 것이라구 생각해요. 나중에야 굶어 죽는 한이 있다 해두 오늘 멋지게 쓰다가 죽으면 통쾌하지 않아요."

미원이 이런 말까지 하는 데는 실망하지 않을 수 없었다. 사상의 공감도 없고 따라서 존경과 신뢰감을 잃어버린 부녀간이란 생각을 안 할 수 없었다. 다만 아버지와 딸이란 서글픈 선으로 연결되어 있을 뿐인 무내용의 형식.

준호는 더 이야기하고 싶지가 않았다. 더 이야기할수록 하나밖에 남아 있지 않은 아버지의 권위마저 상실하게 될 것 같았다.

준호는 아무 말 않고 혼자를 지키기 시작했다. 외롭기 때문이었으리라.

이런 때 아내만이라도 자기 편이 되어 주었으면 준호는 덜 외로웠을지도 모른다. 그러나 아내는 언제나 냉정하여 어떤 편에도 기울어지지를 않는다. 남편과 딸을 다 같이 사랑하기 때문인지는 모른다. 그리고 반발하기 쉬운 위험성을 내포하고 있기 때문에 미원을 두둔해 주는 척하는지도 모른다. 어쨌든 아내는 앉는 데도 자기에게보다 미원에게 가까운 거리를 두고 앉았다. 자기에게보다도 미원에게 더 많은 말을 했다.

하나의 질투인지는 모르나 준호는 자기가 외롭다고 생각했다. 외로움을 음미하고 있는 자기.

준호는 자기의 인생이 아주 달라지고 있는 것 같음을 느꼈다. 6·25 같은 큰 변고를 당하고 혼자서 피난길을 떠나는 것 같은 그런 느낌이었다. 내일의 일을 예기할 수 없는 피난민의 고독감 같은 것을 느끼고 있었다.

다음날 학교에 갔을 때였다. 고등학교 일학년 입학시험으로 한 시간 감독을 하고 나오니 어떤 신문사 기자가 또 찾아와서 준호를 기다리고 있었다.

어제 왔던 기자는 도리어 준호 편을 들며 돌아갔지만 준호 편을 들건 누구 편을 들건 그것이 문제가 아니었다. 그 사건을 가지고 자기를 귀찮게 군다는 사실 자체가 준호를 성가시게 했다.

무슨 할 일이 없어서 이미 낙착된 문제를 또다시 끄집어 가지고 다니는 것일까? 준호는 세상 사람들이 모두 심심병에 걸린 것이라고 생각했다. 심심하기 때문에 남을 모략하고 남을 질투하고 남의 뒤를 밝혀내려고 한다. 여기에 비극과 희극이 연출되기도 한다.

준호는 자기를 찾아왔다는 신문기자를 만나고 싶지 않았다. 심심한 사람들을 위해서 움직이고 있는 신문기자에게 자기가 심심풀이의 재료를 제공한다는 사실부터가 싫었기 때문이었다. 그러나 면회를 기피한다면 기자가 불쾌하게 의심할지도 모른다. 기자 앞으로 가서 자기가 방준호라는 것을 밝혔다. 그때 신문기자는 자기 명함을 꺼내 주면서,

"학생을 구타하셨다는데 그 전말을 들려 주시면 해서 찾아왔습니다."
하고 공손한 태도로 말했다.

준호는 명함을 보고 적이 실망을 느꼈다. 그런 신문이 있는지 없는지도 모르는 삼류 이하의 신문사 기자였기 때문이었다. 일류 신문에서도 잠잠하고 있는데 그것도 때늦게 삼류 신문사가 나설 것이 무엇인가?

그래도 준호는 고분고분 전말을 설명했다. 같은 이야기를 몇 번 되풀이하는지 모른다. 싫은 것을 억지로 설명하고 나니 기자가,

"민주주의 국가에서 선생이 학생을 구타했다는 것은 이유 여하를 막론하고 부당한 일이라고 생각합니다. 크게 보도해서 앞으로는 교육계에 이런 불상사가 없도록 해야겠습니다."
하고 신문에 보도할 것을 결정한 듯이 말했다. 그 말을 듣자 준호는 마음대로 하라고 야단을 치고 싶었다. 그러나 기사가 발표된 뒤의 일을 생각하니 차마 그럴 수가 없었다.

"교장 선생님과 시 장학관도 다 양해하신 일인데 한 번 널리 생각해 주실 수 없을까요?"
하고 사정을 했다. 그랬더니 기자는 소리를 높여,

"다들 매수당한 거로군요. 그렇다면 나는 더 크게 보도하겠소."
하고 준호를 협박하듯이 말했다. 그렇게까지 말하는 기자에게 무엇이라고 할 것인가? 준호는,

"마음대로 하십시오."
할 수밖에 없었다. 교장과 장학관이 매수당했다고 말하는 것은 매수할 생각이 없느냐는 뜻일지도 모른다. 그리고 자기는 이미 최영실의 어머니에게 매수당했다는 것을 의미할지도 모른다. 기자는,

"내일 아침 신문을 읽으십시오. 구타를 해도 아무나 해서 될 줄 아는

가…….”

하고 돌아가 버렸다.

그 뒤 교무주임이 교장을 만났고 또 그 신문기자를 찾아가기까지 했지만 어찌할 도리가 없는 모양이었다.

준호는 내일 사표를 제출해야 하는 것이라고 생각했다. 많은 독자가 있는 신문은 아니지만 그래도 신문에 나기만 하면 소문이 퍼져 나갈 것이 분명하다.

참으로 불명예스럽고 참으로 불쾌한 일이었다.

준호는 또다시 피난 대열에 낀 것 같은 고독감을 느꼈다. 자기를 구해 주는 손이 없는가 생각하고 있을 때 준호에게 전화가 왔다. 뜻밖에도 심성희였다.

“몇 시쯤 나오세요?”

만나고 싶다는 마음의 표현이리라. 준호는,

“곧 나가게 될 거야.”

하고 가볍게 대답했다.

곧 나가겠다는 것은 자기도 만나고 싶다는 마음의 표현이었다.

“그럼 ‘G線’에서 기다리겠어요. 무교동에 있는 다방이에요.”

“가 본 적은 없지만 찾을 수 있겠지.”

용건도 말한 일이 없는데 어째서 이렇게 쉽사리 약속이 성립되었는지 모른다. 여러 번 그런 일이 있었던 사람들처럼 준호는 가벼운 마음으로 전화를 끊고 약속한 장소로 발길을 옮기기 시작했다.

준호는 안국동 큰길로 나와 시청 앞으로 해서 흑석동까지 가는 합승을 탔다.

합승을 타고나서도 준호는 무엇 때문에 성희를 만나러 가는 것인가를 생각하지 않았다. 옛날의 제자, 그것도 사 년 동안이나 한 번도 만나 본 일이 없던 제자가, 우연히 극장에서 한 번 만났을 뿐인 그 제자가 전화를 걸었다고 해서 용건도 물어 봄이 없이 만나고 싶던 사람을 만나러 가는 듯 서슴지 않고 그에게로 가고 있는 자기 마음을 알 수 없었다. 그러나 그렇다고 해서 그러한 자기를 이상스럽게 생각하려 하지도 않았다. 아는 사람을 만나러 가는 것 그것뿐인데 그것을 달리 생각할 필요가 무엇인가?

같은 학교의 여선생들과 이야기한 이외에 달리 여자 교제를 갖고 있지 않은 준호로서 용건 없이 여자를 만나러 가면서도 그러한 자기를 수상하게 생각하려 하지 않는 것은 자기 마음이 워낙 고독을 느끼고 있던 순간이기 때문이었으리라. 고독한 때야 아무를 만나건 그것이 죄 될 일이 있으랴 하는 마음이었다. 그러나 시청이 가까워질 때 준호는 지난번 만났을 때 성희가 한,

"고독하신 것 같으신데요."

하던 말을 생각하고 혼자 얼굴을 붉혔다. 자기는 지금 고독하기 때문에 성희를 만나러 가는 것이다. 여러 번 만난 일도 없지만 한 번 보고 자기를 정확하게 관찰한 성희에게 무엇인가를 기대하며 가는 것이다.

이런 생각을 할 때 비로소 준호는 자기를 비판하기 시작했다. 우선 만나서는 안 된다는 생각을 했다.

교장 선생에게도 말한 적이 있듯이 준호는 여러 번 재학생의 유혹을 받았다. 그러나 한 번도 실수를 안 했다. 한 번도 냉정을 잃지 않았기 때문이었다.

그러나 지금은 전화 한 번 걸었다고 무턱대고 만나러 가는 길이다. 확실히 냉정을 잃고 있다.

시청 앞에서 합승을 내리자 한참 동안이나 망설였다. 왜 망설여지는지 몰랐다. 냉정을 잃은 자기를 발견했다면 냉정을 잃지 않도록 행동하면 그뿐이 아닌가? 그러나 준호는 한참 동안이나 갈까 말까를 생각했다. 역시 전부는 아니나마 냉정성의 일부를 잃고 있기 때문이었으리라. 한참 동안을 생각하다가,

'만나자는 데는 용건이 있겠지?'

'한 번 만나는 것뿐인데.'

'재학생이 아니고 졸업생인데…….'

이러한 마음의 다짐을 했다.

사실은 한 번 만나는 것쯤 아무것도 아니련만 이런 자기 합리화 위에서야 성희와 약속한 다방으로 발길을 옮기게 되는 준호의 마음은 실수 없이 살겠다는 잠재적 윤리성에 움직이고 있었기 때문이었다.

어쨌든 준호는 자기를 합리화시킨 뒤 성희를 만나기로 했다.

조그마한 다방이었다. 이름이 'G線'이어서 그런지 다방에서 들어서자 들리는 음악이 <G선상의 아리아>였다. 저음의 멜로디가 가슴을 내려앉게 했으나 준호는 '아무것도 아닌데' 하며 자기의 지성을 잃지 않으려고 마음속으로 다짐했다.

성희를 찾으려고 실내를 둘러보고 있을 때 바로 옆에서,

"선생님."

성희의 목소리가 들렸다.

"벌써 왔군……."

준호는 쫓기듯 성희의 앞자리에 앉았다.

준호와 시선이 마주칠 때 성희는 아무 말도 않고 눈으로 웃기만 했다.

다른 근육도 하나도 움직이지 않고 눈으로만 웃는데도 그 웃음 속에 반가움을 느낄 수 있었다. 웃음으로 유명한 독일 여배우 '마리아 쎌'처럼 활짝 웃는 것이 아닌데도 정열을 들여다보게 하는 웃음이었다.

준호는 웃지를 않았다.

성희의 웃음에 웃음으로 호응을 한다면 자기는 냉정성을 잃은 사람이 된다.

준호는 담배를 꺼내 불을 붙였다. 만나자는 용건을 말하라는 시간적 여유를 주기 위함이었다.

그러나 성희는 아무 말도 안 했다. 지난번 만났던 일을 꺼내고 '그 날은 실례를 했습니다.' 정도의 인사말쯤 해도 무방하리라 생각되지만 지난 일은 조금도 중요하지 않다는 듯이 입을 열지도 않았다.

'왜 말을 안 할까?'

준호는 이야기도 안 하고 앉아 있는 자기들에게 이상한 시선들이 집중되고 있음을 느꼈다.

“날씨가 좋지?”

남들의 시선을 느끼지 않으려고 꺼낸 말이 겨우 이것이었다. 영어 선생이기 때문에 그런 말이 나왔을지도 모른다.

그런데 성희는,

“바람이 막 부는데요, 뭐.”

했다. 준호의 그 형식적인 말에 항의를 하듯이. 준호는 약간 무안했다. 그래서,

“참, 바람이 불지?”

하고는 싱겁게 픽 웃었다. 그때 성희는,

“꽃샘인가 보죠? 꽃들도 정열이 대단한가 봐요. 그냥 피기가 싫어서 자극적인 바람을 불게 하니까요.”

하고 말했다. 준호의 무안을 완전히 잊게 하는 성희였다. 대단한 것도 아니었지만 무안했던 마음을 슬쩍 덮어 주는 성희의 인간성이 몹시 따듯하게 느껴졌다.

“정열이 있으니까 아름다운 거겠지.”

준호는 화제에 끌려 한 마디를 했다.

“선생님은 무슨 꽃을 제일 좋아하세요?”

성희가 준호의 성격을 알려는 듯이 이런 질문을 했을 때 준호는 잠시 대답을 못했다. 어떤 꽃을 제일 좋아하는지 생각해 본 일이 없기 때문이었다. 머리에 떠오르는 이 꽃 저 꽃을 생각하다가,

“글쎄 코스모스가 좋다고 할까?”

“선생님두 낭만적인 것을 좋아하시는군요……”

“그럼 성희는……”

“저두 낭만적인 꽃이 좋아요. 바람이 모질게 부는 들판 아무데서나 피는 들국화가 제일 좋은 것 같아요. 꽃 같은 것이 필 것 같지 않은데 무데기루 꽃이 뭉쳐 있는 게 여간 좋지 않아요.”

“여자들은 봄에 피는 꽃을 좋아한다던데……”

“채 여자가 못 됐는가 부지요?”

성희가 고개를 약간 숙이며 눈동자로 웃었다. 여자가 채 못 됐다는 성희의 그 웃음이 여자를 강렬하게 감각시켰다.

준호는 한참 동안 성희의 얼굴을 바라보았다. 자기가 의식하지는 못했을 것이지만 성희에게서 여성을 느꼈기 때문이었다.

<호프만의 뱃노래>가 흘러 나왔다. 방 안이 좁아서 그런지, 전축이 스테레오가 되어서 그런지 다방이 온통 음악에 넘쳐흐르는 것 같았다.

"이 다방에 잘 나오나?"

"이름이 좋아서 들어와 봤더니 음악두 괜찮구 실내도 아늑해요."

"음악을 좋아하는가 보군!"

"조금 들을 줄 알 뿐이에요."

"음악을 좋아하는 여자는 낭만적이라던데……."

이 말을 하는 준호의 얼굴에 미소가 떠올랐다. 성희가 '채 여자가 못 됐는가 부지요.' 하고 웃을 때 여자를 느끼게 하던 것과 꼭 같은 웃음이었다. 성희가 준호에게서 남자를 느꼈는지,

"낭만적인 여자는 싫어하세요?"

하고 또다시 눈동자로 웃었다.

준호는 성희에게 대답하기 전에 자기 아내를 생각했다. 조금도 낭만적이 아닌 여자다. 살림에 충실하고 무슨 일에나 냉정하며 현실적인 아내를 나쁘다고는 생각할 수 없다.

그렇다고 해서 낭만적인 성격을 가진 성희도 나쁘다고는 할 수 없을 것이다. 깊이 사귀어 보지는 못했지만 임프레션이 주는 느낌으로 보아 절대 성희가 나쁜 여자 같지는 않았다.

"남자 여자 할 것 없이 좀 낭만해야 맛이 있겠지. 맛이라는 게 중요하니까."

이것은 성희에게 듣기 좋게 하노라고 한 말이었다. 그랬더니 성희는,

"그러실 줄 알았어요. 언젠가 영어 시간에 워즈워드의 <종달새>라는 시를 읊던 선생님의 얼굴이 기억나요. 낭만적인 얼굴에 낭만적인 음성이었어요."

하고 마치 동지라도 얻은 듯이 즐거워했다.

어쩐지 준호는 가슴이 충만한 것 같음을 느꼈다. 모든 불만은 사라지고 흐뭇한 미소만이 가슴 속에 가득 찬 것 같았다.

다방 'G線'을 나왔을 때는 이미 날이 어두워 있었다. 어디랄 것 없이 그냥 걷고 있을 때 준호는 자기와 밀착하여 걷고 있는 성희의 체온을 느꼈다. 옷이 맞붙을 정도로 밀착한 상태에서 여자를 느껴 본 일이 없는 준호였다.

그러나 성희의 체온을 음미할 여유가 없었다. 혹시 누가 보기라도 하면 하는 생각에 성희와의 간격을 멀리 만들었다. 그러나 어느새 둘 사이는 다시 가까워졌다.

성희가 의식적으로 그러는 것일까, 그렇지 않으면 사제의 친절감에서 무의식적으로 하는 행동일까, 그런 것만을 생각하며 걷고 있을 때 성희가,

"선생님 저 취직시켜 주시겠어요?"

하는 것이었다.

"취직을 해야만 할 가정형편인가?"

"경제적으로 궁핍해서 그러는 건 아녜요. 시간의 공백을 메우기가 힘들어 그러죠!"

"직장이란 그렇게 사치한 사람들을 위해 있는 것이 아닐걸."

"그렇다구 일에 불성실하지는 않을 테니까 걱정하지 마시고 알선해 주세요."

"무능하기 짝이 없는 내가 그런 주변이나 있음 괜찮게."

"빼시는 태도가 몹시 겸손하신데요."

"겸손이 아냐. 사실이 그렇달 뿐이지."

"책임을 지우는 건 아녜요. 그리고 오늘 전화한 것두 취직 부탁이 목적은 아니었어요."

"그럼 전화 건 용건은 따로 또 있나?"

"용건이 있어야 하나요? 시간의 블랭크가 있는데 선생님 생각이 났으니까 그냥 건 거지요. 사실은 선생님이 안 나오실 줄 알았어요. 꼭 나오시리라 생각했으면 좀더 재미있는 플랜을 꾸며 봤을 텐데요……."

그 말에 준호는 성희와 밀착해서 걷고 있으면서도 안도감 같은 것을 느꼈다.

이삼 년 전의 일이다. 고등학교 삼학년 학생이 할 이야기가 있다면서 학교 바깥에서 만나 달라는 말을 했다. 그 태도가 수상해서 만나 주지를 않았더니 하루는 그 여학생이 집으로 찾아와 아무 말도 않고 울기부터 했다. 딱한 사정이 있어 그러는 것이라 생각하고 사정 이야기를 물었으나 그 여학생은 끝내 말을 안 했다. 그렇다고 돌아갈 생각도 않고 해서 아내에게 떠맡기고 자기는 딴 방에 가서 잔 일이 있었다. 그 뒤 그 여학생은 자기를 원망하고 편지를 몇 번이나 써 보냈다.

그런데 지금 성희는 자기에게 어떤 집착이 있는 것도 아니고 어떤 기대를 갖는 것도 아니다. 가볍지 않을 수 없었다.

"안 나왔어야 미스 심의 기대에 어긋나지 않을 것 실망을 주어서 미안한데……."

준호는 성희의 말을 농담으로 넘길 만큼 마음의 여유가 있었다.

"그렇지는 않아요. 역시 나오신 게 좋았어요."

그것이 정말인지 꾸민 말인지 알 수 없도록 성희가 팔꿈치로 준호의 가슴을 툭 쳤다.

성희가 자기를 만남으로 해서 실망을 느낀 것 같지 않은 것만은 사실인 것 같아,

"그럼 가끔 전화를 걸어 줘."

했더니,

"생각나면 하겠어요. 그렇지만 기다리지는 마세요."

하는데 준호로서는 불만스러우면서도 안도감을 느꼈다.

정말 봄샘인지 바람이 쌀쌀해졌다. 집으로 돌아가고 싶은 생각이 들었다. 그래서 을지로 네거리까지 다 갔을 때,

"집이 어디지?"

하고 작별의 암시를 주었다. 그랬더니,

"제가 저녁을 사겠어요. 나와 주신 데 감사하는 뜻으로."

하고 성희가 준호의 팔을 잡아끌었다.

"제자의 저녁을 얻어먹어서야 되나……."

"학교에서나 제자지 사회에 나와서두 제잔가요?"

"제자는 제자지."

"제자임에는 틀림없지만 선생님 밑에서 사는 것이 아니란 말씀이죠."

"얻어먹는 건 좀 거북한데……."

"제가 선생님보다는 여유 있을 거예요. 걱정 마시구 가세요."

이렇게 해서 준호는 성희가 끄는 대로 어떤 그럴 조용한 자리에 앉게 되었다.

비프스테이크를 주문하여 먹으면서도 남들이 여자에게 저녁을 얻어먹는 것이라고 주목하는 것 같아,

"경제적 여유가 있으면서 무엇 때문에 취직을 하려는 거지?"
하고 취직 이야기를 또다시 끄집어냈다. 그것은 이야기를 함으로 어색한 자기의 위치를 잊어 보려 함이었다.

"가정에 대한 기대가 허물어졌기 때문이에요. 아까는 시간의 공백이 너무 많아서 취직을 해야겠다구 말씀드렸지만 사실은 복잡한 가정 때문이에요."

성희는 정색한 얼굴로 자기 가정 내막을 이야기하기 시작했다.

간단히 요약해서 사랑하던 어머니가 돌아가셨는데 오십이 넘은 아버지는 어머니가 돌아간 지 몇 달도 안 되어 젊은 여자와 결혼을 했다는 것이었다. 새로 들어온 젊은 어머니가 밉다기보다 어머니를 사랑하던 아버지의 쉽게 변하는 마음에 실망을 느꼈다는 것이었다.

"가정에 대해서 어떤 기대를 가졌었는지 그것은 모르겠어요. 그렇지만 모든 인간에 대해서 기대를 갖고 싶지 않다는 것이 요즘 저의 숨김없는 심정이에요."

이런 말을 하는 성희는 속으로 한숨까지 내쉬는 것같이 보였다.

"아버지는 무엇을 하시는 분인데?"

"한국에서 굴지에 가는 방직회사 사장님이시지요."

성희는 말을 끝내자 준호가 다시 거기에 대한 이야기를 꺼내지 못하게,

"선생님, 저 고등학교 때와 아주 달라졌지요. 그때는 얌전을 가장하려구 했어요. 그렇지만 지금은 그럴 필요가 없을 것 같아요. 왈가닥 아가씨의 소질은 없지만 얌전을 빼며 살구 싶지는 않아요."

하고 자기의 그러한 심정을 알아 줄 수 있느냐는 듯이 준호를 바라보았다.

"그래. 얌전한 척하는 것이 도리어 위험하지. 툭 터놓구 사는 것이 솔직하구 순수해서 남의 신경을 소모시키지 않아 마음 편할 거야."

준호는 그것이 동문서답식의 대답이었으나 성희의 솔직성을 느낀 대로 이야기했다. 그것은 자기도 성희에게 딴 신경을 안 쓴다는 뜻을 포함한 것이기도 했다.

그러나 그릴을 나와 성희의 집이 있다는 신당동 방면 합승 정류소까지 걷는 동안 성희는 아무렇지도 않게 준호의 팔을 끼었다.

"아니, 이거……."

넌지시 팔을 끼고도 새침한 성희와는 달리 준호는 놀란 눈이 되어 주위를 살피느라고 허둥대고 있었다.

성희에게는 현대적인 기질이 깃들여 있다. 그것만은 숨길 수 없는 사실이다. 그러나 성희 자신의 말처럼 분명 왈가닥 편은 아니었다. 그리고 요새 흔히 말하는 아푸레걸도 아닌 것 같았다. 그런데 대로에서 남자의 팔을 끼는 것은 무엇인가!

준호는 생전 처음 당하는 일이라 당황하지 않을 수 없었다. 당황하면서도 가슴이 떨렸다. 이제는 지나가는 사람들의 시선이 무서워서 떨리는 것만은 아니었다. 젊었을 때 마음에 새기고 있던 여자를 보기만 해도 가슴이 떨리던 그런 느낌의 떨림이었다.

이상한 일이었다. 직업이 직업인만큼 우선 남의 시선을 두려워해야겠는데 준호는 젊은 여자와 팔을 끼고 가는 자기를 남들에게 보여 주고 싶은 심정이었다.

자기에게도 사랑하는 여자가 있다는 어린애 같은 자존심이 발동했기 때문인지 모른다.

어쨌든 준호는 성희가 마음의 변화를 일으켜 팔을 뽑지나 않을까 걱정했
다. 그리고 합승 정류장에 이르자,

"좀더 걸을까?"

했다. 그때 성희는,

"저두 걷구 싶어요."

하고 준호의 팔을 힘주어 잡았다. 그때였다. 준호는 쉽사리 성희의 손을 잡
았다. 그리고는 그의 손을 잡은 채 스프링 주머니 속에 집어넣었다.

손을 잡고 있다고 해도 주머니 속에 넣고 있으면 남들이 보아도 알아보지
못할 것 같았기 때문이었다.

준호는 팔을 끼고 다니는 사람들을 많이 보아 왔다. 그렇기 때문에 자기
도 능히 할 수 있기는 했지만 부럽게 바라보기만 하던 일을 직접 경험을 하
게 되니 꿈같은 일일 수밖에.

꿈과 같은 생각 속에서 을지로 5가까지 온 것을 깨닫게 되자 성희의 다리
가 아플 것 같아,

"이젠 타구 가지!"

했으나 성희는 도리어,

"피곤하세요?"

하고 걷기를 독촉했다.

장충단으로 올라가는 길에 접어들자 인적이 그리 많지 않았다. 준호는 주
머니 속에서 성희의 손을 힘껏 쥐었다. 날씨가 차기 때문인지 성희의 손은
싸늘한 채 녹지가 않았다. 싸늘한 감촉이 더 자극적이었다. 준호는 손가락
끝으로 성희의 그 부드러운 손바닥을 눌러도 보고 또 손잔등을 쓸어 보기도
했다. 성희도 준호와 꼭 같은 일을 했다.

"저 웅덩이 속이 지옥과 직통했다면 빠져두 좋을 텐데요……."

하는 것이었다. 준호는 죽음에 대한 이야기를 서슴지 않고 하는 성희에게
어떤 친밀감을 느꼈다. 손을 내 맡기고 생사에 대한 이야기를 하는 성희가
마치 자기 사람 같은 느낌을 주었던 것이다.

천당 대신 지옥을 꿈꾸는 성희가 더 매력적인 것 같기도 했다.

“하필이면 지옥이야.”

“천당은 아마 위선자루 그득할 거예요.”

준호는 성희가 무척 다감한 여자라고 생각했다. 아버지에 대한 실망보다도 더 큰 다른 실망을 느끼고 있지나 않는가 의심스러웠다.

“실연을 한 건 아냐?”

“실연을 느낄 만큼 사랑한 남자가 있어야지요.”

그때였다. 성희가 발을 멈추고,

“이젠 다 왔어요.”

하고 준호에게 돌아가라는 눈치를 보였다. 준호는 성희의 집을 묻는 일도 없이 주머니 속에서 성희의 손을 더욱 힘주어 줄 뿐이었다. 손을 놓고,

“또 전화를 걸어.”

하고 가도 좋다는 듯 성희를 물끄러미 바라보고 있을 때,

“네.”

극히 간단한 대답을 남긴 채 성희는 달음질을 치기 시작했다.

말하자면 스승인데도 성희는 고개를 숙여 인사하는 일 없이 무엇을 차는 것같이 뒷발질을 하며 달아나는 것이 작별하는 순간의 착잡한 감정을 없애려는 조작적 노력처럼 보여 달음질하는 모습이 서운함에 앞서 귀엽게만 느껴졌다.

얼마 동안 달음질치던 성희는 도둑질이라도 하는 듯 힐끔 뒤돌아보고는 천천히 걷기 시작했다.

준호는 그 이상 더 성희를 바라보지 않았다. 조금만 더 서 있으면서 성희가 어떤 집으로 들어가는가를 알 수 있을 것이다.

그러나 그런 것은 알아서 안 된다. 알아서 안 될 것을 알지 않기 위해서라도 몸을 돌리지 않을 수 없었다.

준호는 버스 정류소로 나와 버스를 탔다. 버스에 오른 준호의 눈에는 뒷발질을 하며 달음질치던 성희의 모습이 그대로 드러났다.

헤어지기가 싫어서 몸부림치는 것의 몇 배로 인상적인 모습이었다.

성희를 생각하며 준호는 두 눈을 감았다.

"선생님, 낭만한 여자가 싫으세요?"

하던 성희의 음성까지 들리는 것 같았다.

'싫긴 왜 싫어.'

준호는 성희가 현재 자기 옆에서 물어 보고 있기나 하듯이 속으로 대답해 보는 것이었다. 그리고는 코트 주머니 속에서 손을 쥐었다 폈다 했다. 성희의 손을 잡고 있던 때의 감각을 되살려 보는 것이었다. 자극적일 만큼 싸늘하던 손이 아직 준호의 손에 들어 있는 것 같았다.

그러나 그 순간 준호는 눈을 떴다.

'손을 잡았다는 것이 애정의 표현일까?'

하는 생각이 스쳐 갔기 때문이었다. 성희가 먼저 자기의 팔을 꼈지만 준호도 뒤늦게나마 성희의 손을 용감하게 잡았다. 그렇다고 해서 깊은 애정의 표현이라고는 단정할 수가 없다. 오늘 이전에 사랑을 느껴 본 일이 없기 때문에. 그저 팔을 낄 만큼 서로의 몸이 밀착했기 때문이나 아니었을까?

준호는 현대 여성들이 아무 남자하고나 악수를 하고 또 춤을 추는 사실을 생각했다. 그렇다면 팔을 끼고 손을 잡는 것쯤 아무렇지도 않은 행동으로 볼 수도 있지 않을까?

서양 사람들의 경우라면 그런 것이 아무것도 아닐 수 있을지 모른다. 그러나 한국 사람에게 있어서 그것이 아무것도 아닐 수 있을까? 준호는 그럴 것 같지가 않았다. 그러나 준호는,

'사제지간이라면……'

하는 생각을 했다. 순전한 사제지간의 감정이라면 그럴 수도 있을 것 같았다. 스승을 의뢰하고 존경하는 마음에서 팔쯤 낀다고 해도 그것이 부자연스러울 것은 없다.

그러면 성희는 자기를 단순한 스승으로만 생각하고 있는 것일까? 아무리 사제지간이라 해도 이미 성숙한 여자가 국민학교 학생처럼 선생의 팔을 끼고 걸을 수가 있을 것인가?

준호는 갑자기 버스 안을 둘러보았다. 그런 생각을 하고 있는 자기를 모두가 집중 공격하고 있는 것같이 느껴졌기 때문이었다.

준호는 자기가 쓸데없는 생각을 하고 있는 것이라는 자기 스스로를 나무랐다.

성희와 손을 잡고 걸었기로서니 그것이 어떻다는 말인가? 좋아한대야 아무 소용도 없는 일이다. 준호는 성희를 어리게 생각했다. 그렇게 생각해서 그런지 자기 집 대문 앞에 이르렀을 때 준호는 아무 일도 없었던 것처럼 마음이 평온했다.

마음이 평온하기 때문인지 그렇게까지 신경을 쓰던 미원에게도 마음이 가지 않았다. 말하자면 오늘 저녁에도 또 외박을 하지나 않는가 하는 따위의 걱정을 조금도 안 하고 집안에 들어섰다.

"늦으셨군요? 학생이 찾아와서 기다리구 있는데……."

아내가 이런 말을 해도 준호는 그저,

"그래?"

할 뿐 찾아온 학생이 누구냐는 것도 물으려 하지 않았다. 모든 것이 대수롭게 생각되지 않았던 것이다.

아무것도 아니라고 다짐을 한 뒤 평온 상태에 놓여 있는 준호였지만, 그 평온이 매수당한 평온이나 아닌지? 꽃밭을 지나고 난 뒤 그 꽃밭을 잊어버린다고 해도 꽃밭에서 맡은 향기만은 후각에 남아 있을 수가 있다. 준호는 옷을 갈아입고 나서야,

"찾아온 여학생이 누구냐?"

하고 아내에게 물었다.

"고등과 이학년 학생이라는데 이름은 묻지 않았어요."

"무슨 일인데?"

"말하지 않는 걸 물을 수 있어요?"

준호는 혹시 최영실이나 아닌가 생각했다. 그래서,

"물어서 안 될 건 뭐고?"

"학교 일루 찾아온 것 같은데 내가 참견을 해서 뭣 해요?"

"좀 참견하면 어떤가?"

"여편네는 참견할 게 따루 있지요. 아무데나 덤벙거리면 쓰나요."

"그래?"

준호는 남편 일에 참견하지 않는 아내의 성격을 알기 때문에 더 말하지 않고 건넌방으로 갔다.

찾아온 여학생은 역시 최영실이었다.

준호가 방에 들어서자, 책을 들고 있던 영실은 책을 덮어 책상 위에 놓고 벌떡 일어섰다. 일어서서는 빨개진 얼굴을 숙여 공손히 인사를 했다. 커닝 쪽지 뺏기고 화가 나서 교실을 나가던 때와는 정반대의 태도였다. 복장도 제복이 아니라 한복이어서 그런지 어쨌든 전과 아주 다른 인상이었다. 준호도 부드럽게 나가지 않을 수 없었다.

"어떻게 왔어?"

하고 우선 영실을 앉게 했다. 앉았을 때도 영실은 고개를 들지 못했다.

"내한테 또 무슨 말이나 있어?"

준호는 자기를 협박하기 위해서 온 것이나 아닌가 해서 불쾌하기는 했으나 극력 부드러운 말을 했다.

"용서해 주세요."

영실은 한 마디만 하면 금방 울음을 터뜨릴 것만 같은 음성이었다.

"이젠 잘못했다구 생각하니?"

그렇게까지 무섭게 굴던 영실의 어머니를 생각할 때 영실이 이처럼 누그러진 것을 이해할 수 없었다. 그러나 진심으로 잘못을 뉘우치고 있는 것처럼,

"네."

하고, 기운 없는 목소리로 대답하는 영실을 보자 준호는 도리어 측은한 마음이 들었다. 영실의 어머니도 영실을 자기에게 보낼 때는 자기에게 대한 태도를 뉘우쳤기 때문이라고 생각했다.

"그럼 됐어. 잘못을 깨닫기만 하면 그뿐야. 나두 좀 심했다구 생각하지만 그럴 수밖에 없었던 내 감정을 이해해 줘."

그때였다. 영실이 갑자기 울기를 시작하며,

"저 그럼 낙제 아녜요?"

하는 것이었다. 퇴학 처분을 하지 않고 커닝한 과목은 물론, 그 전에 치른 시험 전부를 0점으로 한다는 것이 영실에 대한 학교의 처벌이었다. 그러니 몇 가지나 되는 과목이 전부 0점이라면 낙제는 정한 일이다.

"글쎄 교칙이 그런 걸 어떡허니?"

그 뒤부터 영실은 아무 말 않고 그냥 울기만 하는 것이었다. 숨이 막힐 것처럼 오열을 하다가, 그만,

"어머니."

외마디를 지르고 최영실은 앉은자리에 쓰러져 버렸다.

영실은 쓰러지자 숨이 막히는 듯 가슴을 부여잡고 뒹굴기 시작했다. 당황한 준호는 아내를 불러 냉수를 떠오게 한 뒤 영실을 붙안아 자기 무릎에 눕혔다. 그리고는 정신을 차렸지만 한참 동안은 눈만 껌벅일 뿐 말을 못했다. 심한 흥분에 심장 협착증을 일으켰던 모양이었다.

준호는 자기 무릎을 베고 누워 있는 영실에게,

"조금 났어?"

하고 물었다.

"네."

영실은 몸을 일으켜 자리에 앉았다. 그리고 긴 심호흡을 하였다.

"한 해 더 다니면 어때? 그렇게 하지. 실심할 필요가 뭐야……."

준호가 달래듯 말했을 때 영실은,

"저 금년 스무 살예요. 그렇지 않아두 남보다 이태나 늦었는데……."

하고 말끝을 못 맺었다.

"그래? 왜 그렇게 늦었나?"

물론 돈이 없어서 학교를 계속 못했을 리 만무인 영실이었다.

"한 해는 피난통에 학교를 못 다녔구, 한 해는 병 때문에 쉬었어요."

영실의 말을 들으니 그의 얼굴에 나이가 들어 있는 것처럼 보였다. 그러나 학교에서 결정한 것을 자기가 마음대로 말 할 수도 없어,

"그렇다고 이미 결정된 것을 어떻게 할 수가 있나……."

하고 영실의 마음을 돌려 주려고 했다.

"전 죽어두 다시 이학년엘 다니지 못하겠어요. 차라리 죽어 버리구 말겠어요."

영실이 이렇게까지 말하는 것을 들을 때 준호는、영실을 동정하지 않을 수 없었다.

영실이 자기에게 반항하는 인간이 아니라 자기에게 도움을 청하는 약한 위치에 서 있는 학생이란 생각이 들었기 때문이었다.

"그런 걸 가지구 왜 처음엔 고분고분하지 못했어."

꾸짖기 위한 나무람이 아니었다. 딱한 마음에서 나온 한탄이었다.

"잘못했어요. 선생님 정말 한 번만 용서해 주세요."

영실은 다시 눈물을 흘리기 시작했다. 준호는 괴로움 같은 것을 느꼈다. 그러나 무엇보다도 영실을 안심시켜 돌려 보내야겠다는 마음이 앞섰다. 그냥 절망만 느낄 말을 했다가는 영실이 집으로 돌아가지 않을지도 모른다. 돌아가서도 큰일을 낼지 그것조차 알 수 없는 일이다.

"내일 학교에 가서 교장 선생님께 특별히 고려해 달라는 부탁을 하지. 말만 잘 하면 용서해 주실지두 몰라. 그러니까 영실이두 내일 교장 선생님께 사정을 잘 말씀드려 봐."

영실은 준호의 말을 믿으려 하지 않았다. 그러나 결국 교장 선생님이 하시는 일이니 교장 선생에게 청탁하는 수밖에 없지 않느냐고, 그리고 교장 선생님도 인간인데 딱한 사정을 못 들어 준다고 고집 세울 것 같지가 않다는 말에는 영실은 할 수 없다는 듯이,

"선생님만 믿겠어요. 그리구 앞으로는 선생님 말씀 잘 듣겠어요."
하고 집으로 돌아갔다.

영실이 돌아간 뒤 준호는 미원이 일찌감치 들어와 이미 잠들고 있다는 말을 들은 뒤 자리 속에 들어갔다. 그러나 어쩐지 잠자리가 편안치 않았다. 아무것도 아니라고 혼자서 다짐했던 성희와의 일들이 눈앞에 떠오르는 한편 스무 살이라던 영실의 절망적 슬픔이 가슴을 파고들기도 했다. 준호는 영실을 끌어다가 자기 무릎에 눕힐 때에 아무 감정도 느끼지 못했던 자신을 몇 시간 뒤에야 비로소 발견하는 것이었다. 자기 무릎을 베고 누었던 영실의

촉감이 어떤 것이었는지 전혀 기억되지 않았다.

다음날 아침 학교로 간 준호는 출근부에 도장을 찍기가 바쁘게 도서실로 뛰어올라갔다. 어제 찾아왔던 신문기자의 기사를 찾아보기 위함이었다. 그러나 신문의 삼면을 모조리 훑어보아도 자기에 대한 기사는 게재되어 있지 않았다. 아무리 큰소리를 하고 다니는 영실 어머니라 해도 삼류 신문사 하나 마음대로 움직이지 못했다는 사실을 알자 준호는 적이 안심이 되었다. 그래도 언론기관은 살아 있다는 생각이 들었던 것이다. 신문사를 움직일 수가 없으니까 영실을 자기 집으로 보냈던 것이 아닐까 하는 생각도 들었다.

도서실에서 내려와 직원실로 돌아온 준호는 영실의 문제를 어떻게 할 것인가 하고 생각했다. 이제는 큰소리를 못하게 된 영실 어머니다. 그렇다고 해서 영실 어머니까지 동정할 생각은 들지 않았지만 다른 학생보다 두 살이나 더 먹었다는 영실의 딱한 사정을 생각 아니할 수 없었다. 낙제를 하게 되면 차라리 자살이라도 하겠다면서 기절하고 뒹굴던 영실이다.

커닝을 하고도 반항한 것은 미운 일이 아닐 수 없으나 그렇다고 해서 영실의 장래를 끝까지 모른 척할 수가 없었다.

준호는 우선 영실의 담임선생인 변성제에게로 갔다.

"밉기는 밉지만 개인의 장래를 막을 수야 있습니까? 처벌을 취소할 방법은 없을까요?"

이 말에 변성제는 깜짝 놀라는 듯,

"무엇 때문에 취소를 합니까? 방 선생두 마음이 참 약하시군요."

"내 손으루 한 사람의 장래를 막아 주었다고 하면 내가 마음 편할 수가 있습니까?"

"그렇게 생각한다면 처벌받을 학생이 어디 있겠습니까? 그리고 학교는 어떻게 운영해 나가겠습니까?"

변성제는 일고의 여지도 없다는 태도였다. 결정권을 가지고 있는 것도 아닌 변성제에게 비굴하게 보일 필요가 없어서,

"미안합니다."

하고는 자기 자리로 돌아오려 하는데 변성제가,

"어젯밤 댁으로 갔습니까?"

하고 물었다. 영실이 준호의 집을 찾아가기 전에 둘의 내통이 있었던 모양 같았다.

"왔습니다."

했더니 변성제는,

"그래요? 그렇지만 방 선생은 가만 계시는 게 좋을 겁니다."

충고 비슷한 말을 했다.

준호도 자기가 나서서 운동을 한댔자 별무 효과라는 것을 알고 있다. 그러나 변성제의 말에 순종하여 그냥 가만 있을 수는 없었다. 되든 안 되든 한 번쯤 교장을 만나야 한다고 생각했다. 다만 언제 교장을 만나는가 하는 것이 문제였다. 평교원으로 교장실에 들어간다는 것이 그리 용이한 일이 아니기 때문이다.

다음날 때마침 고등학교 입학시험 사정회가 교장실에서 열렸다. 준호는 이것을 기회로 해서 다른 선생들보다 한 걸음 앞서 교장실엘 들어갔다.

교장 이외에 아무도 없는 틈을 타서 준호는,

"걱정을 많이 끼쳐서 죄송합니다."

하고 우선 지난 일을 사과한 뒤 영실이 이야기를 꺼냈다. 그러나 교장은,

"글쎄 변성제 선생두 달리 생각해 달라구 간청을 해 왔지만 한 번 발표한 것을 취소할 수가 있습니까?"

준호의 마음은 알겠으나 달리 처리할 도리가 없다는 태도였다.

"혹시 잘못되지나 않을까 걱정이 됩니다. 그건 그렇고 낙제를 했다고 학교를 그만두게 되면 대학에도 못 가게 되고 그렇게 되면 그 학생은 일생 동안 낙망할 게 아닙니까?"

하고 영실의 장래를 진심으로 걱정해 주는 준호였다.

교장이 채 대답을 하기 전에 다른 교원들이 밀려 들어와 이야기를 중단하는 수밖에 없었다.

"학교의 위신이라는 걸 생각 안 할 수 있나요. 어쨌든 다시 한 번 고려해 봅시다."

교장의 이런 말을 듣고 회의용 테이블 앞으로 가서 앉은 준호는 만약 책임을 분담만 할 수 있다면 교장도 재 고려할 가능성이 있다고 생각했다. 그런데 학교 안에는 교장과 책임을 분담할 수 있는 사람이 없다. 있다고 하면 외부에서 구해야 한다. 외부라 해도 문교부나 시 교육위원회가 아니면 안 된다.

준호는 영실의 아버지가 고관이라는 것을 생각하고 영실의 아버지로 하여금 시 교육위원회 같은 데 가서 직접 교섭을 해 보도록 하리라 마음먹었다.

심사가 끝나자 준호는 변성제에게 영실의 주소를 물었다. 그때 준호는 변성제의 얼굴에서 야릇한 웃음을 느꼈으나 모른 척하고 자기 자리로 돌아와 영실에게 편지를 썼다.

변성제와 교장에게 사정을 했지만 영실의 아버지가 시 교육위원회로 찾아가 교섭을 해 보라는 편지였다.

퇴근을 하자 편지를 부치고는 곧장 집으로 왔다. 그런 편지라도 보내고 나니 다소 영실에 대한 미안한 마음이 풀려졌다.

그런데 어쩐 일인지 자기가 너무 일찍 돌아왔다는 생각이 들었다. 집안이 너무나 적적했던 것이다. 미원은 물론 들어오지를 않았다. 그렇다고 미원이 없기 때문은 아니었다. 미원이 있어도 전에는 집안이 너무나 적적하다는 생각을 가져 본 일이 없던 준호다. 그런데 요즘은 어찌된 일인지 아내와 이야기할 말이 별로 생각나지 않았다. 전 같으면 영실에 대한 이야기를 시시콜콜 이야기했을 것이지만 이 날은 학교에서 생겼던 일을 지껄이고 싶지가 않았다. 할 이야기가 있는데도 이야기를 못하니 더욱 적적해질 수밖에 없었다.

'왜 그럴까?'

준호는 책상 앞에 다가앉아 책을 펴들면 준호에게 말을 건네지 않기로 습관되어 있는 아내를 생각했기 때문이었다. 책을 펴든 것은 오직 그것 때문이었다. 책을 펴든 목적이 책을 읽는 데 있는 것이 아니기 때문에 글이 머릿속에 들어올 리 없었다. 머릿속에 들어오지 않는 책을 대하고 있으니 재미가 있을 리 없었다. 재미가 없으니 무료한 마음은 더욱 커졌다.

“여보.”

준호는 책상에서 돌아앉아 아내를 불렀다. 아내와 이야기라도 해서 무섭도록 무거운 무료를 풀어야 할 것 같았던 것이다.

“네?”

아내의 대답이 나오기가 바쁘게 무슨 이야기라도 꺼내야 하겠는데 할 이야기가 생각나지 않았다.

“물 한 그릇 주구려.”

마시고 싶은 생각도 없는 물을 청했다. 아내가 물그릇을 들고 오자 물그릇을 받아 든 준호가,

“당신 손 좀 봐.”

하고 아내의 손으로 시선을 보냈다. 그냥 무료함을 잊어버리기 위한 순간적 생각이었다.

“손은 왜요?”

“사십이 넘었는데두 손이 아직 예쁜 것 같아서…….”

“별소리 다 듣겠네.”

“그러지 말구 좀 만져 봐.”

“싱겁기는 아욱장아찌지.”

준호는 아내의 손을 끌어 잡았다. 싱거운 일인 줄을 알면서도 그저 그래 보고 싶었다. 아내도 지는 척하며 내버려 두었다.

얼마 만에 잡아 보는 손인지 모른다. 아직 부드럽고 탄력도 있어 뵈는 손이었지만 준호는 아내의 손에서 아무런 감정도 느끼지 못했다. 그 반대로 자극적인 성희의 손을 잡았던 기억이 살아났다. 쥐면 쥘수록 힘이 주어지던 그 손. 가만 있는 것 같으면서도 정열이 풍기는 것 같던 성희의 손.

의지는 무력하다

준호는 아무런 감흥도 주지 않는 아내의 손을 놓았다. 그리고 아내를 안

고 뺨에 다 뺨을 대보았다.

아내는 또 아욱장아찌라는 말을 했으나 그러면서도 하는 대로 내버려 두었다. 준호는,

"싱겁지?"

마치 자조(自嘲)를 하는 듯 아내에게서 멀리 했다.

이상한 일이었다. 아내도 여자다. 그런데 아내는 포옹을 하고 뺨을 대는데도 어째서 아무런 감흥이 없을까? 자기의 소유라는 관념 때문에 맛을 상실하고 만 것일까? 감정에 면역성이 생기어 감각을 잃었단 말인가.

'그래도 딴 남자가 내 아내와 접촉을 한다면 새로운 감흥을 느끼겠지!'

준호는 아내를 유심히 바라보며,

"한 번 웃어 보우."

했다. 눈으로 웃던 성희의 그 매혹적인 웃음이 보고 싶었던 것이다.

"참 당신두, 오늘은 좀 이상한 것 같은데요……."

아내는 웃기는커녕 도리어 짜증을 냈다.

"비싸기는, 한 번 웃어 보라는데 그게 뭐 힘들어서 그래?"

"웃는 걸 못 봤나요?"

"못 본 것만 보구 싶은가? 보면 볼수록 좋은 게 있지 않아?"

그래도 아내는 시무룩한 얼굴로 준호를 흘길 뿐이었다.

준호는 짓궂게 아내에게로 가서 포옹을 하고,

"뽀뽀."

하며 입술을 내밀었다.

"아이 싱겁기두……."

아내가 몸을 빼고 돌아앉았다.

준호는 정말 자기가 싱겁다고 생각했다. 어떤 감흥이 일어나서가 아니라 어떤 감흥이 일어나는가를 시험해 보기 위해 아내에게 키스를 요구하다니…….

이 날 밤 준호는 결혼 뒤 처음으로 자기가 아내와 먼 곳에 떨어져 있는 것 같음을 느꼈다. 간혹 싸움을 하고 멀리한 때도 있기는 했지만 이 날처럼

육체적으로 멀어졌다는 것을 느낀 일은 없었다.

자꾸만 성회의 손이 머리에 떠올랐던 것이다.

'다음에 만나도 성회가 팔을 낄까?'

'성회의 손을 잡을 용기가 다시 생길까?'

'다음에 만나거든 내가 저녁을 산 뒤 전과 꼭 같은 길을 걸어 봐야지.'

이런 생각만이 줄을 이었다. 그러면서 성회의 손을 잡았던 자기 손을 뺨에 부벼 보았다.

성회의 손을 잡았던 때의 감각이 그대로 살아 있기나 한 듯이.

그리고는 손가락을 잡아뽑으며 딱딱 소리를 내어 보았다. 성회의 손을 잡았던 자기 손이 자꾸만 대견스럽게 생각되어 손을 그냥 두고 싶지가 않았던 것이다.

준호는 자기의 손이 그렇게까지 소중한 것으로 느껴 본 일이 없다. 마치 그 손이 자기 육체의 전부인 것처럼 손바닥을 오므렸다 폈다 하며 조금도 손에서 마음을 떼지 않았다.

손잔등을 유심히 바라보기도 했다. 그리 크지 않은 손이다. 핏줄이 튀어 나오지도 않았다. 살갗이 거칠지도 않다. 아직 젊은 손이다.

준호는 마흔 셋이지만 아직 젊음을 지녔다고 생각했다. 손이 그렇게 말해 주는 것 같았다.

손을 꼭 잡아 주던 성회의 손도 그렇게 말해 주는 것 같았다.

준호는 잠을 청하면서도 두 손을 놓지 않았던 것이다.

잠에서 깨어나 세수를 하고 조반을 먹은 뒤 학교에 가는 동안 준호는 성회와 헤어질 때 성회의 주소를 왜 물어 두지 않았을까, 그것만을 생각했다.

만약 주소를 안다면 한 번 만나 달라는 편지를 보내고 싶었던 것이다.

그러나 한편 얼마든지 전화를 걸 수 있는 성회가 며칠 지나도록 전화 한 번 걸어 주지 않는 것을 생각할 때 자기만이 혼자 부질없는 마음을 쓰고 있지 않나 하는 자책이 들었다. 아무렇지도 않게 생각하고 있는 사람을 혼자서 이리저리 생각한다는 것은 쑥스러운 일이 아닐 수 없다.

어떤 여자와 시선이 한 번 맞부딪치고 난 뒤 그 시선의 의미를 몰라 밤잠을 못 자고 혼자 앓던 소년.

준호는 자기가 그러한 소년과 같지나 않나 하고 생각했다.

학교에서 점심을 먹은 뒤 식당에서 돌아오는 길에 준호는 자기도 모르게 변성제를 붙잡고,

"사제지간이라면 남녀 사이라도 팔쫌 낄 수 있겠지요?"

하고 질문을 했다.

이런 질문을 했다는 것부터가 한 번 맞부딪친 여자와의 시선을 의미 있게 생각하는 소년과 같은 것이 아니겠는가?

"그것도 연령 문제겠지요."

변성제는 자기의 호기심을 감추노라고 일부러 범연한 태도로 말했다.

"다 큰 처녀라면?"

"남자는?"

"가정과 자식이 대여섯 명이나 되는 사십대."

"그것은 아무리 사제지간이라 해도 보통 일이 아니겠는데요."

"보통 일이 아니면 어떡합니까?"

"거야 내가 알 수 있나요? 어쨌든 보통 감정으로는 팔을 낄 수 있나요? 어쨌든 보통 감정으로는 팔을 낄 수 없을 겝니다."

변성제는 이런 단정을 내린 뒤에야,

"방 선생 요새 재미 좋은가 분데?"

하고 뒷거리를 쳤다.

준호는 자기가 의심을 받지 않기 위하여 자식이 대여섯 명이나 되는 남자라는 말을 했지만 변성제가 자기를 꼭 짚어 누르는 데는 놀라지 않을 수 없었다.

"자식이 대여섯 명이나 되는 친구의 일이라니까요……."

이런 변명을 했을 때 변성제는,

"그래요? 그래 그 뒤 어떻게 되었답니까?"

준호의 말을 그래도 믿는다는 투로 물었다.

"그것뿐이래요. 그 뒤로는 만나지도 않았다니까……."

"그렇다면 팔쯤 낀 것은 아무것도 아니겠지요."

"그럴지두 모르겠어……."

이런 이야기를 주고받은 뒤 준호는 자기가 철없는 소년 간다고 자기를 후회도 해 보았지만 변성제가 이야기의 주인공이 자기라는 것을 눈치챘을 것이 유쾌하기도 했다. 세상에는 자기를 좋아하는 여자도 있다. 하려고만 하면 연애쯤 얼마든지 할 수 있다. 이런 것은 평범한 인간이 가질 수 있는 죄 없는 프라이드일지도 모른다.

그러나 변성제가 그 뒤 그 이야기에 관한 말을 한 번도 꺼내지 않는 것이 고마웠다. 현재도 무슨 일이 있지나 않는가 하고 의심을 한다면 자기는 곤란한 처지에 빠지게 될지도 모른다. 동시에 성희에게서 전화가 오지 않는 것도 고마웠다.

자주 만나게 되면 정말 무슨 일이 생길지 모른다.

이렇게 무사한 것을 다행하게 생각하면서도 혹시나 오늘내일 하며 성희에게서 전화가 오기를 기다렸다.

그런데 며칠이 지난 어떤 날이었다. 뜻밖에도 퇴근을 하고 나가는데 교문 밖에서 성희가 기다리고 있었다.

"한 시간이나 기다렸어요."

성희는 지루했던 시간에 보람이 있었다는 듯 활짝 핀 모란처럼 밝은 얼굴로 준호 앞으로 달려오는 것이다.

준호는 반가웠다. 손이라도 잡아 흔들 것처럼 성희 가까이로 갔다.

"웬일이야?"

"그냥 왔어요."

"전화를 걸 것이지. 왜 이까지……."

그러나 길게 이야기할 수 없는 처소였다. 학생들은 거의 귀가했지만 선생들 가운데는 아직 돌아가지 않은 사람이 많았다.

준호는 성희가 대답하기도 전에 지나가는 택시를 불러 성희더러 빨리 타라고 했다. 택시가 움직일 때 운전수에게 무교동까지 가자고 한 뒤 준호는 다시,

　　"전화를 거는 게 불편해?"

하고 일부러 학교 교문 앞에까지 와서 기다린 성희의 심정을 물었다.

　　"원남동 친구네 집에 갔었는데 갑자기 선생님이 생각나서 학교루 온 거예요. 학교 안에까지 들어갈려구 했지만 아는 선생님들을 만나면 인사해야 할 것이 귀찮아서 그냥 밖에서 기다린 것뿐이에요."

　　성희는 단숨에 자기가 학교 교문 밖에서 기다린 이유를 설명했다. 그리고는 대답을 뻔히 알면서도,

　　"어디루 가는 거죠?"

하고 준호의 얼굴을 빤히 쳐다보았다.

　　"요전에 갔던 'G線' 다방으루 가지."

　　준호는 성희의 동의를 구하며 말했다.

　　"좋아요."

　　성희는 자기가 승낙을 했으니까 가도 좋다는 듯이 살짝 웃었다.

　　자동차로 달리는 동안 준호는 성희가 자기의 팔을 끼지나 않을까 기대했다. 그러나 성희는 그런 생각은 머리에 두지도 않고 있다는 듯,

　　"그새 별일 없으셨어요?"

하고 물었다.

　　준호는 성희가 백미러 뒤를 슬금슬금 노리는 운전수가 마음에 걸려서 그러는 것이라 짐작하고,

　　"별일 있을 거 있나? 레코드를 돌리는 것 같은 생활을 하는 사람이……."

하고는 의젓하게 앞만을 바라보았다.

　　자동차가 'G線'에 이르자 준호는 차에서 먼저 내려 서양 사람들 식으로 성희가 내리기를 기다렸다.

　　성희는 소녀처럼 깡충 뛰어내려 앞장을 서며,

　　"이 다방 멋있지요?"

하는 것이었다.

　　"좋아, 음악과 의자가……."

　　성희 뒤를 따라 다방에 들어간 준호는 의자에 앉으면서부터 성희의 언동

에 신경을 쓰기 시작했다. 자기를 대하는 태도와 언동에 무슨 의미가 있지 않는가라는 생각에서였다.

"참, 선생님 전화 기다리셨어요?"

하고 물을 때도 그 말을 무슨 뜻으로 하는지 알고 싶어,

"글쎄……."

했다. 그랬더니 성희는 무슨 생각에서인지,

"제 취직 알아보셨어요?"

하고 아주 딴 방향으로 화제를 돌려 버렸다. 그 말을 들으니 성희가 자기를 찾아온 것은 단지 그 취직문제 때문인 것 같아 적이 실망을 느끼고 말았다.

"참, 깜빡 잊어버리구 있었는데……."

준호는 그 동안 성희를 여러 번 생각했지만 취직 문제는 한 번도 생각해 보지 못했다. 미안한 일이었다. 그러나 솔직하게 이야기하는 것이 이 순간의 자기 실망을 표명하는 방법인 것 같기도 해서 숨김없는 대답을 했다.

그 말에 성희도 준호의 무성의를 탓할 만 했지만,

"잘 됐어요. 취직을 하면 구속받는 것이 많을 것 같아 그만두기로 했어요."

도리어 잘 되었다는 듯이 말했다.

준호는 성희의 태도에 실망을 느꼈다. 물어 보는 말에 '글쎄…….' 하고 미온적인 대답을 했기 때문에 거기에 대한 반발이나 아닌가 생각해 보았지만 그런 것 같지도 않았다. 차라리 미온적인 자기에게 반발하는 것이라면 좋을 것 같았다.

"잘 생각했어. 취직이란 결국 사람을 부자유스럽게 만드는 거야."

이런 말을 하면서도 성희가 무성의한 자기를 나무라 주기 바랐다. 그러나 성희는,

"사실은 건강두 그리 좋지 않아요. 특히 아침 일찍은 죽어도 일어나지 못하거든요."

하고 준호에 대한 불만은 추호도 없다는 듯이 말했다. 취직을 원하지 않는다 해도 한 번 부탁했던 일에 노력한 흔적도 없는 준호를 나무라지 않는 것

은 결국 준호에게 기대를 갖지 않았던 때문이리라. 준호는 그렇게 생각하는 수밖에 없었다. 그래서,

"성희네 집엔 전화 없어?"

하고 적극적인 태도로 성희의 마음을 떠보기 시작했다. 그런데 성희는 서슴지 않고,

"있어요. 동국……."

하고는 자기 집 전화번호를 말했다.

준호는 수첩에 전화번호를 적으며,

"전화 걸어두 괜찮겠지?"

하고 물었다.

"그런 것두 승낙을 받아야 하나요?"

성희는 그런 질문이 도리어 의아하다는 말투였다.

"남자가 함부로 전활 걸 수 있어?"

"그게 진담이세요? 그새두 저는 전화를 기다렸는데요!"

"넘버를 알아야지? 알았다면 걸었을지두 몰라."

"제가 아버지 회사 이름을 말씀드렸지요? 그럼 전화번호책만 살펴보시면 아셨을 텐데……."

"참 그걸 채 못 생각했었군……."

"생각이 채 못 미쳤다는 건 그만큼 생각을 덜 하셨다는 증거겠지요."

이렇게 말할 때 준호는 성희가 정말 자기의 전화를 기다린 것이 틀림없다고 생각했다. 그러나 한 번 더 성희의 마음을 떠보느라고,

"반가워할지 안 할지두 모르는 전활 걸어선 뭣 해?"

할 때 성희는,

"거야 걸어 보셔야 알 일이 아녜요?"

하고 준호를 쏘아보았다. 준호를 쏘아보는 그 눈동자가 유달리 커 보였다. 커 보이는 그 눈동자가 준호를 마구 끌어당기는 것 같기도 했다.

준호는 그 강력한 시선을 능히 받아들일 수가 없어 고개를 떨구었다. 동시에 성희의 마음을 전부 알 수 있는 것 같이 느껴졌다.

차를 마신 뒤 준호는,

"내가 저녁을 살게."

하고 자리에서 일어섰다. 그때 성희는,

"잠깐만요."

하고 일어설 생각을 안 했다. 무슨 말이 있는가 하고 준호가 주춤하고 있을 때 성희는,

"갑자기 일어서면 정신이 없어지지 않아요? 어딜 간다는 것두 생각하구 일어서야지요."

하고 출발에 앞서 마음의 준비가 필요하다는 것을 말했다.

"요전에 갔던 데루 가."

준호는 전번과 꼭 같은 코스를 밟으려 했다. 그래서 그때처럼 성희가 다시 자기 팔을 끼는가를 시험해 보고 싶었던 것이다.

성희는 아무 말도 않고 앉아 있다가,

"그럼 가세요."

하고 일어섰다. 마치 준호의 계획에 무조건 순종한다는 태도였다.

그들은 저번에 갔던 C그릴로 갔다. 그리고 우연하게도 그때 앉았던 바로 그 테이블에 마주 앉았다.

같은 그릴, 같은 테이블에 두 번 다시 앉자 준호는 성희와 만나게 된 것도 우연이 아닌 것 같았다.

준호는 음식도 전번과 꼭 같은 것을 주문했다. 저녁을 먹은 뒤에도,

"또 걷지."

하고는 성희의 집 방향으로 걷기를 시작했다. 모든 것이 지난번과 같으니 성희도 전처럼 자기 팔을 끼리라 기대했다. 만약 성희가 전처럼 팔을 낀다면 지난번에 팔을 낀 것도 사제지간의 감정만이 아닐 것이라고 단정하고 싶었다. 변성제의 말마따나 성숙한 여자가 선생이라고 해서 무턱대고 남자의 팔을 두 번 이상 거듭 낄 수는 없을 것이 아니겠는가? 그런데 을지로 입구를 조금 지나자 성희는 서슴지 않고 준호의 팔을 꼈다.

준호는 성희가 의식적으로 팔을 끼는 것이라 생각하며 끼운 팔에 힘을 주

었다. 그때 성희가,

"선생님."

하고 준호를 불렀다. 준호는 그 '선생님' 하는 음성이 스승으로 대하는 남자를 부르는 목소리가 아니라고 생각했다. 너무나 다정한 음성이었기 때문이었다.

"응?"

"앞으로 자꾸 선생님 괴롭혀 드려도 좋아요?"

그 질문도 보통이 아니라고 생각했다.

"난 오후 늦게야 늘 시간이 있는데……."

"아무래도 자주 만나야 할 것 같아요. 퇴근 후면 어때요? 그게 더 자유스럽구 좋지 않아요?"

준호는 자기의 마음을 활짝 열어 놓고 싶었다. 무엇이나 받아들이고 싶다는 것을 성희에게 보이고 싶었다. 그런 자기 마음을 알려 주기 위해,

"퇴근 후면 언제라도 시간이 있지……."

하고 다음 말을 기다린다는 듯 고개를 숙였다. 정말 성희의 다음 말이 지루할 정도로 기다려졌다. 그러나 아무 대꾸도 안 하던 성희가 준호의 팔을 당기며,

"고개를 왜 숙이시구 걸으세요? 우울한 사람처럼."

했다.

"우울한 것처럼 보여?"

준호는 가슴을 펴고 고개를 들었다. 준호가 고개를 들고 걷기 시작할 때 성희는 다시,

"선생님."

하고 다감한 음성으로 준호를 불렀다.

"응?"

"제 취직 문제 때문에 걱정하셨죠?"

성희는 준호가 걱정했으리라고 생각하는 모양이었다.

"정말 생각할 겨를이 없었어. 그새 사건이 좀 있어서……."

준호는 미안하기는 했지만 사실대로 말하지 않을 수 없었다. 그래서 영실에 대한 이야기까지 했다.

"그럼 속 많이 쓰셨겠어요?"

"좀 썼지."

"그래 그 애는 퇴학을 시키셨어요?"

"커닝하기 전에 친 시험은 모두 영점을 주기로 했지. 그렇지만 요새는 그게 너무 냉혹한 것 같아 교장에게 재고를 부탁했어……."

"건 왜요?"

"결국 낙제가 되거든. 그렇게 되면 그 애는 다시 학교엘 다닐 수가 없대. 창피해서. 학교를 그만두면 그 애 일생이 망쳐지구 말지 않아? 내 책임이거든."

"선생님두! 창피하다구 학교에 안 다닐 것 같아요? 선생님은 아직 여자를 모르셔……."

"그럴까? 그렇지만 그 애는 다른 애들보다 나이가 두 살이나 위야."

"아무튼 그 애는 그냥 학교에 다닐 테니 두구 보세요."

그 이야기가 끝나고 잠시 말이 끊어졌을 때 준호는 성희가 끼고 있는 팔을 내리고 성희의 손을 잡아 전날처럼 자기 코트 주머니에 넣었다. 성희는 손을 빼려고 하지 않을 뿐 아니라 도리어 힘을 주어 준호의 손을 아프도록 꼭 쥐었다.

말하자면 준호에 대한 성의의 태도는 전번과 다름이 없었다. 가끔 가다가 준호의 손이 아프도록 손잔등을 꼬집는 것으로 보아 감정의 표현이 한 걸음 앞섰다는 것을 말해 주었다.

성희의 집 근처에 왔을 때 멈칫 서 있는 준호에게 성희가,

'G선'을 우리 다방으루 정하세요. 그리구 하루 한 번씩 우리가 들리면 되지 않아요."

했다. 전화를 걸지 않아도 만날 수 있다는 것이리라.

"그럴까……."

준호는 목소리가 약간 떨렸다. 그것은 성희가 매일처럼 만나자는 뜻의 말

을 한 것과 그리고 '우리'라는 말을 두 번이나 썼기 때문이었다. '우리'는 너와 나외의 복수다. 아무런 의미가 없이도 쓰일 수 있는 말이다. 그런데도 준호는 성희가 쓴 '우리'라는 말에 굉장한 친밀감을 느꼈다. 몸을 밀착시키고 걸었지만 마음도 밀착되어 있는 것을 느꼈다.

"그럼 내일 'G선'에서 뵙겠어요."

성희는 이 말을 남기자 또 전날처럼 뒤를 차는 듯이 달음질을 치며 자기 집으로 들어갔다.

준호는 한참 동안이나 성희의 뒷모습을 바라보았다. 성희가 아주 사라진 뒤에도 한참이나 멍하니 서 있었다.

가슴이 충만했던 것이다. 빈틈이 조금도 없을 만큼 가득 차 있었던 것이다.

준호는 버스 안에서도 성희의 집 있는 쪽을 바라보았다. 성희가 잘 가라는 손을 흔들고 있는 것 같았다.

준호는 이렇게 충만한 마음을 가져 본 일이 한 번도 없었던 것처럼 생각했다. 아무 불만도 불안도 없었다. 그저 흐뭇할 뿐이었다.

을지로 입구에서 버스를 내린 준호는 후암동행 버스를 타기 위해 미도파 쪽으로 걸었다. 걷는 도중 과자집에 들려 아내가 좋아하는 '버터볼'을 샀다. 마음이 충족해서 그런지 아내에게도 잘 해 주고 싶은 마음이 생겼던 것이다. 버스를 타고 집에 가서도 준호는 명랑한 음성으로,

"여보! 당신이 좋아하는 버터볼을 사 왔어."

하고 과자 봉지를 내밀었다.

"저녁은 잡수셨수?"

할 때에도 준호는,

"응! 변성제 선생이 한턱을 내서 비프스테이크를 먹었어."

하고 그럴 듯하게 거짓말을 꾸며댔다.

그때 미원이 쫓아와서,

"아버지두, 엄마가 좋아하시는 거만 사 오시구…… 나는?"

하고 손을 내밀었다. 그때도 준호는 명랑하게,

"내가 좋아하는 건 뭐드라? 참 넌 비스켓을 좋아하지? 그렇지만 정성을 둘로 짜갤 수 있어? 내일은 너한테만 비스켓을 사다 줄게."

내민 미원의 손을 잡아 내렸다.

"아버지 오늘 아주 명랑하신데요. 무슨 좋은 일이 있었수?"

미원이 이런 말을 할 때 준호는 약간 가슴이 섬찍했으나,

"뭐 별일은 없지만 구태여 우울하게 살 거 있니?"

하고 마치 인생관이 달라지기라도 한 것처럼 너털웃음을 웃었다. 아내가,

"돈 좀 있수? 오늘 수도세하구 전기세를 받으러 왔던데……."

하고 돈걱정을 할 때도,

"그까짓 다음에 주면 어때? 월급날까지 미룬다고 차압하지 않을 테니까 걱정 마."

하고 근심 걱정이 하나도 없는 사람처럼 말했다.

이상스러운 일이었다. 성회 때문에 마음이 즐거워졌으면 그 즐거움의 방해자인 아내나 딸에게 짜증을 내야 할 것이지만 즐거운 때는 미운 사람도 미워지지가 않는 모양이었다.

아내를 명랑하게 대하면서도 아내와 가까이 하고 싶은 생각만은 없었다. 손이 닿을 만큼 아내가 가까이 왔을 때 준호는 아내를 멀리했다. 잠 잘 때도 아내가 가까이 올까 겁을 먹었으며 이불을 도사렸다.

성회의 손이 닿았던 살결에서 성회의 체온을 날려 보내고 싶지가 않았던 것이다. 그런 것으로 보아 아내에게 명랑했던 것은 자기 가슴 속에 깃들여 있는 성회의 영상을 캄플라지하기 위한 수단이 아니었던지 모른다.

사실 그런 것 같았다.

다음날 성회를 만날까 하고 다방 'G선'으로 갔다가 성회를 만나지 못하고 돌아오는 길이 어쩌면 그렇게도 섭섭했는지 모른다. 그래서 그런지 준호는 미원과 약속한 비스켓을 살 생각도 않고 집으로 돌아갔다. 집으로 돌아가서는 아내가 다시 돈걱정을 꺼낼 때,

"없는 돈을 어떻게 내놓으란 말야?"

라고 첫마디부터 짜증을 냈다. 사사건건이 신경질이었다. 밥 먹을 때 들어온

숭늉이 뜨겁지가 않다고 해서,

"이게 숭늉이야? 냉수지."

하고 트집을 잡는가 하면 밥에 섞인 돌을 골라내서는,

"이게 돌이야? 바위지. 등산을 해야겠군."

하고 이죽거리기도 했다.

시간을 정하고 약속했던 것도 아닌데 성희를 못 만났다고 해서 이렇게까지 신경질이 되는 것은 무엇 때문일까?

준호는 그러한 자기를 반성해 보았다.

성희는 만나지 않은 것이 아내에게는 떳떳한 일이다. 안 만난 것을 잘 했다고 생각해야 할 자기가 성희를 자주 만난다면 가정에 어떤 일이 생길 것인가?

오늘만이 아니라 앞으로도 성희를 만나지 않아야 자기는 가정에서 떳떳한 사람이 될 수 있다.

준호는 아내를 섭섭하게 해서는 안 된다고 생각했다. 그러나 책을 대하고 앉아 있는 준호에게,

"오늘은 피곤하신 것 같은데 일찍 주무시구려."

할 때 그는 자기도 모르게 또다시 신경질을 재발시켰다.

"남의 걱정은 말구 당신이나 자."

어쩔 수 없는 일이었다. 그래서는 안 된다고 생각하면서도 아내에게는 신경질이 나고 그 반면 성희 생각이 머리에서 떠나지 않았다.

'G선'을 우리의 다방으로 하자고 했고 매일 한 번씩 거기에 나가자고 한 성희가 어째서 첫날부터 나타나지를 않았을까?

'집안에 무슨 일이 생긴 것일까? 그렇지 않으면 혹시⋯⋯.'

준호는 성희에게 딴 남자가 있지나 않을까 생각했다. 그렇다면 일찌감치 단념해야 할 것 같았다. 그러나 어떤 모로 보나 성희에게 딴 남자가 있는 것 같지는 않았다.

'나만큼 보고 싶은 마음이 없는가 부지?'

이렇게 생각하니 자기만이 혼자서 들떠 있는 것 같아 쑥스런 마음까지 들

었다.

　그것은 하나의 자존심일지도 모른다. 어쨌든 성희가 만나고 싶어하지 않는 한 자기가 들떠서 성희를 만나려 하는 일은 해서 안 된다고 생각했다.

　그래서 다음날엔 'G선'에도 나가지 않을 생각이었다. 갔다가 또 성희를 만나지 못하고 돌아온다면 그때의 처량한 자기 모습을 어떻게 볼 것인가? 더구나 비마저 내리는 날씨였다. 그 전날에도 나타나지 않은 성희가 비 오는 날에 나타날 것 같지가 않았다.

　그러나 종일 생각했던 마음이 퇴근할 때 한꺼번에 무너지고야 말았다. 가서는 안 되고, 또 갈 필요가 없다던 생각과는 달리 그의 발은 'G선'으로 향하고 있었던 것이다. 준호 자신도 모를 일이었다.

　우산을 받고 걸어가고 있는 준호는,

　'만약 성희가 왔다가 자기가 없으면……'

　다방에 이르기도 전에 준호의 가슴은 떨리기 시작했다. 성희가 없을 때의 실망을 겁내서가 아니었다. 자기를 기다리고 앉아 있을 성희의 얼굴이 눈앞에 보였기 때문이었다. 그러나 다방 문 앞에 이르렀을 때 준호는 잠시 망설였다. 아무도 모르게 고개만 들이밀고 안을 살펴본 뒤 그냥 나와 버릴 것인가? 그렇지 않으면 대담하게 들어가 성희가 없다 해도 커피를 마신 뒤 나올 것인가? 그것은 성희가 없을 때의 경우를 겁먹을 준호의 망설임이었다.

　그러나 그는 문을 밀고 안으로 들어가고야 말았다. 없으면 기다리기라도 하겠다는 마음에서였다.

　그런데 다방에 들어서는 길로 준호는 출입문을 향해 앉아 있는 성희를 발견했다. 손님을 살피기 위하여 일부러 출입문 쪽을 향해 앉아 있는 성희.

　준호는 반가웠다. 공연히 겁을 집어먹었던 자기가 후회스러웠다.

　그는 침착을 가장하여 성희 옆으로 갔다. 그리고는 웃음만을 던지고 맞은편 자리에 앉으려고 할 때 성희가 자기 옆 의자에 손을 대며 거기에 앉으라는 눈짓을 했다.

　준호는 그것을 기다리고 있었다는 듯이 서슴지 않고 성희 옆에 앉았다. 맞은편 의자를 비워 두고도 성희 옆에 앉는 순간의 통쾌감. 통쾌하다는 말

이외에 달리 표현할 수 없는 심정이었다.

통쾌감을 느끼게 하는 성희에게 만족할 웃음을 보내며 얼굴을 성희에게로 돌렸을 때였다.

"어제 나오셨어요?"

마치 나왔던 것을 알기라도 하고 묻는다는 듯이 말했다.

"응, 무슨 일이 있었어?"

준호는 범연하게 말했다. 성희가 안 나옴으로 느꼈던 지독한 실망은 송두리째 감추었다.

"동무들이 찾아와서 못 나왔어요."

그 말에도 준호는 더 캐물을 생각을 않고,

"그래?"

하며 너그럽게 대했다. 지금 자기 옆에 성희가 앉아 있다. 어제 안 나왔던 것이 무슨 문제가 될 것인가…….

그때 베토벤의 <엘리제를 위하여>가 스테레오를 통하여 울려 나왔다.

무언지 모르게 이 아름다운 멜로디가 현재 준호의 마음을 그대로 표현해 주는 것 같았다. 애절한 것 같으면서도 포근한 피아노의 음률은 오직 성희에게로만 기울어지고 있는 자기 마음처럼 신비로운 것 같기도 했다.

"저 곡 좋지요?"

성희가 말했다.

"나를 감싸 주는 것 같은데……."

준호는 더 말을 안 해도 좋았다. 그 말만으로도 성희가 자기를 이해해 줄 것 같았기 때문이었다.

음악을 듣고 있던 성희가,

"시장하시지 않아요?"

하고 물었다.

"저녁을 먹을까?"

준호는 즐겁기만 했다.

저녁을 먹은 뒤 나란히 밤거리를 거닐 생각을 하며 둘은 다방을 나섰다.

비는 여전히 내리고 있었다. 다방에서 나와 우산을 펴 들었을 때 성희는 자기의 파라솔을 쥔 채 준호 우산 밑으로 들어왔다.

준호는 또 통쾌감을 느꼈다. 젊은 여자와 함께 한 우산 밑에서 걸어 본 일이 없었기 때문이리라. 어쨌든 자기 옆에 바싹 붙는 성희의 대담성에 그저 통쾌감을 느낄 뿐이었다.

이 날은 어떤 대중식당에서 여러 사람 틈에 끼어 장국밥을 간단히 먹었다. 식당을 나올 때는 이미 날은 어두워 있었다.

"오늘은 종로 쪽으루 갈까요?"

새로운 길을 걷고 싶은 심정이었으리라. 준호는 성희가 하자는 대로 일체의 의사를 맡겼다. 화신 앞 로터리를 돌 때 두 사람의 손은 우산 손잡이에서 합쳐져 있었다. 우산 손잡이를 성희와 마주 잡고 걷는 준호는 아는 사람이 나타나기를 은근히 기대하고 있었다.

아는 사람이 성희와 걷고 있는 자기를 봐 주었으면 하고 바라는 마음이었다.

혹시 학교 선생이라도 만나면——특히 여선생을 만나면 내일부터 자기는 선생들의 화제에 오르게 될 것이다.

그러한 마음의 움직임을 눈치 챘는지 성희는 손잡이에서 손을 내리고 의젓이 걷기 시작했다.

종로 2가쯤 왔을 때였다. 성희가 불현듯,

"오늘 단성사에 한 번 가 볼까요?"

하는 것이었다. 처음으로 만나던 그 날을 회상하기 위함 같았다.

"뭘 하는데?"

"아무 거면 어때요!"

"그렇기두 하지만."

그들은 무슨 영화를 개봉하고 있는지 그런데는 관심도 안 갖고 극장으로 들어갔다. 들어갈 때 성희가 캐러멜 한 갑을 샀다.

영화는 흥미 없는 서부활극이었다. 그러나 흥미 없는 것이라고 해도 결코 도로 나갈 생각은 안 했다. 무엇을 하던 같이 앉아 있는 것만이 즐거운 일이니까.

그런데 영화를 보는 도중 성희가 캐러멜 껍질을 벗겨 캐러멜 알을 준호 손바닥에 쥐어 주었다. 준호는 웃으며 받아 입 안에 넣었다. 두 알 세 알 받아먹기만 하던 준호가 이번에는 캐러멜 갑을 뺏듯이 집어들고 자기가 껍질을 까서 성희의 손 안에 놓아 주었다.

"더 맛있는 것 같아요……."

하며 성희는 옆으로 준호의 얼굴을 잠시 응시했다.

다음 번 줄 때는 캐러멜을 성희 손바닥에 놓고 손바닥을 꼭 눌렀다.

그 다음 번에는 캐러멜을 받아 쥔 성희의 손을 통째로 감싸 쥐었다.

그들은 영화가 끝날 때까지 손을 잡고 있었다.

영화가 끝나고 극장을 나왔을 때 비는 여전히 내렸으나 준호는 오늘도 성희 집까지 걸어가고 싶었다. 한 우산 밑에서 걷기 때문인지 팔을 끼고 걷던 때보다도 더 친밀감을 느꼈던 것이다. 그리고 극장에서 손을 잡고 있던 기억이 너무나 생생했다. 거의 같은 행동이지만 새로운 기억이 가장 절실한 모양이었다. 그러나 성희는 비 탓인지,

"오늘은 을지로까지만 바래다 주세요."

했다.

그렇게 말하면 그러는 수밖에 없는 준호였다.

"그럴까?"

하며 전찻길을 횡단할 때였다. 자동차를 피하는 것도 아닌데 준호의 한 팔이 성희 어깨 위로 올라갔다. 성희를 보호하려는 순간적 행동이었다.

마악 준호가 어깨에서 손을 내리는 순간 자동차 헤드라이트가 그들의 자태를 환히 비쳐 주며 지나갔다. 그 순간 성희는 놀라는 준호에게로 안겨 왔다.

오래 오래 준호는 그렇게 서 있고 싶었다. 그러나 곧 다시 걷기 시작했다.

을지로 3가를 향해 어두운 길을 걷는 동안 두 사람의 손은 다시 우산 손잡이에서 겹쳐졌다. 겹쳐진 손가락들이 서로의 손잔등을 꼭꼭 누르기도 했다.

그런데 청계천을 메운 변전소 앞에 이르렀을 때였다. 성희가,

"이 길로 걸어 볼까요?"

하고 인적이 드문 그 시멘트 길을 바라보았다. 비가 내리는 인적 드문 어두운 길로 발길을 옮길 때 준호는 왠지 모르게 가슴이 두근거림을 느꼈다.

그 순간 두근거리는 가슴은 오직 불타는 정열이었다. 어깨를 어루만질 수 있는 성희. 놀라움에 쫓겨 자기 가슴에 안겨 오는 귀여운 성희.

그런 성희와 인적이 드문 길을 걷고 있는 것이 어찌 사랑을 표현하지 않을 수 있을 것인가?

때마침 빗방울이 튀는 콩알처럼 요란스레 우산을 두드렸다. 우산에서 떨어지는 빗방울이 옷을 마구 적셨다.

"좀 쉬었다 갈까?"

마침 문을 잠근 어떤 상점 처마 밑이 보였다.

"선생님도 다리 아프시죠."

두 사람은 가게 덧문을 등지고 우산을 받은 채 처마 밑으로 들어섰다. 지나가는 사람은 하나도 없었다. 앞이 보이지 않을 만큼 캄캄한 지점이었다.

준호는 몸이 떨리는 것을 느꼈다. 목이 말라옴을 느꼈다. 속에서 불이 타오르는 것이었다.

어느 듯 성희의 허리를 껴안았다. 그리고 떨리는 입술을 성희의 입술에 댔다.

그 순간이었다. 성희가 준호의 몸을 가볍게 밀며,

"그러지 마세요."

하며 얼굴을 돌렸다.

준호는 그 말이 들리지 않았다. 성희의 제지는 단지 자기를 보호하려는 본능적 동작이라고만 생각했다. 그래서 다시 성희를 끌어안고 키스를 하려고 했다. 그러나 성희는,

"그러시면 난 싫어요."

하고 다시 준호를 가볍게 밀었다.

그러지 말라는 말보다 '그러시면 난 싫어요.' 하는 말이 얼마나 냉정하게

들렸는지 모른다.

준호는 성희를 놓아 주지 않을 수 없었다. 멀쑥한 얼굴이 되어 피가 갑자기 싸늘해지는 것을 느꼈다.

잠시 후 준호는,

"가 볼까?"

하고 성희의 대답도 기다림 없이 비 오는 거리를 걷기 시작했다.

혼이 빠진 사람처럼 부끄럼만을 느끼며 걷고 있을 때였다. 성희가,

"선생님 화나셨어요?"

하고 물었다.

"미안해."

준호는 기운 없는 말로 사과했다. 그러나 그것은 용서를 청하는 뜻에서 한 말은 아니었다. 헝클어지고 착잡하고 그리고 어쩔 수 없는 자기 비하(卑下)의 감정 표현이었다.

"저는 선생님을 스승으로 존경해요. 그리고 가장 가까운 분으로 제 옆에 모시구 싶어요. 오래 오래. 그러기 위해서는 지킬 것을 지키는 것이 좋을 것 같아요."

성희가 차근차근 설명했다.

"알았어. 내가 잘못이야. 다시는 안 그럴게……."

준호는 성희를 다시 만나지 않으리라 마음먹었다. 만나게 되면 결국 스승과 제자라는 관념을 잊어버리고 남성 대 여성의 연정을 갖게 될 것이다. 그렇게 되면 또다시 오늘 같은 부끄럼을 당하게 된다. 차라리 안 만나는 것이 좋다.

"그렇게 말씀하심 안 돼요. 제가 선생님을 미워하지는 않으니까요."

성희는 준호가 말 안 들은 자기를 섭섭해하는 줄로만 생각하는 모양이었다.

그러나 성희가 자기를 달래듯 말하는 것을 들을 때 준호는 갑자기 반발심이 일어났다. 마구 반항을 하고 싶었다.

"애정이란 발전하게 마련이야. 팔을 끼고 손을 잡았으면 그 다음엔 좀더

발전하고 싶을 것이 원칙이거든. 애정의 자연적 발전을 어떻게 막느냐 말이야."

"그래두 막을 건 막는 데 아름다움이 있지 않을까요? 저는 선생님과의 사이를 끝까지 아름답게 하고 싶어요."

"순수한 애정의 발로는 아름답지 않은 거구?"

어느새 두 사람은 전찻길로 와 있었다.

버스 정류장에 이르렀을 때 성희가,

"화내지 마세요. 모레 'G선'으로 나갈게요."

부드럽게 말했다. 마치 마음만은 변함이 없다는 것 같았다.

준호는 성희를 끌고 그의 집 앞까지 걷고 싶었다. 그리고 하고 싶은 말 전부를 해 버리고 싶었다. 그러나 내일이 아니고 하필 모레라고 한 성희의 말을 생각할 때 성희를 끌 용기가 나지 않았다. 실망에 찬 눈으로 우산에서 떨어지는 빗방울을 멍하니 바라볼 뿐이었다.

약수동행 버스가 왔다. 준호는 성희가 그것을 타는 것이라고 생각했다. 그리고 그것이 마지막 작별처럼 생각했다. 그러나 성희는,

"다음 거 타겠어요."

하고 버스가 떠날 때까지 탈 생각을 안 했다. 두 번째 온 버스도 그냥 보냈다.

성희에게도 미진한 것이 있는 모양이었다. 그러나 세 번째 버스가 왔을 때까지 아무 말도 안 했다.

세 번째 버스가 왔을 때 성희는 준호의 팔을 끼고 준호의 몸을 흔들며,

"정말 화내지 마세요. 네?"

하고는 토끼처럼 버스에 뛰어올랐다. 성희가 버스에 오르자 준호는 버스가 떠나는 것을 기다리지도 않고 맞은편 길로 걷기 시작했다. 성희가 자기의 감정과 반대의 감정을 가진 여자란 생각이 그를 슬프게 했다. 그렇다고 해서 그 슬픔을 가장하기도 싫었고 또 있는 그대로 보여 주기도 싫었다.

버스를 탈까 하고 전찻길을 건넜지만 버스를 기다리고 싶지도 않았다. 비를 축축이 맞으며 서울역까지 걸었다. 서울역전에서는 버스나 합승을 타리

라 생각했지만 거기서도 타지를 않았다.

결혼 전에 연애를 한 번 했지만 그때는 이러한 슬픔을 맛본 것 같지가 않았다.

옛 일이 되어 기억이 희미해져서 그런지는 몰라도 부모의 명령으로 딴 남자와 결혼한다고 하여 자기 곁을 떠날 때 준호는 그 여자를 그렇게까지 미워한 것 같지가 않았다.

그런데 지금 성희를 떠나보낸 준호는 실망과 회의와 슬픔을 느끼는데다가 성희에 대한 증오심까지 느끼고 있는 것이다.

'노상에서 팔을 끼고 걷는 것이 스승에 대한 존경심 때문이었던가? 학교 교문 앞에서 한 시간이나 기다린 것도 스승을 그리워하는 마음에서였던가?'

준호는 성희가 자기를 속였다고 생각했다. 아무렇지도 않은 사람의 감정을 유발해 놓고는 새침을 떼고 도망치는 여자라고 생각되었다.

성희가 미웠다. 미우면서도 미움을 사게 한 성희의 마음을 알 수 없어 더욱 안타까웠다. 사랑할 수 없는 사람이라고 생각한다면 어째서 처음부터 그런 생각을 못했을까?

'이제 사제지간으로 돌아가자고?'

좁은 길에서는 자동차의 핸들을 돌릴 수가 없다. 마구 속력을 내고 있는 자동차도 그 자리에서는 핸들을 돌릴 수가 없다. 발동을 끄고 멎는 수밖에 없다.

집에 이르렀을 때 준호의 옷은 함빡 젖어 있었다. 우산을 받았는데도 웬일로 옷이 젖었느냐고 아내가 의아한 눈초리를 보냈으나 준호는 아무 대답도 않고 자리 속에 들어갔다.

아내가 의심을 할지 모르나 그래도 할 수 없었다. 모든 것이 귀찮았던 것이다.

농락을 당한 것도 같고 모욕을 당한 것도 같아 그저 울고 싶기만 했다.

그러나 다음날 아침 준호는 엔진을 끄고 그 자리에 스톱하고 있는 자기를 발견했다. 감정이 더 확대되기 전 그리고 아무도 알기 전에 스톱한 것이 잘된 일이라 생각했다.

'잊어버리자.'

준호는 양복의 먼지를 털 듯 모든 상념을 버리려 했다. 그러나 버스를 뛰어오르기 직전 '정말 화내지 마세요. 네?'라던 성희의 음성이 쟁쟁히 울려왔다.

시련의 뒤에 오는 것

학교에 가서도 준호는 성희가 자기를 좋아하던 장면들을 회상했다. 맞은편 자리에 앉으려고 할 때 옆자리에 앉으라고 하던 성희 우산 손잡이에서 손가락으로 꼭꼭 찌르던 성희, 그리고 한 시간이나 학교 교문에서 기다리고 서 있던 성희. 아름다웠던 성희의 마음 자태가 파르라니 가슴 속으로 전율한다.

그러나 키스를 허락지 않은 성희였었다. 그것은 사랑을 주저한다는 증거가 아닌가? 주저한다는 것은 결국 자기가 결혼할 상대가 못 되기 때문이리라.

결혼 상대가 아니라고 해서 사랑을 주저한다면 그 사랑은 절대로 깊어질 수가 없다 따라서 아무 의미도 없는 일일 것이다.

준호는 무의미한 교제로 남의 오해만 살 행동은 아예 미리 그만두는 것이 좋으리라 생각했다.

만약 성희가 키스를 허락하여 정열이 더욱 뜨겁게 타올랐다면 준호는 이런 생각을 할 여유가 없었을지 모른다. 반발에서든 무엇에서든 어쨌든 준호는 성희를 멀리해야 한다는 생각을 했다.

다시는 한 번도 만날 필요가 없다고 생각했다. 우선 스승으로서 제자에게 키스를 요구했던 부끄러운 얼굴을 다시 성희에게 보일 수도 없을 것 같았다. 스무 살이나 위인 자기가 대학을 갓 나온 처녀에게 키스를 요구하다니……. 준호는 정말 자기가 부끄러운 행동을 저질렀다고 생각했다.

그래서 내일은 물론 그 뒤에도 'G선'엔 나가지 않으려고 마음먹었다.

그런데 셋째 시간을 마치고 직원실로 돌아왔을 때였다. 최영실이 준호를

찾아와,

"고맙습니다."

하는 인사를 했다.

그 동안 최영실의 담임인 변성제가 교무주임하고 여러 번 이야기하는 것을 보았다. 교장실에도 몇 번인가 출입한 것을 안다. 그러나 최영실의 처벌이 취소되었다는 결정적 말을 들은 적이 없었다.

"그래 잘 되었니?"

"네, 몇 점씩 깍기기두 했지만 잘 됐어요."

"그럼 변 선생님께 톡톡히 감사를 드려라."

준호는 변성제의 노력 때문이리라 생각했다. 겉으로는 처벌 취소를 반대하는 것처럼 자기를 공박했지만 뒤로는 영실을 위해 노력을 아끼지 않은 변성제를 모를 리 없었다. 역시 고마운 사람이었다.

"네."

영실은 변성제가 고마운 것을 모르지 않았다는 듯이 대답했지만,

"선생님! 이젠 공부 잘 하겠어요."

마치 진짜로 고마운 것은 준호뿐이라는 듯이 고개를 숙였다.

"그래 공부를 잘 해야지."

이렇게 영실을 돌려 보낸 뒤 준호는 우선 변성제에게로 가서,

"영실이 때문에 수고했습니다. 고맙습니다."

하고 인사를 했다.

"떠들지 마십시오. 이거야말로 신문사에서 꼬집으면 꼼짝 못할 일이니까……."

변성제는 빙긋이 웃으면서 그런 이야기는 입 밖에 낼 필요가 없다는 듯이 말했다. 그래도 준호는,

"변 선생은 나쁜 사람이야. 사람을 속일 줄두 알거든……."

"사건의 장본인이 나설 문제가 아니니까 그랬던 거지요. 미안합니다."

변성제는 소리를 내어 웃으면서 준호의 어깨를 쳤다.

"내 다음에 술을 사리다."

"방 선생 술이라면 얼마든지 먹지요."

준호는 오늘 당장이라도 술을 사고 싶었다. 그러나 주머니가 비어 있었다. 그래서 돈이 생긴 뒤 술을 사기로 마음먹고 그냥 돌아가기로 했다. 퇴근 시간이 되어 막 직원실을 나올 때였다. 복도 저쪽에 서 있던 영실이 준호에게로 달려오는 것이다.

달음질쳐 오던 영실이 준호 앞에 이르자 말없이 고개를 숙인 채 머뭇머뭇했다. 꼭 할 말이 있는 것 같은 얼굴 표정이었다.

"무슨 할 말이 있니?"

영실은 여전히 입을 다문 채였다.

직원실 앞에서 그런 자세로 오래 있기가 민망하여 준호는,

"가면서 이야기할까?"

하고 선생의 위엄을 보이며 앞서서 걷기 시작했다. 이윽고 복도를 지나 교문을 나왔다.

"무슨 일인데?"

한길에 나오자 재차 물었다.

"어머니가 선생님 모시구 오래요."

영실은 겨우 입을 열었다. 자기 어머니가 준호에게 한 행동을 알기 때문에 영실은 어머니 말을 꺼내기가 힘들었던 모양이다.

"왜?"

준호는 영실 어머니가 자기를 만나자고 하는 이유를 짐작할 수 있었다. 그러나 독기가 올라 떠들던 그 얼굴이 눈앞에 떠올랐다. 아무리 사과를 하기 위해서 만나고 싶어한다 해도 결코 유쾌한 대면이 될 수 없을 것이다.

"진지라두 같이 드시구 싶대요."

영실도 준호의 대답을 두려워하는 모양 같았다.

"변성제 선생님이나 대접해. 나야 뭐."

준호는 냉정성을 잃지 않으려고 했으나 결국 거절하고야 말았다.

"변 선생님두 오시기루 했어요."

"그럼 됐어. 나는 오늘 약속이 있으니까 못 갈 거야. 다음에 조용히 찾아

뵙는다구 말씀드려."

준호는 옹졸하다는 인상을 주고 싶지 않았지만 거짓말을 꾸미는 가슴이 께름칙하지 않을 수 없었다.

"그래두 꼭 모시구 오랬어요."

영실은 심부름하는 자기 입장이 난처하다는 듯 조르기 시작했다.

"글쎄 약속이 있다니까! 미안하지만 용서해."

준호는 어떤 일이 있어도 영실 어머니가 사 주는 저녁만은 먹지 않으려고 했다. 영실도 그러한 준호의 마음을 알았음인지 울먹울먹한 채 다시 말을 못했다.

"가서 잘 말씀드려. 미안하다구……."

더 긴말을 할 필요가 없어 준호는 머뭇거리는 영실을 그냥 두고 발걸음을 빨리 하였다.

영실이 선 자리에서 움직이지도 않고 자기를 지켜 보고 있을 것을 느꼈다. 그러나 버스 정류소에 이르기까지 한 번도 뒤를 돌아보지 않았다. 버스에 오를 때야 곁눈으로 영실을 슬쩍 바라보았다. 삼십 미터쯤 떨어진 지점에 영실은 고개를 숙인 채 그대로 서 있었다.

가련한 모습으로 서 있는 영실을 보자 준호는 자기가 나쁜 사람이란 생각이 들었다. 과거야 어쨌든 잘못을 깨우치고 허심탄회하게 저녁이나 대접하겠다는 영실 어머니 호의를 거절했다는 것은 결국 영실 어머니를 용서 못하겠다는 의사의 표현 이외 아무것 아니기 때문이다.

용서하고 안 하고는 자기의 자유일지 모른다. 그러나 자유를 가진 자기가 자유의 혜택을 받고 싶어하는 영실 어머니에 비해 더 나쁜 것처럼 생각되는 것은 무엇 때문일까?

준호는 집에서 이르기까지 마음이 무거웠다. 자유를 택했는데도 마음은 왜 무거운 것일까?

준호는 아내에게 영실의 이야기를 했다. 그리고 초청을 거절한 자기 마음을 무거움까지 설명했다.

"가시지 않구……."

아내도 준호가 안 간 것을 잘 했다고는 생각지 않는 모양이었다.

'그렇지, 내 자유를 버리고 억지로라도 가 주어야 했을 걸.'

저녁을 먹은 뒤에도 이런 생각만을 하고 있을 때였다.

"선생님 계세요?"

영실의 가느다란 목소리가 뜰아래서 들려 왔다.

영실의 목소리를 듣자 준호는 자기도 모르게 마루로 뛰어나갔다. 용서를 청할 수 있는 기회가 기대보다 너무나 빨리 찾아왔기 때문이었으리라.

"들어와."

무조건 영실을 반겼다. 아내도 뒤따라 나오며,

"잘 왔어요!"

아내도 준호의 마음과 꼭같은 모양이었다.

"이거 어머니가 드리래요."

영실은 마루에 올라오지도 않고 옆구리에 끼고 있던 물건을 준호 아내에게 내밀었다. 그것마저 거절하지나 않나 하고 마음을 졸이고 있는 것 같았다.

"빨리 올라와요. 그렇지 않아두 지금껏 이야기를 하구 있었는데!"

아내가 영실을 안듯이 끌어당겼다.

"어머니가 뭐라구 하셔?"

준호는 영실이 찾아온 것만 고맙게 생각했다. 그리고 영실의 입에서 너그러운 말이 나오기만을 기대했다.

"미안하시데요."

"그래? 난 할 말이 없어."

준호는 건넌방 문을 열며 영실을 먼저 들어가게 했다. 그리고는 아내가 들고 있는 물건을 받았다.

"어머니두 대단하신 분이로군. 이건 왜……."

하고 포장지를 풀기 시작했다. 그것은 영실 어머니의 호의를 고맙게 받는다는 표시였다.

포장지를 풀고 종이상자를 열었을 때 거기 '쉘리'(위스키) 두 병이 가지런히 누워 있었다. 준호는 진심으로 고마움을 느꼈다. 준 사람의 마음씨보다 자기 손으로 살 수 없는 귀중한 물건에 대한 고마움이었다. 술을 그렇게 좋아하는 편이 아니라 두고두고 마시면 일 년 이상 즐길 수가 있다.

"안 가길 잘 했는데……."

준호는 우선 병마개를 뽑았다. 그리구 뚜껑으로 술 한 잔을 따라 마셨다.

"당신두…… 원 그렇게 바쁘실까……."

아내도 즐거워하는 준호가 그리 밉지는 않은 모양이었다. 웃는 얼굴로 준호를 흘겨보면서도 차를 끓여 온다면서 부엌으로 나갔다.

준호는 다시 한 잔을 마셨다. 목구멍을 넘어가며 풍기는 위스키의 향내가 온몸에 퍼지는 것 같았다. 술기운이 온몸에 퍼지는 것을 느끼자 기분을 내고 싶었다.

"영실이. 내가 미웠지?"

하고 영실을 바라보았다.

"참 선생님두……."

영실은 말문을 맺지 못한 채 또 고개를 숙였다.

"따귀를 때렸는데도 밉지 않을 수가 있을까?"

"이젠 그런 말씀 고만두세요. 저는 선생님을 조금도 미워하지 않고 있으니까요."

"그래? 그게 정말야?"

"전 선생님이 좋은 분 같아요. 그래서 좋아졌어요."

"좋아졌어? 거짓말 말어……새빨간 거짓말야."

"선생님은 거짓말이라구 하실 거예요. 그래두 저는 거짓말이 아닌걸요."

준호는 또 한잔을 마셨다. 그리고는 영실의 어깨를 가볍게 치며,

"나두 네가 미워서 때리지는 않았을 거야! 그저 흥분했던 것뿐이지……."

준호는 빨개진 얼굴로 한 잔을 따라 영실에게 권했다.

"한 모금만 마셔 봐. 그럼 우리 사이에 끼었던 독소가 안개처럼 사라질 꺼야."

"제가 술을……."

“한 모금쯤은 형식적인 거야. 그래 그 형식도 보여 줄 수 없어?”

“형식은 싫어요.”

“그럼 실질적으루……”

준호는 술잔을 영실의 입에 대고 부어넣기라도 할 듯이 영실에게로 갔다. 그래도 마시려고 하지 않을 때 준호는 영실의 손을 잡고 술잔을 영실의 입술에 대 주었다. 술에 대한 기분을 내기 위하여 꼭 술을 먹여 볼 생각이었다.

영실은 할 수 없다고 생각했는지 아무 반항도 하지 않았다. 준호가 잡은 손도 뿌리치지 않았으며 입에 부어 주는 술도 뱉으려고 하지 않았다.

술을 마신 영실이 기침을 하며 침 먹은 지네처럼 몸을 비틀 때야 준호는 영실의 손을 놓고 한 걸음쯤 뒤로 물러앉았다.

정말 술이 취한 것도 아니었지만 갑자기 술기가 싸늘하게 식는 것 같았다. 선생이 제자에게 술을 강권하다니……. 준호는 도박을 하다가 돈을 몽땅 잃었을 때처럼 자기를 후회했다. 그러나 그런 약한 기미를 보이기가 싫었다.

“소질이 있는가 분데.”

하고 빙그레 웃었다.

“아버지가 술꾼이신데요, 뭐…….”

영실은 억지 술을 마셨으나 준호를 원망하는 눈치가 아니었다. 그때 부엌에 나갔던 아내가 차를 가지고 들어와 술에 대한 이야기가 자연 중단되었지만 준호는 영실에게 미안감을 없앨 수가 없었다. 제자 앞에서 자기의 결백성을 잃어버린 것 같은 불쾌감조차 일어났다. 그런데 준호의 아내를 바라보며,

“사모님두 술 한 잔 하시지요.”

했다. 빈말이기는 하겠지만 준호가 억지 술을 마시게 한 허물을 허물로 생각지 않음이 분명했다.

“난 술은 못 해.”

아내가 가볍게 거절하자 영실은 준호를 보며,

"한 잔두 못 하실라구요? 우리 엄마는 아버지와 이따금씩 대작을 하시던데요. 선생님이 너무 무서우신가 봐요!"

영실은 소리마저 내며 웃었다.

준호는 한결 마음이 가벼워졌다. 그러나 영실이 돌아갈 때 대문까지 따라 나간 준호는 어둠 속에서,

"어머니께 고맙다구 말씀드려."

하며 영실의 어깨에 손을 얹었다. 영실이 정말 자기를 허물치 않는가를 시험해 보기 위함이었다.

"네, 알았어요."

영실은 어둠 속에서 눈동자를 반짝이며 생긋이 웃었다. 어깨에 손을 얹었다고 해서 불쾌해하는 눈치는 조금도 찾을 수 없는 활짝 편 얼굴이었다.

준호는 반짝이는 영실의 눈동자를 깊이 들여다보면서,

"정말 선생님이 좋아졌어요."

하던 영실의 말을 생각했다. 아무렇지두 않게 흘려 버린 그 말의 의미를 확인해 보고 싶기까지 했다.

대문을 연 뒤 준호는 영실에게 손을 내밀었다. 악수를 하자는 것이었다. 어떤 경우에도 재학생과 악수를 해 본 적이 없는 준호였다. 말하자면 이만저만한 망발이 아니었다. 그러나 영실이 서슴지 않고 손을 내밀 때 준호는 함을 주어 영실의 손을 잡아 흔들었다. 영실이 자기를 좋아한다는 말의 의미가 짐작되었기 때문이었다.

참으로 유쾌한 일이었다. 성희는 한 번도 자기를 좋아한다는 말을 안 했다. 그리고 자기가 요구한 키스에는 차돌처럼 냉정하게 거절했다. 그러나 영실은 처음부터 좋아한다는 말을 했고 또 자기가 요구한 악수를 승낙했다.

영실을 돌려 보내고 방으로 돌아왔을 때까지 준호는 가슴이 흐뭇함을 느꼈다. 성희가 자기를 좋아 안 한다고 해도 자기를 좋아해 주는 사람이 따로 있다는 자부심 때문이었다. 그러나 아내가,

"개 참 좋은데요."

하고 칭찬을 한 뒤,

"조금 버릇이 없지요? 아무래두……."

할 때 준호는,

"좀 그런 데가 있더군……."

하고 응수를 했다. 영실의 결점을 지적하자 준호는 갑자기 실수를 한 자기를 후회했다. 성희에게서 잃었던 자존심을 영실에게서 찾으려 하다니…….

십오륙 년 동안 교육계에서 아무런 사고 없이 지난 준호였다. 전처럼 여자에게 아무 관심도 가지지 않고 지난다면 성희가 어떻든 무슨 상관이 있으며 또 영실이 무슨 말을 하건 아랑곳할 바 무엇인가?

준호는 갑자기 여자에게 관심을 갖게 된 자기를 불안하게 생각지 않을 수 없었다. 아무래도 무슨 일을 저지르고야 말 것 같은 예감이 들었다. 더구나 재학 중인 학생에게 술을 권했고 넌지시 어깨에 손을 얹었고 악수까지 청했다. 얼마나 부끄러운 일이냐?

준호는 교단에서 쫓겨나는 자기를 생각해 보았다. 그때는 정말 신문이 떠들썩할지도 모른다. 아는 사람 모두가 경멸의 손가락질을 할 것이다. 얼굴을 들고 거리에 나설 수가 없는 자기.

준호는 성희도 영실도 생각지 말아야 한다고 생각했다. 그래야만 과거처럼 미래도 평온하게 살아갈 수 있을 거 같았다.

다음날 학교에 갈 때도 준호는 오늘 성희와 만나기로 한 날이지만 성희를 만나지 않으리라 마음먹었다. 그러나 학교에 가서 교장실에 불려갔다 나올 때 준호의 마음을 흔들리기 시작했다.

어제부터 영실의 처벌이 취소된 것을 알고 있었지만 직접 교장에게 그런 말을 들을 때 준호는 일종의 환멸을 느꼈던 것이다. 영실을 처벌하는 데 그렇게까지 강경했던 교장이,

"여학생은 남학생과 달라 잘못하다가 우리 학교가 살인을 했다고 말을 들을지 모른단 말이야."

하고 영실의 처벌을 취소한 이유를 말할 때 준호는 교장도 별수가 없는 인간이란 생각을 했다.

자기가 먼저 부탁까지 했던 일이라 준호는 감사하다는 말밖에 다른 말을

할 수 없었지만 속으로는 느낀 실망은 이만 저만이 아니었다.

세상에 누구를 믿으랴 하는 생각이었다.

실망에서 오는 고독은 무엇인가를 갈망하게 한다. 성희가 아름답게 생각되었다. 아버지하고도 타협을 하지 않고 사회와도 타협을 하지 않는 성희.

자꾸만 성희가 그리워졌다.

방과 후 준호는 여러 번 망설였다. 성희를 만나러 갈 것인가 그렇지 않으면 영 만나지를 말 것인가 하고.

만나지만은 말아야 한다는 생각을 더 많이 했다. 그러나 우두커니 자기를 기다리고 있을 성희를 생각할 때는 그런 생각을 하는 자기가 천하에 몹쓸 놈 같은 자책이 들었다. 자기를 위하여 남을 괴롭힐 수가 있을 것인가?

준호는 성희가 자기 때문에 괴로워하고 있으리라 생각했다. 키스를 거절한 것이 잘 한 일이라 생각될지 모르나 그것 때문에 석연치 못한 마음을 가지고 있을 것이 분명했다. 만약 자기가 약속한 장소에 안 간다고 하면 성희는 반드시 그 키스 사건 때문이라고 오해할 것이다.

다방 'G선'으로 발을 옮기고 있으면서도 준호는 자꾸만 망설였다. 안 가기는 안 가야 할 것 같은데 발이 말을 안 들으니 어떻게 하느냐고 스스로를 달래 보기도 했다.

어쨌든 'G선'을 향해 가고 있는 준호의 다리는 성희에게 실망을 주어서 되겠느냐는 말을 자꾸만 되풀이했다. 비겁하다는 말만은 들어서 안 될 것 같았다. 남자로서 체면 문제였다. 실망에서 오는 경멸을 받을 바에는 차라리 만나서 앞으로는 만나지 말자고 선언해 두는 것이 자기다운 일일 것 같았다.

그러면서도 다방에 들어서는 순간 준호는 성희가 오지 않았으면 하고 바랐다. 자기 입으로 약속하고도 안 나온 성희라면 어떤 일이 있어도 자기에게 불만을 가질 수가 없을 것이다.

그러나 다방 안에 들어서는 순간 한편 구석에 도어를 향해 앉아 있는 성희의 시선과 부딪치자 준호의 가슴은 아무런 망설임도 없이 반가움에 겨워 활짝 웃음을 지을 뻔하였다.

준호를 본 성희가 손을 반쯤 들고 반가운 표시를 했다. 동등한 사람끼리만이 할 수 있는 인사법이었다.

준호는 그것이 더 좋았다. 사제지간의 감정만을 가지고 있는 것을 자기만이 오버센스로 해석하고 있지만 않는가 하는 준호의 의구심을 탁 풀어 주는 제스처였던 것이다.

준호는 성희 옆으로 달려가서 자리에 앉기가 바쁘게,

"별일 없었지?"

하고 물었다. 별일 없었느냐는 물은 것은 단순한 인사가 아니었다. 자기에 대한 감정에 변화가 없었느냐고 그것을 말해 달라는 뜻이기도 했다.

"어제는 아버지가 친구들을 초대하셨지요. 그래서 아침부터 그 준비를 하느라구 눈코 뜰 새가 없었어요."

성희는 하루의 경과보고를 하는 뜻으로 이런 대답을 했지만 준호에게는 그 말도 고마웠다. 아무도 만나지 않고 집에만 있었다는 뜻으로 해석되었기 때문이었다.

"음식두 만들 줄 알어?"

준호는 성희가 기특하다는 듯 빙글빙글 웃었다. 그러면서도 속으로는 제가 해야 대단한 일을 했을라고 하는 생각을 했다.

"제가 못하는 게 있는 줄 아세요? 빨래도 전부 제 손으루 하는데요?"

"정말?"

준호는 성희가 일을 안 할 수 없으리라는 것을 비로소 생각했다. 계모 밑에서 부잣집 딸도 일을 하게 마련이다.

준호는 성희에게서 새로운 면을 발견하고 성희를 더 좋게 생각했다. 그때였다. 레지가 옆으로 지나갔다. 그래서 준호는 성희에게,

"차 안 마셨지?"

하고 물었다.

"벌써 마셨는걸요."

성희가 대답하자 준호는,

"그럼 온 지가 오랬군? 나 혼자라두 마셔야지."

하며 레지를 불러 커피를 주문했다. 준호는 잠시도 가만 있지를 못했다. 말을 하거나 몸을 움직이거나 해야 했다. 마음이 부풀어올랐기 때문이리라. 차를 마시면서도 영화 구경을 안 가겠느냐고 생각지도 않았던 말을 했다. 만나기 전 성희가 오지 않았으면 하고 바라던 마음 같은 것은 어디로 도망갔는지 알 수 없었다. 성희와 이야기를 하고 같이 행동하고 싶을 뿐이었다.

영화관을 결정할 때도 준호는 말을 많이 했다. 어떠어떠한 영화가 좋을 것 같다는 등의 이야기를……. 그러나 말만으로는 부족하여 신문장수에게 신문 한 장을 사 가지고는 영화 광고를 샅샅이 뒤졌다. 결국 대한극장으로 결정지었다. 극장을 결정짓고도 준호는,

"잘 됐군. 성희 집 근처니까……."

하고 파한 뒤 집으로 돌아갈 이야기까지 했다.

다방을 나오자 성희가 택시를 불렀다. 택시에 올라서야 준호는 극장에 가서 성희의 손을 다시 잡아 볼 수 있다는 생각을 하며 입을 다문 채 부드러운 성희의 손만을 바라보았다. 차 안에서나마 한 번 만져 보고 싶은 손이었다. 그러나 차마 만지지를 못하고 있을 때 성희가,

"어제 하루가 참 길었어요."

하고 독백처럼 말했다. 준호는 그것이 자기를 보고 싶어했다는 뜻임을 깨달았다.

"나는 화가 나서 일찍 집에 들어갔어."

자기도 성희 때문에 속을 썼다는 말을 했다. 그러나,

"선생님은 화나실 때 늘 집으로 들어가세요?"

하는 성희의 질문에 준호는 난처했다. 그렇다고도 안 그렇다고도 대답할 수가 없었다. 대답을 못하고 있을 때 성희가,

"좋으시겠어요. 저는 화가 나면 집에 들어가기가 더 싫어져요."

성희는 침울한 표정으로 비꼬듯이 말했다.

그 말을 준호는 가슴이 써늘해짐을 느꼈다. 준호에게 가정이 있다는 것을 관심 안 할 수 없는 성희다. 그러나 가정에 충실한 것처럼 생각한다면 준호는 머리도 들 수 없게 된다.

그렇다고 해서 실제로 그렇지도 않은 거짓말을 할 수가 없어,

"성희는 갈 데라두 있으니 다행이로군……."

하고 성희의 입을 막으려 했다. 차라리 구차스런 이야기는 입 밖에 꺼내지 않는 것이 상수일 것이다.

"갈 데가 있어서 가나요. 아무데나 가서 그저 시간을 보내는 거죠."

성희는 여전히 침울한 표정이었다. 그때였다. 자동차가 정거를 했다.

준호는 성희를 다루기가 곤란했다. 자기가 가정에 충실한 사람이 아니라고 변명을 한다면 자기는 성희의 마음을 사기 위해 비굴한 인간이 된다. 차마 비굴해질 수는 없다. 그렇다고 해서 딴 이야기로 사랑의 감정을 이야기한다면 또 그것은 성희를 무시하는 것이 될 것이다.

도대체 무슨 말을 해야 하며 어떤 표정을 지어야 할 것인가. 오직 성희의 태도가 변해지기를 기다리는 수밖에 없었다. 준호는 입장권을 사서 성희에게 주었다. 자기가 가지고 가도 무방할 일이었지만 그러한 교섭으로나마 성희가 자기의 존재를 잊지 않게 하려 함이었다.

극장 안에 들어가서는,

"껌을 한 통 살까?"

묻지 않고 사도 될 일이지만 성희의 의견을 물은 것이었다.

"그만두세요."

성희는 쌀쌀하기까지 했다.

준호는 다시 더 말을 붙일 수가 없어 그 뒤로는 입을 열지 못했다. 극장 안에 들어가서도 몸 가지기가 불편했다.

성희는 자기를 만나지 못한 어제 하루가 무척 지루했다고 했다. 그런 지금은 그런 것까지를 후회하는 것처럼 보였다.

연애 희극인 외국영화 장면이 웃음을 터뜨렸지만 준호는 웃지도 못하고 스크린만 바라보았다. 성희가 웃지를 않는데 혼자만 웃을 수는 없었던 것이다.

성희는 언제까지나 침울한 얼굴을 하고 있을 것인가? 가끔 곁눈질을 했으나 성희의 침울한 표정은 여전했다.

그런 시간이 오래 감에 따라 준호는 자기가 떳떳치 못하다는 것, 그렇기 때문에 성희가 싫다고 하면 일언반구도 말할 자격이 없다는 것을 생각했다. 성희의 태도가 변하지 않아도 할 수 없지 않느냐고 생각했다. 그런 생각을 해서 그런지 자기도 모르는 사이 성희와 영실을 비교해 보았다. 영실도 확실히 자기를 좋아한다.

성희가 싫다고 하면 영실과 가까워질 수도 있다. 그러나 외모로 보아 영실은 성희에 훨씬 뒤떨어진다. 그리고 나이로 보아 성희보다 어리다. 정신 연령에 있어서도 어리기 짝이 없다.

성희는 독립된 여성으로 자기를 가지고 있다. 그러나 영실은 아직 부모 밑에서 독립된 사고를 채 못 가졌다.

이런 생각을 하고 있을 때였다. 갑자기 성희의 손이 살며시 와서 준호의 손을 잡았다. 그리고는,

"영화가 재미없어요?"

하고 물었다. 준호는 아무 대답도 않고 성희의 손을 힘주어 잡았다. 아무런 말도 필요 없었다. 자기가 침울해 있는 것을 알고 미안한 마음으로 그것을 풀어 주려고 하니 그 마음을 받아들이면 그뿐이다.

손을 잡고 한참 동안이나 영화 구경을 하다가 준호는,

"미안해."

했다. 무슨 뜻으로 한 말인지 자기도 몰랐다. 그러나 성희는 그런 말은 할 필요도 없다는 듯,

"내일 일요일이죠? 어디든지 놀러 가요."

하는 것이었다. 얼마나 고마운 일인지 몰랐다. 준호는 그저 황송스러운 마음으로,

"그래."

하고 짧은 대답을 했을 뿐이었다.

이십 여 년이나 위인 준호다. 그리고 아무리 사랑이 무르익는다 해도 아내와 이혼을 할 수 없는 준호다. 변화 없는 생활에서 새로운 향수를 갈망하고 있을 뿐인 준호다. 향수는 사치다. 아름다운 옷과 액세서리처럼 없어도

살아갈 수는 있다.

그렇기 때문에 성희가 싫다고만 하면 울고불고 따라다닐 수는 없다. 그러나 액세서리가 생명처럼 귀중한 것으로 생각되는 경우가 있다. 밥을 적게 먹고라도 그 대신 그것을 사고 싶은 때가 있다.

성희가 일요일을 이용하여 내일 어디로 놀러 가자고 한다. 그것은 성희가 준호의 모든 악조건을 알면서도 그것을 마음하지 않는다는 표시다. 악조건을 생각하지 않을 만한 마음이 더 크기 때문이다.

준호가 갈망하는 것이 바로 그것이다. 아무것도 생각지 않고 그저 아끼고 귀애할 수 있는 사랑. 그것은 무리하고 지나친 욕망인지 모른다. 그러나 욕망이란 제한됨이 없는 것이기에 누구나 가질 수 있는 것이다.

영화가 다 끝나고 스크린에 'END'(끝)의 글자가 나타날 때였다. 성희가 어수선한 장내의 소요를 이용하여,

"저 영어 공부를 다시 하겠어요. 선생님이 좀 배워 주세요."
하고 남이 들어도 괜찮다는 듯 마음을 쭉 편 것 같은 말을 했다.

"그러지."

준호는 또 가장 짧은 말로 승낙을 했다. 성희가 요구하는 것이라면 무엇 하나 아낄 것이 없을 것 같았던 것이다. 사람 많은 데서 절을 하면 꿇어 엎드려 절이라도 하고 싶은 심정이었다.

준호는 무엇을 요구하는 성희가 고맙지 않을 수 없었다. 그것은 성희가 자기를 필요로 한다는 것을 뜻하기 때문이었다.

사람 틈에 끼어서 장내를 나오고 있을 때,

"미국 갈 생각을 하고 있어?"
하고 물었다. 준호가 이 날 처음으로 기를 펴고 한 말이었다.

"갈 수만 있으면 가겠어요."

꼭 가겠다는 말은 아니었다. 그러나 가고 싶은 마음만은 가지고 있는 성 싶었다. 준호는 그 말이 섭섭했다. 미국에 갈 것은 생각한다는 것은 자기와 작별할 것을 생각한다는 것과 다름이 없지 않은가? 그러나 그렇다고 해서 가지 말라는 말을 할 수 없는 준호였다.

"그래?"

어리둥절한 대답을 했을 때 그들은 어느새 극장 복도로 나서고 있었다.

한꺼번에 쏟아져 나온 사람들이 출입문을 막고 있어 걸음을 멈추는 수밖에 없었다.

바로 그때였다. 뒤에서,

"아버지."

하는 소리가 들렸다. 준호와 성희가 꼭같이 놀라 뒤를 돌아보았다.

그것은 미원이었다. 어떤 남자와 같이 나오고 있었다.

준호는 난처했다. 눈치 없이 아버지라고 소리친 미원이 밉기까지 했다. 그러나 당황한 표정을 보일 수는 없었다.

"구경 왔었니?"

점잖게 그러나 무관심한 태도로 말했다. 그것은 미원도 무관심해 주기를 바라는 마음에서였을 것이다.

미원도 그때야 눈치를 챘는지 성희를 유심히 살펴본 뒤 아버지란 말은 빼고,

"영화 재미있죠?"

하고 물었다.

"응."

준호는 더 말을 시키지 말아 달라는 듯 무뚝뚝하게 대답했다.

극장 밖으로 나왔을 때 준호는 더 난처했으나 미원이,

"저 어디 잠깐 들렀다 가겠어요."

하고 뒤로 돌아보지 않고 걸어갈 때야 준호는 겨우 안도의 한숨을 내쉴 수가 있었다.

미원이 없어진 것만은 다행한 일이었으나 성희에게 미원의 이야기를 무어라고 해야 할지가 걱정이었다. 아내와 자식이 있다는 것을 모를 리 없는 성희겠지만 자기 비슷한 딸이 있다는 사실을 눈앞에 본 성희의 충격이 어떠한 것일까?

준호는 이 날의 운이 나쁘다고 생각했다. 하필 하루에 아내 이야기와 딸

이야기를 해서 성희에게 실망을 주어야 하는가?

준호가 미원에 대한 이야기를 한 마디라도 해야겠다고 생각하면서도 입을 열지 못하고 있을 때 성희가,

"대학에 다니나요?"

"응, ×여대에 다니구 있어."

"몇 학년인데요?"

"삼학년이야."

성희는 더 묻지를 않았다. 역시 유쾌하지가 않은 모양이었다. 조금 걷다가 합승 정류장 앞에 이르렀을 때,

"빨리 돌아가 보세요. 전 여기서 타구 가겠어요."

하고 냉랭하게 말했다. 준호는 성희의 마음을 풀어 주고 싶었으나 그럴 용기와 방법을 생각해내지 못했다.

"그래?"

할 수 없다는 대답을 했을 뿐이다. 다시 안 만나겠다고 해도 할 수 없기에 내일의 약속을 묻지도 못했다.

성희가 합승에 오를 때까지 준호는 입을 열지 못했다. 합승에 오르면서 성희가,

"내일 아침 아홉 시 'G선'으로 나오세요."

명령 같은 말을 남겼을 때도 준호는 고개만 끄덕였을 뿐 대답을 못했다.

성희를 보낸 뒤 준호는 미원보다 먼저 도착하려고 돌아가는 길을 서둘렀다. 미원이 자기 없는 새 아내와 성희 이야기라도 할까 두려웠기 때문이었다.

서둘러 돌아가면서 준호는 성희의 심경이 어떤 것일까 그것만을 생각했다.

내일 아침 만나자고 하기는 했지만 자기가 발설한 것인 만큼 단순한 의무감에서 만나자는 것이나 아닐지?

성희는 자기에게 환멸을 느꼈을 것만은 사실이다. 환멸을 느끼면서까지 자기를 만나고 싶어할 만큼 무슨 매력이 있다는 말인가?

이런 생각을 하니 불운했던 오늘이 원망스럽고 아내와 미원이 귀찮게 여겨졌다. 귀찮다고 해도 어쩔 수 없는 존재들이지만 자기 머릿속에서 지워 버리고 싶은 사람들이었다.

'내일 아침에 성희가 안 나온다면……'

꼭 안 나올 것만 같았다. 나온다고 해도 어떤 핑계를 하고 놀러 가는 것만은 취소할 것만 같았다. 그때의 자기 위치는 얼마나 비참한 것이 될 것인가?

아무리 결함이 있다 해도 상대방에게 경원당한다는 것은 가슴 아픈 일이 아닐 수 없다.

우울한 마음으로 집에 들어갔을 때 다행히도 미원은 아직 귀가를 안 하고 있었다. 저녁을 먹고 있을 때에야 돌아왔다.

미원은 특종기사를 발굴한 신문기자처럼 히죽거리며 안방으로 들어왔다. 가슴이 뜨끔해진 준호는 눈짓을 하여 미원의 입을 막았으나 그것만으로 만족할 수가 없어 밥도 제대로 먹지 않고 미원을 미원의 방으로 끌고 갔다.

"너 아까. 그 여자 이야기를 엄마한테 할 작정이니?"

"아버지두 날 어린애로 아시는가 봐."

"해두 괜찮긴 하지만 제잔데 우연히 만나 구경갔던 것뿐이니까……."

"아버지두 시시하셔. 그런 변명을 무엇 때문에 하시는 거예요? 그게 오히려 수상한데요."

"공연히 오해할까 봐 그러는 거지."

"그 여자 참 멋있던데요. 내가 남자래두 한 번 프로포즈하고 싶을 것 같던데요."

미원이 성희를 칭찬할 때 준호는 어깨가 으쓱해졌다. 어디를 갖다 놓아도 남에게 빠지지 않을 성희와 같이 영화 구경한 것을 미원이나마 보아 주었다는 것이 자랑스럽기조차 했다. 그러나 미원이,

"아버지가 좋아졌어. 그런 멋이 있으신 줄 몰랐더니 정말 근사하시던데요……."

하고 성희와의 관계를 단정지어 버릴 때 준호는 미원에게 비밀을 지켜야 한

다고 생각했다. 미원은 자기를 이해할지 모른다. 그리고 자기 편이 되어 줄지 모른다. 그러나 미원에게 위신이 없어진다. 미원을 훈계할 자격이 없어진다.

"계집애두…… 두구 봐라. 다시 만나기나 하는가? 아버지가 그런 사람 같으니?"

준호는 단호하게 말하지 않을 수 없었다.

"그러시지 말구 한 번 멋있게 해 보세요. 아버지라구 늘 바보라는 법이 있어요. 남들이 다 하는 건데……."

"못 하는 소리 없구나. 아버지가 그런 걸 할 수 있을 것 같으니? 입 닥치구 있어."

"내 동무 가운데두 처자가 다 있는 남자 하구 연애하는 애가 얼마나 많은데요."

"그럼 너두 그런 남자하고 연앨 하니?"

"난 안 그렇지만 연애만 하는 데야 어때요? 젊은 대학생들은 코비린내가 나거든요."

연애와 결혼을 분리시키고 자기에게 동조해 주는 미원이 세상에서 단 하나인 자기 편처럼 생각되었다. 그러나 언제든지 자기의 비밀을 폭로하고야 말 사람이 미원이라는 위험성을 느끼기도 했다. 아무래도 자기하고 보다는 아내하고 이야기 할 시간이 많이 가진 미원이다. 이해관계에 있어서도 아버지보다 어머니하고 더 밀접한 딸이다.

준호는 위협을 하든 애걸을 하든 어떤 형식으로라도 미원이 비밀을 지켜 주도록 부탁을 하고 싶었다. 그러나 아버지 된 체면상 그럴 수도 없어,

"너 아버지하구두 구경 좀 같이 다녀 줘라."

한 뒤 미원의 방을 나갔다. 안방으로 돌아오자 준호는 아내의 시선에서,

"무슨 이야기를 하셨수?"

하고 묻는 것을 느꼈다. 말로 묻는 것이 아니었기 때문에 말로 대답을 안 해도 좋았지만 준호는 보이지 않는 줄로 자기 몸이 묶여 있는 것 같음을 느꼈다. 미원에게는 성희를 속여야 하고 아내에게는 속인 것을 또 속여야 한다.

만약 아내가,

"당신 요즘 좀 달라진 것 같아요."

하고 건드리기만 한다면 준호는 묶인 몸을 쓰러뜨리고야 말 것 같았다. 그러나 다행하게도 아내는 아무 말도 물어 보지 않았다. 준호는 묶여 있는 육체의 부자유에서 해방이 되어야겠다는 듯이,

"언제 한 번 영화 구경이나 갑시다."

하고 아내에게 친절을 보여 주었다. 그러나 아내는,

"미원이하구 그것을 의논하셨수?"

라고 준호가 나갈 구멍을 틔워 주었다.

센스가 빠른 여자로 그런 것을 의논하러 준호가 미원을 뒤따라갔으리라고는 생각지 않으리라. 그런 준호는 아내의 말을 액면대로 듣지 않을 수 없었다. 아내가 그렇게까지 둔감해 주기를 바라는 마음에서였다.

"미원이두 우리 셋이서 구경을 한 번 가자구 그러더군……."

"고맙군요. 그때는 저녁두 한 번 밖에서 먹읍시다."

이런 말을 하는 아내가 무척 쌀쌀했다. 조금도 즐거워하는 기색이 아니었다.

"물론 그래야지. 그 날은 양식을 먹지."

준호는 명랑을 가장했지만 즐거워하지 않는 아내 앞에서 그 가장을 오래 계속할 수 없었다. 아내가 자기 속을 들여다보는 것 같기만 했던 것이다.

그 날 밤 준호는 아내 옆에서 자기가 얼마나 거북스러웠는지 모른다. 준호의 마음을 들여다보고 있으면서도 현숙하기 때문에 말이 없는 것으로만 생각되는 아내. 그러기에 준호는 거북함을 느꼈다. 자기 속에 있는 것을 끄집어내어 그것을 짓밟아 준다면 준호는 차라리 마음이 가볍게 될지 모른다. 싸우기도 하겠지. 그리고 아내를 미워도 하겠지. 그러나 속은 시원해질 것이다.

잠이 들 때까지 아내는 말을 안 했다.

준호는 몸을 움직일 수가 없을 만큼 좁고 숨이 답답할 만큼 밀폐된 어두운 방에 갇혀 있는 것 같음을 느꼈다. 답답했던 것이다. 그러면서도 그 답답한 방에서 뛰어나올 생각을 못했다. 가슴 속에서 성희를 지워 버리고 싶

지가 않았던 것이다. 쉬이 이토록 거북한 아내 곁을 떠나야겠다는 생각뿐이었다.

준호는 내일부터라도 건넌방으로 가서 혼자 잘 궁리를 했다. 그래서 아내와의 교섭을 최소한도로 제한하고 싶었던 것이다.

한편 내일의 플랜을 세워 보았다. 성희를 만나 어디로 놀러 갈 것인가? 남한산성. 우이동. 도봉. 이렇게 하이킹 코스를 생각해 보았으나 모두가 마음에 들지 않았다. 벌써 소풍 다니기를 시작했으니 이름 있는 곳에는 사람이 많을 것이 분명하다. 사람 많은 데는 가기가 싫었다.

‘안양.’

얼핏 안양이 머리에 떠올랐다. 수영할 때만 모여드는 그곳에는 이른 봄 손님이 없으리라. 마음속으로 안양을 결정한 뒤 잠들어 있는 아내의 얼굴을 옆으로 보았다. 평화스러운 얼굴이었다.

준호는 평화스럽게 잠든 아내 얼굴을 보고 안심을 했다. 그 평화스런 얼굴은 언제까지나 평화스러울 수 있을 것 같았기 때문이었다. 마음속에 성희가 깃들여 있다고 해도 아내와 이혼만 안 한다면 아내는 평화스러운 얼굴을 깨뜨리지 않아도 좋을 것이 아니겠는가? 준호는 어떤 일이 있어도 아내와 이혼할 생각은 아니다.

‘이혼만 안 한다면.’

준호는 한결 마음이 떳떳해짐을 느꼈다. 미원도 이혼만 안 한다면 자기를 이단시하지 않고 함부로 아내 편이 되지는 않을 것 같았다.

다음날 아침 조반을 일찍 먹고 성희와 약속한 ‘G선’을 나가려 할 때 미원이,

“일요일인데두 일찍 나가시는군요?”

하고 비꼬는 말을 했지만 준호는,

“응, 선생들하구 등산을 하기루 했어.”

천연스럽게 대답했다. 미원만은 자기를 의심하고 있을지 모르지만 그런 거짓말을 해도 아무렇지 않았다.

“어디루 가시는데 점심을 안 가져 가셔두 돼요?”

아내가 점심을 걱정했다. 기대하지 않았던 친절이었다. 지나친 친절이어서 그런지 속아 주는 것 같은 불쾌를 느꼈다.

"가서 사 먹기루 했어."

더 관여해 주지 말기를 바라는 마음이었다.

"어디루 가시는데?"

미원이 묻는데도,

"도봉산이래."

하고 준호는 씁쓸한 대답을 했다. 그리고는 더 긴말을 않고 집을 나오려고 할 때 미원이,

"재미 많이 보구 오세요."

하며 의미 있는 웃음을 웃었다. 뒷맛이 좋지 않았다. 폭발물을 남겨 두고 떠나는 것 같은 불안감도 없지 않았다. 그러나,

'될 대로 되라지.'

무서울 것이 없다는 생각으로 집을 나서려고 할 때 체신배달부가 편지 한 장을 던졌다.

그것은 뜻밖에도 영실에게서 온 편지였다. 준호는 겉봉에서 영실의 이름을 읽은 뒤 그 자리에서 편지를 바바리코트 주머니에 넣었다. 자기를 생각하고 있다는 편지일 것이 분명했다. 성희를 만나러 가는 지금 영실의 편지쯤 초조롭게 읽고 싶은 호기심 따위는 조금도 없었기 때문이었다.

그러나 버스에 오르자 준호는 하루 종일 그 편지를 읽을 새가 없으리라고 생각을 했다. 성희 앞에서는 더구나 읽을 수가 없기 때문이었다.

종일토록 주머니 속에서 만지작거리며 읽지 못할 생각을 하니 버스 안에서나마 읽어 버려야 시원할 것 같았다. 준호는 봉투를 찢고 한 손으로 손잡이를 잡은 채 그것을 읽기 시작했다.

"선생님! 저는 며칠 사이에 위대한 인생을 체험한 것 같습니다. 인생이 어떤 것인가를 처음으로 깨달은 것 같기도 합니다. 모두가 선생님 때문이라고 생각합니다. 저는 죽어도 선생님을 기억하고 있을 것 같습니다. 선

생님의 애정을 받아들이는 데 주저함이 없게 하겠습니다. 장님이 눈을 뜬 것처럼 온통 세상은 밝은 것 같기만 합니다. 벙어리가 입이 터진 것처럼 자꾸만 지껄이고 싶습니다. 선생님이 교단에 서서 저를 내려다보시는 시간만이 저에게는 즐겁고 보람 있는 시간입니다.

선생님,

제가 누구보다도 나이 먹은 것을 다행으로 생각합니다. 스무 살이면 부모의 지배를 받지 않고도 자기를 지켜 갈 수가 있으니까요…….

그리운 선생님,

저에게 용기를 주십시오. 용감하게 뜻있는 생활을 하고 싶습니다.

회답을 기다리고 있겠습니다.”

편지를 다 읽고 나자 준호는 빙그레 웃었다. 그렇게 싫은 것은 아니었지만 영실이 깜찍스럽게 생각되었던 것이다.

부모의 지배를 받지 않아도 좋을 만큼 어른이 되었다는 투의 말이라든가 ‘선생님의 애정을 받아들이는 데 주저함이 없게 하겠습니다.’라는 식의 말은 깜찍스럽다기보다 어처구니없는 말이 아닐 수 없었다. 더구나 준호가 영실을 사랑하는 것이 틀림없는 것처럼 애정을 받아들이는 데 주저함이 없게 하겠다는 말은 소녀의 순진성을 떠나 준호를 협박하는 뜻도 내포하고 있기 때문이다. 네가 먼저 사랑을 했으니 책임을 져야 한다는 뜻일지도 모른다. 설사 사랑에 대한 협박이라 해도 협박 그 자체만은 절대로 유쾌한 것일 수는 없다.

스무 살밖에 안 된 소녀로서 아버지 같은 자기에게 그런 말을 쓸 수가 있을 것인가?

그러나 영실에게 그런 편지를 쓰도록 했다는 것은 결국 자기의 부질없는 행동이었다. 협박을 할 것 같기도 했다. 그러면서도,

‘사랑의 협박까지 받다니…….’

준호는 한 번 더 빙그레 웃었다. 앞으로 어떻게 되리라는 생각보다도 자기가 화려해진 것 같은 현재에 미소를 짓는 것이었다.

그러나 성희와 만나기로 한 'G선'에 이르자 먼저 와서 기다리고 있는 성
희에게 인사를 하기가 바쁘게 준호는 화장실로 갔다. 영실의 편지를 처리하
기 위함이었다. 성희를 대하고 있는 자기 몸에 영실의 편지가 들어 있다는
것은 성희를 생각하는 마음에 티가 끼어 있는 것처럼 자기 자신이 불순하게
생각되었기 때문이었다.

동시에 두 여자를 사랑하는 남자. 그것은 절대로 있을 수가 없는 일이다.
그것은 애정이 아니라 희롱이다.

준호는 변소에 가서 편지를 찢어 버린 뒤 성희에게로 돌아갔다. 몸의 때
를 씻은 듯 상쾌한 감을 느꼈다. 상쾌한 마음이 생기자,

"어딜 갈까?"

성희만을 생각하는 자랑스러운 마음으로 입을 열었다.

"아무데나요. 전 선생님 하시자는 대루 하겠어요."

성희는 준호 앞에 자기 의사를 온통 내맡겼다는 듯이 고개를 숙였다. 처
음 보는 일이었다.

준호는 속으로 좋으면서도,

"내가 뭘 알아야지."

하고 역시 성희의 의사에 따르려 했다.

"저두 몰라요. 선생님 마음대로 하세요."

오늘만은 준호에게 추종하리라고 결심하고 온 성희 같았다.

그러나 그럴수록 준호는 뒷걸음이 쳐졌다. 성희를 만나기 전에 안양이 제
일 좋았으리라고 생각까지 했건만 앞장을 서고 싶지가 않았던 것이다.

"그런 델 통 알아야지 빨리 말해 봐, 아무런 데면 어떨라구……."

그때 성희는 사뭇 불만스럽다는 듯한 얼굴로,

"아이, 선생님두 시시하셔."

주도권을 행세 못 하는 준호를 경멸하듯이 말했다.

준호는 시시하다는 말이 좋았다. 망설이고 있는 자기를 한 대 갈겨 주는
것 같은 말이었다. 용기가 났다.

"안양으루 갈까? 여름철이 아니니까 조용할 거야."

준호는 큰마음을 먹고 자기의 의사를 말했다. 그러나 혹시 성희가 싫다고 하면 어떻게 할까 하는 겁을 먹으며 성희의 대답을 기다렸다.

"좋아요. 저두 사람 많은 덴 싫어요."

성희는 준호의 의사를 반대할 마음이 없다는 것을 강력하게 말해 주었다.

"그럼 슬슬 떠날까?"

"그러세요."

그들은 다방을 나와 시외버스가 떠나는 용산으로 갔다.

안양을 통과하는 버스는 얼마든지 있었다. 손쉽게 버스에 올라 출발 시간을 기다리는 동안 성희는 빵이며 계란 초콜릿 사과 등 먹을 것을 잔뜩 샀다.

"거기 가두 있을 텐데……"

자기가 사야 할 것들을 성희가 사는데 미안을 느낀 준호의 말이었다.

"거긴 아직 가게를 열지 않았을지두 몰라요."

성희는 멀리 안양까지 내다보고 있다는 듯이 대답했다.

준호는 그러한 성희에게 머리가 숙여졌다. 자기에게 돈이 없는 것을 알고 있기 때문에 먹을 것들을 사 들고도 그런 눈치를 보이지 않는 성희였기 때문이었다. 존경심이 드는 성희였다. 존경심이 들어서 그런지 범접하기가 힘든 것 같은 마음에서 말을 못하고 있을 때 성희도 무엇을 생각하고 있는지 침묵을 지키고 있었다. 버스가 한강을 지나고 영등포에 이를 때까지 둘은 아무 말이 없었다. 준호는 무거운 공기를 느꼈다. 출발이 우울하면 종일 우울할지도 모른다. 준호는 그 무거운 분위기를 깨뜨리려고,

"목걸이가 좋군."

처음으로 보는 성희 목걸이를 첫 화제의 재료로 꺼냈다. 이때까지 목걸이를 한 성희를 본 적이 없었기 때문에 모조품인 진주 목걸이가 능히 첫 화제가 될 수 있었다. 그러나 성희는,

"이천오백 환짜리예요."

마치 싸기 때문에 불만이라는 듯한 대답을 했다.

"그렇게 싼 건가? 그렇지만 여자 물건은 싼 것두 비싼 것처럼 보이는가 부지? 좋아 보이는데……"

"안 할래다가 하구 왔어요."

성희는 그 목걸이에 딴 불만이 있는 듯 말했다.

"요즘 다들 하는 거 아냐?……."

"새 엄마가 준 거예요. 말하자면 이천오백 환짜리루 내게 아부한 셈이죠. 아부란 걸 알구 받는다는 것처럼 불쾌한 건 없는 것 같아요."

이런 이야기를 할 때 버스가 안양 유원지 입구에 이르렀다.

버스에서 내려 유원지를 향해 걸어가기 시작할 때 준호는,

"어머니하구 싸웠어?"

하고 물었다. 만약 어머니로 말미암아 마음이 우울해지고 있다면 그 이야기를 시원하게 털어놓도록 해야만 성희가 명랑해질 수 있을 것 같았기 때문이었다. 그러나 성희는,

"싸울 이유가 있어야 싸우지요. 절대루 싸우고 싶지는 않아요."

이야기를 털어놀 기세가 아니었다.

"싸우지 않을 정도라면 미울 것도 없지 않아?"

"싸우기 싫을 만큼 미운 것이 진짜 미운 것이 아닐까요?"

"언젠가는 어머니를 미워하지 않는다고 하지 않았어?"

"미워할 건덕지는 하나두 없어요. 아버지와 새엄마를 미워해야 할 이유는 하나두 없으니까요. 그렇지만 이유 없는 미움이 더 무서운 것 같아요."

꼬집어 말하기는 싫어하나 새어머니와의 심적 갈등이 큰 것을 능히 짐작할 수 있었다. 준호는 차라리 남의 상처를 건드리지 않는 것이 좋을 것 같아 이야기를 중단하고 포도의 계절을 준비하고 있는 포도원의 농부들을 바라보았다.

봄이라는 생각이 들었다. 그래서,

"성희는 봄을 좋아하나?"

하고 물었다.

"저는 봄이 싫어요. 아마 전 남성적인 데가 있는가 부지요?

"봄은 죽음의 가을이 연상되기 때문인가요?"

"가을에는 봄이 온다는 생각을 할 수 있잖아요?"

"현실보다두 미래에 더 애착을 느끼는가 보군?"

"사실은 그렇지두 않아요. 그렇지만 어느 것이 나인지를 분간 못할 때가 있는 것으로 보아 아마 전 모순 덩어린가 봐요."

풀이 있는 데까지 이르렀다. 과연 놀러 온 사람은 많지 않았다. 그들은 마음 놓고 산 속으로 들어갔다.

개천을 따라 사방이 막힌 듯 오붓한 장소에 이르렀을 때 성희가 갑자기,

"술에라도 취해 봤으면……."

하고 독백 비슷하게 말했다.

준호는 성희의 의사를 존중하는 듯 그 말이 떨어지기도 전에,

"가서 한 병 사 올까?"

했다. 그것은 성희의 의사를 존중해서라기보다 술 취한 뒤 성희가 어떤 말을 할 것인가 하는 데 대한 기대가 컸기 때문이었다. 술을 마시고 싶다고 하는 것은 술을 마시지 않고서는 할 수 없는 말이 있다는 것이라고 해석되었던 것이다.

"그렇지만 이런 데서 어떻게 술을 마셔요? 너무 밝아서."

"보는 사람이 없는데 어때?"

"태양 밑에서는 아무래도 마음이 위축돼요. 다음에 한번 사 주세요. 실컷 마셔 보게."

"그러지."

싫다는 것을 권할 수까지는 없었다.

"여기 앉을까?"

하고 준호는 평평한 바위 위에 입고 온 바바리를 폈다. 바바리 위에 앉아 준호는,

"너무 괴로워할 것 없어. 인생은 때로 즐겁고 아름다운 면도 있으니까."

하고 입을 열었다. 그것은 성희를 위로하는 말이기도 했으나 자기의 존재를 인식시키려는 의식적인 발언이기도 했다. 성희는 잠시 생각에 잠겨 있다가,

"온실 안에서 자란 식물이 요새 처음 따뜻한 햇빛을 받는 것 같기두 해요."

하기 힘든 말을 꺼내는 듯 시선을 먼 데로 돌렸다.

"요새 연애를 하는가 보군?"

유도 심문으로라도 성희의 정확한 대답을 듣고 싶은 준호였다.

"그런가 봐요."

"누구하구지?"

준호는 그것이 바로 자기라고 지적해 주기를 기대했다. 그것만 알면 그 뒤는 아무 신경도 쓸 필요가 없다. 탄탄대로를 걷는 것이나 다름이 없다.

"글쎄요, 상대가 너무 많아서……."

성희는 대답을 흐리며 호 호 하고 소리를 내어 웃었다. 그래도 준호는,

"여러 사람하구 동시에 연애를 할 수 있나?"

확실한 대답을 재촉했다. 그것은 쑥스러운 일이 아닐 수 없다. 어린애가 아닌 이상 직접 표현법으로 대답할 성질의 것이 아니다. 대답을 안 해도 능히 알 수 있는 것이 아닌가? 그런데도 대답을 재촉하는 것은 성희의 책임 있는 언질을 들어야만 안심할 수 있는 소년적인 초조감 때문이었으리라.

"알아맞혀 보세요. 혹시 아시는 분일지도 모르니까요."

준호는 더 묻지 않아도 능히 알 수 있는 일이라 생각했다. 그래도 역시 만족할 수가 없었던지.

"내가 아는 사람이라? 내가 아는 사람은 나 하나밖에 없는데……."

하고 준호 독특의 웃음을 웃었다. 준호는 얼굴 전체로 웃었다. 코까지 웃는 말하자면 솔직함과 순수성이 보이는 웃음이다. 성희는 그 웃음에 웃지 않을 수 없다는 듯이 소리를 내어 웃으며,

"아녜요. 오해하지 마세요."

하고는 준호의 팔을 꼬집는 것이었다.

웃으면 그뿐인 일이었다. 준호는 웃으려 했다. 그러나,

"오해라?"

하고 도리어 웃음을 거두어 버렸다. 마치 농담할 때가 아니라는 듯,

그때 성희가,

"또 화나셨어요? 화나시면 난 도망갈 테야."

혼자서라도 달아날 것처럼 준호는 쏘아보았다. 준호는 겁먹은 얼굴로,

"화난 건 아냐. 성희가 대답을 흐려 버리니까 그러는 거지."

역시 시무룩한 태도였다.

그러나 성희는 그런 것을 되풀이할 필요조차 없다는 듯,

"빵이나 잡수세요."

하고 보자기를 풀기 시작했다. 보자기를 풀고 빵을 집어든 뒤,

"시장하지 않으세요?"

하며 빵을 줄 때 준호는 그것을 안 받을 수가 없었다. 그리고 구미가 당기지 않는 듯 받아 쥐기만 하고 있을 때 성희가,

"그러시면 정말 싫어요."

하고 몸을 돌려 앉았다. 정말 싸움이 일어날 것 같은 기세였다.

그럴 수는 없었다. 서로의 마음을 다 알고 있는 것이 아닌가? 준호는 성희의 몸을 돌려 앉히며,

"안 그럴게."

하고 고개를 숙여 절을 했다. 그때 성희가 준호의 머리를 잡아 올리며,

"어른이 꼬마한테 절을 하는 법이 어디 있어요."

하고 웃었다. 그 순간 준호는 자기 머리에 대고 있는 성희의 손을 잡고,

"요게 꼬마인가?"

하며 그 손에다 자기 뺨을 댔다.

"그럼 선생님보다 꼬마 아니구요?"

하면서도 성희는 손을 잡아 빼지 않았다. 준호는 뺨을 댄 채,

"아무래두 좋아. 나는 성희보다두 어린 소년이니까…… 정말 난 소년이야."

하고 혼자 중얼거렸다. 정말 소년처럼 만족스러운 순간이었다. 소년처럼 만족하기만 했기 때문에 다른 생각을 더 못했다. 하기야 비 오는 날 밤 거절당했던 키스를 다시 한 번 요구해 보구 싶었다. 그러나 또다시 거절당하면 어떻게 할 것인가? 차라리 지금의 행복감 속에서 만족하는 것이 좋을지 몰랐다.

“선생님은 정말 소년 같으세요.”

성희가 자기 손으로 준호의 빰을 쓸어 줄 때도 준호는 끝내 키스를 요구하지 못했다.

지주(支柱) 같은 것

아무도 없는 산골짜기다. 그렇게 조용한 곳에서 빰을 쓸어 주는데도 준호는 감각을 잃은 사람처럼 몸을 움직이지 않을 때 성희는 이상한 생각이 들었다. 비가 내리는 어두운 거리였으나 사람이 지나갈 위험성이 있는 곳에서도 키스를 요구하던 준호다.

물론 분위기는 다르다. 하지만 한 번 거절당한 일이면 다시 한 번 요구해 봄직도 한 일이 아닌가. 그런데 준호는 어째서 몸도 움직이지를 않을까.

만약 준호가 찬란한 태양 밑에서 키스를 요구했다면 다시 거절했을지도 모르는 성희다. 그러면서도 전보다 의젓한 준호에게 회의를 품는 성희였다.

혹시 또 거절을 할까 하여 자기에게 겁을 먹고 있는 것이나 아닐까?

성희는 준호를 한 번 시험해 보고 싶었다. 어떤 방법으로 시험해 볼까 하고 궁리를 하고 있을 때 어떻게 앉은 것인지 갑자기 발이 저려 왔다.

성희는 다리를 뻗치며,

“다리가 저려요.”

했다. 저리다고 하면 만져 주리라 생각했던 것이다. 그러나 준호는 마른 풀잎을 뜯어 침칠을 하여,

“이걸 붙여 봐.”

하고는 성희의 코에다 붙여 주었다. 성희는 신경질적으로 풀잎을 떼어 버린 뒤,

“아이 시시해요.”

하고는 눈을 흘겼다. 그리고 자기 손으로 다리를 문지르기 시작했다. 그때야 눈치를 챘는지 준호는,

"내가 문질러 줄까?"

했다. 성희는 다리를 준호에게로 뻗쳤다. 그러나 준호는 겨우 발가락만을 주물러 줄 뿐 장다리는 만져 줄 생각도 안 하는 것이었다.

"됐어요. 이제 다 났어요."

하고 성희는 금시 다리를 오므렸다.

참으로 이상한 일이었다. 몸에 손을 댈 수 있는 기회를 주었는데도 준호는 어찌해서 주저하고 있을까?

성희는 불만스러웠다. 그러나 그 불만을 얼굴에 나타낼 수는 없었다. 사실은 불만스러우면서도 냉정성을 잃지 않고 있는 준호가 좋았던 것이다. 성희는 빵과 과일을 먹으면서 일부러라도 명랑성을 보이려 했다. 사과를 깎아서는 준호의 손에 쥐어 주며,

"제가 깎은 거니까 더 맛이 있을 거예요."

하며 티 없는 웃음까지 웃기도 했다.

"먹지 말고 주머니 속에 넣어 가지구 다닐까?"

"썩으면 어떻게 해요? 다음에 또 깎아 드릴게 어서 잡수세요."

성희는 사과를 쥐고 있는 준호의 손을 잡아 준호 입에 갖다 대 주기까지 했다.

준호는 사과를 먹으면서,

"성희!"

하고 불렀다. 정열에 불타는 듯한 목소리였다.

"네?"

성희는 아무 요구라도 다 들어 주고 싶은 심정이었다.

"언젠가 자주 만나자고 했지?"

"네."

"이젠 그 말을 내가 해야겠어."

"언론에 자유가 있으니까 마음대루 하세요."

성희는 좀더 강렬한 말이 듣고 싶었던 것이었다.

"그렇지만 끝까지 한 마디만은 할 수가 없을 것 같은데……."

성희는 다시 불만을 느꼈다. 어쩌면 그렇게도 용감하지가 못할까?

"못 할 말이라면 안 하시는 게 좋겠지요."

"그렇겠지……."

준호는 의기가 죽은 목소리였다.

성희는 준호의 마음을 알고 있었다. 할 수 없는 말이 무엇인지도 알고 있었다.

만약 성희가 먼저 준호를 사랑한다는 말을 하다면 준호는 자기를 껴안고 눈물을 흘릴지도 모른다. 그러나 차마 그럴 수가 없었다. 자기는 여자고 또 나이가 아래인 제자이니까.

성희는 화제를 돌리는 수밖에 없었다.

"시냇물에 발 씻으시지 않으시겠어요."

그때 준호는 성희를 물끄러미 바라보며,

"그건 씻어 뭣 해?"

아무것도 귀찮다는 어조였다.

"매일 발두 씻지 않구 주무시겠군요."

"일주일에 한 번만 씻어두 씻는 셈이지."

"목욕은요?"

"한 달에 한 번쯤 할까? 목욕탕에까지 가기가 귀찮아 못해. 그렇지만 세수는 매일 잊지 않지."

"굉장한 근면파군요. 그럼 거울을 보시는 횟수는요."

"거울을 꺼리는 사나이야. 못 생긴 얼굴을 봐서 뭣 해?"

"아주 게으름뱅이 대장이군요."

성희는 소리를 내어 웃었다. 준호의 비밀을 안 것 같아 유쾌했던 것이다.

"그래두 남한테 게으르단 말은 안 듣구 살아왔는데……."

"그렇지만 앞으루 저를 만날 때는 바지를 대려 입으실 것, 면도는 매일 하실 것, 아시겠어요?"

"그렇게 안 하면 못 만나 주겠어?"

"그런 게으름뱅이를 누가 만나 드려요."

“큰일났는데.”

“남자두 모양은 좀 내야 해요. 모양이란 몸을 단정히 하는 것이니까. 다음엔 로션하구 헤어토닉을 사 드릴게 매일 바르구 나오세요. 네?”

“좀 힘든 명령인데.”

준호는 머리를 벅벅 긁었다. 하라는 대로 하기는 해야겠는데 실행이 곤란하다는 그 표정이 준호 말마따나 부끄러워하는 소년 같았다. 순진한 탓이리라. 성희는 그러한 준호가 믿음성스러워 좋았다.

그러나 골짜기에 내려올 때 성희는,

“선생님은 정열이 요만큼 모자란 것 같아요.”

대개 눈꼽만하다고들 형용할 때처럼 둘째손가락 끝을 바늘만큼 내밀어 보였다.

“그렇게 뵈? 그렇지는 않을걸. 성희보다는 절대 못하지 않을 거야.”

준호는 자신이 있다는 듯이 대답했다.

“그럴까요?”

확실치 않다는 듯 성희는 고개를 갸우뚱하며, 준호의 팔을 꼈다. 그러나 준호는 전처럼 팔에 힘을 주지 않았다. 성희의 손을 잡으려 하지도 않았다.

그러면서도,

“성희. 행복할 때는 죽고 싶다지? 그건 어떤 행복일까?”

준호는 자신이 현재 행복하기 때문에 죽고 싶다는 뜻의 말을 했다.

“바보나 그러겠지요.”

성희는 자기도 죽고 싶다는 말을 하고 싶었다. 그러나 낯이 간지러워 그런 말을 할 수가 없었다.

“그럼 내가 바본가?”

“선생님은 바보가 아니실 거예요.”

성희는 그 이야기도 그 정도로 그쳐야만 할 것 같았다. 역시 구체적인 이야기는 삼가야만 할 것 같았던 것이다.

준호가 싫은 것은 아니었다. 용감하지 못한 데 불만은 있지만 그 불만이 도리어 준호에 대한 매력을 만들어 주는지도 모른다. 소년처럼 순진한 준호. 그러면서도 구체적인 이야기만은 삼가야 할 사람 같기만 했다.

"아냐. 아무래도 바보만 같아."

준호는 행복감 속에 젖어 있는 것처럼 땅바닥만 들여다보며 말했다. 그래도 성희는,

"제 성격은 어떤 것 같아요?"

하고 화제를 돌리려 했다.

"뜨거운 것 같으면서도 돌처럼 차다고나 할까? 어쨌든 알 듯하면서도 알 수 없는 것이 성흰 것 같아."

그것은 성희에 대한 준호의 불만이었으리라. 성희는 그런 말을 하는 준호가 자기 마음속을 꿰뚫어 보고 있는 것 같아 가슴이 약간 떨렸다.

성희는 준호를 극장에서 만났을 때 반가워했다. 자기처럼 혼자서 구경 왔다는 점에서 더 반가워했을지 몰랐다. 그리고 준호가 스승이란 점에서 구차스런 거리감을 떨쳐 버릴 수가 있었다. 개인적인 접촉이 없는 준호였지만 어떤 이야기를 해도 통할 수 있는 스승처럼 생각했던 것이다.

만약 자기가 남자에게 기대고 싶은 심정을 가지고 준호를 하나의 대용물로 삼는다 해도 준호는 자기를 이해해 줄 것처럼 생각했다.

그래서 준호의 팔을 서슴지 않고 낀 것은 준호에게서 어딘가 있을 자기의 애인을 가상하면서 한 행동이었다. 아직 자기 옆에까지 이르지 않았으나 언제라도 자기 옆에 와 있어 줄 사람의 체온을 준호에게서 느꼈던 것이다. 그러나 준호의 팔을 끼고 준호 아닌 딴 사람의 체온을 느끼는 동안 준호의 체온이 성희 가슴 속으로 스며들었다. 무감각한 준호가 느끼지 못하는 자기만의 느낌인 줄 알았다. 그러나 준호가 자기를 싫어하지 않는 것을 알았을 때도 성희는 준호가 싫지 않았다. 더욱이 자기는 손을 꼭 쥐어 주다가도 자기 집 근처에 와서는 따라오지를 못하고 방황하는 듯한 눈초리로 자기를 보내 줄 때 성희는 준호가 믿음직스러웠다. 자기를 해치지 않을 사람이란 생각이 들었기 때문이다.

미더운 사람이니 다시 만나고 싶을 수밖에 없었다. 다시 만났으니 전과 같은 행동을 거듭 안 할 수밖에 없었다.

　그러나 준호의 마음이 자기에게로 기울어지는 것을 알았을 때 성희는 주춤했다. 처자가 있을 뿐 아니라 이십 년이나 위인 남자다. 결혼할 수 없는 남자라는 생각이 들었기 때문이었다. 그래서 만나고 싶으면서도 만나지 않으려고 생각했다. 그러면서도 또 만난 것은 준호가 외로운 사람이라는 것을 몸으로 느껴 알았기 때문이었다. 가정에 대한 이야기를 통하지 않았다. 이야기를 안 한다고 해서 반드시 가정적으로 불행하다는 것을 말하는 것은 아닐 것이다. 그러나 가정적으로도 그리 행복하지 못한 사람이라는 것만은 틀림없다고 생각했다. 가정뿐 아니라 학교에서 일어난 사건으로 보아 학교생활에서도 고독을 느끼고 있는 것 같았다. 학교 선생이란 누구나 천편일률적인 생활을 한다. 그러면서도 고독이라는 것을 느끼지 못하고들 산다. 그러나 준호만은 느낄 것을 느끼며 살고 있는 것 같았다.

　연령이 문제될까? 사제지간도 문제 아니었다.

　결혼만을 전제로 하고 연애를 한다면 그것은 도리어 순수하지가 못할지 모른다.

　정신적으로 의지할 수가 있고 마음으로 서로 통할 수가 있다면 사랑을 해도 무방하리라.

　사실은 성희도 한 번 연애를 해 본 일이 있다. 젊은 사람이었다.

　몇 달 동안 연애를 하는 사이에 그 남자는 성희를 마치 자기 물건처럼 다루었다.

　사이가 깊어 갈수록 함부로 다루는 것이었다. 남자에게는 그런 특권이 있는 것처럼 그러는 것을 도리어 자랑삼고 있었다.

　아무런 인생 체험도 없이 굴레 벗은 송아지처럼 가려는 것이 싫었다.

　그런 남자에 비하여 준호는 얼마나 듬직한 사람인가? 설사 자기에게 잘못이 있다고 해도 따뜻하게 포섭해 줄 만한 아량이 있는 것 같았다. 인생을 대하는데 그만큼 여유가 있는 사람 같았다.

　그러나 준호가 퇴근만 하면 부인이 있는 가정으로 돌아간다는 말을 들었을 때 그리고 자기 비슷한 나이의 딸이 있다는 것을 목격했을 때 성희는 준호를 만나지 말아야 한다고 생각했다. 지혜스러운 마음이었을지도 모른다.

그러나 지혜가 능력을 상실하는 경우가 있다. 감정적으로 절박감을 느낄 때다. 준호마저 잃으면 자기는 영원한 고독자가 될 것 같은 절박감이었다.

성희는 고독이 싫었다. 아버지와 새어머니를 반목하며 살고 있는 성희다. 동시에 모든 인간을 반목하며 살고 있는 것처럼 생각하는 성희다.

그런데 다시 또 준호를 반목해야 한다는 것은 고독한 일이 아닐 수 없었다. 준호는 자기에게 아무것도 요구하지 않은 것이라고 생각했다. 처자가 있는 교육자다. 무엇을 감히 요구할 것인가?

요구하는 아무것도 없는 선량하기만 한 사람이다. 그 사람에게마저 반목한다면 자기는 무엇이 될 것인가?

그래서 준호를 다시 만났다.

그러나 준호가 키스를 요구할 때 성희는 준호에게도 요구하는 것이 있다는 것을 알고 놀랐다. 실망 같은 것을 느끼기도 했다.

그러나 다시 생각해 볼 때 그것으로 준호를 미워할 것은 없을 것 같았다. 만약 그런 요구마저 하지 않는다면 그것은 육체를 무시한 인간의 행동이라고밖에 말할 수 없는 것이다. 육체적 행동을 안 한다 해도 육체를 느끼기는 해야 할 것 같았다.

육체를 느낄 수 있는 정도의 인간성. 그것이 도리어 매력적이 아닐까 하고 생각했다.

그래서 오늘 반발적으로나마 준호에게서 어떤 육체를 느끼려 했으나 준호는 그러한 것을 느끼게 하지 않았다.

그것도 좋았다. 육체를 느끼면서 그것을 억누르고 있는 준호다. 무리하는 것이 아니라 억제한다는 것은 얼마나 아름다운 미덕인가?

어쨌든 성희는 준호를 싫어하지 않는다. 그런 준호와 처음 만난 때로부터 현재까지 여러 번 망설였던 것만은 틀림이 없다. 그렇기 때문에 준호가 알 듯 하면서도 알 수 없는 것이 성희라는 말을 하게 된 것이다.

성희는 속으로 미안함을 느꼈다. 준호의 마음을 흔들어 놓은 것은 틀림없는 자기다. 그런데도 준호에게 확신을 갖기 못하게 한 것은 자기의 부동(浮動)된 마음 때문이 아닐 것인가?

성희는 준호에게 어떤 확신을 주어야 하겠다고 생각했다. 그것은 자기 자신을 안정시키려는 노력이었을지도 모른다. 사랑을 하면서도 사랑하지 않는 것 같은 태도는 결국 자기 자신을 불안한 상태 속에 빠뜨리는 결과가 된다.

"선생님."

우선 준호를 부른 다음,

"선생님은 정말 소년이세요. 조그만 여자의 마음 하나도 들여다보시질 못하세요?"

마치 가슴 속을 똑똑히 들여다보라는 듯이 가슴을 활짝 펴고 애교 있는 웃음을 지었다.

"가슴 속을 들여다보는 안경이 발명되었으면 얼마나 좋을까?"

준호가 역시 자신이 없다는 듯 빙그레 웃을 때 성희는 준호의 손을 꼭 쥐면서,

"제가 지금 선생님 옆에 있지 않아? 그거문 전분데 뭘 몰라 하세요?"

했다. 그때에야 준호는 만족한 듯이

"그렇지. 성희가 내 옆에 있다는 게 전부야."

하고 웃었다. 그때 앞으로 걸어오는 사람이 있기 때문에 쥐었던 손을 놓고 준호의 어깨를 한 번 툭 치고,

"이제 만족하세요?"

하고 성희는 토끼처럼 뒷발질을 하며 몇 걸음 뛰어갔다. 준호는 빠른 걸음으로 성희 뒤를 따랐다.

"옆에 있는 시간이 헤어져 있는 시간보다 많았으면……."

"헤어져 있을 때도 마음은 선생님 옆에 있을 거예요."

"정말."

"정말."

성희는 새끼손가락을 내밀어 준호와 고리를 거는 것으로써 마음의 맹세를 했다.

유원지 입구까지 와서 버스를 탄 준호와 성희는 서울역에서 버스를 내려 구내식당으로 갔다.

천장이 희고 높은데다가 식탁이 드문드문 놓여 여유가 있어 보이는 식당이었다. 더구나 식탁마다 각기 다른 꽃들이 놓여 있는 것이 좋았다.

누구의 발설로 들어왔는지는 모르나 어쨌든 두 사람의 마음은 다 같이 상쾌하기만 했다.

“다음부터는 여기 와서 저녁을 먹기루 해요.”

성희가 말하자 준호도,

“떠나는 기차를 연상하는 것두 그럴 듯한 낭만이구.”

하고 대꾸를 했다. 그때 성희는,

“참, 언제 여행 한 번 안 하실래요? 먼 곳으루.”

하고 말했다. 정거장 구내식당에 앉아 있다는 의식에서인지 그렇지 않으면 준호가 낭만적이란 말을 했기 때문인지 어쨌든 성희는 준호와 같이 기차를 타고 싶은 생각이 들었다.

“거 좋지.”

준호도 찬성했다. 성희가 여행을 하자고 발설한 것은 오직 순간적인 낭만한 감정에서였다. 극히 순수한 생각이었다.

그러나 여행을 찬성하는 준호의 말을 듣자 성희는 자기 발설을 후회했다. 만약 준호가 자기 말을 불순하게 듣고 또 불순한 마음으로 숭낙을 한 것이나 아닐까 하는 생각이 들었던 것이다.

그러나 자기 발언을 취소하지 않았다. 이제 그것을 취소하자면 자기는 정말 불순한 생각을 가졌었다는 것이 증명된다. 그렇다고 해서 자기가 불순하지 않다는 것을 변명하고 싶지도 않았다. 성희는 변명을 싫어하는 자기 고집을 가지고 있다. 변명처럼 치사스런 것은 없다고 생각하기 때문이다.

“내일 몇 시에 나오시겠어요?”

성희는 화제를 돌려 버렸다. 구차스런 이야기를 중단하려는 의도에서였다.

“역시 다섯 시가 지나야지.”

“점심때는 나오실 수 없나요?”

“학교 식당에서 먹는 걸 밖에 나와 먹으면 되겠지…….”

“그럼 점심때두 나오세요? 하루에 두 번 만나면 못 쓰나요, 뭐.”

“밤낮으루 성희 옆에 있구 싶은데 잘 됐군.”

식사를 끝내자 그들은 내일 점심때 S여고 근처에 있는 대중식당 앞에서 만나기로 약속을 한 뒤 제각기 집으로 돌아왔다.

성희는 휘파람을 불고 싶은 기분으로 집안에 들어섰다. 내일도 준호를 만난다는 즐거운 생각을 하며 뜰 안에 들어섰을 때였다. 술 취한 듯한 남자가 새어머니에게 떠밀리며 대문 있는 데로 나오고 있었다.

“너 혼자만 잘 살어라, 살어!”

남자는 흥분한 어조로 떠들고 있었다.

“왜 이렇게 떠드실까?”

새어머니는 귀찮다는 듯이 남자를 떠밀고 있었다.

“떠들지 않고 어떡해? 난 내일부터 굶어 죽는 사람야.”

“너무 그러지 마세요. 오빠가 굶는 게 제 책임인가요?”

“책임? 책임이 없으니까 못 봐 주겠단 말이지?”

“그런 건 아니래두 제 입장을 생각해 줘야지 않아요?”

성희는 발을 멈추고 현관 앞에서 귀를 기울이고 있었다. 이야기가 돈에 관한 것이기 때문에 흥미가 없었던 것이다.

“그러니까 혼자만 잘 살란 말이다. 몇백 년 사나 보자.”

“왜 이러실까? 내가 내쫓기는 걸 봐야 씨원하겠어요?”

“응, 넌 쫓겨날까 봐 매부를 만나 보지도 못하게 하는구나…… 알았어, 알았어.”

남자는 떠밀리며 대문 밖으로 나갔다. 남자가 나가자 새어머니는 인사도 없이 대문을 잠그고 현관으로 달려왔다.

성희 앞에 이른 새어머니는,

“미안해.”

하면서 성희를 끌고 방 안으로 들어갔다. 방 안에 들어서자 새어머니인 명숙(明淑)이,

“저녁 먹었어?”

하고 상냥하게 물었다. 조금도 흥분하지 않은 어조였다.

“먹었어요. 서울역 구내식당에서.”

홍분해 있으면서도 홍분한 기색을 조금도 보이지 않은 명숙이 얄미웠다. 그러나 성희도 자기 감정을 누르는 데는 명숙만 못지않았다.

“그럼 기찰 타구 어디 갔다 왔어?”

“아아니. 지나가다가 그냥 들어가 봤어요. 참 멋있던데요.”

“음식두 좋아?”

“좀 비싸긴 하지만 괜찮아요?”

이렇게 대답을 하면서도 성희는 방금 돌아간 남자의 이야기를 서둘러 꺼내지 않는 명숙이가 얄밉다고 생각했다. 대문 안을 들어설 때 서로 눈이 마주쳤었다. 자기들의 이야기를 못 들었으리라고는 생각지 않을 것이다. 그런데도 이야기를 서둘러 꺼내지 않는 것이 대단한 일이 아니라는 것을 가장하기 위함이리라.

성희는 자기도 관심이 없다는 듯,

“피곤해서 자야겠어요.”

하며 2층 자기 방으로 올라가려 했다. 그때서야 명숙은,

“언젠가 말한 적이 있지? 술주정뱅이 사촌오빠 말이야. 바루 그 오빠가 술이 취해 가지구 와서 돈을 빌려 달라지 않어. 사람을 어떻게 보구 그러는지 모르겠어…….”

하고는 계속해서,

“내가 돈이 없다니까 아버지를 만나 보구 간다지 않어. 그래서 내쫓은 거야. 한국 사람들은 그게 나빠. 뭣 때문에 터무니없게 남을 의지하려는 거야.”

하며 자기 소신까지 말했다.

“없으니까 의지하려는 게지 일부러 의지하려는 사람이 어디 있겠어요.”

성희는 모두가 다 대단치 않은 일이라는 듯 잘 자라는 인사를 한 뒤 자기 방으로 올라갔다.

세수를 한 뒤 가벼운 화장을 하려고 거울 앞에 앉았을 때였다. 성희는 문득,

"새 엄마와 재산."

하고 새삼스럽게 재산에 대한 것을 생각했다. 삼십밖에 안 되는 명숙이가 늙은 자기 아버지에게로 시집올 때 성희는 명숙이가 돈에 탐을 낸 결과라고 생각했었다. 그러나 아버지가 살아 있고 출가한 언니가 살아 있는 한 재산 문제는 간단하지 않으리라 생각하고 그 방면에 대한 신경을 쓰지 않고 있었다.

그런데 뜻밖에도 명숙의 친척이 돈 때문에 찾아왔다. 그것은 명숙 자신뿐 아니라 명숙 친척까지도 성희네 재산에 관심을 가지고 있다는 사실을 증명하는 것이 아닐까?

만약 아버지가 죽기만 한다면 명숙은 재산에 대한 요구를 노골화시킬 것이다. 그것은 틀림없는 일이다. 지금은 그런 눈치를 전혀 보이지 않으나 때가 이르면 반드시 머리를 들고 나설 일이다.

어쩔 수 없는 일일지 모른다. 아버지가 죽은 뒤 재산을 요구하는 것은 명숙의 떳떳한 권리일 수도 있다.

그러나 그러한 권리를 행사하기 위해 청춘을 희생시키면서도 부덕(婦德)을 가장하고 있다는 생각을 할 때 성희는 명숙이가 불만스럽지 않을 수 없었다. 더구나 그러한 명숙을 세상에 더 없는 듯이 사랑하는 아버지가 미웁하기 짝이 없게 생각되었다.

성희는 생각하기가 싫었다. 귀찮은 일은 자기와 관계가 없어야 된다고 생각했다.

'방준호 선생.'

성희는 준호의 믿음직한 얼굴을 거울 가운데 그렸다. 순진하게 웃는 준호의 웃음을 바라보며 성희는 옷을 벗기 시작했다.

성희는 거울 앞에 서서 슈미즈와 브래지어를 벗었다. 알몸뚱이가 드러났다. 목욕실에서 가끔 자기 육체를 거울에 비쳐 본 일은 있으나 의식적으로 자기 육체를 거울로 본 일은 별반 없는 성희였다. 지금 성희의 행동은 의식적이었다. 병신이 아니라는 것은 알고 있지만 자기 육체의 선(線)이 어떻게 되어 있는가를 살피기 위함이었다. 다시 말하면 자기가 자기 육체에 대하여 어느 정도의 자신을 가져야 하는가를 확인하고 싶었던 것이다.

누군가의 애무를 받을 육체. 자기 것이면서도 자기 것만이 아닌 육체.

성희의 몸은 그리 굵지가 않다. 빼빼에 가까울지 모른다. 그러나 희고 부드럽고 윤택 있는 피부는 발랄한 젊음으로 한 완전한 여성의 그것으로 탄력과 균형으로 조화되어 있었다.

성희는 공중목욕탕에서 유방이 전혀 없는 젊은 여자들을 본 기억이 있다.

몸은 풍성스러우면서도 유방이 없는 여자. 수염이 없는 남자처럼 부족감을 느끼게 하는 육체.

그러나 여성으로서 갖출 것을 다 구비하고 있는 자기.

팔을 번쩍 들어 겨드랑 밑까지 보았다. 역시 있을 것은 거기에도 있었다.

성희는 곡선을 이룬 부분들을 손가락으로 꼭 꼭 눌러 보기도 했다. 탄력을 느꼈다.

풍요하다고는 말할 수 없으나 균형진 아름다운 육체라고 자부하지 않을 수 없었다.

성희는 혼자서 미소를 지으며,

"살찐 둔보들."

하고 혼자 중얼거렸다. 길에서 보는 드럼통처럼 비대한 여자들. 그런 기름덩어리를 남자들이 과연 좋아할 것인지가 의심스러웠다.

성희는 앞으로도 뚱뚱해지지 않으리라 생각했다. 둔하게 살찐 것보다 가볍게 날씬한 것이 얼마나 좋은가?

성희는 한참 동안이나 자기 육체를 음미하다가 잠옷을 입고 자리에 들어갔다. 자리 속에 들어가자 성희는 준호를 생각했다. 몹시 그리운 마음이었다. 준호의 영상을 눈앞에 그리고 싶어 눈을 감았다. 준호가 하던 말을 되살려 보기 위하여 귀를 기울이기도 했다.

내일이 빨리 왔으면 좋을 것 같았다. 혼자서 생각하는 것보다 직접 눈으로 보고 손으로 만져 보는 것이 진짜 즐거울 것 같았다. 혼자 생각하는 것은 아무래도 진짜가 아닌 것만 같았다.

내일을 기다리는 마음이 초조해서 그런지 잠이 오지 않았다. 보통 때도 열두 시 전에 잠들어 본 일이 없는 성희지만 빨리 자야겠다는 생각을 하니 더 잠이 오지 않았다. 빨리 잠들어 초조심을 없애고 싶었으나 정신은 더욱 또렷해지며 준호 생각만 간절해졌다.

끌면 끄는 대로 끌려 올 준호. 놔 두면 놔 둔 채 늘어날 줄 모르는 고무줄 같은 준호. 새빨갛게 탈 수 있는 정열을 가지고도 누가 태워 주기만을 기다리는 준호.

성희는 그러한 준호를 선량하기 때문이라고 생각했다. 지각없이 용감하기만 한 젊은 사람보다 얼마나 안전하고 믿음직스러운가?

밤 두 시가 지나서야 잠이 들었다. 늦게 자는 버릇이 있기 때문인지 성희는 아침 늦게야 일어났다. 열 시가 지나서야 일어났다. 일어나자 시계를 본 성희는 기겁을 하여 세수를 했다. 준호와 약속한 시간이 아직 두어 시간 남았는데도 약속 시간에 늦을 것만 같은 겁이 들었던 것이다. 세수를 하고는 조반도 먹는 둥 마는 둥 했다. 식사량도 큰 것은 아니지만 조금 뒤 준호와 함께 점심 먹을 것을 생각하니 밥이 더 먹히지 않았다. 조반을 먹자 성희는 화장을 하기 시작했다. 전에는 해 본 적이 없는 루즈까지 칠했다. 시간이 걸려도 화장만은 전보다 단정히 하고 싶었던 것이다.

화장을 끝내자 성희는 곧 집을 나왔다. 어제 안양에서 약속한 준호의 화장품을 사기 위함이었다. 준호에게 하는 첫 프레젠트다. 백화점으로 가는 성희의 발걸음은 몹시 가벼웠다.

프레젠트를 주는 기쁨이 받는 기쁨보다 못지않은 것은 그만큼 준호를 사랑하기 때문이리라. 백화점에서 면도 뒤에 바르는 스킨로션과 포마드를 살 때 성희는 최고급품으로만 골랐다.

"가짜 아니지요?"

그것을 사면서도 몇 번이나 가짜가 아닌가고 다짐했다. 준호에게 주는 물건이 가짜여서는 안 될 것 같았던 것이다.

화장품을 사서 핸드백에 넣은 뒤 시계를 보니 천천히 가도 약속 시간에 늦지가 않을 것 같았다. 성희는 천천히 걷기 시작했다. 다방과 달라 식당인 만큼 시간보다 일찍 가서 기다릴 수는 없었다. 시간에 꼭 대어가려고 일부러 천천히 걷는데도 한참 가다가 시계를 보면 시계바늘이 그대로 있곤 했다. 성희는 걸음을 늦추었다. 그래도 시간이 남아 서점에 들려 잡지 목차를 뒤적이며 시간을 보냈다.

그렇게 해서 일 분도 틀리지 않는 시간에 약속한 식당으로 들어갔다.

준호가 와 있었다. 준호는 성희를 식당에서 기다리게 할 수 없었던 것이다.

성희는 미리 와 준 준호에게 감사한 생각을 하며 그 옆으로 가 앉았다. 그런데 첫눈에 준호의 얼굴이 달라진 것을 알았다. 성희는 준호가 이발을 했는가 하고 유심히 보았으나 이발한 것 같지가 않았다.

"달라진 것 같은데요?"

했더니 준호가,

"기름칠을 했지."

하고 자랑삼아 대답했다. 준호는 오늘 아침 전에 없이 얼굴 화장을 했다. 체경 앞에 앉아 아내의 화장품을 빌려 로션도 발랐고 머릿기름도 발랐다.

몸을 단정히 하지 않으면 만나 주지 않겠다던 성희의 말을 생각해서였다. 안 만나 주겠다는 말이 무서워서는 아니었다. 그러기를 바라는 성희의 요구를 들어 주고 싶은 마음에서였다. 그래서 성희가 자기를 더 좋게 생각해 주기를 바라는 마음에서였다.

"그런 걸 가지구 계셨어요?"

"아내 걸 빌려 썼지."

그 말을 듣자 성희는 갑자기 얼굴이 달아오르며 공연한 물건들을 가지고 왔다는 생각을 했다.

자기가 사 주지 않아도 부인 것을 쓸 수 있는 사람에게 화장품 가운데서도 최고급품을 사노라고 애쓴 자기가 자신에게 부끄럽게 생각되었던 것이다. 그러나 성희는 금시 얼굴색을 고치고,

"기분이 어떠세요?"

하고 자기 감정을 숨겨 버렸다. 느낀 것을 그대로 보인다는 것은 야비스러운 것 같았기 때문이었다.

"성희의 제일호 명령에 순종했으니까 기분이 최상이지. 어때? 칭찬 안 해
줘?"

"다음에 업어 드릴게 늘 하세요."

끝까지 성희는 자기의 감정을 속일 수 있었다. 그러나 점심을 먹고 헤어
질 때까지 성희는 자기가 사 온 화장품들을 준호에게 주지 않았다. 그뿐 아
니라 오늘 저녁 퇴근 후에도 다시 만나자고 할 때 성희는,

"아버지가 일찍 들어오랬어요. 내일 다섯 시 'G선'에서 만나기로 해요."
하고 오늘 두 번 만나자고 자기 입으로 한 말인데도 성희는 준호를 만나려
하지 않았다. 만날 수가 없었던 것이다. 화장품을 나눠 쓸 수 있는 부인이
있는 남자. 그런 남자와 어떻게 만날 것인가? 화장품에서도 부인의 냄새가
풍길 것 같았다.

성희는 참을 수가 없었다. 다리가 아플 때까지 싸돌아다니고 싶기도 했고
남자들처럼 진탕 술이나 먹었으면 하기도 했다.

그러나 다 할 수 없는 일이었다. 마침 종로 근처에 사는 동창생 생각을
하고 그리로 갔다. 동창생 Y를 만나 이런 이야기 저런 이야기를 하고 있을
때 춤 이야기가 나왔다. 그리고 오늘밤 춤추러 가지 않겠느냐는 말을 주고
받았다.

"파트너는 있니?"

성희가 물었다.

"그럼 파트너쯤 수두룩하지."

Y의 말이었다.

"그럼, 네 파트너 하나 꿔 줄래?"

"넌 파트너두 없니?"

"미안하지만 지금 만드는 중이야."

"어떤 남잔데?"

그 말에 성희는 주춤했다가

"세계에서 제일가는 남자."
하고 호호 웃었다.

“그런 남자두 있니? 우리 나라에?”

“못생긴 것으루 제일갈 수는 있잖니?”

“애두, 사람을 놀려.”

“그러지 말구 근사한 남자 하나 양보해.”

성희는 준호를 생각했다. 그러나 친하건 친하지 않건 남에게 자기 비밀을 말하지 않았던 것이다.

“정말이니?”

“정말 아니구 거짓말하겠니? 나이가 스물다섯이 가까운데, 인젠 결혼이나 해야겠어.”

동창생은 신중히 생각하는 듯 눈을 깜빡거리다가,

“그럼, 가만 있어, 내 전화 걸구 올게.”

하고는 다른 방으로 건너갔다.

성희도 될 대로 되라고 내버려 두었다. 춤이나 추려고 하던 것이 이상한 이야기로 발전했지만, 소개해 준다는 남자를 만나지도 않고 거절할 필요는 없었다. 전화를 걸고 돌아온 Y가,

“우리 조금만 있다가 나가, 약속이 다 됐으니까.”

하였다.

“멋쟁이 남자냐?”

성희는 이야기를 심각하게 끌고 가고 싶지가 않아 일부러 농담조로 물었다.

“멋쟁이지. 돈두 많구…….”

“세계 제일이니?”

“그렇진 못해도 사귀어 볼 만한 남자야.”

그들은 잡담을 하며 시간을 보냈다.

나갈 시간이 거의 되어 Y가 화장을 하기 시작할 때 성희는 준호에게 미안한 생각을 갖기 시작했다. 시간이 경과함에 따라 준호에 대한 반발심이 줄어든 모양이었다. 아까 같아서는 내일도 준호를 만날 수 없을 것처럼 생각했었지만 역시 내일이 기대되는 성희였다.

화장을 끝내고 옷을 갈아입은 Y가,

"가 볼까."

하고 일어설 때, 성희는 도망칠 구실이 없을까 하고 생각했다. 춤도 출 생각이 없었다. 그러나 전화로 약속까지 하게 하고 이제 발뺌을 할 수는 없었다. 가자는 대로 따라가는 수밖에 없었다.

어떤 다방에 가서 앉아 있는데 한참 뒤 젊은 남자 두 명이 들어왔다.

서로 인사를 하고 차를 마시자 남자들이 저녁을 먹으러 가자고 했다. 식당에 가서 저녁을 먹는 동안 성희는 자기의 파트너가 될 남자를 유심히 보았다. 몸집이 크고 어깨가 불쑥 나온 것이 힘깨나 쓸 것 같았다. 첫번 보는 자기에게 능숙한 말을 쓰는 것으로 보아 여자깨나 다루어 본 솜씨 같기도 했다.

어떤 제약회사의 약제사라고 하나 기술자 같은 생각은 들지 않았다.

그래도 사귀어 보면 좋은 데가 있을지도 모른다는 생각에 성희는 별다른 신경을 쓰지 않고 그 남자를 대해 주었다. 무슨 말이든 거리낄 것 없이 대답도 해 주었다.

저녁을 먹은 뒤 새로 개업했다는 무학성(無鶴聲) 카바레로 갔을 때였다.

"미쓰 심은 깍쟁이처럼 보이는데."

하고 반말 투였다. 성희는 약간 불쾌했으나 웃음을 지으며,

"사귀어 보시면 그런 말씀 안 하실 거예요."

하고 깍듯이 존경어를 썼다.

"깍쟁이라두 좋아. 난 떠블유(W)가 있는 남자니까……."

그 남자는 성희에게 딴 관심이 없다는 것을 강력하게 표시했다.

그 말에 성희는 안심을 했다. 관심이 없다는 것을 처음부터 표시하고 나온다면 조금도 경계할 필요가 없기 때문이었다. 비어를 따라 줄 때도 마셔 본 적이 없는 것이지만 사양치 않고 받았다. 춤을 추자고 할 때에도 선뜻 나가 주었다.

남자는 신이 나는 모양이었다. 무슨 춤이나 다 추려 했다. 춤을 많이 추지 못한 성희인 만큼 추자는 것을 다 출 수가 없었다. 트롯, 블루스, 왈츠밖에

추지 못한다. 그것도 능숙치가 못하다. 그런데 성희가 잘 따라가지 못하면 발이 맞지 않는 순간을 이용하여 그 남자는 성희를 이상한 포즈로 안기 시작했다. 나중에는 성희 자기 몸에 묻도록 끌어당기고는 뺨에 뺨을 대기까지 했다. 성희는 그런 짓을 못하게 몸을 빼곤 했으나 남자는 능숙한 솜씨로 또 그런 짓을 반복하곤 했다.

음악도 좋았고 실내 장치도 좋았다. 정말 좋은 사람하고라면 밤새 추어도 좋을 만한 장소였다. 그러나 성희는 짜증이 났다. 조금도 신이 나지 않았다. 그렇다고 해서 남자에게 불쾌감을 주도록 경박한 행동을 할 수가 없어 억지 춤을 추다가 테이블 있는 데로 나왔을 때였다.

성희는 술이 마시고 싶다기보다 술을 마시면서라도 시간을 무사히 보내고 싶었다. 그래서 유달리 쓴 것 같은 비어를 한 컵이나 거의 다 마셨다. 처음에는 가슴이 조금 이상했으나 마시고 난 뒤의 입맛이 그리 나쁘지가 않았다. 남자더러 한 잔을 더 부라고 컵을 내밀었다. 그때였다. 남자가 컵을 잡는 척하며 성희의 손을 겹쳐 잡았다. 그리고는,

"백만 불짜리를 가졌는데……."

하고 빙그레 웃었다.

"뭔데요?"

하고 물으니까,

"내 W(와이프의 약자)는 유방이 없어. 그래서 이혼을 하기루 했어."

여전히 반말조인데다가 성희의 가슴을 뚫어지게 바라보는 것이었다.

성희는 비어 컵을 그 얼굴에다 던지고 싶었다. 그러나 창피하다는 생각이 먼저 들어 얼굴과 함께 가슴을 돌려 버렸다. 이제부터는 말도 안 할 작정이었다. 그런데 다음 음악이 나오자 남자는 체면도 없이,

"춤추지."

하고 성희의 손을 잡아끌려고 했다.

"술을 마셨더니 머리가 도는 것 같아요."

무자비하게 거절하고 싶었으나 성희는 좋은 말로 했다. 그런데도 남자가,

"그 기분으루 추는 맛이 좋은 거야."

하며 억지로라도 끌고 나갈 기세를 보였다. 할 수 없었다.

"좀 여자를 존경할 줄 아세요."

얼굴색을 달리하고 신경질적으로 소리를 높였다.

남자는 어리둥절해서 말을 못했다. 그러나 음악이 끝나고 새로운 음악이 시작될 때,

"심심하지 않아요. 나가 춥시다."

능글맞게 또 프러포즈를 했다.

성희는 끝까지 거절하려고 했으나 다시 만날 일이 없을 사람이라 생각하고 따라나섰다.

성희는 자기에게 인내력이 있다고 생각했다. 그 남자가,

"상당히 신경질인데…… 카바레에 와서 춤을 안 추겠다고 신경질을 내면 곤란하지 않나?"

하고 다시 반말조로 돌아갔을 때도 성희는 그 남자를 내버려 두었다. 인내란 결국 현실과 타협하려는 노력임을 생각할 때 자신이 불쾌하기까지 했으나 성희는 끝까지 참았다.

카바레에서 나와 집으로 돌아올 때 같이 갔던 동창생 Y와 그의 파트너는 계획이라도 있는 듯이 훌쩍 가 버렸다. 두 사람만 남게 되자 그 남자가 자동차를 불러 놓고 타라고 할 때 그것만은 탈 수 없다고 생각했다. 그러나 안아서라도 태우고야 말 것같이 잡아끌 때 성희는 다시 인내력을 발휘했다.

자동차를 탔던 것이다. 그리고 남자가 옆으로 다가앉아도 모르는 척 내버려 두었다.

그 남자가 옆으로 다가 앉으며,

"한 번 조용히 만나 주실 수 없을까요?"

하고 지나칠 정도로 정중하게 말할 때도 속으로는 잔소리를 못하도록 쏘아붙이고 싶었지만,

"또 춤추자는 말씀을 하시게요?"

하고 넌지시 물었다.

"춤보다도 이야기가 하구 싶어서요."

“이야기를 한다 해두 재미있는 이야기는 안 나올 겁니다. 기대를 말아 주십시오.”

성희는 인내력을 있는 대로 발휘하며 찬찬히 이야기했다.

“나두 나쁜 사람은 아닙니다. 너무 솔직한 게 결점이지만 만나 보시면 차차 알게 되겠지요.”

“나쁜 분이라구는 생각지 않아요. 다만 만날 필요가 없다는 것뿐이지요.”

그럴 때 자동차가 성희네 집 현관 앞에 이르렀다. 그 남자에게 집을 가르쳐 주기가 싫어 멀찌감치 가서 내리려 했지만 어떻게 일이 그렇게 되고 말았다.

자동차에서 내리자 그 남자는,

“그럼 실례했습니다.”

하고 성희가 현관 안으로 들어서는 것을 지켜 보다가 타고 온 자동차에 올라 도로 돌아갔다.

뒤는 깨끗한 남자 같았다. 작별할 때 악수를 하자거나 그렇지 않으면 조용히 만나 달라는 말을 다시 꺼낼까 겁을 먹었는데 아무 말 없이 그냥 돌아갔던 것이다.

성희는 어수선한 하루가 꿈같이 지나 간 것을 다행으로 생각하며 자기 방으로 올라가려 할 때 응접실에서 전축 소리가 흘려 나오는 것을 들었다.

성희는 응접실 문을 살며시 열고 속을 들여다보았다. 몇 쌍의 남녀가 춤을 추고 있었다. 그 속에는 미국인도 끼어 있었다. 그리고 새어머니가 바로 미국인과 어울려 춤을 추고 있는 것이었다.

성희는 아버지가 회사 일로 회사와 관계있는 사람들을 초대한 것이라고 생각했다. 능히 있을 수 있는 일이었다. 그래서 못 본 척하고 자기 방으로 올라갔다.

자기 방으로 올라가자 성희는 옷도 벗기 전에 핸드백 속에 든 물건을 꺼내 책상 위에 올려놓았다. 성희는 언제나 집에 돌아오면 무엇보다도 핸드백과 주머니 속에 든 것을 꺼내 놓는 습관을 가지고 있었다. 습관대로 핸드백을 정리한 것이지만 그 속에서 나온 준호의 화장품을 볼 때 성희는 새삼스럽게 자기가 옹졸한 인간이란 생각을 했다.

준호에게 아내가 있다는 것은 만나기 전부터 알고 있는 것이다. 그런데도 준호가 부인의 화장품을 썼다고 해서 사 가지고 갔던 물건을 주지 않고 그냥 돌아왔다는 것은 결국 천박한 질투심 때문이라고밖에 해석할 수가 없었다.

질투—— 그것은 어떤 경우에라도 천박한 것이다. 카바레에서 첫번 만난 남자에게 굴욕을 당하고도 끝까지 인내해 온 자기가 어째서 준호의 부인에게 질투를 느끼고 말았던가?

저녁에도 만나려 했던 것을 만나지 않으니 준호는 얼마나 우울해하고 있을 것인가? 춤을 같이 춘 남자에 비해 준호는 얼마나 젠틀하며 얼마나 순박한가?

정말 준호는 기둥처럼 의지해도 좋을 사람 같았다. 붙잡고 늘어질 수 있는 사람. 그리고 늘어져도 흔들리지 않는 기둥.

성희는 꺼냈던 화장품을 다시 핸드백 속에 집어넣었다. 그리고는 세수를 한 뒤 베드에 들려할 때 새어머니가 위층으로 올라 왔다.

"잠깐만 내려가."

하고 성희를 응접실로 데리고 가려 했다. 한 번만이라도 손님과 같이 춤을 추어 달라는 것이었다.

"안 가겠어요."

하고 성희는 완강히 거절했다.

혼란 속에서

춤을 추러 가려면 화장을 해야 한다는 것도 귀찮은 일이었지만 사업에 자기까지 이용하려는 아버지의 심보가 미웠던 것이다. 그리고 아버지의 의견에 동의를 하고 올라왔을 새어머니도 미웠다. 춤을 추라고 하면 춤을 추고 노래를 하라고 하면 노래를 부를 줄 안 모양이었다. 성희는 그러한 새어머니에게 만만하게 보이고 싶지 않았다.

"아버지가 데리구 오라시던데."

영리한 명숙은 금시 아버지를 팔았다.

"아버지 명령이래두 할 수 없어요."

성희는 이렇게까지 정면으로 명숙을 반박해 준 일이 없었다. 그런데 이 날은 어쩐 일인지 함부로 대하고 싶었다.

"그럼 아버지께 그대루 말씀드릴게."

명숙은 성희의 태도가 심상치 않은 것을 알고 금시 내려갔다.

'협박을 하는 셈인가? 아버지라구 무서울 게 뭐람.'

성희는 혼자 중얼거리며 자리 속에 들어갔다. 자리에 누우니 침울한 준호의 얼굴이 눈앞에 떠올랐다. 고독을 참지 못해 술을 마시고 있을지도 모를 준호.

성희는 내일 아침 일찌감치 준호에게 전화를 걸어 자기의 잘못을 사과하리라 생각했다. 그리고 화장품도 내일은 꼭 전해 주리라 생각했다. 그런데 그때 아래층에서 <알로하오에>의 블루스 곡이 들려 왔다.

성희는 문득 준호와 같이 블루스를 추어 봤으면 하고 생각했다. 준호의 뺨에 얼굴을 대고 꿈길을 걸어가듯 블루스를 춘다면 그 순간 자기는 행복에 젖을 수 있을 것 같았다. 준호는 자기를 힘껏 안아 줄 것이다. 그 널찍한 가슴에 한 번만이라도 안겨 보고 싶었다.

'춤을 출 줄 알까?'

출 것 같지가 않았다. 자기가 잘 춘다면 배워 줘도 좋을 것이지만 성희도 춤을 서툴다.

'교습소에 가서라도 배우라고 해야지.'

성희는 준호가 트롯과 블루스만 배워도 같이 춤추러 다닐 수 있다고 생각했다. 그런 면에 백지일 준호라고 생각하니 더 유혹하고 싶은 생각도 들었다.

그래서 엔조이를 할 때는 엔조이도 하는 것이 자기들의 생활이어야 할 것처럼 생각했다.

그래서 다음날 전화를 건 뒤 준호를 만날 때 성희는,

"선생님. 춤추실 줄 아세요?"

하고 물었다.

"부산 피난 갔을 때 주인 집에서 춤들을 추기에 트로트와 블루스만을 배웠지."

"정말?"

성희는 곧이들리지가 않았다.

"근 십 년이나 추지를 않았으니까 다 잊었을 거야."

"재인식을 해야겠는데요. 우리 방준호 선생님을."

"참 별 소리두. 근데 갑자기 춤 이야기는?"

"어젯밤 선생님과 춤을 춰 봤으면 하구 생각해 봤어요."

"하필 왜 춤을?"

"아버지가 외국 사람들 초대해서 춤추는 걸 봤거든요."

"성희도 추었나?"

"그런 데 낄 것 같아요?"

성희는 카바레에 갔던 이야기는 꺼내지도 않았다. 자기에게도 불쾌했던 일을 준호에게까지 불쾌하게 하고 싶지가 않았던 것이다.

그런데 준호가 그 이야기를 중단하고,

"어제 저녁땐 왜 만나지 않았지?"

어제 저녁 일을 궁금하게 물었다.

"오늘 더 반가워하시라구요."

"깍쟁이."

그때 성희는 핸드백에서 어제 샀던 화장품들을 꺼내 준호에게 주며,

"이제부턴 예쁘게 화장을 하세요."

한 뒤,

"오늘 밤 춤추러 가실까요?"

했다. 성희가 춤추러 가자고 한 것은 어젯밤부터 준호와 춤을 추었으면 하는 생각을 했기 때문만은 아니었다. 어제 이야기를 궁금히 생각하는 준호에

게 과거를 묻지 않게 하기 위함이었다.

자기가 준호 옆에 있다는 것만을 생각하는 준호이기를 바라는 마음에서일지도 몰랐다.

"홀 같은 델 한 번이나 가 봤어야지."

준호가 마음이 내키지 않는 것처럼 말할 때 성희는,

"그러시죠. 여학교 선생님께서 그런 데 출입을 해서 되나요."

하고 준호를 비꼬아 주었다. 자기가 가자고 하는데도 주저하는 것은 세상의 이목을 두려워하기 때문이라고 생각했기 때문이었다. 성희는 그것이 싫었다.

안양 갔을 때 절대 자기보다 정열이 모자라지 않다고 하던 준호의 말을 생각하니 준호가 비겁하게 생각되었다.

"그래서 그런 건 아냐. 원체 춤에 자신이 없으니까 그러는 거지."

준호가 변명 비슷이 말했다.

"누군 춤꾼인 줄 아세요? 저두 카바레에는 몇 번두 못 가 봤어요."

성희는 어떻게 해서라도 준호를 끌고 카바레엘 가고 싶었다. 준호에게 용기를 갖게 하고 싶었던 것이다. 소심한 인간이 아니라 좀더 멋진 인간으로 만들고 싶었다.

"그럼 어디루 갈까?"

준호는 할 수 없이 성희가 원하는 인간이 되고 말았다. 그러나 성희의 소원대로 한다면 어디 어디가 좋으니까 그리루 가지 하고 명령할 수 있는 준호였으면 하는 것이었다.

"무학성, 좋대요."

성희도 카바레에 가 본 일이 별로 없기 때문에 여러 곳을 잘 모른다.

"어디쯤 있는데?"

"동화백화점 근처래요."

"가까워서 좋구만."

준호는 호기심에 끌리고 있는 것처럼 보였으나 아무래도 마음이 선뜻 내키지가 않는 모양이었다.

식당에서 저녁을 먹을 때의 표정 같은 것은 확실히 공포 속에서 떠는 것이었다. 얼굴의 피가 굳어 보였다. 웃음을 지어도 억지로 웃는 것이 분명했다.

카바레로 향하여 갈 때 성희는,

"싫으면 그만두세요. 저두 꼭 가고 싶지는 않아요."

준호의 신경을 건드려 보았다.

"지금 왜 그런 소릴 해?"

준호는 놀라는 듯이 말했으나 성희는 준호에게서 어떤 죄의식 같은 것을 느꼈다. 선량한 사람에게 공포심을 갖게 하는 자기가 악의 요소를 갖고 있는 것 같기도 했다.

"선생님 입가에서 싫다는 말이 뱅뱅 돌고 있는 것 같아서요."

"천만에! 역사를 창조하는 날인 것 같아 가슴이 뛰고 있을 뿐야."

"정말?"

"그럼."

성희는 즐거웠다. 첫 역사를 만드는 일이기에 준호는 긴장되고 있을지도 모른다. 그래서 얼굴 근육이 응고되어 있을지도 모른다.

카바레에 들어가 준호의 품에 안겼을 때 성희는 차라리 춤을 추지 않고 가만히 서 있었으면 했다. 사실 준호의 춤은 서툴렀다. 춤이 서툴다고 해서는 아니었다. 처음으로 안기는 순간 감격은 그 자리에서 화석이 되고 싶을 뿐이었다. 준호의 감격도 큰 모양이었다.

"성희."

성희는 귀에다 입을 대고 나직이 부른 준호가,

"나 오늘로 다 살았어."

하는 것이었다. 그 말을 듣자 성희는 가슴이 떨렸다.

"아이 러브 유."

성희는 준호 어깨에 놓인 손에 힘을 주었다.

"미 투(me to)."

성희의 허리를 감은 준호의 손에도 힘이 주어졌다

두 사람은 꼭같이 감격된 표정으로 눈을 감고 춤을 추었다. 한참 동안 박자가 맞지 않은 춤을 추다가 준호가 성희의 발을 밟았을 때야 서로의 얼굴을 바라보며 웃었다.

"미안해."

"제가 틀렸나 봐요."

그러면서도 그들은 음악이 끝날 때까지 춤을 추었다. 음악이 끝나고 테이블로 돌아왔을 때 성희는,

"행복이란 순간적인 것이라지요?"

하고 말을 꺼냈다.

"순간의 연장이 영원이 아냐?"

"영원한 행복을 찾는 사람은 욕심꾸러기겠지요."

"순간이 곧 영원일 수도 있으니까. 난 오늘 영원일 것 같은데……."

"몰랐더니 선생님두 멋쟁이셔."

"성희 덕택이지. 진리를 발견하게 만들어 주었으니까……."

"위대한 진리 탐구가시로군요?"

"암, 앞으로두 많은 진리를 발견해 낼 것 같은데……."

준호가 소리를 내어 웃으며 비어 컵을 들었다. 그리고는 맛있게 들이켰다.

"저두 한 잔 주세요."

성희도 멋있게 비어를 마시고 싶었다. 어젯밤 처음으로 비어를 마셔 보았건만 그리 취하는 줄을 몰랐기 때문이었다.

"그 잔을 내."

준호가 코카콜라가 든 성희의 컵을 받아 남아 있는 코카콜라 위에 비어를 부으려 했다. 그때 성희는 컵을 도로 뺏어 나머지 콜라를 마신 뒤,

"순수한 삐루를 마셔야잖아요. 불순한 건 싫어요."

"그래?"

놀랍기는 하나 상쾌하다는 듯이 준호가 비어를 따랐다. 성희는 비어 컵을 받자 준호 컵에 맞부딪치고,

"포 유어 럭키(For your locky!)."

한 뒤 비어를 마시기 시작했다. 비어가 좀 쓰기는 했으나 조금씩 마시고 싶지는 않았다. 성이 차지 않을 뿐더러 술 마시는 기분도 나지 않았다. 그래서 성희는 잠시 숨을 돌린 뒤 그 자리에서 컵을 비웠다.

"조금씩 마시면 마저 마셔야 한다는 부담이 기분 나빠요."

준호가 경이의 눈으로 볼 때 성희는 자기 변명을 했으나 그런 식으로 술을 마시는 것이 인내력 있는 자기 성격 때문이라고 믿고 있을지도 모른다.

"소질이 있는데……."

"어젯밤에 삐루를 처음 마셔 보았을 뿐예요. 술꾼으로 취급치는 마세요."

"어젯밤에는 왜?"

성희는 어젯밤에 바로 이 카바레에 왔었다는 말을 할 뻔했다. 그러나 아무것도 아닌 이야기를 해서 준호의 정신을 소모시키고 싶지가 않아,

"집에서 파티가 있다고 하잖았어요. 몰래 한 잔 해 봤어요. 그저……."

"그래?"

준호는 잘 속아 주었다. 속아 주는 것이 고맙기는 하나 약간 미안한 감이 들어 얼핏 화제를 돌려,

"오늘 거리에서 몇 번이나 놀랐는지 몰라요."

했다.

"왜?"

"바바리 입은 사람을 볼 때마다 선생님 같아서요."

"놀랄 필요는 없지 않아?"

"모든 남자를 볼 때마다 선생님을 연상했다는 것만 알아 주세요."

"감사해."

그들은 춤출 것도 잊어버리고 서로의 미소를 즐기고 있을 때였다. 어디서 왔는지 어떤 중년 부인 한 명이 준호 옆으로 와서,

"선생님."

하고 반가운 인사를 했다.

가까이 온 여자의 인사가 호의에 찬 음성이라는 데 준호는 더욱 놀랐다. 얼굴도 잘 모르는 여자였지만 성희의 의심을 살 말이라도 하지 않을까 더욱

근심스러웠다.

"누구신가요?"

준호는 일부러 그 여인을 모른다고 말하고 싶었을 것이다.

"저 모르시겠어요? 최영실의 엄만데요."

그러고 보니 언제가 한 번 본 얼굴이라 생각되었다.

준호의 가슴은 떨리기 시작했다.

"몰라 봬서 죄송합니다."

정중하게 일어서서 인사를 하면서도 이 여자가 소문을 퍼치지나 않을까 하는 공포심이 들었다.

"어두워서 그러셨겠지요?"

영실의 어머니 송인회 여사는 반색을 하며 준호 옆에 앉았다. 그리고는 웨이터를 불러 비어 한 병을 가져오게 한 뒤 대금은 17번에 기록해 두라고 했다.

준호는 호의가 조금도 고맙지 않았다. 나중에야 어떤 소문을 펼치던 모른 척하고 가 주기만 했으면 좋겠다. 그러나 송 여사는,

"가끔 오시나요? 다음엔 제가 한 번 초대해야겠군요."

하고 동지라도 만난 듯이 상쾌한 웃음을 웃었다.

"생전 처음으로 이런 델 왔습니다."

"그러시겠죠. 파트너가 좋아서 와 보신 거군요."

비꼬는 말도 아닌데 준호의 귀에 거슬리게 들렸다. 준호는 대답을 못하고 성회의 눈치만 살피고 있을 때 송 여사가,

"전 춤이 좋은 거라구 생각해요. 우선 위장병을 고치는 데는 제일 좋은 처방이니까요."

하고 웨이터가 가져온 비어병을 들어 준호 컵에 부어 주었다. 그래도 준호 가 입을 열지 못하고 있는 것을 보자 송 여사는,

"다음에 한 번 초대를 하겠어요. 그땐 전번처럼 거절 말아 주세요."

하고 자리에서 일어나더니,

"방해를 해서 미안합니다."

성희에게 지나칠 정도로 정중한 인사를 한 뒤 자기 자리로 돌아갔다.

성희는 그 여자가 어떤 여자이든 관계할 바 아니었다. 파트너가 좋아서 왔을 것이라고 하던 말과 방해를 해서 미안하다는 말이 약간 불쾌하기는 했으나 그 여자가 돌아간 뒤에도 멍하니 정신을 못 차리고 있는 준호가 더 불쾌했다.

학부형인 듯한데, 아무튼 간에 그런 여자에게 개의할 필요가 무엇인가? 춤추러 오기는 매일반이다. 가정부인이 춤추러 다니는 것은 교육자인 남자가 다니는 것보다 더 야단날 일이다. 겁날 것이 무엇인가?

성희는 일어나서 준호에게 춤을 추러 나가자고 했다. 본때를 보여 주고 싶었던 것이다. 성희는 할 수 없이 끌려 나온 준호에게 뺨에 뺨을 댔다.

"행복하시다고 그러셨죠?"

행복을 날려 보내지 말라는 듯이 비어에 상기되어 뜨거워진 뺨을 준호의 뺨에 댔지만 준호는 성희에겐 정신이 없는 듯 딴 눈만 팔고 있었다. 송 여사를 찾는 모양이었다. 한참 뒤,

"저리룬 가지 말어."

송 여사가 거기에 있는 모양이었다. 성희는 그러한 준호가 싫었다.

"저를 나쁜 여자라구 그러세요. 그럼 선생님 책임은 없잖아요."

이런 말을 했는데도 준호는 기를 펴지 못했다. 소심한 마음이 자꾸만 긴장되는 모양이었다.

성희도 기분이 나지 않아 끝나기 전에 돌아가자고 했다.

카바레를 나올 때야 성희는 그냥 참기만 했던 말을 한 마디 했다.

"그렇게 무서우세요?"

그때 준호의 대답이 성희를 더 불쾌하게 했다.

"필요 이상의 신경은 쓸 필요가 없어."

그것은 카바레 같은 데 다닐 필요가 없다는 뜻이 분명했다. 그러나 더 깊이 추궁하면 성희와의 애정도 필요 이상의 것이라고 해석할 수가 있을 것이 아닌가?

성희는 준호의 표정을 살펴보았다. 고개를 푹 수그리고 앞도 내다보지 않

으며 걷는 것이 조금 전의 행복감도 망각하려고 하는 것 같았다.

"바루 가세요."

자기를 바래다 줄 것도 없다는 뜻으로 준호의 마음을 떠보았다. 그때야 준호는 미안하다는 듯이 얼굴을 쳐들고,

"내가 미워졌지?"

욕을 하던, 매질을 하던 마음대로 하라는 듯이 발걸음을 멈췄다. 가련한 얼굴이었다.

"아니, 선생님이 피곤해 하시는 것 같아서 그래요."

성희는 지극히 부드럽게 말했다.

"그 여자가 보통이 아니란 것을 알기 때문에 겁을 집어먹었던 거야."

몇 분 동안이나마 시간이 흐름에 따라 준호도 제 정신으로 돌아오는 모양이었다.

"선생님 마음을 알 수 있어요."

성희는 그렇게밖에 다른 말을 할 수 없었다. 준호의 약점을 알면서도 그것을 끄집어 흥분할 수는 없었던 것이다. 성희의 자존심이었을 것이다. 몰이해한 여자가 되고 싶지 않았기 때문이었다.

머뭇거리고 서 있는 준호의 팔을 끼고,

"바래다 주세요."

하고 성희는 눈웃음까지 지었다.

준호가 긴장을 풀고 성희를 따라올 때 성희는 자꾸만 지껄이고 싶었다. 그래야만 준호에 대한 불만이 사라질 것 같았던 것이다.

"모험 가운데서 얻는 행복이 진짜 행복이 아닐까요."

그리고는,

"선생님은 저보다두 더한 온실 속에서 사신 것 같아요. 아마 같은 사람들끼리 만나게 되는가 부지요."

하며 자기 마음을 가라앉히려고 노력했다. 용기가 지나치게 없을 때 그것은 비겁일 수 있다. 준호가 비겁한 인간 같은 불만이 자꾸만 솟아나려고 했기 때문이었다.

“성희!”

준호가 사과라도 하려는 듯이 성희를 불렀다. 성희는 기대를 가지고,

“네.”

했다.

“오랜 교원 생활이 나를 병신으루 만든 것 같아. 어떻게 해야 할지를 모르겠어.”

그 말은 절대로 성희를 만족시키지 않았다. 인내력을 유지할 수 없게 만들고야 말았다.

“그럼 아까 한 말을 취소해 드릴까요?”

성희는 ‘아이 러브 유.’라고 한 말을 생각하며 말했다.

“무슨 말인데?”

준호는 성희의 말뜻을 알 수 없는 모양이었다.

“선생님을 괴롭게 해 드린 말!”

“날 괴롭힌 말이 있던가?”

성희는 준호의 팔을 놓고 총총걸음으로 앞을 걸어 나아갔다. 따라오지 않아도 좋다고 생각했다. 오늘의 행복이 하루에 그쳐도 좋다고 생각했다. 그러나 신경은 뒤로만 쏠렸다.

준호가 발걸음을 멈추는 것 같았다. 어떻게 할까 망설이는 모양이었다. 성희는 뒤를 보지 않으면서도 걸음을 약간 느리게 했다. 거리가 멀어지면 따라오고 싶어도 단념하게 될지 모른다는 생각에서였다.

과연 준호는 따라오기 시작했다. 천천히 걷다가 점점 빨라지는 구두소리를 들을 수 있었다. 그렇다고 해서 성희는 발걸음을 아주 멈추지 않았다. 뛰어서라도 쫓아올 것을 믿었기 때문이었다.

준호가 드디어 성희 옆까지 뛰어왔다.

“성희!”

성희를 부르는 준호의 목소리는 다급했다.

성희는 발을 멈추었을 뿐 대답을 안 했다. 성격과 환경은 이해하나 박약한 의지에 대해서는 반발을 한다는 태도였다.

“그 말이 그렇게 쉽게 나왔던 말이요? 하루도 못 가서 취소할 수 있게?”

준호는 반말도 함부로 쓰지 못했다.

“필요할 때에는 빨리 하는 게 좋겠지요?”

성희가 냉정하게 대답했다.

“꼭 취소해야 할 필요성이 생겼단 말인가?”

“그건 선생님 자신에게 물어 보세요.”

준호는 잠시 말을 못했다. 수습할 수 없을 만큼 가슴이 끓어올랐던 것이다. 잠시 뒤에야,

“정말이요?”

라고 성희의 결정적인 대답을 구했다.

성희가 대답을 안 하고 있을 때 준호는 또다시,

“응! 정말야?”

하고 재차 물었다. 그것은 물음이 아니었다. 호소였고 애걸이었다. 보기가 딱할 만큼 비참한 얼굴이었다.

성희는 준호를 그 이상 더 괴롭힐 수가 없었다. 그 이상 더 괴롭힐 만큼 자기가 악한 사람이 될 수 없을 것 같았다.

“제가 말씀드린 건 취소하겠다는 것이 아니라 취소해 드릴까요 하고 물은 거예요.”

“그런 무서운 말을 꼭 해야겠어?”

준호는 그런 말을 입 밖에 낸다는 것 자체가 정말 무서운 일인 모양이었다. 어둠 속에서도 혈색이 죽어 가고 있음을 알 수 있었다.

성희는 아무 말도 못했다. 준호가 불쌍하게 생각되었던 것이다. 준호가 불쌍하다고 생각하니 불쌍한 준호를 사랑하는 자기도 불쌍한 것 같았다. 불쌍한 사람들끼리 싸울 것이 무엇인가?

“걸으면서 이야기해요.”

성희는 불쌍하다는 생각에서 탈출해야 한다고 생각했다.

잠시 동안 걷다가 준호의 팔을 꼈다.

백 마디의 말보다도 하나의 행동으로써 준호와 자기의 감정을 용해시키

려는 것이었다. 준호는 성희의 행동에서 약간의 안도감을 느꼈던지,

"어떻게 해야 하지?"

하고 마치 명령대로 순종하겠다는 듯 물었다.

"어떻게 하기는요? 지금도 어떻게 하고 있지 않아요?"

성희는 준호의 팔을 낀 자기 팔에 힘을 주며 말했다. 팔을 끼고 걷고 있다는 사실 그 자체가 사랑하는 것이 아니냐는 뜻이었다.

"알았어."

준호는 그때야 비로소 얼굴을 쳐들고 성희를 바라보았다. 그리고는 성희의 팔을 자기 팔로 꼭 잡았다.

이렇게 해서 이 날은 별 탈 없이 헤어졌다. 그러나 그 다음날부터 성희는 준호의 얼굴에서 가끔 침울한 표정을 보았다. 만족한 듯하다가도 가끔 침울해지는 것을 볼 때 성희는 준호가 선생이라는 직업에서 오는 불안감을 가지고 있다고 생각했다. 그리고 가정을 가진 남편이라는 점에서도 불안을 가지고 있는 것이라고 생각했다.

그럴 때마다 성희는 준호를 불쌍하다고 생각했고 또 그 불쌍한 준호를 구원해 줄 사람은 하나도 없을 것이라고 생각했다. 자기와의 사랑을 끊으면 다른 여자와 다시 사랑할지도 모른다. 그때도 준호는 역시 불안을 버리지 못할 것이다. 차라리 자기가 준호의 불안감을 덜게 해 주는 수밖에 없다고 생각했다. 자기가 진심으로 강렬하게 사랑해 준다면 준호는 불안감을 잊을 수 있을 것 같았다. 모든 불안을 잊게 하는 역할은 자기에게만 있다고 생각했다.

그래서 성희는 언젠가 준호에게도 말한 바 있지만 준호에게 영어를 배우기로 했다. 자기 집으로 데리고 가서 조용히 배우려는 것이었다.

성희가 준호에게 영어를 배우겠다는 것은 영어가 꼭 배우고 싶어서가 아니었다. 영어를 핑계로 하여 준호가 자기 집에 떳떳이 출입하도록 하겠다는 것이 첫째 목적이었다. 밤낮 다방이나 음식점밖에 다닐 데가 없는 서울 안에서 조용히 그리고 마음놓고 만날 수 있는 곳은 자기 집뿐이라고 생각했기 때문이었다. 그렇게 하면 준호도 달리 신경을 안 쓰고 자기를 만날 수 있다.

어쨌든 성희는 그렇게라도 해서 준호를 자주 만나고 또 준호를 더 사랑하고 싶었던 것이다. 어째서 그런 마음이 드는지는 몰랐다. 사랑을 안 하면 아무런 신경도 안 쓰고 도리어 편할지 모른다. 자기보다도 준호가 더 편하게 생각할지 모른다. 그러나 그것이 싫었다. 자기가 싫다고 하면 준호가 그러면 할 수 없다고 쉽게 물러설 것 같은 것이 싫었던 것이다.

모두가 준호를 사랑 안 할 수 없는 마음에서 오는 것이었으리라.

집에서 영어를 배워 달라고 할 때 준호는 선선히 대답했다. 그렇게 하면 성희 부모의 의심도 사지 않고 매일처럼 성희를 만날 수 있으리라는 마음이었다.

그러나 조용한 방에서 단 둘이 마주 앉아 영어를 가르치고 배우고 할 때 서로의 호흡이 콧등을 간지럽게 했으나 준호는 다른 것을 하나도 요구하지 않았다. 그야말로 선생이 생도를 다루는 바로 그 식이었다.

성희는 준호가 자기를 사랑하지 않고 있는 것이나 아닌가 생각했다. 그래서 공부를 하다가도 책을 덮어 놓고 좀 쉬자고 한 뒤 준호의 얼굴을 말끔히 바라보았다. 빨아들이기라도 할 듯한 시선으로 그러나 그럴 때마다 준호는 시선을 피했다.

어떤 때는 피곤하니까 누워서 하자고 한 뒤 방바닥에 엎드리기도 했다. 준호도 성희 옆에 엎드렸다. 그러나 살이 맞닿는 데도 포옹할 생각을 안 했다.

그래서 하루는 준호가 올 때쯤 해서 여름철에 입는 노슬립의 블라우스를 입었다.

육체를 노출시키기 위함이었다. 그리고는 엎드려서 공부를 하자고 했다.

준호도 흥분하지 않을 수 없는 모양이었다.

성희를 덥석 안는 것이었다.

성희는 잠시 하는 대로 내버려 두었으나 금시 몸을 뺐다. 그리고는 아무 다른 생각이 없다는 듯 영어책만을 읽었다.

공부가 끝나고 돌아가려 할 때 준호가 일어선 몸으로 성희를 안으려 했다.

성희는 속으로 웃음이 나왔지만 준호를 밀면서,

“사제지간 아녜요?”

하고 말했다.

준호는 몹시 무안을 느끼는 모양이었다. 얼굴이 빨개졌던 것이다. 그러나
용기를 내어,

“이때까지의 감정은 어떡허지?”

하고 심문조로 말했다.

“과거야 어떻든 깨끗한 사제지간으로 돌아가는 것이 좋지 않아요?”

“그럼 감정을 발전시키지 말고 꺾어 버리라는 거야?”

“그럴 수밖에 없지 않아요.”

“감정이란 발전하기 마련인 거야. 손을 잡으면 포옹이 하고 싶고…….”

“그걸 꺾는 데 아름다움이 있지 않아요?”

“모르겠어.”

준호는 정말 알 수가 없다는 표정이었다. 집을 나가려 할 때 성희에게,

“정말이야?”

하고 따질 때 준호는 결심을 해야 할 단계에 이르렀다고 생각하는 것 같
았다.

성희는 본심이야 어떻든 한 말을 당장에 취소할 수가 없어,

“거짓말하면 죄 간대요.”

하고 대답했다.

“그럼 성희는 나쁜데!”

“절대루 나빠서 그런 건 아녜요.”

성희는 자기가 절대로 나쁘다고는 생각지 않았다.

만약 자기가 준호를 사랑하지 않는다고 하면 그런 말을 한 것이 나쁜 일
에 틀림없다. 그러나 사랑하면서도 그런 말을 했다는 것은 그런 말을 하게
만든 준호가 책임져야 한다.

“난 성희를 모르겠어. 그럼 전에 한 말들은 다 거짓말이었나?”

준호로서는 성희의 마음을 이해할 수 없을 것이 당연하다.

“전 거짓말을 한 마디도 한 기억이 없어요.”

"그럼 사랑한다고 한 것은 사제지간의 사랑을 말한 것인가?"

"그건 아무렇게 해석하셔두 좋아요. 그렇지만 사랑하기 때문에 사제지간의 테두리를 무너뜨리지 않도록 해야 된다고 생각해요."

"그래?"

준호는 성희의 마음을 알았다는 듯이 더 이야기할 생각을 안 했다. 다만,

"성희의 감정은 지나치게 복잡해."

한 마디만을 남기고 가 버렸다.

준호가 돌아간 뒤 성희는 혼자서 생각했다. 자기의 감정이 지나치게 복잡하다고. 그것은 순수하지 않기 때문일지 모른다. 자기에 비하여 준호가 오히려 순수할지도 모른다. 그러나 자기가 순수하지 못한 것은 순수할 수 없는 준호가 순수하게 보이기 때문이 아닐지? 준호는 영혼뿐 아니라 육체까지도 가장 중요한 부분을 이미 소비해 버린 사람이다. 아무리 순수한 척한다 해도 소비하고 남은 찌꺼기를 자기에게 제공할 따름이다.

성희는 자기가 순수치 않은 것을 당연한 것처럼 생각했으나 이삼 일 뒤 준호에게서 편지가 왔을 때 성희는 자기가 준호보다 더 순수하다는 것을 느꼈다.

준호의 편지가 너무도 뜻밖이었기 때문이었다. 자기는 순간적 감정으로 사제지간이라 말을 했다. 그것도 진심으로 한 말은 아니었다. 어리광처럼 한 번 해 본 말에 지나지 않는다. 그런데 준호는 편지 속에서,

"나는 내 감정을 후퇴시킬 수가 없소. 그러기가 싫다는 것은 아니오. 그래지지가 않는다는 것이오. 그러나 노력하겠소. 만났다가 헤진 뒤에도 아무렇지가 않을 수 있는 감정으로 돌아가도록 말이요. 만시지감이 있으나 나도 그래야 한다고 생각했소.

그러기 위해서는 당분간 만나지를 말아야 하겠소. 내 마음을 달래야 할 시간적 여유가 필요할 것이오."

하고 앞으로는 만나지도 않을 것을 말했다.

이유가 어쨌든 이제 와서 안 만날 수가 있을 것인가. 안 만날 수 있다는 것은 결국 마음의 찌꺼기만을 가지고 사랑해 왔기 때문이다. 자기를 사랑하

지 않아도 붙잡고 살아갈 수 있는 것들이 얼마든지 많다는 것을 의미한다.

성희는 준호의 편지를 읽고 울었다. 이때까지 한 번도 울어 본 적이 없는 성희의 울음이었다.

'나는 자기를 순수하게 사랑하고 있는데……'

성희는 지금도 준호를 변함없이 사랑하고 있다고 생각했다. 앞으로도 그럴 것 같았다. 준호는 자기를 만나지 않겠다고 한다. 준호는 마음을 달래겠다는 말을 했지만 자기 마음을 달랜다고 해서 말을 들어 줄 것 같지가 않았다.

성희는 얼마 안 되는 사이였지만 그 동안 준호를 지독하게 사랑했던 모양이다. 하룻밤 사이에 성희는 자기 체중이 내린 것처럼 생각했다. 입맛을 통 잃었다. 입안에 바늘이 가득 돋았다.

다음날 성희는 준호에게 전화를 걸고야 말았다. 전화를 걸고는 다짜로,

"오늘 다섯 시에 'G선'에 나가겠어요."

준호의 의사도 묻지 않고 전화를 끊었다. 그리고는 네 시쯤부터 'G선'에 나가 준호를 기다렸다.

성희는 집에서 다방까지 나오는 동안 준호 비슷한 남자의 뒷모습을 볼 때마다 깜짝깜짝 놀랐다. 전혀 같지가 않은데도 양복 색깔이 같다는 것으로 자기를 찾아 헤매는 준호로 착각을 느낀 때가 한두 번이 아니었다.

지금 다방에 앉아 있으면서도 성희는 준호의 얼굴이 열 스물로 돼서 자기 가까이로 육박해 오는 환각을 느꼈다.

속으로는 준호가 편지에 쓴 것처럼 안 나오지나 않을까 겁을 집어먹으면서도 준호가 자기 이름을 부르며 정신 나간 사람처럼 헤매고 있을 것 같이만 생각되었다. 약속한 시간과 장소도 잊어버리고 이 다방 저 다방 쏘다니는 것만 같았다. 그러기를 바라는 갈망일지도 모른다. 다섯 시에 나온다고 하고도 네 시부터 나와 준호를 기다리는 자기 마음의 반영일지도 모른다.

성희는 핸드백 속에서 만년필과 종이를 꺼냈다. 기다리기에 괴로운 시간을 메우려 함이었다. 괴로운 마음을 밧줄로 잡아 매려는 심정이었을지도 모른다.

'당신 가슴 속에 뿌리를 박고 **호흡**을 하고 있습니다. 목이 마르도록 갈망되는 것이 있습니다. 에누리거나 찌꺼기가 남지 않도록 완전 연소시키고 싶은 안타까움이 불길을 기다리는 휘발유처럼 당신을 기다리고 있습니다.'

성희는 붓을 놓고 그것을 읽었다. 절대로 과장된 표현이라고는 생각지 않았다. 그러나 준호에게는 줄 수 없다고 생각했다. 자존심이 깎일 만큼 지나치게 솔직했기 때문이었다.

성희는 그것을 찢어 버리고 준호에게 보여도 괜찮을 글을 다시 써 보았다.

'모든 것에 눈멀고 귀먹어도 선생님을 지니고 있는 나의 **호흡**은 복 되고 빛나고 아름다운 인생의 목가(牧歌)입니다. 슬픈 운명이라 해도 할 수 없습니다. 운명을 말하는 사람은 이미 운명의 노예가 되고 있는 것이니까요.'

성희는 이번에도 또 찢어 버렸다. 이때까지 자기 감정을 한 번도 솔직하게 표백해 본 일이 없기 때문이었으리라. 표백해 놓은 자기 감정이 자기 눈으로 들여다보기가 겁났던 것이다.

성희는 편지를 쓸 것을 단념하고 종이와 만년필을 다시 핸드백 속에 집어넣었으나 솔직하지 못한 자기를 발견하고 위선적인 자기의 성격을 피가 나도록 꼬집어 주고 싶은 충동을 느꼈다.

자기가 준호를 사랑하면서도 준호를 괴롭힌 것은 결국 솔직하지 못한 면이 있기 때문이었다. 솔직하지 못하기 때문에 아름다운 것도 아름답지 않게 표현했을지 모른다.

성희는 앞으로 준호를 대하는 자기가 좀더 솔직해야 한다고 생각했다. 그 사랑이 언제까지 연장되든 사랑하는 동안만은 솔직하게 해야만 준호는 물론 자기까지도 행복할 수 있을 것 같았다. 아무때건 자기는 결혼을 해야 한다. 결혼이란 결국 사무적인 절차로 시작하여 형식적인 생활에 그치는 것이다. 사랑이 없어도 능히 지탱해 나갈 수가 있다. 말하자면 사랑하지 않는 남자하고라도 결혼은 할 수 있다.

따지고 보면 자기의 성격으로 결혼의 행복을 맛볼 것 같지 않다. 어쩐지 그런 생각이 들었다.

그렇다면 참다운 행복이 있을 수 없는 자기 생애에서 한 번만이라도 자기를 완전히 연소시킬 사랑이 있어야 할 것이 아니겠는가?

푸른 빛깔의 운명——그것은 슬픈 것인지도 모르나 이미 지워진 운명이다. 운명인 줄 알면서야 그것을 아름답지 않은 것으로 만들 필요는 없다.

이런 생각을 하고 있을 때였다. 준호가 기운 없는 얼굴로 다방 안에 들어섰다. 성희가 보기에 준호는 있는 힘을 다하여 달려와 일등으로 골인한 뒤 피로감을 느끼는 장거리 선수 같았다!

준호는 말을 못하고 고개부터 숙였다. 성희가 보기에 역겨웠던 모양이다.

성희는 사람 많은 데서나마 그를 안아 주고 싶었다. 그런 심정으로,

"제가 보고 싶었지요?"

하고 물었다.

"응."

준호는 솔직하게 고개를 끄덕이었다. 솔직한 준호가 더 좋았다.

"얼마만큼?"

"때려 주고 싶을 만큼."

성희는 사람 많은 데서 준호에게 한 대 맞았으면 하는 충동을 느꼈다. 창피하지 않을 것 같았다. 아프지도 않을 것 같았다.

"때리세요."

"어딜?"

성희는 어디를 때리라고 할까 잠시 생각 끝에 손을 차탁 밑으로 내밀었다. 역시 남 보이지 않게 맞고 싶었던 모양이다.

준호는 사방을 한 번 둘러보고 난 뒤 성희의 손바닥을 꼬집었다. 꼬집기는 하면서도 성희가 아파하지 않을 곳을 골랐던 것이다.

"아프지?"

"아뇨, 씨원해요."

그래도 준호는 더 꼬집지를 못하고 손을 놓아 버렸다.

성희는 준호의 얼굴을 말끄러미 쳐다보았다. 자기를 아끼고 사랑하는 얼

굴이었다. 성희는 지난날의 이야기를 한 마디만이라도 해야 할 것 같았다. 자기가 잘못했다는 사과의 말이었다. 그것만 해치우면 마음이 개운해질 것만 같았다. 그러나 그 말이 나오지가 않았다. 그래서,

"선생님."

하고 준호를 부른 뒤,

"제가 하고 싶은 말이 꼭 한 마디 있는데 알아맞혀 보세요."

"맞추면 어떡허지?"

"하라는 대루 무엇이나 다 할게요."

준호는 부끄러운 생각을 하고 있는지 얼굴을 돌리며 빙그레 웃었다. 그리고는 외면한 채,

"말해 볼까?"

했다. 자신이 있는 모양이었다.

"다섯 고개에 못 맞히면 선생님이 나 하라는 대루 하셔야 해요."

"그러지……."

"빨랑!"

준호는 성희를 보고 한 번 실룩 웃은 뒤 성희 귀에다 입을 대고,

"아이 러브 유, 아냐?"

했다.

성희는 그렇다고 해 주고 싶었다. 준호에게 승리감을 주고 싶었던 것이다. 그러나,

"그건 벌써 해 본 말인데요, 뭐. 안 해 본 말 말이지."

"그럼 뭘까? 아이 헤잇 유(나는 당신을 미워합니다)."

"왜 제가 선생님을 미워해요? 이렇게 옆에 있는데……."

"참 그렇군."

준호는 모르겠다고 손을 들었다.

"두 고개에 기권하는 법이 어디 있어요?"

"모르겠는 걸 어떡해."

"그럼 제가 알으켜 드리죠."

　성희는 만년필과 종이를 꺼내,

　‘힘든 편지까지 쓰시게 해서 미안합니다.’

라고 쓴 뒤 입을 쌜룩하고 웃었다. 그것을 읽자 준호는,

　“괜찮아. 이렇게 옆에 있는데.”

라고 얼굴 전체로 소처럼 웃었다. 그리고는 성희의 만년필을 뺏어,

　“내 영어 하나 가르쳐 줄까?

한 뒤,

　“I Love None but Your.”

라고 썼다.

　“무슨 뜻이죠?”

　성희는 알면서도 모르는 척했다.

　“나는 아무도 사랑하지 않는다. 그러나 당신만은…….”

　준호가 이렇게 해석할 때 성희는 자기가 오직 준호 안에서만 살고 있다는 것을 느꼈다.

　성희와 준호는 다방을 나왔다. 그리고는 음식점으로 가서 간단한 저녁을 먹었다. 저녁을 먹자 성희는,

　“오늘부터 영어를 또 배워 주셔야죠.”

했다. 영어 공부할 생각은 조금도 없었다. 공부를 한다고 해도 글이 머릿속에 들어가리라고는 생각되지가 않았다. 준호와 같이 자기 집으로 가서 조용한 시간을 가지고 싶었을 뿐이었다. 그 뒤의 일은 생각할 필요가 없었다. 같이 있을 시간만이 필요했던 것이다.

　성희의 집으로 가자 성희는 라디오를 틀었다. 멋진 음악이 나오면 춤이라도 추리라 생각했던 것이다. 그러나 아무리 다이얼을 돌려도 댄스곡은 나오지 않았다. 할 수 없이 라디오를 끄고 옷을 갈아입으면서 성희는,

　“재미있는 이야길 하세요.”

하고 말했다. 그것은 정말 이야기가 듣고 싶어서는 아니었다. 지금 자기는 슈트를 벗고 있다. 슈미즈 바람의 육체를 준호에게 보여 주고 싶었던 것이다.

"재미있는 이야기가 뭐 있어?"

준호는 신사도를 지키노라고 그러는지 얼굴을 숙인 채 성희에게서 외면했다.

성희는 준호를 내려다보았다. 약간 붉어진 얼굴이었다. 보아서는 안 된다고 생각하면서도 마음속으로 보아서 안 될 그것을 보고 싶어하고 있는 것 같았다.

성희는 그러한 준호를 그냥 내버려 두고 싶지가 않았다.

"저걸 좀 벗겨 주세요."

벽에 걸린 스커트와 스웨터를 가리켰다. 준호는 일어섰다. 그리고는 너저분하게 걸려 있는 옷을 보았다.

"어떤 걸?"

그러면서도 성희에게로는 시선을 보내지 못했다.

"빨간 스웨터하고 까만 스커트."

준호는 시키는 대로 옷을 내려 주었다. 옷을 주면서도 시선을 어디다 두어야 좋을지 몰라 쩔쩔매는 것이었다. 성희는 속으로 웃음이 나왔다. 그러나 아무 말 않고 옷을 입었다.

성희가 옷을 입고 방바닥에 앉았을 때야 준호는 머리를 들어 성희를 바라보았다. 성희도 준호를 보았다. 두 시선이 부딪치는 순간이었다. 그러리라고는 꿈에도 생각 못했던 준호가 왈칵 성희를 끌어안았다.

"보고 싶었어."

성희도 아무 말 없이 눈을 감았다. 눈을 감고도 준호가 자기 입술을 찾고 있음을 알고 입술을 내맡기었다. 그리고는,

"이젠 싸우지 말아요."

했다.

준호는 키스를 꼭 한 번만 하고 자기 자리로 돌아갔다. 키스했다는 사실만이 중요하다는 것처럼. 그것은 기억을 남기기 위한 행동 같기도 했다.

성희는 불만스러웠다. 그래서 책상 위에 있는 과자 접시를 가져왔다. 좀 더 다른 분위기 속에서 준호의 정열을 시험해 보려고 했던 것이다. 그러나

준호는 할 일을 다 했다는 듯이,

"영어 공부를 해야지."

하고 마치 선생처럼 근엄하게 말했다.

"오늘은 공부 안 해요."

성희는 웃음을 띠고 거세게 말했다.

"그래?"

사실은 자기도 그렇다는 듯이 빙그레 웃는 준호였다. 그리고는 과자를 먹기 시작했다. 그런데 성희는 과자를 먹다 말고 준호를 쳐다봤다.

"왜 안 먹어?"

그래도 대답을 안 할 때 준호가 과자 한 개를 집어 성희 입에 넣어 주었다. 성희는 그것을 절반만 입에 넣었다. 그러고도 먹을 생각을 안 했다. 준호도 눈치를 챘던지 나머지 절반을 자기 입에 넣었다. 그때야 성희는 자기 입에 넣은 과자를 씹기 시작했다. 그때였다. 준호가 다시 덤벼들었다. 이제는 성희가 조금도 무섭지 않은 모양이었다.

준호는 성희가 자기를 사랑하는 것이 분명하다는 자신을 가졌다. 그렇기 때문에 다시 포옹을 하는 데 주저하지 않았다. 그리고 그 포옹을 조금도 거부하지 않는 성희를 볼 때 자리에서 죽는 한이 있다 해도 행복의 절정에 이르러 보고 싶었다. 그래서 정신없이 키스를 했다.

그 탄력 있는 젊은 육체를 포옹하고 감미로운 키스를 할 때 준호는 그저 황홀하기만 했다. 모든 이성을 완전히 망실한 상태였다.

그러나 성희의 집을 떠나 돌아올 때 준호는 두려운 마음을 갖기 시작했다. 팔을 끼고 볼을 만지던 때와는 아주 다른 마음이었다. 혹시 학생들이나 동료가 자기 얼굴에서 성희와 키스했다는 사실을 알아내지나 않을까? 아내가 자기를 매도하고 저주하지나 않을까? 이러한 죄의식을 느끼면서도 그래도 성희와의 사랑을 잊지 못하는 준호였다.

모든 것을 맡기고 조금도 항거함이 없던 성희의 사랑을 생각하면 지구가 두 조각으로 갈라져도 무방할 것만 같이 생각되었다.

'되는 대로 살지!'

준호는 운명론자로 기울어졌다. 죄의식을 버릴 수가 없었으나 그렇다고 해서 성희를 버릴 수도 없는, 어떻게도 할 수 없는 심정이었다.

집에 들어서자 준호는 아내에게,

"늦었지? 선생들이 자꾸 바둑을 두자구 그래서 기원엘 갔다가 그만……."

그럴 듯한 거짓말을 꾸며댔다. 몇 해 동안 두지 않았지만 바둑에 미쳤던 일이 있는 준호인 만큼 아내가 속아 넘어갈 줄 알았던 것이다.

"나 냉수 한 그릇 줘."

냉수나마 달라고 요청하는 것은 아내를 믿고 의지한다는 의사 표시다. 준호는 의식적으로 아내에게 호의를 보이고 싶었다. 그것은 자기의 죄의식을 은폐하기 위한 행동일지 모른다.

아내는 속는 척도 해 주었고 달라는 물도 공손히 떠다 주었다. 그러나 말 수가 적었다. 준호의 마음속을 들여다보는 것만 같았다. 그래서,

"뭐 기분 나쁜 일이라두 있어?"

하고 약간 높은 언성으로 아내를 힐문하듯이 물었다.

"좀 조용하세요. 미원의 방에 손님이 와 있어요."

아내는 대답 대신 준호의 말을 삼가게 했다. 불쾌한 일이었다. 자기를 경원하는 태도가 분명했기 때문이었다. 그러나 그렇다구 투정할 수도 없었다. 아내가 성희의 관계를 알 리 만무하다. 그런데 공연히 투정을 하다가 아내의 마음을 건드려 아내에 대한 불만이 있다는 냄새를 풍기면 그것은 졸렬한 결과를 가져오게 할 것이다. 그래서 아내는 더 건드리지 않고,

"어떤 손님야?"

하고 미원이 행동을 탐색하기 시작했다.

"남자 친군가 봐요."

"뭐! 남자가 밤늦게까지 처녀 방에 머물러 있어?"

준호는 아버지로서 가만 있을 수 없는 일이라는 듯 격분한 태도로 방을 뛰쳐 나갔다.

준호는 교양이 없는 행동이라고 생각했다. 그런 아내에게 자기가 결백하다는 것을 보이기 위해서는 교양이 없어 보이는 듯한 흥분도 무방할 일이라

고 생각했다. 그래서 미원의 방문을 왈칵 열고 방 안을 들여다보았다.

준호는 정말 못 볼 것을 보았다. 미원이 사내의 무릎 위에 앉은 채 사내의 팔에 안겨 키스를 하고 있는 것이 아닌가?

조금 전 성희와 자기가 범한 행동보다도 더 적극적인 행동들이었다.

준호는 자기가 취할 태도를 알지 못했다. 무어라고 소리를 지르고 싶었으나 목이 콱 막히는 것만 같았다.

준호는 눈을 감고 몸을 돌린 뒤 자기 방으로 돌아갔다. 아내는 준호가 무엇을 보고 돌아왔는지 알지 못하리라. 그렇기 때문에 준호의 방으로 들어오지를 않았다. 준호는 방바닥에 누워 현기증을 느꼈다.

미원이 연애를 한다는 것쯤 모르는 일이 아니었으나 육안으로 행동을 목격했을 때 환상으로만 생각해 오던 무서운 일이 현실화한 것처럼 머리가 아찔했던 것이다.

옳고 그릇된 것을 가릴 여유가 없었다. 그저 뒤통수를 한 대 얻어맞은 것 같은 얼얼한 느낌이었다. 미원의 방 앞에서 발소리가 났다. 남자가 돌아가는 모양이었다. 대문 소리가 난 뒤 한참 만에 미원이 발소리가 가까이 들려 왔다. 그러나 준호는 미원을 부르지 못했다.

미원을 대한다는 것이 폭발물을 대하는 것처럼 무서웠던 것이다. 미원은 준호를 찾아오지 않았다. 미원 역시 아버지를 무서워하고 있으리라.

준호는 자리를 깔고 옷을 벗은 뒤 자리 속에 누웠다. 그리고는 평온한 마음으로 돌아가리라 마음먹었다.

미원을 꾸짖을 수 없는 자기다. 미원을 꾸짖을 만큼 심장이 두터운 사람이 못된다. 그렇다면 아예 흥분할 것도 없지 않은가? 흥분할 자격이 없다면 차라리 평온한 마음으로 미원을 생각지 않는 편이 낫지 않겠는가?

그러나 다음날 아침 조반을 먹을 때 미원의 얼굴을 보자 아버지의 위신상 모르는 척 가만 있을 수만은 없다고 생각했다. 조반을 먹자 미원을 자기 방으로 불러다 놓고 아내에게 들리지 않을 만큼 잔잔한 목소리로,

"나는 너를 어떻게 해야 하겠니? 입장을 바꿔서 말해 봐라."

하고 미원이 입을 열게 했다. 그러나 미원은 잘못했다는 뜻의 표시인지 얼

굴을 숙인 채 대답을 안 했다.

"아무 말도 안 하는 것이 옳겠니?"

그래도 미원은 대답이 없었다.

"말해 봐. 네가 하라는 대루 할게."

그때야 미원은 입을 열고,

"나가라면 나가겠어요."

음성은 잔잔한 것이었으나 준호에게 항복할 수는 없다는 어조였다.

"그런 말은 왜 하지? 누가 나가랬니?"

"그럼 절 어떻게 하라는 거예요?"

도리어 미원의 목소리가 거칠게 시작했다.

"조용해라. 어머니가 들을라."

준호는 어머니에게도 알리지 말라는 온정적인 태도를 보인 뒤,

"그러니까 네 의견을 묻는 게 아니냐?"

하고 자기의 의견은 조금치도 없다는 듯이 말했다. 그러자 미원은 다시 침묵하기 시작했다.

"그래 그 남자와 결혼할 생각이냐?"

준호는 차라리 그 남자와 약속을 하게 하는 것이 편하리라 생각했다.

"키스를 했다구 반드시 결혼을 해야 하나요?"

너무나 당돌한 대답이었다.

"그럼 결혼할 생각은 통 안 하구 있니?"

"아직 해 본 적이 없어요."

준호는 더 이야기할 용기가 나지 않았다. 이야기할수록 아버지로서의 위신만 상실하게 될 것 같았다.

"어머니에게도 이야기할 것 없이 잘 생각해 봐라."

준호는 미원이 혹시 집을 나가지나 않을까 하는 우려 밑에서 이런 말을 한 뒤 학교로 갔다.

어느덧 연도가 바뀌고 새 학기를 맞이한 만큼 담임을 맡은 준호의 사무적인 일이 적지 않았다. 수업을 하고 틈 있는 시간에는 사무적 일을 하면서도

딸을 꾸짖을 수 없는 아버지로서의 슬픔을 잠시나마 잊을 수가 없었다.

셋째 시간 수업이 끝난 뒤 담임반 학생 신상조사서를 정리하고 있을 때였다. 여학생 한 명이 옆에 바싹 다가와서,

"선생님."

하고 준호를 불렀다. 최영실이었다. 준호는 깜짝 놀랐다. 얼마 동안 잊고 있던 영실이었다. 그런데 돌연히 자기 옆에 나타난 영실을 보자 준호는 자기를 괴롭히는 존재라는 것을 직감했다. 동시에 무의식적이나마 공포감을 느꼈다. 그러나,

"왜?"

준호는 공포감을 은폐하고 태연하게 대했다.

"오늘 커피 사 주세요."

이건 명령조였다.

"오늘은 바쁜데……."

준호는 영실에게쯤 냉정할 수가 있다고 생각했다.

"돈이 없다면 솔직하게 말씀하세요. 저한테두 그런 돈은 있으니까요."

이건 정말 준호를 자기와 동등한 위치에 놓고 하는 말이다.

"실례되는 말은 삼가."

준호는 주머니 속에서 백 환짜리 지폐 몇 장을 꺼내 보였다.

"그럼 언제 사 주시겠어요?"

준호는 쓸데없는 소리 말고 빨리 나가기나 하라고 꾸짖어 주고 싶었다. 그러나 술을 마시게 했고 악수를 청한 일이 있는 만큼 차마 그럴 수가 없었다.

"다음에 사 줄게……."

영실은 불만인 듯했다. 그냥 나가려고 하다가 다시 몸을 돌린 뒤,

"꼭 드릴 말씀이 있어요."

한 마디를 남긴 뒤 직원실을 나갔다.

준호는 영실에게서 오직 귀찮다는 것만을 느꼈다. 그러나 자기가 냉정하게만 대하면 저절로 물러서리라 생각하며 다시 신상조사서를 정리하고 있을

때 동료인 변성제 선생이 옆으로 와서 준호의 어깨를 툭 쳤다. 그리고는,

"인기가 대단하신데!"

밑도 끝도 없는 말을 던졌다.

"무슨 말인지 잘 모르겠는데요."

준호는 혹시 성희와의 관계를 알고 하는 말이나 아닌가 하고 가슴이 뜨끔했다.

"최영실 어머니한테서 방금 우리를 초대하겠다고 전화가 왔는데 전화는 나한테 하면서 초대받는 주인공은 방 선생처럼 이야기하지 않아? 약간 기분이 나쁜데요."

준호는 성희와 같이 갔던 카바레에서 영실의 어머니 송인희 여사와 만났던 일을 생각했다. 변성제의 거드름은 문제가 아니었다. 초대를 받아서 간다면 반드시 카바레 이야기가 나올 것이 분명했다. 준호는 송인희를 영실이 못지않게 귀찮은 존재라고 생각할 수밖에 없었다.

"언젠데요?"

준호는 도망칠 궁리를 하며 물었다.

"내일 저녁 여섯 시까지 ××다방으로 나오라던데요. 아마 한턱 톡톡히 낼 모양이야."

"내일은 바쁜 일이 있어 못 가겠는데!"

"허허, 비싸게 구실 것 없잖소?"

"처갓집 제산데 안 갈 수 있어요. 정말 비싸게 구는 건 아닙니다."

"그럼 큰일나지 않았나……."

준호가 그럴 듯하게 제스처를 쓰는 바람에 변성제는 곧이들은 모양이었다.

"전화를 걸어야겠군. 모레는 괜찮겠지요."

변성제는 전화통으로 갔다.

준호는 모레도 거절하려 했으나 차마 그럴 수가 없어 내버려 두었다.

귀찮은 것들을 일단 거절했으나 마음은 가볍지가 않았다. 피곤한 것 같았다. 사지가 노곤했다.

준호는 학교를 나와 학교 근처에 있는 공중전화로 갔다.

어젯밤 헤어질 때 오늘 다섯 시에 만나기로 약속했던 것이지만 오늘만은 성희마저 만나고 싶지가 않았던 것이다. 귀찮은 마음으로 약속을 연기하는 전화인 만큼 직원실에서 걸기가 거북하여 공중전화를 빌리기로 한 것이지만 전화를 걸었을 때에 성희는 때마침 집에 있지 않다는 것이었다.

성희가 없다고 대답한 전화 받은 여인이 준호에게 누구냐고 물었다. 성희네 식모 같았다. 준호는 숨길 필요가 없어서 자기 이름을 댔다. 그랬더니 저편에서 성희가 목욕을 갔으니 두어 시간 뒤 다시 한 번 걸어 달라고 반색하는 목소리로 말했다.

"목욕을 두 시간이나 하나요?"

저쪽에서 반색을 하니 흠 없이 물어 볼 수가 있었다.

"그렇답니다. 두 시간이 넘으면 넘었지 그보다 일찍은 끝내는 일이 없어요."

준호는 껍질을 벗겨도 그렇게는 걸리지 않을 것이라고 한 마디하고 싶었으나 실없는 사람이 될 것 같아 돌아오는 대로 전화를 걸도록 부탁해 놓고 전화를 끊었다.

그러나 두 시간이 지나도 전화가 오지 않았다. 준호는 성희가 전화를 걸어 주지 않았으면 하고 내심으로 바랐다. 못 만날 이유가 없으면서도 만나지 못하겠다는 말을 구구하게 설명하기도 구차스러웠던 것이다. 차라리 욕을 먹는 한이 있다 해도 아무 말 없이 약속을 안 지키는 것이 편할 것 같았다.

그런데 퇴근을 하고 학교를 나오려고 할 때 전화가 왔다. 이편에서 걸었기 때문에 거는 것이 아니라 자기 용건 때문에 거는 전화였다.

"갑자기 바쁜 일이 생겼어요. 내일 다시 전화를 걸겠어요."

마치 준호가 무엇 때문에 전화를 걸었는지 그것을 미리 알고 선수를 쓰는 듯한 태도였다. 준호는 약간 불쾌했으나 차라리 잘 되었다 생각하고 집으로 돌아왔다.

이 날 퇴근을 하자 바로 집으로 돌아간 것은 아내에게 잘 보이기 위한 것이 절대 아니었다. 아내에게 잘 보이겠다는 마음은 벌써부터 희박해져 있었다. 그저 마음이 피곤했기 때문이었다. 자기를 귀찮게 하는 모든 군상을 떠나 조용히 마음을 휴식시키고 싶었던 것이다.

그런데 아내의 태도가 몹시 신경을 자극시켰다. 냉정해졌다는 것은 얼마 전부터 느끼고 있는 일이었지만 일찌감치 돌아온 남편에게 놀랄 만큼 무심했던 것이다.

어제는 바둑을 두다가 늦게 왔다고 했으니 오늘은 왜 바둑을 안 두었느냐고 핀잔이라도 줌직한데 쓰다 달다 말 한 마디 없었다.

저녁상을 들고 들어와서도,

"잡수세요."

할 뿐 얼굴 표정을 조금도 달리하지 않았다. 준호가 좋아하는 된장찌개를 끓여 놓았으니 많이 먹으라고 빈말이나마 한 마디쯤 할 수 있을 텐데 입은 꿰맨 듯 다물고만 있었다.

준호가 무시당하고 있는 느낌이었다.

"왜 말이 없어?"

싸움이 벌어져도 좋았다. 한 마디쯤 안 할 수가 없었다.

"할 말이 뭐 있어요?"

"할 말이 없다니?"

"필요한 말은 다 하지 않았어요."

"말이란 꼭 필요한 말만 하는 건가?"

"전에 안 쓰시던 신경을 쓰시는 것 같군요."

속에 무엇이 뭉쳐 있는 모양이었다. 준호는 아내가 무엇을 알고 있는 것이라 생각하고 말을 그쳐 버렸다.

'여자란 냄새를 맡을 줄 아는가 보지.'

냄새를 맡지 않고서야 자기에게 무슨 일이 생기고 있다는 것을 알 리가 없다.

준호는 벙어리처럼 말없이 저녁을 먹은 뒤 자기 방으로 돌아왔다. 불쾌했다. 아무리 자기가 딴 여자를 사랑하고 있다 해도 아내가 무관심을 표명하는 냉정이 유쾌할 수 없었다. 차라리 선전포고를 하고 전투태세를 취해 주는 것이 시원할 것 같았다.

준호는 성희를 생각했다. 성희라면 이런 경우 선전포고를 할 것이다. 얼마나 솔직한 행동인가?

산장의 하룻밤

성희를 생각하니 갑자기 가슴이 부풀어올랐다. 건드리기만 하면 터질 것처럼 성희에 대한 그리움이 팽창했다.

포옹. 키스. 생각만 해도 몸이 오싹해질 만큼 추억이 현실보다 더 강력하게 준호의 가슴을 긴장케 했다.

"가서 살 수 있는 곳만 있다면 성희와 같이 도망을 칠 텐데……."

준호는 이런 생각도 해 보았다. 붙잡을 수 있는 행복이라면 그것을 끝까지 향유하고 싶은 마음이었으리라.

'아내와 이혼을 하고 정식으로 성희와 결혼을 한다면…….'

만약 결심만 선다면 그럴 수도 있을 것 같았다. 가정이라는 것, 직업이라는 것, 모두 포기해도 무방할 것 같았다.

그런데 그 날 밤 미원이 나가서 돌아오지 않았다. 또 외박을 한 것이다.

준호는 가정이란 것이 더욱 싫어졌다.

아내에 대한 애정은 이미 식어졌다. 딸은 부모를 무시하고 방종한 생활을 하고 있다. 가정에 붙어 있어야 할 이유가 무엇인가?

그런데 다음날 학교에 갔을 때 성희에게서 전화가 왔다. 다섯 시에 기다리겠다는 것이었다.

준호는 어제의 감정과 아주 달랐다. 안 보고는 못 배길 것 같은 심정으로 약속한 장소로 달려갔다.

성희도 준호를 반가워했다. 그러나 차를 마시자 하는 소리가,

"오늘은 술이 마시고 싶어졌어요."

하는 것이었다.

준호도 성희가 허락하기만 한다면 진탕 마시고 싶은 때였다.

"어디루 갈까?"

"조용한 데루……."

사실 여자가 술을 마시자면 조용한 곳이라야 할 것이다. 그러나 조용한 곳이라고는 중국요릿집밖에 생각이 나지 않았다.

"중국집으루 갈까?"

"시외에 한적한 곳은 없을까요?"

준호는 정릉 같은 곳에 조용한 요릿집이 있다는 말을 들었다. 그러나 그런 델 가자면 돈이 많이 든다. 자기 주머니로서는 생각할 수도 없는 일이다.

"있기야 정릉 같은 데 조용한 집이 있다지만 비용이 많이 들걸!"

"그럼 정릉엘 가 봐요."

성희는 돈 이야기 같은 것은 문제도 안 된다는 듯이 출발을 서둘렀다.

다방에서 나와 택시를 부르고 나서야,

"돈은 제게 있어요."

하며 무턱대고 택시에 올라탔다.

준호는 성희가 술을 마시고 싶을 만큼 그에게 우울한 일이 있는 것이라 생각했다.

그런 만큼 성희의 의견을 반대할 수가 없어 말없이 뒤를 따랐다.

자동차가 돈암동을 지났을 때야 준호는,

"뭐 우울한 일이라두 있어?"

하고 성희의 마음을 타진하기 시작했다.

"꼭 우울한 일이 있어야만 술이 마시고 싶은가요?"

성희는 지금 자기가 간직하고 있는 우울을 설명하고 싶지가 않았다. 설명이란 것은 비굴하게 생각하는 성희이기 때문이었다. 더구나 준호까지 우울하게 할 이야기는 아예 꺼내지 않는 것이 좋으리라고 생각했다.

"그래두 이유가 있겠지."

"그냥 마시고 싶어졌어요."

준호는 더 물을 수가 없었다.

자동차가 정릉에 도착했다. 토요일도 일요일도 아닌 날이 되어서 그런지 손님은 그리 많지가 않았다. 손님이 많지 않다고 해서 안심되는 것은 아니었다.

어디선가 학부형이 불쑥 나타날 것만 같아 가슴이 두근거리기 시작했다. 이런 데까지 젊은 여자와 함께 와서 요정에 들어가는 것을 본다고 하면 누구나가 의심할 것은 틀림없다.

준호는 불안했다. 오기는 왔는데 뒷일을 감당해 나갈 것 같지가 않았다.

준호는 사방을 둘러 볼 뿐 어디로 갈지를 결정짓지 못했다. 성희가 술이 마시고 싶다는 말을 했지만 그것이 진담인지 그저 해 본 말인지 그것마저 확인하지 못하고 무턱 요정으로 들어갈 수도 없었다. 그리고 설사 요정엘 간다 해도 술 마시러 와 본 적이 한 번도 없는 곳이라 어떤 집이 좋은지를 몰랐다.

이중 삼중으로 망설이고 있을 때 성희가,

"빨리 정하세요."

하고 독촉했다. 성희도 길에 오래 서 있는 것이 불안한 모양이었다.

"정말 술을 마실래?"

준호는 우선 성희의 결심을 다짐 안 할 수가 없었다.

"마시지 말라면 그만두지요."

성희는 준호가 하자는 대로 하겠다는 뜻의 말을 했지만 그 말 속에다 준호의 태도를 불만스럽게 생각하는 의미가 포함되어 있었다.

"누가 마시지 말랬어?"

준호는 성희의 의사를 꺾을 수가 없었다. 성희의 의사를 꺾는 순간 성희가 자기를 어떻게 생각할 것인가 근심스러웠던 것이다. 자기를 봉건적이라고 판단 내린다든가 그렇지 않으면 누구에게 발각될 것이 겁나서 그러는 것이라 비굴하게 생각한다면 자기는 성희에게 경멸을 받는 사람이 된다.

준호는 가장 눈에 띄는 청수장(淸水莊)을 바라보며,

"저 집으루 갈까?"

하고 성희의 블라우스 소매를 잡아당겼다. 그러나 성희는 개천 건너편에 있는 한국식 집을 가리키며,

"조용한 데가 좋지 않아요?"

했다. 그럴 듯했다. 집이 클수록 손님이 많을 것이다. 손님이 많을수록 아는 사람을 만날 가능성이 많다.

준호와 성희는 돌다리를 건너 수옥장(水玉莊)이라고 써 붙인 한식집으로 들어갔다. 손님이 한 명도 보이지 않았다. 다행스러운 일이었다.

준호는 그래도 사방을 두리번거리고 방 안에 들어서는 창문을 닫아야 할지 그렇지 않으면 아주 열어 놓아야 할지를 망설였다.

생각 같아서는 밖에서 들여다보이지 않도록 닫아 버리고 싶었지만 들어가자마자 닫는 것이 요릿집 사환에게까지 의심을 살 것 같아 이러지도 저러지도 못했다.

그때 성희가,

"문을 닫으세요."

했기 때문에 문을 닫기는 했으나 준호의 마음은 점점 더 두근거렸다. 으슥한 요릿집에서 문을 꼭꼭 닫고 성희와 같이 앉아 있는 것 자체가 죄를 짓는 것 같았기 때문이었다. 아는 사람이 문을 발칵 열고 들어올 것만 같았다. 그러면 꼼짝할 수도 없다.

성희도 불안한 모양이었다. 아무 말도 못하고 벽에 기댄 채 쪼그리고 앉아 있었다. 사환애가 물수건을 가지고 들어와,

"무엇으로 하실까요?"

할 때도 성희는 입을 열지 않았다.

준호는 어차피 쏟아 놓은 물이니 할 수 없다고 생각했다.

"삐루루 할까 정종으로 할까?"

하고 성희에게 물었다. 그때 성희는 얼굴을 약간 붉히고,

"선생님 마음대루 하세요. 독하지 않은 것으루."

하고 대답했다. 준호는 잠시 생각하다가 정종 반 되만 가져오라고 했다.

사환은 저녁도 준비하라느냐고 물었다. 준호는 성희의 눈치를 보다가 저

녁도 가져오라고 했다.

　사환이 나가자 성희가,

　"정종은 쓰지 않아요?"

하고 물었다.

　"그 중 마시기 쉬울 거야. 위스키처럼 독하지두 않구."

　준호는 이렇게 대답했지만 속으로는 성희가 과연 술을 마실 것인가 하는 의심을 했다.

　한 잔쯤은 마실지 모른다. 그러나 한 잔쯤 마시고는 손을 들어 버릴 것만 같았다. 단순한 호기심으로 술타령을 했지만 술맛을 모르는 한 많이는 마시지 못할 것 같았던 것이다.

　성희가,

　"조용해서 좋은데요."

하고 입을 열었다. 불안하던 마음이 안정되었다는 말인지 모른다. 그러나 준호는 조용하니까 아무 일을 해도 괜찮다는 말로 해석하고 싶었다.

　"우리 말고는 손님이 하나두 없는데……."

　준호는 일이 잘 되어 간다는 뜻으로 대답했다. 그때 성희가 미소를 지으면서 고개를 숙였다. 다행한 일이나 부끄럽다는 뜻 같았다.

　준호는 얼굴이 화끈해 옴을 느꼈다. 오늘밤이야말로 역사를 창조하는 밤인 것 같았던 것이다.

　준호는 벌렁 방바닥에 누워 버렸다. 생각만 해도 가슴이 설레어 견딜 수가 없었던 것이다.

　"일어나세요."

　성희는 못마땅한 음성으로 말했다. 자기만 혼자 앉아 있기가 싫다는 듯이. 준호는 벌떡 일어났다. 그리고는,

　"숙녀 앞에서 예의를 지킬 줄 몰랐군."

하며 빙그레 웃었다.

　"예의는 안 지켜두 좋아요. 심심하게 하시지만 않으면……."

　성희가 이런 말을 할 때 준호는 성희가 어떤 일을 해도 화를 내지 않을

것이란 자신이 들기도 했다.

준호는 자기가 마음대로 할 수 있는 밤이란 생각을 하며 성희의 얼굴을 멀거니 바라보았다.

"왜 얼굴이 붉어졌어요!"

성희가 준호의 마음을 알면서도 솔직한 마음의 표현이 듣고 싶다는 표정으로 물었다. 준호는 지금 모든 것을 그런 식으로 해석하고 있다. 성희는 이미 모든 것을 각오한 것처럼 보였기 때문이었다.

그래서 준호는 될 수 있는 한 솔직한 표현으로 성희와 접근하려고 했다.

"성희가 좋아서……."

"그럼 저두 빨개졌어요?"

준호는 참을 수가 없었다. 성희에게로 달려갔다. 그러나 겨우 성희의 얼굴을 손으로 만져 볼 뿐이었다. 술을 마시기 전에는 점잖아야 한다는 생각이 들었던 것이다. 손으로 성희 얼굴을 만져 본 뒤,

"겉보다 속이 뜨거운데……."

하고 말했다. 겉은 붉지가 않았다. 그러나 살이 뜨거웠던 것이다.

"아니 저리 가세요. 사람이 오면 어떡해요."

성희는 준호가 다른 행동까지 할 줄 알았던지 준호를 물러나게 했다. 준호는 무안을 느꼈다. 그리고 이때까지 자기대로 해석했던 것이 모두 무너지고 만 것처럼 생각했다. 성희는 어디까지나 냉정한 것 같았다.

준호가 열적은 얼굴로 자기 자리로 오자 성희가,

"전 불안한 게 싫어요. 남한테 의심받을 필요가 없잖아요."

하고 변명 비슷한 말을 했다. 준호는 변명이라도 해 주는 것이 열적은 자기를 위해 고마운 일이라 생각했다. 그러나 그런 말을 하는 성희가 갑자기 냉정해진 것이라 생각 안 할 수 없었다. 단 둘이서 요정에 들어왔다는 사실부터가 의심을 받기에 충분한 일이다.

그런데 새삼스럽게 의심받을 일을 하고 싶지가 않다니…….

준호는 빨리 마시고 빨리 돌아가는 수밖에 없다고 생각했다. 그럴 때 술상이 들어왔다.

술상이 들어오고 사환이 나가자 성희는 서슴지 않고 술주전자를 들었다.

"제가 따를게요."

준호가 마실 술은 자기가 따라야 한다는 투였다. 준호는 술이 깰 때처럼 석연치 못한 마음으로 술잔을 내밀었다.

술을 따르며,

"화나셨어요?"

하고 성희가 달래듯이 말할 때도 준호는,

"아 아니."

할 뿐 마음이 내키지 않았다. 준호가 성희의 술을 따르고 서로 술잔을 부딪친 뒤,

"포 유어 럭(For Your Lock)."

할 때도 속은 후련하지가 않았다.

성희도 그러한 준호가 마음에 들지 않았다. 주문한 술과 저녁식사가 들어오면 그 뒤에는 사환이 들어오지 않을 것이다. 그때는 포옹도 키스도 마음대로 할 수가 있을 것인데 아직 술상도 들어오기 전에 자기에게로 다가왔다는 것은 결국 참을성이 없다는 행동이라 아니할 수 없다. 그 참을성 없는 행동을 달게 받아들이지 않았다고 해서 불쾌한 낯을 짓는다면 결국 준호도 그렇게 믿음직스럽지가 못한 남자다.

말하자면 어제 만났던 장일구(張一求)보다 더 나을 것이 없다. 어제 준호를 만나지 않은 것이 그 장일구 때문이었지만 오늘 술 마시고 싶은 충동을 받은 것도 그 장일구 때문이었다.

어제 목욕을 한 뒤 준호를 만나러 나가기 위해 화장을 하고 있을 때 며칠 전 대학동창생 Y와 같이 카바레에 가서 사귀었던 장일구가 집으로 찾아왔다.

그리고는 약속이 있다는데도 나가지를 못하게 눌어붙어 앉아 있었다. 성희는 할 수 없이 준호에게 전화를 걸고 내일 만나자는 약속을 했던 것이지만 장일구는 저녁을 산다고 하며 성희를 끌고 거리로 나가고야 말았다.

어떤 조용한 일본 음식점 독방으로 들어가자 일구는 비어를 주문한 뒤 성

희에게도 그것을 강권했다. 성희가 안 마시겠다고 해도 만약 성희가 안 마시면 자기도 안 마신다고 하며 강제적으로 먹이려 했다. 성희는 못 마실 내가 아니란 생각에 그 쓴 비어를 두 잔이나 마셨다.

조금 속이 찌르르 했다. 얼굴도 약간 붉어졌었다. 마시려고만 하면 몇 잔이라도 마실 수 있을 것 같았다. 그러나 장일구 앞에서 취하고 싶지가 않아 그 뒤부터는 술잔을 통 입에 대지 않았다. 그랬더니 장일구는,

"비싸게 굴 거 없잖아? 여자란 아무래두 남자의 추종물이야. 남자가 좋아서 마시라는데 안 마실 게 뭐야."

또 반말질을 하며 큰소리를 했다.

그래도 못 들은 척 술을 안 마시자 일구는 혼자서 들이키다가 갑자기 성희에게로 달려들어,

"난 성희가 좋아졌어."

함부로 껴안는 것이었다.

성희는 벌떡 일어났다. 그리고 핸드백을 들고 나오려 했다. 다른 사람들이 창피스러워 소리를 지를 수가 없었다.

그때 일구는 두 손을 쳐들고 성희의 손을 막으면서,

"안 그럴게. 정말 안 그럴게."

하고 사정을 했다. 그 사정을 하는 표정이 순진스러워 성희는 다시 자리에 앉았지만,

"사람을 뭘루 보는 거예요?"

하고 다시 그런 짓을 못하도록 방비선을 쳐놓았다. 일구는 그 뒤부터 어린애처럼 잘못했다는 사과를 하며,

"정 좋아지면 지성을 잊어버리게 되는 모양이야."

하고 자기 변명을 했다.

그렇게 사과하는 일구에게 좋은 면이 있음을 발견했으나 그래도 더 오래있기가 싫어 곧 음식점을 나오고 말았다. 동물성을 가진 사나이. 지금 성희는 준호에게서도 그런 동물성을 발견했던 것이다.

장일구와 비교되지는 않았지만 준호도 동물성의 남자라는 것을 생각할

때 성희는 술이 더 마시고 싶어졌다.

만약 준호가 식물성인 남자로만 행세했다면 도리어 불만을 품었을지 모른다.

동물성이기를 바라다가도 동물성이 싫은 때가 있고 식물성이기를 바라다가도 식물성이 싫은 것은 결국 성희가 준호를 마음껏 사랑할 수 없다는 잠재의식 때문일지도 모른다.

성희는 장일구처럼 준호가 싫지는 않았다. 그러기에 뛰쳐 나갈 생각은 털끝만큼도 가지지 않았다. 그 대신 술이나 마시려 했던 것이다.

술맛을 아는 준호도 술맛을 감상하듯 쫄금쫄금 마시는데 성희는 작기는 하나 술잔에 든 술을 단숨에 마셨다. 그러기를 몇 번이나 했는지 모른다.

준호가 만류했다. 취하면 돌아갈 수가 없지 않느냐고 걱정까지 했다. 그러나 성희는 준호에게 반항하고 싶었다. 어떤 말에든 항거하고 싶기만 했다. 이상한 심리였다. 술을 몇 잔 마시자 그때는 지나치게 식물성으로 변한 준호가 또다시 못마땅했던 것이다. 술을 마시기 시작할 때 성희는 발이 저려 꼬부렸던 다리를 식탁 밑으로 내뻗쳤다. 그 순간 준호는 깜짝 놀라며 오물을 피하기나 하듯 자기 다리를 뽑아 버렸다. 그 순간부터 성희는 모욕을 당한 듯한 불쾌감을 느꼈다. 더구나 지금에 와서는 집에 돌아가지 못할 것을 걱정하고 있다.

“집에 못 들어가도 잘 데는 있을 테니 걱정 마세요. 저 같은 게 걱정해 줄 대상이나 되요?”

성희는 또 술을 마셨다.

“내가 뭐랬다구 이럴까? 그러지 말구 이젠 갈 생각을 해.”

“시간이 되거든 선생님이나 가세요. 저는 혼자서 얼마든지 갈 수가 있으니까요…….”

준호는 성희의 마음을 알 수가 없었다. 알 도리도 없었다. 그러나 자기에 대한 불만이 깃들고 있는 것만은 틀림없는 일 같아 성희 옆으로 가서 어깨를 잡고,

“뭐 내가 잘못한 게 있어?”

성희를 달래기 시작했다.

"선생님이 무슨 잘못을 해요? 자신이 서글퍼서 그러는 거죠."

"서글픈 일은 뭐야? 말할 수 없어?"

"아실 필요가 없어요. 대단한 건 하나두 없으니까요."

"끝만 이야기하구 첨[始]을 이야기 안 하면 내가 궁금하지 않아? 그리구 무슨 일이나 거리낌없이 이야기하여 서루를 위로하는 것이 우리의 사이가 아닐까?

준호는 진심으로 성희의 이야기가 듣고 싶었다. 힘이 될 수만 있다면 어떤 방법으로든 성희를 도와주고 싶었다. 준호는 성희의 어깨를 흔들며,

"응, 말해 봐. 성희의 슬픔을 몰라도 좋달 수가 있어? 응 안 그래?"

애원하듯 말했다.

성희는 준호의 진심을 모를 리 없었다. 진심이 가슴에 와 닿을 때 성희는 그만 눈물이 나오려고 했다. 이야기를 해야 할 것만 같았다.

"아버지 때문예요."

차마 장일구 이야기를 꺼낼 수는 없었다. 그리고 지금 흥분하고 있는 것은 절대로 장일구 때문은 아니었다. 그러면 정말 아버지 때문일까? 그것도 물론 아니다. 그러나 준호 때문이라고는 말할 수 없었다. 아침 조반을 먹은 뒤 아버지를 못마땅하게 생각하던 일이 머리에 떠올랐기 때문에 아버지의 이야기를 꺼냈을 뿐이었다. 사실은 오늘 준호에게 술이 마시고 싶다면서 정릉까지 끌고 온 동기이기도 한 아버지의 이야기였다.

"아버지가 어쨌는데?"

"절 모욕했어요."

이 말만 하고 성희는 취한 몸을 준호의 어깨에 기댔다.

성희가 몸을 기대자 준호는 성희에게서 멀리하며 그래도 경원하는 눈치를 보이지 않기 위해,

"아버지가 딸을 모욕할라구?"

성희의 이야기를 계속하도록 했다. 준호는 조금 전 불안한 것을 싫어한다고 한 성희의 말을 기억하고 있는 만큼 성희가 적극적으로 나오기까지는 수

동적인 태세를 갖추려고 마음먹고 있었다. 그러나 성희는 그런 준호를 이해하려 하기 전에 기대는 자기를 일부러 피한다는 불쾌감부터 느꼈다. 그렇다고 해서 왜 몸을 피하느냐고 대들기가 싫어,

"그까짓 이야기 그만둬요."

하고 이야기를 중단했다. 사실은 그까짓 이야기가 중요할 것도 없다고 생각했다.

새어머니에게 백만 환짜리 다이야 반지를 사 준 아버지가 미안한 마음에서 자기에게도 무엇을 사 주겠다고 했다. 호의에서 한 말이었지만 젊은 후처의 마음을 사기 위하여 값나가는 반지를 사 준 그 방법으로 자기를 달래려는 아버지의 타산적인 마음이 자기를 모욕하는 것이라 생각했던 것이다. 새엄마와 자기를 동등한 위치에서 저울질하는 것 같을 때 성희는 울고 싶게 분했었다. 그러나 지금 준호 앞에서 그때의 감정을 이야기할 필요는 없다고 생각했다. 그 대신 준호의 마음을 뜨끔하게 할 이야기가 하고 싶어졌다. 잠시나마 약을 올려 봐야 할 것 같았다. 그래서,

"어제 제가 못 나왔죠? 사실은 전부터 따라다니는 남자가 찾아와서 못 나왔어요."

라고 장일구 이야기를 꺼냈다.

그 말을 하자 준호는 자기 자리로 돌아가 버렸다. 금시 얼굴까지 붉어졌다.

"오늘은 찾아오지 않은 모양이로군?"

준호는 오늘은 그 남자가 찾아오지 않았기 때문에 자기를 만난 것이냐는 뜻으로 물었다.

"말하자면 그렇죠."

"대용품으로 만족이 돼?"

"경우에 따라서는 할 수 없죠."

"어떤 남잔데?"

"약제산데 돈두 상당히 있는가 봐요."

"나이는?"

“이십칠팔 세쯤 되었어요.”

성희는 장일구의 나이를 알지 못한다. 그러나 무턱대고 젊다는 것을 알리구 싶었다.

“그래?”

효과 백퍼센트였다.

준호는 얼굴을 떨어뜨리고 술만 마셨다. 더 물을 생각도 않고 술만을 마셨다. 술잔 가지고는 성이 차지 않는지 연거푸 비워 거기다 술을 따라 마셨다.

성희는 바라보기만 했다. 약이 오른 준호를 바라보는 것이 통쾌했다.

이번에는 통쾌한 기분이 술을 마시게 했다. 준호가 한 컵을 마시는 동안 성희는 조그만 잔이나마 술잔을 비우곤 했다. 그래도 정신을 잃도록 취하리라고는 생각지 않았다. 사실 골이 띵한 것 같기는 했으나 정신이 마비되지는 않았다.

준호가 엔간히 취했다고 생각할 때에야 성희는,

“선생님.”

하고 준호를 불렀다. 그만큼 골려 주었으면 만족했던지,

“절대 좋아질 수 없는 사람이니까 걱정 마세요.”

하고 생긋이 웃었다.

“좋아질 수만 있다면 좋아할 거란 말이지?”

그래도 준호는 성희가 마땅치 않은 모양이었다.

“선생님이 옆에 계시는 한 좋아질 수 있는 사람이 없겠지요.”

취했다고 생각하지는 않았지만 성희도 술 마시기 전보다 달라진 것만은 확실했다.

“성희의 마음을 들여다볼 수 있으면 좋겠어.”

준호가 여적 우울한 표정을 짓고 있을 때 성희는 소리를 내며 호호 웃었다.

그리고는 손가락을 까불까불하며 자기 곁으로 오라고 했다.

준호는 갑자기 경련이라도 일으킬 것 같은 격정을 느꼈다. 몸이 떨리는

것 같았다. 그렇다고 성희 곁으로 달려갈 수도 없어 머뭇거리고 있을 때 성희가,

"와서 속을 들여다보세요. 제 속은 투명체처럼 맑으니까 들여다보일 거예요."

하고 그 작은 입을 벌렸다. 그러나 활짝 벌린 것은 아니었다. 그 얄따란 입술을 뾰족 내밀고 있는 것이었다.

준호는 마침내 달려갔다. 그리고 그 아랫입술을 물었다. 그때 성희가,

"깍쟁이."

하며 준호의 양어깨를 부둥켜안았다.

"누가 깍쟁인데."

준호는 성희를 부서져라 하고 힘껏 안았다. 성희도 죽은 듯 숨을 죽이고 안겨 있었다.

안고, 안긴 채 두 사람은 화석처럼 굳어 있었다. 영원한 화석이 될 것 같았다.

"아이 러브 유."

준호가 성희 귓가에 속삭였다.

"쏘 두 아이(So do I)."

성희의 목소리도 떨렸다. 그러나 그들은 화석일 수 없었다. 노크 소리가 들렸던 것이다. 준호는 훌쩍 자기 자리로 돌아갔다.

문을 연 사환이,

"진지 가져올깝쇼?"

했다.

"그래."

저녁을 먹을 시간은 이미 지났다. 벌써 밤 열 시가 지났던 것이다. 그리고 먹고 싶은 생각도 없었다. 그러나 열적은 바람에 그저 그러라는 대답을 했다.

사환이 다시 문을 닫자 두 사람은 서로 마주보며 꼭같이 빙그레 웃었다. 웃을 뿐 아니라 성희는 사환이 간 방향을 향하여 혀를 삐쭉 내밀어 보였다.

어린애들의 '용용 죽겠지' 식인 모양이었다.

금시 저녁상이 들어왔다. 그러나 준호는 저녁 먹을 시간이 없다고 생각했다. 시계를 보며,

"빨리 가야지."

하고 성희에게 일어서기를 권했다.

"가져 온 건 먹어야지 않아요."

성희는 반찬 그릇의 뚜껑을 열기 시작했다.

"취했어?"

"아 아니요."

"그럼 가야지."

"누가 안 간댔어요."

"빨리 일어나."

"몇 신데요?"

"열 시 이십오 분."

"아직 한 시간 하구도 삼십오 분이 남았군요. 조금만 먹구 가십시다."

성희는 그다지 취한 것 같지가 않았다. 그러기에 시간을 제대로 계산하는 것이 아니겠는가? 준호는 약간 안심이 되었다.

그래서 마음을 놓고 밥을 먹기 시작했다. 한참 먹고 있을 때 이번에는 성희가,

"가 볼까요."

하고 숟가락을 놓고 일어서려 했다. 준호는 자기도 숟가락을 놓고 일어섰다. 그러나 성희는 일어서려다 말고 주저앉았다. 두 번째는 거의 다 일어섰는데 그만 아주 서지 못한 채 쓰러지고 말았다.

준호는 성희의 곁으로 가서 그를 부축해 일으키려 했다. 성희도 일어서려고 애를 썼으나 무슨 밀가루 반죽처럼 자꾸만 미끄러져 내려갔다. 뼈가 없는 사람 같았다.

"잠깐만 기다려 주세요."

발음이 조금 이상했으나 정신이 똑똑한 사람의 말이었다. 그리고는 자리

에 엎드리는 것이었다. 잠시 진정하면 일어설 것 같았던 모양이다.

"정신 차려……."

준호가 성희의 어깨를 흔들었으나 성희는 꼼짝을 못했다.

불가항력적인 현실 가운데 이루어진 행동에 대해서는 책임감을 느끼지 않아도 좋다. 자기의 의사가 추호만큼도 개입되어 있지 않은 오늘밤의 현실을 눈감고 받아들이자.

준호는 사환을 불렀다. 그리고 쓰러져 있는 성희를 턱으로 가리키며 자고 갈 수 없느냐고 물었다.

사환은 예기하고 있었다는 듯 자고 가도 좋다는 대답을 했다. 곧 이부자리가 두 채 들어왔다.

그래도 준호는 시계를 보고 아직 삼십 분이 남은 것을 확인한 뒤 성희의 어깨를 흔들었다. 성희가 깨어나기만 한다면 돌아가야 한다는 생각이었다.

그러나 성희는 마취제를 맞은 환자처럼 입도 몸도 움직이지 못했다.

준호는 성희를 요 위에 눕히고 물끄러미 바라보았다. 자기 마음대로 할 수 있는 육체란 것을 생각하며.

어떠한 일을 한다 해도 저항하지 않을 육체였다. 더욱이 아름다운 육체였다. 쭉 뻗은 굵지도 가늘지도 않은 길쭉한 다리. 자기 팔로 감게 될 가느다란 허리. 기복을 이루고 있는 유방.

완전히 자기의 소유가 될 수 있는 것들이었다.

그러나 열두 시 사이렌이 불 때까지 준호는 손을 대지 않았다. 열두 시 전에 손을 댄다면 그것은 불가항력이 아니다.

그러한 기회를 계획적으로 노리고 있었다는 증거가 된다.

열두 시가 지난 뒤에야 준호는 성희를 흔들며 옷을 벗고 자라고 했다. 그래도 반응이 없을 때 준호는 성희의 양말을 벗겼다. 그리고는 성희의 팔뚝 시계를 풀어놓고 양복을 벗겼다.

윗저고리를 벗길 때 성희를 안지 않을 수 없었으며 단추를 벗길 때 역시 그 가슴을 다치지 않을 수 없었다. 그래도 성희는 묵처럼 말이 없었다. 준호는 몸을 성희 아랫도리로 돌려 고리를 푼 다음 스커트를 벗겼다.

나일론 슈미즈 하나만이 남았다. 팬티도 브래지어도 그냥 투명해 보였다.

준호는 성희의 옷들을 못에 걸고 자기도 팬티 바람이 되었다. 그리고는 성희 옆으로 가서 조용히 누운 뒤 성희의 육체를 전체로 안았다. 매끄러운 나일론 슈미즈의 감촉이 살결보다도 더 부드러웠다. 준호는 가슴이 찌릿해 옴을 느꼈다. 한숨이 나왔다.

그러나 준호는 성희의 팬티를 벗기기 전 성희의 입술에 키스를 하며 성희를 흔들었다.

"성희."

그것은 성희에게 약간이나마 반응이 있기를 기다렸던 것이다. 나중에나마 어떤 의사 표시가 있기를 기대했던 것이다.

그러나 성희는 의사 표시를 하기 전 변소에 가고 싶다는 말을 했다. 변소에 가고 싶다면서도 몸은 움직일 줄을 몰랐다.

준호는 할 수 없이 성희를 안아 일으켰다. 성희는 변소엘 가서도 혼자 들어갈 생각을 못했다. 할 수 없는 일이었다. 준호는 안에까지 들어갔다. 그러나 놓으면 그 자리에 쓰러질 것 같아 안에서 붙들지 않을 수 없었다. 붙드는 것만이 아니었다. 팬티까지 벗겨 주어야만 했다.

준호는 웃음이 나왔다. 재미가 있었던 것이다. 취중에서나마 자기 앞에서 부끄러워할 줄 모르는 성희.

성희가 용변을 끝내자 이번에는 성희를 덜렁 안아 들고 방에까지 와서 자리에 눕혔다. 그리고는 불을 껐다.

불을 끄고도 준호는 자기를 불러 주었으면 하고 기다리는 것이었다. 불러 주기만 하면 아무 생각할 것 없이 달려갈 수가 있을 것 같았다.

조금 전처럼 손가락을 나풀거리며 빨리 오라고 부르지나 않을까?

준호는 불을 끄자마자 성희 곁으로 갈 것을 하고 생각해 보았다. 성희가 부르건 말건 갔으면 그만이었으리라. 그러나 갈 수 있는 그 순간을 놓쳤기 때문에 준호는 지금 혼자 망설이는 것이었다. 망설이기를 시작하니 또 다른 생각들이 머리에 떠올랐다.

만약 성희를 침범하고 나면 그 뒤의 일은 어떻게 될 것인가? 술 취한 것을 기회로 그런 행동을 취한다면 성희가 자기를 비겁하다고 경멸할 것이 분명하다. 변명의 여지가 없는 그런 경멸을 받고 자기는 무슨 낯으로 성희를 대할 것인가? 강간을 당한 것보다도 더 억울하게 생각할는지 모른다.

그러면서도 준호는 성희에게로 시선을 보냈다. 아무리 취중이라 해도 자기를 불러 주기만 한다면 모든 걱정은 해소될 것 같았다. 그러나 성희는 죽은 사람처럼 꼼짝도 않고 누워 있다.

준호는 안타까웠다. 어떻게 해서든 성희로 하여금 자기를 갈망하게끔 만들어야만 할 것 같았다. 그래서 끓어오르고 있는 격정을 처리해야 할 것 같았다.

준호는 헛기침을 했다.

그래도 성희는 들은 척을 안 했다.

준호는 슬금슬금 기어서 성희에게로 갔다. 그리고는 성희를 흔들며,

"성희, 이거 봐 성희."

하고 성희의 대답을 구했다. 그래도 성희는 대답이 없었다. 대답 대신 코고는 소리를 냈다. 요란할 정도는 아니었지만 잠들어 있는 것이 완연했다.

준호는 성희 옆에 누워 성희를 안았다. 꿈틀거리는 격정이 구렁이처럼 발동했다. 그러나 그는 곧 자기 자리로 돌아오고 말았다.

잠든 병사에게 칼을 뽑을 수가 없었던 것이다. 그렇게까지 어디까지나 애정으로서 이해와 공감 밑에 행동을 취해야 한다. 일방적이어서는 안 된다.

한편 성희는 눈을 빠끔히 뜨고 자기 자리로 돌아가는 준호를 어둠 속에서나마 바라보았다. 술이 취하여 정신을 아주 잃은 척하고 있지만 실제로는 정신까지 잃고 있는 성희가 아니었다. 몸이 자유롭게 움직이지 않았다. 그러나 정신만은 흐리지가 않았다. 처음부터 지금까지 준호의 행동을 하나하나 보고 있는 것이었다. 만약 준호가 장일구 같은 사람이라면 절대루 가만두지 않을 것이다. 만약 준호가 장일구처럼 동물성의 남자라면 성희는 경멸하려고 했다.

그런데 준호는 자기가 반항을 조금도 안 하건만 건드리지를 못한다. 참으로 선량한 사람이라 안 할 수 없다. 와서 껴안고 또 잠 못 들어 하는 것으로

보아 순식물성만은 아닌데도 최후의 행동만을 차마 못 한다.

성희는 좀더 준호를 시험해 보고 싶었다.

어디까지 참는가를 보고 싶었던 것이다. 그래서,

"물, 물!"

하고 몸을 뒤틀었다. 사실 목도 말랐던 것이다.

준호는 성희 옆으로 와서 물이 마시고 싶으냐고 물은 뒤 밖으로 나가 물 한 그릇을 얻어 가지고 왔다.

준호가 물을 가져 왔을 때 성희는 물 마실 생각을 안 했다.

"물 마셔!"

준호가 쩔쩔매고 있는데도 못 들은 척할 때 준호는 성희의 상반신을 일으켜 물을 마셨다. 물을 마신 뒤에는 또다시 취한 사람처럼 몸을 뒹굴며 준호 무릎에 쓰러졌다.

"성희."

준호는 물을 마셨으니 정신을 차려 보라는 듯이 성희의 몸을 흔들었다. 성희는 그런 것을 아랑곳도 하지 않고,

"엄마! 나는 선생님을 사랑해요. 어쩔 수가 없어요. 어떻게 그 선량한 분을 안 사랑하고 견딜 수가 있어요."

하며 취중 군소리처럼 혼잣말을 했다.

준호는 속으로 만족한 모양이었다. 성희를 힘주어 안으며,

"성희! 나야. 준호가 여기 있어."

하고 성희를 또 흔들었다.

"엄마, 엄마는 불쌍하게두 왜 일찍 돌아가셨수? 엄마 없는 나를 어떡하라구? 정말 나는 고독했어요. 그래서 방 선생님을 사랑했어요."

성희가 다시 군소리를 할 때 준호는 당황한 목소리로 성희를 불렀다. 술이 깨지가 않는 채로 무슨 사고가 일어날 것 같은 공포증을 느낀 모양이었다.

"성희. 정신 좀 차려."

그때 성희는,

"엄마, 엄마."

하고 준호의 목을 끌어안았다.

준호는 성희의 손을 잡아 풀었다. 그리고 할 수 없다는 듯이 성희를 자리 이에 눕힌 뒤 자기 자리로 갔다.

성희는 준호를 따라 준호 자리로 달려가고 싶었다. 그리고 술 취한 척했던 것을 전부 취소하고,

'선생님, 절 안아 주세요.'

자기의 진심을 말하고 싶었다. 이 순간의 진심이란 그것뿐일 것 같았다. 그러나 성희는 차마 그럴 수가 없었다. 자존심이 허락지 않았던 것이다. 취한 척한 것을 연극이었다고 고백한다면 준호가 자기를 얼마나 경멸할 것인가?

이제는 취한 척할 기력도 없었다. 몸과 더불어 마음의 피곤을 느꼈다.

어느새 잠이 들었다. 눈을 떴을 때는 창이 훤히 밝아 있었다.

준호는 벌떡 일어나 앉아 있었다. 집 앞으로 흐르고 있는 시냇물 소리가 맑은 공기 사이로 또렷하게 들려 왔다. 물소리도 맑은 것 같았다.

성희는 누운 채 준호를 쳐다보았다.

두 시선이 맞부딪칠 때 성희는 그 새까만 눈동자를 번쩍이며 미소를 지었다.

꿈같은 하룻밤이었다.

괴로운 하룻밤이었다. 그러나 후회되는 것이 없어 마음 가벼웠던 것이다.

준호도 웃기는 웃었다.

그러나 불안한 웃음이었다. 지난 밤보다도 이제부터가 걱정이었다.

"빨리 가 봐야겠는데……."

출근을 걱정하는 것이다.

"몇 신데요?"

"여덟 시."

"어떡허나? 늦어서."

성희는 벌떡 일어났다.

슈미즈 바람의 자기 모습을 부끄러워하며 옷을 입고 양말을 신었다.

"나 먼저 갈게 천천히 오지."

준호는 성희가 세수하고 화장할 시간을 계산하는 모양이었다. 성희는 싫었다.

"같이 가기가 창피하세요."

준호를 비꼬아 준 두 성희는 수건으로 얼굴을 문지르기만 하고 준호 앞으로 갔다.

핸드백에서 돈을 꺼내 준호의 가슴에 안겼다. 괴로웠던 지난 밤의 일을 총결산이라도 하는 듯이,

그때 요정 사무실 라디오에서 <심야의 블루스>가 들려 왔다. 성희는 핸드백을 든 채 준호와 함께 블루스를 추기 시작했다.

여파(餘波) 속에서

박자만 맞추며 몸을 움직이고 있을 때 준호가,

"그렇게 녹아 떨어져?"

하고 빙그레 웃었다. 지난밤의 일들을 회상하는 모양이었다.

성희는 부끄러움을 느꼈다. 그리고 부끄러움을 보인다고 하면 취한 척한 것이 연극이었다는 것을 자백하는 것이 된다.

"몹시 취했었나요?"

하고 넌지시 물었다.

"대단했지!"

"어떻게요?"

"그냥은 말해 줄 수가 없어."

"전 그냥 쓰러져 잠든 것만 같은데요……."

"좌우간 대단했어……."

"다시는 마시지 말까요?"

"글쎄……."

그들은 몸을 움직이면서도 서로 팔에 힘을 주었다.

어느새 <심야의 블루스>가 끝났다.

음악이 끝나자 두 사람은 점잖게 손을 놓았다. 그리고는 사교 파티에서 춤추는 사람처럼 점잖게 허리를 구부려 절을 했다. 그 뒤는 서로 미소를 나누며 손을 잡았다. 작별의 뜻으로 미리 하는 악수였다. 악수를 하자 방을 나와 준호는 계산을 하러 갔다. 여자의 돈으로 술값과 숙박료를 지불하기가 얼굴이 뜨뜻했지만 어쩔 수 없는 일이었다. 그러나 그러한 창피쯤 문제가 아니었다. 성희와 같이 요정을 나올 때 준호는 얼굴을 조금도 들지 못했다. 집집에서 창문을 열고 자기를 내다보는 것 같았다. 길 가던 사람들도 걸음을 멈추고 자기를 바라보는 것만 같았다. 여기저기 서 있는 큰 나무 뒤에도 사람들이 숨어서 자기를 지켜 보는 것만 같았다. 얼굴을 들래야 들 수가 없었다.

준호에 비하여 성희는 대담했다. 가슴을 펴고 앞으로 걸어가고 있었다. 사실 부끄러울 아무것도 없다. 안 될 선을 넘지 않은 이상 부끄러워할 것이 무엇인가?

그래도 준호는 세상 사람들이 자기를 의심하는 눈으로만 보는 것 같았다. 사실 방 안을 들여다보지 않은 이상 선을 넘지 않았다고 믿어 줄 사람이 얼마나 있을 것인가?

고개를 숙인 채 다리를 건너 큰길까지 나왔다. 요정에서 멀어지자 그때부터 마음이 약간 가벼워졌지만 자동차를 타고 시내로 들어올 때까지 준호는 불안 상태 그대로였다. 성희와 같이 자동차를 타고 가는 것을 어쩐지 지나가는 사람마다가 들여다보는 것만 같았다.

종로 3가에서 성희를 보내고 학교로 걸어올 때도 준호는 자기 뒤에 정릉에서부터 뒤따라오는 사람이 있는 것같이 생각되었다. 교문을 들어섰을 때는 보이는 학생마다 그리고 만나는 선생들마다,

"재미 많이 보시구 오시는군요?"

교직원 조회를 할 때는 교장이,

"너 같은 것이 교육자냐?"

하고 자기만 노려보는 것 같았다.

조회가 끝난 뒤 변성제 선생이 어젯밤 최영실의 어머니와 만나기로 약속하고도 나가지 않은 것을 비꼬며,

"굉장히 바쁘신가 부지요?"

할 때 준호는 변성제가 이미 정릉 사건을 알고 있는 것 같은 생각이 들어 가슴이 떨렸다.

상학종이 울려 교실로 들어갈 때는 자기가 없는 새 아내에게서 전화가 와 교직원 전체가 자기의 외박을 알게 되지나 않을까 하는 걱정이 들었다.

불안과 초조 속에 그야말로 가시 방석에 앉은 것 같았다.

다행히 아내에게서 전화가 오지 않았기 때문에 자기가 외박한 것이 교직원에게 알려지지 않았다.

그러나 퇴근을 하고 집으로 돌아갈 때 준호는 두 번 다시 그러한 불안을 만들지 말아야겠다고 생각했다. 성희를 사랑하는 것쯤 문제될 것 같지는 않았다. 아무리 사제지간이라 해도 성희는 학교를 졸업한 지 거의 사오 년이 된다. 만약 자기가 결혼할 수 있는 조건만 구비되었다면 성희와 결혼해도 죄 될 일이 없다. 한계선을 넘지 않는 한 정신적인 애정은 개인적 문제에 속한다. 따지고 보면 그것도 잘하는 일이 아니라고 비난받을 수 있을 것이지만 그 정도를 가지고 사회적인 문제를 일으킬 것 같지가 않았다.

사랑은 하되 한계선을 넘지 말아야 한다고 마음을 다지며 집으로 돌아갔다.

집안에 들어설 때 준호는 가슴이 두근거렸다. 한계선을 넘지 않았다는 것이 안도감을 주면서도 성희와 같이 한 방에서 밤을 보냈다는 사실이 마음을 떳떳하지 못하게 했던 것이다.

아내가,

"누구하고 어디서 자고 오지요?"

하고 묻는다면 절대로 변명할 구실이 없는 준호였다. 성희와 같이 자기는 잤지만 한계선은 넘지 않았어 하고 대답할 수가 있을 것인가?

바둑을 두며 밤을 새웠노라고 거짓말 꾸밀 것을 궁리하면서도 준호는 얼굴이 자꾸만 달아오름을 느꼈다.

그러나 걱정했던 것과 달리 아내는 이제는 외박까지 하게 됐느냐고 타박도 안 했으며 어디서 자고 오느냐고 따지지도 않았다.

이상한 일이었다. 다만,

"미리 말씀을 안 하시면 공연히 걱정을 하게 되지 않아요."

하고 밤새 걱정을 했지만 무사히 돌아온 것을 다행하게 생각한다는 말 한마디만 했을 뿐이었다. 말하자면 어디서 잤느냐는 말도 물어 볼 것 같지가 않았다.

그래도 준호는,

"갑자기 친구들과 어울리게 된 것을 통지할 수가 있어야지. 공연히 밤잠도 못 잤더니 피곤한데……."

하고 돌려서 변명함으로써 아내를 안심시키려 했다.

그러나 가만 있으면 외박한 이야기가 또 나올 것 같은 겁이 들어,

"그래 미원은 어떻게 됐어?"

하고 화제를 미원에게로 돌렸다.

"그 애는 아직도 안 들어왔답니다."

아내는 마치 남의 일이기나 한 것처럼 냉정하게 대답했다.

"뭐? 아직도 안 들어오다니 무슨 일이 생긴 애가 아냐?"

미원의 일을 크게 취급해야만 자기 일이 은폐될 것이란 생각도 없지는 않았다. 그러나 이틀 밤이나 나가 자고 돌아오지 않은 딸의 일을 아버지로서 진심으로 걱정하지 않을 수 없는 준호였다.

"학교루 가서 그 애 동무들한테라두 물어 볼까 했지만 학교에두 못 갔었어요."

아내도 걱정이 여간 아닐 것이었다. 그러나 속수무책이란 듯이 말할 때 준호는,

"요전번에 집으루 찾아왔던 남자의 주소를 모르지?"

하고 그 남자의 주소를 알면 당장에 그리로 찾아갈 것처럼 물었다.

“알 턱이 있어요?”

“편지 같은 것두 써 놓지 않구?”

“없어요.”

“그럼 어떡허지요?”

“모르겠어요. 죽구 싶기만 해요.”

준호는 아내의 심정을 알 수 있었다. 그리고 죽고 싶다는 말은 미원 때문만은 아니라 자기까지 겹쳐서 하는 말이라 생각했다. 미안하지 않을 수 없었다. 그러나 미안한 마음을 표시할 수도 없는 일이었다.

준호는 저녁을 먹은 뒤 자기 방으로 들어가 누웠다.

무엇보다도 미원의 행동을 알아야겠다고 생각했지만 알아낼 도리가 없다. 언젠가 한 번 찾아갔던 일이 있는 인사동 미원의 동무 집으로 갈까 하는 생각도 해 보았지만 만약 미원이 그 집에 있지 않다면 그야말로 미원의 비밀을 광고하러 다니는 셈이 된다.

한 마디의 욕도 하지 않았는데 집을 나갔으니 만약 욕이라도 했다면 어떻게 했을 것인가? 행방을 알 도리가 없다고 생각하니 미원에 대한 증오 비슷한 분노가 끓어오르기 시작했다. 부모의 속을 썩이는 것도 분수가 있지. 앞으로는 얼마나 속을 썩이려 하는 것일까? 만약 타락을 해서 화류계로 굴러다니게 된다면 가문에 씻을 수 없는 오욕을 주는 딸이다.

관대할 대로 관대했다고 생각되는 애비를 배반하고 집을 나가다니…….

준호는 학교도 그만두어야 하지 않을까 생각했다. 결혼도 하지 않은 딸이 집을 나가 방종한 생활을 한다는 이야기가 퍼지면, 자기는 순진한 여학생을 어떠한 도덕률 밑에서 교육시켜야 한단 말인가? 자기 딸 하나 교육시키지 못하는 사람이 남이 자식을 맡아 교육시킨다는 것은 지나치게 몰염치한 행동이 아닐 수 없다. 우울했다.

자기도 어젯밤 성희와의 관계로 떳떳치 못한 위치에 있다. 설사 죄를 짓지 않았다 해도 언제까지나 가슴에 걸릴 일이다. 그런데 미원이 결정적인 죄를 저지르고 있다.

모두가 내 숙명이었던가?

준호는 아내를 불렀다. 아내와 같이 이야기라도 해야만 자기 자신에 대한 죄의식과 그리고 미원에 대한 울분을 풀 수가 있을 것 같았다. 울분을 풀어야만 호흡을 편히 할 수 있을 것 같았다. 우선 호흡이 거칠어 견딜 수가 없었다. 준호는 이야기의 분위기에 따라 아내에게 다시는 성희와의 관계를 맺지 않겠다는 약속을 해도 무방하다고 생각했다. 성희는 이름을 알린 일이 없는 만큼 성희 이야기를 밝힐 필요는 없으나 그 동안 마음이 딴 데 있었다는 것을 사과할 작정이었다. 그런데 아내가 자기 방으로 들어오지를 않는다.

"좀 와."

그래도 아내는,

"빨리 주무시기나 하세요."

하고 오지를 않았다.

"할 이야기가 있다니까……."

"내일 아침 이야기하면 되잖아요?"

준호는 화통이 터졌다.

"오라면 오는 거지 정말 못 올 테야."

그때야 아내는 준호 방으로 왔다. 그러나 아내는 이야기를 하려 하지 않을 뿐 아니라 이야기를 들을 생각도 안 했다.

"내가 싫어졌어?"

나쁘기는 자기가 나쁘면서도 책임은 아내에게 뒤집어씌우려는 술책인지 모른다. 남자들은 자기가 궁지에 빠질 때 이런 수법을 잘 쓴다.

그러나 아내는,

"갑자기 그런 말씀은 왜 하시지요?"

그런 말하는 준호의 마음이 의심스러울 뿐이라는 태도였다.

"당신 얼굴에 그렇게 씌어 있으니까 그러는 거야!"

준호는 이런 말을 할 때,

"그렇게 보이는 당신의 눈이 달라졌나 부지요."

하고 자기를 조소해 줄 줄 알았다. 표정으로 보아 그런 말이 나올 것 같기도 했다. 그러나 아내는 안 하고 싶은 말을 억지로 하는 듯,

"제 마음은 아무렇지두 않으니까 어서 주무시기나 하세요. 피곤하실 텐데……."

"똑바루 말해. 정 싫다면 좋은 수를 생각해 줄게……."

"내한테 하나밖에 없는 남편인데 왜 싫겠어요?"

그때였다. 준호는 화를 벌컥 내며,

"그럼 내한텐 여편네가 두 개 세 개 있단 말야?"

도전을 했던 것이다. 상대방이 너무 침착하고 냉담한 데 준호는 반발했다. 싸움이라도 걸어야 했던 것이다.

"피곤하실 텐데 술이나 드실래요? 영실이가 가져온 위스키가 아직 있는데……."

"그만둬. 누가 술 마신댔어?"

준호는 싸울 수도 없다고 생각했다. 그렇듯 냉정한 사람과 싸우다가는 자기 본성만 드러나고 말 것 같은 생각이 들었던 것이다.

준호가 누그러지자 아내는 아무 말 없이 안방으로 건너갔다. 준호는 붙잡지 않았다. 그러나 아내의 성격을 알면서도 지나치도록 냉정한 데는 불만을 가지지 않을 수 없었다. 불만뿐이 아니었다.

꼭 저의를 갖고 있는 것 같아 불쾌하기 짝이 없었다.

사실은 아내도 눈치를 못 챈 것은 아니었다. 다만 상대가 누구냐 하는 것을 포착하지 못했을 뿐이다.

마음에 걸리는 것은 최영실뿐인데, 최영실하고는 외박까지 할 수가 없을 것 같았다. 그래서 아내는 상대방이 알려질 때까지 입을 열지 않으려고 생각했다. 그것은 남편에 대하여 어떤 앙심을 품고 있기 때문이 아니었다. 확실한 증거도 없이 남편을 의심하는 경망된 행동을 삼가기 위해서였다. 아내는 남편보다도 미원을 더 걱정했다. 몇십 년 동안을 같이 살아오면서 여자 문제로 자기 속을 한 번도 태워 준 일이 없는 남편이다. 최근의 행동으로 보아 여자 문제가 생긴 것만은 틀림없다. 밤늦게 들어온다든가 외박을 하고 오는 것이 불쾌하지 않을 수 없었다. 그러나 그렇다고 해서 문제를 일으키리라고는 생각되지 않았다. 앞으로 증거를 파악한 뒤 타협적으로 이야기를 한다면 못 알아듣지 않을 남편이라 믿고 있다.

다만 미원이가 말썽을 일으키고 있을 때 시간을 같이하여 외박을 했다는 것, 그리고 얼마 동안 자기에게 통 접근을 안 하는 것들이 아내의 마음을 아프게 했다. 그러나 그렇다고 해서 함부로 남편을 의심할 수는 없다. 확증 없이 의심만 하다가는 도리어 부부 사이를 그릇되게 할 우려가 있다. 그렇다고 해서 아무것도 모르는 척 남편을 즐겁게 해 줄 수도 없었다. 그것만은 생리적으로 허락할 수가 없었다.

그런 만큼 그러한 아내를 바라보는 준호에게 불만이 있을 수 없었다. 준호로서는 아내가 솔직하게 자기를 비난하거나 그렇지 않으면 전처럼 대해 주기를 바랐던 것이다.

그러나 아내가 돌아가자 준호는 될 대로 되라고 생각했다. 이혼을 하게 되면 성희를 대하는 자기의 위치가 떳떳해질 것이니까.

떳떳한 위치에서 성희를 대하게 되면 주저할 아무 필요가 없다. 성희의 눈을 두려워할 것도 없으며 죄의식을 느낄 필요도 없다. 행복을 쟁취하기 위하여 오직 돌진할 뿐이다.

준호는 아내가 제발 이혼까지를 생각하면서 냉전(冷戰)을 전개해 주기를 바랐다.

다음날 아침 조반을 먹을 때 아내는 전과 조금도 다름없이 냉정했다. 그때 준호는 아내가 냉정으로서가 아니라 열전으로 대해 준다면 일은 비교적 간단히 해결되리라 생각했다.

만약 아내가 냉전만을 전개한다면 자기가 그 냉전을 열전으로 전환시키도록 만들어야겠다는 생각까지 했다.

그래서 아내가 입을 열지 않는 이상 준호 자신도 입을 열지 않기로 했다. 미원에 대해서 한 마디라도 하고 나가야 할 것 같았으나 그 이야기도 꺼내지를 않고 그냥 학교로 출근했다.

아내에 대하여 그러한 마음을 갖게 되자 준호는 아내에 대한 죄의식도 느끼지 않게 되어 그런지 학교나 사회에 대해서도 그리 부끄러워할 필요가 없다고 생각했다. 그러니까 마음이 가벼워진 셈이다.

마음이 가벼워지자 그 뒤는 성희를 그리워하는 마음이 자유스러운 것 같았다. 슈미즈만의 육체를 안았던 정릉의 추억이 꼬리를 물고 일어났다.

틀림없이 자기를 사랑하고 있는 성희다. 단 둘밖에 없는 요정에서 술이 취했다는 것은 취중에 어떤 행동을 가해 온다고 해도 무관하게 생각하겠다는 의사 표시가 아닐 것인가?

사랑하는 성희!

준호는 성희의 이름을 속으로 불러 보았다. 그리고 성희를 향하고 있는 자기 마음이 하나의 아름다운 영토처럼 곱게만 생각되었다. 사랑하는 순간—— 그것만이 삶이요 또 삶의 보람이 아닐까 생각했다.

그렇다면 인간은 어째서 삶의 보람 속에 목숨의 전부를 몰입시키지 못하는 것일까? 이런 생각을 하고 있을 때 준호에게 전화가 왔다. 준호는 성희가 틀림없다고 생각했다. 며칠 뒤에 만나기로 했지만 성희도 그새 참지 못하리라는 마음이 들었던 것이다.

그러나 전화통을 울린 것은 성희의 목소리가 아니었다.

"아버지세요?"

미원의 목소리임을 알자 준호는 자기도 모르게 흥분 속에 사로잡혀,

"너 지금 어디 있니?"

라고 소리를 버럭 질렀다. 자기 자신이 놀랄 만큼 큰 소리였다.

"아버지 화나셨지요?"

두 번째로 하는 미원의 말이었다. 어조로 보아 준호의 눈치를 살피려는 말에 틀림이 없었다.

직원실 안에 있는 여러 동료들이 자기 목소리를 들을 것이 분명했기 때문에 준호는 목소리를 낮추어,

"조금 화가 났지만 걱정 할 거 없다. 몇 시쯤 집에 들어가겠니?"

"화 안 내신다면 곧 들어가겠어요. 정말 화내실 거 하나두 없어요. 그새 인천 동무네 집에 가 있었으니까요."

준호는 동무 집에 가는데 어째서 말 한 마디 없이 갔느냐고 야단쳐 주고 싶었으나 남들이 들을 것을 생각하고,

"우리 만나서 이야기하자. 빨리 들어가 있거라."

하고 전화를 끊으려 했다. 그때 미원이,

"만약 화를 내시면 정말 아주 나가 버리겠어요. 아셨지요?"

준호에게 다짐을 하는 것이었다.

"그래 알았다니까…… . 남자가 거짓말을 하겠니?"

준호는 전화를 끊고 여러 가지로 생각했다. 끝끝내 미원에게 화를 내서는 안 될 것인가 하고.

아버지로서 이틀이나 외박하고 돌아온 딸에게 한 마디의 야단도 칠 수가 없대서야 말이 아닐 것 같았다. 그러나 욕 한 마디 안 했는데도 이틀씩이나 나가 자고 온 딸이니 함부로 야단친다는 것도 생각 안 할 수 없는 일이었다. 화를 내면 아주 나가겠다고 한 미원의 말이 단순한 협박으로만 생각할 수 없었다. 성격이 성격인 만큼 능히 그럴 수 있는 딸이다.

준호는 미원을 만나 본 뒤 야단을 치든 유화정책을 쓰든 그때 보아서 하기로 했다. 아무리 생각을 많이 해도 미원의 말을 들어 보지도 않고서는 자기 태도를 결정지을 수 없을 것 같았기 때문이었다.

이렇게 마음을 정했으나 준호의 가슴 속에는 불덩어리 같은 것이 자꾸만 치솟아 올라왔다. 아직 학교도 졸업하지 못한 것이 아버지에게 외박을 하고 돌아오는 날 전화를 걸고 화를 내면 집을 아주 나가겠다고 한 미원이 너무나 뻔뻔스럽게 생각되었던 것이다.

생각하면 할수록 분하고 원통스런 일이었다. 분하고 원통하면서도 또 마음대로 할 수 없는 일이니 안타깝지 않을 수 없었다. 분하고 원통하고 안타까운 심정이면서도 그래도 책임을 포기할 수가 없어 억지로 교실에 들어가려 할 때였다.

최영실이 글라디올러스 한 송이를 들고 옆으로 왔다.

"프레젠트예요."

영실은 딴 손에 들고 온 화병에 글라디올러스를 꽂고 준호를 슬쩍 보았다.

준호는 우선 얼굴이 빨개졌다. 딴 선생들이 시선이 얼굴에서 따가웠기 때문이었다.

'이 애가 어쩌자고 이럴까?'

이런 생각을 하면서도 자기의 태도가 부자연스러워서는 안 된다는 생각에,

"이거 고마운데……."

목소리를 높이 한 뒤 화병을 번쩍 들고,

"정말 한턱 써야겠군!"

하고 영실을 대범하게 대했다.

영실은 아무 말도 못하고 직원실을 나갔다. 꽃병을 갖다 놓기는 했으나 아무래도 열적은 모양이었다.

영실이 나가자 준호는 그 꽃병을 들고 변성제 선생 책상으로 가서,

"꽃을 변 선생님에게 드리겠습니다."

연극 대사를 외우듯 하며 꽃병을 변성제 책상 위에 놓았다.

변성제는 준호의 얼굴을 바라보다가 준호에게만 들릴 목소리로,

"눈총은 누가 맞구요?"

했으나 준호가,

"왜 이러시오?"

할 때,

"결국 최영실에게는 내가 한턱 내야겠군!"

한 뒤 준호에게,

"고맙습니다."

하고 고개를 숙여 인사를 했다.

한 가지 사건을 처리하면 그 전에 있는 사건을 잊어버리게 되는 모양이었다.

준호는 미원에 대한 흥분을 약간 가라앉힐 수 있었고 그래서 수업도 제대로 할 수가 있었다.

그러나 수업이 끝나자 그는 곧바로 학교를 나왔다. 미원을 만나야 했기 때문이었다.

그런데 집에 들어서자 준호는,

"글쎄 이년아, 집에 들어올 면목이 있니?"

"왜 잘못했다구 집에두 못 들어와요?"

"애비두 놀아나구 딸년두 놀아나구 잘들 한다. 잘들 해. 그래두 잘못한 게 없어?"

"정 미우시면 나갈게요."

아내와 미원의 말소리를 들었다. 미원이 이제야 들어온 모양이었다.

모녀의 대화를 듣자 준호는 참을 수가 없었다. 자기까지 겹쳐 욕설을 퍼붓는 아내도 미웠다. 밉다면 나가겠노라는 딸도 미웠다. 그런데 방문을 열고 방 안에 들어가려는 순간 방을 나오던 미원과 딱 맞부닥쳤다.

미원과 부딪치는 순간 준호는,

"이년아 어딜 간다는 거야?"

그만 미원의 따귀를 요란할 정도로 후려갈겼다. 미원은 그 자리에 주저앉으며 울기를 시작했다.

"일어나지 못해?"

준호는 있는 목소리를 다 해서 소리쳤다. 걷잡을 수 없는 흥분이었다. 그런데 아내가 달려오며,

"망신스럽게 왜 이러시는 거유?"

하고 준호를 못마땅한 눈으로 잡아 흔들었다. 자기가 없는 데서는 집안 망했다고 야단치다가 자기 앞에서는 침착한 태도를 취한다는 것이 얼마나 이중적인 행동인가?

준호는 아내를 뿌리치고 미원을 잡아끌었다. 그리고는,

"이년아, 나가. 못 나가면 때려죽일 테다."

하며 미원의 따귀를 함부로 갈겼다.

그때 미원은 울음을 그쳤다. 그리고 입을 꼭 다문 채 눈만으로 준호에게 대항했다. 죽여 보라는 태도였다.

준호는 떨리는 손에서 힘이 빠져나가는 것을 느꼈다. 꼼짝 않고 응시하는 미원의 눈에서 일종의 공포 같은 것을 느꼈던 것이다.

"무엇을 잘 했다고 때리는 거지요?"

그 눈 속에는 꼭 이런 말이 들어 있는 것만 같았다. 그러나 아버지로서의 위신을 잃을 수는 없었다.

"어디다 눈을 똑바루 뜨고 보는 거냐?"

다시 갈길 것처럼 소리쳤다. 그런데도 미원은 고개를 숙이지 않았다. 송곳보다도 더 날카로운 시선이었다.

"글쎄 말루 하시지 왜 이러시는 거유? 창피한 줄두 모르구……."

아내가 또 준호를 나무랬다.

"창피? 그래 자식새끼가 난봉을 피워두 가만 있으란 말야? 당신두 정신 좀 똑똑히 채려."

준호는 다시 더 때릴 수 없는 미원에 대한 분풀이를 아내에게로 돌렸다.

"다 내가 똑똑치 못해서 그렇군요?"

아내가 비아냥하는 말을 했다. 준호는 그 말이 가슴에 걸렸다.

"이건 또 뭐야?"

준호는 아내를 발길로 걷어챘다. 걷어채이자 아내는 아랫목으로 쓰러지며 울기 시작했다.

"내가 그 중 미운 거로군? 다들 나만을 미워하는 거지?"

그때 준호는,

'그래 당신이 제일 밉소. 그러니 어떡하겠단 말이오?'

할 말이 있거든 똑똑히 해 보라는 눈초리로 아내를 쏘아보았다. 속으로는,

'나갈게요. 나가면 그뿐 아녜요.'

이런 대답을 기다렸던 것이다. 그러나 아내는 아무 대꾸도 안 했다. 그저 울기만 하다가 부엌으로 나가는 것이었다.

그렇다고 해서 부엌까지 따라나가며 욕하고 때릴 수는 없었다.

몸 처치하기가 곤란했다. 아내는 없어졌고 미원은 성난 독사처럼 눈동자만 굴리고 있으니 자기는 어떻게 해야 할 것인가? 그러나 위신이라는 것이 있다. 하잘 것 없는 것이기는 하나 그것 없이는 남편 행세도 아버지 행세도 할 수가 없다.

"미원아, 그래 아직두 잘 했다구 생각하니?"

여차직하면 다시 매질을 할 수 있다는 저의를 보이며 위엄 있게 말했다.

"너 애비에게 반항하는 거냐? 누가 이기는가 끝까지 싸울 셈이냐?"

그때야 미원이,

"반항하는 건 아녜요. 그렇지만 너무들 몰이해해요!"

"그럼 네 행동을 잘 한 것이라구 칭찬해야겠니?"

"끄떡하면 의심부터 하는 게 제일 싫어요."

"암 말두 않구 이틀씩이나 집에 들어오지 않는 걸 어떻게 이해해야 한단 말이냐?"

"분위기가 그렇게 되면 그럴 수가 있잖아요. 나쁜 일이 아니면서도 말하기 싫은 때가 얼마든지 있거든요."

"싫어두 해야 할 말은 해야지 그게 자식의 도리가 아냐?"

"죽어두 허락을 받구 가기가 싫었어요. 아무 이유도 없었어요. 만약 아직두 의심하신다면 저하구 인천엘 가세요. 동무의 부모들 하구 면담을 시켜 드릴게요."

이야기가 이쯤 되면 준호도 화를 풀어 무방하다고 생각했다. 설사 미원이 다시 자기를 속이는 것이라 해도 속아 주는 척할 수가 있었던 것이다. 그러나 만만히 넘어가는 기색을 보일 수는 없었다.

"그래 그 날 밤의 그 남자는 누구냐?"

"그건 알아서 뭣 하세요?"

"그래 네가 사귀고 있는 남자를 몰라도 좋단 말이냐?"

"필요한 때 소개해 드릴게요."

"아직두 만나니?"

"만나구 싶으면 언제든지 만나지요."

"아직두 만나구 싶은 사람이난 말이야?"

"지금까지 아는 사람 가운데는 그 중 좋다구 생각해요."

"그럼 약혼을 해 두는 게 어떻니?"

"또 그런 말씀. 정말 듣기두 싫어요."

미원은 듣기 싫은 말을 하니까 나갈 수밖에 없다는 듯 슬그머니 일어섰다. 준호는 미원을 불러 앉혔다.

"좌우간 부모를 생각해서라두 다음부터는 외박만은 안 된다. 내 말을 알겠지? 이번에는 정 가만 안 둘 테니 그리 알어!"

그리고는 할 말을 다 했다는 듯이 자기 방으로 갔다. 미원은 아무 대답도 안 했지만 그것으로 오늘의 전쟁을 끝맺으려 했던 것이다.

자기 방으로 돌아오자 준호는 그저 슬프기만 했다. 미원을 때렸다는 것 이외에 무엇이 슬픈지 몰랐다. 그러면서도 자기는 슬픔 속에 젖어 있는 인간이란 생각이 들었다.

미원을 끝까지 때리고 책하지 못한 것이 자기에게 그럴 자격이 없다는 자의식 때문이라면 그것도 슬픔이 아닐 수 없을 것 같았다.

아내의 입으로 집을 나가겠다는 말을 하게 하고 싶으면서도 끝까지 그 말을 하게 하지 못하는 무기력도 슬픔의 하나일 것 같았다.

어쨌든 따질 수 없는 슬픔을 씹고 있을 때 아내가 미원을 부르고 저녁을 먹으라고 하면 소리가 들렸다. 그리고는 얼마 안 있어 미원이 준호더러 저녁을 먹자고 했다.

준호는 할 수 없이 안방으로 건너갔다. 만나서는 안 될 사람들과 자리를 같이하고 있는 듯한 분위기였다. 서로가 암 말도 안 했다. 그러면서도 먹는다는 것은 감정과 관계가 없는 사업이란 듯 제각기 밥을 먹었다.

밥을 다 먹을 때까지 말을 꺼낸 사람은 하나도 없었다. 준호도 보통 때의 반 정도밖에 안 되는 밥을 먹고 자기 방으로 돌아왔다.

'집이란 결국 모여서 밥이나 같이 먹는 곳인가?'

준호는 이런 생각을 했다. 동시에 탈출이란 것을 생각했다. 그것은 반드시 새로운 것에 대한 갈망만은 아니었다. 질식할 것 같은 현실에 대한 단순한 도피 정신이었을지 모른다.

준호는 가정이라는 것이 싫어졌다.

다음날 아침 학교에 출근할 때까지 누구하나 말을 건네는 이가 없었다.

여관보다도 더 했다. 유치장보다도 더 했다. 말을 안 할 뿐 아니라 상대방이 말을 시킬까 그것까지 두려워하는 분위기였다.

학교에 가자 준호는 자기도 모르는 새 전화 있는 데로 시선을 보냈다. 어쩐지 오늘은 성희에게서 전화 올 것만 같았다. 하루 종일 그런 마음이었다. 교실에 들어갔다 나올 때마다 누가 와서 전화가 왔었다고 전갈해 줄 것만 같았다. 그리고 종이 쳤는데도 전화를 바라보기에 선뜻 교실로 들어갈 생각을 못했다. 번번이 오 분 내지 십 분씩 늦게야 교실로 갔다.

오후가 되었을 때 준호는 성희에게서 끝까지 전화가 걸려 오지 않으면 자기라도 전화를 걸리라 생각했다.

성희가 보고 싶었던 것이다.

그런데 마지막 시간을 끝내고 나왔는데도 성희에게서는 전화가 오지 않았다.

준호는 속으로 성희를 깍쟁이라 생각하면서도 마침내 전화 있는 데로 갔다.

그러지 않고는 배길 수가 없었던 것이다.

전화통 있는 데까지 다 갔을 때였다. 마악 수화기를 들려고 하는 때 전화 벨이 울려왔다.

준호는 필연 성희에게서 온 것이라 생각했다. 그래서 수화기를 드는 손이 떨리기까지 했다.

그러나 아니었다. 딴 선생을 불러 달라는 남자의 목소리였다. 준호는 실망하지 않을 수 없었다. 그리고 그 전화가 끝날 때까지 자기 자리로 돌아가지 않을 수 없었다. 자기 속마음을 알 사람이 하나도 없을 것이지만 준호는 멋쩍은 마음에 동료들의 얼굴을 바라볼 수가 없었다. 그러니 다시 걸기 위해 전화통으로 걸어갈 용기가 나지 않았다.

'성희는 내가 보고 싶지가 않나?'

준호는 보고 싶기만 하다면 주저할 것 없이 전화를 걸 수 있는 것이 성희의 성격이라고 생각했다. 전화를 걸지 않는 것은 보고 싶은 마음이 없거나 그렇지 않으면 무슨 사고가 있거나 할 것이 분명했다.

'정릉에서 외박한 것이 혹시 말썽을 일으켰을까.'

있을 수 있는 일이다. 자기도 딸 미원을 때리기까지 했다. 부모 된 사람의 마음이 다를 수 없다.

그러나 성희가 외박한 것은 모르기는 몰라도 이것이 처음일 것이다. 그리고 성희의 상대자인 자기가 그들 부모에게 의심받고 있을 것은 아닐 것이다.

그리고 성희가 아버지에게 야단을 맞을 만큼 자기 처신을 우둔하게 할 여자가 아니다.

설사 말썽을 일으켰다고 해서 그것 때문에 전화를 걸지 않을 성희가 아니라 생각했다. 반발심으로라도 전화를 더 열심히 걸 것이다.

그런데도 전화가 오지 않는 것은 설사 며칠 지난 뒤 만나기로 한 약속이 있다 해도 성희의 정열이 줄어진 때문이라고 해석할 수밖에 없었다.

이렇게 생각하니 준호는 전화 걸 용기가 더 나지 않았다. 언제든 전화 올 때까지 기다려야 한다고 생각했다.

다음날도 전화는 오지 않았다.

준호는 미칠 것 같았다. 아무 딴 생각도 없었다. 오직 성희 생각뿐이었다.

전화를 걸 수 있으면서도 걸지 않은 성희를 생각할 때 이편에서 전화를 거는 경우 냉정하게 전화를 끊어 버리지 않을 것이라고 단정할 수 없었다. 그러나 준호는 참을 수가 없었다. 전화를 걸고야 말았다. 힘들여서 건 전화인데 전화를 받는 사람의 말이 성희가 외출하고 집에 없다는 것이었다.

준호는 전화를 걸지 않았을 때보다도 더 실망했다. 쫄쫄 돌아다니면서도 자기에게는 전화를 걸어 주지 않는 성희.

그 날 준호는 술을 진탕 마셨다. 물 위에 떠도는 한낱 지푸라기처럼 자기를 건져 줄 사람이 세상에 한 사람도 없다는 외로움이었다.

술을 마신 뒤 서울역 광장 앞을 걸었다. 취해서도 걷고 싶었다. 양동 근처를 걷고 있는데 어떤 허름한 여자가 준호의 팔을 잡아당겼다.

술이 번쩍 깨는 것 같았다. 눈을 크게 뜨고 팔목 잡은 여자를 바라보았다.

"하숙 가세요."

사십도 넘어 보이는 여자였다.

준호는 안심을 했으나 한 번쯤 거드름을 피워 보고 싶었다.

"집이 있는데 하숙엘 왜 가요?"

"예쁜 색시가 있어요."

"예쁜 색시가 나하구 무슨 상관이람."

"재미 보시구 가시란 말씀예요."

"그 색시가 바루 당신이요?"

"아이 선생님두 나 같은 게 무슨 재미있다구? 젊은 색시가 기다리고 있어요."

"난 젊은 색시보다 아주머니가 좋은데."

이러자 여자는 준호를 함부로 끌기 시작했다. 어두컴컴한 골목으로 들어갔다.

준호는 끄는 대로 끌렸다. 말만은 여러 번 들어 보았지만 한 번도 가 본 적이 없는 곳이다.

준호는 지금 누구에게나 건지우고 싶은 지푸라기 같은 심정이다. 돈 천환만 주면 부끄러움도 없이 옷을 활짝 벗어 버릴 여자가 보고 싶었다. 애정도 아무것도 아니다. 그러나 부끄러워해야 할 것을 부끄럼 없이 드러내 놓는다는 것은 그 여자가 자기에게 제물이 된다는 뜻이다. 자기를 위한 제물! 자기를 위해서는 학대도 경멸도 가리지 않는다.

성희도 자기의 제물이 되어 주지는 않았다. 아내도 지금은 절대로 자기의 제물이 아니다.

준호는 코딱지 같은 판잣집으로 안내되었다. 집이 마음에 들지 않았다. 그러나 자기의 제물을 구경이라도 하고 싶어 방 안에까지 들어갔다. 방 안에 들어가자 십칠팔 세밖에 안 되어 보이는 처녀가 들어왔다. 웃지도 않았다. 잠시 동안을 앉을 생각도 안 했다.

"당신이 색시요?"

준호가 너무나 의외란 듯이 물을 때 색시는 기계적으로,

"돈을 주세요."

했다.

"얼마지?"

"잠깐이시지요? 천 환예요."

준호는 천 환짜리 한 장을 꺼내 주면서 생각했다. 제물일 바에야 철저한 제물이 아름다울 것이라고. 처녀를 잡아먹는 귀신도 처녀가 아름다울수록 통쾌할 것이다.

돈을 치르자 여자는 옷을 벗기 시작했다. 하나도 가리지 않고 덜렁 누웠다.

준호는 나어린 처녀의 살갗을 만져 보고 싶은 충동을 일으켰다. 아직 완전히 발육하지 못한 육체였지만 그대로의 특징이 있을 것 같았다. 그러나,

"빨리 옷을 벗으세요."

빨리 제물이 되었다가 빨리 해방되고 싶어하는 말을 할 때 준호는,

"조금만 기다려."

했다. 이왕 자기의 제물일 바에야 자기 임의대로 할 수 있는 시간을 될 수 있는 한 연장하여야 한다.

그러나 여자는 기다릴 수가 없다는 듯이 준호의 바지를 벗기려 했다. 그러면서,

"딴 손님이 또 있잖아요."

하는 것이었다.

준호는 벌떡 일어섰다. 그리고는 아무 말도 않고 판잣집을 나섰다. 잠시나마 자기만의 제물이란 생각이 찬물 끼얹은 것처럼 사라졌던 것이다.

색시가 뒤따라 나오면서 잘 가라는 인사를 했다.

"굿바이."

준호는 뒤로 손을 흔들며 양동 골목을 빠져 나왔다. 자기의 제물이 되어 줄 사람이 실상 어느 곳에 있을 것인가 하는 생각을 하면서……

집으로 돌아오니 아내와 미원은 벌써 잠들어 있었다. 아무도 알은 척해 주는 사람이 없었다. 준호는 소리를 높여 아는 노래를 전부 불렀다. 모두가 이별의 곡 같은 슬픈 노래뿐이었다. 그리고는 혼자서 울었다.

물망초처럼

    준호가 성희에게 전화를 걸던 날 성희도 준호에게 전화를 걸려고 했었다. 그러나 아버지 심일무(沈一茂)가 그 날 밤차로 부산 출장을 간다고 급히 회사로 오라는 바람에 아버지를 만나러 가느라고 준호에게 전화를 걸지 못했던 것이다.

    사실은 급한 용무도 아니었다. 며칠 출타하고 없을 동안에 쓸 용돈을 주는 것이었다.

    성희는 돈을 받으면서도 새어머니를 부르지 않고 왜 자기를 불렀을까 하고 생각했다. 아무래도 이상한 일이었다. 출장 가는 일이 별반 없었기 때문에 그런 일을 당해 본 일이 없었다. 그러나 얼핏 생각하여 새어머니를 부르는 것이 당연한 일일 것 같았다.

    그래서 돈 뭉치를 핸드백에 넣으며,

    "달리 전하실 말씀은 없으세요?"

하고 아버지의 눈치를 살폈다.

    "응, 이삼 일 뒤에 돌아올 테니까 별로……."

아버지는 전갈할 말이 따로 있을 리 없다는 듯이 대답했다.

    "그럼 이 돈은 잘 전하겠어요."

    그때 아버지는,

    "네가 쓸 만큼 쓰구 남는 걸 줘라. 별루 급한 것두 없을 테니까……."

하고 그 돈은 마치 성희 개인에게 주는 것처럼 말했다.

    "그래두 나중에 알면 제가 오해를 받게요."

    "참 이상한 소리를 하는구나, 쯔쯧."

    아버지는 혀를 찼다. 자기 마음을 몰라 준다는 태도였다.

    성희는 아버지를 괴롭힐 필요가 없다고 생각했다. 새어머니에게 기울어져서 자기에게 소홀한 것이 아니란 것을 보여 주기 위해 일부러 자기를 불러 돈을 준 아버지다 그러한 아버지의 마음을 안 이상 아버지를 괴롭힐 필요가 있을까?

성희는 아버지를 선의로 해석하고 고맙다는 말을 한 뒤 집으로 돌아갔다.

집으로 돌아온 뒤 준호에게 전화를 걸려고 시계를 보았으나 이미 시간이 늦었기 때문에 단념을 하고 새어머니에게로 가서,

"아버지가 부산 출장을 가신대요."

하고 아버지 만났던 일을 보고했다. 그랬더니 새어머니가,

"회사엘 갔었군……."

할 뿐 새로운 뉴스에 귀를 기울이는 기색을 보이지 않았다.

"이삼 일 뒤에 돌아오신대요."

그때야,

"알구 있어."

하고 이미 자기도 알고 있다는 것을 밝혔다.

아버지가 자기에게만 말해 준 것처럼 생각했던 성희로서 부끄럽지 않을 수 없었다. 얼굴을 붉히고 자기 방으로 돌아왔다.

절대로 큰일이 아니었다. 그런데 그 조그만 일이 어쩌면 성희의 마음에 걸려 내려가지 않는지 몰랐다. 성희는 속아 살고 있는 것 같은 슬픔을 느꼈다.

순간적으로나마 아버지를 선의로 해석하고 거기서 즐거움을 느꼈었다. 그러나 아버지의 애정은 형식적인 것에 불과하다는 것을 알았다.

더구나 밤이 으슥할 때 새어머니가 아버지를 배웅하러 서울역에 나간다는 말을 들었을 때 더욱 그러했다. 아버지는 새어머니와 정거장에서 만날 것까지 약속해 두고도 자기에게는 출장 가는 것까지 알리지 않은 것처럼 말했었다.

성희는 자기가 집안에서 따돌림을 받는 것 같음을 느꼈다. 그것은 하나의 질투일지도 모른다.

성희는 정거장에서 아버지와 새어머니가 즐겁게 만나는 장면을 생각했다. 확실히 질투에서 오는 감정이었다.

성희는 처절한 고독을 느꼈다. '도둑이라도 찾아와 주었으면' 하도록 극단적인 생각이 들었다.

성희는 준호의 집에 전화가 있다면 얼마나 좋을까 생각했다. 잠을 자다가도 생각만 나면 전화로 만날 수가 있다.

지금쯤 무엇을 하고 있을지 모른다. 그렇지 않으면 부인과 그리고 딸과 함께 재미있는 이야기를 하고 있지만 않는지…….

성희는 아버지와 새어머니 그리고 준호와 그의 부인을 생각해 보았다.

그 틈바구니에 끼어 있는 자기만이 외로운 것이 아닌가?

준호를 생각하는 마음에 티가 끼기 시작했다.

정릉의 밤, 준호가 자기를 건드리지 않은 것은 준호의 성격이라기보다 준호의 생활에서 오는 것이나 아니었을지?

준호에게는 육체적인 욕망을 풀 수 있는 아내가 있다. 그렇기 때문에 절박한 경우에도 그 갈구를 이겨낼 여유가 있을 것이 아닌가?

이렇게 생각하니 깨끗하게만 생각되던 준호가 변소에서 갓 나온 사람처럼 오물 냄새가 더덕더덕 붙은 사람처럼 생각되었다.

그러한 준호를 사랑한다는 자기가 위선 덩어리 같아 성희는 준호에 대한 생각을 머릿속에서 내쫓으려 노력했다.

그러나 준호에 대한 생각이 머릿속에서 사라지지는 않았다. 종일토록 전화를 기다리고 있지만 않았을까? 혹시나 하고 'G선'에서 밤늦게까지 앉아 있지나 않았을까? 기다리고 기다리다 그만 지쳐서 술을 마시고 쓰러지지나 않았을까?

역시 사랑하기 때문이리라. 준호가 그리워졌다.

성희는 책상 앞에 앉아 낙서를 하기 시작했다. 그 낙서엔 숱한 준호의 이름이 종으로 횡으로 쓰여졌다.

방준호.

그것을 국문으로 썼다가는 한문으로 썼다. 그리고는 영어로도 써 보았다. 이름 위로 준호의 얼굴이 솟아 나오는 것 같았다.

이번에는 준호 이름 밑에 자기 이름을 써 보았다. 나란히 적혀 있는 두 이름이 결혼 청첩장을 연상시켰다.

그러나 영원히 활자화될 수 없는 두 이름.

성희는 그래도 준호의 성과 자기 성의 맨 첫자인 P와 S를 붙여 몇 번이고 몇 번이고 PS라 써 보았다. 사람은 비록 결혼을 하지 못하나 이름끼리나마 결혼을 시켜 보려는 심정이었는지 모른다.

그러고 나니 어쩐지 편지가 쓰고 싶었다.

PS.

성희는 서두에 '방 선생님' 하고 쓰는 대신 PS라고 썼다. 그것을 준호를 부르는 이름으로 사용하고 싶었던 것이다.

"제가 지은 선생님의 이름입니다. 선생님 이름 속에는 S자가 한 자도 없습니다. 그러나 제 이름 속에는 두 자나 있기 때문에 한 자를 기부해 드렸습니다. 이렇게 이름을 써놓고 보니 제가 선생님에게 부식해서 살고 있는 것 같습니다. 커다란 나무에 부식하여 거기서 꽃피는 작은 식물. 그 꽃은 부식되어 있는 나무의 분신이겠지요.

PS!

오늘은 종일 무의미한 시간만 보냈습니다. 그러기에 지루하기만 했습니다. 오랜 세월을 이렇게 지루하게만 보낼 수는 없다는 생각이 듭니다.

PS!

내일은 우리의 날로 정하고 싶습니다. 태양을 꺼리고 사는 버섯의 생리는 장마 비에 씻기어 없어져야 할 것입니다.

굿나잇의 인사를 보냅니다. SH."

다음날 성희는 준호에게 전화를 걸리라 생각했다. 그리고는 편지도 주리라 생각했다. 그런데 준호에게 전화를 걸기 전 장일구에게서 전화가 왔다. 꼭 만나야 하겠다는 명령조의 전화였다.

성희는 선약이 있다고 한 뒤 장일구의 약속을 거절했다. 그러나 장일구는 다음에는 만나지 않는다 해도 오늘만은 만나 줘야 한다고 고집했다.

성희는 귀찮은 남자라고 생각했다. 귀찮은 남자에게는 특별한 수단을 써야 한다. 그래서 상대방의 요구대로 나가겠다는 승낙을 했다. 그래야만 상대방이 전화를 끊어 줄 것 같았던 것이다. 그랬더니 장일구는 좋아서 몇 시까지 어디로 나오라고 몇 번이나 다짐을 한 뒤 전화를 끊었다.

성희는 실소(失笑)를 아니할 수 없었다. 그 시간쯤에는 준호를 만나고 있을 것이다. 장일구의 존재 같은 건 담 밑에 기어다니는 개미 새끼 한 마리보다도 더 의미가 없다.

그런데도 장일구는 자기만을 기다리고 있을 것이 아닌가?

성희는 화장을 하기 시작했다. 준호를 만나러 가기 위함이었다.

화장을 하고 옷까지 갈아입은 뒤 성희는 전화를 걸었다. 준호는 반가워했다. 그때였다. 식모가 들어와 손님이 찾아왔다고 전했다. 성희는 그 손님이 누구든 전화를 끝내고 만나리라 생각했다.

그래서 손님이 왔다는 말을 듣고도,

"끝나시는 대루 'G선'에 나오세요."

하고 그새 며칠 동안이 굉장하게 오래된 것 같다는 말을 하려고 할 때,

"성희 씨."

하는 남자의 굵다란 음성이 등 뒤에서 들려 왔다.

성희가 깜짝 놀라,

"어머나."

했더니 장일구가 빙글빙글 웃으며,

"오실 때까지 기다릴 수가 없어서 모시러 왔습니다."

하는 것이었다.

정말 귀찮은 남자였다.

성희는 준호에게,

"전화를 끊겠어요."

하고 수화기를 내려놓았다. 전화를 끊고 돌아서자 장일구가,

"벌써 화장까지 다 하셨군요. 빨리 가십시다."

마치 성희가 자기를 만나러 가기 위해 화장을 한 것처럼 해석했다.

성희는 장일구의 얼굴이 빨개지도록,

"야단 칠 사람이 있으니까 야단맞기 전에 빨리 가세요."

하고 톡 쏘아 주고 싶었다. 그러나 성희는 그러지를 못했다. 마음이 약하기 때문인지 모른다.

"좀 들어오세요."

이야기하는 도중에 정말 피치 못할 일이 있다고 사정 이야기를 할 예산이었다.

"괜찮습니다. 빨리 나가시죠."

"그래두 모처럼 오신 손님을……."

성희는 지연작전을 쓰면서 장일구를 꼼짝 못하게 만들려고 했으나 장일구는 성희의 친절을 호의에서 나온 것인 줄 오인을 하고,

"다음에 와서는 가랄 때까지 앉아 있을게……."

하며 만족한 얼굴을 지으면서 성희에게 다른 말할 틈을 갖지 못하도록 빨리 가자고 독촉했다.

"밖에 자동차가 기다리구 있어."

장일구는 잘못하면 성희의 손을 잡아끌 기세였다.

성희는 어찌할 도리가 없었다. 기다리고 있을 준호를 생각하면 벼락이 떨어져도 그리로 가야 할 것 같았으나 빠져나갈 도리가 없다고 생각 할 때,

'내일 만나서 사과를 해야지…….'

하고 마음을 돌리는 수밖에 없었다.

성희가 할 수 없이 끌려나가 자동차에 오르자 장일구는 그저 좋아서,

"미쓰 심이 '넘버 원'이야. 충분히 내가 좋아할 만하거든……."

하며 자동차 운전수에게 아서원으로 빨리 달리라는 말을 했다.

아무런 의논도 없이 중국요릿집으로 가는 장일구가 못마땅했다.

될 말이 아니었다.

"난 그런 데 안 가요."

달리고 있는 자동차에서나마 뛰어내릴 듯이 성희는 몸을 획 돌이켰다.

장일구는 중국요릿집의 생리가 싫어서 그러는 줄만 알고,

"걱정 말어. 미스 심한테는 절대루 점잖기루 결심했으니까……."

하며 빙그레 웃었다. 성희는 그 웃는 얼굴이 싫었다. 마치 너는 '조롱 속에

든 새야' 하고 맘대로 반항해 보라는 웃음 같았기 때문이었다.

"차 세우세요. 내리겠어요."

"그러지 말어. 내 맹세를 할 테니 조금도 걱정 말구 가."

"누가 무서워서 안 가는 줄 아나 봐…… 점점 더 사람을 무시해."

성희는 자기가 무서워서 안 가겠다는 것으로 해석하는 장일구가 더욱 싫었다. 일 대 일인데 무서울 것이 무엇인가?

"무시하면 이렇게 모시구 갈까? 딴 소리 말구 얌전하게 가요."

이러는 동안 자동차는 어느새 반도호텔 앞까지 와서 아서원 입구로 들어섰다.

성희는 할 수 없다고 생각했다. 그 대신 다음부터는 절대로 상대하지 않으리라고 결심했다. 전화가 와도 받지 않고 끊어 버리리라 생각했다.

자동차에서 내린 뒤 도망쳐 올 수도 있었다. 그러나 그렇게 하면 정말 무서워서 도망치는 것이라 곡해할 것이 싫었다. 가자는 데까지 가서 본때를 보여 주리라 생각하며 순순히 요릿집 안으로 걸어갔다.

그런데 장일구는 미리 방을 예약해 두었던지 보이를 불러 무어라 말하자 네 네 하며 이층 구석진 방으로 안내했다.

성희는 속으로 중무장의 태세를 갖추고 해 볼 테면 해 보라는 식으로 선선히 따라갔다.

그런데 방에 들어서자 웬 중년 남녀 두 사람이 의자에 앉아 있는 것이 아닌가? 상대방이 어떤 사람들이란 걸 알 수가 없었다.

장일구는 픽 웃으면서,

"늦었지요?"

하는 것으로 보아 서로 약속이 있는 사람들인 것만은 확실했다.

성희는 스르르 맥이 풀려났다. 단 둘이서 장일구와 팔씨름을 하리라 생각했던 긴장이 풀렸던 까닭이다.

"인사해요."

장일구는 부인을 가리키며,

"내 누님이야. 이 분은 매형이시구……."

하며 두 사람을 소개했다.

성희는 갑자기 얼굴이 달아올랐다.

장일구가 자기를 장일구의 누나 부부에게 선을 뵈는 것이라 짐작했기 때문이었다.

이러한 모욕이 또 어디 있겠는가? 그러나 성희는 공손히 인사를 했다. 마치 장일구에게 모든 이야기를 듣고 합의하에 따라온 것처럼. 그리고는 정말 선 뵈러 온 처녀처럼 얼굴을 숙여 버렸다.

장일구의 누나라는 여자는 성희의 첫인상이 좋은 모양이었다. 성희에 대한 것을 이것저것 묻기 시작했다. 생일이 언제냐는 둥, 아버지 이름이 무어냐는 둥, 그러다가는 장일구의 집안을 설명하기도 했다.

장일구는 한 번 결혼은 했었지만 지금은 완전히 이혼을 했고 또 자식이 하나도 없다느니 장일구가 결혼만 하면 취직생활을 그만두고 약국을 경영하게 될 것이라느니 별별 이야기를 다 했다.

성희는 입맛이 썼다.

귀가 근지러워 참을 수가 없을 정도였다. 한참 음식을 먹다가 장일구 누나가 입을 열었다.

"언제쯤 약혼식을 할래?"

만족한 듯이 장일구를 바라보며 묻는 것이었다.

"신부될 여자는 누군데요?"

성희는 시침을 뗀 채 야무지게 물었다.

장일구와 더불어 그의 누나 부부가 놀라지 않을 수 없었을 것이다. 그러나 달리 어떻게 할 수가 없었든지 장일구가,

"왜 이래?"

하고 자기 망신을 작작 시키라는 눈짓을 했다.

"그럼 제가 신붓감이란 말씀인가요?"

성희는 또 새침을 떼고 물은 뒤,

"그럼 잘 모르고 와서 죄송한데요. 미안하지만 제게는 아버지가 정해 주신 약혼자가 있는데요……."

하고 얼굴을 붉혔다.

그야말로 닭 쫓던 개 격이었다. 모두 멍멍해서 말들을 못했다. 장일구도 염치없는 장난을 한 어린애처럼 씨근덕거릴 뿐이었다.

파흥이 된 좌석이 오래 갈 리 없었다. 꼭같이 열적은 얼굴들을 하고 요릿집을 나왔다. 다만 성희만이 통쾌했을 뿐이었다. 세상이 제멋대로 되는 줄만 알고 있는 장일구에게 본때를 보여 준 것이 어찌 통쾌하지 않을 수가 있을 것인가?

이제는 다시 찾아오지 않으리라는 안도감을 갖고 반도호텔 앞을 걸어 나올 때 장일구가,

"약혼했다는 게 정말야?"

믿을 수 없는 말이라는 듯이 물었다.

"할 일이 없어 거짓말을 하구 다니겠어요?"

"그러다간 천당에 못 갈걸."

"천당에는 흥미를 잃은 지 오랬어요."

"사전에 이야기를 안 했다구 그러는 거지? 그건 내가 사과할게."

"사과하실 거 하나두 없어요."

"언제든지 꼭 미스 심이 내 사과를 받아들이게 하구야 말 테니까 그쯤 알아 둬."

성희는 아무래도 좋다고 생각했다. 다시는 장일구와 만나지 않기로 한 만큼 그를 미워할 필요도 없다고 생각했다.

장일구가 자기 누나 부부를 먼저 보낸 뒤 성희에게 차라도 마시자고 할 때,

"이런 때 오래 이야기한다는 것이 서로에게 불리하다는 걸 모르세요?"

성희는 좋은 말로 장일구를 돌려 보냈다. 장일구도 솔직하게 잘 알았노라고 대답한 뒤 자기 집으로 돌아갔다.

집으로 돌아온 성희는 자기의 대담성에 혼자 미소지었다. 장일구도 무모하기 짝이 없는 남자지만 자기도 비할 데 없이 대담한 여자 같았다. 잘 했다고 생각했다.

그러나 한편 장일구가 엔조이 하기에는 가장 적당한 남자라고 생각했다. 만약 누나 부부에게 소개하는 일만 안 했다면 가끔 만나 엔조이나 할 걸 하고 오늘의 일을 아쉬워하게 생각했다. 비록 무모하기는 하나 절대로 악한 인간은 아니다. 악하지만 않다면 능히 사귈 수 있는 것이다.

그러나 이제 생각해서 무엇 할 것인가? 성희는 준호를 생각했다. 전화를 걸어 놓고도 기다리는 동안 자기를 얼마나 의심했을 것인가? 가지 않았으니 얼마나 기다렸을 것인가? 정말 알 수 없는 여자라고 원망을 거듭했을 것이다.

성희는 진심으로 미안하다고 생각했다. 준호를 괴롭히는 자기가 정말 나쁜 여자처럼 생각되었다.

"일생 동안 남을 사랑하는 일이 몇 번이나 있겠다고……."

성희는 문득 이런 생각을 했다. 자기도 이때까지 어머니를 사랑한 이외에 더욱이 이성을 진심으로 사랑한 기억이 없다. 남을 사랑한다는 것은 과연 힘든 일이다.

그렇다면 다시 있을지 없을지도 모르는 최초의 사랑에 인색할 필요가 무엇인가? 성희는 준호를 사랑하는 데 아낌이 없어야 할 것이라 생각했다. 그래서 준호로 하여금 사랑에 의혹을 품지 않도록 해야 한다고 생각했다. 재도 남지 않도록 모든 것을 태워 버리는 사랑을 해 보고 싶었다.

다음날 성희는 일찌감치 준호에게 전화를 걸었다.

"어젯밤에는 납치를 당했어요. 그렇지만 아무 사고는 없었으니까 걱정 마세요."

성희는 준호가 나오자 약속 못 지켜 미안하다는 말 대신 못 나간 이유만을 말했다. 그 뒤에야,

"많이 기다리셨지요?"

하고 준호의 대답을 기다렸다.

준호는 무어라 대답해야 좋을지를 생각하는 모양이었다. 잠시 뒤에야,

"전화를 안 걸었으면 기다리지나 않지."

했다.

"전화를 걸자 오 분도 못 되어 납치된 걸 어떡해요. 그 대신 오늘밤에 업어 드릴게요……."

성희는 정말 준호를 업어 주고 싶었다. 그리하면 자기도 준호에 대한 미안한 마음이 풀릴 것이고 준호도 여러 가지 의아심을 풀어 줄 것 같았다.

그래서,

"오늘밤엔 집으로 오세요. 아버지두 출장가시구 안 계셔요. 참 영어두 배워 주셔야 하지 않아요?"

"퇴근하는 대루 갈게."

대답이 힘들게 나오는 것 같았다. 마음은 그렇지도 않으면서 말이 나오지가 않는 모양이었다.

"맛있는 걸 만들어 놓구 기다릴게요."

"그래."

한숨을 길게 내뿜는 얼굴이 보이는 것 같았다. 전화를 끊자 성희는 정말 맛있는 것들을 사 와야 하겠다고 생각했다. 음식은 식모에게 부탁한다 해도 맛있는 과자와 실과는 자기가 사고 싶었다. 그래서 남대문 시장으로 갔다. 파란 봉지에 든 밀크 초콜릿과 갖가지 색으로 되어 있는 젤리 등 맛있는 과자 몇 가지와 파인애플, 바나나 등의 과일을 샀다. 그러나 그것만 가지고는 부족한 감을 느꼈다. 그래서 비싼 것은 아니지만 토마토 한 근을 샀다.

그것은 자기 손으로 썰어 자기 손으로 설탕에 잴 수 있기 때문이다. 자기 손으로 만든 음식을 준호에게 먹이고 싶었던 것이다.

그러나 그것만도 부족했다. 준호가 좋아하는 것이 따로 있을 것 같았기 때문이었다. 그것은 술이었다. 그래서 비어를 두 병 샀다.

보따리가 제법 크게 무거웠다. 그러나 성희는 자동차도 타지 않고 보따리를 든 채 걸었다. 가정주부가 된 듯한 흐뭇한 감정이었다. 준호를 위한 마음이기에 즐겁기만 했다.

성희는 준호를 기다리는 마음으로 하루를 보냈다. 그 동안 몇 번이나 시계를 보았는지 모른다.

다섯 시가 조금 넘자 준호가 찾아왔다. 혼자 기다리던 어젯밤 기억이 아직 머리에서 사라지지 않는지 성희를 대하는 태도가 명랑하지 못했다.

그러나 성희가,

"속상했다가 만나니까 더 반갑지요?"

하고 빵긋 웃자,

"밉기만 해."

준호는 픽 웃고 말았다.

성희는 그새 정성 들여 썰어서 설탕에 재어 두었던 토마토를 꺼내 놓고,

"이걸 만들어 놓구 기다리던 마음을 생각하세요."

하고 포크를 쥐어 주었다.

준호는 포크를 받아 토마토를 찔러 입에 넣었다. 정말 맛이 있었다.

"이런 걸 다 만들 줄 알아?"

"정말 그러시기예요. 가만두지 않을 테니까 그런 줄 알아 두세요."

"칭찬하는데두 불만이야?"

"칭찬이 아니라 무시예요. 미우니까 그러시는 줄은 알지만……."

준호가 암 말 않고 성희의 볼을 꼬집었다.

"나중에는 사람을 때리기까지 하시구."

그러면서도 성희는 자기가 먹던 포크로 토마토를 찍어 준호에게 주었다.

"많이 잡수셔야 돼요."

성희는 파란 캔디 봉지를 열은 뒤 빨간색 노란색, 밤색 등 여러 가지 색깔의 초콜릿 가운데서 빨간 것을 골라,

"요 빛깔이 이쁘죠?"

하고 그것을 준호에게 주었다.

"예쁜데……."

준호는 주는 대로 받아먹었다. 성희의 애정을 마음속으로 느끼는 것 같았다. 그러나 어젯밤 일을 그대로 넘길 수가 없다는 듯이,

"그래 어딜 납치당해 갔던 거야?"

하고 물었다.

성희는 될 수 있으면 어젯밤 일을 꺼내지 않고 넘기려 했었다. 그러나 따

져 묻는데 대답 안 할 수가 없어,

"사실은요."

하고 딴전 부릴 궁리를 했다. 장일구의 이야기는 이야기 자체가 시시할 뿐 아니라 준호가 불쾌해 할 것이 분명한 이야기다. 지난번 장일구 이야기를 했었을 때도 준호는 불쾌한 표정을 지었다. 그래서,

"복수한 거예요. 아시기나 하세요."

하고 준호의 얼굴을 똑바로 쳐다보았다.

"복수라니?"

"정릉 갔다 돌아올 때 왜 그렇게 불안한 얼굴을 하셨지요? 참 불쾌했어요."

그 이야기라면 준호도 변명할 말이 없을 것 같았다. 그렇지 않아도 한 번 해 주고 싶던 말이었지만 이런 때 준호가 입을 열지 못하도록 하는 데는 그 중 효과가 있을 말 같았다.

"글쎄 공연히 떨리는 걸 어떻게 할 수가 있어야지……."

"만약 부인하고라면 떨리지 않으셨겠지요?"

준호는 정말 대답을 못했다. 대답을 못할 뿐 아니라 얼굴이 붉어졌다.

그러나 준호의 기를 꺾어 주자는 것이 목적이 아닌 만큼 성희는,

"그 뒤 전화를 한 번두 걸지 않으신 건 뭐지요? 전화두 제가 꼭 먼저 걸어야 하나요?"

하고 어조를 누그렸다.

"왜 내가 전화를 안 걸어. 밤낮 외출하는 생각은 않구 나만 나무래!"

준호도 거기에는 할 말이 있다는 듯이 기세를 올렸다. 성희는 아버지한테 갔을 때 누구에게서 전화가 왔었다는 말을 들은 기억이 있기 때문에,

"아버지가 출장가신다구 회사루 오라기에 잠깐 나갔었지 어디 밤낮 외출을 했어요. 참 나빠지셨네요."

더 이야기를 길게 할 필요가 없었다. 성희는 지금 준호에 대하여 가슴이 부풀대로 부풀었다. 그 가슴을 가라앉히고 싶지 않았다. 그래서 어젯밤 썼던 편지를 꺼내어 준호에게 주었다.

“프레젠트.”

준호는 주는 대로 받아 읽었다. 그리고는,

“땡큐.”

한 뒤 편지를 곱게 접어 수첩 속에 집어넣었다. 편지를 수첩 속에 집어넣고는 성희 책상 있는 데로 가서 잠시 눈을 감았다. 감격한 모양이었다. 눈을 감고 멍하니 앉았다가 종이를 당겨 놓고 무엇을 쓰기 시작했다. 몇 줄의 편지였다.

“성희를 만나지 않은 나날은 나에게도 무의미한 시간들의 연속선이었소. 무의미처럼 괴로운 것은 없다고 생각했소. 내 옆에 내 삶의 보람이 있는 것을 잊었던 것이요. 용서하시오. 내 삶의 보람이여. PS”

준호가 아무 말 않고 그 편지를 성희에게 주었다. 성희도 아무 말 없이 읽고 난 뒤 그것을 집어 일기책 갈피에 넣었다. 그리고는,

“PS.”

하고 준호를 불렀다.

“응?”

“지금 업어 드릴게요.”

“무거울걸.”

“좋아요. 숙녀는 약속을 지켜야 하니까요.”

성희는 준호의 팔을 잡아 일으켰다. 그리고는 준호를 업고 한 발씩 걷기 시작했다.

“무겁지?”

그만 내려놓으라는 뜻의 말을 했다. 그러나 성희는,

“세 바퀴만……”

하고 방 안을 세 번이나 돌았다. 세 바퀴를 돈 뒤 준호를 내려놓자 이번에는 준호가,

“수고했어.”

하며 성희를 안아 몸 전체를 번쩍 추켜올렸다. 추켜올린 채 성희를 쳐다보고 있을 때 성희가 준호에게 입술을 갖다 댔다.

준호는 성희를 내려놓고 뜨거운 키스를 했다. 그 자리에서 죽어도 좋을 키스였다.

그러나 준호는 그 순간의 행복을 자기 눈으로 보고 싶었다. 키스를 하며 눈을 떴다. 무아경에 들어 있는 듯 감고 있는 성희의 눈. 성희도 행복감에 젖어 있다. 행복감에 젖어 있는 성희를 눈으로 보는 것이 더욱 좋았다. 성희를 힘주어 껴안았다. 그때 성희가,

"그만."

하고 준호를 밀면서 주먹으로 준호를 때리는 시늉을 했다. 준호는 성희가 화를 냈는가 해서 의아한 눈으로 성희를 보았다.

"숨이 막히지 않아요?"

숨을 쉬지 않은 모양이었다.

"왜 숨을 쉬지 않았어?"

"선생님은 숨을 쉬셨군요? 모독이에요."

"모독?"

"키스할 때 숨을 쉬는 사람은 정말 로맨티스트가 아닐 거예요."

"그럼 다음에 나두 숨을 안 쉴까?"

준호는 숨을 안 쉬는 연습을 해 보고 싶었다. 그러나 성희가,

"이제는 저녁."

하고 부엌으로 나가는 바람에 제 자리로 돌아가 앉을 수밖에 없었다.

저녁상이 들어왔다. 동시에 비어를 따르며,

"오늘은 혼자만 마시세요."

했다.

"혼잔 싱거운데…… 한 잔만이라두 채우지?"

"안 마셔두 취할 것 같으니까 권하지 마세요."

"나두 조금만 마실게……."

준호가 한 잔을 비우고 두 번째 잔을 내밀 때였다. 성희는 비어병을 들었

다가 갑자기 그대로 밀어 놓으며,

"이젠 그만하세요."

"한 병은 다 마셔야 하지 않나?"

"저한테만은 만족할 수 없단 말씀이죠?"

"그런 건 아니지만."

"싫어요. 이젠 진지를 잡수세요."

준호는 아쉬운 생각이 들었다. 마개를 빼 논 비어를 그냥 버리다니……
그래서 담배를 꺼내 물었다.

그러나 성희는 담배도 피우지 못하게 했다.

"담배두 싫어요."

준호는 담배를 집어넣고 밥을 먹기 시작했다.

"선생님은 제가 옆에 있어두 심심하신 거죠?"

"절대 그런 건 아냐. 그냥 버릇이 돼서 그런 거지."

준호는 술도 담배도 참을 수 있었다.

그러나 성희의 질투심에 놀라지 않을 수 없었다.

저녁상을 물렸을 때 성희가 바나나와 파인애플을 꺼내 놓았다. 그러나 성
희는 먹으란 말만 할 뿐 껍질을 벗길 생각을 안 했다.

준호는 자기가 무슨 잘못을 해서 화가 난 것이나 아닌가 겁이 나서,

"왜 안 먹어?"

하고 물었다. 그때 성희가,

"껍질을 벗겨 줘야 먹지요?"

정말 화가 난 듯 뾰루퉁한 얼굴이었다.

준호는 눈치가 빠르지 못한 자기를 새삼스럽게 느끼며,

"참 그렇군……."

하고 바나나 껍질을 벗겨 성희에게 주었다. 바나나를 받는 성희의 눈이 타
는 듯 반짝이었다.

준호는 자기 몸 전체가 성희의 눈 속으로 빨려 들어가는 것 같음을 느
꼈다.

　준호는 자기가 먹을 바나나 껍질을 벗기다 말고 시선 둘 곳을 몰라 쩔쩔
맸다.
　성희는 바나나를 든 채 먹을 생각을 않고 준호만을 응시하고 있었다.
　준호는 그 너무나 강렬한 성희의 시선을 받기가 벅차,
　“왜 먹지 않구…….”
하고 말을 붙였으나 벅찬 시선이 또 한 번 보고 싶었다. 다시 시선이 맞부딪
쳤을 때 성희가,
　“눈쌈을 할까요?”
하고 웃는 것이었다.
　준호는 이길 자신이 없었다. 그래서 시선을 돌리려고 하는데 성희가,
　“싸움은 무슨 싸움에나 약하니까 제가 질 거예요.”
　뜻 모를 말을 했다.
　“약한 건 나지.”
　준호는 성희와 싸우는 경우 언제나 지기만 할 사람이 자기란 생각을
했다.
　“천만예요. 결국은 제가 질 거예요.”
　“그럴 수가 있나…….”
　“오늘 전화 건 것두 제가 진 때문이 아녜요.”
　“진 게 아니구 이긴 거지.”
　“아 아주…….”
　두 사람은 꼭같이 웃었다. 가슴 속 심연에서 우러나오는 깨끗한 웃음이
었다.
　바나나를 먹고 파인애플을 먹었다. 끝까지 껍질은 준호가 벗겼다.
　먹다 남은 과일 접시를 한편 구석으로 밀며,
　“이젠 영어 공부를 시작하지요.”
하고 성희가 영어책을 가져왔다.
　“공부가 돼?”
　준호는 공부는 해서 무엇 하느냐 식으로 물었다. 부풀어 오른 가슴에 공

부할 생각이 들지 않았다.

"그래도 할 것은 해야지요."

성희는 책을 펴놓았다. 그러나,

"하나만 더 먹구요."

하고 이번에는 자기 손으로 바나나 껍질을 벗기기 시작했다. 껍질을 벗기자 성희는 그것을 준호의 입에 넣었다. 준호가 한 입을 먹자 성희는 남은 것을 자기 입에 넣고 씹으면서,

"맛있죠?"

했다.

준호는 웃기만 했다. 그리고는,

"공부를 시작해."

하고 책을 뒤적였다. 그러지 않고서는 끓어오르는 정열을 참을 길이 없었던 것이다.

"해야지요."

성희도 책으로 시선을 보냈다. 그러나 금시,

"물망초의 전설을 아세요."

하고 딴 이야기를 꺼냈다. 공부할 생각이 나지 않는 모양이었다.

"모르는데……."

"해 드릴게요. 참 재미있어요."

성희는 들국화처럼 조그마한 물망초의 전설을 이야기하기 시작했다.

"옛날 불란서의 이야기예요. 두 사랑하는 남녀가 강가에 산보를 갔었데 요. 그런데 언덕 밑에 조그만 꽃이 예쁘게 피었던가 봐요. 여자가 그 꽃을 보고 예쁘다고 감탄을 했대요. 그랬더니 남자가 비탈진 언덕 밑으로 내려가 서 한 송이를 꺾었대요. 그런데 그 순간 남자는 미끄러져 물살이 센 강 속 에 빠졌대요. 물 속에 빠져 흘러가면서도 남자는 꽃을 연인에게 던지며 '포 겟 미 낫(FORGET ME NOT).' 하고 소리를 쳤대요. 남자는 흘러가고 꽃만 이 남게 되자 그 여자는 꽃 이름을 '물망초'라 짓고 씨를 심었대요."

성희는 이야기를 하면서 두 남녀의 아름다운 사랑을 남의 것이 아닌 자기

의 이야기처럼 물망초를 눈앞에 보는 듯이 말했다.

"그 여자의 이름을 성희라고 지을까?"

"그럼 선생님이 강물에 빠져야 하게요. 싫어요."

두 사람은 터지려는 분화구 속 마냥 끓어오르는 정열을 붙안고 있으면서도 서로 접근하지 못했다. 정열이 극도에 달하면서 도리어 자기 자신을 두려워하게 되는 것인가. 두 사람의 표정이 점점 굳어져 갔다.

서로를 보는 눈이 냉각해졌는가 하면 열릴 듯 열릴 듯 입술이 떨리는 것 같이 보이기도 했다.

준호는 가슴까지 떨리는 것을 느꼈다. 그러나 이렇게까지 정열이 극도에 달했을 때 정열에 대한 처리 방법을 서툴게 하면 도리어 성희에게 무시를 당할 것 같은 생각이 들었다.

성희의 의견도 물어 보지 않고 일방적인 행동을 해도 경멸을 받을 것이요. 눈치만 보다가 정열의 백분의 일도 표현 못하면 그때도 경멸을 받을 것 같았다. 경멸을 받지 않을 정도 안에서 걷잡을 수 없는 정열을 처리해야 할 것 같아,

"성희."

떨리는 음성으로 성희를 부른 다음,

"전번 정릉의 밤 말이야. 그 날 밤을 생각하면 내가 성희를 전부 사랑하지 못하고 있는 것만 같아. 전부로 전부를 사랑하고 싶어."

하고는 시선을 돌렸다. 아무런 대답을 해도 좋다는 뜻이었다. 그리고 실망을 주는 대답을 주어도 할 수 없다는 뜻이었으리라.

그러나 성희는 조금도 서슴지 않고,

"저두 동감예요."

낭랑히 말했다.

그 뒤는 더 언어라는 게 필요 없었다. 준호는 성희를 마음껏 애무하고 사랑했다. 여한이 없도록 심혼을 기울여서……

얼마가 지난 뒤 옷을 다시 입은 준호가 마음속으로,

'진정 사랑해.'

하려 할 때였다.

성희가 돌아앉아 우는 것이 아닌가? 소리만 내지 않을 뿐 그보다 더 큰 고통이 없는 것처럼 흐느끼는 것이었다.

준호는 가슴이 써늘해졌다. 해서 안 될 일을 했다는 가책이 들었던 것이다. 비록 참을 수 없는 정열이 저지른 일이라 해도 범해서는 안 될 일이었다.

성희의 울음이 영원한 것으로 느껴졌다.

죽을 때까지 울어야 할 울음인 것 같았다.

준호는 성희 가까이로 갔다.

"성희가 울면 나는 어떻게 해."

하고 어쩔 줄 몰라 자기의 잘못을 사과했다.

"몰라요. 빨리 가기나 해요."

하는 성희의 날카로운 음성을 귓가에 듣는 듯 준호는 가슴을 조이고 있었다.

그러나 성희는 아무 말도 안 했다. 그렇다고 울음을 그치는 것도 아니었다.

준호는 어찌할 바를 몰랐다. 어떻게 해야 성희의 울음을 그칠지.

준호는 책상 위에 있는 펜을 집어다 자기 팔을 찔렀다. 피가 방울지어 흘러 내렸다.

"성희, 이것 봐. 다시는 안 그럴게……."

결국 앞으로는 절대 그런 일이 없을 것이란 결심을 보여 주는 수밖에 없었다.

성희는 피 흐르는 것을 본 척도 안 했다. 언제까지고 울기만 하는 것이었다.

"난 어떻게 해야 해! 응? 하라는 대루 할게 말을 해 봐."

준호는 정말 어떻게 해야 할지 몰랐다. 벌떡 일어나 돌아갈 수도 없었다. 밤새도록 잘못했다는 말만 하며 성희 옆에만 있을 수도 없었다.

어쩔 줄을 몰라 쩔쩔매고 있을 때, 그때야 성희가 입을 열었다.

"걱정 마시구 돌아가세요."

"진심으루 사과해."

"아무 말씀두 마시구 가세요."

준호는 돌아갈 수밖에 없었다. 그래도 성희가 대문까지 따라나와 냉정하게나마,

"안녕히 가세요."

할 때야 준호는 겨우 다시 살아난 것 같음을 느꼈다.

분화구의 숙명

돌아오는 길에 준호는 생각했다. 성희가 그렇게 운 것은 죄의식 때문이 아니라 처녀성을 깨뜨린 순간의 격정 때문일 것이라고.

자기를 후회하지 않는다 해도 그 순간에만 눈물이 나오리라 생각되었다.

그러나 그렇게 생각한다고 해서 준호의 마음이 아주 가벼워진 것은 아니었다.

한편으로 성희의 울음소리가 계속해서 들려왔다. 폐부를 찌르는 울음 소리였다. 맞대놓고 자기를 원망하는 것은 아니었으나 죽고 싶지 않으면서도 죽지 않을 수 없었던 어떤 유령의 애원에 찬 울음소리 같았다.

극히 가까운 데서 인경 소리를 들을 때처럼 온몸이 찌릿했다.

준호는 성희 옆에서 펜촉으로 자기 살을 찌른 생각을 했다. 동시에 칼로 목을 찌르지 못하고 겨우 피 몇 방울만 흘리게 한 자기를 비겁하게 생각했다. 성희의 울음소리는 죽을 때까지 귓가에서 사라지지 않을 것이다. 그렇다면 죽을 때까지 자기는 괴로움과 자책 속에서 살아야 할 것이 아닌가? 성희 옆에서 목을 찌르고 죽었으면 성희가 자기를 용서하고는 다시는 우는 일을 안 할 것이다.

그뿐만도 아니었다. 성희의 울음소리에 따라 아내의 얼굴이 눈앞에 나타나기도 했다. 아무 말도 않고 조소와 경멸이 가득 차 있기만 한 얼굴이었다. 아무 말도 안 하는 것이 참을 수 없는 일이었다.

'너 같은 것이······.'

속으로는 무어라고 중얼거리고 있을 것이다. 그러나 이야기할 상대도 못 된다는 듯이 아내는 다문 입을 열려고 하지 않는다. 경멸의 눈으로 노려볼 뿐이리라.

성희에게 배신을 했고 아내에게 배신을 했고—— 그러니 자기는 모든 인간을 배신한 거나 마찬가지다. 교육계에 배신을 했고 윤리에 배신을 했고 배신할 수 있는 모든 것에 배신을 하고 말았다.

배신은 죄악의 최고다. 최고의 죄악을 저지르고 어찌 살아갈 생각을 할 것인가

준호는 배신자의 고독을 느꼈다. 배신자는 안식처를 상실한다는. 몸과 마음 둘 자리를 잃었던 것이다. 가족을 찾아갈 수도 없고 성희를 찾아갈 수도 없다. 그렇다고 학교의 동료를 찾아갈 수도 없었다.

준호는 한강행 버스를 탔다. 한강 인도교 위에서 자신에 대한 처리 방법을 강구하자는 것이었다. 거기서 죽어야 할 길 이외에 다른 아무 방법이 없다고 생각된다면 자살을 해도 좋다. 만약 죽지 않고도 살 수 있는 다른 길이 생각된다면 되돌아올 수도 있다. 어떻든 주검을 받아들여 줄 한강 인도교 위에서 생각을 결정짓고 싶었던 것이다.

인도교까지 간 준호는 철교 난간에서 어둠 속을 흐르고 있는 강물을 내려다보았다. 물살이 보이는 듯하면서도 보이지 않았다. 푸른 물결이라면 무어라고 말해 줄 것 같은데 검기만 한 물결이라 말을 못하는 것 같았다.

말하자면 보이지 않는 강물은 죽음을 유발하지 않았다. 그러나 준호는,

"죽어야겠지?"

하고 물결을 향해 속삭였다. 마치 대답대로 행동할 것이니 명령을 내려 달라는 듯이.

강물은 대답이 없었다. 죽을 필요가 없다는 것일까?

준호는 문득 자기가 자기 자신을 배신했는가라고 자문해 보았다. 자기 이외의 사람에게는 배신한 것이 사실이다. 그러나 자기 자신에까지 배신을 했는지 거기 대해서는 생각해 본 일이 없었던 것이다.

배신의 과정을 밟으면서도 성희를 그대로 사랑한 것은 누구인가? 그것은 두말할 것 없이 준호 자기 자신이었다. 배신의 길인 줄 알면서도 성희를 어쩔 수 없이 사랑한 준호.

오직 티 없이 순수하고 아름다운 사랑이 어찌 배신이란 말에 속할 수 있을까…….

자기 자신이 나빴는지는 모른다. 그러나 준호는 절대 자기에게까지 배신한 것은 아니라고 믿었다.

이런 생각을 하고 있을 때.

"선생님! 이젠 울지 않을게요!"

하는 성희의 목소리가 물결 속에서 올라오는 것 같았다.

물망초의 전설을 이야기할 때,

"그럼 선생님이 물에 빠지셔야 하게요. 싫어요."

하던 그 연연한,

"싫어요."

소리가 그대로 귀에 들리는 것 같기도 했다.

"성희."

준호는 가냘프게 성희의 이름을 불렀다. 죽으면 싫다고 하는 성희를 위로하는 뜻에서인지 자기를 죽지 않게 하는 오직 하나의 '님프'라는 뜻에서인지? 어쨌든 준호는 성희의 이름을 불렀다.

성희의 이름을 부르자 준호는 갑자기 성희가 그리워졌다. 아무 반항도 않고 모든 것을 허락하던 성희, 만약 자기가 지금 한강철교 위에 있다는 것을 안다면 성희는 악을 쓰면서 자기를 잡아끌 것 같았다. 그리고 자기가 지금 죽어 버린다면 얼마 전의 울음 몇 배의 처량한 모습으로 영원한 울음을 울 성희 같기도 했다.

'성희를 다시 못 만난다면…….'

준호는 성희를 다시 만나지 못한다는 것이 있을 수 없는 일일 것 같았다.

자기가 죽는다면 성희는 영원히 슬픔 속을 방황해야 하는 숙명을 면치 못할 것이다.

준호는 가슴이 막혀 왔다.

한강을 뒤돌아섰다. 그리고 내일 성희를 찾아가서 사과를 하리라 마음먹었다. 사과를 하기만 하면 성희는 화를 내는 듯한 독특한 웃음으로 사과를 받아 줄 것이다. 그렇게만 해 준다면 다시 전처럼 서로를 사랑하며 서로를 아낄 수가 있을 것 같았다. 서로 정신적으로만 사랑을 한다면 그 이상 더 아름다울 일이 어디 있을 것인가? 하기야 아내 있는 남자로서 미혼 처녀를 사랑한다는 것은 그것이 순수한 정신적인 것이라 해도 윤리적으로 죄에 가까운 일이다. 그러나 신도 그만한 죄쯤은 용서해 줄 것 같았다. 죄 가운데도 아름다운 죄가 아니겠는가?

시내로 돌아오는 준호의 마음이 성희로 말미암아 초조로워지기 시작했다.

자기의 죽음을 생각하던 대신 이번에는 성희가 죽지나 않을까 하는 걱정이 새로 머리를 들기 시작했던 것이다.

아무리 현실적이라 해도 여자에게는 뱀의 모가지처럼 뒤를 돌아보지 못하는 순간이 있다. 처녀성을 잃었다는 단순한 마음에 맹목적으로 죽음을 선택할지도 모른다.

만약 성희가 자살을 한다면 그것은 자기가 자살한 것보다 더 슬픈 일이다.

준호는 택시를 잡아 탔다. 그리고 운전수에게 빨리 달려 달라고 부탁을 했다. 자동차가 서울역 앞에까지 왔을 때 준호는 차에서 내려 공중전화가 있는 데로 갔다.

다이얼을 돌리는 준호의 손이 떨렸다. 전화를 받는 사람이 성희일 것 같았고 그리고 성희는 자기 목소리를 알아듣자 첫마디부터 자기를 매도(罵倒)할 것만 같은 겁이 들었던 것이다.

다행히 전화 받는 사람은 성희가 아니고 식모였다. 준호는 자기의 이름을 대지 않고 성희와 바꿔 달라는 말을 했다.

어디냐고 물을 때 준호는 성희의 친구라고 얼버무렸다. 그랬더니 식모는 더 묻지를 않고 잠깐만 기다리라고 했다.

잠깐만 기다리라고 한 식모의 말이 준호를 안심시켰다.

자살 소동을 일으키지 않은 것이 분명했기 때문이었다. 성희가 자살하지 않았다는 것만 알면 그뿐이었다.

한참 뒤 성희가 나왔다.

"여보세요."

틀림없는 성희의 목소리였다. 그리고 울음이 섞인 목소리가 아니라 여전히 명랑한 성희 그대로였다.

성희가 죽지 않고 살아 있다는 것, 그리고 슬픔도 가시고 명랑성을 회복했다는 것을 알 때 준호는 우선 성희에게 감사를 드리고 싶었다. 만약 성희가 죽었다고 하면 자기는 슬픔과 자책 때문에 살 용기가 없어진다. 성희가 살았다는 것은 결국 준호 자기를 살게 한 것 같기도 했다.

눈물이 나오도록 고마운 성희였다. 그러나,

"나, 준호야."

라는 말이 입 밖에 나오지가 않았다. 아무리 명랑성을 회복했다 할지라도 자기가 준호라는 것을 밝히는 순간 성희는 뻔뻔스럽게 전화는 무엇 때문에 거냐고 비난할 것만 같았다.

"여보세요."

다시 한 번 통화를 재촉하는 성희의 목소리가 들렸다. 그러나 준호는 속마음으로,

'잘 자.'

했을 뿐 한 마디의 말도 못하고 수화기를 놓아 버리고 말았다.

전화를 끊고는 후암동으로 자기 집을 향해 걷기 시작했다. 무슨 생각이 있어서 걷는 것이 아니었다. 슬픈 때나 즐거운 때나 집으로 돌아가야 하는 습성 때문이었다. 습성에 따라 기계처럼 이삼 분 동안 걸었을 때였다. 그때야 준호는 미처 생각지 못했던 일을 생각했다.

'어쩌자고 집엘 들어가느냐?'

하는 반문과 더불어 입을 다문 채 경멸의 감정이 가득한 눈으로 노려보고 있는 아내 얼굴을 생각했던 것이다.

새까만 하늘에 잔별이 빙빙 도는 것 같았다. 지옥처럼 무서운 생각이 들

었다.

‘그래도 들어가야 하는가?’

준호의 발걸음이 주춤거렸다. 성희에게도 갈 용기가 없지만 집으로 들어갈 용기도 없었다.

‘그러면 어디로 가야 할 것인가?’

새에게도 집이 있건만 자기에게는 머리 둘 곳이 없는 것 같았다. 집을 잃은 고아였다. 부모가 없는 고아보다도 집 없는 고아의 더 큰 슬픔을 맛보고 있을 때였다.

“아버지.”

뒤에서 미원이 소리를 치며 따라왔다.

준호는 반가웠다. 집을 잃고 헤매던 사람이 동지를 만난 듯한 반가움이었다.

그러나 밤늦게 거리에서 만난 미원이다. 그리고 손바닥에서 미원을 때려 준 감촉이 아직 사라지지 않고 있다.

“응, 어디 갔다 오니?”

쓸쓸한 말투였다.

“늦으셨군요? 영화 구경 갔다 오세요?”

미원은 묻는 말에 대답할 생각은 않고 준호 이야기를 묻기 시작했다. 성희와 같이 영화 구경을 갔다가 만났던 일이 있는 만큼 그것을 연상하고 있는 모양이었다.

“좀 집에 백혀 있으면 안 되니?”

준호도 자기 이야기를 꺼내지 않았다. 설사 거짓말로라도 자기를 건드리고 싶지가 않아 미원을 나무란 것이었다.

“저두 결심을 했어요. 그렇지만 너무 갑자기 행동화하면 도리어 자연스럽지가 못한 것 같아 며칠만 더 나다니기루 했어요. 두구 보세요. 아마 아버지두 놀라실 거야.”

미원은 웃으면서 준호의 팔을 꼈다. 그리고는,

“아버지, 그 여자와 연애하세요? 참 멋쟁이든데……”

준호에게 연애를 권하는 것처럼 말했다.

"넌 너무 버릇이 없어."

딸의 입을 한 마디로 막아 버렸으나 무궤도한 연애 행각을 하면서도 명랑할 수 있는 딸에 비하여 자기가 너무나 초라한 것을 슬퍼하는 준호였다.

"좋두룩 한 번 멋지게 해 보세요."

미원은 연애를 장려하는 데 적극적으로 나오기 시작했다.

고마운 말이었다. 윤리적으로 매장을 당하는 일이 있다 해도 속에서 욕망하고 있는 것을 마음껏 해 본다면 후회할 것이 없다.

이렇게만 생각한다면 미원이 언제나 명랑할 수 있듯 자기도 명랑하게 살수가 있을 것 같았다.

오래 살아야 할 필요가 없다. 짧게나마 하고 싶은 일을 하다가 죽으면 그뿐이다.

"아버지두 연앨 할 수 있을 것 같으니?"

준호는 자기 이야기를 꺼내고 싶었다. 자기를 이해하려고 하는 미원에게나마 자기 마음의 십분의 일이라도 털어놓고 싶었다. 한 사람의 동조자(同調者)나마 동조자가 필요할 것 같기도 했다. 그러나,

"여자와 같이 다니면 그게 바루 연애냐? 너만은 그렇게 생각지 않을 줄 알았는데."

준호는 미원의 동조를 구하지 못했다. 다만 한 사람의 동조자도 가질 수 없는 준호였다. 그것은 자기의 죄악을 단 한 사람에게도 알릴 수 없다는 심정이었을지 모른다. 그러나 성희를 사랑하는 마음이 오직 자기 한 사람만의 비밀로 아름답게 간직하고 싶은 욕망이었을지도 모른다. 성희를 비단 보자기로 곱게 싸 두고 싶은 심정이었을 것이다.

어느덧 집 가까이까지 왔다. 집 가까이 이르자 준호는 비로소 아내가 기다리고 있는 그곳으로 들어가야 하는가를 생각했다. 아내는 아무것도 모르고 있을지 모른다. 그러나 무슨 일이 있는 것만은 알고 있기 때문에 벌써부터 냉전을 전개하고 있다. 오늘밤도 역시 경멸에 찬 눈으로 자기를 응시할 것이다. 잠을 자고 조반을 먹고 학교에 가는 동안 그것이 몇 시간이든 아내

와는 말 한 마디도 안 한다.

더구나 오늘 성희하고는 넘어선 안 될 선을 넘었다. 그리고 앞으로는 안 만나기로 한 것도 아니다. 만약 계속해서 만난다고 하면 자기는 아내에게서 영 멀어지고 마는 사람이다.

그런데도 가정이라고 해서 그리고 아내라고 해서 집으로 기어들어가야 한단 말인가?

준호는 싸움만이 기다리고 있는 집보다는 차라리 돈을 주고 잠자리만 제공해 주는 여관이 편할 것 같았다.

그러나 공교롭게도 미원이 지금 자기 옆에 있다. 집 앞에까지 와서 발길을 돌려야 하는 이유를 설명할 도리가 없었다. 그렇지 않아도 미원이,

"뭘 우물거리세요? 잊으신 게 있어요?"

하며 준호를 의아한 눈으로 보았다.

"응, 잊은 게 있어. 곧 갔다 올게……."

하면 될지도 모른다. 그러나 준호는 그 말을 못했다. 무엇을 어디서 잊었다는 말이 그 자리에서 꾸며지지 않았다.

"누가 뭐래?"

준호는 아무 일도 없다는 듯이 집을 향해 들어갔다.

지옥문을 들어서는 느낌이었으나 준호는 이를 꽉 악물고 대문 안을 들어섰다.

그런데 오늘은 어찌된 일인지 아내의 태도가 달랐다. 미원과 함께 돌아왔다는 사실에 안도감을 느꼈는지 그렇지 않으면 준호에 대한 전술을 바꾸었는지 어쨌든,

"웬일이야? 사이좋게……."

하며 툇마루까지 나와 준호를 맞이해 주었다. 그뿐만도 아니었다. 자리끼를 떠 가지고 준호 방에 들어와서,

"저 오늘 계(契) 하나 했어요."

하는 것이었다.

준호는 눈치를 떠보느라고 그러는 것인지 통 알 수가 없었다. 준호는 옆

에도 오지 않던 때보다 몇 배나 더 불쾌했다. 마치 성희와의 탈선 행동을 알고 얼굴 표정을 탐지하기 위해 말을 시키는 것만 같이 보였다.

준호는 말을 안 했다. 말을 안 했을 뿐 아니라 커다란 증오심으로 아내를 쏘아보았다.

이상한 일이었다. 잘못을 저질렀으면 응당 부끄러워하고 미안해야 할 것인데 미안하다는 생각에 앞서 증오심이 폭발했던 것이다.

"가서 자기나 해."

준호는 아내가 자기 시야에서 사라지기만 바라며 소리를 질렀다.

"밉지요? 밉지만 어떡헙니까? 목숨이 붙어 있는 한 살아야 할 게 아녜요?"

아내는 전과 달리 약까지 올렸다.

"다 보기 싫어. 빨리 나가지 못해."

준호는 다시 소리를 질렀다.

"홍분하실 거 없어요. 무슨 일이나 냉정하게만 생각하면 해결짓지 못할 일이 없으니까요."

아내는 확실히 전과 태도를 달리했다.

"누가 홍분해? 그리구 해결지어야 할 문제는 뭐란 말야?"

"당신이 괴로워하고 계신 걸 알았어요. 한때의 감정적인 충동이었으리라고 생각해요. 조금도 괴로워 마시고 냉정하게 생각하세요."

"잔소리 말어. 뭘 안다구 건방지게 구는 거야."

"건방진 게 아녜요. 사실은 끝까지 모르는 척하고 있으려 했지만. 당신이 괴로워하고 계신 것을 바라보고만 있을 수가 없기 때문이에요."

"내가 뭘 괴로워한다구 건방진 소릴 하는 거야. 빨리 가서 자기나 해……."

"그럼 끝까지 모르는 척해 드릴게요. 그렇지만 필요한 때는 언제나 말씀하세요. 힘이 될 때가 있을지두 모르니까요."

"정말 못하는 소리가 없군. 빨리 가지 못해."

"안녕히 주무세요."

아내는 가장 너그러운 사람처럼 밤 인사까지 하고 자기 방으로 돌아갔다.

아내가 돌아가자 준호는,

'죽기나 하지 않구……'

그야말로 하지 못할 생각까지 했다. 그것은 아내가 자기의 비밀을 알고 있다는 두려움 때문이 아니었다. 모든 것을 다 알아도 좋다고 생각했다. 겁날 것이 없을 것 같았다. 다만 자기를 괴롭히지 말아 주었으면 하는 생각에서였다.

자기는 자기의 운명을 움직일 능력이 없다. 그만큼 무능하면서도 자기 문제에 간섭하는 사람만은 싫었던 것이다.

그러나 다음날 아침 조반을 먹을 때 아내는 미원이도 있는 자리에서,

"건강을 생각하셔서 일찍 일찍 돌아오세요."

하는 것이었다. 준호는 밥그릇으로 아내를 후려갈기고 싶었다. 간섭하려고 대드는 아내가 미웠던 것이다.

"걱정 마!"

준호는 밥도 먹는 둥 마는 둥 집을 나섰다. 학교를 도피처처럼 생각했던 것이다.

그런데 마침 교원 조회시간이었다. 교장이 심상치 않은 얼굴로 다음과 같은 이야기를 꺼냈다.

"어젯밤 남산공원 숲 속에서 고등과 삼학년 학생 ○○○이 남학생과 육체 관계를 하다가 발각되어 현재 유치 중에 있습니다. 지금 막 경찰서에 다녀 오는 길인데 이 학생을 어떻게 처리하면 좋겠습니까?"

그것이 사실이라면 퇴학을 시키는 수밖에 없지 않느냐 하는 것이 모든 교원들의 공통된 의견이었다. 한 사람도 반대하는 이가 없었다.

그러나 준호는 아무 말도 못했다. 속으로,

'못된 것.'

하고 어린 여학생을 꾸짖었으나 벌을 주어야 한다는 말에 한몫 낄 수가 없었다.

마치 자기에게 벌을 주기 위하여 발설된 교장의 꾸민 말만 같았던 것

이다.

여학생의 처벌을 결정진 뒤 준호는 하루 종일 성희를 만나지 말아야 한다고 생각했으니 후회할 것은 없었다. 그러나 퇴근하기 전 준호는 사직원을 쓰고야 말았다.

준호는 S여자 고등학교를 그만두어도 굶어 죽으리라고 생각지 않았다. 이유를 밝히지 않고 그만둔다면 이상하게들 생각할지도 모르나 크게 의심하거나 그 이유를 추궁할 사람이 없을 것 같았다.

그렇다면 자기를 악선전할 사람도 없다. 따라서 딴 학교에 갈 수가 있는 것이다. 실력이 남에게 떨어지지 않는 한 취직이 그리 힘들지 않을 것 같았다.

자기의 비밀을 아는 사람이 없다고 해도 학생의 풍기 문제에 신경이 예민한 여학교에서 죄의식을 안 느낄 수 없다. 가시 방석에 앉아 있는 것 같은 불안에서 뛰쳐 나가는 것이 얼마나 현명한 일일 것인가?

사실에 있어서 자기도 이번 일을 계기로 새로운 생활을 영위해야 할 것 같았다. 학교를 그만두고 거처를 밝히지 않는다면 성희와는 자연 만날 기회가 없게 된다. 성희와 만나지 않는 한 딴 여자와의 문제는 다시 일어날 것 같지가 않았다.

그래서 준호는 사표를 썼다. 그리고 교장에 제출하려 했다. 그러나 교장이 사표 제출의 이유를 따지고 물을 때의 대답을 무엇이라고 할 것인가? 이 생각을 하니 직접 제출할 용기가 나지 않았다.

준호는 변성제 선생을 찾지 않을 수 없었다.

변성제라고 이유도 묻지 않고 심부름만 해 줄 리 없었다. 그러나 준호는,

"다음에 자세한 이야기를 하지요. 어쨌든 그새 죄를 지었습니다. 교육자로서 도저히 용서받을 수 없는 죄입니다. 그러니까 변 선생 혼자만 아시구 이걸 교장 선생께 제출해 주십시오. 암 말도 않고 이것만 주더라고 말씀해 주십시오."

마치 변성제에게만은 참회를 하고 싶은 심정으로 말할 수 있었다.

변성제는 도대체 무슨 일이냐고 자기만이라도 알아야겠다는 투로 물었다.

"변 선생한테만은 아무때라두 이야기할게요. 그렇지만 지금은 나 자신을 정리하지 못하고 있으니까 얼마만 기다려 주십시오."

변성제는 자세히는 모르나 세상에 나타난 일이 아니라면 구태여 사표까지 제출할 필요가 없을 것이라고 하며 사표를 만류했다.

"그것은 나 자신의 문제니까 내가 허락할 수 없습니다. 좌우간 마지막 부탁일지도 모르니까 간청을 들어 주십시오."

변성제가 맡지 않겠다는 것을 던지다시피 사직원을 떠맡기고 학교를 나왔다.

마음이 한결 가벼웠다. 이제는 누가 뭐라 하던 마음 괴로워할 것이 없을 것 같았다. 만약 성희가 책임을 추궁한다고 해도 추궁하는 대로 책임을 지면 그뿐이라는 생각이 들었다.

가벼워진 마음으로 학교를 나왔지만 어쩐지 쫓겨난 사람의 서글픔 같은 것이 가슴을 짓눌렀다.

준호는 우선 어떤 빈대떡집으로 가서 대포 몇 잔을 마셨다. 그리고는 얼큰한 정신으로 여관을 찾아갔다.

아내가 있는 집에는 돌아가고 싶지가 않았던 것이다. 학교를 그만두었다고 하면 아내는 정말 무슨 일이 있은 것이라고 결정적인 생각을 할 것이다. 그렇지 않아도 간섭하려고 대들기 시작하는 아내가 싫은데 직장 관계로 또 의심을 하며 무엇 때문에 그만두기까지 했느냐고 바가지 긁을 것이 싫었던 것이다.

얼마 동안만이라도 완전한 자유 속에서 자기 운명을 주시하고 싶었다.

하룻밤을 여관방에서 지냈다. 명쾌한 기분이었다.

다음날 준호는 아는 사람을 찾아다니며 취직 운동을 시작하리라 마음먹었다.

그러나 여관을 떠나기 전 준호는 성희를 생각했다. 과연 성희를 안 만나고 견딜 수가 있을 것인가 하고. 그것은 성희에 대한 그리움이 벅찰 정도로 가슴을 뻐근하게 했기 때문이었다.

성희는 어제 종일 자기의 전화를 기다렸을지 모른다. 오늘도 전화를 기다리며 아무 일도 못하고 있을지 모른다.

헤어질 때 눈물을 보인 것을 후회하고 있을 것이다. 그렇기 때문에 전화를 더 기다리고 있을 것이 분명했다.

준호는 전화 있는 데로 자꾸만 마음이 끌렸다. 오늘마저 전화를 안 해 주면 성희는 정말 슬퍼 울 것 같았다. 성희를 한 번 울게 한 것도 죄스러운 일인데 두 번 세 번 울게 할 수가 있을 것인가? 남자로서 차마 못할 일이라 생각되었다.

준호는 전화가 있는 사무실로 귀를 기울였다.

누가 전화를 걸고 있는 것 같다. 통화가 끝나면 걸어 봐야지…….

그러나 통화가 끝날 무렵 준호는 어제 사표를 쓰던 때의 자기 마음을 생각했다. 성희를 다시 만나지 않아야만 자기는 학교를 그만둔 보람이 있다.

그래야만 아내에게도 떳떳하다. 성희를 계속해서 만난다고 하면 아내는 자기를 방탕자로 규정지을 것이다. 그리고 학교에서는 여자 문제로 사표를 제출한 것이라 단정내릴 것이다.

그래서 준호는 성희에게 전화를 걸지 않기로 했다. 그러나 이런 경우 사람들은 어느 것이 자기의 의지인지를 구별하지 못하게 된다. 준호는 전화를 걸지 않기로 했으나 그것이 과연 자기의 진정한 의지인지 아닌지를 식별할 수가 없었다.

이제는 아내도 무서울 것이 없다. 학교도 무서울 것이 없다. 그렇다면 몸과 마음 전부를 바쳐 사랑한 사람을 만나지 않아야 할 필요가 어디 있을 것인가? 성희를 만나야 한다는 것이 자기의 의지여야만 할 것 같았다. 그러면서도 전화가 있는 데로 발이 옮겨지지 않음은 무엇 때문일까?

준호는 어린애 장난 같은 짓을 했다. 손바닥에 침을 뱉어 놓고 두 손가락으로 그것을 때린다. 그때 그 침이 동쪽으로 튀면 전화를 걸고 북쪽으로 많이 튀면 전화를 걸지 않기로 하는 것이다.

그런데 마음이 동쪽으로 튀기를 바랐을 것이지만 어찌된 일인지 침은 북쪽으로 튀어 나갔다.

하는 수 없었다. 그것이 자기 운명의 지시 같은 생각에 전화 걸기를 단념했다. 그리고는 거리로 나와 친구들을 찾아다녔다. K고등학교 C고등학교 등 잘 아는 친구들이 있는 학교를 찾아다니며 취직 부탁을 했다. 학기 도중이라 빈자리가 있을 리 만무하다. 준호도 다음 학기에나 부탁한다는 정도로 친구들과 이야기했다. 친구들을 찾아다니며 취직 부탁을 하는 도중 준호는 자기가 실직자라는 것을 느꼈다. 그리고 실직자의 허무감 같은 것을 잔뜩 느꼈다.

그러나 오후가 되자 준호는 실직자라는 것도 잊고 다방 'G선'으로 갔다. 성희가 '우리의 다방'이라고 이름 지은 다방이다. 전화로 연락을 못한 만큼 성희가 다방에서 기다리고 있을 것만 같은 생각이 들었던 것이다.

그런데 두 시간 이상이나 기다려도 성희는 나타나지 않았다. 다방 마담과 레지 보기가 민망했지만 준호는 한 시간을 더 기다렸다. 꼭 나올 것만 같았던 것이다. 그래도 성희는 나타나지 않았다.

준호는 고독을 느꼈다. 성희에게서까지 버림을 받았다는 충격이 무인도에 혼자 표류한 것 같은 느낌을 주었다.

세상에는 자기 편이 하나도 없다. 모두 백안시하는 사람들뿐이다. 새만의 왕국에 뛰어든 한 마리의 토끼처럼 외톨박이 인간.

준호는 성희의 마음을 알고 싶었다. 사랑을 하든 안 하든 성희의 마음을 알아야만 자기의 태도를 결정지을 수 있을 것 같았다. 언제까지나 외톨박이로 살 수는 없다. 만약 성희가 자기를 좋아한다고 하면 세상 모두가 경멸해도 무방하다. 그렇지만 성희가 자기를 싫어하는 경우 자기는 세상과 다시 타협을 지어야지 않겠는가? 전화도 걸지 못한 준호였지만 성희의 집을 향해 걷기 시작했다.

걸어가면서도 준호는 자기가 자기 정신 같지 않았다. 전화 거는 것까지 망설이던 자기가 성희를 찾아가서 무엇이라 입을 열 것인가? 그리고 만일 성희가 만나기도 싫단 말을 하면 자기는 어떤 태도로 나가야 할 것인가, 길을 걸으면서도 여러 번 망설였지만 우선 성희의 태도를 알아야만 숨을 쉴 수 있을 것 같은 생각에 성희를 만나는 것만이 자기의 의지라고 자기를 다짐하는 것이었다.

말을 안 해도 좋다. 성희의 표정을 보기만 해도 성희의 마음을 알 수 있다. 성희의 마음만 안다면 자기는 자연 자기로서의 길을 택하게 될 것이다.

이런 마음을 가졌기 때문에 성희의 집을 향해 걷고 있기는 했으나 발걸음을 옮겨 놓는 다리가 자꾸만 떨렸다. 성희를 만난 뒤가 무서웠던 것이다. 차라리 성희의 마음을 모른 채 지난다고 하면 성희를 만나지 못하는 괴로움이 크다 해도 차라리 견딜 수 있는 고통이 아닐까 하는 생각이 들었다.

만약 성희를 만나서 성희의 냉혹한 태도를 대하게 된다면 자기는 죽음보다 더 잔인한 칼날 위에 서 있게 되는 것이 아니겠는가?

준호는 걸음을 멈추었다. 아무래도 발길을 돌려야만 할 것 같았던 것이다. 그러나 뒤돌아서지도 못하고 행동을 결정짓지 못하고 있을 때였다.

어디서 나타났는지 변성제가,

"이거 방 선생 아니오?"

하고 앞을 막아섰다.

준호는 조금도 놀라지 않았다. 자기의 사정을 조금이라도 아는 사람이 바로 변성제다. 피할 것이 못 된다. 그렇다고 반가울 것도 없었다.

"댁으루 돌아가시는 길이오?"

무표정한 얼굴로 물을 때 변성제는,

"어젯밤에는 댁에두 들어가지 않았다구요?"

사뭇 놀라는 표정이었다. 그렇지 않아도 만나려 하던 참이라는 듯 준호의 대답이 나오기도 전에

"차나 마시며 이야기합시다."

하고 눈을 두리번거리며 다방을 찾았다.

준호는 변성제가 어젯밤 외박한 것을 어떻게 아는가 하는 것이 궁금했다.

"그건 누구한테서 들었지요?"

노상에서라도 알아야 할 일 같았다.

"아까 부인이 학교에 오셨더군요."

"네?"

외박한 일이 있다 해도 학교에 전화를 걸거나 찾아간 일이 한 번도 없는

아내다. 어떤 육감이 움직였단 말인가? 준호는 놀라지 않을 수 없었다.

"조용한 데루 가서 이야기합시다."

변성제는 아무래도 다방 같은 데로 가야 할 모양이었다. 그러나 준호는 최소한도 변성제의 오해만은 풀어야 한다고 생각했다. 그러기 위해서는 다방보다도 자기가 혼자서 숙박한 여관을 보여 주어야 할 것 같았다. 그래서 준호는 변성제를 데리고 여관으로 갔다.

방 안에 들어서자 변성제는 사방을 훑어보았다. 여자의 냄새를 맡아보려는 것에 틀림없다.

준호는,

"내가 집을 나온 것은 과거를 청산하고 새 생활을 해 보자는 데 있습니다. 학교를 그만둔 것도 그렇구요. 절대루 딴 여자와 결혼하기 위한 것이 아닙니다. 어젯밤두 그랬지만 앞으루두 나는 이 방에서 혼자 잘 것입니다. 그 여자와는 벌써 안 만나기로 했으니까요."

하고 과거는 할 수 없는 일이었지만 지금은 결백한 상태에 있다는 것을 설명했다.

변성제에게 구명(救命) 운동을 해야 할 까닭이 없으면서도 스스로 나오는 자기 변명이었다.

"그렇다면 집을 나와야 할 필요가 뭡니까? 부인께서 얼마나 걱정하고 계신데요."

변성제는 준호를 이해할 수 없다는 듯이 말했다.

"그저 그래 보고 싶은 것뿐이었지요. 모든 것이 다 싫어졌습니다. 싫은 것을 한 번 떠나 보고 싶은 심정을 변 선생은 이해 못하실까요?"

"이해는 할 수 있습니다. 그러나 현실을 현실대로 한편 구석에 놔 둬야 하지 않을까요? 사실 나두 연애를 가끔 합니다. 그렇지만 현실은 조금 다치지 않구 하지요. 방 선생의 방법은 약간 우둔하다구 생각합니다. 부인두 학교두 아무두 모르게 할 수가 있지 않아요?"

"글쎄 나두 그럴 생각이었지만 이중적으로 잘 되지 않더군요. 지나치게 한편이 뜨거웠었는지 모르지만……"

"뜨거우면 얼마나 뜨겁겠소. 산다는 것 자체가 뜨뜻미지근한 건데……."

변성제는 준호의 생활태도를 비난했다. 오늘부터라도 집으로 돌아갈 것, 그리고 사표는 아직 자기가 가지고 있으니 내일부터 학교에도 나오라는 말을 했다.

준호는 그럴 수가 없다고 대답했다. 아직 여열(餘熱)이 남아 있는 만큼 그것이 완전히 식기까지 혼자서 자기 처리를 해야 한다는 말을 했다.

"도대체 그 여자란 어떤 사람입니까?"

변성제가 성희의 이야기를 묻기 시작했다. 준호는 대답하는 데 거리낄 것이 없다고 생각했다. 도리어 자랑하고 싶은 심정이었다.

"아름다운 여성입니다. 과거에도 그랬지만 미래에도 만날 수가 없을 만큼 아름다운 여성입니다. 나 같은 사람이 그런 여자를 사랑할 수 있었다는 것은 신의 섭리 가운데도 꼭 들어맞지 않는 데가 있다는 것을 증명하는 것이 겠지요."

"나이는?"

"스물넷입니다. 금년 봄 대학을 졸업했구요. 지성적이면서도 정열적인 여자지만 그래도 어딘가 틈바귀가 있기에 나 같은 걸 사랑하겠지요."

"그렇게 좋은 여자를 왜 다시는 만나지 않습니까?"

"그건 절대루 나의 의지가 아닐 것입니다. 아니지, 그럴 리가 있습니까? 나도 철이 들어야 할 때니까요."

"그 여성의 의사라면 할 수 없는 일이겠지만 방 선생의 의사라면 나는 찬성할 수가 없습니다. 우리 나이의 사람이라고 연애를 못 한다는 법은 없으리라고 생각합니다. 안 그렇습니까? 다만 자식과 가족을 생각 안 할 수 없겠지요. 그러니 비극은 비극이지요. 그러나 비극이라고 없앨 수도 없는 것이 현실이 아닐까요? 문학 가운데도 비극이 맨 먼저 생겼으니까……."

"비극을 비극인 줄 안 이상 비극을 감수할 필요는 없겠지요."

"세상에는 알면서도 못하는 일이 얼마나 많습니까? 알면서도 안 할 수 없는 일은 얼마나 많구요? 어쩔 수 없어서 사는 거와 마찬가지로 어쩔 수 없어서 알면서도 하는 일이 얼마든지 있습니다. 그냥 어쩔 수 없는 것이지요. 그러니까 할 것은 하면서 가정두 유지하구 직업두 지키는 것이 현명한 일이라구 생각합니다."

"글쎄요. 학교를 그만둔 것도 집에서 나온 것도 나에게 있어서는 어쩔 수 없어서 한 일이니까 결국 할 수 없겠지요."

변성제는 준호를 이해할 수 없었다. 딴 여자를 사랑하고 있다면 별문제다. 그렇지도 않은데 집을 뛰쳐 나오고 학교를 그만둘 필요가 어디 있을 것인가.

"아무 생각 말구 나하구 같이 가십시다. 전부터 알고 있지만 부인만한 여자가 없을 거요. 오늘도 방 선생을 걱정할 뿐이지 원망의 말은 한 마디도 안 합디다. 빨리 가십시다."

변성제는 준호를 집에까지 데려다 주는 것을 하나의 의무처럼 생각하는 모양이었다. 억지로라도 끌고 갈 기세였다. 그러나 준호는 절대로 돌아가지 않을 생각이었다. 그것은 다른 이유가 아니었다. 변성제가 알지 못하고 있는 성희에 대한 미진한 생각 때문뿐이었다.

변성제가 집으로 돌아가자는 말을 해서 거기에 대한 반발심이 일어났는지도 모른다. 준호는 돌아가야겠다는 마음은 추호도 없었다. 다만 성희를 만나지 못한 데서 오는 엉클어진 가슴이 쑤셔 놓은 벌 둥지처럼 걷잡을 수가 없었다.

모든 생각은 성희에게로만 집중되었다. 어쩌면 성희를 만나고 못 만남으로 자기의 미래가 달려 있는 것 같기도 했다.

내일은 어떻게 해서라도 성희를 만나야 한다고 생각했다. 성희를 만나 성희의 태도를 보고 난 뒤 그때야 집에 돌아가는 문제를 결정지을 수 있다고 생각했다. 말하자면 성희를 만나기 전에는 어떤 일도 결정지을 수 없다고 생각했다. 그래서 준호는 끝내 변성제를 혼자 돌려 보내고야 말았다. 하루만 더 생각하게 해 달라는 부탁을 해서 간신히 돌려 보냈던 것이다.

그런데 다음날 아침 자리에서 일어나기도 전에 변성제가 여관으로 찾아왔다. 혼자만도 아니었다. 준호의 아내를 데리고 온 것이다.

준호는 변성제로서 능히 할 수 있는 일이라고 생각했다. 그리고 이미 깨어진 그릇이라고 생각했기 때문에 아내의 얼굴을 보고도 놀라지 않았다. 도리어 왜들 귀찮게 구는 것이냐는 식으로 그들을 대했다.

"부인께서도 오셨으니 빨리 가십시다."

변성제가 방 안에 들어서기가 바쁘게 독촉을 했다.

"가긴 어델 간다구. 내게 갈 데가 있었던가 참……."

준호는 끝내 고집 부릴 기세를 보였다. 그때 아내가,

"당신 뜻대루 전부 해 드릴게 가서 이야기하십시다. 남부끄럽게 여관에선 이야기할 수 없잖아요?"

하는 것이었다. 속으로는 슬퍼하고 있는지 모르나 겉으로는 슬픈 표정이 드러나 있지 않았다. 그렇다고 독을 뿜는 듯한 얼굴도 아니었다. 지워진 운명이라면 거기 따를 수밖에 없지 않느냐는 식의 태도였다.

그런 만큼 준호는 아내에게서 아무런 감동도 받지 못했다.

"할 이야기두 없어. 며칠 동안 쉬구 나서 돌아갈 테니 걱정 말구 가 있어."

준호는 어떤 일이 있다 해도 성희를 만나기 전에는 집으로 돌아가지 않을 생각이었다.

"할 이야기가 없어두 좋아요. 당신 집인데 당신이 나올 필요가 어디 있수? 내가 비어 드릴게 빨리 가십시다."

"집두 필요 없어. 당신 마음대루 처분해."

아내는 한참 동안 말을 안 했다. 단념을 하는 모양이었다. 잠시 뒤,

"옷이나 갈아입으세요."

하고 가지고 온 보따리를 끌러 놓았다.

준호는 무엇이 가슴을 쿡 찌르는 것 같음을 느꼈다. 그러나 옷도 갈아입을 생각을 않고 변성제가 준호의 팔을 잡아끌며,

"체면두 생각해야잖소. 빨리 갑시다."

하는 것이었다.

"체면이란 여유 있는 사람들에게나 있는 거요. 난 죽어두 안 갈 테니까……."

“정 그러면 강권을 발동할 수밖에 없지.”

변성제는 벽에 걸린 옷을 끄집어 내리고는 강제로 입히려 했다.

“싫다니까 왜 이럴까?”

준호가 반항할 때 변성제는 주먹을 번쩍 들었다.

“맛을 봐야 정신을 차릴 테요?”

그때 아내가 준호 앞을 막아서며,

“당신의 행복을 위해서라면 이혼이라도 해 드릴게 제발⋯⋯.”

하며 울기를 시작했다.

준호는 연극의 주인공이 된 듯한 자신을 느꼈다. 지금 무대 위에서 연기를 보이고 있는 서툰 연기자. 서글프고 외로운 존재. 준호는 후딱 옷을 입기 시작했다.

태풍은 또다시

고집이 꺾이자 준호는 코를 끼운 송아지처럼 꼼짝을 못했다. 순순히 집에까지 따라갔다. 패배 의식이 움직였던 것이다.

도망칠 우려가 있는 죄수를 호송하듯 자동차 안에서나 자동차 밖에서나 아내와 변성제가 자기 좌우에 꼭 붙어 다니는 것이 불쾌하기 짝이 없었지만 준호는 그래도 아무 말을 안 했다.

집에 이르자 미원이 뛰어나오며,

“아버지.”

하고 팔에 매달렸다.

반가워하는 것에 틀림없었지만 마치 집을 나갔던 탕아를 맞이하는 풍경이었다. 속으로는 경멸을 하면서도 다시 뛰쳐 나갈 것이 두려워 극히 부드럽게 대하는 그러한 광경이었다.

준호는 참으로 어색하기 짝이 없었다.

외박했다고 미원에게 야단을 치고 따귀까지 때린 아버지로서의 위신은 땅 밑에 아주 떨어지고 말았다.

준호는 현장에서 발각되어 붙들려 온 죄수처럼 몸 둘 곳을 몰랐다. 차라리 어젯밤 변성제를 만났을 때라도 그냥 돌아왔더라면 하는 생각이 들었다.

어쨌든 준호는 어색하고 불쾌하고 창피스런 생각 때문에 숨을 헉헉 몰아쉬었다. 어떻게도 할 수 없었다.

한편으로는 자기를 이러한 위치에 집어넣은 변성제가 원망스럽기도 했다. 무엇 때문에 자기를 끌고 왔을까?

그러나 변성제는 자기 할 일을 다 했다는 듯이 그리고 문제는 일단 해결되었다는 듯이,

"오늘까지만 쉬십시오. 학교에는 병 때문에 결근한다고 말해 둘 테니까요."

하고 돌아가 버렸다.

변성제가 돌아가자 준호는 자기를 어떻게 처리해야 좋을지를 몰랐다. 가족들에게 비굴한 태도를 보일 수는 없었다.

그렇다고 가장으로서의 권위를 세우기 위하여 큰소리 칠 수도 없었다. 그는 꾸어온 보리자루처럼 자기 방에서 숨을 몰아쉬는 수밖에 없었다.

그때였다. 아내가 서먹서먹한 표정을 지으며 방 안에 들어섰다. 그리고는 멀찌감치 그것도 극히 조용하게 앉았다.

준호는 무엇 하러 들어오느냐고 그 자리에서 돌려 보내고 싶었다. 그러나 상대방의 태도 여하에 따라 자기 태도를 결정짓지 않으면 안 될 위치에 처해 있는 준호였다. 아내가 입을 벌릴 때까지 준호는 아내에게 시선도 보내지 않았다.

아내도 입을 열기가 거북스러운지 한참 동안을 묵묵히 있다가,

"대단치두 않은 일을 가지구 제가 오해했던가 봐요."

하고 말을 꺼내기 시작했다. 도리어 자기 잘못을 뉘우치는 듯이 말하는 아내에게 무엇이라 대꾸를 할 수 있겠는가? 준호는 그저 듣고 있을 뿐이었다.

"변 선생님한테 자세한 이야기를 들었어요. 다시는 의심을 품고 불쾌한 낯을 짓지 않을 테니 집을 나가시는 일만은 말아 주세요. 무엇보다두 미원

이 보기가 창피해서 못 견디겠어요. 정 불만이 있다면 터놓구 이야기를 하시구요."

아내는 진심으로 무사하기를 바라는 모양이었다. 그리고 과거를 크게 생각지 않은 것도 분명했다.

갈아입을 옷을 가지고 여관까지 데리러 왔던 아내의 심정과 합쳐 생각할 때 준호는 아내의 말이 거짓이 아님을 느꼈다. 그렇기 때문에 얼마 전까지 어떻게 처리해야 좋을지 몰라 하던 자기 자신에 대하여 어느 정도의 안정감을 느끼기 시작했다. 자기가 가만 있으면 가정 내의 혼란은 일어나지 않을 것이라고. 그래서,

"알았어. 나두 생각이 있으니까 그냥 나가 있어."

하고 이야기를 피했다. 이야기가 길면 분위기가 또 어떻게 변할는지 그것이 겁났기 때문이었다.

"그럼 좀 주무세요."

아내는 공손한 인사를 한 뒤 방을 나갔다.

아내가 금시 되돌아 들어왔다. 베갯잇을 갈기 위함이었다. 헌 것을 벗기고 새 것을 간 뒤 아무 말 없이 또 나갔다.

아내가 나간 뒤 준호는 아내의 따뜻한 진심을 마음속으로 느꼈다. 그리고는 과거를 일체 묵살하고 아내를 다시 괴롭히지 말아야 하겠다고 생각했다.

죽을 때까지 자기만을 생각하는 그 마음에 변화가 없을 아내. 그 아내를 다시 괴롭힐 수는 없다고 생각했다. 그러한 아내를 괴롭힌다는 것은 결국 자기가 나쁜 인간이라는 것을 나타내는 일이라 생각했던 것이다.

준호는 적당한 방법으로 성희와도 만나지 않으리라 생각했다. 이런 생각을 하고 있을 때 미원이 생글생글 웃으며 방 안으로 들어왔다.

재미있어 하는 듯한 웃음이었다. 준호는 그 웃음이 적이 기분 나빴다.

"전 아버지가 영 안 돌아오시는 줄 알았어요."

한다는 소리도 기분 나빴다.

"돌아와서 미안하게 됐구나……."

"그런 건 아니지만 한 번쯤 탈선하셔두 좋을 것 같아요."

“집안을 망쳐두?”

“혁명인데 어때요? 혁명처럼 매력 있는 게 있어요?”

“주둥아리만 까지 말어!”

“인생은 단순한 게 아니라구 생각해요. 단순하지 않게 사는 데 묘미가 있기두 하구요.”

“닥치지 못해.”

“제가 그 여자를 한 번 만나 볼까요? 그 여자두 진짜 멋쟁이는 못 되는가 봐요.”

“듣기 싫다니까! 그런 이야기는 네 엄마한테나 가서 해.”

“엄마한테두 했어요. 그렇지만 직접 이해관계가 있는데 엄마가 누구 말을 들어요?”

준호는 미원이 자기를 미원의 동류(同類)로 만들고 싶어하는 마음을 알았다. 생활신조에서 우러나온 신념적인 것인지는 몰라도 어쨌든 준호를 자기의 동류로 만듦으로 자기 정당성을 세우려는 내심이 들여다보일 때 준호는 미원과 더불어 이야기하기가 싫어졌다. 말하자면 이용당한다는 데 대한 반발심이었다.

“난 내가 살고 싶은 대루 살 테니까 걱정 말구 나가.”

준호는 아무에게도 간섭을 받고 싶지가 않았다. 간섭을 받고 싶지 않은 것이 젊은 세대의 요구일지 모른다. 그 젊은 세대의 요구가 준호에게 전염되었는지 모른다. 어쨌든 준호는 미원의 말도 간섭이라 생각했다. 아내에게 진실하고 가정에 충실하려는 자기 의사에 미원의 간섭을 받을 필요가 없다고 생각했다. 준호는 자기 의지대로 살리라 굳게 마음먹었다.

미원이 나간 뒤 준호는 어느 정도 마음의 안정을 잡을 수 있었다. 자기 마음만 안정되면 성희와의 문제도 자연 결말을 지을 수 있을 것 같은 생각이 들었다.

성희가 자기에 대하여 다른 욕망을 갖지 않고 있는 한 자기가 냉정하게 대하기만 한다면 지각없는 여자처럼 무턱대고 집착을 가질 것 같지 않았다. 성희가 자기를 괴롭히지만 않는다면 자기는 아무 일도 없었던 듯 가정에 충실하고 사회에도 파문을 일으키는 일 없이 살아갈 수가 있다.

평온한 생활이다. 파란과 괴로움이 없는 생활이라면 그것이 평범하기 짝이 없는 것이라 해도 얼마나 무난한 것이냐? 무난하게 살다가 평온하게 죽는 것이 평범한 인간이 걸어가야 하는 길이 아닌가? 평범 이상을 구하려는데 인간의 비극이 발생한다. 구태여 비극을 만들어 낼 필요가 어디 있을 것인가?

미원은 평범한 생활에서 초월하려 하고 있다. 그러나 초월하려는 의지가 얼마나 오래 계속할 것인가? 그러나 현실에 반항하고 현실을 뛰어넘으려는 의지는 정열이 왕성할 때만 있을 수 있는 것이다. 인간은 자기 의지에 자기가 지치게 마련이다. 자기 의지가 지쳐 버릴 때 그 사람은 누구보다도 비참한 자기를 발견하게 된다.

미원의 비참이 눈앞에 보이는 것 같았다. 그러나 준호는 미원이 비록 비참해진다고 해도 그를 간섭할 수 없다고 생각했다. 간섭한댔자 간섭받을 미원도 아니지만 자기 의지에 자기가 지칠 때까지 방임해 두는 것이 미원을 위해서 좋은 일이라 생각했다.

준호는 미원도 머지않아 자기 위치를 재확인할 때가 오리라 생각했다.

"여보!"

준호는 아내를 불렀다. 자기가 부르지 않으면 언제까지라도 자기 방에 들어오지 않을 아내다. 그런 아내를 알고 있기 때문에 준호는 일부러 아내를 부른 것이다.

"네."

아내는 자기를 불러 주는 준호의 목소리가 반가웠으리라. 그러나 경망되게 즐거운 표정을 짓지 않는 아내다. 무슨 용건이냐는 질문을 얼굴에 그리고 준호 앞으로 왔다.

"뭐 씨원한 것 없나? 수박 같은 거라두 하나 사 오지."

피곤한 마음이 남에게 기대고 싶을 때는 무엇을 요구하게 된다. 애교 있는 요구다.

"그러세요."

아내는 알았다는 듯이 한 마디 말로 대답하고는 그냥 나가 버렸다. 애교 있는 요구라면 좀더 즐겁게 받아 주는 척했으면 얼마나 좋을 것인가.

자기는 일부러 애교 있는 요구를 하기에 노력했다. 피곤한 마음의 기탁을 구명신호(救命信號)처럼 표현했다. 그런데도 아내는 그 SOS를 달게 받아들이는 기색을 보이지 않았다.

피부가 두꺼워 표현이 없을까? 표현 같은 것은 잔재간에 지나지 않는다고 그것을 경멸하기 때문일까? 어쨌든 준호는 무표정한 아내에게 불만을 느꼈다.

"참, 요새 수박이 한창이던데. 그새 수박두 못 잡수셨군요."

미소를 띠며 이런 말이라도 해 준다면 애교 있는 요구의 보람이 얼마나 더 클 것인가? 그러면 달려가서 안아라도 줄 것이 아니겠는가?

그러나 크게 실망할 것까지는 없었다. 얼마 안 되어 돌아온 아내는 수박 말고도 비어 두 병을 사 들고 왔다. 표현하는 것보다 생각하는 마음이 컸다.

"삐루까지 사 왔군?"

준호는 아내의 마음에 만족했다.

"카나다 위스키를 사 올려다가 돈이 모자라서 삐루를 사 왔어요."

준호는 고개를 숙이고 미소를 머금었다.

표현 뒤에 숨어 눈에 보이지 않는 진실이 더 존귀하게 생각되었다. 동양적인 은근이라고나 할까?

준호는 은근 속에서 평온한 하루를 보냈다. 그리고는 앞으로는 그 평온 속에서 뛰쳐 나가는 일이 없으리라 자신을 믿었다.

그런데 다음날 아침 조반을 먹고 있을 때 변성제가 찾아왔다. 같이 학교에 가자는 것이었다.

준호는 다만 며칠이라도 평온만을 느끼며 집에 있고 싶었으나 직업을 안 가질 수 없는 형편이라 변성제를 따라나서지 않을 수 없었다. 다른 학교에 취직 부탁을 해 놓았다고 해도 그것은 언제 결정될지 모르는 일이다. 그리고 실제로 평온을 회복한 자기로서 사표 소동을 일으킬 필요가 없을 것 같았다.

지금 생각하면 집을 나갔던 것이라든가 학교에 사표를 냈던 것이라든가 모두가 자기를 수습할 능력을 상실하고 어리둥절한 무분별의 상태 속에서 취해진 행동처럼만 생각되었다.

그렇게 할 아무런 건덕지가 없었던 것 같았다.

준호는 묵묵히 변성제를 따라나섰다. 그래도 변성제는 준호가 꺼림칙한 생각을 가졌으리라 생각했던지,

"학교에서는 눈치챈 사람이 하나도 없으니까 조금도 부자연스런 태도를 취하지 마십시오."

하고 부자연스런 태도로 남에게 의심을 받는 일이 없도록 하라고 말했다.

"잘 알았습니다."

준호는 침착하게 대답했다.

그런데 이것도 준호를 안심시키려는 의도에서겠지만 변성제가 성회 이야기를 꺼냈다.

"어제 심성회 양을 만났습니다. 심 양도 잘 알아듣고 갔으니까 심 양의 걱정은 할 필요가 없습니다."

변성제가 성회를 만났다는 말에 이때까지 평온했던 마음이 갑자기 와르르 끓어오르는 것을 느꼈다.

"찾아왔습니까?"

표면만은 평온을 유지하며 물었다.

"전화를 걸었습니다. 마침 그 전화를 내가 받았기에 상대방이 심 양인 것을 짐작하고 심 양이 아니냐고 물었지요. 그 전 날도 전화를 두 번이나 걸었는데 모두 수업시간이어서 방 선생이 자리에 없었대나요."

준호의 평온했던 마음이 일시에 조여들기 시작했다.

"그래서요?"

"그래서 좀 만나자고 그랬지요. 심 양도 방 선생이 결근했다니까 걱정이 되었던지 나왔더군요. 바로 종로에 있는 케이크센터에서 만났습니다."

변성제는 성회에게 준호가 집을 나왔고 학교에는 사표까지 제출했다는 말을 한 뒤 준호를 위해서라도 준호를 만나지 말아 달라고 부탁했다는 것을

그대로 전했다.

"그랬더니 무어라고 합디까?"

"참 깔끔한 여잡디다. 조금도 흔들리는 기색을 보이지 않구 잘 알았다구 그러더군요. 그렇겠지 어떡하겠어요?"

"다른 말은 조금도 않구요?"

"무슨 말을 하겠소? 한참 동안 생각을 씹어 먹듯 말없이 앉아 있다가 '고맙습니다.' 하고 돌아갑디다."

준호는 변성제의, 생각을 씹어 먹듯이 말없이 앉아 있다가 돌아갔다는 말에 사지에 힘이 풀어지고 몸의 중심이 서지 않는 것을 느꼈다. 한숨이 계속해서 나왔다. 무엇인가 자꾸만 생각되었다. 그러나 변성제 앞에서는 한숨도 보일 수가 없었다.

마음의 흔들림이 없는 것처럼 가장을 하며 변성제를 따라 학교까지 가는 동안 준호는 괴로웠다. 비지땀이 흘러내렸다.

'성희!'

준호의 가슴 속에는 성희를 찾는 울부짖음만이 포화되고 있었다.

성희는 자기를 가장 통속적인 인간이라고 생각할지 모른다. 그리고 자기를 표리가 부동한 이중적인 사람이라고 의심할지 모른다.

준호는 성희가 자기를 나쁘게 생각할 것이 원통했다. 그러나 그 원통보다도 더 가슴 아픈 것은 성희가 자기를 생각하여 괴로워할 것 같은 말하자면 성희에 대한 그리움이었다. 울고 있을 성희. 그리고 자기 이야기를 들려 줄 사람이라고 해서 변성제를 만났던 성희. 경멸과 증오심 뒤에도 어쩔 수 없이 자기를 사랑할 것만 같았다.

'성희.'

만나서 이야기만 하면 성희의 불행해하는 표정을 깨끗이 씻어 주고 다시 옛날로 돌려 보낼 수가 있을 것만 같았다. 꼭 그래야만 한다. 내 조그마한 찌꺼기의 안정을 위하여 푸르른 성희의 미래에 검은 불행의 베일을 씌워 주고도 어찌 모른 척하는 인간일 수 있을 것인가?

준호는 가정에서 안정만을 단순히 기대했던 자기에 대하여 오열을 느낄 만큼 실망하지 않을 수 없었다. 내가 지옥에 떨어지는 한이 있어도 티없이 애되고 순결한 성희를 어찌 영원한 울음 속에 빠뜨릴 수 있겠는가.

눈앞이 암담했다. 그리고 죽이고 싶도록 자신이 밉기만 했다.

준호는 학교에 가서 예전처럼 교직원들을 대하고 학생들에게 수업을 하면서도 성희의 이름을 자꾸만 불렀다.

소월의 시 가운데 '부르다가 내가 죽을 이름이여!'를 생각하며…….

그러나 오후쯤 되어서는 '산산이 부서진 이름이여!'라는 구절이 머리에 자꾸만 떠올랐다. 학교를 그만둔 줄 알고 있을 터이니 전화를 걸 리가 없다. 그리고 변성제가 한 말이 있으니 증오와 절망 속에서 이미 자기를 단념했는지 모를 일이다. 그렇다면 영 만날 수 없는 성희가 아니겠는가? 만날 수 없는 사람의 이름. 산산이 부서져 메아리만 남은 이름…….

방과 후 변성제가 준호의 사직원서를 도로 돌려 주며 술이나 한잔하자고 했다.

그러나 준호는 사직원서만 도로 받아 넣고는,

"기다리구 있을 텐데 며칠 동안은 일찍 돌아가야지요."

아내 핑계를 댔다. 그 말에 변성제는 도리어 안심된다는 듯이,

"빨리 가 보십시오."

준호는 놓아 주었다.

준호는 학교로 나오자 성희가 '우리의 다방'이라고 이름지은 'G선'으로 갔다. 성희가 와 있으리라는 기대는 없었다. 다만 과거를 추억하는 가장 적당한 장소로 'G선'을 선택했을 뿐이었다.

사실은 성희의 집을 찾아가고 싶은 생각이 간절했다. 그러나 도저히 찾아갈 용기가 없었다.

그뿐만도 아니었다. 괴롭기는 하나 얼마 동안의 시간만 흘려 보내면 성희도 자기도 평온을 회복할 수 있을 것이다.

그래서 성희의 집을 찾아가는 대신 'G선'으로 들렀던 것이다.

다방에 들어가서 자리를 잡고 앉은 뒤 레지에게 차를 주문하고 있을 때였다. 멀찌감치 준호와 대각선을 이룬 위치에 성희와 비슷한 여인이 앉아 있

는 것이 보였다. 담벽을 향해 앉아 있기 때문에 얼굴은 보이지 않았다. 그러나 뒷모습만 보고도 그것이 성희라는 것을 충분히 알 수 있었다.

준호는 기다릴 것 없이 뛰어가고 싶었다. 말할 것 없이 자기를 기다리고 있는 것이 분명했기 때문이었다.

그러나 준호는 한참 동안이나 앉은 채 성희의 뒷모습을 바라보았다. 슬퍼하는 것 같았다. 그리고 또 화석이 될 때까지 기다리겠다는 자세 같기도 했다.

어쩌면 그것이 아름다운 자세일지도 모른다. 아름다움을 침범할 수가 있는가. 또 침범할 면목도 없는 자기. 그러나 준호는 차가 나오기 전 성희의 앞으로 갔다. 가고야 말았던 것이다. 가서는 성희의 맞은편 빈 의자에 앉았다. 앉아서는 성희를 보는 일 없이 고개를 떨어뜨렸다. 성희는 처음 놀라는 표정이었다. 그러나 금시 전과 꼭같은 자세로 얼굴을 숙인 채였다.

얼마 동안을 그렇게 말없이 지났는지 모른다. 준호가 얼굴을 들어 성희를 바라보았을 때 성희는 손수건으로 눈물을 닦아내고 있었다.

"성희!"

준호가 겨우 입을 열었다. 무슨 말이건 말을 해야겠는데 할 말이 생각나지 않았다. 성희를 불러 보는 것만이 그 순간에 할 수 있는 말의 전부인 것이었다.

성희는 아무 대답도 안 했다. 울지 않는 척하노라고 눈을 깜빡일 뿐이었다. 눈을 깜빡일 때마다 그 까맣고 긴 속눈썹이 서로 부딪치는 소리를 내는 것 같았다.

"오늘 변성제 선생을 만나서 이야기를 들었지. 전화를 얼마나 기다렸게. 나두 전화를 걸었구."

준호는 무엇보다도 자기 변명을 해야만 했다. 그것은 거짓말이 아니니까.

그러나 성희는,

"선생님을 만나려구 나온 게 아녜요."

예상한 것과 반대로 냉정했다.

"아무래도 좋아. 어쨌든 나를 오해하지만 말아 줘. 성희가 우는 것을 보구 괴로웠던 것뿐야. 만나구 싶었어."

"지금 그런 말을 해서 뭣 해요?"

준호는 우선 의지를 상실하지 않은 듯 냉정한 성희를 보고 안심했다. 그러나 입을 봉쇄당한 준호는 할 말이 없었다. 얼마 동안을 묵묵히 앉아 있을 때 성희가,

"나가세요."

했다. 준호는 말이 떨어지기가 바쁘게 자리에서 일어서려 했다.

"잠깐만 뜸을 들이구요."

준호는 다시 자리에 고정해 앉는 수밖에 없었다.

잠시 후 성희가 일어섰다. 그때야 준호도 따라 일어섰다.

다방을 나와 거리를 걸을 때,

"어딜 갈까?"

준호가 성희의 의사를 물었다.

"글쎄요."

성희의 태도가 부드러워졌다.

그러나 준호는 난처했다. 갈 만한 곳을 말했다가 성희가 그곳만은 싫다고 거절하면 그때는 어떻게 할 것인가?

"말해 봐, 아무데면 어때?"

결국 성희의 의견을 묻는 수밖에 없었다.

"오늘은 선생님이 정하세요."

할 수 없는 일이었다. 준호는 갈 만한 곳을 생각하기 시작했다. 어쩐지 높은 건축물이 좋을 것 같았다. 서울을 내려다보면서 이야기하고 싶은 마음이 생겼다.

"스카이라운지가 좋을 것 같은데."

"좋아요."

둘은 스카이라운지로 올라갔다.

거기서 준호는 비어 한 병과 주스 한 잔을 가져 오라 했다. 그런데 성희가 웨이터에게,

“주스 대신 페파멘트 하나 주세요.”

하는 것이었다. 준호는 페퍼민트를 마시겠다는 데 놀란 것은 아니었다. 자기 의사를 표시하는 것이 고마울 뿐이었다.

“페파멘트는 언제 마셔 봤어?”

이런 말도 물어 볼 수 있었다.

“마셔 봐야 아나요? 소설을 읽다가 줏어들었지요.”

“술 가운데서두 독한 술인데…….”

“소설에 나오는 여자들이 마시는 것쯤 한 잔두 못할라구요. 눈 딱 감고 물 마시듯이 마시면 되겠죠. 선생님은 절 어린애로 취급하시는군요.”

“내가 언제 어린애루 취급했노?”

이러는 사이에 두 사람의 분위기는 어느덧 부드러워지기 시작했다.

술이 나왔다. 성희는 파란 술빛을 한참이나 들여다보고 조금 맛보더니 금시 얼굴을 찡그렸다.

“독하지?”

준호가 물었을 때

“독한 게 차라리 좋은 것 같았는데 이건 너무 지독하군요.”

하며 성희는 페퍼민트를 억지로 마셨다.

“억지루 마실 것까지야 없잖아?”

“누가 억지루 마신대요. 또 무시하는군요.”

성희가 무시한다는 뜻의 말을 농담조로나마 두 번씩이나 거듭할 때 준호는 민망스러웠다.

“내가 성희를 무시한 적은 정말 한 번도 없을 거야.”

정색하고 변명했다.

“그만두세요. 선생님은 아까 괴로워했다는 말씀을 하셨지요? 그게 저를 무시하는 것이 아니구 뭐예요?”

성희도 항변하듯 대들었다.

“그건 나 자신의 문젠데 성희하구 무슨 상관이 있어?”

“두 사람의 일인데 남의 의사는 물어 보지두 않구 혼자 괴로워한다는 게 결국 나를 무시한 거지 뭐예요?"

"그럴까? 그렇지만 상대방을 나쁘게 생각지 않는 한 스스로 우러나오는 감정이야 어쩔 수 없는 일이 아냐?"

"자기가 괴로워하므로 남까지 괴롭게 한다는 건 결국 상대방을 덜 생각한 결과니까요."

"난 절대루 덜 생각한 것 같지 않아!"

"만 사흘 동안 다방에 가서 기다린 시간이 총 몇 시간이 되는지나 아세요?"

"오늘밖에는 알지두 못하는 일인데……."

"오늘두 세 시간이나 기다렸어요."

"퇴근을 그렇게 일찍하나? 혼자서 마음대루 기다린 건 내 책임이 아니겠지."

"퇴근이라니, 다시 학교에 나가세요?"

"변성제 선생 때문에 안 나갈 수가 없게 됐어."

"잘 하셨어요. 무엇 땜에 학굘 그만두세요?"

성희는 준호를 칭찬하듯이 말했다. 그러고 나서는,

"댁에두 들어가셨겠군요?"

하고 물었다. 그 묻는 말투가 그래야 마땅하다는 것 같았다. 그래도 준호는 어색한 태도로,

"변성제 선생의 수선에 견딜 수가 있어야지."

하고 자기의 의사가 아니었다는 것을 표시했다.

"좋은 친구분을 가져서 좋으시겠어요."

무슨 뜻으로 한 말인지 똑똑히는 알 수 없었으나 준호로서는 비꼬는 말이라 해석 안 할 수 없었다. 그래서 대답을 못하고 있는데,

"글쎄 집을 나오시면 어떡허실 작정이었어요?"

성희가 준호를 힐문하듯 말했다.

준호는 더욱 대답하기가 곤란했다. 아내와 이혼을 각오하고 집을 나왔었다고 하면 성희와의 결혼을 암시하는 것이 되고 아무 생각 없이 집을 나왔

었다고 하면 무의지한 사람이 된다. 이럴 수도 저럴 수도 없이 묵묵히 있을 때 성희가,

"참, 서울에두 나무가 많은 셈이지요?"

하고 멀리 내려다보이는 시가에 시선을 주며 화제를 돌려 버렸다.

성희도 그런 이야기에 대하여 구체적인 해명을 들을 필요가 없다고 생각했기 때문이었다. 성희는 준호를 사랑한다. 그러나 아직까지 결혼은 생각해 본 일이 없었다. 이혼을 강요하고 결혼할 생각은 더욱 해 본 일이 없었다. 그런 만큼 그런 문제에 대해서는 깊이 터치 안 하는 것이 좋았다. 준호도,

"걸어다니며 보는 것과 위에서 내려다보는 것이 다른데……."

하며 성희의 화제를 달게 받았다.

"저기 수풀 같은 곳이 창경원이죠?"

"아마 그럴 거야. 커다란 한국식 집이 돈화문이구……."

"창경원은 밤에두 개방한다면서요? 오늘밤엔 거길 가 볼까요?"

"정말 그게 좋겠군."

그들은 스카이라운지를 내려와 간단한 저녁을 먹은 뒤 자동차를 타고 창경원으로 갔다.

여덟 시가 조금 지났는데 아직 날은 어둡지 않았다. 손님이 없어 텅 비다시피 한 창경원에 들어서자 그들은 우선 동물원 구경부터 했다.

공작이 있는 우리 앞에 이르자 준호가,

"새들은 왜 수컷이 예쁠까?"

하고 말을 꺼냈다.

"신이 사람을 만들 때 여자를 예쁘게 한 것이 후회되었던가 보죠."

성희의 대답이었다.

"신이 인간을 질투하는 건가?"

"그럴지두 모르죠. 자기가 만든 것이 자기보다 좋게 되면 질투하는 것이 당연하지 않아요?"

두 사람은 마음놓고 웃었다. 학과 오리들이 있는 커다란 우리에 이르렀을 때였다.

"몸은 작은데 다리하구 주둥이가 왜 저렇게 길까? 머리의 빨간 점은 마치 태양 같구. 흰털의 빛깔은 눈보다두 더 경쾌해 보이지요?"

성희가 해오라비를 가리키며 감탄조로 말했다.

"역시 새두 낭만적인 게 좋군!"

준호도 성희가 몰중해 있는 학을 물끄러미 바라보았다.

그 뒤 노루와 사슴을 구경했고 원숭이들의 장난을 즐기었다. 그러다가 흰곰이 있는 데로 왔을 때,

"난 동물 중에 흰곰이 가장 낭만적이라구 생각해."

하고 준호가 말했다.

"왜요?"

"언제나 향수에 젖어 있는 것 같거든…… 북국의 얼음이 그리울 거야."

"멀리 떨어져 있는 것이 좋은가 보군요. 언제나 그리움에 차 있으니까요."

"확실히 그렇다구 생각해."

"그럼 우리두 멀리 떨어져 있을까요?"

"그럴 수 있을런지 문제겠지."

"선생님은 그렇게 할 수가 없을 것 같아요? 저는 자신이 있는데……."

"그럼 왜 다방에도 사흘씩이나 연속해서 나왔었지?"

"건 만나지 않는다는 약속이 성립되지 않았을 때의 경우지요."

"그럼 오늘 정식으루 약속을 할까?"

성희는 대답 대신에,

"저걸 보세요. 저게 최고의 로맨티스트예요."

하며 저편 쪽에 눈을 감고 있는 사자를 가리켰다.

"정말 사자가 최고의 낭만을 소유하고 있는 것 같은데."

"선생님두 우리 안에 들어가 보세요. 그 사자보다두 더 로맨티스트가 될 테니까요."

"그럼 성희가 울게."

"절대로 울지 않을게요. 그 대신 매일 한 번씩 면회를 오지요."

“요거!”

준호가 성희의 팔을 꼬집었다. 성희는 아야 소리를 내며 도망쳤다. 도망을 치며 양어장 옆 언덕으로 달려갔다.

준호는 숨바꼭질이나 하듯이 그 뒤를 따랐다.

언덕 위 큰 고목 밑에서 준호가 성희를 붙잡았다. 숨이 차서 그 이상 더 뛸 수가 없다는 듯이 성희가 달음박질을 중지하고 주저앉는 태세를 취했던 것이다.

이미 날은 어두워 있었다.

준호도 숨을 헐떡였으나 여력이 있다는 듯이 성희를 끌어안았다. 그리고는,

“내가 미워?”

하고 성희의 대답을 구했다.

“왜 미워요? 그럴 이유가 있나요?”

“성희 말해 봐. 날 용서해 주겠지.”

“글쎄요. 용서하지 않을 수 없는 내 자신이 미울 만치…….”

“성희 사랑해…….”

그들은 힘껏 포옹하고 키스했다.

“그럼 왜 멀리 떨어져 있자는 말을 했어?”

준호가 성희의 두 눈을 정면으로 들여다보며 물었다.

“선생님은 그렇게도 센스가 부족하셔요?”

센스가 부족하다는 말에 준호는 뒤통수를 한 대 얻어맞은 것 같았다. 그것은 결국 자기가 여자의 생리를 잘 모른다는 뜻이요, 동시에 용기가 부족하다는 뜻이기 때문이었다. 동시에 성희가 그러한 준호에게 불만이 있다는 것을 표시하는 말이기도 하다.

“센스가 없어서 미안해.”

준호는 솔직하게 자기 부족을 고백하는 수밖에 없었다.

“그것도 용서해 드릴 테니 너무 염려 마세요.”

성희는 그것이 큰 문제가 아니라는 듯 소리를 내어 웃었다.

언덕을 내려와 연못을 끼고 수정(水亭)으로 들어가는 길이 조용했다. 어
둡고 조용한 길인데도 성희가 준호의 팔을 끼지 않았다. 준호는 마치 시험
을 당하는 것 같았다. 또 센스가 부족하다는 말을 들을 것만 같아,
　"참 좋지?"
하고 연못가에 켜 있는 색 전등을 바라보았다.
　"누구 누구하구 같이 있으니까 더 좋은 거예요."
　그들은 수정으로 들어가 핫티를 주문했다.
　차를 주문한 뒤 연못을 내다보고 있을 때 성희가,
　"거울을 봐두 좋아요?"
하고 물었다.
　"어때?"
　"전 아직 남 앞에서 화장을 못해 봤어요."
　"내 앞에서야 어떨라구. 빨리 해."
　성희는 준호의 눈치를 보아 가며 퍼프로 얼굴을 몇 번 문지르고 루즈를
고쳤다 고치고 나서는,
　"다방이나 음식점 같은 데서 화장하는 여자를 어떻게 보세요? 교양이 없
는 것 같지요?"
라고 마치 자기도 교양이 없어 보이지 않느냐는 듯이 물었다.
　"화장할 데가 따루 없으니까 그렇기는 하겠지만 그리 보기 좋은 풍경은
아냐."
　"전 딴 사람 앞에서는 절대루 안 할 테니 걱정 마세요."
　"남들이 다 하는 건데 뭐 신경 쓸 거 있어?"
　"남들이 다 하는 거라구 저두 하기는 싫어요. 나는 어디까지나 나니까
요."
　"좌우간 화장을 하구 나니까 더 예뻐져서 좋구만……."
　차를 마신 뒤 창경원을 나오는 동안 준호는 내내 성희의 팔을 잡은 채였
다. 그것은 성희에게서 센스가 없다는 말을 들을까 겁을 먹어서 한 행동이
아니었다. 그러고 싶었기 때문이었다. 팔을 낄 뿐 아니라 때로는 성희의 어

깨를 감싸기까지도 했다. 성희는 그저 수동적이기만 했다. 할 수 없이 내버려 둔다는 태도 같기도 했다.

"내가 나빠?"

준호는 성희의 의사를 물어 보지 않을 수 없었다.

"나쁘지 않을 거예요. 아무 여자에게나 안 그러신다면……."

이 말을 듣자 준호는 큰길에서 멀지 않은 담 밑으로 성희를 끌고 갔다. 그리고는 성희의 두 눈 위에 한 번씩 가볍게 키스하고 다시 큰길로 나왔다.

'너무나 사랑스러운 생명체.'

창경원을 나와 택시를 탔다. 택시에서 성희가,

"다시 영어를 가르쳐 주세요. 정말 공부를 해야겠어요."

하고 냉정한 얼굴로 말했다.

"한 번 마음먹었으면 끝까지 해야지."

준호도 잡념에서 떠난 사람처럼 근엄하게 말했다. 그러면서도 준호는 영어를 핑계로 해서 성희를 매일 만나게 될 것을 무엇보다도 속으로 기뻐했다.

준호는 오늘 아침까지 평온한 생활을 계획하던 자신을 완전히 잊어버렸다. 눈앞에 있는 행복에 도취되었던 것이다.

신당동까지 이르렀을 때는 열 시 반이 거의 지난 때였다.

집 앞 골목을 들어섰을 때 자동차 헤드라이트에 비치는 한 여자가 있었다. 고개를 푹 수그리고 걷는 것이 침울에 잠겨 있는 것 같았다.

준호는 그 여자가 최영실임을 알았으나 자동차를 멈추지 않았다. 최영실쯤 안두에도 없었던 것이다.

집에 들어가서도 최영실의 이야기를 물어 보지 않았다. 아내가,

"최영실이가 두 시간 이상이나 기다리다가 방금 돌아갔는데 만나지 못하셨어요?"

하고 말할 때도,

"못 만났어."

할 뿐 무엇 때문에 왔었느냐는 말조차 묻지 않았다.

“병으루 결근했다는 말을 듣구 문안을 온 모양이에요. 바나나를 가져왔습니다.”

아내는 영실이 가져왔다는 바나나 광주리를 들고 왔다. 그러나 준호는 두었다가 미원이나 주라고 한 뒤 건드려 보지도 않았다.

준호가 무관심한 태도를 보여서 그런지 아내도 달리 생각하는 기색을 않고,

“편지를 주고 갑디다.”

하며 편지 봉투를 내밀었다.

준호는 봉투를 뜯었다.

“방 선생님!

결근까지 하시며 앓으셨다니 얼마나 고생을 하셨습니까? 미처 알지 못하여 찾아뵙지도 못한 것을 용서하십시오. 그러나 저도 마음으로 앓고 있었습니다. 아프단 말도 할 수 없는 병입니다. 왜 아픈지는 저도 모릅니다. 인생에 한 번씩 거쳐야 할 병인지도 모르겠어요.”

준호는 편지를 읽다 말고 그것을 찢었다. 보나마나 넋두리임에 틀림없을 것 같기 때문이었다.

편지 찢는 것을 보자 그때야 아내가 의아한 눈동자를 굴리며

“다 읽지두 않구 찢으시는군요? 왜 몹쓸 말을 썼어요?”

하고 신경질적인 어조로 물었다.

“안 읽어도 괜찮을 것이니까 찢는 거야. 참견할 것 없어.”

준호는 의외로 날카롭게 응수했다.

“그 애두 수상한 줄 알았어요. 공연히 학생 애들 가지구 그러다가 창피 당하지 마세요.”

“누가 뭐랬어? 제가 혼자 그러는 걸 내가 알게 뭐야?”

“그 애를 그렇게 만든 것이 당신 책임이라구 하면 뭐라구 변명하시지요?”

"내 책임 될 게 뭐야? 내가 무슨 책임이 있단 말야? 응? 공연한 생사람을 잡을려구 그래."

준호는 아침 나절 아내를 다시 괴롭히지 않으려 했다. 그러나 그런 마음은 어디로 갔는지 자기도 모르는 새 아내를 적대시하게 되었다.

한 사람을 사랑하는 마음은 둘로 짜갤 수가 없는 모양이었다.

"그렇게 화내실 것 없어요. 난 당신을 생각하구 하는 말이니까요."

"나두 다 알 수 있어. 그런 걱정은 하지두 말아."

"글쎄, 안 하두룩 해 줬으면 오직 좋겠소? 끝에 가서는 결국 내 걱정이 되구야 마니까 문제죠."

"걱정은 안 끼칠 테니까 그만두라니까."

준호는 어디까지나 역정을 냈다. 아내의 간섭이 싫었고 간섭하는 그 존재가 싫어졌던 것이다.

"그렇기만 하다면야 누가 뭐라구 그러겠수?"

아내는 준호를 믿을 수 없다는 듯이 말끝을 흐렸다.

"그만 닥치지 못해?"

준호는 사리로써 아내를 안심시키려는 노력도 안 했다. 그러니까 싫었던 것이다.

아내와 타협을 한다는 것이 성희를 모독하는 것같이 생각되었기 때문이었을지 모른다.

준호는 아내에게 도전적인 태도를 취하는데도 별반 마음의 가책을 느끼지 않았다. 만약 아내가 성희와의 관계를 알고 분란을 일으킨다고 해도 무서울 것이 없다고까지 생각했다. 분란을 일으켜 문제를 확대시킨다면 차라리 성희와의 관계가 고정화될 것 같아 그래 주기를 바라는 심정이기도 했다.

다음날 아침 출근을 할 때 아내가,

"제발 일찍 일찍 들어오세요."

할 때도 준호는

"글쎄 참견 말라니까."

하고 다시 두말을 못하게 했다.

아내는 불만인 모양이었다. 그러나 언제나처럼 잘 참았다.

"다녀오세요."

대문께까지 따라나와 준호를 배웅하는 아내였다.

준호는 관대하다고 할까 인내력이 크다고 할까 어쨌든 침착성이 있는 아내에게 감사의 뜻을 표해야 할 것이었다. 그러나 그 반대로 눈을 흘기고 집을 나섰다. 아내가 그저 증오스럽기만 했던 것이다. 그것은 전보다도 성희에 대한 애정이 극렬해졌기 때문이었을지 모른다.

준호는 성희와 육체적인 교섭이 있은 뒤 죄의식을 느끼고 고민했다. 그러나 그 죄의식이 성희의 애정으로 커버될 때 준호는 육체적 교섭이 있기 전 몇 배나 더 성희를 그리워하게 되었다.

학교에서 수업을 하는 동안도 준호는 성희를 생각했다. 성희를 생각할 수 있는 시간을 갖기 위하여 일부러 학생들에게 자습을 시키는 준호이기도 했다.

학생들에게 자습을 시키고 창 밖을 내다보며 준호는 그 날 밤의 일들을 생각했다.

"나는 성희의 전부를 사랑한 것 같지 않아……."

하고 성희에게 말했을 때 성희는,

"저두 동감이에요."

했다. 그리고는 서로가 전부를 사랑했다. 전부를 사랑했으니 남은 것이 하나도 없다. 남은 것 없게 사랑을 하고도 또다시 그리워한다는 것은 그 사랑을 서로가 아름답게 생각하기 때문이다.

아름다움의 극치.

준호는 이제 자기를 후회할 것이 없다고 생각했다. 그리고 더 바랄 것이 없다고 생각했다.

준호는 수업이 끝나기가 바쁘게 학교를 나왔다. 사실은 성희의 집으로 간다고 해도 식사 때가 지나야 한다. 그러려면 날이 어두워야 할 것 같았다. 그 동안 식당에서 저녁을 먹는다 해도 남는 시간이 많다. 남는 시간을 어떻게 보낼 생각도 없이 학교를 나섰던 것이다.

그리운 마음이 뻗칠 때는 언제나 초조해지는 법이다. 한 곳에 오래 머물러 있고 싶지가 않게 된다.

아내가 일찍 돌아오라던 말은 까마득히 잊어버린 지가 오래다. 오직 성희만을 생각하며 학교 정문을 나섰을 때였다.

"방 선생님!"

정문 밖에서 기다리고 있던 최영실이 준호를 불렀다.

준호는 영실을 보자 역증 같은 불쾌감이 치솟아 올랐으나 장소가 학교 근처라,

"응, 웬일이야?"

하고 대범하게 대해 주었다.

"아프셨다지요?"

"응, 조금."

"걱정했어요."

"어젯밤 집에 왔었다구…… 바나나까지 가지구……."

그 말에 영실은 얼굴을 붉혔다. 편지 이야기까지 나올 것처럼 생각한 모양이었다. 그래서 얼핏,

"덥지요?"

하고 영실은 말문을 돌려 버렸다. 그리고는 준호의 대답도 기다리지 않고,

"오늘이 제 생일이에요. 집에 가서 축하를 해 주세요."

사랑의 절정

준호는 무조건 영실의 집에 가는 것이 싫었다. 얻어먹으러 가기는 더욱 싫었다. 어떻게든 발뺌을 하고 싶었다.

"손님두 있을 텐데 가서 뭣 해?"

"아무두 초대하지 않았어요. 차린 것두 없는 걸요."

영실은 명랑한 어조로 말하기 시작했다.

"선생은 학생의 집을 찾아다니는 게 아냐."

"저두 알아요. 그렇지만 이건 케이스가 다르니까 뭐 어때요?"

"가는 건 일반이지."

"선생님은 된장찌개를 제일 좋아하신다죠? 아주 맛있게 만들어 놨을 거예요."

준호는 영실이 갑자기 된장찌개 이야기를 꺼내는 데는 놀라지 않을 수 없었다.

"건 어디서 들었어?"

"어젯밤 사모님께 들었죠. 잡채두 좋아하신다면서요? 과일 가운데는 파인애플을 제일 좋아하시구…… 사모님이 자세하게 말씀해 주시던데요. 사모님 참 좋은 분이세요."

"좋구 말구……."

"그래두 남자들이 좋아할 타입은 아니시던데요. 좀 애교가 부족하셔요……."

"못하는 소리가 없군."

"여자는 여자를 보는 눈이 예민하거든요."

이런 이야기를 하며 걷고 있을 때 영실이,

"참."

하며 뒤를 보다가 지나가는 자동차를 불러 세우고 자기부터 올라탔다.

"내 다음에 갈게."

영실을 혼자 보내려고 했으나

"빨리 타세요."

하며 영실이 자동차에서 내리려 했다. 노상에서 창피한 연극이 벌어질 것 같았다.

"탈게."

영실을 도로 내리지 못하게 하고 자동차에 올랐다. 할 수 없이 차에 오르기는 했으나,

"어머니두 계실 거 아냐?"

하고 어머니가 계시면 거북하다는 뜻을 표했다. 사실 준호는 영실의 어머니를 만나고 싶지 않았다. 언젠가 카바레에서 만났던 일도 있지만 조금도 마음놓고 대할 수 있는 여자 같지가 않았기 때문이었다.

"엄마가 집에 붙어 있나요? 밤낮 나가 사시는데요. 계시다구 해두 아무두 얼씬 못하게 제 방으루 안내할게요."

준호는 할 수 없다고 생각했다. 성희의 집에 가기까지 두어서너 시간의 여유가 있으니까 그 시간에 늦지만 않으면 된다고 생각했다. 그리고 이왕 가는 김에 다시는 집으로 찾아온다든가 편지를 쓰는 일을 못하도록 영실의 마음을 돌려 주기나 해야겠다고 생각했다.

영실의 집에 이르자 영실은 정말 아무도 얼씬하지 못하게 하고 준호를 자기 방으로 안내했다. 대접도 극진히 했다. 얼음에 챈 수박을 비롯해서 가지가지의 초콜릿을 내놓았다. 영실은 여자 티를 내노라고 한복을 갈아입고 있는 애교를 다 떨었다. 준호의 아내를 애교 없다고 비판한 만큼 애교에 자신이 있는 듯 필요 이상으로 미소를 짓기까지 했다.

그런데도 준호는 영실에게서 성숙미를 느끼지 못했다. 스물한 살이면 결혼도 할 수 있는 나이인데 통 어리게만 보였다. 조금도 동등감을 느낄 수가 없었다. 그런데도 자기를 사랑한다니 기막힌 일이 아닐 수 없었다.

"선생님."

영실이 준호를 부르며 미소를 지었다. 확실히 애교가 있어 보였다.

"응?"

준호의 대답에 영실이 이런 말을 했다.

"저두 결혼할 수 있을까요?"

"그럼. 영실이두 빨리 결혼을 하지. 내가 중매를 설게."

준호는 이런 기회에 자기가 영실에게 아무 관심도 없다는 것을 표시하려 했다. 그러나 영실이,

"연애두 해 보기 전에 결혼하는 사람이 어디 있어요?"

하고 준호의 말을 막으려 했다.

"그럼 연애할 상대를 하나 구해 주지…… 멋진 남자가 있는데……."

"선생님두. 누가 연애한댔어요. 그리구 선생님이 학생에게 연애를 권하는 법이 어디 있어요?"

"………"

"선생님에게 아는 여자가 많아요?"

"아는 여자야 많지?"

"그런 뜻이 아니구요. 선생님두 센스가 없으셔……."

"마누라가 있지 않아?"

준호는 성희를 생각했다. 그러나 현재 자기에게 배우고 있는 학생에게 자기 비밀을 말할 필요가 없다.

마누라라는 말에 영실은 소리를 내어가며 웃었다. 그리고는,

"그래서 선생님은 행복해 보이시는군요?"

마치 준호를 불행한 사람으로 단정한 듯이 말을 했다.

이상한 일이었다. 아내 있는 남자들을 어째서 불행한 눈으로 보고 있을까?

"행복하구 말구. 나는 딴 여자들을 거들떠보지두 않아."

준호는 계속해서 자기가 영실을 사랑할 수 없다는 말을 선언하려 했다. 그런데 그 말을 꺼내려고 할 때 저녁상이 들어왔다. 저녁이나 먹고 난 뒤 말하는 수밖에 없었다.

영실은 우선 위스키 한 잔을 따랐다. 준호도 생일을 축하하는 뜻으로 한 잔 부으려 했으나 술잔이 없었다. 할 수 없이 자기 잔을 비우고 술을 따라 주었다.

"술잔이 없으니 할 수 없지. 나중이지만 한 잔 해"

"전 안 해요. 선생님 댁에서 한 잔 마시구 그 뒤 얼마나 혼났게요."

"그래?"

안 마시겠다는 것을 강권할 필요가 없다고 생각했다.

그래서 자기만 한 잔 더 마시고 밥을 먹으려는데 영실이,

"한 잔만 더 하세요."

하고 술병을 기울이려 했다.

준호는 맛있는 술이지만 더 마시지 않아야 할 것 같았다. 성희를 만나러 가야 하는데 취한 얼굴로 갈 수가 없는 것이다. 그래서,

"밥을 먹을 테야."

했더니 영실이,

"저에게 술을 강권하신 기억이 있으시죠? 오늘은 제가 강권할 테니까 그리 아세요."

하며 준호 가까이로 다가오는 것이었다. 참으로 맹랑한 일이었다.

"오늘은 갈 데가 있어서 안 돼."

준호가 이렇게 말하는데도 영실은,

"오늘은 제 날이에요. 제 마음대루 하겠어요."

하며 억지를 쓰는 것이었다.

"다음에 와서 마실게. 오늘만은 정말 안 돼."

"언제 저의 집엘 다시 오시겠다구…… 저두 다 알아요."

영실은 눈물이 글썽글썽했다.

"왜 다시는 못 올 집인가?"

"선생님이 다시 못 올 집이라구 마음먹구 계신 걸 어떡해요?"

"내가 왜 그런 마음을 먹구 있어?"

"그렇게 써 있는걸요."

조금만 건드리면 금시 눈물을 터뜨릴 것처럼 영실의 음성에 애조가 띠어 있었다. 준호는 그 자리를 모면하기 위해서라도 영실을 아프게 건드릴 수 없었다.

"영실이!"

준호는 영실을 바라보며 그의 손목을 잡아 자기 자리에 끌어다 앉혔다. 그리고는,

"영실은 아직 어려. 그래서 현실과 꿈을 구별할 줄 몰라. 영실은 아무래두 실현성 없는 꿈을 꾸고 있는 것 같아!"

조용히 타이르기 시작했다. 그러나 영실은 나이 어리단 말이 무엇보다도

귀에 거슬리는지,

"선생님 말은 안 들을 테야요. 남을 그렇게 무시하는 법이 어디 있어요. 그래 제가 무얼루 보아 어리다는 거지요?"

발악하는 태도로 나왔다.

"어리다는 것은 나이만 가지구 말하는 게 아냐. 사회라든가 현실이라든가 그런 걸 모른다는 거지. 체험이 없으니까 모를 수밖에 없지 않아?"

준호는 영실의 감정을 상하지 않게 타이르기 시작했다.

"인생에게 꿈이란 것이 필요하긴 해. 그러나 꿈이란 현실이 꿈만 못할 경우에 생기는 법이야. 그런데 영실에게는 꿈을 가질 필요가 없을 만큼 현실이 충만할 거야. 안 그래? 아름다운 청춘에 행복스런 꽃이 얼마든지 필 거거든. 행복된 꽃이 필 날을 기다리고만 있으면 돼. 조금도 서둘 필요가 없는 거야."

그러나 영실은 들으려고 하지를 않았다.

"다 알아요. 그런 말씀은 나중에 하시구 우선 술이나 드세요."

아무래도 술을 먹이고야 말 모양이었다.

"술을 마시고 싶어하는 사람에게나 권하는 거야. 좋은 걸 나쁘게 쓸 필요는 없는 거니까. 먹기 싫은 것을 억지로 먹게 되면 준 사람을 욕하게 되거든……. 안 그래?"

"선생님은 제가 드리는 건 술까지 싫어하시는군요."

영실은 술병을 놓고 권할 것을 단념했다. 무척 노여운 모양이었다.

"왜 그런 생각을 하지? 내가 영실의 술이라고 해서 그것을 싫어할 까닭이 뭐야?"

"모르겠어요. 어쨌든 선생님은 저를 싫어하시는 게 분명해요."

"싫어하구 좋아하구가 있어? 영실은 학생이구 나는 선생인데……."

"그게 다 싫어서 하시는 말씀예요."

"좋아하면 어떻게 할 테야? 어떻게두 할 수가 없는 일 아냐?"

"꼭 어떻게 해야 좋아하는 건가요? 좋으니까 좋아하는 거지!"

"그게 꿈이라는 거야."

"꿈이래두 좋아요. 자기 인생에 처음으루 좋아진 사람은 죽을 때까지 잊을 수가 없대요."

준호는 영실이가 어떻게도 할 수 없는 아이라고 생각했다.

그래서 밥을 먹는 동안 영실에게 타격을 주지 않고 자기를 잊게 하는 방법이 없을까 하고 생각했다. 잊어버리도록 해 주어야 한다. 그 방법이 무엇일까?

현대 청년들을 자기가 생각하는 것이면 무엇이나 이루고야 말려고 한다. 그것을 막을 사람이 없다고들 생각한다. 그렇기 때문에 부모를 통해서도 영실의 마음을 누를 수 없다. 잘못 누르면 나쁜 방면으로 반발을 하기가 쉽다.

"영실이! 나는 영실을 절대루 싫어하지 않아. 어쩌문 우리들의 마음이 꼭 같을지두 몰라. 가끔 만나서 이야기를 하두룩 해."

준호는 그러는 방법밖에 없다고 생각했다.

그 말에야 영실은 태도를 좀 달리하고,

"선생님의 마음을 전혀 모르는 건 아녜요. 그렇지만 그것두 정도가 있다구 생각해요."

자기가 마음먹었던 것을 털어놓으려 했다.

준호는 영실의 입을 아주 열어 놓아서는 안 된다고 생각했다. 오랫동안 축적되었지만 감정인만큼 무슨 소리까지 하게 될지 모른다.

"영실이! 내가 영실의 선생이라는 걸 잊어서는 안 돼. 내가 학교를 그만두었다거나 영실이가 학교를 졸업했다면 또 몰라. 내가 영실이를 어리다고 하는 것은 아냐. 우리는 최소한도 우리가 지켜야 할 것을 지켜야 한다는 거야."

준호는 우선 사제지간이라는 것을 강조하지 않을 수 없었다.

"저두 그런 걸 모르지는 않아요. 그렇지만 현대는 옛날과 다르다고 생각해요."

"현대가 옛날과 다른 것이 많지. 그러나 현대라고 해서 과거를 무조건 그리구 전부를 부정할 수는 없을 거야. 전부를 부정해 봐. 무에서 유를 만드는 거나 마찬가지니까. 무에서 유는 만들 수 없는 거야."

"전 그런 이론은 몰라요. 그렇지만 감정과 이론은 부합되지 않는 거라구 생각해요."

"부합이 안 될 경우두 있을 거야. 그렇지만 내가 선생, 영실이가 학생이라는 건 부정할 수 없지? 그걸 부정할 수 없다면 거기 따르는 윤리두 부정할 수 없을 거야."

"전 선생님을 선생님이라 보기 전에 하나의 인간이라 보고 싶어요. 저는 학생이기 이전에 한 여인이구요. 직업이 없는 인간은 인간이 아니란 법은 없을 테니까요."

"직업이 곧 인간이랄 수는 없겠지. 그렇지만 직업을 부정할 수 없지 않냐 말이지."

"좌우간 저는 인간으로서 처음으로 선생님에게 애정이라는 것을 느꼈어요. 그건 결국 인생을 처음으로 알았다는 말이나 마찬가질 거예요. 이건 어쩔 수 없는 일이 아닐까요? 만약 선생님이 현재의 환경을 고집하신다면 이 환경이 변경될 때까지 저는 기다리구 있겠어요. 아무때까지라두 기다리겠어요."

하루 이틀 새에 영실의 마음을 돌릴 수는 없다고 생각했다.

그렇다고 해서 화를 내고 싸울 수도 없는 일이라 준호는,

"그건 마음대루 해. 그 대신 환경이 변할 때까지는 그런 말을 입 밖에두 내지 않기루 하자, 알았지?"

하고 일보 양보하는 듯 말했다. 그러나 전에 별반 쓰지 않던 '해라' 식의 말을 씀으로 두 사이의 위치를 분명히 구획하려 했다.

"말씀대루 하겠어요."

영실도 그 이상 감정적인 요구를 더 할 수가 없는 모양이었다. 역시 선생과 학생의 위치를 완전히 깨뜨릴 수가 없었을 것이다.

준호는 그 분위기를 놓치지 않았다.

"영실아, 얼마 살지 못하는 일생 동안에 나두 하구 싶은 일을 한 번쯤 해 보구 싶어. 그렇지만 그 한 번이 여간 힘든 게 아니란 말야. 그 한 번을 놓침으로 평생이 불행해진다구 해두 붙잡지 못하는 사람이 얼마든지 있는 거

야. 너두 장차 그런 것이 인생이란 것을 알게 될 게야."

'영실아' '너' 이러한 말투를 함부로 썼던 것이다. 낯간지러운 말인지 모른다. 영실의 집에 오기 전부터 성희 집에 갈 것을 계획하고 있는 준호다. 그리고 이론도 아무것도 없이 오직 감정적인 정열만을 가지고 성희를 대하고 있는 준호다. 그러면서도 영실 앞에서는 감정을 죽인 이성적 인간처럼 자기의 실제와 반대되는 말만을 했다.

준호는 낯이 간지러움을 느끼면서도 그것을 부끄럽게 생각하지 않았다. 이중적이라고 자책하지도 않았다.

그렇기 때문에 영실의 집을 나와 성희에게로 가면서도 준호는 오직 성희만을 생각했던 것이다.

당장에 죽는 한이 있다 해도 안 보고는 못 배길 성희. 준호에게는 이렇듯 성희를 생각하는 마음의 밀도가 커져 갈 뿐이었다.

성희의 집을 향해 가고 있는 합승 안에서도 준호는 지금쯤 성희가 무엇을 하고 있을까 하고 성희의 행동을 상상하는 것이었다. 방의 구조도 전부 알고 있다. 누워서 책을 보는 포즈를 그려보는가 하면 책상 앞에 앉아 화장을 고치고 있는 포즈를 상상한다.

책꽂이에 꽂혀 있는 책 하나하나까지 기억하고 있는 준호로서 그러한 방에 혼자 있는 성희를 상상한다는 것은 성희가 오직 자기의 사람이란 소유감을 강하게 뿌리박는 일일지도 모른다.

'PS의 SH'

'SH의 PS'

준호는 자기의 성희 그리고 성희의 자기라는 것을 생각했다. 결국 따로 떨어져 있는 두 개체가 아니다. 서로가 서로를 소유하고 있는 '우리'다.

준호는 성희를 만나자 성희의 뺨을 꼬집으며,

"요게 누구지?"

하고 누구기에 자기 마음을 그렇게까지 사로잡느냐는 뜻으로 물었다.

"방준호 씨와 제일 가까운 사람."

성희는 준호의 마음을 꿰뚫어 보고 있는 듯이 대답했다.

“참, 나의 성희로군. 하루 동안 잘 있었어?”

“네, 잘 보관하구 있었어요.”

“보관이라니?”

“선생님의 성희라면서요? 그러니까 선생님 것을 제가 보관하구 있는 셈 아녜요.”

“참 그렇군! 이젠 나두 잘 보관해야겠는데…….”

두 사람은 충만한 가운데 포옹을 했다. 포옹이 끝나자 성희가,

“잠깐만…….”

하고 안방으로 건너갔다. 그리고는 잠시 뒤 자기 아버지를 데리고 와서 준호에게 인사를 시켰다.

준호는 성희 아버지를 보자 얼굴이 붉어졌다. 여러 번 왔으면서도 인사를 못 했다는 마음에서가 아니었다. 인사도 않고 출입한 것이 도둑질을 하러 출입했던 것 같은 느낌이 들었기 때문이었다.

“성희 영어를 가르쳐 주시느라고 수고를 하시는데 한 번 인사도 못 해서 미안합니다.”

이해성이 있는 성희 아버지의 말이었다. 사교적으로 꾸며 하는 말이 아니고 진심에서 우러나오는 말이라 느껴질 때 준호는 더욱 부끄럼을 느꼈다.

“늘 오면서도 인사를 드리지 못해 죄송합니다.”

준호는 진심으로 미안한 뜻을 표했다. 만약 성희 아버지가 눈치를 채고 앞으로는 출입하지 말라고 한다면 어떻게 하나 하는 비굴성도 끼어 있기는 했지만…….

“네가 잘못이지. 왜 그새 한 번두 인사를 안 시킨 거야?”

성희 아버지는 성희를 나무랐다. 그러나 그 나무람도 그저 지나가는 식의 나무람뿐이었다.

“네, 미안합니다. 제가 불민해서요.”

성희도 아버지의 말을 가볍게 웃음으로 넘기었다.

말하자면 서로 신뢰하고 서로 친밀감을 느끼는 부녀의 사이 같았다.

준호는 할 말을 찾지 못하고 묵묵히 있을 때 성희가 아버지에게,

"이젠 가세요. 엄마가 기다리구 계실 테니까."

하고 아버지를 돌려 보냈다. 아버지가 돌아가자 성희는 장난꾸러기 애들이 용용 죽겠지 하고 혓바닥을 내밀 듯 아버지 뒷모습을 향해 혓바닥을 내밀었다.

'속는 줄도 모르고……'

준호는 성희 아버지를 대할 때 붉어졌던 얼굴을 다시 붉히지 않아도 좋게 되었다고 생각했다.

그것은 공모자가 자기보다도 용감하다고 믿었기 때문이었다. 공모자인 성희가 있는 한 성희의 집에는 마음대로 출입할 수 있다고 생각했다.

'아름다운 공모자!'

준호는 빙그레 웃었다. 용감한 공모자와 더불어 남을 속인다면 아무라도 속일 수가 있다. 그리고 세상 모든 사람을 다 속여도 공모자가 용감만 하다면 마음이 든든하다.

준호는 지금 자기는 모든 사람을 다 속이고 있다고 생각했다. 모두를 속여도 미소를 지을 수 있다고 생각했다.

이렇게 모두를 속이며 준호는 매일처럼 성희를 만났다. 매일처럼 만날수록 애정은 더욱 깊어 갔다.

어느덧 여름방학이 되어 밤낮으로 성희를 만나고 있을 때 성희가 하루는

"내일은 서울역 구내식당에서 만나요. 세 시에……"

하는 것이었다.

만나는 장소를 자주 이동하는 것은 좋은 일이다. 준호는 그런 뜻에서 서울역에서 만나자는 이유를 묻지 않았다.

그런데 다음날 서울역에서 성희를 만났을 때 성희가 트렁크를 들고 온 데는 놀라지 않을 수 없었다.

"어디를 가는 거야?"

준호는 성희가 어디 여행을 가는데 배웅을 해 달라고 자기를 부른 줄만 알았다. 그러나 성희는 아무 대답도 않고 핸드백에서 부산행 기차표 두 장을 꺼내 그것을 준호에게 주었다.

"웬일이야?"

그때야 성희는,

"바쁘신 일 없으시죠?"

했다.

"바쁜 일은 없지만……."

"그럼 저하구 여행하기가 무서워요?"

"그렇지는 않지만 아무 준비두 없이……."

"준빈 제가 다 했어요."

준비까지 다 했다고 하는데 무슨 말을 할 것인가?

"몇 시 찬데?"

"네 시 정각 출발이래요."

준호는 시계를 보았다. 앞으로 삼십 분밖에 남지 않았다.

준호는 귀가 멍멍해짐을 느꼈다. 갑자기 눈부신 태양을 쳐다보았을 때처럼 노랑별이 빙빙 도는 것 같기도 했다.

성희와 단 둘이서 먼 여행을 떠난다는 너무나 돌발적인 사실에도 당황하지 않을 수 없었다. 그러나 그보다도 아무런 마음의 준비 없이 서울을 떠난다는 것이 불안하기 짝이 없었다. 도둑질을 해도 미리 마음의 준비가 있어야 한다.

아무 준비도 없이 남의 집에 들어가기부터 할 수 없지 않은가?

그러나 차표까지 사 놓고 가자는 성희에게 못 가겠다는 말은 차마 할 수가 없다. 그래도 사내자식인데……

성희가 가지고 나온 트렁크를 들고 준호는 앞장을 섰다. 플랫폼에 나가 부산행 특급열차에 올랐을 때는 나중에야 죽이 되든 밥이 되든 알 게 뭐냐는 식으로 마음의 안정을 얻고 있었다.

"갑자기 여행갈 생각은 왜 했어?"

차 안에 오르자 준호는 여유 있게 물었다.

"갑자기 그러구 싶었어요."

"그래두 무슨 동기가 있겠지?"

"목이 몰라 물을 마실 때 딴 동기가 뭐 있겠어요."

"참 그렇기두 하지."

준호는 그 이상 더 추궁할 생각을 안 했다. 또 그럴 필요도 없었다.

다만 문제는 부산에 이르러 여관에 들 때 방을 하나로 정할 것인가 둘로 정할 것인가 하는 것뿐이다. 방을 따로 따로 쓴다고 해도 세상 사람들은 색안경을 쓰고 볼 것이 분명하다.

남들이야 색안경을 쓰고 보건 무엇을 쓰고 보건 그것은 차후의 문제다. 한 번 육체적 교섭이 있은 뒤 달포가 훨씬 지나는 동안 한 번도 그런 일을 거듭하지 않은 준호다. 매일 밤처럼 성희의 집에 가서 영어를 가르치며 포옹과 키스는 수없이 많이 했지만 그 무서운 행위만은 삼갔던 것이다. 그 날 밤 성희가 우는 것을 보고 한강까지 나갔던 일을 생각하면 그것이 무서운 행위라 생각지 않을 수 없었다.

그런데 단 둘이 여행을 가게 되었으니 무서운 행위에 공포를 안 느낄 수 없는 준호였다.

그러나 준호는 기차가 부산에 도착할 때까지 그런 말을 입 밖에 꺼내지 못했다. 그런 걱정을 표시한다는 것이 사내답지가 못한 것 같기 때문이었다.

다만 부산 가서는 어떻게 할 것인가에 대해서만 의논을 했다.

"아버지가 하시는 말을 들은 일이 있는데 동래보다는 해운대가 좋대요. 이왕이면 좋다는 데를 가야지 않아요?"

성희가 이렇게 말하기 때문에 그 문제에 대해서도 더 길게 말할 필요가 없었다.

해운대란 곳엘 가 본 일이 없기 때문에 준호는 그곳에 대한 이야기를 듣고 싶었으나 성희도 자기 아버지에게 들은 이야기를 가지고 해운대를 결정지었다니 물어도 소용없는 일이었다. 차라리 아무것도 모르고 가는 편이 좋을 것 같았다.

밤 열한 시가 지나 부산역에 도착했다. 자동차는 있었으나 무턱대고 갔다가 호텔 방이 없다든가 하면 어떻게 하나 하는 겁이 나지 않을 수 없었다. 그러나 그들은 자동차를 불러 탔다. 그리고 해운대 철도호텔로 달렸다.

밤이 늦었는데도 다행히 방은 있다고 했다. 물론 한 방을 쓰는 손님으로 계산하고 한 말일 것이다.

그러나 종국에 이르렀을 때까지 말하지 않을 수 없는 준호였다.

"방을 두 개 달랄까?"

성희에게 나직이 말했다. 안 할 수 없는 말이기는 하나 한편 성희의 핀잔이 있기를 은근히 바라는 마음이기도 했다. 무서운 행위이지만 그것은 멀리서나 생각할 수 있는 마음이다.

"글쎄요. 좋두룩 하세요."

성희는 이렇게 말하는 데는 일종의 안도감 같은 것을 느꼈다. 그러나 안도감이라기보다는 무관심한 성희의 태도에 실망감 같은 것이 더 컸을는지 모른다.

성희가 시원치 않은 말을 했기 때문에 호텔 보이에게,

"방 하나 더 줄 수 없소?"

하고 물었다. 그런데 보이가 의아스러운 눈동자를 굴리며,

"방이 하나밖에 없는뎁쇼."

하는 데는 일종의 또 다른 안도감을 느끼는 준호이기도 했다. 그러면서도 성희에게는

"어떡허지? 방이 없다는데……."

하고 난처하다는 듯이 물었다. 보이의 첫마디 말에 어떡허지 하고 묻는다는 것은 결국 할 수 없지 않느냐는 뜻이다.

"할 수 없지 않아요?"

성희도 첫마디에 할 수 없다는 말을 했다. 그러나 준호는,

"무슨 날인데 손님이 만원일까?"

하며 중얼거렸다. 그렇게 중얼거리기라도 해야만 할 수 없다는 단정이 합리화될 것 같았기 때문이었다.

그러자 성희는,

"피곤해요."

하며 트렁크를 풀기 시작했다. 이제 그런 말이 무슨 소용이냐는 듯.

성희는 트렁크에서 준호의 잠옷을 꺼내 주었다. 그밖에 남방셔츠 하나와

칫솔 치약 타월까지 준비해 온 것 전부를 꺼내 놓았다. 그리고는 자기부터 옷을 벗기 시작하는 것이다.

준호도 잠옷으로 갈아입었다. 다행인지 불행인지 그 방에는 침대가 둘이 있기 때문에 준호는 자기 몫의 침대로 가서 덜렁 누웠다.

무사할 수가 없는 밤이다. 그러면서도 어느 때보다도 냉정한 분위기가 가슴을 설레게 했다.

성희는 눈을 감고 잠을 청하는 일 이외에 아무것도 생각지 않는 사람처럼 자기 침대 위에 조용히 누워 있다.

그럴 수는 없을 것인데…… 하는 생각을 하면서도 그렇게 되면 그러는 수도 있는 것이지 하고 준호도 눈을 감아 버렸다. 그러나 설사 잠은 잔다고 해도 그 전에 잘 자라는 인사 한 마디쯤 있어야 할 것이 아닌가?

준호는 누운 채,

"불을 끌까?"

하고 물었다.

"끄세요."

성희는 아무런 인사도 없이 그냥 잘 모양 같았다.

준호는 침대에서 일어나 전등을 껐다. 그리고는 다시 침대로 돌아오는 길에 성희에게로 가서 이마에 가벼운 키스를 한 뒤,

"잘 자."

했다. 그런데도 성희는 아무런 반응이 없었다.

"네."

할 뿐이었다.

이렇게 되면 잘 자라는 인사도 끝난 셈이라 자기 자리로 돌아오는 수밖에 없었다.

그러나 자기 침대로 돌아온 준호는 성희가 여행을 하자고 한 동기가 무엇이었던가를 의심하기 시작했다. 서울을 떠나 본다는 것, 둘이서 멀리 기차를 타 본다는 것, 해수욕을 한다는 것 —— 그것들만이 여행의 목적이었던가?

그것만이 목적일 수도 있다. 그러나 남의 의심을 사며 위험을 무릅쓴 여

행이 그것만으로 그칠 수는 없을 것 같았다.

둘만이 있을 수 있는 최대의 자유시간이 아닌가? 사면이 벽으로 둘러싸인 방에는 자유가 보장되어 있다.

그런데도 잘 자라는 말 한 마디로 두 사람은 따로 떨어져 자야 한다니…….

준호는 잠잘 생각 같은 것은 하지도 않았다. 오직 성희의 심정이 궁금할 따름이었다.

무엇 때문에 성희가 냉정을 가장하고 있을까? 정열이 식었다고는 생각할 수 없었다. 그새 자기에게 무슨 잘못이라도 있었는가 하고 지난 일들을 생각해 보았으나 그럴 만한 일도 있는 것 같지 않았다.

아무리 생각해도 알 수가 없었다.

준호는 마침내 성희도 여성이니만큼 남자의 구애를 기다리고 있는 것이나 아닐까 하고 생각했다. 역시 그럴 것 같았다. 잠잠하다는 것은 가슴 속이 격동한다는 것을 뜻하는 것이다. 가슴 속이 잔잔하다면 표면까지 잠잠할 수가 없다.

준호는 기회를 보아 성희에게로 달려가리라 마음먹었다. 그러면 표현을 못하고 있을 뿐인 성희도 즐거워할 것이 아니겠는가?

준호는 그 행동의 준비공작으로,

"성희."

하고 성희를 불렀다.

"네?"

성희의 대답은 여전히 차가웠다. 잠을 못 이루고 있는 것만은 사실이었지만…….

"잠이 안 오지?"

이 말에는 숫제 대답도 안 하는 성희였다. 이렇게 반응이 없어서야 어떻게 행동을 할 수 가 있을 것인가? 준호가 다시 용기를 잃고 있을 때 성희가 뜻밖에도,

"선생님."

하고 준호를 불렀다.

"응?"

"좀 오세요."

오라고 하는 말도 어쩐지 냉정한 것 같았다.

냉정하더라도 오라는 것은 자기를 그리워한다는 뜻이리라. 준호는 서슴지 않고 성희에게로 갔다.

"왜?"

물어야 할 것도 없는 일이지만 준호는 성희의 의사를 타진하는 것이었다.

"좀 앉으세요."

성희는 침대 한편을 비우며 거기에 앉으라고 했다. 이건 정말 할 말이 있는 사람의 태도였다. 준호는 조용히 침대 한편에 앉았다.

"선생님."

준호가 앉자 성희가 새삼스럽게 준호를 불렀다.

"응?"

준호를 불러 놓고도 성희는 말을 안 했다.

준호는 무조건 성희를 안아 버리고 싶었으나 심상치 않은 태도에 그럴 수가 없어

"무슨 말이야?"

하고 성희의 어깨를 만졌다.

그래도 성희는 말이 없었다. 눈물을 흘리고 있는 것 같았다.

"우는 거 아냐?"

그때야 성희는 준호의 손을 잡으며,

"선생님."

하고 숨을 돌린 뒤

"저 임신한 것 같아요."

하는 것이었다.

준호는 놀라지 않을 수 없었다. 그러나 경솔하게 놀란 태도를 보일 수도 없었다.

“병원에 가 봤어?”

“네, 며칠 전에 가 봤어요.”

병원까지 가서 확인을 하고 하는 말인 데야 무엇이라고 할 것인가?

“그래?”

그저 어안이 벙벙해서 비명 같은 소리를 지르는 수밖에 없었다.

성희도 그 뒤로는 말을 안 했다. 한참 동안이나 지나서야 준호가,

“어떡허지?”

하고 물었다. 임신한 것이 기정사실이라면 그것을 어떻게 하느냐 하는 것만이 남은 문제라고 생각했던 것이었다.

“저두 모르겠어요.”

성희는 그만 소리를 내어 울기 시작했다.

괴로운 일이 아닐 수 없다. 성희 혼자만이 더 괴로워해야 하는 일이기 때문에 준호는 무어라고 말할 수가 없었다.

준호는 책임감만 아니라 성희와 성질이 다른 괴로움을 느낄 것이다. 그러나 직접 생리적인 이상을 몸으로 느끼고 있는 성희에 비하면 그것은 아무것도 아닐지 모른다. 그렇기 때문에 준호는 몸으로 괴로워하는 성희를 바라본다는 것이 괴로운 일이 아닐 수 없었다.

무엇이라 위로도 할 수 없고 무어라 용기를 부어 줄 수도 없다. 괴로움의 덩어리를 옆에 하고 있는 것이 괴로울 뿐이었다.

그렇다고 해서 울고 있는 성희를 언제까지나 울게 할 수는 없었다.

“울지 말구 이야기를 해. 혼자만이 해결지을 수 없는 일 아냐.”

그때 성희가,

“저두 울지는 않으려구 했어요. 병원에 가서 그런 말을 들었을 때두 울지 않았어요. 그렇지만 선생님 앞에서 이야기를 꺼내 놓게 되니 저두 모르게 눈물이 났어요. 이젠 안 울게요.”

하며 준호의 손을 힘주어 쥐었다. 어두워서 얼굴 표정이 보이지 않았지만 괴로움을 감추려는 노력이 준호의 손을 잡은 성희의 손에서 느낄 수 있었다.

“내가 나쁜 놈이야.”

준호는 이런 경우 자신을 견책하는 말 이외에 다른 말을 할 수 없었다.

"선생님만의 책임인가요? 제 책임이 더 크겠지요."

준호는 울고 싶었다. 그래서 성희의 몸에 엎드리며,

"용서해"

하고 신음 소리를 냈다.

성희는 자기 가슴에 엎혀 있는 준호의 머리를 한 손으로 쓸면서,

"왜 그런 말씀을 하세요? 용서구 뭐구가 있어요?"

할 때 준호는 정말 눈물이 나왔다.

"어쩌자구 우리는 그런 일을 했지? 응?"

눈물에 섞인 말을 하자 성희는,

"그만두세요. 할 수 없지 않아요? 그런 이야기는 내일 천천히 다시 하기루 해요."

하며 준호의 목을 쓸어안았다.

준호가 안긴 채,

"나는 정말 나쁜 놈이야. 나는 이때까지 성희를 사랑하면서도 성희보다 나를 더 소중히 여겼을 거야. 성희를 사랑하면서도 나 자신의 평온을 더 희구했었어. 더구나 성희가 이러한 괴로움을 맛보리라는 것은 털끝만큼도 생각지 못했어."

진심을 토로했다. 그것은 정말 준호의 진심이었다. 과거의 자기가 나빴기 때문에 지금 이러한 경지에 이른 것이란 자책과 더불어 이 마당에서 성희에게 사죄할 길이란 오직 자기 자신을 견책하는 것밖에 없다고 생각되었다.

이제야말로 성희를 자기의 목숨으로 사랑해야 한다고 생각했다.

"그런 말씀 마시라니까요. 사람의 일이니까 또 어떻게 되겠지요. 좌우간 그런 건 내일 이야기해요."

성희의 너그러운 말이었다. 말이 너그러울 뿐 아니라 실망만을 느끼지 말고 좋도록 의논하자는 성희의 태도에 준호는 어느 정도 안심할 수 있었다. 그래서,

"성희."

하고 옛날과 같이 애정에 찬 목소리로 성희를 부르고 성희를 애무했다.

다음날 아침 준호가 눈을 떴을 때는 성희가 아직 잠들어 있었다. 일곱 시밖에 안 되었던 것이다.

준호는 성희가 잠을 깨지 않도록 소리를 내지 않게 라이터를 켜고 담배를 피웠다.

소리를 안 내느라고 했는데도 성희는 라이터 소리에 잠을 깼는지 눈을 방끗 떴다. 그리고는 이편 침대에 누워 있는 준호를 향해 미소를 지었다.

준호도 미소를 보냈다. 그리고는 성희에게로 가서 이마에 키스를 하고,

"잘 잤어?"

했다.

"응!"

그들은 걱정이 있는 사람들 같지 않게 세수를 하고 조반을 먹었다.

조반을 먹은 뒤에야,

"어떻게 하지?"

하고 성희의 배로 시선을 보냈다.

"다음에 이야기해요. 참 성급하시기는……."

성희가 흘기는 듯 눈을 돌리며 미소를 지었다.

"할 이야기는 빨리 해 버려야지."

"글쎄 좀 있다 하자니까요."

성희는 트렁크를 열고 준호의 수영 팬티를 꺼내 주었다. 그리고는,

"오늘은 수영이나 하며 놀아요."

하는 것이었다. 성희의 명랑성을 보자는 준호는 걱정할 것 없이 즐길 수 있을 때까지 즐기자고 생각했다.

호텔에서 비취 파라솔을 빌려 가지고 바다로 나간 두 사람은 서로 수영은 할 줄 모를망정 물결을 즐기며 아름다운 시간들을 보냈다.

"지구의 맨 끝에 온 것 같지요."

"대한민국의 최남단이니까 끝은 끝이지."

"둥그런 지구가 아니라 평평한 수평선의 마지막 라인[線] 같지 않아요?"

"난 여기가 무인고도라면 좋겠어!"

"너무 사람이 없으면 심심하지 않아요?"

물 속에서 그들은 이러한 대화를 주고받기도 했다.

즐겁기만 하게 이틀을 보낸 뒤였다.

조반을 먹고 바다에 나갈 준비를 하고 있을 때 성희가 갑자기,

"선생님."

하며 준호를 부른 뒤 한 눈을 감아 윙크를 보내며,

"우리 결혼해요."

하는 것이었다.

준호로서 생각해 본 일이 없는 말이었다.

그런 만큼 그것이 진담인지 농담인지도 구별할 수 없었다.

"정말야?"

준호는 기다리고 있던 말이기나 한 듯 반색을 하며 물었다.

"며칠을 두고 생각했는지 몰라요. 여기 와서두 첫날 이야기 안 한 것은 좀더 생각할 여유를 갖기 위해서였어요."

성희는 심사숙고한 결과라는 듯 힘들지 않게 이야기했다.

그렇게 심사숙고한 뒤 하는 말에 정면으로 반대할 수 없는 것이 또한 준호였다.

"정말?"

성희의 진심을 확인하려는 듯 정말이란 말만을 연발하는 준호였다.

나중에야 세상이 두 조각으로 부서진다 해도 사랑하는 성희가 결혼을 신청하는데 거절할 수가 있겠는가. 거절할 수 없다는 수동적인 심정만도 아니었다. 하루를 살다 죽는 한이 있다 해도 성희와 결혼을 하여 행복을 마음껏 누리고 싶은 준호이기도 했다.

모든 것에 눈을 감으면 그뿐이다. 눈을 감고 성희만을 바라보면 그뿐이다. 그것은 조금도 힘든 일이 아닐 것 같기도 했다.

"그럼 어린애를 유산시키지 않아두 되지 않아요?"

"우리들의 결정쳰데 그것을 왜 유산시켜……."

"벌써 뱃속에 만져져요."

"얼마나 컸을까?"

"………"

"한 번 만져 볼까?"

성희는 부끄러워하면서도 내미는 준호의 손을 아랫배로 안내했다.

"누굴 닮았을까……."

"아마 선생님을 닮았겠지? 주먹코만은 닮지 말아야겠는데…… 호호……."

"이게 복콘데…… 꼭 닮아야지."

"만약 계집애면 시집두 못 가게요."

"이십 년 앞까지 걱정을 하는군."

"그게 어머니 사랑 아녜요?"

"위대한 사랑인데……."

그들은 꼭같이 소리를 내어 웃었다. 그리고는 바다로 나갔다.

바다에 가서도 그들은 또다시 이야기를 계속했다.

"여기 와서 전 선생님이 더 좋아졌어요."

"나두 그 말이 하고 싶던 참이야."

"아이 좋아!"

"좋으면 상을 줘."

"무슨 상을 드릴까? 또 업어 드리지."

"그래. 그게 제일 좋은 상이야."

그들은 결혼일이 내일 모레로 박두하기나 한 것처럼 즐거워했다.

"우리 죽을 때까지 충만한 마음으로 살아요. 그리구 제가 죽기 전에 선생님이 먼저 돌아가시면 싫어요. 아시겠지요?"

"나이가 많은 사람이 먼저 죽는 게 정칙 아냐?"

"그렇지 않아요. 전 앞으루 오 년밖에 못 산대요. 언젠가 관상쟁이가 그랬어요."

"그럼 난 결혼 안 할래. 오 년밖에 못 사는 사람과 누가 결혼을 한담."

“오 년 동안에 남들이 오십 년 사는 것을 전부 살면 되지 않아요?”

“참 그럴 수두 있군. 그렇지만 성희가 먼저 죽는 건 싫어.”

“관상을 믿으세요?”

“믿지 않지만⋯⋯.”

“그럼 됐지 뭘 걱정하세요?”

“미안한데⋯⋯.”

그들에게는 웃음만이 오고 갔다.

밤에도 즐거웠다.

철도호텔 근처에 있는 ××호텔에 춤추는 홀이 있다는 말을 듣고 그들은 거기에 가서 밤 시간을 춤으로 즐긴 것이었다.

화려한 바리에떼(버라이어티)로 즐긴 것이 아니라 음악에 맞추어 율동하는 육체의 합일에서 즐긴 것이다.

눈을 지그시 감고 춤을 추는 그들만큼 행복한 사람이 없으리라 생각했다.

즐거움 이외에 딴 생각이 하나도 없는 순간을 어찌 행복하다고 하지 않을 수 있을 것인가?

그러나 그 몰아의 순간이란 길지가 못한 모양이었다.

음악이 그치고 휴식시간으로 들어가는 때였다. 준호가 성희의 손을 잡고 테이블 있는 데로 걷고 있을 때 준호 반대쪽으로 걸어가고 있는 젊은 여자의 모습이 준호의 눈에 들어왔다.

아무래도 미원이 같았다. 그래서 준호는 성희가 눈치채지 못하게 뒤를 돌아보며 미원을 확인했다.

집에서 입은 것을 본 일이 없는 멋진 드레스에 하얀 하이힐을 신고 있었다.

준호는 상대방 남자도 보았다. 뒤로만 볼 수 있기 때문에 얼굴이 보이지 않았으나 뒷모습으로도 사십이 거의 다 된 중년 신사임을 알 수 있었다.

준호는 성희 앞에서 자기의 표정이 달라지면 어떻게 하나 하는 걱정을 할 만큼 속이 떨려옴을 느꼈다.

하필이면 해운대로 올 것이 무엇인가? 좁은 땅이라 해도 그래도 갈 곳은 얼마든지 있다. 그런데 하필이면 아버지가 있는 장소로 딸이 찾아올 것이 무어란 말인가?

준호는 무엇보다도 성희의 마음에 변화가 일어나지 않을까 그것을 걱정했다.

자기와 나이가 비슷한 미원의 탈선 행위를 볼 때 성격이 꼬장꼬장한 성희가 아무런 자극도 받지 않으리라고는 생각할 수가 없는 일이었다.

자기 자신의 착잡한 감정은 둘째로 하고 성희에게 미치는 영향이 적지 않을 것만을 생각한 나머지 준호는,

"돌아가. 늦기 전에 자야지."

하며 시계를 보았다. K니까 돌아가야 할 시간이기도 했다.

"그럴까요."

성희도 순순히 따랐다. 이렇게 해서 위험한 순간을 넘겼으나 미원이 편에서 자기를 발견하지나 않았을까 하는 것이 또한 불안스러웠다.

미원이 자기를 보지 못했다면 나중이야 어떻게 되든 당장만은 무사하게 될 것이다.

그런데 미원이 자기를 보고도 못 본 척 피했는지 그것은 통 짐작할 수 없었다.

다만 자위되는 것은 미원의 성격이었다. 미원의 성격으로 보아 자기를 보고도 못 본 척할 애는 아니었다. 동류를 찾았다고 좋아서 쫓아올 것이 미원의 성격이다.

이런 점을 미루어 미원이 절대로 자기를 보지 못한 것이라 자위를 하며 호텔로 돌아왔다.

성희에게 눈치를 채이지 않으려고 일부러 명랑을 가장했으나 미원에게 받은 타격을 아주 감추기가 너무나 힘들어 준호는 성희에게 잘 자 하고는 전등을 끈 뒤 자기 침대로 돌아왔다.

이제부터는 혼자서 생각할 수 있는 시간이었다.

준호는 한숨 소리만은 내지 않아야 한다고 생각하며 미원의 일을 머릿속에 끄집어내기 시작했다.

우선 준호는 미원이 철도호텔에 유하지 않았으면 하고 바랐다.

딴 호텔에 들었다면 해수욕장에서나 만날까 만날 장소가 없다. 그러나 철도호텔에 들어 있다면 얼마든지 만날 기회가 있는 것이 아니겠는가.

가시 울타리

미원이 어떤 호텔에 들었든 양편 중 한편이 내일 아침 일찍 돌아간다면 일은 무사하게 될지 모른다.

그러나 준호네는 내일 떠나자는 이야기를 한 일이 없다.

성희가 언제 떠날 생각을 갖고 있는지 모르지만 내일 떠날 생각이 없는 것만은 확실하다. 그런데 딴 이유 없이 내일 떠나자는 말을 어떻게 할 것인가?

미원네도 언제 왔는지 똑똑히는 모르지만 준호네보다 늦게 왔을 것만은 틀림없다. 준호가 떠나는 날까지 미원은 집에 있었으니까. 그러니 미원네가 내일 떠날지 어떨지를 짐작할 수가 없다.

만약 성희와 같이 미원과 부닥친다면 어떻게 할 것인가?

자기는 성희와 결혼하기로 했다. 그러나 아직 아내와 이혼도 안 한 만큼 미원은 물론 누가 본다 해도 패륜의 생활을 하고 있다고 비난할 것이다.

아버지가 패륜의 생활을 하고 있고 딸이 같은 장소에서 패륜의 생활을 하고 있다는 사실을 세상 사람들이 안다면 자기는 무엇이 되고 말 것인가?

부전자전이라더니 명예스러운 아버지가 되고 말 것이 아니겠는가? 그러나 자기는 무엇이 되든 할 수 없는 일이다. 다만 성희만은 미원을 보지 말아주었으면 하는 것이 준호가 바라는 최소한도의 기원이었다.

이렇게 미원에 대한 생각을 여러 갈래로 하고 있을 때 성희가,

"선생님."

하고 준호를 불렀다. 준호는 미원에 대한 생각이 가라앉지 않은 때라 침대에 누운 채,

"응?"

하고 짧게 대답했다.

"생각해 보셨어요?"

성희는 결혼에 대한 것을 구체적으로 진전시키려는 모양이었다.

"결국은 나의 결심에 따르는 것이니까. 난 벌써 이혼하기루 결심했어."

"사모님이 불쌍하다구 생각지는 않으세요?"

"애정은 양립할 수 없는 거야. 내가 성희만을 사랑하는 이상 남을 불쌍하다구 생각할 여유가 있어?"

"그러시다면 다행이지만……."

"그럼 이혼두 안 하구 성희와 결혼할 생각을 할 것 같아?"

준호는 성희가 결혼을 하자고 한 뒤 혼자서 이혼에 대한 생각을 여러 번 했다. 때로는 이혼이 그리 간단하지 않을 것이라 걱정도 해 보았지만 때로는 그리 힘들 것 같지 않게 생각도 되었다. 아무리 구도덕에 젖어 있는 아내라 해도 자기가 정 싫어서 이혼을 하자고 하면 할 수 없이 승낙해 줄 것 같았다. 아내도 사람이다. 사람인 이상 자존심을 가지고 있을 것이다. 자존심을 가진 이상 죽어도 이혼만은 해 줄 수 없다고 비굴하게 나올 수는 없을 것 같았다.

사람이란 언제나 자기 본위로 생각하기 마련이어서 그런지 준호는 이혼을 그리 비관하지 않고 있었다.

성희도 그렇게 생각했을 것이다. 성희 자신을 생각할 때 남편 되는 사람이 싫다고 하면 두말도 않고 자진 도장을 찍어 줄 것이다. 그러한 자기를 알고 있기 때문에 성희는 준호가 자기 결심에 따른다는 말을 깊이 생각하려고 하지 않았을 것이다.

"그럼 언제쯤요?"

준호의 이혼을 문제시하지 않는 듯 성희가 물었다.

"될 수 있는 대로 빨리 하는 것이 좋겠지. 그렇지만 정식으로 이혼을 한 뒤라야 할 것이니까. 결혼 날짜는 그것이 해결된 뒤 결정짓기로 하지."

"한 달두 더 걸릴라구요?"

"한 달까지 걸리리라구는 생각지 않지만 그래두……."

“그럼 넉넉잡구 두 달쯤 뒤에 하기루 하지요.”

이혼이 쉽게 된다고 해도 그것이 끝나기 전에 결혼 기일을 정한다는 것은 위험한 일 같았다. 최악의 경우 이혼이 쉽게 되지 않을 때는 어떻게 할 것인가? 준호는 결혼기일만은 미리 정하지 않는 것이 좋으리라고 생각했다.

“최대의 노력을 다해서 추진시킬 테니까 그것이 끝난 뒤 날짜를 정하도록 해. 성희에게 실망을 주기가 싫어서 그러는 거야!”

그러나 성희는 그 말을 이해할 수가 없는 모양이었다.

“실망을 주시다니요?”

이혼이 성립 안 될 경우도 있느냐는 뜻의 질문을 했다.

“그럴 리는 없겠지만 일을 여유 있게 하기 위해서야. 한 달 예정했던 것이 한 달 반이 걸리는 수도 있거든. 물론 최악의 경우를 생각해서 하는 말이야.”

“최악의 경우란 어떤 것이죠?”

“어떤 것이라고 따져 말할 수는 없지만 사람의 일에는 돌발적 사건이 일어나는 경우가 있지 않아?”

“선생님의 결심이 흔들릴 수도 있단 말씀인가요?”

“천만에. 그런 일만은 절대루 없겠지. 그것만은 믿어 줘.”

“그럼 최악의 경우라는 게 있을 수 있을까요?”

“좌우간 나를 믿어 줘. 경우에 따라서는 상경하는 날루 결정될지두 모르니까. 넉넉잡고 한 달이나 두 달 안에 해결될 것이니까…….”

“금년 안으루는 꼭 되겠군요?”

“그야 물론이지. 배가 더 뚱뚱해지기 전에 해야 할 거 아냐?”

성희는 석연치가 못한 모양이었다. 아무 대답을 안 했다.

석연치 못해하는 성희를 보자 준호는 성희에게로 달려가 성희를 포용해 주며,

“두 달이면 넉넉할 테니까 시월에 하기루 해. 식을 하구는 어디로 신혼여행을 갈까?”

성희의 마음을 달랬다. 성희도 준호의 마음을 무겁게 해 주고 싶지 않았

던지,

"여기루 오죠. 방두 이 방으루 정하구."

하며 웃어 보였다. 그들은 힘찬 포옹으로 이야기를 잊어버렸다.

다음날 아침 눈을 뜨면서부터 준호는 미원이 생각을 했다. 식당에 가는 복도에서라도 꼭 부닥칠 것만 같은 불안이었다. 아내와의 이혼 문제는 서울에 가서 부닥쳐 봐야 할 일이지만 우선 당장에 미원을 어떻게 할 것인가?

만약 미원을 만나게 될 때 자기는 미원을 남처럼 스쳐 버릴까 그러지 않으면 아버지로서의 위신을 갖추기 위해 꾸짖어야 할까?

그리고는 같이 온 여자가 바루 성희가 아니냐고 묻는다면 자기는 무엇이라고 대답할 것인가?

준호는 미원을 만나지 않는 것이 제일 상수라고 생각했다. 꼭 같은 행동을 하고 있으면서도 딸이라고 미원만 꾸짖을 수는 없다. 자기 변명도 구차스러운 일이다.

그래서 준호도 늦게까지 방에서 나가지 않았다.

식당에도 남들이 모두 조반을 끝냈을 무렵에나 나가려 했다. 별 하는 일도 없이 늑장을 부리고 있을 때였다. 똑 똑…… 하는 노크소리가 났다.

준호는 그저 보이려니만 생각하고,

"네."

한 뒤 문 쪽으로 시선을 돌렸다. 그러나 안에 들어선 사람은 보이가 아니었다. 딸 미원이었다. 자기는 일부러 피하려고 하는데 미원은 무엇 때문에 자기를 만나러 일부러 찾아다니는 것일까?

미원을 방 안에 들어서자,

"아버지."

하며 반가운 듯이 준호 가까이로 다가왔다.

준호는 미원을 흘겨보았다. 주책없는 데 대한 일종의 증오심 때문이었을 것이다. 증오를 하면서도 증오를 나타낼 수가 없어 언동을 삼가도록 경계하는 눈초리만 보내고 있을 때 미원이 눈치를 채지 못하고,

"어젯밤 홀에서 봤어요. 언제 오셨어요?"

하고 조금도 삼감이 없는 태도로 물었다.

"이삼 일 됐다."

간단한 대답을 하면서도 준호는 성희의 눈치만 살폈다. 성희는 처음 당황하는 기색을 보였으나 금시 태도를 달리하고 미원을 적시하는 것이었다.

준호의 딸임을 눈치 챘으나 어떻게 나오는가를 살피는 모양이었다.

"전 어제 와서 ××호텔에 들어 있어요. 어젯밤 아버지를 뵙구 만나려 했지만 방해가 될 것 같아 못 본 척했어요."

미원은 거리낄 것이 아무것도 없다는 듯이 이야기를 하고는,

"소개시켜 주세요."

하고 성희를 바라보았다.

어쩔 수 없는 일이었다.

그리고 앞으로 결혼을 하려 하고 있는 만큼 미원에게만은 미리 소개해 두는 것이 좋을지도 모른다.

"성희, 내가 이야기한 적 있지. 미원이야."

준호는 성희에게 미원을 소개시킨 뒤 미원에게는,

"미스 심이야."

하고 성희의 성을 가르치는 정도의 소개를 시켰다.

준호가 두 사람 소개를 시키자 미원이 성희 가까이로 가며

"전 아버지 편예요. 아버지가 좋아하시는 분은 난 무조건 좋아해요."

하고 성희를 반갑게 대했다.

성희는 잠시 얼굴이 붉어졌다. 그러나,

"앉으세요."

하며 미원에게 자리를 권했다. 기세를 꺾이지 않으려고 노력하는 모양이었다.

준호는 가슴이 띠끔띠끔했다. 그러나 미원을 욕해서 돌려 보낼 수도 없는 일이고 해서 두 사람의 행동을 방관하는 수밖에 없었다.

"언젠가 극장에서 한 번 뵌 뒤 한 번 꼭 만나고 싶었어요. 역시 첫번 만났을 때처럼 예쁘신데요?"

“고맙습니다.”

“서울서 한 번 조용히 만나요. 재미있는 이야기가 많을 것 같아요.”

둘이서 이야기하는 동안 준호는 미원의 얼굴에서 자기의 동료를 만난 듯한 즐거움을 엿보았다.

확실히 미원은 인생관이 같다고 해서 성희에게 친근감을 가질 것이다. 그러나 그 친근감 속에는 준호의 딸이란 일종의 우월감 같은 것이 숨어 있는 것 같았다. 자기를 경멸해서는 안 된다는 자존심 같은 것이 깃들여 있는 것 같기도 했다.

한편 성희 얼굴에서는 자기 자신을 경멸하는 듯한 표정이 엿보였다. 미원이 친숙하게 대하는 것은 자기가 경멸받을 여자라는 마음에서일 것이라 생각지 않을 수 없을 것이다. 말하자면 남에게 경멸받을 만한 위치에 놓여 있는 자기를 경멸하고 있을 성희.

결혼을 공포했거나 결혼식을 거행한 뒤라고 하면 그때야 아무가 뭐라든지 자기 비하(卑下)는 있을 수 없을 것이다.

이렇게 두 다른 표정의 성희와 미원을 바라볼 때 준호는 자기가 언제까지나 중간 입장에 서서 살아야 하지 않는가 하고 생각했다. 서로 상반되는 사람들 틈바구니에서 그러나 자주적인 정신을 잃고 방황하는 위치에 서 있을 것만 같았다. 그럴 때 자기 경멸에 느껴야 하는 것은 결국 자기가 아닐까 하는 생각도 들었다.

준호는 앞으로 올 장래가 절대로 평탄치가 않을 것을 느꼈다.

“언제 가시지요?”

미원이 성희에게는 이상 할 말이 없다는 듯 준호에게 물었다.

“곧 가야지.”

준호는 일이 이렇게 된 이상 더 머무를 수는 없다고 생각했다. 성희도 그렇게 생각하고 있을 것 같았다.

“전 이삼 일 더 있다가 가겠어요. 가시거든 엄마한테 비밀 지켜 주셔야 해요. 저두 아버지 이야긴 절대 안 할 테니까요.”

미원은 그만 돌아갈 모양이었다. 가 주는 것은 고마운 일이 아닐 수 없다.

그러나 준호와 보조를 같이하여 엄마에게 비밀을 지키자는 말이 불쾌하지
않을 수 없었다. 결국 미원은 준호를 공모자로 취급하고 있는 것이 사실이
다. 동시에 준호에게는 아버지로서의 자격이 상실되었다는 것을 선언하는
것이나 마찬가지다.
　준호는,
　"그래 그래."
하며 미원을 빨리 돌려 보내려고 했으나 성희가 자기 얼굴을 주시하고 있는
것 같아 얼굴을 쳐들 수가 없었다.
　미원이 방을 나가려다 말고 다시,
　"미안합니다."
하고 준호와 성희에게 고개를 까딱했다. 그리고는 아무 말도 없이 돌아가
버렸다.
　준호는 정말 울고 싶은 심정이었다. 딸에게 공모자의 취급을 받았다. 아
버지로서의 위신은 진흙탕 속에 빠지고 말았다.
　나쁜 짓을 하면 했지 어째서 애비를 경멸하는 행동까지 취하는 것일까?
　자식에게 경멸을 받고도 찍 소리를 못하게 된 자기의 위치.
　더구나 아버지와 딸을 대조해 보고 있을 성희를 생각하니 가슴이 터질 것
만 같았다.
　성희는 지금 말이 없다. 감정을 숨길 줄 아는 성희가 말이 없다는 것은
숨길 수 없을 만큼 감정의 큰 격동 속에 있다는 것을 말하는 것이다.
　그런데 모든 일을 좋게만 본다면 마음의 격동을 일으킬 까닭이 없다. 준
호나 미원 가운데 어떤 한편을 좋지 않게 보고 있을 것이다. 아니 양편 전부
를 좋지 않게 보고 있을지도 모른다.
　만약 미원보다도 준호를 더 좋지 않게 보고 있다면 성희는 준호를 존경하
거나 신뢰하는 마음을 갖지 못하게 될 것이다. 따라서 준호에게 실망을 느
끼고 있을 것이다. 그리고 그 실망이 순간적 오해라든가 일시적 감정에서
생긴 것이 아닌 만큼 간단히 없앨 수가 없는 일이 아니겠는가?
　준호는 말없는 성희를 보고 있을 수가 없었다.

"아침 먹으러 갈까?"

준호는 성희와 함께 식당으로 갔다. 그러나 성희는 식당에서도 말이 없었다. 뿐 아니라 조반도 전에 비하여 절반도 못 먹었다. 준호는 성희의 마음이 결정적으로 변해 가고 있는 것이라 생각했다.

"밥을 그렇게 안 먹어서 어떡허지?"

준호가 말을 시켰으나 성희는,

"먹기 싫어요."

단 한 마디로 대답할 뿐이었다.

무언으로 용서를 거부할 때처럼 괴로운 일도 없다. 방으로 돌아왔을 때 준호는,

"오늘에야 진짜 나를 알았지? 나처럼 쓸모없는 인간두 없을 거야. 성희에게 좋게 보인 것은 나의 의식적인 그리고 가식적인 노력의 결과였을 거야. 나처럼 이중적인 인간은 다시없을 거라구 생각해."

마침내 자기의 괴로움을 양심에 호소하는 듯이 말했다. 용서를 받건 못 받건 자기에 대한 판정이 내려지기를 바라는 마음이었다. 살인죄를 범하고도 사형인지 무기인지 그렇지 않으면 유기인지를 빨리 알고 싶어하는 죄수의 심정 같았다.

그래도 성희는 말이 없었다.

판정을 내리기조차 싫은 모양이었다.

"오늘 서울루 돌아갈까?"

준호는 마치 자기로서 물을 수 있는 마지막 질문이기나 한 것처럼 물었다.

그때야 성희는 자기도 결정을 내릴 때가 왔다는 듯이,

"며칠 더 있다가 가요. 무서워서 도망치듯 갈 필요가 뭐예요."

날카롭게 말하고는 바다로 나갈 준비를 했다.

성희가 그렇게 말한다면 오늘로 올라가자고 고집할 다른 이유를 하나도 가지고 있지 않은 준호였다.

"난 성희가 우울해하는 것 같아서……."

“우울해두 여기서 풀어야 할 우울일 거예요. 사실은 대단한 우울도 아니지만……."

“난 성희를 위로할 수도 없어. 그저 내 운명이 너무나 얄궂다는 생각만 들어."

“선생님의 잘못은 없겠지요. 꾸짖어야 할 것도 꾸짖지 못하는 것이 화가 날 뿐예요. 왜 누구하구 왔느냐 따지지를 못하시는 거예요?"

“창피해서 물을 수가 있어야지."

“창피하다구 자식을 그냥 내버려 두는 아버지가 어디 있어요? 그래두 아버지의 위신이 서요?"

“아버지의 위신을 잃은 것 같기두 하구……."

이때 성희는 화를 발칵 냈다.

“무엇 때문에 아버지의 위신을 잃었다구 생각해요? 그렇게 나쁜 일만 하구 다니셨던가요?"

준호는 자기가 실언했다고 생각했다. 그러나 변명할 말이 없었다.

“그런 의미로 하는 말은 아냐."
하고 어물어물할 때 성희가,

“그렇게 못할 짓을 하고 있다고 생각하신다면 오늘로라도 돌아가요."
더 참을 수 없다는 듯이 쏘아붙였다.

이런 경우 준호는 자기의 괴로움을 그대로 말할 수가 없었다. 성희가 자기를 진심으로 증오한다면 얼마든지 진심을 말할 수 있다. 그리고 자기의 괴로움도 알아 줘야 하지 않느냐고 성희를 공박할 수도 있다.

그러나 자기와의 사랑에 비굴을 느끼지 않으려는 자존심을 상하게 할 수는 없었다.

“그 애가 지나친 주책바가지니 입이 열려져야 묻기두 하구 야단도 치지 않아?"

준호는 미원에게 책임을 씌우는 수밖에 없었다.

성희는 잠시 묵묵하고 있었다. 기분 나쁜 것은 그것 외에도 여러 가지가 있었지만 그런 것은 자기의 자존심 때문에 이야기할 수가 없었다.

미원이 자기에게 친숙감을 보여 주었다는 것은 결국 자기를 깔보는 행동이라고밖에 달리 해석되지가 않았다. 그러나 그런 이야기를 하면 결국 자기 자신이 미원과 동등한 위치에 놓이게 된다.

어떤 일이 있던 미원이 밉다고 하는 말을 자기 입으로 꺼내고 싶지가 않았다.

어쨌든 성희는 미원으로 말미암아 마음의 충격을 받은 것이 사실이지만 미원의 이야기를 입 밖에 꺼내고 싶지는 않았다. 그것은 미원으로 말미암아 죄의식 같은 것을 느끼고 싶지 않기 때문이기도 했다.

임신을 함으로 준호와 결혼할 것을 결심한 이상 이제 다른 생각을 가질 수 없는 처지다.

"바다에나 나가요."

성희와 준호는 바다로 나갔다. 그리고 미원을 만나기 전처럼 즐겁게 놀려고 했다. 그런데 미원이 자기의 동반자와 함께 바다로 나왔다.

애써서 잊으려는 두 사람 앞에 미원은 찰거머리처럼 따라다니는 것이었다.

준호와 성희는 얼굴을 돌려 버렸다. 그러나 전처럼 흥이 날 까닭이 없었다. 물 속에 잠겼다 떴다 하며 미원을 피하는 데 신경을 쓰고 있는 그들 앞에 미원이 또 다가왔다.

"재미있어 보이는데요."

준호와 성희가 쓴 오이 보듯 하는데도 미원이 준호에게로 와서,

"엄마한테 전보를 쳤으니까 그만 올라가세요."

강자의 표정으로 명령하는 어투였다.

그 말을 듣자 준호는 처음으로 미원이 자기 편이 아니라 아내 편이라는 생각을 했다. 말로는 준호 편이라고 하나 실제에서는 아내의 스파이 행동을 하고 있다고 느껴졌다. 그런 생각을 하니 분해서 견딜 수가 없었다.

준호는 미원을 끌고 성희가 들리지 않을 만치 가서,

"전보는 왜 쳤니?"

하고 따졌다.

"엄마가 걱정을 하고 계시니까 친 거지요."

"그래 고자질을 하니까 속이 씨원하냐?"

"고자질하느라구 전보 친 것은 아녜요. 아버지가 행방불명이 되었다구 걱정하시기에 살아 계시다는 걸 알려드린 것뿐이지."

"그만둬 나쁜 년 같으니……."

"그만큼 재미있었으면 그만 돌아가셔두 좋잖아요?"

"걱정 마. 이젠 너희들하구 아무 상관두 없으니까 나 하구 싶은 대루 한다."

준호는 정말 미원이 싫어졌다. 싫어진 것뿐 아니라 자기와 아무 상관이 없는 사람처럼 생각했다. 미원이 어떤 짓을 하고 돌아다녀도 상관할 바 없고 미원이 딸이라고 해서 그에게 신경 쓸 필요도 없을 것 같았다.

아내를 아내라 생각지 않고 딸을 딸이라 생각지 않는다면 겁날 것이 하나도 없다. 이제부터 모든 것을 버리자. 버려도 아깝지 않은 사람들이다.

"아버지 화나셨어요? 전 그래두 아버지를 생각해서 말씀드린 건데……."

미원이 상상 외라는 듯 변명을 했다.

그러나 준호는

"듣기 싫어."

하고 성희에게로 돌아갔다. 미원이 준호를 몇 번 불렀으나 준호는 들은 척도 않고 성희에게,

"이젠 딸루 생각지 않는다고 선언했어……."

하고 미원과 이야기한 것을 요약해서 말했다.

성희는 그 말이 싫지 않았을 것이지만 준호에게 잘 했다고 칭찬할 수도 없었을 것이다.

"저어기 조그만 섬이 오륙도(五六島)라지요? 정말 다섯인지 여섯인지 잘 모르겠어요."

성희는 딴 말을 꺼냈다. 미원에 대한 관심을 기울이고 싶지 않았기 때문이었다.

"범선 하나가 서 있는 동쪽 섬 말이지?"

"오륙도의 시조를 아세요?"

성희는 노산의 <오륙도>를 외우기 시작했다.

五六島 다섯 섬이
다시 보면 여섯 섬이
흐리면 한두 섬이
맑으신 날 五六島라
흐리락 밝으락하매
몇 섬인 줄 몰라라

첫 구절을 외우자 성희는,
"모두가 다 오륙도나 마찬가지 아녜요? 이렇게 보면 다섯, 저렇게 보면 여섯, 이런 때 보면 한 개, 저런 때 보면 두 개."
하고 멀거니 오륙도만 바라보았다.
그때 준호는,
"왜. 언제 보아두 한 가지루만 보이는 게 있지. 어떤 모루 보아두 꼭 같은 게……."
하고 성희의 침울한 마음을 풀어 주려 했다.
"그게 뭔데요?"
"알아맞혀 봐. 상 줄게……."
"뭘까? 태양?"
"천만에 태양두 때에 따라 달리 뵈지 않아."
"그럼 바위?"
"아냐, 참 둔감한데. 성희지 뭐야?"
"아이 선생님두."
성희는 웃음을 짓고야 말았다. 준호는 빙그레 만족스런 웃음을 웃고
"참, 이젠 선생님이란 말을 안 써야지. 베이비 아버지보구두 선생님이라구 하나?"
"그렇긴 해두 갑자기 딴 말을 쓸 수 있어요?"

미원으로 말미암아 침울했던 분위기가 개어지기는 했다. 그러나 미원이 멀지 않은 곳에 있다는 사실이 준호와 성희의 머리를 압박하고 있기 때문에 그들은 꼭같이 해운대에 염증을 느꼈다. 미원의 이름을 입 밖에 꺼내지 않았으나,

"빨리 가서 사업을 개시해야지."

준호가 서울에 돌아갈 것을 제의했을 때 성희도,

"밤차루 올라갈까요? 차라리 복잡한 게 그리워졌어요."

하고 찬동을 했다. 두 사람의 의견이 일치하고 그들은 곧 행동으로 들어갔다.

부산역으로 나와 기차를 탔을 때 준호는 다시 미원을 만나지 않게 된 것이 무엇보다도 시원했다. 성희도 그랬을 것이다.

특히 준호는 자기가 굿바이 해야 할 사람들 가운데 미원을 제1호로 처리했다는 통쾌감을 느꼈다. 자기가 영 만나지 않겠다고 해도 미원은 아무 불평을 말하지 않을 것이다. 거기에 순응할 따름일 것이다.

모든 사람들이 미원처럼 자기에게 미련과 관심을 가져 주지 않는다면 얼마나 편할 것인가? 이렇게 생각하니 미원이 고맙기까지 했다.

그러나 준호는 물론 성희도 미원에 대한 이야기를 절대로 재론하지 않았다. 혼자 생각은 하면서도 입 밖에 꺼내면 불쾌한 이야기가 되기 때문이었다.

성희는 무엇보다도 미원과 같이 다니는 남자를 알고 싶었다. 사십이 다 되어 보이는 그 남자는 물론 미혼이 아닐 것이다. 미혼이 아닌 남자라면 미원도 자기와 같은 사랑을 하고 있는 것일까? 그리고 미원도 자기처럼 나이 많은 남자와 결혼을 하려 하는 것일까?

성희는 생각을 중단시키는 수밖에 없었다. 미원을 못마땅하게 생각하면 결국 자기 자신도 못마땅한 존재가 되고 만다.

기차가 대구역에 도착했다. 준호는 사과 한 광주리를 사서 껍질을 벗기기 시작했다. 성희에게 주기 위해 껍질을 벗기고 있을 때,

"이거 방 선생님 아니십니까?"

있는 목소리를 다해서 반가워하며 가까이 오는 여자가 있었다.

최영실의 어머니였다. 준호는 만나서 안 될 자리에서 또 만났다고 생각했다. 가슴이 뜨끔했다.

준호는 냉정하게 함으로 영실의 어머니 송 여사를 멀리하는 수밖에 없다고 생각했다. 그래서 일어서지도 않고,

"안녕하세요?"

어디 갔다 오느냐는 말도 묻지 않고 지나 보내려 했다. 그러나 송 여사는 준호가 반가운지,

"동무들하구 포항 해수욕장엘 갔다 오는 길예요. 포항두 좋던데요."

우선 자기 이야기를 해 놓고는,

"부산엘 갔다 오시는가 보군요? 이 분은 카바레에서 뵌 바루 그 분인 것 같은데…… 재미 좋으셨어요?"

하고 준호의 이야기를 묻기 시작했다.

준호는 빨리 돌아가 주기만을 바라는 마음에서,

"볼일이 있어서 어제 갔다가 지금 돌아오는 길입니다."

하고는 더 할 이야기가 없다는 듯이 깎던 사과를 다시 깎기 시작했다. 그러나 송 여사는 돌아갈 생각을 않고,

"이 분은 아무때 보아두 예뻐. 햇빛에 꺼슬려 더 이쁜 것 같은 데요? 뭣 하시는 분이시죠?"

성희에 대한 것을 묻기 시작했다.

준호는 대답을 안 했다. 대답을 안 하면 눈치를 채고 돌아가야 할 텐데 송 여사는 그래도,

"학교는 언제 개학이시죠?"

딴전을 부리며 눌어붙었다. 준호도 무엇보다도 성희를 주려고 깎은 사과를 처치할 수가 없어 난처했다.

성희를 주려고 깎은 것이니 자기가 먹을 수도 없고 그렇다고 해서 송 여사에게 줄 수는 더욱 없다. 깎은 사과를 든 채,

"팔월 이십일입니다."

송 여사가 물은 말에 대답했다.

"아직 이십 여 일은 남았군요. 그새 딴 데는 안 가시나요?"

이 여자는 무엇 때문에 필요 없는 말을 물으며 옆을 떠나지 않을까? 남을 귀찮게 하는 데 흥미를 느끼며 그 맛에 세상을 살아가는 여잔지도 모른다. 귀찮게 군다고 해서 듣기 싫은 소리를 하면 개차반처럼 따라붙을 것 같음이 겁나서,

"아무데도 안 갑니다."

의젓하게 대답하지 않을 수 없는 준호였다. 그래도 송 여사가 돌아갈 기미를 보이지 않을 때 준호는 할 수 없이 깎은 사과를 성희에게 주고,

"화장실에 좀 다녀올게."

변소가 급한 듯이 일어섰다. 그때야 송 여사는,

"저두 가 보겠어요. 다음에 또 오지요."

하고 일어섰다.

제발 다시 와 주지 말았으면 했으나 친절하게 또 온다는 말을 했다.

준호는 귀찮다는 생각뿐이었다. 왜들 못살게 굴까? 모르는 척 내버려 두면 자기들에게 손해되는 것이 있단 말인가?

송 여사는 얼마 안 있어 정말 또 왔다. 이번에는 오렌지 주스 두 병을 들고 와서 마시라는 것이었다.

조금도 고맙게 생각지 않는 것을 무엇 때문에 돈을 쓰면서까지 귀찮게 구는 것일까? 모르기는 모르나 송 여사는 화제의 재료를 구하기 위하여 준호에게 접근하고 있을 것이다. 그리고 남들과 이야기할 때는 재료보다도 몇 배나 과장하여 준호를 중상할 것이다.

"부산까지 가신 바에야 동래온천이라두 다녀오시지 않구."

송 여사는 준호를 생각해서 하는 것처럼 말했으나 사실은 그랬을 것이라는 자기 추측을 확인해 보자는 것이었으리라. 준호는 그것을 알았다. 그리고 남들에게는 준호가 성희와 같이 동래온천에 간 것을 자기 눈으로 본 것처럼 말할 것까지 알 수 있었다.

"이상한 눈으로 보시는 것 같은데 삼가시지요."

하기 싫은 말이었으나 한 마디쯤 안 할 수가 없었다.

"걱정 마십시오. 그렇게 입이 싼 여자는 아니니까요."

송 여사는 의미 있는 웃음을 웃었다. 말하자면 다 알고 있는 일을 속일 것이 무엇이냐는 웃음이었다.

준호는 결국 상대를 안 하는 수밖에 없었다. 말을 않고 있으려니 송 여사가,

"왜 주스를 좀 마시지 않구요."

하다가는,

"내가 방해가 되나요?"

하고 혼자 지껄였다. 그러면서도 돌아가지를 않고,

"참 행복하게들 보여요. 나두 젊었으면 한 번 더 연애를 해 볼 텐데……."

수다를 떨었다. 준호는 송 여사가 교양이 없는 여자라고 생각했다. 교양이 없을수록 남이 싫어하는 일을 헤아리지 않는다. 자신에게 충실하지 못하면서 공연히 남에게 관심을 갖는다.

성희도 송 여사가 무척 싫은 모양이었다. 책을 꺼내들고 송 여사를 아는 척도 안 했다.

그래도 송 여사는,

"서울 가시면 곧 댁으로 돌아가시나요? 자동차루 모셔다 드리구 싶은데요."

연상 친절을 베푼다. 사실은 친절도 아니다. 서울 간 뒤까지 감시를 하려는 내심이었을 뿐이다.

만약 송 여사가 여자가 아니고 남자라면 준호는 가만 안 있었을지 모른다. 그러나,

"고맙습니다."

하고 곱게 돌려 보내지 않을 수 없었다.

송 여사는 가까스로 돌려 보냈을 때였다. 이번에는 저편에서 S여고 3학년 학생 한 명이 걸어오고 있었다.

삼등찻간에서 이등찻간으로 옮아오는 길인지 삼등찻간을 찾아 지나가는 길인지 어쨌든 그 여학생은 트렁크를 들고 있었다.

준호는 그 여학생을 보자 자기 이야기가 학생들 사이에까지 전파될 것을 생각했다. 참으로 세상이 좁은 것을 느꼈다. 그리고 감시의 눈이 없는 데가 없다고 생각했다. 세상 모든 사람이 자기의 심정을 갈기갈기 찢어 놓아야 시원한 듯 눈을 똑바로 뜨고들 있다고 생각했다.

준호는 지나가는 여학생을 못 본 척하려고 했다. 차라리 눈을 감으면 자기 마음만은 편할 것 같았기 때문이었다.

그렇다고 해서 일부러 시선을 피할 수는 없었다. 그렇게 하면 그 학생은 시선을 피하더라는 말까지 전파시킬 것이다.

그래서 여학생이 먼저 인사를 하면 받는 정도로 스쳐 보낼 생각을 하고 있는데 여학생이 준호 앞에 이르자 무슨 말을 하려는 듯이 발을 멈추었다가 옆에 있는 성희를 보고 갑자기 얼굴을 붉혔다. 그리고는 아무 말도 않고 지나가 버리는 것이었다. 수상한 태도가 아닐 수 없었다.

준호는 기분이 나빴다.

어째서 세상은 자기에게 눈을 감아 주지 못하는 것일까? 어째서 사람들은 자기의 신경을 소모시키려고만 하는 것일까?

준호는 빨리 서울에 도착되기만을 바랐다. 서울만 가면 눈을 감고 살 수가 있을 것 같았다.

그런데 서울역에 내려 집찰구로 나올 때였다. 송 여사가 뒤따라오며,

"다음에 또 뵙겠어요. 안녕히들 가세요."

마치 목격자인 자기를 잊지 말아 달라는 듯 인사를 했다.

"안녕히 가세요."

준호는 간단하게 인사를 하고 집찰구를 나섰다. 송 여사와 헤어졌다는 것이 무엇보다도 시원했다. 그래서 성희와 같이 정거장 정문 쪽으로 몸을 피해 빠져나가려 할 때,

"지금 오세요?"

하며 앞으로 가로막는 여자가 있었다.

준호는 도대체 세상이 어떻게 돌아가고 있는지를 알 수 없었다.

미원이 전보를 쳤다니 해운대에 간 것을 알고 있었겠지만 돌아오는 시간을 어떻게 알고 아내가 정거장까지 나왔단 말인가?

준호는 발을 멈추고 일이 이렇게 되었으니 할 대로 하라는 듯 아내를 멀거니 바라보았다.

아내는 준호와 성희를 번갈아 보고 난 뒤,

"미원에게서 전보를 받고 나왔어요."

하고는 성희에게로 다가가서,

"방준호 씨 처입니다. 정거장까지 나왔다구 나쁘게 생각지는 마세요."

서슬이 퍼런 것 같았으나 말만은 극히 잔잔했다.

성희가 대꾸할 리 만무했다. 그때 준호의 아내 성경주(成慶珠)가 다시 입을 열었다.

"오늘만은 내가 모시구 가겠어요."

준호는 입장이 곤란했다. 성희를 따라갈 수는 물론 없다. 집까지 바래다 줄 수는 있겠지만 그 집에 가서 잘 수는 없는 일이다. 그렇다고 해서 성희를 혼자 보내고 아내와 같이 집으로 돌아갈 수도 없었다. 아무래도 아내와 한 번 만나기는 해야 할 것이지만 아내에게 복종하는 것 같은 인상을 성희에게 주기가 싫었다.

어떻게 할지를 몰라 망설이고 있을 때 아내가 준호에게,

"빨리 가시지요"

하고 독촉을 했다.

아내에게 독촉을 받자 준호는 반발심이 일어났다.

"먼저 가. 나중에 갈게."

준호는 아내가 발악을 하리라고 생각했다. 자기를 끌며 놓아 주지 않을 것이라고 예상했다.

그러나 아내는,

"그래도 좋다구 생각하세요?"

불평스럽기는 하나 준호의 의사를 묻는 식으로 말했다.

준호는 아내를 끌고 성희에게서 좀 떨어진 곳으로 가서,

"집에까지 바라다 주기나 해야 할 거 아냐? 삼십 분쯤 뒤에 돌아갈 테니 가서 기다리구 있어."

했다.

그랬더니 아내는 불쾌하기는 하나 준호의 말을 믿는다는 듯이 준호를 바라보고 있을 뿐이었다.

준호는 성희를 데리고 택시 있는 데로 갔다.

"집에까지 바래다 줄게."

하며 차에 오르기를 권했다.

그때 성희는 바람이 이는 듯 싸늘한 얼굴로,

"전 혼자 가겠어요."

하는 것이었다.

"글쎄 빨리 타라니까."

자동차 운전수가 문을 열고 기다리고 있기 때문에 타지 않을 수 없었다. 그러나 성희는 자동차 안에서도 일체 말이 없었다.

준호에게 아내가 있는 것을 뻔히 알고 있는 터이지만 준호의 아내를 눈앞에서 볼 때 유쾌하지 않았을 것이 사실이다. 그뿐 아니었다. 경주가 집으로 가자고 끌 때 준호는 경주를 끌고 가서 성희가 들리지 않게 무어라 수군거렸다. 무엇을 수군거렸기에 경주는 아무 말 않고 혼자 집으로 돌아갔을 것인가?

"피곤하지?"

준호가 성희의 비위를 맞추느라고 말을 시켰지만 성희는 아무 대답도 안했다.

성희가 침울해 있는 것을 본 준호의 마음 또한 좋을 리 없었다.

"오늘밤에 결판을 낼게……"

준호로서 성희에게 할 수 있는 가장 중요한 말이었다. 아내와 결판을 짓고 나면 준호도 성희도 더 신경 쓸 일이 없다.

그러나 그 말을 듣고도 성희는 반가워하기는커녕 도리어,

“무리는 하지 마세요.”

하는 것이었다.

너무나 의외의 말이었다. 결혼을 하자고 먼저 말을 꺼낸 성희로서 결혼의 첫 조건인 준호의 이혼을 달가워하지 않다니…….

그러나 준호는 여러 가지 일로 피곤해진 신경 탓이라고 해석하는 수밖에 없었다. 이제 와서 결혼을 단념할 아무런 이유도 없다. 그래서,

“내일 만나. 다섯 시에 ‘G선’으로 나갈게!”

마지막 말을 남긴 뒤 성희와 작별을 했다.

성희가 침울해 하는 이유를 알 수 있기 때문에 내일 다시 만날 때는 전과 같은 분위기로 돌아가리라 믿고 있지만 그래도 우울한 얼굴로 작별한 만큼 준호의 마음은 좋지가 않았다. 성희를 우울하게 한 원인이 모두 자기에게 있다는 생각을 할 때 미안한 마음과 더불어 무어라 따질 수 없는 책임까지 느꼈다.

준호는 지금 자기 집으로 돌아가고 있다. 전 같으면 안식처였다. 한때 하숙처럼 생각한 일도 있었지만 그래도 으레 들어가야 하는 곳으로 생각해 왔다.

그러나 지금 집으로 들어가는 준호는 성희를 즐겁게 해 주기 위한 용건을 수행하려는 마음뿐이었다. 성희를 다시 우울하게 해 줄 수는 없다.

준호는 성희를 위해서라면 무슨 일이라도 겁날 것이 없을 것 같았다.

정거장에까지 나왔던 아내인 만치 이혼하자는 데 만만히 응해 줄 것 같지가 않았다. 그러나 겁나지 않았다. 자기가 굽히지만 않는다면 아내쯤 문제될 것 같지가 않았던 것이다.

최후의 회담

집에 이르자 아내가 눈물로 준호를 맞이해 주었다. 그저 우는 것이었다. 준호가 모른 척하고 세수를 한 뒤,

“옷을 줘, 갈아입게.”

해도 경주는 울기만 하고 있었다.

그럴 것이었다. 한 번 소동을 일으켰던 남편이 이번에는 다시 그 여자와 여행을 갔다 왔다. 그것을 자기 눈으로 목격한 아내로서 울지 않을 수 없었을 것이다. 준호는 아내의 울음이 당연한 것이라 생각하면서도 그것을 조금도 측은하게 여기지 않았다.

“이젠 울 필요도 없어. 이야기나 해.”

그래도 경주는 올려 세운 두 무릎 사이에 얼굴을 파묻고 울기를 계속했다.

“글쎄 듣기 싫다니까…….”

“………”

“운다구 시원해지는가?”

준호는 의장을 열고 옷을 꺼내려 했다. 그때 경주는 눈물을 채 그치지도 못하고 일어서서 의장으로 왔다.

“찾아 드릴게요.”

준호는 눈물 자국이 있는 얼굴로 의장을 뒤적이는 경주를 볼 때 마음이 좋지 않았다.

죄도 결함도 없으면서 눈물은 자기 혼자만이 흘려야 하는 경주.

죄가 있고 결함이 있는 자기는 눈물 흘리는 경주를 비웃듯이 바라만 보고.

그러나 아내가 주는 옷을 갈아입고 난 준호는 자기 방으로 들어가지도 않고 경주 앞에 앉으면서,

“정말 울 필요가 없어. 나는 당신 남편 될 자격이 없는 사람이란 것을 깨닫구 내일부터라두 이 집을 나갈 작정이야. 나 같은 걸 남편으루 쳐다보며 속 썩일 필요 없지 않아?”

냉정한 태도로 말했다.

“참 잘하는 말이군요. 이제 와서 겨우 하는 소리가 그것뿐이에요? 좋두룩 하세요. 나두 이 이상 더 신경을 쓰기 싫어졌어요.”

준호는 역시 경주가 속이 큰 여자라고 생각했다. 첫마디에 그렇게까지 시원한 말을 할 수가 있을 것인가?

"잘 생각했어. 공연히 의리니 체면이니 하다가 사람 병신 될 테니까……
내일 정식으루 서류를 만들도록 해."

"당신이 그렇게까지 질이 나쁜 사람인 줄은 몰랐어요. 나두 이젠 체면 같은 걸 생각할 여유가 없어졌어요. 어디 가면 밥 얻어먹지 못할라구……."

"잘 알았어. 나보다 더 나쁜 사람은 세상에 또 없을 거야. 그리구 당신에게도 남자가 얼마든지 있을 테니까 새 출발을 해서 행복해져야 할 거 아냐."

"내게두 남자가 없을 것 같진 않아요. 언청이 할아버지라두 얻어 살지."

준호는 아내가 눈물을 흘리지 않는 것이 무엇보다도 좋았다. 아무리 자기를 나쁘게 생각한다고 해도 이혼에 반대를 안 하니 더욱 좋았다.

준호는 안심을 하고 잠을 잤다.

다음날 아침 준호는 일찌감치 집을 나가려 했다. 이혼하기로 한 아내와 맞상을 하고 밥을 먹을 수는 없었다. 그리고 경주도 자기 밥까지 지었을지 알 수 없는 일이고.

더구나 구청에 나가 이혼 수속할 용지를 사 와야 한다. 그래서 조반도 안 먹고 나가려고 하는데 경주가,

"조반을 해 놨는데 안 먹구 나가면 어떡해요?"

사뭇 거칠게 말했다. 눈이 퉁퉁 부어 있었다. 밤잠을 못 자며 운 모양이었다.

"먹구 싶지두 않아."

준호가 그냥 나가려 했다. 그러나 경주가,

"그러시겠죠. 마음대루 하세요. 나두 내 마음대루 할게."

하는 데는 찔끔 안 할 수가 없었다. 말하자면 이혼장에 도장을 안 찍어 주겠다는 말이리라.

준호는 그 협박적인 언사에 반발하고 싶었으나 경주의 신경을 함부로 건드릴 수도 없는 처지였다.

"마음대루 하지 말라구 누구 그랬어? 어떤 놈의 첩이 되든 젊은 놈을 낚

어쨌든 마음대루 해. 난 그런 것까지 참견 안 할 테니까."

준호는 시비조로 나왔다. 집을 나오려다가 경주의 협박으로 주저앉게 된 어색함을 캄플라지하기 위함이었다. 단순히 그런 뜻에서 한 시비였다. 그러나 그 말이 경주의 신경을 찌르는 역할을 했다.

"다 자기 같은 줄 아는가 부지요? 난 죽어두 혼자 깨끗이 살다 죽어요. 내 걱정은 말구 자기 체신이나 잘 해요."

준호를 짓밟는 듯한 말을 서슴없이 했다.

만약 다른 때라면 준호도 가만 있지 않았을 것이다. 그러나 경주의 신경을 건드리면 건드릴수록 도장 찍는 일에 지장이 커진다. 그렇기 때문에 준호는,

"마음대루 하겠다니 그런 거지 뭐야? 좌우간 결혼을 하던 혼자 살던 상관 안 할 테니까 그쯤 알아……."

언성은 약간 높였지만 누그러진 태도로 말했다.

경주가 부엌에서 밥상을 들고 들어왔다. 그리고는 준호더러 먹으라고 했다.

준호는 할 수 없이 몇 숟가락 떴다. 그러나 경주는 숫제 한 술도 뜨지 않았다.

준호가 먹는 척하다가 뒤로 물러앉자 경주는 이제부터 이야기라는 듯 자세를 고치고 말을 꺼냈다.

"남자들은 다 그렇다니까 나두 당신을 이해할 수 있어요. 더구나 눈으로 보았으니까 그 여자가 당신 마음을 얼마큼 끌리라는 것두 짐작이 가요. 그러니까 마음대루 하세요. 난 조금도 참견 안 할 테니까요……."

준호는 경주의 마음을 알 수 있었다.

아무리 화를 내고 싸운댔자 마음대로 되지 않을 것이 분명하니까 마음대로 하라는 것일 것이다. 그러나 마음대로 하기는 하되 이혼만은 할 생각을 말라는 뜻임이 분명했다. 그러나 마음대루 하라는 말을 그대로 받아,

"미안한 줄은 나도 잘 알고 있어. 그렇지만 이제 와서 그 여자와 헤어질 수는 없어. 그건 죽어두 안 될 거야. 그런 만큼 우리는 솔직하게 이야기를

해서 서루 손해 보지 않도록 해야 할 거 아냐. 마음대루 하랬으니 더 할 말은 없지만 우리두 이런 때 서루 깨끗이 헤어지는 것이 좋을 것 같아. 공연히 원망하구 저주할 게 없거든……."

순순히 이야기하는 준호였다.

"전 당신을 원망하거나 저주를 안 해요. 운명이거니 하구 참을 작정이에요. 그러니까 저를 그냥 내버려 두세요. 그것만 부탁예요."

"내버려 두지, 그럼 잡아먹을 것 같아?"

"그럼 구체적으로 말씀드리지요. 당분간 이 집에서 그냥 살두룩 해 주세요. 하숙이라두 쳐서 미원이와 같이 살게요."

"집은 당신에게 줄 테야. 처음부터 그렇게 생각하구 있었어. 그 대신 오늘 도장을 찍어 줘."

"도장이라니요?"

"이혼을 해야 할 게 아냐. 아무리 양심이 없는 놈이래두 자격 없는 남자로서 법률상으로나마 남편 노릇은 할 수 없으니까 말야."

"그건 좀 생각해야 할 문제가 아닐까요? 전 언제라두 그것쯤 찍을 수 있어요. 그렇지만 당신은 그렇게 간단히 생각해서 안 될 것 같아요."

"내 문제는 많이 생각했어. 내 걱정은 말구 당신이나 깨끗한 생활을 하두룩 해. 나는 당신과 이혼을 한 뒤 학교와두 이별을 하구 또 모든 사회에 눈을 감기루 결심을 했어. 내 결심이 어떻다는 것을 그만했으면 알겠지."

"그래두 좀더 생각하셔야 할 거예요. 돌다리두 두들겨 보구 건너란 말이 있잖아요? 당신은 사회적으로 자립해야 할 나이라구 생각해요. 감정에 눈이 아주 어두울 나이는 지났다구 생각해요"

말은 점잖게 하나 내심으로는 도장을 안 찍어 줄 심산임을 알 수 있었다.

준호는 역증을 내기 시작했다.

"내 걱정은 말라니까. 이젠 아무 상관없는 남남이야. 그러니까 나나 당신이나 모두 남의 일에 참견을 말아야 한단 말이야. 알겠어? 내가 죽는대두 아예 상관 말어."

그래도 경주는 냉정한 어조로,

　"걱정하는 건 아녜요. 내 속이 썩어드는 것 같아 그러는 거지요."

　"그럴 것 없어. 이제 도장만 찍으면 일은 다 끝나는 거니까."

　준호는 용지를 사 올 겨를이 없다고 생각했다. 아무 종이에나 우선 도장을 받아 놓은 뒤 양식에 따라 글을 써넣으리라 생각했다. 바쁜 것은 도장을 받는 것뿐이었다. 그래서 자기 방에 가서 흰 종이 한 장을 가지고 와서 도장을 찍으라 했다.

　도장을 찍으라고 종이를 앞에다 놓았는데도 경주가 천장만 바라보고 있을 때 준호는 소리를 높여,

　"못 찍을 테야?"

하고 눈을 부라렸다.

　"지금은 못 찍겠어요."

　경주가 딱 잘라 말했다. 굳은 결심에서 우러나오는 대답이었다.

　"왜 못 찍어?"

　준호의 말이 고울 리 만무했다.

　"당신은 도장 찍으란 말을 생각해내기에 상당히 오랜 시간을 보냈어요. 그럼 나두 도장을 찍는 날까지 시간적 여유를 가져야 하지 않겠어요?"

　"결정적인 일에 무슨 여유가 필요하단 말야? 결국은 싫다는 말이지?"

　"싫다고 한댔자 그 말이 통하겠어요? 통하지 않는 말을 정신병자라구 해요? 다만 제 마음의 안정을 구하는 시간이 필요한 것뿐예요. 비루하게 옛날 여자들처럼 죽어두 도장만은 못 찍겠다는 그런 식은 아녜요. 서루 치욕을 느끼지 않는 범위 안에서 시간을 달라는 거지요. 그것두 허락할 수 없으세요?"

　"그게 언제까진데?"

　"언제까지라구 단정해 말씀드릴 수 있어요? 그렇지만 당신이 초조해 하실 테니까 최소한도로 시간을 잡도록 하겠어요. 저두 노력해야지요. 한 달까지는 안 걸리게 하겠어요."

　"한 달? 그러지 말구 열흘이면 열흘, 보름이면 보름이라구 정해. 일은 사무적으로 처리해야지 이제 남은 것은 사무적인 일뿐이니까."

"사무적인 일뿐이라구요? 그 여자와의 관계두 사무적인 것이라구 말씀하시나요? 그렇지는 않으시겠지? 당신에게는 그 여자와의 시초만이 중요할 테니까요. 나하구의 종말만이 사무적이라구? 그렇지만 종말밖에 없는 사람에게는 종말이 무엇보다도 중요할 게 아녜요?"

"중요하니까 이혼을 못 하겠단 말야? 말을 똑똑히 해. 우물쭈물하지 말구."

"안 해 드리겠다는 건 아녜요. 제 불행과 당신의 행복은 서루 용납할 수 없는 위치에 놓여 있으니까요. 당신은 안정된 행복감 속에 있으니까요. 불안정한 불행을 이해 못하시겠지요. 불행을 두려워하는 게 아녜요. 다만 그 불행이 안정 상태에 놓이기를 바라는 것뿐이지요. 그래 그 안정을 위한 시간적 여유도 주지 못하겠단 말씀이에요?"

"누가 못 준다구 그랬어? 줄 테니까 기간을 정하라는 거지."

"기왕이면 몇 날 몇 시까지라구 대답하겠는데 그게 마음대루 될 것 같지가 않군요."

"듣기 싫어. 결국은 도장을 못 찍겠다는 수작이야. 마음대루 해. 이젠 나두 마음대루 할 테니까."

준호는 방법을 달리 취하기 전에는 이혼이 쉽사리 성립되지 않을 것이라고 생각했다. 말하자면 이해를 구한다든가 이론으로 설복시킨다든가 하는 방법은 아무런 효과가 없음을 알았다.

준호는 집을 나왔다. 이혼에 대한 사무적인 이야기 이외에 경주와 할 이야기는 하나도 없었다. 더구나 일차 회담이 완전 결렬되었으니 사무적인 이야기를 더 계속할 필요도 없었다.

집을 나온 준호는 우선 성희를 만나야 했다. 그 동안의 경과라도 보고해야 할 것 같았던 것이다. 보고는 둘째로 세상에서 만날 사람이란 오직 성희밖에 없는 준호였다.

그러나 만날 사람이라고 성희 하나밖에 없는 준호였지만 성희의 집으로 갈 용기가 없었다.

아내와의 결전에서 참패를 당했다는 자기 무능에 성희를 대할 면목이 없었던 것이다.

그래서 집으로 가는 대신 전화를 걸었다. 전화라면 임기응변으로 적당히 대답할 수가 있을 것 같았기 때문이었다.

전화를 걸자 준호는 밤새 별일이 없었느냐는 인사를 한 뒤 성희가 묻기 전에 그 문제는 며칠만 기다려야겠다고 멍멍하게 말했다.

성희는 그러냐고 잘 알아서 하라는 식으로 말했을 뿐 더 캐묻지를 않았다.

그리고 오늘 만날 수 없느냐고 묻는 말에는 오늘은 피곤하니까 내일 만나도록 하자고 냉정한 대답을 했다.

준호는 내일 만나자는 말에 그리 신경을 쓰지 않았다. 정말 피곤하니까 그러려니만 생각했다.

준호는 성희를 만나지 않는 대신 하숙을 구하러 다녔다. 이혼을 결정할 때까지 집으로 들어갈 수는 없다. 그렇다고 성희의 집에 살잘 수도 없다. 그러니 장기적으로 유할 하숙을 구해야 했다.

하숙을 얻자니 결국 하숙 영업하는 집이 많은 곳으로 갈 수밖에 없었다.

준호는 얼핏 신촌을 생각했다. 여름 방학으로 하숙생들이 거의 귀향했을 테니 빈방이 많을 것 같았다.

준호는 신촌으로 가서 어떤 골목에 들어섰다. 혹시 하숙 영업이라고 써 붙인 집이 있지나 않는가 해서 기웃거렸다. 그러나 그런 간판이 있는 집은 하나도 없었다. 그래서 어떤 소년을 붙잡고 근처에 하숙치는 집이 없느냐고 물었더니 중학교에 다니는 듯한 그 소년은 준호의 얼굴을 한 번 쳐다보자 즉시로,

"이리루 오세요."

하고 어떤 집 대문 안으로 들어섰다. 준호는 소년을 따라가 그 집 아주머니를 만나 자기는 시골서 취직 운동을 하러 올라온 사람이라고 거짓말을 꾸며 댄 뒤 방 하나를 빌리기로 했다.

아주머니는 친절했다. 실직자라고 준호를 동정해 주었고 반찬이 좋지 않다고 침식 걱정을 했다. 침구를 빌려 주기로 했다.

준호는 주인 아주머니의 친절을 감사하게 생각하면서도 긴 이야기를 회

피했다. 이야기를 하게 되면 결국 거짓말을 꾸며내야 하는 것이지만 그것보다도 집을 아주 나와 혼자 하숙방에 들어 있는 마음이 이상스럽게도 설레었던 것이다.

성희와의 결혼을 위한 준비 행동이라고 해도 집을 쫓겨난 소년처럼 마음이 뒤숭숭했다. 죄를 짓고 몸을 피하고 있는 범죄자의 마음처럼 불안하기도 했다.

준호는 걷잡을 수 없이 착잡한 자기 마음의 안정을 구하기 위해 성희에게 편지를 쓰려고 했다. 내일 전화를 걸고 만나기로 한 성희였지만 현재의 실정을 글로 써서 보여 주는 것도 성희를 그리워하는 마음의 일단이라 생각했다.

준호는 종이와 봉투를 사러 방을 나서려 했다. 그때였다. 안방에서 나오는 어떤 청년과 시선이 부딪쳤다. 어디선가 본 듯한 얼굴이었다. 누굴까 생각했으나 누군지는 알 수 없었다. 상대방도 그런 것 같았다. 고개를 갸웃거리다가 준호의 앞을 서서 대문을 나섰다.

'다방에서 만났던 사람인지두 모르지.'

준호는 더 생각할 것도 없이 가게로 가서 종이와 봉투를 사왔다.

준호는 성희에게 줄 편지를 쓰기 시작했다.

"나의 星.

나는 지금 하숙방에 들어 있소. 대학촌의 하숙 영업집이니 아마 어떤 대학생이 들어 있던 방이겠지요. 학생 시절의 하숙방이란 즐거운 것이겠지만 나이 든 사람이 집을 나와 하숙방에 들어 있으니 구슬프기 짝이 없군요.

나는 오늘 집을 나왔소. 수속이 끝날 때까지 여기 혼자 살 작정이오.

내 마음속에 星이 들어 있으니 외로울 까닭이 없겠지요. 그러나 실제의 星이 내 옆에 있지 않으니 마음이 허전하구려. 내 손이 심심하구려.

星! 우리가 결혼할 때까지 우리에게는 여러 가지 장애물이 우리를 괴롭히리라고 생각하오. 그러나 이겨야겠지요. 나는 이기고야 말려고 하오."

여기까지 쓰고는 붓을 놓았다. 이기기는 해야 할 일들이지만 이기기 위해서는 피눈물나는 노력이 필요하다고 생각되었다. 사리를 분별할 줄 알고 무식하게 덤비지도 않는 아내다. 그러나 아무래도 전통 속에서 자기를 지켜 나가려고 하는 아내다. 반발이라든가 감정적인 체념에서 자기의 운명을 창조해 나가려는 타입의 여자가 아니다. 그렇다면 이혼을 쉽사리 승낙해 줄 까닭이 없다.

준호는 이겨야 한다고 생각하면서도 마음은 무거웠다.

그러나 윽박질을 해서라도 이혼을 성립시키고야 말겠다고 다짐하고 또 다짐하는 준호였다.

다짐을 하면서도 한편 무겁지 않을 수 없는 마음은 초조하기 시작했다.

아무데도 나가지 않고 하숙방에서 하루를 보냈다.

학생 하숙이 직업인 듯한 집에 학생들이 방학으로 방마다 텅텅 비어 있으니 조용하기 비할 데 없었다. 주인 집에서도 새 손님이라고 찾아와 말을 시키려 하지 않는 것이 마음 편했다.

그런데 저녁 식찬이 정말 대단치 않았는데 다음날 아침 반찬이 월등 좋아졌다. 준호는 하숙집 습관이 그런가 식으로만 생각했는데 조반을 먹고 하숙을 나설 때 하숙집 식구들이 이상한 눈으로 자기를 바라보는 데 약간 의아심이 들었다. 어제 저녁에 본 청년의 얼굴은 보이지 않았으나 어린애들까지 슬금슬금 눈치를 살피며 준호의 얼굴을 구경하려고들 했다.

그래도 준호는 처음 보는 사람이니 그러려니만 생각하고 버스 정류장으로 걸었다.

준호는 지금 아내를 만나러 가는 길이었다.

아내를 만난 뒤에야 성희를 만날 수 있다고 생각이 되었기 때문에 우선 아내부터 만날 작정이었다. 아내가 이혼을 거부했다는 보고 이외에 성희가 안심할 수 있는 재료를 만들어 가지고 가야 한다고 생각했기 때문이었다.

동시에 경우에 따라서는 오늘도 성희를 만나지 못할지도 모른다는 생각을 했다. 만일 아내가 어제보다도 더 강경한 태도로 나온다면 그런 이야기를 하기 위해 성희를 만나러 갈 면목이 없을 것 같았던 것이다.

그래서 그는 버스를 타기 전 우체국으로 가서 어제 저녁에 썼던 편지를 부쳐 버렸다. 그 편지를 보냈다고 해서 성희를 만날 수 없지는 않기 때문이었다. 편지를 부치고 난 뒤 버스를 타고 서울역까지 가서 후암동 버스를 갈아탔을 때 준호는 머리가 긁히기 시작했다.

아무리 해야 할 일이기는 할지라도 절대로 흥미 있는 일이 아니기 때문이었다. 싫어하는 얼굴, 그리고 저주하는 목소리, 모두가 차라리 보지 않는 것만 같지 못할 것 같았다. 법적 대리인이 있어서 자기 대신 모든 일을 맡아 주는 사람이 있다면 얼마나 편할 것인가. 그런 사람이 있다면 천금을 주어도 아깝지 않을 것 같았다.

싫어도 할 수 없는 일이라 집 앞에까지 가서 대문을 두들겼다.

"누구세요?"

안 소리는 확실히 미원의 목소리였다. 문을 두드릴 때는 남의 집 앞에 온 것 같았으나 저 애는 언제 돌아왔나 하고 생각하며,

"나다."

하고 대답할 때는 옛날처럼 집 주인의 행세를 하는 준호였다.

"어머나, 아버지시야."

미원이 뛰어나와서 대문을 열었다. 그리고 붙잡고 늘어지기라도 할 것처럼,

"조반은 어떡허셨어요?"

하며 반가워했다.

자기의 비밀을 아내에게 내통해 준 것을 생각할 때 준호는 미원이 조금도 반갑지 않았다.

"밥 먹었다."

퉁명스런 대답을 했을 때 미원이,

"반찬이 시원치 않지요?"

하고 묻는 것이었다. 이상스런 질문이었다. 어디서 조반을 먹은 줄 알고 반찬이 시원치 않았을 것을 아는 것처럼 말하는 것일까?

그러나 긴말을 하기가 싫어 대답도 않고 안방으로 들어가 아내 앞에 앉았

다. 그런데 미원이 옆에 와 앉는 것이 아닌가?

준호는 미원에게,

"넌 좀 나가 있어."

하고 내보내려 했다. 그랬더니 미원이,

"아버지와 어머니의 사건인데 제가 참견 못할 게 어디 있어요. 저두 딸로서의 의견을 말씀드리겠어요."

다 큰 딸이다. 그리고 아내의 편이라는 것을 확실히 알고 있는 바에야 적이 하나건 둘이건 상관할 바 없다. 준호는 이야기를 시작했다.

"밤새 많이 생각했겠지? 두 사람이 다 불행한 길을 택하도록 할 테야, 그렇지 않으면 둘이 다 행복한 길을 택하도록 할 테야? 결론부터 말해 봐."

그런데 아내는 어제보다도 침착한 태도로 대답했다.

"당신은 행복이니 불행이니 하시는데 그 행복이라든가 불행이라는 것이 감정적 흥분상태에서 하시는 말씀이 아닐까요? 만약 냉정한 상태에서 행복이 어떤 것이란 결론이 나왔다고 하면 저는 저의 행복을 버리고라도 당신의 행복을 위하여 축복하겠어요."

"애정 없는 생활에서 애정 있는 생활을 찾는 것이 어째 흥분 상태란 말야? 가장 지성적이고 냉정적인 상태지. 인간의 행복이 애정에서 출발한다는 걸 몰라?"

"저두 그건 알아요. 그렇지만 더 큰 불행을 만들기 위하여 일시적인 행복을 택하는 것두 냉정한 생각에서 나온 것일까요?"

"뭣이 일시적인 행복이구 뭣이 더 큰 불행이야? 말 같지 않은 소리는 하지두 말어."

"그럼 제가 말씀드리지요. 성희란 여자가 지금 몇 살이지요? 아마 당신보다 이십 년은 아랠 것입니다. 당신이 육십일 때 그 여자는 몇 살이죠? 그때두 두 사람의 부부생활이 균형진 것이 되리라고 생각하시나요? 그럼 육십이 몇 해나 남으셨지요? 그러니 현재 행복하시다 하더라도 일시적인 것에 불과하지가 않습니까? 그 일시적인 행복을 위하여 불행하게 되는 것은 누구누구지요? 저 같은 것은 계산에 널 것두 없겠지만 우선 저와 미원과 그리고 당신도 그 축에 끼게 되고야 말 것입니다. 당신은 지금 흥분 상태에 있으니까 물불을 가리시지 못하는 것 같지만 워낙 악한 사람이 못 되는 당신인 만큼 언제까지나 현실에 눈이 어둡지는 않으실 것입니다. 역시 괴로워하실 때가 오겠지요? 그때 당신은 행복 속에서도 불행을 느끼실 것입니다. 아무에게도 말할 수 없는 불행을요. 그러니 우리 세 사람의 불행을 합치면 그게 얼마나 큰 것입니까?”

“난 절대루 불행을 느끼지 않을 거야. 그리구 미원두 저 좋은 사내와 결혼을 하면 불행을 느낄 여유가 어디 있어. 결국 당신 혼자 싫으니까 이혼을 못하겠다는 것뿐이야.”

그때였다. 미원이,

“아버지.”

하고 말참견을 했다.

“저는 행불행을 말하고 싶지는 않습니다. 언젠가 말씀드린 일이 있지만 아버지가 딴 여자와 연애하는 것쯤 저두 멋지게 생각해요. 그렇지만 가정을 파괴하는 데는 불찬성입니다. 왜 그러냐 하면 만약 이혼을 하실 작정이라면 미리 이혼을 하신 뒤 딴 여자를 사랑해야만 순서가 옳다고 생각해요. 딴 여자가 생겼으니까 본처는 싫어졌다. 애정이 없는 사람과 어떻게 같이 살 수 있느냐고 하신다면 그것은 너무나 무책임한 행동이 아닐까요? 딴 여자가 안 생겼다면 어머니에 대한 애정이 어떻게 되었을까요? 무난히 지속되었을 것이 아닙니까?”

준호는 참을 수가 없었다.

“너 같은 계집애는 아가리가 열 개라두 말을 못해. 입을 닥치구 있어.”

“천만예요. 왜 제게 말할 권리가 없습니까? 저는 아버지와 같은 길을 걷지 않기 위해서 여러 남자와 사귀고 있어요. 일단 결혼만 하면 절대루 마음이 흔들리지 않을 겁니다.”

“아직두 조용하지 못해?”

“그렇게 억누르시기만 하면 제일인가요? 좋아하는 것과 결혼하는 것은 책임 관념이란 점에서 다르다고 생각해요! 아버지는 저를 책망하시지만 저는 어디까지나 책임 있는 생활을 추구하고 그것을 만들 생각입니다. 아버지보다는 성실한 태도일지도 몰라요."

"조게 조둥아리를……."

준호가 주먹으로 미원을 후려갈기려 했다. 그때 아내 경주가 준호의 손을 붙잡고,

"너무 흥분 마세요. 당신의 행복이 이혼에 달려 있다면 지금 당장 해 드릴게요. 종이 가져오세요. 도장 찍겠어요."

했다.

준호는 미원에게 눈을 부릅뜬 채 손을 내리지 않을 수 없었다.

"내 저년을 아무때라두 한 번 혼을 안 내주나 봐."

하면서도 준호는 자기 방으로 들어가 종이를 가져왔다. 그리고 자기 이름을 쓰고 그 밑에 도장을 찍은 뒤 경주에게 그 종이를 내밀었다.

경주도 자기 이름을 쓰고 도장을 찍었다.

준호가 도장 찍은 종이를 접어 주머니 속에 넣을 때 미원이,

"이젠 아버지하구 어머니하구 부부가 아닌가요?"

하고 물었다.

"그것두 몰라?"

준호가 말하자 미원은,

"아버지하구 저하구는 부녀가 아니겠네요?"

하고 물었다.

"마음대루 하렴."

준호는 그런 질문엔 대답할 필요도 느끼지 않았다.

"좋아요. 전 부모가 없어두 살 수 있으니까요."

준호는 용건이 다 끝났기 때문에 누가 뭐라든 상대하고 앉아 있을 필요가 없었다.

"다음에 사람을 보낼 테니 내 옷이나 보내 줘."

하고는 집을 뛰쳐 나왔다.

성희에게 갈 수 있는 자격이 생겼다고 생각하니 마음이 가벼웠다.

　준호는 버스나 합승이 지루할 것 같아 택시를 잡아 타고 성희의 집으로 갔다.

　성희는 때마침 집에 있었다.

　성희를 보자마자 준호는 어린애처럼 도장 찍은 종이를 꺼내 보였다.

　아무런 내용도 없이 도장만 두 개 덩그러니 찍혀 있는 그 종이가 무엇을 뜻하는 것인지 성희도 첫눈에 알 수 있었다.

　말하자면 성희와 준호의 운명을 결정짓는 데 가장 중요한 서류임을 알면서도 성희는 단순히,

　"수고하셨군요."

　한 마디를 했을 뿐 그의 표정은 무감동 그대로였다.

　"됐지?"

　준호가 자기의 성공을 축하해 달라는 듯이 다짐을 하는데도 성희는,

　"선생님 문제는 다 해결되셨군요."

하고 그대로 무감동한 표정이다.

　"내 문제는 해결되었는데 그럼?"

　준호가 물을 때야 성희는,

　"아버지가 말을 안 들으실 것 같아요."

하고 자기의 걱정을 토로했다.

　준호로서는 뜻밖이었다. 물론 아버지가 계시니 아버지의 승낙을 받아야 할 것만은 사실이나 성희의 가정 상태로 보아 그것이 힘든 일이라고는 생각지 않았기 때문이었다. 아버지는 젊은 여자와 재혼을 함으로 성희에 대하여 일종의 자기 비하 같은 마음을 가지고 있다. 그리고 성희는 성격적으로 언제나 아버지를 굴복시키고 있다. 그러니 성희의 결혼 문제도 성희의 뜻대로 쉽게 해결되리라고만 믿고 있었던 것이다.

　"절대루 반대하시나?"

　"그렇지는 않아요. 그렇지만 좀 난색한 기색을 보이고 계세요."

　"성희는 아버지를 설복시킬 자신이 없나?"

　"자신은 있어요. 그렇지만 귀찮을 것 같아서 그렇지요."

“귀찮을 것 같다구 가만 있으면 어떻게 해? 할 일은 빨리 해 치워야지. 나는 어떻게 해서 이 도장을 받았는지 알아? 육박전을 한 거야. 울며불며 하는 것을 아귀다툼으로 받았어.”

이 말에 성희는 다시 입을 다물었다. 사실 성희는 아버지에게 자기 결혼 이야기를 꺼내지도 않았다. 그것은 아버지의 승낙보다도 자기 자신의 납득이 더 필요하다고 생각했기 때문이었다.

해운대에서 미원을 만난 것을 비롯하여 기차에서 송 여사를 만났던 것, 그리고 여학생의 야릇한 시선을 받은 것 등. 가지가지의 사건이 성희의 신경을 건드렸던 것이다. 성희는 자기가 준호의 가정을 비롯하여 모든 사회에서 백안시를 당하고 있는 것 같음을 느꼈다. 참으로 불쾌했다. 행복을 추구하고 있는 사람으로 세상 사람들에게 이방인 취급을 당한다면 그 행복이 객관적으로 성립될 수 있을 것인가? 아무리 주관적인 행복이라 해도 객관성을 부인할 수는 없다.

이런 생각을 하면서도 준호와의 결혼을 포기하였느냐 하면 그렇지도 못한 성희였다. 준호를 사랑하고 있는 것만은 사실이다. 그리고 결혼 안 할 수 없는 현상에 놓여 있다. 그렇다면 세상이야 어떻게 보던 눈을 감고 결혼해야 한단 말인가?

다만 성희의 신경을 자극시킨 그 자격이 아직까지 머리에서 사라지지 않고 있기 때문에 가슴이 개운치가 않았다. 가슴이 개운치가 않으니 자연 자신에 대한 회의가 생길 수밖에 없다.

그러나 상상 외로 빨리 이혼장에 도장을 찍어 온 준호가 할 일은 빨리 해야 하지 않느냐고 성희를 독촉할 때 성희는 자기의 운명이 움직일 수 없는 것임을 재확인했다. 누구도 자기의 행복에 간섭할 수는 없다. 남에게 침해를 당할 때 행복이란 있을 수가 없다.

성희는 서울에 도착하면서 현재까지 회의 상태에 있었던 자기를 준호 앞에,

“미안해요. 아버지가 돌아오시면 오늘 안으루 저두 해결짓겠어요.”

하고 사과했다. 준호가 즐거워하지 않을 수 없었다.

“나 어제부터 하숙을 정했어. 편지두 냈는데……”

하며 성희의 손을 꽉 쥐었다.

준호와 성희는 앞으로의 생활 설계에 대해 의논했다.

준호는 우선 S여고를 사직하고 딴 직장을 구하기로 했다. 될 수 있으면 학교가 좋으나 그것이 안 되는 경우에는 성희 아버지를 통해 회사 방면으로라도 운동해 보자는 것이었다.

결혼식은 늦어도 시월 안으로 거행하기로 했으며 결혼식 전에 전세 집을 얻어 완전한 독립생활을 꾸미자는 합의를 보았다.

그리고 오늘 성희가 자기 아버지를 만나 이야기를 한 뒤 준호도 기회를 보아 성희 아버지를 만나 정식으로 인사를 하기로 했다.

점심을 먹어가며 여러 가지 이야기를 하다가 준호가 돌아가려 할 때 성희가,

“빨리 취직 운동을 하세요. 직업두 없는 사람과 누가 결혼을 한담?”

하고 말했다. 농담 같은 진담이었다.

당분간이야 준호에게 직업이 없어도 생활비를 자기가 댈 수 있는 것이지만 결혼 당초부터 떳떳치 못한 부부생활을 하고 싶지 않은 성희였다. 남자가 없어서 나이가 많은데다가 직업마저 없는 남자를 남편으로 정했느냐는 말은 듣기 싫은 것이었다.

“발을 벗구 나서야지.”

농담 비슷하게 하는 말이라고 해석하면서도 준호 역시 처가 신세를 지고 싶지는 않았던 것이다.

“아무래두 아버지한테는 최악의 경우에나 부탁해야 할 것 같아요.”

성희는 그 동안 준호의 취직 문제에 대하여 달리 생각했다는 것을 표시했다.

동시에 준호는 그 순간 성희가 자기보다도 훨씬 현실적이라는 것을 느꼈다. 준호는 오직 아내와의 이혼과 성희와의 결혼에 대한 것 이외에 다른 것을 크게 생각하지 못했었다. 그 다음 문제는 모두가 부수적인 것으로만 가볍게 생각되었던 것이다. 그러나 여자는 남자보다 현실에 좀더 민감한 모양

이었다.

떳떳치 못한 결혼을 승낙 받으려고 하면서 게다가 취직 부탁까지 한다는 것은 오직 아버지에게 성희에 대한 불신(不信)의 마음을 갖게 하는 재료를 주는 결과밖에 안 된다. 성희로서의 자존심 문제가 안 될 수 없다.

"알았어. 나두 학교 방면 이외에는 취직할 생각이 없어."

준호는 성희의 마음을 알고 이렇게 대답했다. 그러나 성희의 집을 나올 때 준호는 갈수록 태산이란 것을 느꼈다.

이혼 이외에 중요한 문제가 없다고 생각했던 준호에게 생각지도 않았던 문제가 가장 중요한 것처럼 눈앞에 떠올랐던 것이다.

만약 취직 문제가 해결되지 않는다면 어떻게 될 것인가? 첫째 성희가 불안을 느낄 것이다. 그리고 자기도 체면이 서지 않는다. 결국 취직이 결혼에까지 지장을 주지나 않을지!

그런데 가정 문제로 분규를 일으킨 자기로서 더욱 교육계에 취직한다는 것은 무리한 일일지 모른다.

자기 힘으로는 취직이 안 된다고 해서 성희 아버지에게 의뢰한다면 그것은 체면 문제가 되고.

준호는 무거운 머리로 돌아갔으나 성희는 비교적 가벼운 머리로 결혼에 대한 구체적인 계획을 생각하기 시작했다. 결혼식장이라든가 주례는 아버지가 정할 것이지만 결혼식 날 입을 옷은 자기 혼자서 준비를 해야 한다. 흰색 웨딩드레스에 머리는 가발을 붙여서 길게 한 쪽으로 내려뜨리리라 생각했다. 결혼식이 끝나면 비행기를 타고 해운대 온천엘 가야지!

이런 생각을 하고 있을 때였다.

식모가 손님이 왔다고 달려왔다. 누굴까 하고 방 밖으로 고개를 내밀었을 때 성희는 뜻밖에도 준호의 아내 경주가 대문 안에 들어서고 있음을 보았다. 성희는 아차 했다. 만약 시선만 부딪치지 않았다면 없다고 따돌려 보낼 것인데 이제 와서 안 만나겠다고 할 수가 없었던 것이다.

다른 때라면 몰라도 바로 몇십 분 전 결혼에 대한 설계를 한 이때 경주를 만날 필요는 조금도 없다고 생각했다. 만나야 서로 감정적 알력밖에 생길 것이 없다. 준호와 결혼하게 된 것을 축하하러 올 리가 만무한 만큼 대하게 되면 추잡한 싸움이 벌어질 것이 뻔한 일이다. 얼마나 치사스러운 일이냐? 사랑을 가지고 다툴 수 있다고 하지만 서로가 내 남편이다 내 사람이다 하고 싸운다는 것은 두 여자가 다 어리석다는 것을 남에게 공포하는 일 이외에 아무것도 아니다. 어리석은 정도가 아니다. 먹을 것을 가지고 싸우는 어린애들보다도 더 치사스러운 일이다.

그러나 자기 얼굴을 보고 안으로 들어오는 경주를 무엇이라고 돌려 보낼 수가 있을 것인가?

성희는 경주를 들어오라고 했다. 그러나 속으로는 이혼장에 도장까지 찍어 놓고 무엇 때문에 남을 찾아다니는가 하고 경주를 경멸했다. 도장을 찍었으면 점잖게 물러가는 것이 옳은 일이다.

성희는 경주를 경멸하기 때문에 경주에게 너그럽게 대할 수가 있었다.

"어떻게 집을 알고 찾아오셨지요?"

마치 집 찾기가 수고스러웠을 것처럼 말했다. 그러나 내심으로 혹시 준호가 가르쳐 준 것이나 아닌가 하는 것을 알고 싶었던 것이다.

"전화번호부의 주소를 보고 찾았어요."

경주도 사뭇 침착한 어조였다. 아무 용건도 없이 마을 온 사람 같았다.

"깔으세요."

성희가 방석을 내밀었다.

"고마워요."

경주는 공손히 방석을 받아 깔았다. 경주가 침착을 허뜨리지 않는 것을 보자 성희는 더 자신이 생겼다. 냉정하게 이야기를 계속한다면 어떤 경우에라도 이길 것 같았던 것이다.

성희는 식모를 불러 차를 끓여 오게 했다. 그러고 나서야,

"어떻게 오셨지요?"

하고 물었다. 감정적으로 경주를 억압하는 태도였다.

경주는 잠시 고개를 숙였다가 들고 난 뒤 이야기를 시작했다.

"이혼장에 도장까지 찍었으니까 준호 씨를 도루 뺏어 가려는 생각으루

온 것은 아녜요. 마지막 셈치고 한 번 만나 성희 씨의 이야기나 들어 보려구 온 것뿐입니다."

성희는 경주가 교양 없는 여자가 아니란 생각이 들었다. 그렇다면 이야기를 거부할 필요도 없다고 생각했다.

"무슨 말씀이든 다 하겠어요. 물어 보세요."

"성희 씨보다 거의 이십 년이나 세상을 더 살았다는 생각이 성희 씨의 자존심을 상하게 할 경우가 있을지두 모르겠어요. 그 점은 널리 양해를 하고 들어 주세요."

"그런 말씀은 마시구 어서 이야기를 하세요."

"성희 씨는 지금 행복하기만 하시겠군요?"

경주의 이 첫 질문에 성희는 잠시 당황했다. 확실히 도전적 질문이기 때문이었다. 냉정하게 대하려던 마음이 일시에 무너질 위험성을 느꼈다. 그러나 경주보다 자기가 먼저 흥분해서는 안 된다고 생각했다. 먼저 흥분하는 사람이 먼저 지는 것이니까.

"네, 행복해요."

또렷또렷 대답했다.

"그러실 줄 알아요. 그렇지만 여자의 행복이란 남자의 손에 달린 것인데 준호 씨에게 성희 씨를 죽을 때까지 행복하게 해 줄 조건이 구비되었다구 생각하시나요?"

"부족한 점이 없다구 생각해요."

결국 연령적 차이를 가지고 말하는 것인데 성희 역시 그것을 못 생각한 것은 아니었다. 생각했건 못 생각했건 주저할 때가 아니기 때문에 자신 있게 대답했다. 성희가 모든 질문에 자신 있는 대답을 하자 경주는 잠시 성희의 얼굴을 응시하고만 있었다.

성희의 가슴 속을 들여다보는 듯이 성희의 얼굴을 응시하면서 경주가,

"준호 씨를 사랑하는 마음 잘 알았어요. 그렇지만 여자도 하나의 인간인 이상 여자라는 것을 떠나 인간으로서 갖추어야 할 행복의 조건을 좀더 넓게 생각해 봐야 하지 않을까요?"

하고 이야기의 방향을 돌렸다.

"무슨 뜻이죠?"

"행복이란 남에게 침해당할 수 없는 거죠. 그러나 내 행복이 남에게 침해당할 수 없다는 것은 내가 남의 행복을 침해할 수 없다는 말도 될 게 아니겠어요. 남의 행복을 침해함으로 자기가 행복할 수 있다면 그것은 당당한 행복이 아니란 말이지요."

"그 말뜻을 알겠어요. 그렇지만 나는 아무것도 침해한 게 없어요. 불행한 분을 행복하게 해 드린 죄밖에 없어요."

"성희 씨의 행복 때문에 한 여자가 불행 속에 빠지게 되었다 해도 책임감을 못 느끼신단 말씀이죠?"

"그건 내 책임일 수 없죠. 남편을 불행하게 만든 바루 그 분의 책임이지."

"책임이란 말을 쓰지 맙시다. 좌우간 나는 성희 씨 때문에 불행해졌다구 생각해요. 왜냐 하면 준호 씨가 성희 씨를 알기 전까지는 우리 부부생활에 균열이 안 생겼으니까요. 그래서 나는 성희 씨를 애정의 약탈자라고 말하고 싶어요."

"그건 도리어 영광이라구 생각해요. 약탈해서 승리했으니까요."

"물론 승리하셨어요. 그러나 떳떳한 승리는 아닐 겁니다. 우는 어린애를 두들기고 그 애가 가진 물건을 뺏은 거나 마찬가지의 승리니까요."

"아무래도 좋아요. 지금의 나는 승리감에 도취하는 수밖에 없어요."

경주는 더 이야기하고 싶지 않았다. 비록 준호를 뺏기는 한이 있다 해도 오만불손한 성희와 더 이야기하고 싶지가 않았다.

"오늘은 이만 하겠어요. 아주 끝난 것은 아니라구 생각하지만 한 가지 부탁은 준호 씨를 진정 행복하게 해 주세요. 남자는 사회생활을 해야 합니다. 경우에 따라서는 사회생활이 가정생활보다도 더 중요한 때가 있습니다. 그런 만큼 준호 씨를 사회생활에서 낙오자가 되지 않게 해 주십시오. 성희 씨는 아직 애정이면 전부라고 생각하고 있을지 몰라요. 그러나 애정만이 전부가 아니라는 것두 알아야 할 겁니다."

"걱정 마세요."

불쾌한 말이 전혀 없는 것이 아니나 그 정도라면 가히 해볼 만했다. 그래서 성희는 경주가 돌아갈 때도 불쾌한 표정을 짓지 않고,

"운명은 어쩔 수 없는 것이니까 그쯤 아시구 너무 속 쓰지 마세요."
한 뒤 경주를 좋게 돌려 보냈다.

그러나 경주 앞에서는 자존심과 또 경쟁심으로 마음의 흔들림을 받지 않는 성희가 경주가 돌아간 뒤 자기도 모르게 자기 마음에 흔들림을 느꼈다.

무엇보다도 마지막이 아니라고 한 경주의 말이 불쾌감을 자아내기 시작했다. 마지막이 아니라면 앞으로도 또 찾아오겠다는 말이 아니겠는가. 아무리 교양이 있는 여자라 해도 불행감을 버리지 못하는 한 올 때마다 유쾌한 이야기는 하지 않을 것이다. 자기 불행을 호소하거나 그렇지 않으면 성희의 마음을 돌리려고 애쓸 것이다. 귀찮은 일이라 아니할 수 없다.

설사 경주의 불행을 돌보지 않고 결혼을 한다 해도 경주는 거머리처럼 붙어 다니며 자기를 괴롭힐지도 모른다. 직접 괴롭힐 뿐 아니라 여러 가지 간접적인 방법으로 괴롭힐지도 모른다. 간접적인 방법이란 직접적인 방법보다 더 귀찮고 더 괴로울지도 모른다.

성희는 우울하기 시작했다. 그러나 우울 속에 잠기고 싶지가 않았다. 우울 속에 잠기면 결국 패배하고 마는 것이다.

성희는 우울을 버리기 위해 준호를 만나러 집을 떠났다.

승부 없는 대결

성희의 집을 나오자 경주는 눈앞이 빙빙 도는 것을 느꼈다. 준호나 성희나 할 것 없이 경주는 그들의 마음을 잡아뜯고 할퀴는 일을 안 하리라 결심했다. 그들이 하고 싶은 대로 하도록 내버려 두면서 그들의 마음이 돌아지기를 기다리리라 마음먹었다. 옳지 않은 일에 대해서는 아무때나 반성하게 되는 것이 인간이다. 옳지 못하다는 것을 깨닫고 반성할 때가 반드시 오리라고 생각했다.

그렇게 반성하도록 만들기 위해서는 자기가 너그러운 태도를 보여 주지 않을 수 없었다. 옳지 못한 마음을 가진 사람일수록 반발이라는 것을 잘한다. 반발심을 가질 때에는 옳은 일에 일부러 눈을 감게 된다.

그런데 그 반발심은 언제나 흥분 상태에서 발생한다. 그리고 준호나 성희의 흥분상태란 결국 두 사람의 애정을 무조건 꺾으려 할 때 나타날 것이다.

그렇기 때문에 경주는 그들의 애정을 무조건 꺾으려는 태도를 가지지 말아야 했다. 그러기 위해서는 어떤 일이 있어도 자기가 흥분하지 말아야 한다.

이러한 생각 밑에서 성희가 반발하지 않게 이를 깨물고 참았다. 그리고 일단 자기가 진 것처럼 하고 성희의 집을 나왔다.

그러나 자신만만해 하던 성희의 그 오만스런 태도를 생각할 때 뼈가 저리도록 분한 마음이 솟구쳐 올랐다.

나이 어린것이 운명은 어쩔 수 없는 것이니까 하며 도리어 자기를 타이르던 성희.

경주는 오늘 안으로 변성제 선생을 찾아갈 생각이었다. 그것은 준호의 문제를 의논하고 준호가 사회생활에 낙오하지 않도록 사전 공작을 하기 위함이었다.

그러나 성희를 만나고 나올 때 경주는 아무도 만날 기력이 없었다. 그저 울기만 하고 싶었다.

생각할수록 비참한 생각만이 들었다. 준호에게는 애정의 배신을 당했고 성희에게는 모멸을 당했다. 배신한 사람은 도장을 찍으라고 호통을 했다. 배신당한 자기는 울분을 누르며 시기를 기다려야 한다는 마음을 암말 않고 도장을 찍어 주었다.

준호를 빼앗은 성희의 마음을 돌이켜 보려고 자존심을 송두리째 빼 버리고 찾아가서는 사랑이란 약탈한 승리자의 소유라는 말을 들었다.

지금 준호와 성희는 가슴 아파하는 자기를 경멸에 찬 눈으로 조소하고 있을 것이다. 그들뿐 아니라 세상 모든 사람들이 손가락질을 하며 자기를 비웃고 있을 것이 아닌가? 자기가 가슴 아파하면 할수록 비웃음은 더 커질 것이다. 괴로운 것도 참을 수 없는 일인데 게다가 비웃음까지 받으며 어떻게 살 수 있을 것인가?

경주는 집으로 돌아가 울기 시작했다. 약한 사람의 눈물, 패배자의 눈물이었다. 가슴이 마를 수 없으니 그칠 줄 모르는 눈물이었다.

경주는 눈물을 흘리면서 모든 일은 끝이 났는데 울 필요가 무엇인가 하는 생각을 했다. 그야말로 운명에 맡길 수밖에 없다는 생각이었다. 이미 도장까지 찍어 주었으니 준호와 성희는 결혼을 하고야 말 것이다. 그렇게 되면 자기는 괴로워해도 소용이 없는 일이다. 자기의 살아 나갈 길이나 생각해야 할 것이 아니겠는가?

경주가 눈물을 닦으며 제 정신으로 돌아가려 할 때였다. 경주는 준호가 자기와 이혼을 하고 정말 성희와 결혼할 수가 있을까 하는 생각을 했다. 천만번 생각해도 그것만은 있을 수 없는 일일 것 같다. 그래서는 안 될 것만 같았다. 일이 그렇게 되어 가고 있는데도 그럴 수 없다고 생각되는 것은 준호에게 대한 하나의 신앙에서 오는 생각일지 모른다. 경주가 이런 생각을 하고 있을 때 밖에 나갔던 미원이 돌아왔다.

미원은 경주가 지금 무엇을 생각하고 있는지도 알 생각을 않고,

"지금 아버지 만나고 왔어요."

하고 어린애가 칭찬 받을 일을 했을 때처럼 어깨를 으쓱거렸다.

그러나 경주는 칭찬해 주고 싶은 마음보다도 또 무슨 일을 저지르고 왔는가 하는 의구심이 앞섰다. 옹추 같은 둘 사이다.

공연히 준호의 마음을 건드려 일을 악화시켰을 것만 같았기 때문이었다.

"어디서 만났는데?"

경주는 찬찬히 묻기 시작했다. 준호나 성희에게와 마찬가지로 경주는 미원 앞에서나마 자기의 자세를 허뜨리지 않으려 했던 것이다.

"내가 아는 사람 가운데 최동주란 사람이 있어요. 언젠가 우리 집에 왔다가 아버지에게 호통을 맞구 돌아간 일까지 있는 사람인데 아버지가 글쎄 바

루 그 사람네 집에 하숙을 하구 있다지 않아요? 그래서 그리루 찾아갔었지요!"

"내한텐 왜 의논두 없이 갔었니?"

"의논해서는 뭐 해요? 엄만 너무 온건파라. 엄마하구 의논하다가는 될 일 두 안 될걸, 뭐!"

"그래두 일이란 순서를 따라 되두룩 해야지."

"그만두세요. 아버지는 선량하신 분이니까 좋은 말로 돌아오게 할 수도 있어요. 그렇지만 지금은 아버지의 의사가 아닌 다른 의사에 지배되구 있거든요. 그래서 그런 때는 수단을 달리 해야 한다구 생각해요."

"그래 무슨 말을 하고 왔니?"

"정 그러시다면 방해 공작을 한다구 그랬지요. 성희에게두 못 살게 굴구 아버지에게두 못 살게 굴구 또 결혼식 날은 식장에 가서 지랄발광을 한다구 협박했지요."

"애두, 그럼 더 반발심이 일어나지 않니?"

"천만예요. 선량한 사람은 겁이 많아요. 벌써 떨던데요. 어떡하겠어요? 내가 그렇게 하면 결국 결혼식을 못하는 거지 뭐예요."

"그래 아버지는 뭐라던?"

"해 볼 대루 해 보라더군요. 말루야 그랬지만 얼굴이 파랗게 질린 것을 숨길 수 있어요?"

경주는 미원을 잘못했다고 꾸짖고 싶지는 않았다. 그러나 일을 그렇게 해서는 안 될 것 같았다. 그런 식으로 해서 준호를 돌아오게 한다 해도 그 뒤가 깨끗지 못할 것이 분명했다. 돌아와도 할 수 없이 돌아왔다는 생각을 가질 것이요. 동시에 피동적인 행동에 반발심을 품게 될 것이다.

반발심을 가지지 않는다 해도 전과 같은 애정을 회복하기가 힘들 것이다.

"다시는 찾아다니지 말아라. 내가 다 할게."

그것이 가장 옳은 방법일 것 같았다. 그러나 미원은 불만이었다.

"그만두세요. 도장을 찍으랜다구 그 자리에서 찍는 엄마가 무슨 일을 해요?"

“도장을 찍는다구 사랑이 끊어지구 도장을 안 찍는다구 사랑이 지속될 줄 아니? 찍을 건 찍어 주구 이야기를 해야 도리어 마음을 돌릴 수 있는 거야. 두구 봐라. 아무때건 돌아오구야 말 테니까…….”

“엄마식으루 해선 안 돼요, 글쎄. 성희 만나 보셨어요? 아마 성희에게 의젓하게만 이야기하다가 코를 떼구 돌아오셨겠지 뭐.”

“코를 뗄 건 없지만 엔간한 여자드라.”

“아버지가 이혼까지 하겠다는 게 누구 농간인 줄 아세요? 그러니까 어머니가 정신을 똑바루 차려야 한단 말예요! 왜 지면서 살아요? 나는 절대루 지면서는 안 살래.”

“너나 제발 잘 살아라. 사실은 내 문제보다도 나는 네가 더 걱정이다. 넌 밤낮 그러구만 살래?”

경주는 이런 때 미원에 대한 이야기를 해 두는 것이 효과적이라고 생각했다.

미원도 자기 일에 대해서 할 이야기가 마련되고 있다는 듯이,

“엄마, 나는 이번 아버지 문제루 교육을 받았어. 그러니까 앞으로 걱정을 안 끼치게 될 거야.”

하고 샐쭉 웃었다.

그 웃음은 과거에 걱정 끼친 것을 용서해 달라는 뜻이었다.

“그래 어떻게 교육을 받았니?”

“산다는 것이 무척 진지한 것 같으면서도 그것이 일시적이란 것을 느꼈어요. 나는 엄마가 바보이기는 하지만 행복한 사람으루 생각했었는데 그런 게 아니거든요. 아버지두 그래요. 아무런 불평두 없는 줄 알았는데 이번에 그런 일을 저지르구 말지 않았어요. 그리구 지금은 행복하다구 생각할지 모르지만 그게 얼마 못 갈 것 같아요. 그래서 난 결혼을 안 하기루 했어요. 그 대신 공부를 하겠어요. 될 수만 있으면 미국 유학두 가겠어요. 공부를 해서 내 마음에 드는 사업을 하면서 살려구 그래요. 그래야만 내 인생이 시간에 따라 일시적이라는 것을 느끼지 않으며 살 수 있을 것 같아요.”

“결혼은 죽을 때까지 안 하구?”

"하게 되면 하지요. 그렇지만 결혼 생활이 내 인생의 전부라는 생각을 버린 뒤에야 하겠어요. 그러니까 미국이라두 갔다 온 뒤에 하게 되겠지요."

"누가 유학을 보낸다던?"

"이때까지 아버지만을 의존했기 때문에 그런 생각을 해 보지도 못했을지 몰라요. 그렇지만 집의 돈을 안 가지구두 유학 가는 길이 있대요."

"그래 잘 생각했다. 나는 네가 대체 무엇이 되려는가 하구 정말 밤잠을 못 자며 걱정한 때가 적지 않았다."

"잘 알아요. 엄마와 아버지가 나 때문에 걱정하시는 걸 왜 모르겠어요. 그렇지만 내 문제에는 아버지두 엄마두 간섭 못하게 하려구 했어요. 죽이 되든 밥이 되든 혼자서 해 보려구 했어요. 그렇지만 이젠 남자들을 알았다는 생각이 들어서 그런지 남자에 대해서 신경을 안 써두 좋을 것 같아요. 남자들이란 다 비슷하더군요. 그새 돈 있는 남자나 돈 없는 남자, 사회인, 학생 무수하게 사귀어 봤는데 모두가 대차 없었어요. 연애와 결혼을 구별해 가지구 연애에는 철저하게 책임 없는 엔조이를 요구하구 있더군요. 아까 말한 최동주란 사람만은 조금 달라요. 집안이 가난한데두 법의학(法醫學)을 연구한다구 밤낮 책 속에 묻혀 살아요. 내가 좀 나쁘게 만들어 줬지만 그래두 그 사람만은 사귈 만한 것 같아요."

미원은 순수한 인생 체험을 통하여 어른이 된 것처럼 말했다.

"그럼 그 사람하구 결혼할래?"

"모르겠어요. 피차 그런 이야길 해 본 일이 없지만 몇 해 뒤 공부를 다 할 때까지 사랑하게 되면 결혼해두 무방하겠지요."

경주는 미원의 얼굴에서 훤히 빛이 떠오르는 것 같음을 느꼈다. 무언가 자기를 이루고야 말 사람같이 보이기도 했다.

경주는 딴 이야기를 물어 볼 필요가 없다고 생각했다. 만약 단순히 준호의 문제 때문에 일어난 심경의 변화라면 그래도 신빙성의 희박했을지 모르나 자기 인생에 체험에서 얻은 결론같이 보였기 때문에 완전히 믿어도 좋을 것 같았던 것이다. 그래서,

"너는 철이 들었는데 네 아버지는 어째서 철이 들지 않지?"

하고 준호의 걱정을 했다.

"난 아버지가 오래 가지 않으리라구 믿어요. 체험해 보지 못한 세계를 처음 맛보니까 열이 뜬 것뿐이지."

"나두 그렇게 생각한다마는 집안을 망친 뒤 철이 들면 이미 때가 늦지 않느냔 말이다."

이렇게 경주와 미원은 같은 신념 속에서 악수라도 하려는 듯 서로를 마주 보았다.

그리고 준호 문제에 대하여 공동 전선을 펼치기로 각기 마음먹었다.

다음날 아침 미원이 먼저,

"엄마. 오늘 아버질 찾아가세요. 난 성희를 만나러 갈게. 그년두 한 번 혼을 내줘야 정신을 채릴 거예요."

하고 행동 개시를 선포했다.

"그래라. 그렇지만 성희가 만만하게 넘어갈 애가 아니니까 야단만 쳐 가지구는 효과가 나타나지 않을 걸 생각하구 잘 해라. 난 아버지한테 갔다가 변성제 선생을 만나구 오겠다."

경주도 미원이가 성희를 찾아가는 데 반대하지 않았다. 그것은 자기가 못한 말을 미원이 할 수 있다고 생각했기 때문이었다. 사실 애정에 열이 올라 눈이 어두운 사람에게는 순수한 말만으로 그 어두운 눈이 뜨이지 않는 법이다. 비상수단을 쓰는 것도 효과 있는 일이라 생각했다.

"맡겨 두세요. 젊은 여자에게는 젊은 여자의 말이 통할 테니까 통하두룩 뚫어 놓구 올게요."

이렇게 해서 경주는 신촌으로 미원은 신당동으로 각기 집을 나왔다.

미원은 성희를 찾아가며 성희가 끝내 말을 안 들을 경우에는 완력이라도 사용하리라 생각했다. 누가 힘이 셀지는 모른다. 그러나 힘의 문제가 아니다. 때리는 사람에게는 우선 맞아야 한다.

만일 완력을 사용하지 못한다면 성희의 아버지를 만나 아버지로서의 책임을 추궁하리라 생각했다.

이렇게 사후의 일까지 생각하며 갔기 때문에 미원은 성희의 집에 들어서는 순간에도 패기만만했다.

　대문을 여는 식모가 어디서 왔느냐고 물었다. 말을 잘못하면 따돌릴 것 같은 예감이 들었다. 그래서,

　"있어? 없어?"

하고 식모를 부라리며 소리를 질렀다.

　"아니, 남의 집에 와서 왜 소리를 지르는 거지요?"

　식모도 만만치가 않았다. 그러나 식모와 싸울 게 문제가 아니기 때문에 미원은 식모를 물리치고 뜰 안으로 들어서며,

　"성희 씨, 좀 만납시다."

하고 방을 향해 소리쳤다.

　이러는 데는 성희도 꼬리를 감출 수가 없었던지 마루로 나와,

　"난 또 누구시라구, 올라오세요."

하고 미원을 자기 방으로 안내했다.

　미원은 방 안으로 들어가자마자 인사도 차릴 것 없이,

　"우리 아버지하구 결혼하신다죠?"

하고 물었다. 전투적인 언사였다.

　"그건 아버지한테 가서 물어 보시죠."

　성희도 전투적인 응수를 했다. 어제 저녁에는 준호와 함께 식당에 가서 밥을 먹고 카바레에 가서 춤을 추며 경주에게서 받은 우울을 씻어 버렸는데 오늘은 아침부터 미원이 찾아와 또 우울케 했다. 그런데다가 첫마디부터가 전투적이다. 성희는 억지로라도 미원과 대결하지 않을 수 없었다.

　"그럼 나하구는 이야기가 안 된다는 말인가요?"

　미원의 두 번째 발사탄이었다.

　"이야기할 필요가 없겠지요. 가장 가까운 사람을 두고 나와 이야기할 필요가 뭐예요?"

　"그럼 우리 집 하구 이 집 하구 사이에 일어난 문제를 가지구 이야기하려면 이 집에서는 누구와 이야길 해야 합니까?"

　"아무하구두 이야기할 필요가 없어요.. 이젠 다 해결된 문젠데 뭘 다시 이

야기합니까?”

“다 해결되다니요?”

“그건 어머니한테 가서 물어 보구려.”

이러다가는 정말 주먹다짐이라도 해야 할 것 같았다.

“정말 그러기요? 그런 식으루 해서 일이 될 줄 알구?”

미원은 대들기 시작했다.

“일이 되구 안 되구 난 몰라요. 여자란 남자에 따르는 법이니까 할 이야기가 있거든 집에 가서 아버지한테 이야길 하세요.”

성희는 미원과 이야기하고 싶은 마음이 들지 않았다. 이야기한다면 결국 싸우게 되는 것인데 미원과 싸운다는 것이 무슨 의미가 있는 일이겠는가? 도리어 귀찮을 뿐이었다.

“그럼 성희 씨는 조금도 주관을 가지고 있지 않단 말인가요?”

“왜 주관이 없어요. 있으니까 사건을 만든 것이지.”

“그럼 남편 될 분의 가족이 와서 이야기를 하자는 데 상대도 안 하려는 것은 무슨 까닭이지요?”

“싸우러 온 사람과 무슨 이야길 해요? 난 싸우기 싫어요.”

“이해관계가 대립될 때에는 싸움을 하게 되는 법이 아녜요?”

이럴 때 성희의 계모가 기웃하고 방 안을 들여다보며,

“왜들 그러지요?”

하고 언성이 높은 말에 무관심할 수가 없다는 듯이 물었다.

“아무것두 아녜요. 들어가 계세요.”

성희가 상관할 바가 아니라는 듯 말하자 계모는,

“혹시 싸움이나 아닌가 해서 나왔었지.”

하며 안방으로 돌아갔다.

싸움에 개입할 처지가 못 되기 때문에 모르는 척 돌아갔을 것이지만 성희는 계모가 그 동안의 이야기를 전부 엿들었으리라 생각했다.

아직 아버지에게도 알리지 않은 일을 계모가 알게 되었다는 사실이 얼마나 창피스러운 일인가?

성희는 기가 죽지 않을 수 없었다. 음성을 낮추어,

"할 이야기가 있거든 조용조용히 이야기해 보세요. 싸워서 해결될 문제예요?"

하고 미원에게 이때까지의 태도를 시정하도록 요구했다.

미원도 교양 없는 사람처럼 남의 집에서 떠들 수가 없다고 생각했든지 순순한 말로,

"결론부터 이야기하지요. 나는 성희 씨가 우리 아버지와 연애하는 데는 반대를 안 해요. 그렇기 때문에 결혼 같은 것은 생각지 말고 연애만 해 달라는 거예요. 나는 결혼을 생각 않구 연애만 하는 것이 순수하다구 생각해요. 안 그래요?"

하고 성희의 대답을 기다렸다.

"순수한 연애를 하다가도 어느 과정이 지나면 결혼을 하게 되는 게 아녜요. 여자라면 그런 것쯤 이해하리라구 생각하는데요."

"과정이란 어떤 것을 의미하는 건가요?"

성희는 자기가 임신했다는 것을 미원이 눈치 챌까 두려워했다. 만약 그것을 눈치챈다면 자기가 그것 때문에 준호와 결혼하려는 것처럼 해석할 것이 분명했던 것이다. 성희로서 치욕이라 생각지 않을 수 없었다.

"연애를 해 봤으면 알 텐데요? 애정이 깊어 가면 자연 소유욕을 느끼게 되는 게 아녜요?"

"애정의 깊이에도 여러 종류가 있지 않을까요?"

"진정한 애정이라면 거기에 여러 종류가 있을 수 없잖아요?"

미원도 성희의 말꼬리를 잡으려고 애쓰는 눈치였으나 성희가 끝내 잡히지 않자,

"어쨌든 나는 우리 세대의 여자로서 연애와 결혼은 구별해야 한다고 생각해요. 그리구 결혼은 여러 가지 조건이 구비된 뒤 비로소 하는 것임을 알아야 한다고 생각해요."

하고 다시 원칙론으로 들어갔다.

"나두 그만한 것쯤 알아요. 그렇지만 연애의 궁극은 결혼이라구 생각해

요.”

성희는 원칙론에도 지지 않으려 했다.

미원은 할 수 없다고 생각했다. 어떤 말을 해도 굴복하지 않을 성희이기 때문에.

“결국 여론에 호소하는 수밖에 없겠군요? 본의는 아니지만 나는 성희 씨 아버지를 만나 보겠어요. 성희 씨 아버지까지 성희 씨와 같은 생각이라면 나는 손을 드는 수밖에 없겠지만……. 다만 한 가지 이야길 하고 싶은 것은 우리 어머니예요. 비굴한 이야길지 모르지만 아무 죄두 없는 사람의 일생을 불행에 빠뜨린다는 건 지나치게 잔인한 일입니다. 잔인두 좋아요. 그 잔인 뒤에 숨은 무차별이 성희 씨를 경멸받게 하는 동기가 될까 두려울 뿐이지요. 우리 젊은 세대가 구세대 사람에게 무차별이란 경멸을 받아두 좋을까요?”

하고 협박과 설유를 겸한 마지막 말을 했다. 그래도 성희가,

“허구 싶은 대로 해요. 나는 죽어두 결심을 변경할 수 없으니까…….”

하고 반발할 때 미원은,

“일을 성사시키는 것보다 파괴시키는 것이 쉽다는 것쯤 알겠지요. 나는 어떤 방법으로든 방해 공작을 할 테니까 그쯤 알아 두세요.”

마지막 위협을 하고 성희 집을 나왔다.

성희는 미원에게도 지지 않았다고 생각했다. 그리고 앞으로도 누구에게나 지지 않을 것을 자신했다. 그러나 지지 않았는데도 마음은 허전했다. 심한 토설을 한 뒤처럼 가슴 속이 쓰릿했다.

오늘은 어제와도 달리 준호를 만나고 싶은 생각도 나지 않았다. 준호뿐 아니라 아무도 만나고 싶지가 않았다.

성희는 소변이 마려웠으나 변소에도 가기 싫었다. 변소엘 가자면 식모를 보게 될 것이고 계모도 보게 될지 모른다.

계모와 식모는 각기 자기에 대한 것을 생각하고 있을 것이다. 그 생각이 냉정성을 띤 것이든 편견적인 것이든 성희에게는 달가운 것이 아니었다.

성희는 세상 모든 사람들이 자기를 보지도 말고 생각도 말고 또 간섭도

말아 주었으면 하는 생각만을 했다.

마려운 소변을 참노라니 쩔쩔 매는 수밖에 없었다. 밖을 내다보다가는 몸을 움츠리며 변소를 못 가고 있을 때 또 손님이 왔다. 장일구였다. 오래간만이었다.

성희는 모든 것이 귀찮았다. 그래서 문 앞에까지 와서 서 있는 일구를 무엇 때문에 왔느냐는 듯이 멀거니 바라만 보고 있을 때 일구가,

"오래간만인데요."

하며 들어오라는 말 한 마디 안 하는데도 방 안으로 들어왔다.

온 사람을 내쫓을 수가 없어 앉으라고 했으나 성희는 변소에 가고 싶은 생각만이 간절했다. 그러나 손님이 오자마자 변소에 간다고도 할 수 없고 그렇다고 해서 더 참을 수도 없어 쩔쩔매다가 드디어,

"잠깐만 용서해 주세요."

하고 변소로 나갔다. 용변을 보고 돌아온 뒤에 성희는 일구에게 송구한 생각이 들어,

"실례했습니다."

하고 마치 일구를 평소에 어렵게 대하는 것처럼 말했다.

일구는 그렇게 대해 주는 것이 좋았는지 싱글싱글 웃기만 했다.

"나 어제 성희 씨를 봤지. 재미 좋던데……."

하고 비웃는 듯 입을 비쭉이었다.

성희는 어제 준호와 같이 다니는 것을 일구가 본 것이라 생각했다. 그러나 보았다고 해서 문제될 것이 하나도 없었다. 그래서 대꾸도 안하고 있는데,

"뭐 그런 사람허구 같이 다니는 거요? 조금도 어울리지가 않던데…… 그래두 아주 다정한 사이 같아……."

하며 성희의 표정을 살폈다. 그래도 성희는 대꾸를 안 했다. 일구에게는 질투할 아무런 이유도 없는 사람에게 변명이 무슨 필요인가?

"나이두 나이려니와 눈이 조그만 게 형편없더군."

일구는 준호의 흉을 보기 시작했다.

그때야 성희는,

"남이야 어떻든 상관할 거 없잖아요?"

하고 일구의 입을 막으려 했다.

"상관은 없을지 모르지만 성희 씨를 위해서 하는 말이지. 키두 성희 씨보다 작지 않아?"

"글쎄 그만두세요. 내게는 가장 소중한 분이니까."

"가까운 사람이면 다 소중하겠지. 그렇지만 사람을 객관적으루 비판할 줄 아는 눈을 가져야 한단 말이야."

"다 비판하구 나서 사귀는 분예요. 걱정 말구 딴 이야기나 하세요."

그 말에 일구는 성희의 마음을 건드릴 수가 없었든지 잠시 묵묵히 있다가,

"오늘은 나하고 저녁을 먹으러 나가시지?"

했다.

성희는 우물쭈물할 필요가 없다고 생각했다.

"그 분이 화를 내세요."

그러나 일구는 성희의 말이 믿어지지 않는 모양이었다.

"농담은 그만두고 빨리 나가기나 해."

"호의는 고마우나 나갈 수 없어요."

"어떤 사람하구는 가구 어떤 사람하구는 못 간다는 이유가 뭐지?"

"사람이 다르지 않아요? 좋아하는 사람하구 아무 관계없는 사람하구 같을 수가 있어요?"

"그러지 말아요. 좋아하면 그 사람하구 어떡헐 테야?"

"결혼하지요."

"농담이 심한데……."

믿어 주지 않는 사람에게 구태여 믿어 달랄 필요가 없었다.

"어쨌든 오늘은 나갈 수가 없으니까 혼자 가세요."

"무슨 일이 있어?"

"아버지를 기다리구 있어요. 아버지와 같이 좀 갈 데가 있어서요."

"그래?"

일구는 성희의 말을 잘 들어 주었다. 그 대신 다음에 만날 날을 약속해 달라고 했다.

성희는 일구를 만나야 할 일이 없다고 생각했다. 그래서,

"전활 걸어 주세요. 별일 없으면 언제든지 나갈게요."

하고 일구가 집으로 찾아오는 일만은 안 하도록 했다.

"그럼 모레쯤 내가 찾아올게."

일구는 전화가 신용이 안 되는 모양이었다.

"찾아오시는 건 좀 삼가 주셔야 하겠어요. 보는 사람들이 많으니까……."

성희가 이렇게 말하자 일구는,

"사실 그렇기두 하지. 그럼 모레 전화를 걸게!"

하고 아무 불평 없이 돌아갔다.

일구가 돌아가자 성희는 남자들이 어수룩하다는 것을 생각했다. 자기한 테 불리한 말은 믿으려 하지 않는다. 그리고 거짓말에도 잘 속아 넘어간다.

그렇다고 해서 일구를 경멸하고 싶지는 않았다. 마음 착한 데가 있고 또 자기를 위해 주는 마음이 있기 때문에 어수룩하다고 생각되었을 뿐이었다.

그러나 일구에게 취할 점이 있다고 해서 그를 어떻게 할 것인가?

성희는 다시 자기에게로 돌아와 준호와의 결혼 문제를 생각했다. 이혼 장에 도장을 찍고도 아직 미련이 남아 있는 준호의 아내. 자기를 원수처럼 생각하는 미원. 이러한 장애물들을 물리치고 결혼을 해도 과연 행복스러울 는지?

그렇다고 해서 이제 결혼을 포기할 수도 없는 일. 이런 것들을 생각하고 있을 때 회사에 갔던 아버지가 돌아왔다.

아버지가 돌아온 것을 알자 성희는 아버지를 아무때라도 한 번은 만나 이 야기해야 한다고 생각했다.

준호가 이혼장에 도장까지 받은 지금 자기도 아버지와 의논을 해야 할 것 이 사실이다. 더구나 일이 시끄럽게 벌어지고 있는 때 결혼을 오래 끌수록 더욱 시끄러워진다. 될 수 있는 대로 빨리 해 버리는 것이 문제를 수습하는

길이 될 것이다.

그러나 성희는 아버지를 만나러 안방으로 들어가는데 마음이 내키지 않았다.

어쩐지 자기 마음이 불안정한 것을 느꼈기 때문이었다. 자신의 마음이 불안정상태에 있을 때 아버지를 만나면 신념 있는 말을 할 수가 없게 된다.

성희는 다음 기회로 미루지 않을 수 없었다.

그런데 세수를 하고 들어가 계모와 수군거리던 아버지가 성희를 불렀다.

성희는 계모가 아버지에게 무어라 고자질할 것이라 생각했다. 그러나 부르는데 안 들어갈 수가 없었다.

응접실에 마주 앉았을 때 아버지가 물었다.

"너 요새 무슨 일이 생긴 게 아니냐?"

역시 계모에게서 무슨 이야기를 들은 모양이었다. 숨길 필요는 없었다.

"네, 그렇지 않아두 의논드리려구 하던 참이었어요."

성희는 순순히 이야기할 태세를 보였다.

"무슨 일인데?"

"결혼 문젠데요. 우리 집에 와서 저한테 영어를 가르쳐 주시던 선생님 계시잖아요? 그 분과 결혼을 할래요."

"대개 그런 줄 짐작했다. 그런데 그 분이 독신이냐?"

"이혼을 했어요. 이혼장에 도장을 받구 수속 중이에요!"

"하필 그런 사람을 택할 건 뭐지?"

"아버지가 그런 말씀하실 줄 알았어요. 그렇지만 저두 많이 생각한 끝이니까 할 수 없어요. 한 번 결혼했던 남자 그리구 나이가 많다는 것이 흠이겠지만 어때요. 사랑하는 걸."

"가족들이 찾아온다면서……."

"그 분의 따님이에요. 딸로서 어머니의 불행을 보고 있을 수가 없으니까 찾아와서 사정 이야길 한 거지요. 그렇지만 그런 것쯤 다 각오하구 있어요."

"너무 간단하게 생각하는 게 아니냐? 세상이란 그리 간단한 게 아닌데……."

"절대루 간단하게 생각지는 않아요. 복잡하면 할수록 애정이 더 굳어지기만 하는 것을 어떻게 해요?"

"거 큰일이구나……."

아버지는 무어라 단안을 내리기가 거북한 모양이었다.

"조금두 큰일 아녜요. 일단 결혼만 하면 모든 문제는 일소되리라구 믿어요."

성희는 이야기를 꺼낸 이상 자기 소신대로 말하지 않을 수 없었다.

"인물이 남만 못하냐? 학식이 부족하냐? 결혼할 사람이 없어서 하필이면 복잡한 사람과 하니?"

"단순한 데서는 행복의 묘미를 얻을 수 없다구 생각해요. 좌우간 승낙을 해 주세요. 좀더 일찍 말씀드리지 않은 것은 잘못이지만……."

"나두 좀 생각해 보자. 아버지의 입장에서 그 분을 만나 보기두 해야잖니?"

"내일루라두 그 분을 데리구 올게요."

"참 서둘기는……."

"빨리 결정해야겠어요. 오래 끌수록 마음만 불안할 것 같아요."

"좋두룩 하자. 그렇지만 일생의 대산데 침착하게 생각해서 해야지."

아버지는 마음이 쏠리지 않는 눈치였다. 성희도 아버지가 첫마디에 좋다고 승낙하리라고는 생각지 않았다. 그러나 그렇다고 해서 끝까지 강경하게 반대하리라고도 생각지 않았다. 끝내는 승낙하리라고 믿고 있다. 그렇기 때문에 오늘은 그쯤 해 두고 다시 또 이야기하리라 마음먹었다. 그래서 묵묵히 있는데 아버지가,

"아직 언약들은 하지 말아."

하고 결혼이 안 될 것을 예상하고 있는 듯이 말했다.

예상 안 했던 아버지의 말이 나오자 성희는 자기의 약점을 보여서 안 된다는 생각에,

"벌써 약속이 되어 있는 걸요. 그러기에 이혼 수속을 서둘고 있잖아요."

하고 사태는 이미 결정적인 단계에 들어가 있음을 밝혔다. 그러나 아버지는 점점 이상한 소리를 하기 시작했다.

"난 네가 잘 하는 일이라구 생각지 않는다. 이혼장에 도장을 찍었다니 어떻게 된 일인지 모르겠다만 본부인이 좋아서 도장을 찍었으리라구는 생각되지 않는다. 결국 넌 한 여자의 가슴에 못을 박구 있는데 그걸 어떻게 잘 하는 일이라구 말하겠니?"

"제가 왜 못을 박아요. 애정 없는 부부의 당연한 귀결인데 제가 책임질 게 어디 있어요."

"네가 책임은 안 진다 해두 방관할 수만은 없을 거다. 결국 너와 결혼하려는 사람의 문제니까!"

"그러니 절더러 결혼을 말라는 건가요? 전 죽어두 그렇겐 못하겠어요."

"애비의 마음두 좀 생각해 줘야잖니? 하나밖에 없는 딸을 불리한 조건의 소유자한테 보내구 싶지는 않다."

"아버지가 소개한 남자들두 다 싫구 또 제가 따루 교제해 본 남자들두 다 싫은 걸 어떻게 해요. 딴 조건은 나빠두 행복의 조건만은 충분하니 할 수 없잖아요? 딸의 행복을 위해선 아버지가 희생되어야 한다구 생각해요. 아버지의 행복을 위해 제가 희생되고 있는 것처럼."

성희는 아버지의 아픈 데를 찌르고야 말았다. 그래야만 아버지가 강력한 반대를 주저하게 될 것 같았기 때문이었다.

아버지는 과연 고개를 숙이기 시작했다.

"글쎄 어린애가 아니니까 잘 생각해서 할 줄 안다만 우리 서루 좀더 연구해 보자."

"연구해 보나마나예요."

성희는 자기가 임신했다는 이야기를 하면 아버지가 다른 말을 절대 못하리라고 생각했다. 그러나 그 말만은 꺼내고 싶지 않았다. 아버지에게 실망을 주고 싶지도 않았지만 자기의 자존심이 허락지 않았던 것이다. 그래서 더 생각해 볼 것도 없다고 말해 버린 뒤 자기 방으로 건너왔다.

이렇게 성희가 하루 종일 결혼문제로 시달리고 있는 동안 준호의 아내 경주는 준호를 만난 다음 변성제를 만났다.

준호를 하숙으로 찾아갈 때 경주는 준호가 좋아하는 고기 장조림을 만들어 가지고 갔다. 하숙집 반찬이 시원치 않을 것을 걱정했기 때문이었다. 자기와 이혼하려는 남편이다. 자기를 극도로 미워하고 있다. 그런데도 빈손으로 준호를 찾아갈 수가 없었던 것이다.

고기 장조림 밖에도 준호가 갈아입을 옷과 이부자리를 가지고 갔다. 준호가 그러는 것을 좋아하지 않을 것도 알고 있다. 그러나 정말 이혼할 때는 이혼을 한다고 해도 내 남편이란 생각이 머리에서 사라지지 않는 한 준호의 불편을 고소하게 바라만 볼 수 없는 경주였다.

그런 것들을 가지고 갔을 때 준호는 도리어 화를 내며,

"누가 그런 걸 가져오라구 그랬어?"

조금도 고맙게 생각지 않았다.

"다음부터는 시키지 않는 일은 안 할게요."

경주는 시키지도 않는 일을 해서 미안하다는 뜻을 표했다. 그러고 나서는 이혼 문제로 들어가야 할 것이지만 꼭 같은 말을 되풀이하기가 싫어,

"미원이 마음을 돌이켰어요. 이제는 미국 유학을 목표루 남자들 교제두 끊구 공부만 한대요. 한시름은 논 것 같아요."

하고 미원의 이야기를 꺼냈다.

"그러니 어떻게 하란 말이야?"

미원의 이야기를 했는데도 준호는 화를 냈다.

"좋은 일이니까 당신두 기뻐하시라구 말씀드린 거예요."

경주는 죄를 지은 사람처럼 준호의 눈치를 살피며 말했다.

"그깐 년이 나와 무슨 상관이 있어? 기쁠 것 하나 없어."

"그래두 당신 자식이 아녜요."

"자식이 무어 말라빠진 자식이야?"

그때 경주는 준호가 정말 내장이 뒤집힌 사람이라고 생각했다.

"그래 세상 모든 사람을 버리실 작정이신가요? 자식까지 버리구 얻는 것이 뭘까요? 그래두 행복하신가요?"

"행복하지. 왜 행복하지 못해. 천하를 다 버리구두 진리 하나만 발견하면 그뿐이니까……."

"당신이 발견하려는 진리는 사랑에 대한 진릴 거예요. 그렇다면 모든 사람을 미워하구 한 사람만 사랑하는 것이 올바른 진릴까요?"

"위대한 사랑은 한 사람에게밖에 줄 수 없는 거야."

경주는 가슴이 터져 왔다. 남편의 마음이 그렇게까지 어두워졌으리라고는 차마 생각할 수 없는 일이었기 때문이었다. 눈물이 나왔다. 안 울 수가 없었다.

"울기는 무엇 때문에 우는 거야. 보기 싫어. 귀찮게 굴지 말고 빨리 가기나 해."

인생을 엇가고 있는 준호라는 생각이 경주를 점점 더 슬프게 했다.

"누가 좋아 한다구 우는 거야. 정말 보기 싫어 썩 가지 못해."

경주도 준호 앞에서 그 이상 더 울고 싶지가 않았다. 무용한 눈물이라고 생각했던 것이다.

"만약 당신이 올바른 진리를 발견하고 세상 전부를 버리신다면 난 조금두 울지 않겠어요."

경주가 이런 말을 하고 눈물을 닦으려 했다. 그러나 그 말을 하자 가슴이 더 복받쳐 눈물은 그칠 줄 몰랐다.

"이게 누굴 설교하는 거야? 같잖게."

준호의 신경이 극도로 날카로워진 모양이었다. 앉은 채 경주의 허벅다리를 걷어찼다.

경주는 발길로 챈 것을 분하게 생각할 여유가 없었다. 아픈 것도 아니지만 그런 것이 문제되지 않았다.

"가겠어요."

경주는 눈물도 채 닦지 못하고 자리에서 일어섰다. 하숙을 나와 버스를 탈 때까지도 경주는 마음속으로 자꾸만 우는 것이었다. 정말 슬펐다. 자기가 버림을 받았다는 그런 따위의 슬픔이 아니었다. 가장 사랑하던 사람이 엇가고 있다는 안타까움에서였다.

인간이 그렇게까지 변할 수 있을까 하는 극도의 실망이 경주의 인생을 슬프게 했던 것이다.

버스가 서대문까지 왔을 때 경주는 문득 변성제를 생각했다. 준호를 찾아가기 전부터 경주는 변성제를 만나려고 했었다. 준호의 문제에 대하여 의견을 듣고 싶은 마음에서였다.

그러나 지금 변성제를 생각한 것은 그런 의견을 듣고 싶은 때문이 아니었다.

이상한 생각이었다.

준호가 나쁘게 된 것과 변성제와 아무런 관계가 없을 것이지만 경주는 변성제를 만나 그를 원망해 주고 싶은 마음이 들었던 것이다. 경주는 서슴지 않고 변성제를 찾아갔다. 변성제를 만나서는 다짜고짜로,

"왜 준호 씨를 그냥 내버려 두셨어요. 정말 상상할 수 없을 만큼 변해 버렸어요."

하고 변성제를 원망하기 시작했다.

그러나 변성제는 그런 말을 들은 척도 않고,

"잘 오셨습니다. 그렇지 않아두 찾아가 뵈려던 참인데요. 지금 방 선생 일로 교장 선생에게 불려갔다 온 길입니다."

하며 자기 이야기를 시작했다.

종말 아닌 종말

변성제가 교장 선생에게 불려갔었다는 말을 듣자 경주의 가슴이 철렁 내려앉았다. 준호의 이야기가 교장 선생 귀에까지 들어간 것이 분명했기 때문이었다.

"벌써 알구 계신가요?"

"아마 최영실의 어머니가 가서 이야기를 한 모양이던데요. 교장 선생이 최영실의 어머니를 알고 있기 때문에 전부를 믿는 건 아니겠지만……."

"그인 어떻게 알구 그런 이야길 돌아다니며 할까요? 세상엔 참 별일
두⋯⋯."

"방 선생과 성희를 기차에서 봤다구 그러드러나요."

"젊은 여자와 여행하는 것을 보았으니 보통 일이 아닐 것이라구 추측했
겠지요. 추측 정도가 아닐까요? 어쨌든 교장 선생의 귀에 그런 말이 들어갔
으니 문제는 적지 않게 됐는데요⋯⋯."

경주는 일이 다 틀린 것이라고 생각했다. 그러나 혹시나 하는 마음에,

"선생님은 뭐라구 말씀하셨나요?"

하고 물었다.

"뭐라구 말하겠습니까? 나는 모른다구 그랬지요. 그렇지만 그렇게 소행
이 나쁜 선생이 아니란 말만은 해 두었습니다."

"그랬더니 교장 선생님은 뭐라구 그러세요?"

"절더러 알아보라구 그러시더군요. 자기두 방 선생을 그런 사람이라구
생각지는 않는다면서⋯⋯."

변성제의 말을 듣자 경주는 약간 안심이 되었다. 동시에 변성제와 손을
잡아야 한다는 생각을 했다.

그래서 경주는 준호와 성희가 부산에 갔다온 것 그리고 지금은 둘이서 결
혼할 작정들이란 말을 한 뒤,

"그렇지만 결혼을 시켜서 되겠어요? 시간만 어느 정도 지나면 그이의 마
음이 변하리라구 생각해요. 저는 어떻게 해서든 둘이 좋은 마음으로 갈라지
두룩 하겠어요. 그러니까 변 선생님두 그이를 한 번 만나서 잘 말씀해 주세
요."

하고 변성제의 협력을 구했다.

"그래요? 방 선생이 돌았나? 원 그럴 수가 있을라구!"

경주는 준호가 하숙하고 있는 집을 가르쳐 주고 하루빨리 찾아가 달라고
부탁했다.

"내일 아침 가 보겠습니다."

변성제도 준호를 위하여 진심으로 걱정하는 모양이었다. 둘의 우정으로

보나 변성제의 성격으로 보나 변성제가 가만 있을 것 같지는 않았다.

경주는 변성제를 믿는 마음에,

"전 지금 교장 선생님을 만나 뵙겠어요. 절대루 사고가 일어난 것이 아니라구 변명할 테예요. 그러니까 변 선생님두 다음에 교장 선생을 만나시거든 그렇게 말씀해 주세요."

하고 말했다.

"그럼 부산에 같이 갔던 여자를 누구라구 말할까요?"

"부산에 갔던 것까지 부정할 수는 없겠지요?"

"거야 속일 수 없겠지요."

"그럼 제 동생이라구 그러지요. 우리 친정집엘 같이 다녀왔다구 그러면 안 되겠어요?"

"친정이 부산이신가요?"

"참, 친정은 이북인데요."

"그럼 친정엘 갔었다구 그럴 거 있어요? 처제 혼삿말로 선 보이러 갔다 왔다구 그러지."

"참 그게 좋겠군요."

이렇게 합의를 보았지만 준호의 문제가 개학 전에 해결되지 않으면 그 합의가 아무런 효과를 발생할 수가 없다. 그렇기 때문에 변성제는,

"이제 방학이 한 열흘밖에 남았는데 그새 해결을 지어야겠군요."

하고 걱정을 했다.

경주도 동감이었다. 만약 개학한 뒤에까지 문제를 끌고 간다면 사태는 수습할 수가 없게 될 것이다.

준호를 사회적으로 매장 당하지 않고 또 학교에 그대로 출근하게 하려면 손을 빨리 써야 할 것 같았다.

"개학 때까지야 어떻게 되겠지요."

경주는 초조하면서도 자신 있는 듯한 말을 남기고 변성제의 집을 나섰다. 그리고는 교장 선생 집으로 직행했다.

경주는 교장 선생을 만나자 준호가 변성제 선생의 말을 듣고 펄쩍 뛰었으

나 몸이 불편해서 자기가 대신 왔다는 말을 한 뒤 준호가 부산에 같이 갔던 여자는 딴 사람이 아닌 바로 자기의 동생이라고 말했다.

그러고 나서는 공연히 남을 중상하고 돌아다니는 사람들의 말을 절대 곧이듣지 말아 달라고 부탁했다.

교장으로서 어찌 아내 되는 사람의 말을 곧이듣지 않을 수 있을 것인가?

"참, 세상에는 별사람이 다 많지요. 무엇 때문에 알지도 못하는 일을 가지구 일부러 찾아까지 와서 남의 중상을 할까요? 그런 사람들 때문에 나라가 바루 서지 못하는 것 같아요. 걱정 마시구 돌아가십시오."

교장은 그런 말을 해 준 사람에게 울분을 느끼는 듯이 말하며 경주를 안심시켰다.

경주는 말한 사람이 누구라는 것을 알면서도 자기 역시 울분을 참을 수 없다는 것을 보여 주기 위하여,

"그런 말을 하며 돌아다니는 이가 어떤 사람일까? 제가 한 번 만나 봐야겠어요."

하고 말했다.

"글쎄 만나 보신대야 울화가 터지기나 하지 시원할 게 있겠습니까? 모든 일을 제게 맡기구 그냥 돌아가십시오. 아예 알아볼 생각두 마시구……."

교장의 입장으로 사건을 만들어 내고 싶지 않을 것만은 알 수 있는 일이었다. 그래도 경주는,

"그런 걸 그냥 둘 수가 있겠습니까? 알아듣도록 이야기라두 해 줘야지요."

하고 누명을 쓴 것이 억울하다는 듯이 말했다.

"제 체면을 생각하셔서 참으십시오. 문제가 커졌다면 모르지만 아무렇지두 않은 일인데요……."

"그렇지만 그런 사람은 그냥 둘 수가 없다구 생각해요."

경주는 참을 수가 없으나 교장의 체면을 생각해서 참겠다는 듯이 말한 뒤 집을 돌아왔다.

집으로 돌아오자 경주를 기다리고 있던 미원과 함께 각기의 경과를 이야

기했다.

　악화된 일은 없었으나 별 신통한 수가 없다는 것이 두 사람의 이야기였다.

　"그럼 어떡허지? 빨리 서둘러야겠는데…… 학교가 개학한 뒤에는 아버지가 집으루 돌아오신다 해두 아버지는 사회적으로 매장을 당할 게 아니야?"

　경주는 안타까운 심정이었다. 미원에게,

　"너밖에 의논할 사람이 없는데 너는 어째서 좋은 방안을 짜내지 못하느냐?"

하고 미원을 잡아 흔들고 싶은 심정이었다.

　그러나 미원은 냉정한 태도로,

　"결국 성회의 마음을 돌리는 수밖에 없다구 생각해요. 아버지는 성회 하자는 대루 할 분이니까……."

하고 막연한 말만을 했다.

　"글쎄. 성회의 마음을 어떻게 돌려야 한단 말이냐? 그걸 말해야지."

　"글쎄요. 나두 할 말은 다 했다구 생각하는데 그래두 까딱하지 않으니 어떡허지요?"

　"그게 무슨 인간인데 사람의 마음을 이렇게 아프게 하니? 참 속이 썩는 것 같다."

　"오늘 밤새 생각해 봅시다. 생각하면 무슨 수가 나오겠지요?"

　이런 말을 주고받을 때 식모가 낮에 온 것이라고 하며 편지 한 장을 가져왔다.

　그것은 최영실의 편지였다.

　경주는 편지 겉봉만 보고,

　"이 애두 너의 아버지를 좋아하는 모양이더라. 글쎄 조그만 것들이 어쩌자구 그러는 건지 참 알 수 없는 일들야."

하고 최영실이 그새 몇 번이나 집으로 찾아왔던 이야기를 했다.

　미원은 입술에 싸늘한 미소를 띠며,

"역시 아버지가 여학생들한테 인기가 있는가 봐요."
하고 말했다.

"인기가 있으면 어떡하겠다는 거냐?"

"좋은 것은 좋은 것이니까 할 수 없는 일이겠지요."

"좋기는 또 뭐가 좋다는 거냐?"

"믿음직스럽구 선량하구 선이 굵으니 좋은 거겠지요. 사실 젊은 사람들 가운데서는 그런 걸 발견하기가 힘들거든요."

"글쎄 좋으니 어쩌자는 말이냐 말이다. 난 정말 알 수가 없는 일이다."

"좌우간 편질 뜯어봅시다. 무슨 소리를 썼나!"

"아무 소릴 썼으면 뭘 하니? 아버지가 관심을 안 가진 앤데. 이 애한테만은 냉정한 것 같드라."

"그래두 난 뜯어볼 테야."

경주도 그런 편지를 한 번 읽어 보고 싶었다. 그러나 나중에라도 뜯어본 것을 준호가 알면 뭐라고 또 야단을 칠지 모를 것이 겁났다.

"그래두 아버지한테 드리기는 해야잖니?"

"뜯어보구 감쪽같이 붙여 두면 알게 뭐예요."

"마음대루 하렴."

결국은 그들은 단순한 호기심에 최영실의 편지를 뜯어보았다.

참으로 맹랑한 편지였다.

　선생님.

　재미 많이 보신다지요? 선생님이 그러신 분이라고는 차마 생각할 수 없습니다.

　그렇게 좋아하시는 분이 있으면 어째서 솔직하게 말씀해 주시지를 않았을까요?

　제자와 스승. 그런 것 때문에 선생님이 주저하시는 것만으로 해석했던 제가 억울해 죽을 지경입니다.

　제가 선생님으로 말미암아 처음으로 사랑이라는 것을 알았다는 마음이 그림자도 남기지 않고 사라졌습니다. 그러나 잘 되었다고 생각합니다. 몰랐다면 저 혼자만이 속고 있었을 테니까요.

속는다는 것이 얼마나 억울한 일이겠습니까? 그보다 더 억울한 일은 없다고 생각합니다. 억울하지 않게 살게 된 것을 다행하게 생각하고 있습니다.

행복하시기를 빌겠습니다.

최영실 올림

미원이 읽는 것을 듣고 있던 경주는 갑자기 불쾌감을 느꼈다.

아직 철이 들지 않은 것이 사랑에 대해서 속 쓰고 있는 사실이 얄미웠다. 고약하기 짝이 없는 애라고 생각되었다. 동시에 철도 들지 않은 처녀에게 그런 편지를 쓰게 한 남편이 어쩐지 불결하게 생각되었다. 사랑은 안 한다 해도 영실이가 그런 편지를 쓰도록 대해 주었다는 것은 결국 준호에게 책임이 없지 않을 것이다.

한계선을 설정하지 않고 아무 여자에게나 친절을 보여 주기 때문에 영실이나 성희 같은 여자가 생겼을 것이 아닌가?

경주는 준호에 대하여 실망하지 않을 수 없었다. 무절조한 남자. 그러기에 어떤 여자라도 유혹만 하면 넘어갈 수 있는 사람이다.

만약 성희와의 관계를 끊고 집으로 돌아온다 할지라도 언제 또 그런 일이 발생할지 모르는 일이다.

"잘 붙여서 아버지한테 갖다 드려라."

영실이 편지에 질투를 느끼고 싶지도 않았다. 그 편지를 준호에게 전해 주어 준호가 좋아하는 표정을 한 번 보고 싶을 뿐이었다.

"이까짓 찢어 버리지 뭘 갖다 드려요?"

미원은 그런 것을 가지고 싸움의 재료를 만들고 싶지가 않은 모양이었다.

"남의 편지를 왜 찢어. 보고 싶어할 편진지두 모르면서. 인내라 내가 갖다 줄게."

경주는 미원에게서 편지를 뺏었다.

"엄마두. 그까짓 걸 갖다 드려선 뭣 하우? 그런 건 모르는 척하구 중간에서 처리해 버리는 게 좋아요. 아버지두 그러길 바랄 거구요."

"글쎄 내게 맡겨 둬. 여잘 좋아하는 양반인데 여자한테서 온 편지를 안 갖다 주면 어떡하니?"

경주는 부엌에 가서 밥알을 가져다가 뜯었던 봉투를 다시 붙였다. 그리고는 준호에게 인간적인 실망을 느끼면서도 편지를 전해 주기 위하여 내일 아침에는 어떤 일이 있다 해도 준호를 찾아가리라 마음먹었다.

"엄마두 이상하셔. 그까짓 게 뭐 중요한 거예요? 성희를 어떻게 설복시킬까 그거나 생각하세요."

미원이 경주의 마음을 이해할 수 없다는 듯이 말했다.

"나두 모르겠다. 첩을 많이 가지구 있는 남자가 오늘은 이 첩 내일은 저 첩에게 가서 힐쭉 웃는 얼굴을 따라다니며 구경해 주고 싶은 마음이야."

"엄만 아버지를 미워하고 계신가 봐."

"글쎄? 이때까지는 미워해 본 적이 별루 없었는데……."

"확실히 미워하구 계셔요. 그렇지만 지금 미워하시면 안 될 거예요. 가장 중요한 때니까……."

"중요하기는 뭐가 중요하니? 혼자 살면 그뿐이지."

미원은 그것이 어머니의 진심일 수 없다고 생각했다. 그래서,

"아버지가 구청에 가서 수속을 해 버리지나 않았을까요?"

하고 딴 이야기를 꺼냈다. 뭐니뭐니 해도 그 수속을 못 하게 해야 할 것 같았다.

"했어두 할 수 없지."

경주의 마음이 아주 토라진 모양이었다.

"할 수 없지가 뭐예요? 우선 그것부터 제지해야 해요. 내일 아침 내가 가서 확인하구 올게요."

"………"

경주는 아무 말도 안 했다. 미원의 말이 옳다고 생각하면서도 미원이 말에 끌려들어갈 용기가 나지 않았다.

"도장을 찍으라구 할 때 엄마는 아버지를 미워했어야 할 거예요. 그때 아버지를 미워했더면 도장을 안 찍어 줬을 거 아녜요?"

미원은 이혼수속을 무척 걱정하는 모양이었다. 그것만 끝내면 일은 아주 망쳐지고 만 것이라 생각하고 있는 것 같았다. 그래도 경주는,

"미워하지 못한 것두 잘못이냐?"

하고 미원의 말에 **흡수**되지가 않았다.

그때였다.

대문 두드리는 소리가 났다.

미원이 대문으로 달려갔다.

대문 쪽에서 미원과 어떤 남자와의 이야기가 들려 오고 이야기 소리가 미원의 방으로 옮겨갔다.

경주는 남자 교제를 끊겠다고 한 미원의 말을 생각했다.

그리고 결국은 미원이 거짓말을 한 것이라 생각했다.

그런 것 같았다. 남자나 여자나 할 것 없이 이성에 관심이 큰 사람은 이성 관계를 끊을 수가 없을 것이니까.

경주는 미원에게 실망을 느끼지 않을 수 없었다. 혹시 미원이 말한 최동주란 남잘지도 모른다. 그러나 동주건 누구건 남자들을 집으로 찾아오게 한 미원은 하루나마 남자 없이 살지 못하는 그러한 여자에 속한다.

"공부만 하겠다던 것이⋯⋯."

경주는 미원이 미워졌다. 그냥 둬 둘 수가 없을 만큼 미움이 커졌다. 어느 때보다도 실망이 더 컸던 모양이다. 그래서 경주는 미원의 방으로 달려갔다.

어떻게 하겠다는 생각이 아니라 모든 사람에게 실망을 느낀 자기 자신의 반박이었다.

어떠한 경우에도 자기의 자세를 허뜨리지 않으려고 하던 노력이 무너질 때 경주는 자기를 걷잡을 수가 없었던 것이었다.

경주가 미원의 방 앞에 이르렀을 때였다. 그는 찾아온 남자가 누구든 또 미원과 관계가 어떠한 것이든 방 안을 들어가 발광한 사람처럼 난동하고 싶은 충동을 받았다. 그러면 우선 자기가 경멸받을 것이 분명했으나 그래도

미원과 그 남자를 경멸해 주어야 속이 시원해질 것 같았다.

"왜 이러시는 거예요? 신사답지 못하게?"

미원의 날카로운 목소리가 들리는 순간 경주는 발걸음을 주춤하지 않을 수 없었다. 만약 아무 소리가 없다든가 그렇지 않으면 교태에 싸인 미원의 웃음소리가 들렸다면 경주는 방 안으로 뛰어들어갔을는지 모른다.

미원의 앙큼하고 날카로운 목소리가 미원에 대한 실망을 날아가게 한 모양이었다. 경주는 다음 이야기가 듣고 싶어졌다. 숨소리를 죽이고 귀를 기울이고 있는데,

"흥! 마음 변했단 말이지?"

"변하고 안 한 건 이야길 해야 알 거 아녜요? 다짜고짜루 그게 뭐예요?"

남자가 방 안에 들어서자 키스부터 요구한 모양이었다.

"이야기 안 해두 알 수 있어. 별일두 없이 약속 시간에 나오지 않았다는 것부터가 알 수 있는 일야."

"알으셨다니 더 할 말이 없어요. 내 소망두 그런 것이니까……."

"처음부터 그런 여자란 걸 알았어. 도대체 몇 남자하구나 연애를 하는 거야?"

"알았으면 그뿐이지 물어서는 뭘 해요?"

"해운대에서는 뭐라구 그랬지? 영원히 사랑한다구. 그게 며칠 전 이야기야?"

"그때는 그런 말을 할 만한 분위기였으니까 그랬죠. 그때두 그런 말을 안 했어야 할까요?"

"한 것이 나쁘다는 건 아냐. 말의 책임을 지지 않는 것이 나쁘다는 거지."

"어떻게 하면 말의 책임을 지는 게죠?"

"영원은 몰라두 얼마 동안은 만나야 될 게 아냐?"

"영원이 아니라는 걸 알 수 있단 말씀이죠? 알면서도 말꼬리나 붙잡겠다는 것은 결국 욕망이 아직 만족을 느끼지 못했다는 건가요?"

"말을 좀 삼가."

"신사의 인격을 손상시켜 죄송합니다. 어쨌든 나는 내 말의 책임을 지지

못할 여자니까 좋두룩 하세요."

"뭣 때문에 그러는 거지? 좌우간 말이나 좀 해 줘."

"처음부터 결정적인 인상을 가지고 있는 분에게 이야기를 해서 뭣 해요? 서로 자기의 갈 길을 가면 그뿐 아녜요."

"그러지 말구 한 번 만나. 언제 나올 테야?"

"말에 책임을 안 지기로 했는데 약속을 해서 뭣 해요."

"너무 그러면 재미없어. 사람을 뭘루 보구 그러는 거야?"

"뭘루 보기는요? 신사이시기를 바라는 것만은 알 수 있잖아요?"

"신사?"

그때 미원의 뺨을 때리는 소리가 찰싹 들렸다. 경주는 미원을 구하기 위해서 뛰어들어가려 했다. 그러나 경주는 선 자리에서 움직이지를 안 했다. 자기가 들어갈 계제 같지가 않았던 것이다.

그리고 그 남자와의 문제는 미원 혼자만의 힘으로도 처리할 수 있을 것같이 생각되었다.

"이게 어디다 손질을 하는 거야? 되지못하게."

미원이 대드는 모양이었다.

"너 같은 건 좀 맞아 봐야 해."

그 뒤부터 미원의 말소리가 안 들렸다.

매맞은 것이 분해 우는 모양이었다.

경주는 미원이 어째선 울기만 하고 있을까 생각했다. 자기 아버지에게 맞고도 가만 있지 않던 미원이다. 잘 잘못을 가릴 것 없이 대항을 할 것 같은데 미원은 아무 말 없이 울기만 하고 있다.

경주는 매맞고도 울기만 하고 있는 미원이 측은하게 생각되었다. 어쩐지 과거의 미원이 아니라 새로운 미원을 발견한 것 같은 마음이었다.

말로는 말의 책임을 지지 않는다고 하면서도 자기 행동에 대하여 책임감을 느끼기 때문에 매를 맞고도 가만 있는 것이 아닐까?

경주는 뛰어들어가 미원의 편이 되어 주고 싶었다. 그러나 경주는 안방으로 돌아갔다. 안방에서,

"미원아."

하고 미원을 부른 것이다.

만약 미원의 방 안으로 뛰어들어간다면 미원이 자기가 밖에 엿듣고 있었다는 것을 알고 민망해 할 것이다. 며칠 전까지 같이 놀러 다니던 남자를 만나지 않기로 한 미원에게 자극을 주어 신념에 동요를 일으키게 해서 안 될 것 같았던 것이다.

한참 뒤 미원이,

"네?"

하고 대답했다. 눈물을 멈추기에 시간이 걸렸을 것이다.

"이리 좀 오너라."

아무것도 모르는 척 냉정하게 미원을 불렀다. 그래야만 남자도 어머니의 위엄성 있는 목소리에 위압감을 느끼고 돌아갈 것 같았다.

"조금만 기다리세요."

미원은 아무 말 없다는 듯이 대답했다. 그리고 경주의 오라는 말에 거역하지 않겠다는 대답이었다.

경주는 독촉하는 일 없이 미원을 기다렸다.

남자가 아무 말 없이 돌아가는 소리가 났다. 그래도 미원은 금방 들어오지 않았다.

아마 눈물 흔적을 닦는 것이려니 하고 기다리고 있는데 미원이 들어와,

"왜요?"

하고 아무것도 모르는 척 물었다.

"친하던 사람인데 약속을 하구두 나가지 않았다구 시비를 걸러 오지 않았어요?"

"그럼 화가 났겠구나?"

"화가 나두 할 수 없지요. 미워서 안 만나려는 것이 아니니까요."

"잘 이해하구 돌아갔니?"

"남자가 그런 경우에 이해를 할 것 같아요? 욕심쟁이들이……. 어쩔 수 없이 단념하두룩 했지요."

경주는 그 남자가 돌아갈 때 무슨 말을 하고 돌아갔는지를 몰라,

"남자들이란 단념두 쉽게 안 하려구 그러지?"

하고 물었다.

"자기의 결점을 깨닫게 하면 단념 안 할 수가 없게 되지 않아요?"

미원은 그 남자가 자기의 잘못을 깨닫게 하기 위해 매를 맞고도 반항을
안 한 모양이었다.

"그럼 다시는 안 만나겠구나?"

"만나면 어떡해요? 제 결심이 다 깨지구 말게요?"

경주는 미원의 결심이 깨지지 않은 것만을 다행하게 생각했다. 그래서
미워하지도 않으며 만나지 않으려니 네 마음인들 좋겠니 하고 말함으로
다시는 그런 교제를 말라고 당부하고 싶었으나 그런 말도 입 밖에 꺼내지
않았다.

이렇게 해서 미원에 대한 실망이 없어지자 경주는 자기 남편 준호도 마음
먹기에 따라 사람이 달라지지나 않을까 하는 희망을 품어 보았다.

준호는 사람이 나쁜 것은 아니다. 옳지 않은 것이 언제나 새로운 맛을 주
는 것이니까. 도박에 맛을 들인 사람은 그것이 옳지 않은 일임을 알면서도
가산까지 탕진한다. 누가 뭐라 해도 듣지를 않는다. 그러나 가산을 탕진한
뒤에야 도박의 맛이 자기를 망쳤다고 깨닫는다.

깨닫는 때가 반드시 있기는 하다.

준호 역시 깨닫게 되리라고 생각했다.

그러나 그것이 언제일지를 모른다. 그것이 안타까운 노릇이었다. 늦으면
늦을수록 피해가 많을 것이 아닌가? 준호를 위해 가만 있을 수 없는 마음이
움직였다.

경주는 문득 달력을 보았다. 그 날이 바로 일요일이었다.

경주는 저녁을 지어 먹은 뒤 옷을 갈아입고 교회당으로 갔다. 신도가 그
리 많지 않는 교회였다.

남들이 찬송을 부르고 기도를 하는 동안 경주는 내내 눈을 감고 있었다.
그리고는 남편이 빨리 깨닫고 빨리 새 사람이 되어 주기를 빌었다.

자기가 그렇게 정성껏 빈다고 하면 자기 마음이 하늘과 통할 것 같았다. 동시에 하늘의 마음이 준호의 마음과 통하여 준호는 새 사람이 될 것만 같았다.

경주는 무엇이라고 중얼거리지도 않았다. 오직 자기의 정성을 하늘에게 보여 주려는 것이었다. 자기가 생각하고 있는 자기의 정성을 자기가 느끼고 있는 동안 하늘이 그것을 보아 줄 것 같았다.

예배가 끝날 때까지 경주는 눈을 감고 자기의 정성이 무엇인가를 생각했다.

그것은 준호를 미워하는 마음이 절대 아니었다. 성회를 미워하는 마음도 아니었다. 그들이 옳지 못함에서 깨달음이 있게 해 주기를 바라는 염원이었다. 오직 그것뿐이었다.

예배가 끝나고 신도들이 돌아가기 시작했다. 경주도 돌아오지 않을 수 없었다.

교회당을 나서려고 할 때 어떤 부인이 옆으로 와서 처음 교회에 나왔느냐고 물었다. 그렇다고 대답하자 여인은,

"앞으로 계속해서 나오시지요? 세상에 하나님 말씀밖에 믿을 것이 없습니다. 모든 죄를 씻구 하나님 앞에 나오십시오."

하고 새로운 신도가 되기를 권했다.

뜻밖이었다. 경주는 교회에 나와도 좋으리라고 생각했으나,

"좀더 생각해 보구 나오지요."

하고 대답했다. 그러는 수밖에 없었다. 자기가 이 날 교회당을 찾은 것은 종교를 갖겠다는 마음에서가 아니었다.

자기 정성이 하늘에 통하고 하늘의 마음이 준호에게 통하기를 바라는 마음은 결국 종교적인 사고일지 모른다. 종교적인 행동을 하고 있으면서도 자기가 종교인이 되겠다는 생각을 못해 본 경주였다.

"생각해 보실 것두 없습니다. 세상은 죄악에 물들어 심판을 받게 되었으니까요."

전도부인인 듯한 여자가 다시 입교하기를 권했으나 경주는,

"제 발루 걸어왔으니까 앞으로두 나오게 되겠지요."

하고 그 여인에게 실망을 주지 않았다.

여인에게 실망을 주지 않는 것은 그 자리를 빨리 떠나고 싶은 마음에서일지 모른다. 지금의 자기로서는 종교를 믿느냐 안 믿느냐가 문제 아니었다. 더구나 심판 같은 것은 생각해 본 일도 없는 일이다. 죄를 지었다고 심판을 받아야 한다는 것은 너무나 무서운 일인 것 같았다. 세상 모든 사람이 죄를 짓고 있는 것만은 사실이다. 그렇다고 해서 인간은 심판을 받아야 할 것인가? 그러면 준호도 심판을 받아야 할 것이 아닌가? 그것만은 싫었다. 준호의 마음을 돌려 주면 그만이지 그에게 무슨 벌을 줄 수가 있을 것인가?

교회당에서 돌아온 경주는 점쟁이를 찾아가 볼 생각을 했다. 점쟁이는 미래를 점친다고 한다. 준호가 언제쯤 옳지 못한 것을 깨닫고 돌아올지를 말해 줄지 모른다.

경주는 그것만이 알고 싶었던 것이다. 종교를 믿는다든가 죄 지은 사람을 심판한다든가 하는 것은 그의 생각 밖에 있는 일이었다. 그것은 물에 빠진 사람이 지푸라기라도 붙잡고 싶은 심정일지 모르나 그런 것은 아니었다. 오직 준호의 마음을 올바른 길로 돌리려고 하는 마음의 안타까운 울부짖음이었을 것이다.

그러기에 경주는 미원을 불러들이지도 않았다. 지푸라기라도 붙잡고 싶은 심정이라면 우선 옆에 있는 미원을 불러다가 자기의 쓸쓸하고 안타까운 마음을 호소했을 것이다. 그러나 경주는 미원을 부르지 않고 혼자서 준호에 대한 정성을 모으고 있었다. 교회당에 가서 기도를 드리던 심정이었다.

미원은 공부를 하고 있는 모양이었다. 매일 밤 싸다니던 미원이 외출을 않고 자기 방에 있다.

그러한 미원을 위해서라도 경주는 준호가 빨리 돌아오기를 비는 수밖에 없었다.

그래서 다음날 아침에는 미원에게 자기가 준호를 만나러 가겠다는 말을 했다. 기도를 드리던 그 마음으로 준호를 대하면 준호의 마음이 달라지고야 말 것 같은 생각이 들었던 것이다.

그러나 미원은,

"그만두세요. 아버지는 제가 만나야 해요. 그래야 그 이혼장인가 뭔가를 도루 찾아올 수 있거든요."

하고 준호는 자기가 만나야 한다고 말했다.

"이혼장이 문제야? 마음이 문제지."

경주가 반대를 했으나 미원은,

"엄마의 마음은 알아요. 그렇지만 선후가 있지 않아요? 먼저 해야 할 일 말예요."

하며 통 경주의 말을 듣지 않았다. 사실 그렇기도 했다. 도장만 안 찍어 주었다면 일을 서서히 처리해 나가도 무방할지 모른다. 만약 준호가 이혼 수속을 해 버린다면 그 뒤에는 준호가 마음을 돌리려야 돌릴 수가 없게 될지도 모른다.

그래서 경주는 미원을 자기 하고 싶은 대로 하라고 내버려 두었다. 그러나 최영실의 편지만은 내주지 않았다. 미원을 보낸 뒤 자기는 우선 변성제 선생을 만나러 갔다. 변성제를 통하여 준호의 참 마음을 알고 싶었던 것이다.

변성제에게만은 준호가 속임 없는 자기 마음을 털어놓았을 것 같았기 때문이었다.

그러나 변성제를 만났을 때 경주는 또 실망하고야 말았다. 준호라고 고민이 없는 것은 아니지만 이제는 어떻게도 할 수 없다는 것이 준호의 심경 같더라는 말을 했기 때문이었다.

"조금도 희망이 없어 보였나요?"

경주의 물음이 변성제는,

"희망이 안 보이던데요. 내일 죽는 한이 있다 해두 결혼을 해야겠다구 그러더군요."

하고 절망적인 말을 했다. 그리고는 물어 보지도 않는데,

"술이나 마시러 가자고 했더니 성희가 올지도 모르니까 나갈 수가 없다면서 하루 종일 하숙방에 처박혀 있겠다구 그러질 않아요? 미쳐두 이만 저

만 미치지가 않았더군요."

하며 자기 힘으로 어떻게도 할 수 없다는 듯이 말했다.

"그럼 어떻게 했으면 좋을까요?"

그래도 힘이 되어 주어야지 않느냐는 식으로 물었을 때 변성제는,

"사표두 제출하겠다지요. 취직이 안 되면 성희 아버지에게 부탁을 한다지요. 그러니 어떻게 합니까? 때릴 수두 없구 걱정인데요."

그 문제에 대해서는 손을 든 것처럼 말했다. 경주는 이제 누구를 믿고 의논을 해야 할 것인가?

경주는 변성제에게까지 실망을 느꼈다. 그렇게 가깝다고 하던 변성제. 그리고 정의감이 강하다고 하던 변성제가 준호를 포기했다는 것은 결국 변성제에게 준호에 대한 애정이 없다는 것을 말해 주는 것이 아니겠는가?

세상에 준호는 자기 몸처럼 아껴 줄 만한 사람이 하나도 없음을 생각할 때 경주는 준호가 과연 외로운 사람이라는 것을 알았다.

성희가 준호를 사랑하고 있다지만 과연 그가 준호를 자기 몸처럼 아껴 줄 것인가? 어쩐지 그럴 것 같지가 않았다.

자기의 계산이 비뚤어졌다고 생각할 때는 언제나 준호를 헌신짝처럼 버릴 사람만 같았다. 그런데도 자기의 생명과 그리고 모든 생활을 바치어 성희를 따르려는 준호가 아닌가? 외로울 뿐 아니라 불쌍한 사람이다.

경주는 성희를 안 찾아갈 수가 없었다. 성희가 과연 준호를 자기 몸처럼 사랑할 것인지 그리고 어떤 경우에라도 변함없이 사랑할 것인가를 따져 보아야 할 것 같았다. 만약 성희가 준호에게 절대로 필요한 존재가 되어 준다면 그리고 자기가 그것을 확신한다면 자기는 다시 준호나 성희를 만나러 다니지 않아도 좋으리라 생각했다.

준호가 성희와 결혼함으로 이때까지보다 행복해지기만 한다면 자기는 창피스럽게 그들 앞에 우는 얼굴을 보여 줄 필요가 없다고 생각했다. 남이 행복하다는데도 불행을 걱정해서 그들의 마음을 돌리려 한다는 것은 결국 질투심이거나 자기 불행의 공포심 이외에 아무것도 아니다. 내가 불행하지 않기 위해서 그들을 불행하게 보려는 위선적 행위라고도 말할 수 있다.

이런 생각을 하니 성희를 만나러 가는 것이 자존심 깎이는 일 같아 마음이 내키지 않았다. 그냥 집으로 돌아가 앞으로 살 궁리나 하고 싶었다.

그래서 망설이는 마음으로 시청 앞까지 걷는 동안 성희를 만나야 한다는 마음이 생기면 거기서 합승을 타고 신당동으로 가리라 마음먹었던 것이다.

그러나 시청 앞을 지나서도 경주는 신당동행 합승을 탈 것인가. 집으로 갈 후암동행 합승을 탈 것인가를 결정짓지 못했다. 후암동행 합승을 타려면 미도파 앞으로 가야 하는데도 경주는 조선호텔 앞에서 동화백화점 쪽만 바라보고 있었다.

잠시 뒤에는,

"동화백화점 쪽으로 해서 미도파로 가지."

하고 신당동 합승 정류소를 생각하며 동화백화점을 향해 걷기 시작했다.

미도파로 돌아가는 은행 모서리에 이르러서는,

"바쁘지도 않은데 동화백화점 구경이나 하구 가지."

하고 서울우체국 앞으로, 말하자면 미도파 반대 방면으로 걸었다.

동화백화점 앞에 이르렀을 때는,

"마지막인데 창피할 것이 무어람. 내가 감으로 변할 수 있는 성희의 마음이 내가 가지 않음으로 그냥 굳어 버릴지 누가 아는가?"

하는 생각을 했다. 정말 그럴지도 모를 일이었다. 목석이 아닌 이상 성희라고 해서 마음을 고쳐먹지 않는다고 보장할 수가 없는 일이다.

경주는,

"살 것도 없는데……."

백화점에 들어갈 것을 포기하고 신당동행 합승 정류소 있는 곳으로 걷기를 시작했다. 그래서 정류소 앞에서 합승을 기다리고 있는데 길 건너편 그러니까 신당동 쪽에서 오는 합승 정류장 쪽에서 이편을 걸어오고 있는 성희가 보이지 않는가?

경주는 다행한 일인지 불길한 일인지를 구별할 수가 없었다. 피해 다니던 사람을 만난 때처럼 가슴이 울렁거렸다. 그러면서도 성희가 자기 앞에 올 때까지 기다리고 있었다.

성희는 자기를 보지 못한 모양이었다. 무심히 걸어서 경주 앞에까지 왔다.

경주는 성희가 자기 집으로 돌아가기 위해 합승 정류소로 오는 것이나 아닌가 생각하고,

"일찍 돌아가시는군요. 나두 댁으루 가는 길인데……."

하고 같이 갈 의사를 표시했다.

성희는 그때야 경주를 본 모양이었다.

예상하지 않았던 사람을 만나게 되니 당황하지 않을 수 없었을 것이다.

"안녕하세요?"

성희는 경주가 자기 집에 간다는 말을 했는데도 인사말만 하고 그냥 스쳐 지나가려 했다.

경주는 성희를 놓칠 수가 없었다. 뒤따라가,

"댁으루 가시는 게 아닌가요?"

하고 물었다.

"네, 좀 바쁜 일이 있어서요."

성희는 남대문으로 가는 길로 걸어가는 것이었다.

"할 이야기가 좀 있는데요."

"다음에 집으루 와 주세요. 오늘은 시간이 없어요."

성희는 남대문으로 해서 신촌으로 가는 합승을 타고는 미안하다는 말도 않고 가 버렸다.

경주는 성희가 준호에게 가는 것이라고 생각했다. 동시에 눈에서 불꽃이 이는 것을 느꼈다.

준호는 만나러 가기 위해 자기를 버러지보다도 더 무시한 성희다. 아무리 자기 자세를 흐트러뜨리지 않으려 하던 경주라 해도 참을 수가 없었다.

경주는 택시를 타고 신촌으로 달렸다. 그리고는 준호의 하숙으로 들어가는 골목 어귀에서 내려 성희를 기다렸다.

성희를 만나기만 하면 그냥 두지 않을 심산이었다.

준호를 만나지 못하게 할 뿐 아니라 성희를 다방으로 끌고 가서 여러 사람 앞에서 창피를 주리라 마음먹었다.

그래서 성희가 나타나기만 기다리고 있는데 뒤에서,

"엄마."

하는 소리가 났다. 준호를 만나고 나오는 미원이었다.

경주가 채 대답도 하기 전에 미원이,

"왜 여기 서 있수?"

하고는,

"이거 봐."

하며 핸드백 속에서 두 조각으로 찢어진 종이를 꺼냈다. 경주가 도장을 찍은 이혼장이었다.

"걸 어떻게 뺏었니?"

경주가 놀라움과 반가움이 반반 섞인 음성으로 물었을 때 미원이,

"집에 가서 이야기할게."

하고 만족한 웃음을 웃으며 그 종이를 다시 핸드백 속에 집어넣었다. 그리고는,

"빨리 가. 엄만 만나지 않는 것이 좋을 거야. 그렇지 않아두 지금 막 뿔이 났는데……."

경주가 준호를 만나러 온 줄 알고 경주의 팔을 잡아끌었다.

그때였다. 합승에서 내린 성희가 골목을 향해 걸어오고 있었다.

성희를 먼저 본 미원이,

"저게 또 오네."

하고는,

"엄만 먼저 가. 내가 만나서 골려 줄게."

하는 것이었다.

경주는 순간 망설였다.

미원은 혼자서가 아니라 자기도 합세하여 성희를 짓눌러 주고 싶은 생각도 없지 않았다. 그러나 모두가 다 창피한 일이라고 생각했다. 성희는 물론이지만 자기들 역시 남부끄러움을 모르는 사람들이 되고 만다.

더구나 도장을 찍어 주었던 이혼장까지 도로 빼앗은 지금 그런 창피스런

일을 해도 좋을 것인가?

경주는 성희가 자기들 앞에까지 거의 다 왔을 때 미원에게,

"암말 말구 가자. 마음대루 만나라지."

하고 미원의 손을 꼭 잡았다.

그리고는 성희가 빨개진 얼굴로 그들 앞에까지 왔을 때 경주는,

"계시니까 빨리 가 보세요."

하고 침착한 어조로 성희를 스쳐 보냈다.

성희가 암말 않고 그들 앞을 지나갈 때 미원이,

"왜 그냥 보내세요?"

불만스럽게 물었다.

그때 경주가 미원을 끌고 버스 정류소로 걸으며,

"사실은 성희를 만나러 자동찰 타고 예까지 왔었다. 그렇지만 생각하니 내 마음을 아프게 했다구 해서 남의 마음까지 아프게 할 수가 있니? 꼭 같은 사람이 되기 싫어 그냥 보냈다."

하고 동화백화점 앞에서 성희가 신촌행 합승 타는 것을 보고 앞질러 왔다는 이야기까지 했다.

그래도 미원은,

"모르는 것들은 어떤 방법으로든 알게 해 줘야 해요. 방법을 가릴 게 뭐예요?"

하며 성희를 그대로 보내 준 것을 나무랐다.

"알 때가 오겠지. 두고 보자꾸나!"

경주는 성희는 보내고도 조금도 후회하지 않았다. 그 대신,

"그래 이혼장은 어떻게 뺏었니?"

하고 이혼장으로 화제를 돌렸다.

"거요?"

미원은 재미있는 일이라는 듯 우선 웃음을 지어 보이고 경과를 이야기했다.

미원이 준호의 하숙방에 들어갔을 때 준호는 옷을 입고 외출하려 하고 있

었다 한다. 그러나 미원이 들어오는 것을 보자 옷을 벗어 걸고는 부채질만
하며 뭣 때문에 왔느냐는 식으로 미원을 바라보고 있었다. 미원이 어디 가
시는 길이냐고 묻자 준호는 구청에 가는 길이라고 하며 그러니 어떻게 하겠
느냐는 식으로 비소(鼻笑)를 했다. 그때 미원은 구청에 가시는 길이면 부동
산 소유 명의도 변경해 둬야 하지 않느냐고 물었다. 미원은 준호가 집문서
를 가지고 있는지 확실치 않으면서도 집문서를 꺼내게 하며 중요서류니까
이혼장도 겸해 나올 줄 알고 집문서를 꺼내 놓게 하려 했던 것이다.

그러나 준호는 그게 뭐 바쁘냐고 화를 내며 변소엘 가더라는 것이다. 그
때 미원은 준호가 벗어 논 양복 주머니를 뒤져 그 속에 이혼장을 발견하고
준호가 돌아온 뒤 준호 앞에서 그것을 두 조각으로 찢은 뒤,

"집문서보다는 이게 더 바쁠걸요."
하고 자기 핸드백 속에 집어넣고 하숙방을 뛰쳐 나왔다고 했다.

그런 이야기를 한 뒤 미원은,

"이제부턴 큰소릴 못할 거예요. 그 대신 다시 도장을 찍어 주면 난 모르
니까 마음대루 하세요."
하고 자기의 공적이 대단한 것처럼 생색을 냈다.

"그래 다시는 그런 짓 안 할게."

경주는 생각 없이 미원이 듣기 좋게만 대답했다. 성희를 앞질러 올 때의
흥분이 가라앉아서 그런지 아무 생각도 하고 싶지 않았다. 앞으로는 준호가
다시 도장을 찍어 달라고 전처럼 야단을 칠지 그리고 그때 자기는 과연 도
장을 찍어 주지 말아야 하는 것인지 그런 것까지 생각하고 싶지 않았다.

마음이 피곤했던 것이다. 그러나 버스를 타고 서울역 앞까지 와서 미원이
성희 아버지를 만나러 간다고 할 때 경주는,

"그만둬라. 당사자끼리 해결을 짓지 비겁하게 왜 그런 짓을 하니?"
하고 미원을 완강히 반대했다.

"뿌리를 뽑지 뭘 우물쭈물해요?"

그래도 경주는,

"일은 순리대루 해야 한다. 남의 아버지까지 괴롭힐 게 뭐냐?"

하며 미원을 성희 아버지에게로 가지 못하게 했다.

"순리가 뭐 썩어빠진 순리예요. 그런 딸을 두었으면 아버지두 책임을 져야지."

미원은 끝까지 성희 아버지를 만나고야 말 모양이었다.

"네 말두 옳기는 하다. 그렇지만 세상을 그렇게만 살 수 있니? 상관두 없는 사람의 마음까지 아프게 하면서…… 좌우간 내가 성희를 다시 한 번 만나 볼게, 넌 가만 있어."

경주의 진심이었다. 해결을 지어야 할 문제이지만 당사자끼리만이 해결 짓고 싶었다. 딴 사람을 괴롭히는 것도 싫었고 또 소문을 널리 퍼뜨리는 것 도 싫었다.

미원도 경주의 마음을 알았는지,

"그럼 안 갈게요."

하고 경주 말에 순종하는 뜻을 표시한 뒤,

"미도파에 가서 세숫비누 하나만 사 가지구 곧 들어갈게요."

하고 경주의 승낙을 요구했다.

경주는 그러라고 대답했다. 미원을 믿었기 때문이었다.

그러나 미원은 미도파로 가지는 않았다. 성희 아버지 회사로 갔던 것 이다.

미원은 성희 아버지 심일무를 만나 자기가 준호의 딸이라는 것을 알린 뒤 준호와 성희와의 결혼을 어떻게 생각하느냐고 물었다.

일무는 무거운 한숨을 내쉰 뒤,

"나두 걱정을 하고 있소. 그러나 원체 개성이 강한 애라 어떤 방법으로 달래야 할지를 모르고 있소. 좋은 방법이 있거든 말을 해 주시오."

도리어 미원의 의견을 물었다.

몹시 선량한 사람 같았다. 미원은 야단 칠 계획을 갖고 찾아갔던 것이 지만 말소리도 크게 낼 수 없었다.

"아버지의 위치에서 강력하게 반대하시면 되잖을까요?"

"글쎄 그렇게 하면 문제는 해결될지두 모르지. 그렇지만 타력에 의해서 할 수 없이 자기 의사를 꺾었다고 생각하게 되면 그 애는 영원히 나를 원망할 것이고 동시에 자기를 영원히 불행하다고 생각하게 될 것입니다. 요는 그 애가 피동적이 아니라 자동적으로 마음을 돌리도록 해야 할 것입니다. 그렇게 하는 방법을 연구하고 있는 중이지요!"

"만약 적절한 방법이 없다면 어떻게 하실 작정이신가요?"

"방법이 나서겠지요. 진실이란 통하게 마련이니까!"

"방관주의시로군요?"

"방관주의도 아닙니다. 아무래도 내 승낙이 없이는 결혼을 못 할 테니까 시간이 걸려두 좋은 방법을 생각해내겠다는 거죠. 여러분을 걱정하게 만들어 죄송합니다."

"저희들이 걱정하는 것쯤 문제가 아닙니다. 시일을 끌면 끌수록 문제가 해결되기 힘들어질 것 같아 그것이 걱정이지요."

"시일을 끌수록 마음들이 변해지지 않을까요? 나는 그런 것두 생각해 봤는데요. 모른 척 내버려 두면 저절루 꼭지가 떨어질 것이라구……."

"그럴지두 몰라요. 그렇지만 그러기를 기다리구만 있을 수가 있어요?"

"잘 알았습니다. 나두 열심히 연구해 볼 테니까 거기서두 좋은 방법이 생각나면 알려 주십시오. 서루 협력해서 좋게 해결하도록 하십시다."

"좌우간 선생님께서는 그들의 결혼을 절대 승낙 안 하시겠지요?"

"그럴 작정입니다."

"그럼 안심하겠어요. 많이 생각해 가지구 다음에 또 찾아뵙겠습니다."

미원은 그 이상 말할 것이 없었다. 결혼을 승낙 안 하겠다는 사람에게 무엇을 달리 요구할 것인가?

미원은 도리어 미안하다는 말을 하고 일무의 사무실을 나와 집으로 돌아왔다. 집에 돌아오자 경주가 어떤 남자와 이야기를 하며 눈물을 흘리고 있는 것을 보았다.

미원은 깜짝 놀랐다. 어떤 사람이기에 자기가 알지도 못하는 남자 앞에서 어머니가 눈물을 흘리고 있을까?

미원은 어머니를 의심해서가 아니라 모르는 남자 앞에서 울고 있는 어머

니를 보기가 민망스러워 자기 방으로 들어가려고 할 때 경주가,

"너 인사 드려라. 변성제 선생님이시다."

하며 눈물을 닦기 시작했다.

미원은 그때야 안심을 했다. 어머니를 의심했던 것은 아닌데도 변성제란 말에 가벼운 한숨이 나올 만큼 안심이 되는 것은 무엇 때문일까?

미원은 웃는 얼굴을 지으며,

"아버지 때문에 걱정을 끼쳐 드려 미안합니다."

아주 어른처럼 인사를 했다.

"내가 걱정할 거 있나?"

변성제는 미원과 처음으로 인사를 했지만 사교적인 절차를 무시하는 듯 자리에서 일어섰다. 경주와는 할 이야기를 다 한 모양이었다.

"그럼 가 보겠습니다."

그때 경주가 따라 일어서며,

"집안 걱정을 말라구 그러세요. 그리구 건강이나 조심하라구 그래 주세요."

눈물어린 음성으로 말했다.

"잘 알았습니다. 다음에 또 오지요."

변성제가 돌아갔다. 변성제를 배웅하러 대문까지 나갔던 경주가 돌아왔을 때 미원은,

"아버지한테 집안 걱정을 말구 건강이나 조심하라구 그러신 거예요?"

라고 물었다.

"그래. 그러다가 병이나 들면 어떡허니?"

"어머니두 걱정은! 그래 지금 엄마가 그런 걱정을 하실 때예요?"

"그런 걱정두 때에 따라 하니? 걱정이 되면 걱정하는 거지."

"그러시다간 죽두 밥두 안 돼요. 마음을 강철같이 먹어두 될지 안 될지 모르는 일인데…… 게다가 아버지 생각을 하구 눈물을 흘리셔?"

"변 선생이 월급을 가져왔기에 그걸 아버지한테 갖다 주라구 부탁을 하구 났더니 눈물이 저절루 나오는 걸 어떡허니?"

"월급을 아버지한테 보내요? 그래, 집에는 한 푼두 안 남기구요?"

"하숙 생활을 하는데 돈이 필요할 게 아니니? 우리야 어떻게 해서라두 굶지는 않겠지."

"돈이 없으면 굶었지 별수 있어요? 참 엄만 큰일이야. 도대체 어떡허실 작정이시우? 성희와 결혼하는 걸 속으루 원하구 계신가 봐……."

"그걸 원하는 사람이 어디 있니? 그저 인간의 도리를 벗어날 수가 없어서 그런 거지."

"그만두세요. 난 이제 손 뗄 테야. 내 일두 아닌데 왜 내가 발벗구 나서……."

"이때까진 누구 일이라 생각하구 뛰어다녔니?"

"엄마가 그런 태도를 취하니까 그러지."

이때 경주가 다시 눈물을 흘리기 시작했다. 대단치도 않은 말인데 미원이 화를 낸다고 해서 우는 경주였다. 신경이 몹시 날카로워진 때문이었다. 미원은 우는 경주가 보기 딱했다.

"엄만 왜 저럴까? 누가 뭐랬다구 우시는 거예요?"

"안 울마. 오래 살지 못할 사람이 울기를 잘 한다던데 내가 아마 그런가 부다."

"또 그런 소리나…… 참 속상해 죽겠어……."

"오냐, 잘못했다. 이젠 울지두 않구 그런 말두 안 할게……."

그러고도 경주는 자꾸만 눈물을 흘렸다. 미원이 자기 방으로 돌아간 뒤에도 눈물을 그치지 못했다.

더구나 저녁때쯤 해서 준호가 찾아와,

"잘 됐다, 잘 됐어. 이젠 끝장이 났단 말야."

하고 소리 소리를 지를 때도 경주는 울기만 했다.

창공의 결심

끝장이 났다고 하며 화를 내는 준호가 무엇 때문에 왔는지 알 수 없었다. 정말 끝장이 나서 화풀이를 하러 왔는지 그렇지 않으면 이혼장 때문에 일이 틀어져서 다시 도장을 받으러 온 것인지 그리고 성희와의 관계가 어떤 관계에 이르렀는지 궁금 안 한 것이 아니었다. 그러나 화만 내는 준호에게 말을 건넬 수가 없었다.

말을 건네지 못하고 준호를 바라보고만 있으려니 눈물이 또 나왔다.

왜 눈물이 나오는지는 경주도 알지 못했다. 화를 내며 짜증을 부려야만 하는 준호를 오죽 마음이 아프랴 하는 생각에서인지 성희에게 버림을 받고 집으로 돌아온 것이라는 생각에서 준호를 측은하게 본 때문인지 어쨌든 경주는 석연치 않는 눈물을 흘리고 있었다.

준호가 온 것이 좋은지 나쁜지도 모르고 눈물만 흘리고 있을 때 준호가,

"고소하겠지? 고소할 거야. 그렇지만 난 가만 못 있어. 다시 도장을 받구야 말 테니까 그쯤 알아."

하며 또 소리를 질렀다.

경주는 준호가 찾아온 뜻을 알 수 있었다. 그래서 아직까지 정신 차리지 못한 준호를 상대하고 싶지가 않았다. 어떤 일이 있어도 다시는 도장을 찍어 주지 않을 것이라 마음먹었다. 그러면서도 경주는 준호의 비위를 거스르게 하려고는 하지 않았다. 아무 대꾸도 안 했던 것이다. 그랬더니 준호는 다시,

"할 말이 있으면 내한테 할 것이지 무엇 때문에 번갈아 가며 성희를 찾아다니는 거야? 난 사람 축에두 못 낀단 말야?"

하며 경주의 입을 열고야 말려고 했다. 그때였다. 준호가 온 것을 알고 있었을 텐데도 꼼짝 안 하고 있던 미원이 안방으로 달려왔다. 그리고는 무엇 때문에 떠드냐는 표정으로 준호를 바라보았다.

준호는 미원에게도 소리를 질렀다.

"이년아. 넌 내가 수렁에 빠져 쑥 쑥 들어가 죽는 걸 봐야 시원하겠지? 이 아귀 같은 년아. 넌 뭣 때문에 날 잡아먹지 못해 돌아다니는 거야 응?"

"난 아버지가 돌아가시는 걸 바라구 있지 않아요. 도리어 오래 사시는 걸

바라구 있지."

미원이 대꾸를 하자 준호는,

"너 때문에 일이 엉망이 되었어. 모두가 너 때문이야. 원수 같은 년."

경주는 그때야 입을 열었다.

"그만큼 집안 분탕을 일으켰으면 마음을 좀 돌리시구려. 왜 점점 악한 마음만 가지십니까?"

경주는 준호가 정말 악한 사람이 되어 가고 있는 것이라 생각했다. 전에는 화를 낼 때에도 그렇게까지 눈에 횃불을 세워 본 일이 없었다. 그런데 지금은 환장한 사람처럼 눈이 뒤집혀져 있었다. 눈앞에 보이는 것이라고는 아무것도 없는 모양이었다.

"악한 사람? 나두 악한 사람만은 안 될라구 했어. 내 딴에는 고민두 했어. 아무것도 좋아. 그렇지만 그건 내 꾀가 아냐. 너희들이 나를 그렇게 만든 거야."

"누가 당신을 악하게 만들었어요?"

"너희들이지 누구야. 왜 내가 하겠다는 것을 한사코 못하게 해, 응? 나를 죽이구 싶어서 그러는 것들한테 내가 고개를 숙일 줄 알어?"

"누가 당신을 죽이구 싶답디까? 말이라구 하면 말이 되나요?"

"나를 불행하게 만들려는 게 나를 죽이려는 거지 뭐야?"

경주는 가슴이 막혀 왔다. 사람이 어쩌면 그렇게까지 변할 수 있을 것인가? 말을 해야 소용이 없다고 생각했다. 그러면서도,

"불행하게도 해 드려 죄송합니다. 그렇지만 조용조용히 이야기할 수는 없을까요?"

하고 처음으로 핀잔을 주었다.

"조용히 이야기하게 됐어? 생각을 해 봐. 난 지금 죽느냐 사느냐 하는 두 갈래 길에 있어."

준호는 지성도 체면도 아무것도 없다는 듯이 떠들었다.

"이런 문제루 남자가 죽는 일이 있는 것 같지 않습니다. 죽으면 여자가 죽는 거지요. 절대루 죽지 않을 당신이니까 제발 떠들지 말구 이야기하세

요.”

경주는 준호가 떠드는 것이 무엇보다도 싫었다. 잘 한 것 하나 없는 사람이 무엇 때문에 떠드는 것일까?

“떠드는 게 문제야, 빨리 도장을 찍어.”

준호는 주머니 속에서 종이를 꺼내 놓으면서 떠들어댔다.

“그렇게 떠들기만 하시면 도장은커녕 대답두 안 하겠어요.”

조용히 사정 이야기를 해도 모르는 일인데 큰 소리로 위협을 하니 도장을 찍을 수가 있을 것인가?

“잔소리 말구 찍어. 이 집의 소유권 이동신청서에 언제나 도장 찍어 줄 테니…….”

그런 말이 경주의 비위를 더 상하게 했다.

“교환 조건으루 도장을 찍으라는 건가요?”

“교환 조건이든 뭐든 나두 도장을 찍어 줄 테니까 빨리 찍으란 말야.”

“그런 교환 조건이라면 절대루 찍지 않겠어요. 당신은 내 도장을 당신을 죽이구 살리는 것이라구 말했어요. 그럼 당신 도장이 당신처럼 나를 살리는 것이라구 생각하시나요? 말하자면 나는 집이나 한 채 먹구 떨어지라는 거죠?”

“그럼 어떡헐 테야. 그거라두 고맙게 생각해야지.”

“숫제 나를 죽이세요. 눈을 뜨고는 못 찍겠어요.”

그때 미원이 참을 수 없다는 듯,

“저두 죽이세요. 다 죽이면 결혼두 할 수 있구 또 이 집에서 행복하게 살 수도 있잖아요? 그게 제일 현명한 방법일 겝니다.”

하고 비아냥조로 말했다.

“이년아. 잠자코 못 있어?”

준호는 미원에게 삿대질을 했다.

“정말 다 죽이세요. 살구 싶지두 않은 목숨, 죽인다구 슬퍼하지두 않겠어요.”

경주가 준호 앞으로 나섰다.

“정말 이것들이 악밖에 남지 않았나 봐.”

“악밖에 남지 않은 것은 우리가 아니라 당신이에요. 도장은 절대 찍어 주지 못할 테니까……”

“응, 살인범으로 만들어 결혼을 못하게 하려는 거지?”

“왜 결혼을 못 한다구 그리세요. 애정이 타오르는데 뭣이 무서워 못해요?”

“누굴 동물인 줄 알아? 결혼에는 결혼의 조건이 있잖아?”

“애정보다 더한 조건이 뭐예요? 형식에 구애받지 말구 어디 결혼하세요.”

“이게 사람을 뭘루 보구 이러는 거야? 공연히 그러지 말구 빨리 찍어.”

“오늘은 어떤 일이 있어두 못 찍어요. 자기의 결혼 조건을 구비시키기 위해 남의 생명의 조건을 삭탈하는 법이 어디 있어요. 난 못 찍겠어요.”

이때 미원에 옆에서 베이스를 넣었다.

“전번에 도장 찍은 종이를 제가 찢어 버릴 때 다시 도장 찍어 드릴 생각을 했으리라고 생각하세요? 여자들이라구 너무 무시하지 마세요. 여자에게는 행복을 창조할 권리가 없다구 해두 불행에 반항할 권리만은 있다구 생각해요.”

준호는 성공할 가능성이 없다고 생각했는지,

“마음대루들 해 봐. 그렇지만 누가 못 견디나 해 봐.”

하고 더 큰소리를 했다. 성희가 결혼을 그만두자고 하는 말에 흥분한 나머지 야단만 친 것을 준호도 후회했을 것이다.

강압적으로 이루어질 일이 아니라는 것을 알았는지,

“잘들 생각해 봐. 고집만 부린다고 해결될 일은 아니니까.”

마치 다음날 다른 방법으로 대할 것처럼 암시하고 돌아갔다.

준호가 경주에게 격분한 태도로 강압적인 언사만을 썼다는 것은 확실히 준호의 실수였다. 그런 태도가 경주의 반발심을 자극하여 문제를 더 악화시켰다는 것은 분명 준호에게 마이너스를 주었다. 순순한 어조로 애소하는 태도를 보였다면 경주가 다시 도장을 찍어 주었을지도 모른다.

그뿐만도 아니었다. 준호는 자기의 북을 자기 손으로 터뜨려 버리고 말았다. 너무나 팽팽하게 조인 북을 지나칠 정도로 억세게 두들겨 터지지 않을 수 없게 했다.

하숙집으로 돌아온 준호는 정신 상태가 마비된 것처럼 사지를 뻗고 누웠다. 무엇을 생각하려 했으나 사고 능력을 상실한 것처럼 머리는 혼돈상태에 빠져 있었다. 무엇이 옳고 그른 것을 판단할 수가 없었다. 무엇을 먼저 생각하고 무엇을 나중에 생각해야 할지 사고의 순서가 머리에 떠오르지 않았다.

오직 생각나는 것은 죽고 싶다는 것뿐이었다. 경주와의 이혼도 그리고 성희와의 결혼도 자기와 먼 거리에 있는 아지랑이처럼 아득하게 가물거릴 뿐이었다.

지나치게 흥분했던 긴장의 발동일지도 모른다. 사건의 악화로 패배의식을 느꼈기 때문인지도 모른다.

어쨌든 준호는 아무런 의욕도 없었다. 이혼을 해야 한다든가 결혼을 해야 한다든가 하는 것도 자기의 일이 아니라 상관없는 남의 일처럼 생각했다.

준호에게는 오직 휴식이 필요했던 것이다. 그러면서도 준호는 무엇 때문에 이혼장을 찢겼다는 말을 했던가 하는 후회를 했다. 그 말만 안 했더라면 성희가 결혼을 그만두자고 할 까닭이 없었을 것이다. 그리고 성희가 그런 말을 안 했다면 자기는 격분하지 않았을 것이고 경주에게 그런 태도를 보이지 않았을 것이다.

생각하면 우스운 일이다. 아무렇지도 않으리라 생각했던 말이 이런 결과를 가져오다니…….

성희가 이혼 수속을 안 하면 못 하나요? 하고 말했다. 그것은 진심이었다. 그래도 준호는 미원의 행동을 이야기하지 않으려 했다고는 말하지 않을 것이 분명했기 때문이었다. 그러나 성희가,

"우리 외국으루 도망갈까요? 다들 보기 싫은데…… 난 그 중에서두 미원이 제일 싫어요."

하고 화살을 미원에게 돌렸을 때 준호도 미원이 미운 생각에 불쑥,

"그게 글쎄 주머니를 뒤져 이혼장을 뺏어 가지고 가지 않았어?"

하고 말했다. 그 말을 듣자 성희는 잠시 얼굴을 붉히고 있다가 집으로 돌아가며,

"그럼 결혼 다 했군요? 그만둡시다. 그게 제일 편하겠어요."

했다. 준호는 뒤따라가며 그것이 정말이냐고 몇 번이나 물었으나 성희는 할 수 없지 않느냐는 말만 되풀이했다.

그런 말을 해도 무방할 분위기 같기 때문에 했던 것인데 그것이 성희의 마음을 변하게 할 줄 누가 알았을 것인가?

준호는 아무리 생각해도 그런 말한 자기가 잘못이었다고 후회했다.

그 말 한 마디만 안 했더라면 일이 이렇게 악화될 리가 없다.

준호는 일이 다 끝났다고 생각했다. 그리고는 인생을 허황하다고 생각했다.

'말 한 마디가 이런 결과를 내다니…….'

말 한 마디 때문에 이렇게 아름답던 과거가 남의 일처럼 멀리 추억의 세계로 변했고 말 한 마디 때문에 그렇게까지 사랑하던 성희가 남처럼 쌀쌀하게 멀리 가 버렸다.

행복은 헛된 꿈으로 변했고 현실은 비참한 지옥으로 변했다.

이제 어떻게 살아갈 것인가?

이제 누구와 더불어 이야기를 하며 살아갈 것인가?

준호가 이렇게 비참한 생각에 잠겨 있을 때 성희는 자기 회의를 계속하고 있었다.

성희가 준호를 찾아갈 때는 결혼을 단념할 의사가 조금도 없었다. 결혼을 찬성해 주는 사람이 하나도 없을 뿐 아니라 모두가 자기를 비난만 한다. 귀찮았다. 그 이상 더할 나위 없이 귀찮았으나 결혼만 하면 아무것도 아닐 것 같았다.

그래서 준호를 만나 사랑의 이야기나 하려고 찾아갔던 것이다. 사랑의 이야기를 하면 모든 귀찮음이 사라질 줄 알았던 것이다. 그런데 준호의 입에서 이혼장을 뺏겼단 말이 나왔다.

성희는 그것도 대단한 일이 아니라고 생각했다. 설사 이혼이 안 된다고

해도 결혼을 못할 것이 없다고 생각했다. 그러나 그것이 미원이 한 행동이라는 말을 들었을 때 미원에 대한 증오심이 신경을 날카롭게 했다. 그리고 준호가 미원을 미워하지 못하는 태도가 극도로 성희를 흥분하게 했다. 그래서 결혼을 단념하자는 뜻의 말을 하고 돌아왔다.

그러나 그것은 성희의 진심이 아니었다. 신경질적으로 뱉어 버린 말에 지나지 않았다.

그러나 그런 말을 하고 돌아왔을 때 성희는 자기가 한 말이 자기의 마음과 아주 반대되는 것이 아님을 느꼈다.

말하자면 모든 귀찮음을 눈을 감고 결혼한다는 것이 과연 행복스러운 일일까 하는 의심이 들기 시작했던 것이다.

멀리서 잡음이, 말하자면 자기가 듣지 못하는 곳에서 방송해 온다면 그것쯤 무시하고 살 수가 있을 것 같았다. 그러나 성희에 대한 잡음은 모두가 성희 주변에서 일어나고 있다. 그 중에서도 미원과 경주는 죽을 때까지 서울을 떠나지 않을 것이며 자기 주변에서 저주와 멸시를 보낼 것이다.

더구나 이혼이 되지 않는다고 하면 자기는 법률적으로 첩이라는 위치에서 떠날 수가 없다. 만인의 멸시 속에서 살아야 한다. 그리고 지금 뱃속에 들어 있는 생명은 서자(庶子)라는 이름 밑에 죽을 때까지 이단시될 것이다. 고아보다도 떳떳치 못한 운명 속에서 이방인과 같은 심정으로 살아야 하는 애들을 낳아야 한다.

비록 사랑의 결정이라 해도 축복받을 수 없는 생명들이 아니겠는가?

성희는 조금씩 만져지는 배를 쓸어 보았다. 한 생명이 깃들여 있다는 것을 확실히 느낄 수 있었다.

서자!

그 애는 어릴 때부터 고독할 것이다. 같이 놀다가도 딴 애들이 첩의 자식이란 말로 경멸하면 울고 쫓아올 것이다. 학교에 가서도 친구를 사귀지 못할 것이다. 외로움 속에서 자라면 성격이 이지러져 올바른 발전을 못하게 된다.

그런 애를 자기는 몇이나 낳아야 할 것인가?

이런 생각을 하니 몸서리가 쳐졌다. 그러나 그렇다고 해서 준호와 결혼을 말아야겠다는 결론에까지는 이르지 못했다. 이제 결혼을 안 한다고 하면 준호가 얼마나 불쌍하게 될 것인가? 그리고 자기는 얼마나 비참해질 것인가? 차마 그런 생각만은 할 수 없었다.

그저 어떻게 했으면 좋을까 하고 자기 자신을 회의하고 있을 때였다.

언젠가 돈을 달라고 왔던 일이 있는 계모의 사촌오빠가 계모를 찾아왔다.

그새 통 보이지 않더니 몸차림이 제법 미끈해져 있었다.

성희는 그새 자기 모르게 계모가 돈을 준 것이나 아닌가 하고 생각했다. 그러나 아는 척할 것도 못 되기 때문에 모른 척해 버렸다. 그러나 안방으로 들어간 그 남자가 무슨 말 끝엔가,

"그럼 시작한 것을 안 할 수 있어. 내던 김에 조금만 더 내."
하는 굵직한 소리가 들려 왔다.

그때 계모가 뭐라고 했는지 그 뒤부터는 남자의 목소리가 통 들리지 않았다.

성희는 그 남자의 한 마디 말로 계모가 그와 장사를 시작하고 있음을 알 수 있었다. 동시에 그것은 계모의 본성이 드러나고 있다는 증거였다.

누구에게나 경멸을 받을 본성.

성희는 계모를 노골적으로 경멸하고 싶은 마음이 생겼다. 그러나 어쩐지 자기가 남을 경멸하는 위치에만 있지 않다는 느낌이 들었다. 계모를 경멸하기에는 자기가 전처럼 단순치 않다는 자의식에서일지 모른다. 계모를 경멸하는 마음이 가볍지가 못했다.

저녁때 아버지가 돌아와 성희를 응접실로 불렀다. 다른 때 같으면 계모를 경멸하는 마음에서 아버지가 딴 이야기를 꺼내기 전에 계모가 자기 사촌오빠와 무슨 장사를 하느냐고 물었을 것이다. 만약 묻고 싶어도 묻지를 않는다면 아버지와 계모 사이를 이간시키는 행동이 될 것이 겁났기 때문일 것이다. 그러나 성희는 자기의 인격이 의심받을까 두려워서가 아니라 자기에게 계모를 경멸할 자격이 없는 것 같은 마음에서 그 말을 입 밖에 꺼내지 못했던 것이다.

확실히 성희는 얼마 전과 사고방식이 달라졌다. 준호와의 관계를 애정 하나만으로 연결시킬 때는 모든 것이 눈에 보이지 않았었다. 그러나 지금 은 그 애정의 주변에 있는 애정과 관계없는 것에까지 시선을 돌리고 있는 것이다.

아버지가 전 달리 친절했다.

"나두 그새 너에게 잘못한 일이 많다고 생각한다. 그래서 우리 두 사이의 거리가 멀어진 것 같은데 그래서야 쓰겠니? 너는 내게 하나밖에 없는 딸. 나 는 네게 하나밖에 없는 애비. 그런 애비와 딸이 멀게 살아서 되겠니?"

무슨 이야기를 하려는 것인지 이런 서두를 꺼낼 때 성희는 우선 아버지의 마음을 그대로 받아들이고 싶었다.

"저두 동감예요. 어떻게 하면 아버지와 가까워질까 여러 번 생각해 봤어 요."

"고맙다. 그런데 너두 어린애가 아닌 이상 우리 서루 이야기를 하면 되지 않겠니? 결국 우리는 너무 이야기를 못했어……."

"이제라두 하세요. 정신 차리고 듣겠으니까요."

아버지는 잠시 성희의 얼굴을 바라보다가 입을 열었다.

"우리 여행을 가지 않을래? 여행을 하면서 흉금을 털어놓구 이야기하고 싶은데, 네 생각은 어떻니?"

"좋아요. 그렇지만 지금 그럴 시간이 없을 것 같아요. 결혼 문제 때문예 요."

"참 그렇겠구나……."

아버지는 미처 그 생각을 못했던 것처럼 고개를 끄덕였다. 그러나 완전히 잊고 있었던 것은 아니라는 듯,

"그래 그 사람과 꼭 결혼하고야 말 생각이냐?"

하고 성희의 마음을 타진했다.

"아무래두 하기는 해야 할 것 같아요. 시끄럽기는 하지만 식을 올리고 나 면 잠잠해지겠지요."

그때 아버지가 성희의 손을 잡았다. 그리고는,

"내가 진심으로 너를 걱정한다고 하면 넌 거짓말이라구 생각하겠니?"
하고 물었다.

"거짓말이라구는 생각지 않아요. 그렇지만 견해가 다를 때는 동의를 할
수 없을지 모르지요."

"동의하구 안 하구는 둘째 문제다. 우선 거짓말이 아니라는 것만 믿어 다
오."

"말씀하세요."

"남녀간의 행복이란 꼭 정신적 애정에만 있는 것이 아니라구 생각한다.
역시 현실적인 문제가 병행해야 하는 거지."

"전 그런 사고방식이 싫어요. 그런 생각을 경멸하고 싶어요."

"그건 네가 순수하구 또 순진하기 때문이야. 그러나 순수성과 순진성을
살리려면 그만한 환경의 조성이 필요하지 않겠니?"

성희는 아버지가 하려는 말을 모를 리 없었다.

"가문이 좋구 돈이 있는데다가 건강하구 인물이 잘 생긴 미혼 남자라야
한단 말씀이죠? 저두 방준호 선생을 알기 전에 그런 남자를 만났다면 그 남
자와 결혼할 거예요. 그렇지만 운명이 그런 남자를 제 앞에 데려다 주지 않
은 걸 어떡해요. 할 수 없지 않아요?"

성희가 아버지의 말을 봉쇄해 버리자 아버지 일무는 한참 동안 얼굴만 쓸
고 있다가

"운명이란 말이지?"

운명이라고 하면 더 말할 수가 없다는 듯이 자탄을 했다.

"운명인 것 같아요. 운명이 아니래두 할 수 없구요."

성희가 절대로 달리 생각할 수 없다는 뜻의 말을 하자 일무는 얼굴을 떨
어뜨리고 있다가 응접실 한 모퉁이에 있는 책상 서랍을 열쇠로 열고 조그만
상자 하나를 꺼내 왔다. 그리고는 그것을 통째로 성희에게 주며,

"너 하구 싶은 대로 해라. 이건 네 어머니의 패물들이다. 네가 결혼할 때
주라구 네 어머니가 내게 맡겼던 것이다."
하고 눈물을 떨어뜨렸다. 그러나 눈물 흘린 것을 얼른 감추고,

“새어머니에게는 말하지 말어라.”
하는 것이었다.

성희는 패물 상자를 열 수가 없었다.

무엇이 들었는지 궁금하지 않은 것이 아니었지만 눈물 흘리는 아버지 앞에서 차마 그것을 열어 볼 수가 없었다.

성희는 고맙다는 말도 못하고 무거운 감정에 사로잡혀 있는 아버지를 뒤로 자기 방으로 갔다.

자기 방에 가서도 패물 상자를 열어 보지 못했다.

아버지가 주어서 받기는 했지만 어쩐지 받을 자격이 없는 자기 같았다. 돌아가신 어머니도 그것을 받은 자기를 보고 눈물 흘린 것 같은 생각이 들었던 것이다.

동시에 ‘거짓말이 아니라는 것만 믿어 다오.’ 하던 아버지의 말이 귓전을 울리는 것만 같았다.

아버지에게 적개심을 가졌던 자기가 철없는 소녀처럼 생각되었다. 이때까지 못 느꼈던 아버지의 애정을 새로이 안 것 같아 눈물겨웠다.

어머니가 돌아가신 지 얼마도 안 되어 젊은 여자와 재혼했다고 해서 아버지에 대하여 불만을 품었던 자기가 질투심에 사로잡혀 있었다는 것을 처음으로 깨달았다.

아버지도 하나의 남성인 이상 그럴 수가 있다는 아버지에 대한 이해심이 가슴 속에 떠올랐던 것이다.

“지금도 아버지는 혼자 울고 계실까?”

성희는 이런 생각을 하며 응접실로 달려가고 싶은 충동을 받았다. 그러나 식모가 와서,

“전화예요.”
하는 바람에 성희는 응접실로 가는 대신 전화가 있는 마루로 갔다.

“장일굽니다.”

수화기를 들자마자 들려 오는 목소리였다. 장일구라는 것을 알자 성희는 다른 말이 나오지 못하게,

“저 오늘 몸이 불편해서 나갈 수 없어요.”

하고 딱 잘랐다.

장일구는 어디가 아프냐고 물었다. 성희는 몸살이라고 하고 전화를 겨우 받는다고 말한 뒤 며칠 지나서 전화를 걸어 달라고 했다. 그리고는 상대방의 말도 기다리지 않고 전화를 끊었다.

그런데 만나지 않으려고 누워 앓는다고 했는데 장일구는 전화 건 지 삼십 분도 못 되어 달려왔다.

꽃다발과 과일을 가지고 온 일구가 팽팽하게 앉아 있는 성희를 보자,

“아프다는 사람이 웬일이야?”

하고 놀란 표정을 지었다.

일구가 놀라는 표정을 짓는 바람에 성희는 얼핏,

“전화를 끊구 나니 꼭 오실 것 같아 이불을 걷고 기다리던 참예요.”

하고 생각지도 않았던 말을 꾸며댔다.

“그래? 나 때문에 일부러 일어날 필욘 없어. 열두 있나?”

일구는 성희의 이마를 짚어 보려고 손을 내밀었다.

“긴장을 하니까 열두 도망을 갔나 봐요.”

성희가 웃으면서 일구의 손을 피하자 일구는,

“누워요. 그렇지 않으면 내가 미안해서 앉아 있을 수 있어.”

하며 굳이 성희를 눕히려 했다.

“곧 가실 텐데 괜찮아요. 걱정 말구 편히 앉기나 하세요.”

성희가 정말 대단치 않은 것같이 말하자 일구는 가지고 온 꽃다발과 과일을 내놓으며,

“병원에 입원해 있다면 더 근사한 걸 사 왔을 텐데.”

하고 웃었다.

“꽃다발을 받기 위해서 병원에 입원을 해야겠군요?”

“내 꽃다발이 받구 싶지요?”

그때 성희는 아차 했다.

“아녜요, 그런 꽃다발을 받았다가 야단을 맞아요.”

성희가 일구를 경계하기 시작했는데도 일구는,

"또 불쾌한 소리를 하는군. 이젠 농담 같지 않은 농담 제발 그만둬요."

"왜 농담을 해요? 할 일이 없어 그런 농담을 해요?"

"정말이래도 좋아. 난 성희 씨를 단념하지 않을 테니까!"

"좋아하는 사람이 있는 여잘 단념 안 하면 어떡허실 작정이시죠?"

"두구 봐요. 내가 어떻게 하는가를……."

성희는 어처구니가 없다고 생각했다. 그래서,

"연애를 한 번만 한 게 아녜요. 모르긴 해도 열 번은 했을 거예요. 그런 여잘 무엇 때문에 생각하세요?"

하고 빨간 거짓말까지 했다.

"그래두 좋아. 난 결혼까지 했던 남자니까. 그리구 이건 미안한 말이지만 알았던 여자가 부지기수야. 물론 돈을 주구 샀던 거지만. 어때? 돈을 받구 파는 여자를 돈 주고 샀는데……."

"아이 듣기 싫어요. 숙녀 앞에서 그게 뭐람."

"미안합니다."

일구가 머리를 벅벅 긁으며 벙글벙글 웃었다.

성희는 일구가 그런 시시한 말을 했대서가 아니라 오래 이야기 할 의무가 없다는 생각이 들어,

"누워야겠어요."

하고 일구를 돌려 보내려 했다.

"참 누워요. 누워서 이야기하면 어때?"

하고 그냥 눌어붙을 태세였다.

"그럴 수 있어요? 부모님이 안방에 계시는데……."

"참 그렇겠군. 그럼 내 가지."

일구는 선뜻 일어섰다. 그러나,

"요새 <차타레이 부인의 연인>을 하구 있대. 같이 구경 가지 않을래?"

하며 영화 구경을 제의했다.

"아픈 사람이 구경을 어떻게 가요?"

"내일쯤이면 낫겠지. 안 그래? 차타레이 부인의 남편이 근사하대. 불구자가 되어 자기는 아이를 낳을 수 없으니까 부인더러 어떤 남자하구라두 상관 없으니까 아이를 낳도록 하란대나. 그래서 그 아이를 자기들의 아이로 기르자구 한대. 얼마나 멋진 남자야."

일구는 세상에 멋진 남자도 있다는 듯 신이 나서 이야기를 했다.

"그만두세요. 세상에 그런 남자가 어디 있어요? 좌우간 며칠 뒤에 전활 거세요."

"알았어. 그럼 약 많이 먹구 빨리 나요."

일구는 이렇게 시원스럽게 말하고 성희의 집을 나갔다.

일구가 돌아가자 성희는 문득 어머니의 패물상자가 열어 보고 싶어졌다. 새까만 칠이 번쩍이고 무지갯빛 자개가 영롱한 예물 상자였다.

뚜껑을 열자 비녀, 반지, 가락지, 귀이개 등 순전히 금으로 된 붙이들이 대부분이었다. 파란 비취반지와 누런 호박단추도 몇 개 있었다.

성희는 그것들을 방바닥에 쏟아 놓고 해변에서 모래를 만지듯 한 움큼씩 쥐었다 놓았다 했다. 어머니의 감촉을 느꼈다. 무한히 부드러운 감촉이었다. 동시에 아버지를 통해서가 아니라 어머니에게서 직접 받은 보물처럼 생각되었다.

그 보물을 꺼내 주던 아버지 얼굴이 눈앞에 떠올랐다. 확실히 어머니의 얼굴이 번져 있는 그런 얼굴이었다.

역시 어머니를 잊지 못하는 아버지. 성희는 패물들을 다시 상자 속에 집어넣은 뒤 그 상자 위에 손을 얹고 생각했다.

'나는 어떻게 살아야 하나?'

대답은 뻔한 것 같았다.

'준호와 결혼하지 말 것.'

혼자 이렇게 생각하니까 만인이 박수를 보내는 것 같았다. 죽은 어머니도 살아 계신 아버지도 희색이 만면한 얼굴로 찬사를 보내는 것 같았다. 준호의 부인도 준호의 딸도.

그러나 준호는 어떠할 것인가? 그럼 뱃속에 들어 있는 어린애는?

성희는 다시 암담해졌다. 모든 박수 소리가 잠잠해지고 찬사를 보내던 얼굴들은 자취를 감춘다.

받은 것이 어떤 것이든 그 값으로 준호에게 불행을 줄 수가 있을 것인가? 그럴 수는 없을 것 같았다. 아무것도 준호의 불행과 바꿀 수는 없을 것 같았다.

'그러나 나는……?'

성희는 준호에게 매달리는 자기의 불행을 생각했다. 기를 펴지 못하고 조롱조롱 매달린 조롱박 같은 자기였다. 가느다란 넝쿨에 말라붙은 꼭지로 연결되어 있는 조롱박은 이파리가 떨어진 뒤 덩그렇게 혼자 남는다. 그 존재가 지나치게 확대되어 보인다.

성희는 종이를 꺼냈다. 이런 경우 해결책이 있다면 어떤 것일까 하고 한 번 적어 보려는 것이었다.

1. 자살을 할 것?
2. 유산을 시킬 것?
3. 장일구와 결혼할 것?
4. 독신으로 살 것?
5. 외국으로 도피할 것?

다 써 놓고는 하나씩 하나씩 줄을 그어갔다.

첫째는 통속적이고 무의지라고 해서 줄을 그었고, 둘째는 굴욕과 죄악감……, 셋째는 그거야말로 자살행위라고 생각되었기 때문이었고, 넷째는 더없이 감상적이고, 비참할 것이므로 다섯째는 유치한 현실도피라는 명목으로…….

그러면 해결책은 하나도 없는 셈이 된다. 누구나 해결책이 없다고 생각할 때 취하는 것은 오직 죽음뿐이다.

그러나 그것은 통속적인 종말이다. 해결이 아닌 중단인 것이다.

그러면 어떻게 해야 할 것인가? 해결책이 없는 도가니 속에서 번민만 해야 할 것인가?

이런 때 성희가 남자라면 술을 마실 것이다. 아닌 게 아니라 성희는 술이라도 마시고 싶었다. 순간적으로나마 망각한다는 것밖에 달리 없을 것 같기 때문이었다. 순간적으로 자기를 망각할 수 있는 시간을 가짐으로 운명의 지시를 기다리는 것이 보통 남성들이 취하는 길이다.

성희는 친구들을 생각했다. 한때 교제하던 남자들을 생각했다. 그리고는 장일구를 생각했다. 그들 가운데 아무라도 찾아가 함께 술을 마실 수 있을 것 같았다. 그러나 성희는 아무도 찾아가지 않았다. 어쩐지 철이 든 여자가 할 일 같지가 않았다. 그리고 망각의 시간을 만든다고 해서 새로운 운명이 찾아올 것 같지도 않았기 때문에…….

역시 자기 스스로 해결하는 도리밖에 없다고 생각했다. 생각하는 시간이 필요했다.

성희는 생각하는 시간이 필요하다고 결정짓자 아버지에게로 갔다.

"아버지 내일 여행을 떠나요."

일무는 성희가 자기의 제안에 찬성하는데 반가워하지 않을 수 없었을 것이다. 그러나 잠시 대답을 안 하고 묵묵히 있다가,

"잘 생각해서 한 말이냐? 내가 가자고 했기 때문에 억지루 응낙하는 건 아니겠지?"

하고 물었다.

"전 어린애 아녜요. 어른이란 걸 잊지 말아 주세요."

"참 어른이지? 이제부턴 네가 어른이란 걸 절대 잊지 않으마. 그럼 내일 떠나자. 어디루 갈까."

"비행기를 탈 수 있는 데루 가요. 부산만 빼구……."

"그럼 제주도? 강릉?"

"강릉이 좋겠군요. 멀지두 않구……."

그래서 성희는 다음날 아버지와 함께 강릉으로 여행 가기를 결정했다. 기차나 자동차 여행과 달리 공중 여행인만큼 기발한 생각이 떠오를 것을 기대하면서.

성희는 여행하는 도중 아버지와 기탄없는 이야기를 하리라 생각했다. 자기를 가장 진실되게 사랑해 주는 사람은 아버지 한 사람밖에 없다고 느껴졌

기 때문이었다.

그러나 다음날 비행기를 타고 대관령을 지날 때까지 아버지는 아무 말도 안 했다. 눈 아래 보이는 운치에 대해서는 한 마디도 건드리지 않았다.

아버지와 기탄없이 이야길 하려고 마음먹었던 성희지만 입을 열지 않는 아버지에게 먼저 말을 건넬 수는 없었다.

일무는 그야말로 성희를 어른으로 대하려는 모양이었다. 모든 일을 스스로 처리할 줄 아는 어른에게는 충고가 간섭으로 변하기 쉽다. 간섭한다고 생각하게 되면 일부로라도 충고에 반기를 들게 되기가 쉽다.

그러나 성희는 아버지의 말없는 얼굴에서 변함없는 의지를 간파할 수가 없었다. 말은 안 하나 자기에 대한 요구를 갖고 있다. 그리고 그러한 요구가 이루어지기를 바라고 있다.

그러한 아버지의 의지를 속 깊이 들여다보는 것이 성희에게는 괴로운 일이 아닐 수 없었다. 말로 공박을 하고 채찍질하는 것보다 몇 배나 무서운 것 같았다.

비행기가 강릉 비행장에 착륙할 때까지 그리고 강릉시로 들어가 여관에 들 때까지도 그들은 성희의 장래에 대해서 한 마디의 말도 안 했다. 여관에서는 각기 딴 방을 썼기 때문에 이야기할 기회가 없다고 하지만 다음날 경포대 구경을 갔을 때도 여전했다.

나흘째 되는 날 비행기를 타고 서울로 돌아오는 길에 성희가,

"비행기가 떨어지면 어떻게 될까요? 모두 가루가 돼 버리구 말겠지요?"

할 때야 아버지 일무는,

"너 나흘 동안 겨우 그런 생각밖에 못했니?"

하고 성희의 절망적인 표정을 나무랬다.

"참, 아버지가 돌아가시면 안 되지……."

성희가 자기 말을 취소할 때 일무는,

"너 아직 어른이 못 된 모양이로구나?"

하고 탄식조로 물었다.

"아무래도 어른이 될 자격이 없는 것 같아요."

성희는 솔직하게 고백했다. 나흘 동안 계속해서 생각했지만 다람쥐 쳇바퀴 돈 격이 되고 말았다.

"어른이 못 되겠거든 믿을 만한 사람의 조언을 구해야 할 게 아니냐?"

"저두 그렇게 생각해요. 그래서 아버지께 좀더 구체적인 이야기를 드리고 싶어두 입이 떨어지지 않아요."

일무는 성희에게 마음의 변화가 왔다고 생각했다. 잘만 하면 아주 돌릴 수 있는 것이라 생각하고,

"나한테까지 말 못할 일이 무어니?"

하고 극히 부드러운 음성으로 물었다.

성희는 이 기회를 모든 것을 고백해야 하겠다고 생각했다. 나흘이 지났는데도 성희는 아버지에게 확고한 신념을 말할 수 없다. 그러니 나중에야 어떻게 되든 고백할 것을 일단 고백해야 할 것 같은 마음이 들었던 것이다.

"저……."

입을 열었으나 단번에 이야기를 전부 할 수가 없었다.

"저 말예요……."

"화 안 나시겠어요? 화를 내신다면 말 않겠어요."

서두를 꺼내기가 힘이 들었다.

"어떤 이야기에도 화는 안 내마. 이번 일에만은 절대루 화 안 내기루 결심했다."

그 말에 성희는 도리어,

"왜 화 안 내기루 결심하셨죠? 무관심이란 말씀이신가요?"

불만의 뜻을 표했다.

"천만에. 내 딴은 네 의사를 존중하려구 하는 거야. 내 기대에 어긋나지 않게 행동을 하리라 믿는 마음에서일지두 몰라."

"너무 믿으시는데요."

"믿을 수밖에 없지 않겠니? 생각을 해 봐라."

"저……."

"그래서?"

"아버지!"

"말을 해 봐."

"저 임신했어요."

그 말을 듣자 일무는 놀라는 표정을 지었으나 정말 화는 내지 않았다. 화만은 낼 수가 없었을 것이다. 그 대신 말을 못하고 있었다. 한참 뒤에야,

"그래? 그럼 결혼을 안 할 수 없겠구나?"

하고 그것이 마치 하나밖에 없는 최후의 길인 것처럼 말했다.

성희는 아버지의 재래식 도덕률에서 나온 결론이라 해도 그것이 자기 의사와 합치된다는 점에서 감사의 뜻을 표시했어야 할 것이다. 그러나,

"그것이 움직일 수 없는 결론입니까?"

하고 의아한 표정으로 물었다.

"그럴 수밖에 없지 않겠니?"

"그럴 수밖에 없다는 건 싫어요."

"그럼 유산을 시켜야 한단 말이냐?"

"운명을 희롱하고 싶지는 않아요. 내 손으로 만든 운명이니까 내 손으로 타개해 나가야 하지 않아요?"

"결혼두 안 하구 유산두 안 시키면 어떻게 타개되지?"

"그러니까 아버지의 조언을 구하는 거죠."

일무는 아무 말도 못했다. 그러한 성희에게 무슨 말을 할 수 있을 것인가?

일무가 아무 말도 못하고 있는 동안 성희는 이때까지 생각지 못했던 결론을 얻었다. 그러한 결론이 내릴 수 있는 바탕이 미리부터 마련되고 있었는지, 그렇지 않으면 아버지의 결론에 대한 반발심이 작용했는지 그것은 성희도 알 수 없는 일이었다. 어쨌든 성희는 그럴 수밖에 없다는 결론을 얻었다. 즉,

"준호와는 결혼을 안 할 것, 그리고 아이는 낳아서 기를 것."

이러한 결론을 내리자 마음이 가뜬해짐을 느꼈다. 앞으로 올 운명이 어떤 것이든 한 번 먹은 결심에 추종하면 만사는 해결되리라 생각했다.

자기가 한 결심이니 누구도 그것을 움직일 수 없다. 동시에 성희 자신도 마음의 흔들림 없이 살 수가 있다. 그래서,

"방 선생하구는 결혼을 안 하겠어요. 그 대신 유산두 안 하겠어요."
하고 확고한 태도로 일무에게 말했다.

"그럼 평생 혼자 살겠단 말이냐?"

"그래두 상관없을 것 같아요. 그 대신 아버지가 좋은 할아버지 노릇을 해 주세요."

성희는 오래간만에 처음으로 미소를 지어 보였다.

"흥."

일무는 코웃음을 쳤다.

"말이 쉽지 어떻게 혼자 산단 말이냐?"
하고 성희의 결심이 불가능한 것처럼 말했다.

"말이 쉬운 게 아녜요. 그 말을 하기에 얼마나 고민하고 애썼는지 아세요?"

성희는 일무가 반대하는 뜻의 말을 할 때마다 자기의 결심을 더욱 굳게 했다.

"글쎄 많은 생각 끝에 한 말인 줄은 안다. 그렇지만 가능성이 있을 것 같지가 않아서 하는 말이다."

"산다는 것이 시험하는 것이니까 해 봐야 알겠지요. 그렇지만 저는 제 의사와 더불어 살려구 해요. 저 혼자만의 위험한 윤리라 해두 좋아요. 그 길밖에 없다고 생각되니 할 수 없잖아요?"

"옛날 여자는 남편이 죽은 뒤 수절을 했다더라만……."

"현대 여성은 이해타산을 진리처럼 생각하지요. 아마 저는 열녀두 현대 여성두 못 되는 것 같아요."

"좀더 생각해 보자."

"일단 결론을 짓겠어요. 그래야만 우선 저 자신이 안정될 것 같아요."

"그래두 더 생각해야지."

성희는 자기 소신대로 나아가기로 결심했다.

그러나 비행기에서 내려 집으로 돌아왔을 때 성희는 자기의 결심이 먼 꿈나라의 일처럼 생각되었다. 결심했던 것은 사실 같은데 무한히 먼 곳에서 가물거리는 하나의 추억처럼 아득하게 생각되었다.

준호는 잊을 수 없다는 마음이 움직인 때문이었다. 준호와 같은 사람은 다시 만날 수 없다고 생각되자 역겨움의 슬픔이 용솟음쳤다.

갑자기 준호가 그리워졌다. 방 안에 들어갈 것도 없이 준호에게로 달려가고 싶은 생각뿐이었다.

그러나 계모가 달려와서 그새 준호가 몇 번이나 찾아왔고 방금 조금 전에는 전화까지 걸었다는 말을 들었을 때 성희는 자기의 결심이 꿈나라에서부터 눈앞으로 다가오는 것을 느꼈다. 움직여서는 안 될 결심이란 생각이 들었다.

'괴로워하겠지. 그렇지만 얼마 동안 지나면 전대로 살아갈 수 있는 성격이니까.'

성희는 준호의 성격을 생각했다. 능히 괴로움을 참을 수 있는 사람인 동시에 어느 정도의 시간만 지나면 과거를 하나의 불장난으로 후회할지도 모를 사람.

'결심을 했는데……'

준호가 괴로워하건 말건 자기는 결심한 대로 나아가야 한다고 생각했다.

성희는 그 날 준호를 찾아가지 않았다. 앞으로는 찾아가지 않으려 생각했다.

만약 준호가 찾아오는 일이 있다 해도 될 수 있는 한 만나지 않으리라 생각했다.

그러나 성희는 밥맛을 잃었다. 밥을 통 먹을 수가 없었던 것이다. 잠도 오지가 않았다. 몸에는 열이 나고 두 눈은 충혈되었다.

준호의 얼굴이 자꾸만 눈앞에 떠올랐던 것이다. 웃는 얼굴이 보였다가는 괴로워하는 얼굴이 보였다. 애무해 주던 때의 얼굴이 보이는가 하면 곤히 잠들어 있는 얼굴도 보였다.

잠을 자려고 눈을 감았다가는 깜짝 깜짝 놀라는 성희였다.

‘그럴 수가 있어? 성희.’

준호의 그 부드러운 목소리가 귓가에 들리기도 했다.

‘성희.’

‘성희.’

안타까운 음성으로 자기를 부르는 준호의 목소리.

성희는 자기도 모르게 눈물을 흘렸다.

베개가 흥건히 젖어옴을 느낄 때 성희는 자기가 요망스런 여자란 생각이 들었다. 최대의 행복을 창조해 보겠다던 자기. 그러나 결혼도 하기 전에 그것을 부정해 버린 자기.

성희는 걷잡을 수 없는 그리움으로 몸부림쳤다.

슬픔은 죽음보다

성희는 밤새 잠을 못 이루었다. 그 널따란 준호의 가슴에 안겨 있는 착각을 느끼면서도 한 번 세운 결심을 무너뜨리지 못하는 성희였다.

다음날 아침 성희는 일찌감치 세수를 했다. 어디로든지 집을 나가야 한다고 생각했던 것이다. 준호가 찾아오거나 전화를 걸어 오면 만나지 않겠다고 거절할 수가 없을 것 같았기 때문이었다.

성희는 준호를 만날 수 없다고 생각했다. 만나면 자기의 결심이 깨질지도 모른다고 생각했다.

어디를 가서든 종일 집에 들어오지 않으려고 화장을 했다. 화장을 하고 나서는 편지를 쓰기 시작했다. 자기의 결심을 알리지도 않고 그냥 안 만나기만 할 수가 없었기 때문이었다.

　　PS!

아버지와 함께 여행을 다녀왔습니다. 동해안을 구경하고 왔습니다만 구경을 위한 여행은 아니었습니다. 비행기가 추락하기만 바라는 그런 여행이었습니다. 저는 이제 눈물을 짓지는 않겠습니다. 그리고 행복이 무엇이라는 이론적 또는 감정적 사고도 계속하지 않겠습니다. 당신을 위하여 또 저 자신을 위하여 우리는 제각기 자기의 길을 걸어야 한다고 생각합니다.

계획적 행동이라고만 생각지 말아 주십시오.

아무 계획 없이 출발해 보겠습니다.

계획이 없기 때문에 더 괴로울지도 모르겠습니다. 그러나 한 가지 계획만은 있습니다. 애기를 해산하겠습니다. 그리고 그 애기를 기를 작정입니다. 경제적 여유가 있기 때문에 이런 생각을 갖게 된 것만은 아닌 것입니다.

아이가 큰 뒤 그 아이가 아버지를 그리워할 때 그 아이를 당신께 보내 드릴 수 있을지도 모릅니다. 그러나 그것은 그때의 일이니까 지금부터 말씀드릴 필요가 없겠지요.

PS! 이것은 눈물로 이루어진 결심입니다. 아버지도 당신과 결혼하기를 권했습니다만 거절했습니다. 제 결심에 충분한 이해가 있으실 것을 믿습니다.

우리는 사랑했으니까요. 인간은 슬픔을 참는 힘의 소유자라고 생각합니다.

PS! 저는 언제까지나 당신의 이름을 부르며 살 것입니다. 최소한도 아이가 제 옆에 있는 동안…….

그러면 언젠가 술잔을 부딪치며 서로의 행운을 빌던 때처럼 저는 지금 마음속으로 당신의 행운을 빌고 있습니다.

안녕!

SH 드림.

편지를 쓰고 나니 눈물이 나왔다. 울 까닭이 없다고 생각되는데도 눈물은 그치지 않았다.

'차라리 미워할 수 있는 사람이라면…….'

준호를 미워할 수만 있다면 눈물이 나오지 않을 것 같았다. 그러나 아무리 생각해도 준호를 미워할 수는 없을 것 같았다.

성희는 아무도 보는 사람이 없는 데서 실컷 울고 싶었다. 눈물까지 막을 필요가 없다고 생각했던 것이었다.

그러나 식모가 와서 전화가 왔다고 할 때 성희는 눈물을 닦지 않을 수 없었다. 눈물을 닦고는,

"없다구 그래요."

하고 말했다.

준호라고 생각되었기 때문이었다. 그런데 식모가,

"계시다구 그랬는걸요. 이제 안 계시다고 하면 달려오지 않겠어요?"

마치 전화 건 사람의 성격을 잘 알고 있다는 듯이 말했다.

"방 선생님이셔?"

준호가 아닐 것 같았지만 또 준호일지도 몰라 물었다. 안 만나야겠다고 생각하면서도 성희 마음속에는 준호밖에 없었기 때문에 준호 이름을 댔을지도 모른다.

"아녜요, 저……."

말을 다 안 해도 알 수 있었다. 성희는 장일구라면 전화를 받아도 무방하다 생각하고 전화 앞으로 갔다.

역시 장일구였다 정처 없이 집을 나가려던 참인 만큼 성희는,

"오늘은 출근 안 하세요?"

하고 만나 줄 용의가 있다는 듯이 말했다.

"일요일인데 출근은……."

장일구의 대답이었다.

"전 그런 거 알 필요가 없었으니까요."

"그럼 어디루 나오시겠어요?"

"글쎄 어떤 다방이 좋을까……."

그때 성희는,

"무교동에 있는 'G선' 아세요? 무교동에 들어서면 찾을 수 있을 테니까

그리루 나오세요.”

하고 준호와 ‘우리의 다방’이라고 부르던 다방을 말했다. 이제 다시 준호를 만나지 않는다고 해도 준호와의 추억이 남아 있는 장소를 찾아보고 싶었던 것이다.

“찾아가지. 곧 나와요.”

성희는 전화를 끊고 곧 집을 나왔다. 나와서는 준호 하숙으로 편지를 부친 다음 합승을 타고 시청 앞으로 해서 다방 ‘G선’으로 갔다.

조금도 지체함이 없이 갔는데도 ‘G선’에는 장일구가 벌써 와 기다리고 있었다.

“어머나 댁이 어데신데 벌써 오셨어요.”

장일구는 싱글싱글 웃으며 대답했다.

“집두 가까운 관수동이지만 택시를 타구 왔지.”

“일찍 오시면 누가 상을 주나요?”

“상 줄 사람은 없어두 꾸물거리기가 싫으니까…….”

성희는 장일구와 하루를 같이 보낼 생각이었다. 그런 만큼 이야기도 될 수 있는 한 명랑하게 해 주리라 생각했다.

“모처럼인 일요일을 저하구 보내도 괜찮어요?”

우선 이렇게 장일구의 마음을 떠보았다.

“글쎄 오늘만은 공일인데. 걸리는 여자가 있어야지?”

장일구도 농담을 그럴 듯하게 했다.

“안됐군요? 그렇지만 대용품 노릇하기는 싫은데 어떡헐까…….”

그때 일구가,

“농담은 그쯤 해 두구? 어디루 갈까? 멋진 데를 가야겠는데…….”

“멋진 데야 장 선생이 잘 아시겠죠. 그 방면의 딕셔너리실 테니까…….”

“좀 알기는 하지만 아직 딕셔너리의 자격은 못 될걸.”

“어쨌든 나는 순 아마추어예요. 좋은 데루 정해 보세요.”

“나를 그 방면의 직업선순 줄 아는가 본데…… 명예회복을 어떻게 하나?”

“불명예스러울 것두 없지 않아요? 사실이 그런걸…….”

“사실이 그랬지. 그렇지만 지금은 조금 달라졌을 거야. 철이 좀 들어야 할 나이가 됐으니까.”

“아무래도 좋아요. 내가 관심할 바 아니니까.”

성희는 어느 정도의 한계선을 그어 두어야 어디를 가든 일구가 조심해 줄 것 같아 이런 말을 했지만 일구는 그런 말을 무시하는 듯,

“도봉이 어떨까? 음식점두 많구 편리할 것 같은데…….”

하고 말했다.

성희는 도봉쯤 무난하다고 생각했다.

일요일이라 사람이 많을 것이다. 한적한 데보다는 사람이 많은 데가 좋다.

“좋겠지요. 아무데면 어때요.”

이렇게 도봉산으로 갈 것을 결정한 뒤 그들은 차를 마셨다. 차를 마시고 있으려니 성희는 준호 생각이 났다. 처음 준호와 사귈 때 매일처럼 찾아오던 다방이다. 지금 일구와 마주 앉은 자리도 준호와 같이 앉았던 자리다.

준호는 지금 무엇을 생각하고 있을까? 그리고 자기의 편지를 받은 뒤의 놀람은 어떠한 것일까? 이런 것을 생각하고 있을 때 일구가,

“그럼 떠나 볼까?”

하고 자리에서 일어섰다.

성희는 서슴지 않고 일구의 뒤를 따랐다. 준호가 그립고 준호가 걱정이 되었지만 그런 것만 생각하고 있을 수가 없었기 때문이었다.

즐거운 것은 하나도 없었다. 장일구에게 무엇을 기대할 것인가? 그러나 오늘 하루는 장일구와 시간을 보내야 한다. 그러면서 준호를 잊어야 한다.

“자동찰 타구 가지.”

다방 밖에까지 나온 장일구가 성희의 의견을 물었다. 성희의 의사를 존중하는 태도였을 것이다.

“돈 있으세요?”

성희는 그런 걸 물어 볼 것이 어디 있느냐 생각하면서도 일구의 마음을

건드려 봤다.

"그만한 돈쯤은 있지."

그때 성희는,

"돈이 없으시면 제가 낼라구요."

하며 웃었다.

"부잔 줄은 알아. 그렇지만 나두 가난뱅이는 아니니까 걱정 말어."

·장일구는 악의 없는 웃음을 웃으며 지나가는 택시를 불렀다.

자동차로 아스팔트길을 달리며 교외로 나가는 맛이 나쁘지는 않았다. 아무 상관이 없는 남자지만 옆에 한 남자가 앉아 있다는 것이 도리어 마음 든든하기도 했다.

도봉유원지에 이르자 일구는 음식점으로 들어가 점심부터 먹자고 했다. 그러나 성희는 일구와 같이 실내로 들어가고 싶지가 않았다. 여름날이라 창문을 닫지는 않을 것이지만 단 둘이 한 방에서 식사를 한다는 것이 남보기에도 좋을 것 같지가 않았다. 그래서,

"도시락을 사 가지구 산에 올라가 먹어요. 그게 기분나지 않아요?"

하고 산에 온 기분을 내자는 듯이 말했다.

"참 그게 좋겠군.

장일구는 성희 말에 잘 응낙해 주었다. 그래서 도시락과 주스 그리고 과일을 사 가지고 산으로 올라가기 시작했다. 일요일이라 과연 사람이 많았다. 어디를 가도 사람이 와글거렸다. 성희는 그것이 좋았다. 천축사로 올라가는 길을 걸을 때 일구가 몇 번이나 성희의 손을 잡아 주려 했다. 가파른 길을 올라갈 때나 내려갈 때마다 성희를 보호하는 척하고는 손을 내밀었다. 그러나 성희는 사람들이 본다고 좋은 말로 그것을 거절할 수 있었다. 얼마만큼 올라가서는 으슥한 데로 들어가 점심을 먹자고 할 때도 남들이 수상하게 본다고 하며 길가 나무 밑에 자리를 잡게 했다.

성희는 그러한 자기 말에 조금도 굴복하지 않는 일구가 좋았다.

길에서 멀지 않는 곳에 손수건을 깔고 앉으라고 할 때 성희는 하라는 대로 했다. 일구가 자기 옆에 바싹 붙어 앉을 때도 몸을 비키지 않고 내버려

두었다.

　몸이 닿을 정도로 가까이 앉아 도시락을 먹기 시작하려고 할 때였다. 일구가 아이들 둘을 데리고 앞길로 지나가는 어떤 부부에게 소리를 질렀다. 성희와 같이 놀러 온 것을 보여 주려는 행동 같았다.

　일구는 소리를 지를 뿐 아니라 그 사람들에게로 달려가기까지 했다. 상당히 가까운 사이 같았다.

　그러나 지나가던 부부가 성희를 올려 보는 것이 불쾌해서 성희는 고개를 수그렸다.

　'모르고 지나가는 사람을 불러 세울 것이 무언가?'

　장일구까지 못마땅하게 생각했다. 장일구는 그러한 성희의 마음을 모르고 성희에게로 뛰어와서는,

　"재미있는 친구야."

하며 이야기를 시작했다.

　"아이가 셋씩이나 있는 여자와 결혼해 가지구 그 애들을 전부 자기 자식처럼 기르구 있거든. 같이 온 애들이 전부 그 애들이야."

　성희가 그런 이야기에 흥미를 느낄 까닭이 없었다.

　"식사나 하세요."

　일구는 또 성희의 말대로 식사를 시작했다. 한참 동안 밥을 먹다가 그 말이 하고 싶어 못 견디겠다는 듯이,

　"여자를 사랑하면 남의 애도 사랑하게 되는 모양이지?"

하고 좀 전에 만났던 남자의 이야기를 다시 꺼냈다.

　"그럴 수도 있겠죠. 그게 뭐 신기해요?"

　성희는 다시 그런 이야기를 꺼내지 못하게 했다. 그리고는 밥만을 먹었다.

　점심을 먹자 일구는 주스 병마개를 열어 종이컵에 그것을 따라 주었다. 그리고는 과일을 제 손을 깎기도 했다. 몹시 친절했다.

　주스를 마시고 과일을 먹을 때였다. 일구가,

　"요즘두 그 나이 든 선생하구 같이 다녀?"

하고 물었다.

성희는 그 말이 언제든 한 번 나오리라고 생각했었기 때문에 불쾌한 표정을 짓지 않고,

"그럼요."

태연하게 대답했다.

"어떡하자구 밤낮 같이 다니는 거지?"

성희는 무엇 때문에 그런 말을 묻는지 일구의 마음을 빤히 들여다볼 수 있었다. 그래서,

"어떡허긴 뭘 어떡해요? 결혼하지."

하고 결혼이란 말을 힘을 주었다.

"결혼?"

일구가 놀랐다.

"사랑하면 결혼하는 거지 결혼하는 사람이 따루 있어요?"

"정말야?"

일구는 성희의 말을 농담으로 돌릴 수가 없는 모양이었다.

"나두 장 선생의 마음을 약간 짐작하구 있어요. 그런데 어떻게 농담을 하겠어요."

"글쎄, 농담 같지는 않은데 그래두 믿어지지가 않아."

"믿어지지 않을 거예요. 그렇지만 장 선생이 건달이었다는 것처럼 엄연한 사실이니까 그쯤 알아 두세요."

"언제 결혼해?"

"가을쯤 할 예정예요."

"그럼 나는 어떡하지?"

"그걸 나한테 물으심 어떻게 대답해요?"

"나는 아무때라두 성희 씨와 결혼할 작정이었어."

"고맙습니다. 그렇지만 나는 벌써 임신까지 한 사람인 걸요."

성희는 무엇 때문에 그런 말까지 했는지 모른다. 안 해도 괜찮았을 것이다. 그러나 안 해도 좋을 말을 아무 거리낌없이 했다는 것은 자기에게 장일

구를 조금도 생각하고 있지 않았다는 것을 알리기 위함이었을지 모른다. 그리고 설사 자기가 장일구가 결혼하자는 의사를 표시하는 경우 장일구가 임신한 것을 알면 물러설 것이 분명하다는 마음에서였다.

어차피 결혼 못할 사람이라면 조금도 비굴하게 보일 필요가 없었던 것이다.

그 말을 듣자 장일구는,

"뭐?"

하고 몸을 곧추 세웠다. 그리고 성희 곁에서 물러앉았다. 만사 파이란 생각이 들었던 모양이다.

그 뒤부터는 일구는 말수가 적었다. 말수가 적어졌을 뿐 아니라 성희에게 조금도 친절하지 않았다.

비탈길을 내려올 때도 앞장을 서서 성희를 돌아보지 않았다.

성희는 속마음으로 웃고 있었다. 혼자서 헛물을 켜다가 시무룩이 돌아서는 한 남자를 자기 눈으로 직접 볼 수 있다는 것이 유쾌했던 것이다.

주차장이 있는 데까지 와서도 일구는 택시를 부르려 하지 않고 그냥 걸었다. 국도까지 가서 거기서 지나가는 버스를 타려는 모양이었다. 성희는 그러한 일구가 얄미워 택시를 불러 탄 뒤 일구 앞까지 가서,

"돈은 내게 있으니까 타구 가세요."

하고 일구를 불렀다.

일구는 마지못해 자동차에 올랐다. 그러나 유리창을 통해 바깥만 바라볼 뿐 성희에게는 시선도 보내지 않았다.

성희는 일구를 불쌍하다고는 생각지 않았다. 조금도 책임감을 느끼지 않기 때문이었다.

"불쾌하세요? 지나가는 여자가 모두 주인 있는 여자라구 생각하시면 되지 않아요?"

도리어 놀려 주고 싶은 심정이었다. 그러나 일구는 속은 것이 억울하고 분하지만 화를 낼 수도 없는 것이 원통하다는 듯 성희의 말을 들은 척도 안했다.

성희는 그래도 일구를 내버려 두지 않았다.

"난 처음부터 장 선생을 한 번두 속이지 않았으니까 나한테 화를 내실 건 없어요."

그때야 일구는 성희의 옆얼굴을 보며

"화를 내면 나한테 내겠지 누구한테 내겠소? 결국 내가 나를 속인 것이니까요……."

한숨을 길게 내 쉬었다. 그 말을 듣자 성희는 갑자기 일구를 놀려 줄 수가 없다는 생각이 들었다. 정말 진실한 순간 같았기 때문이었다.

"그 점에 대해서는 내가 사과를 드려야겠지요. 장 선생 자신을 속이게 해 드렸으니까. 사실은 내가 몇 달 전에만 장 선생을 알았다면 결혼했을 것이라구 생각해요."

"지나간 이야기 다 그만둡시다."

일구는 더 이야기하고 싶지가 않은 모양이었다. 성희도 일구를 더 괴롭히고 싶지는 않았다.

미아리까지 이르는 동안 그들은 말을 잊고 있었다.

얼마 안 가서 헤어질 것을 생각했던지 미아리를 지나서야 일구가 다시 입을 열었다.

"오늘은 그 분과 왜 안 만났소?"

"안 만나는 날두 있잖아요?"

"그럼 내가 대용품 노릇을 했구만……."

"그렇진 않아요. 그건 다음에 아시게 될 거예요."

"다음에 알다니 말뜻을 모르겠는데……."

"더 묻지 마세요."

일구는 또 말을 중단했다. 그러나 자동차가 돈암동을 지날 때 이제야말로 마지막이란 생각이 들었던지,

"나는 성희 씨를 안 뒤 철이 들려구 했었어. 왜 그런 마음이 들었는지 몰라. 그렇기 때문에 지금 나는 마음이 아플지 몰라."

자기 마음을 엄숙하게 고백했다. 성희는 일구의 마음을 알 수 있는 것 같

았다. 동시에 진심으로 미안을 느꼈다.

"세상에는 나보다 좋은 여자가 얼마든지 있으니까 실망을 마세요. 그리구 철이 들려는 생각을 버리지 마세요. 나두 멀리서 빌어 드릴게요."

"나는 내 처와 이혼할 때 철이 들기 시작했어요. 성격이 맞지 않아 이혼 안 할 수 없었지만 죄 없는 여자였거든요. 흠이 있다면 아이를 못 낳는 걸까. 나는 삼대독자니까 그것두 집안에서는 문제를 삼았지요. 그렇지만 이혼을 하구 나니까 속이 안됐더군요. 그래서 전보다 더 방탕을 하고 싶었지만 때마침 성희 씨를 알게 되어 철이 들어 볼려구 했던 겁니다."

"미안합니다."

"미안할 것은 없지요. 그저 그것뿐이니까……."

"어쨌든 끝까지 철이 들도록 빌어 드릴게요. 빌어 드려도 괜찮지요?"

"황송합니다."

자동차를 종로 4가까지 왔을 때 일구는 운전수에게 신당동까지 가자고 했다. 마지막으로 성희를 집까지 바래다 주려는 것이었다. 성희도 반대하지 않았다.

신당동 성희 집에 근처까지 왔을 때 일구는 자동차에서 내려 성희에게 정중한 인사를 했다. 성희도 무언가 석연치 않은 감정을 일구에게 고개를 숙여 마지막 인사를 보냈다.

한 번도 사랑해 본 적이 없는 일구다. 그렇다고 해서 나쁜 사람이라고 미워하지도 않은 사람이다. 그러한 일구였지만 다시 만날 수 없게 된 이 날 처음으로 그의 본바탕을 알았고 또 그의 진실을 엿보았다는 것이 성희의 가슴을 허전하게 했다.

연극의 한 토막 같았고 동시에 그런 것이 인간의 운명임을 말해 주는 것 같기도 했다.

그렇다고 해서 성희가 일구에게 연연한 정을 느낀 것은 아니었다. 일구의 진실된 고민의 깊은 곳을 마지막까지 보지 않았다면 하는 생각뿐이었다.

보지 않았다면 아무렇지도 않았을 그 진실이 성희의 마음 한 구석에 걸렸다.

그러나 마음 한 구석에 걸린다고 해서 어떻게도 할 수 없는 일이 아니겠
는가.

일구는 돌아갔다. 영원히 사라진 것이다. 성희의 마음속에 점 하나를 찍
어놓고.

성희는 가슴을 찔린 점마저 그 자리에서 지워 버려야 한다고는 생각지 않
았다. 나무의 연륜처럼 그런 것이 하나하나 늘어가는 게 인생이라 생각하며
집안으로 들어섰다.

집안에 들어서자마자 계모가 쫓아 나왔다. 기다리고 있었던 모양이었다.

성희 앞에까지 오자 계모는 쪽지 하나를 주었다. 그리고는 중대한 일인
것처럼 성희의 얼굴을 바라보고 있었다. 성희는 준호가 다녀간 것이라 생각
했다. 마음이 약간 무거웠으나 그 자리에서 쪽지를 읽었다.

"어머니가 성희 씨를 꼭 보고 싶답니다. 병으로 누워 계시기 때문에 찾
아오실 수가 없어 내가 대신 왔다 갑니다. 누워 앓는다고 하는데도 아버
지는 얼굴도 한 번 보이질 않습니다. 한 번 집으로 와 주시기 바랍니다."
방미원

준호가 아니라 미원이 왔다 간 것이다. 쪽지를 읽고 난 성희는 또 한 번
운명이란 것을 생각했다.

자기를 가장 미워하는 경주다. 그 경주가 자기 남편인 준호가 돌아오지
않는다고 해서 자기를 보고 싶어한다는 것이다.

운명의 노리개가 된 것 같아 멍멍해진 머리로 멀리 하늘만을 바라보고 있
을 때,

"꼭 와 달라구 부탁하던데…… 아마 병이 중한가 봐."

계모가 남의 일이 아닌 것처럼 심각한 표정을 보였다.

이상한 일이었다. 아버지를 통해 모든 이야기를 들었을 테니까 자기를 경
멸해야 할 계모였다. 그런데도 자기 일에 걱정을 하고 있는 듯한 표정을 짓
는 것은 무엇 때문일까? 그리고 진정으로 걱정을 한다면 그런 곳에 가지 말

기를 종용해야 할 것 같은데 어째서 빨리 가 보란 뜻의 말을 하는 것일까?

그러나 성희는 계모의 태도를 규명할 여유가 없었다. 계모에게는 아무 말도 않고 자기 방으로 들어가 경주를 만나야 하는가에 대해서 생각하기를 시작했다.

다 끝난 일이니 갈 필요가 없을 것 같았다. 만나면 피차에 감정만 악화될 것이다.

그러나 성희의 생각은 거기서 끝이지 않았다. 이제는 응당 돌아가야 할 준호다. 어째서 앓아누워 있는데도 돌아가지를 않을까? 성희는 일종의 책임감 같은 것을 느꼈다. 그리고 누구보다도 준호를 위해 빨리 돌아가도록 해 주어야 할 것 같았다. 동시에 경주에게도 마지막으로 사과의 말 한 마디쯤 해 두어야 할 것 같았다. 서리 맞은 호박잎처럼 시들어졌을 경주의 감정에 침을 뱉는 태도를 가질 수는 없었다.

성희는 겨우 화장만을 조금 고치고 경주를 만나러 집을 떠났다.

후암동 준호의 집에 이르기까지 성희는 경주와 또 싸우는 것이나 아닌가 하고 가슴을 조이지는 않았다. 이제 결말이 난 뒤 창피스럽게 싸울 필요가 없었다. 그러나 경주가 격화된 감정으로 싸움을 걸면 싸움이 안 된다는 법이 없다. 그런 것을 생각하면서도 성희는 태연할 수가 있었다. 상대편이 아무리 격화된 감정을 노출시킨다고 해도 자기는 태연자약할 수 있다는 자신이 있기 때문이다.

성희는 어떠한 일이 있다 해도 자기 마음이 흔들리지 않을 것을 자신했다. 그리고 자기가 해야 할 일을 끝까지 완수해야 한다고 생각했다. 지금 자기가 할 일은 경주에게 사과를 하고 준호와의 관계를 선언하는 일이다. 그것을 끝냄으로 자기는 비로소 준호와의 관계에 피리어드를 찍게 된다.

성희는 준호의 집 대문 앞에 이를 때까지 마음이 태연했다. 그러나 대문을 두드릴 때 가슴이 두근거리기 시작했다. 사랑하던 준호가 살던 집이란 생각이 들었던 것이다. 자기를 사랑하기 이전에도 그리고 자기를 사랑하면서도 이 집에서 살았다. 준호의 때가 묻어 있고 준호의 입김이 서려 있을 것이다. 그러나 지금 자기는 준호와의 사랑을 끊었다는 그 말을 선언하러 온 것이다.

준호와 결혼생활을 하면서 외출을 했다가 돌아오는 길이라면 얼마나 즐
거울 것인가?

성희는 준호가 달려와서 반기는 얼굴로 대문 열어 줄 것을 착각했다. 준
호가 대문을 열어 주면 자기는 미소를 띠며 '많이 기다렸지요.' 하고 준호를
위로해 줄 것이다.

그러나 집안에는 생의 패배감을 느끼며 절망 속에 누워 있을 경주만이 귀
를 기울이고 있다.

가슴이 떨리지 않을 수 없었다. 그렇다고 대문을 안 두드릴 수도 없다.

미원이 나왔다. 적의에 찬 얼굴이 아니었다. 마음이 한결 편했으나 방 안
으로 들어가 누워 있는 경주를 볼 때 성희는 다시 가슴이 설레기 시작했다.

무표정한 얼굴로 자기를 바라보고 있는 경주가 얼마만한 괴로움 속에 있
다는 것을 직감할 수 있었기 때문이었다. 자기로 말미암아 마음 아파하던
사람이 그 마음 아픔으로 인해 병들어 누워 있다는 것을 목격한다는 것이
얼마나 괴로운 일인가?

성희는 미원마저 자기에게 적의를 보이지 못한 이유를 알았다. 경주의 병
이 너무나 심상치 않은 것 같았기 때문이었다.

"미안해요."

성희가 채 입을 열기 전에 경주가 먼저 입을 열었다.

"이제는 다 뜻대루 되는 것 같애요. 내가 죽으면 이혼도 할 필요 없잖겠
어요. 제발 준호 씨를 행복하게 해 주세요."

경주는 숨넘어가는 소리로 마치 유언이라도 하는 듯이 말했다.

성희는 눈시울이 뜨거워 옴을 느꼈다. 그러나 눈물을 머금고,

"죄송합니다. 그렇지만 일이 다 끝났으니까 걱정 마세요. 전 방 선생님과
결혼 않기루 결심했어요."

자기의 마음을 있는 그대로 표현했다.

"이제 와서 그게 무슨 말이죠?"

"지금 아닙니다. 며칠 전부터 결심한 일입니다. 방 선생님도 알고 계십니

다."

　그때 옆에 있던 미원이,

　"그럼 아버지가 집엘 왜 안 오세요?"

하고 성희를 의심하고 비난하는 눈초리로 물었다.

　"그건 모르겠어요. 그렇지만 곧 오실 거예요."

　성희는 더 긴말을 하고 싶지 않았다. 할 말을 다 한 이상 더 오래 있고 싶지도 않았다.

　"제가 악녀였어요."

　성희는 자리에서 일어섰다.

　성희는 자기의 심경을 지나치게 이야기하고 싶지 않았다. 구구한 설명이 된다. 구구한 설명이 필요 없는 이상 그 억누르는 듯한 분위기 속에 더 오래 있을 필요가 없었다.

　더구나 얼마나 아픈지 아픔을 참노라고 찡그리는 경주의 표정을 차마 볼 수 없었다. 무슨 병인지도 알 수 없었다. 그렇다고 무슨 병이냐고 물을 수도 없었다. 그럴 만큼 마음에 여유가 없었다.

　성희가 안방을 나와 뜰을 걷기 시작할 때 경주의 신음소리가 들렸다. 자기가 보기 때문에 신음소리도 참고 있었던 모양이었다.

　성희는 대문까지 와서야 뒤따라오던 미원에게,

　"무슨 병이신가요?"

하고 물었다.

　"이삼 일 동안 몸살인 줄 알았어요. 의사를 부르지 못하게 하니 병명이나 알 수 있어요? 그런데 어제부터는 몸살이 아닌 것만 같군요. 오늘은 의사를 불러야겠어요."

　"빨리 치료를 하셔야지요."

　"좌우간 아버지가 오셔야 하잖아요? 그래 아버진 언제 만나셨어요?"

　"한 오륙 일 돼요."

　"정말 안 만나시는군요?"

　"네."

성희는 미원과도 오래 이야기할 수가 없었다. 미원은 지금 성희와 준호의 애정 문제를 결정할 여유가 없어 보였다. 어머니의 병이 무엇보다도 걱정스럽다는 표정이었다.

성희는,

"안녕히 계세요."

하고 대문을 나섰지만 어쩐지 미원과 악수를 하고 싶은 심정이었다. 아무 말도 않고 손과 손을 잡아 흔들고 싶은 심정이었다. 만약 그들이 남자였다면 서슴지 않고 악수를 했을 것이다.

합승 정류소까지 걸어오는 동안 성희는 미원과 악수 못한 것을 서운하게 생각했다.

미원과 악수만 했다면 아무 한이 없을 것이라고 생각하면서 성희는 합승 대신 택시를 불러 탔다. 그리고는 운전수를 향해,

"신촌으로 갑시다."

했다.

아무래도 경주의 병이 심상치 않은 것 같았다. 경주와 미원은 눈 빠지게 준호를 기다리고 있다. 어차피 돌아가야 할 준호라면 한시라도 지체할 필요가 무엇이겠는가?

성희는 준호를 자기 집으로 돌려 보낼 의무가 있다고 생각했다. 자기 때문에 집을 나온 준호다. 그러니 준호가 집으로 돌아가야만 일은 완전히 끝나는 셈이 된다.

성희는 자기가 최후로 할 일이 준호를 집으로 돌려 보내는 것이라고 생각하고 준호를 만나러 가는 길이었다.

준호가 있었다. 이제 겨우 날이 어두웠을 무렵인데 자리를 깔고 누워 있었다.

몇 시간 전에 성희의 편지를 받고 실신 상태에 있었던 것이다.

성희가 찾아온 것을 알고 자리에서 벌떡 일어났으나 준호는 성희를 멀거니 내려다볼 뿐 들어오란 말도 안 했다.

성희가 들어와 앉았지만 준호는 그래도 말이 없었다. 화를 내야 할지 울

음을 터뜨려야 할지를 모르는 모양 같았다.

성희도 무슨 말부터 먼저 해야 할지를 몰랐다. 단도직입적으로 빨리 집으로 돌아가란 말부터 할 수는 없고 그렇다고 해서 편지에 쓴 말을 되풀이하기도 싫어서 묵묵히 있을 때 준호가,

"무엇 때문에 왔지?"

하고 가시 돋은 말을 했다.

"편지에 채 못한 이야기를 하러 왔어요."

성희는 부드럽게 대답했다. 준호의 감정을 건드리지 않으려는 마음에서였다.

"더 할 말이 없을 것 같은데……."

준호가 편지로 알 것을 다 알았다는 식으로 말할 때 성희는,

"화내지 마세요. 많이 생각한 끝에 편지를 쓴 거예요. 저 개인의 이해타산으로 그런 편지를 썼다면 화를 내실 만해요. 그렇지만 저는 조금도 그런 계산을 안 했어요. 저는 채무자가 되겠지요? 결혼 안 하므로 불행해질 사람은 저뿐이니까요. 유치한 이야기 같으니까 이젠 그 이야긴 그만 하세요."

하고 결혼문제는 이야기도 말라는 뜻을 표했다.

그러나 준호는,

"결혼을 파이하자는 말에 불복하는 말을 하면 그건 유치한 이야기가 되나?"

"결국 유치한 이야기가 나오구야 말 거 아녜요?"

"뭐가 유치한 이야기라는 거야?"

"지성의 판단에 거슬리는 말은 모두가 유치한 것이 아닐까요?"

"그럼 성희는 이때까지 지성을 빼 버리구 나를 사귀어 왔소?"

"아무래도 지성보다 감정이 앞섰던 것이 사실이죠."

"그럼 감정의 장난이었군?"

그때 성희는 입술을 떨었다. 자기라고 해서 준호를 미워하는 것은 아니다. 미워하지 않으면서도 결혼을 하지 말자고 한 자기의 마음을 준호는 조금도 이해해 주려 하지 않는다. 그래서,

"전 아직두 선생님을 좋아해요. 좋으면서두 결혼은 할 수가 없으니 어떻게 해요. 선생님과 저를 묶어서 불행의 구덩이 속에 던져 버려야 할까요?"

흥분하지 않으려고 했으나 흥분하지 않을 수 없었다.

"나 한 가지만 묻겠어. 감정에 치우쳤던 마음이 지성에 치우치게 된 동기는 뭐지? 그걸 구체적으로 말해 줘."

성희가 흥분하자 준호가 누그러진 목소리로 말했다.

"결혼이란 걸 구체적으로 생각했기 때문이에요."

"그럼 결혼하자는 말을 할 때는 그걸 구체적으로 생각지 않았던가?"

"채 못했던 것이 사실이에요."

"나는 처음부터 구체적으루 생각을 했었어. 그렇기 때문에 나는 성희를 이해할 수가 없어. 모든 것을 다 희생시켰는데 무엇 때문에 못하느냐 말야?"

"아직까지는 희생을 각오했을 뿐 희생시킨 것이 하나두 없습니다. 앞으루가 문제지요."

"각오한 이상 문제될 게 뭐냐 말야?"

이때 성희의 눈에서 눈물이 떨어지기 시작했다. 그러나 성희는 눈물을 삼키면서,

"선생님 더 괴롭히지 말아 주세요. 저를 사랑한다면 제 괴로움을 모른 척해 주세요. 맹세를 하겠어요. 전 선생님을 아직두 사랑해요."

또렷또렷 말했다. 흐르는 눈물을 닦지도 않았다.

"사랑을 하면서도 왜 결혼을 안 할려구 그럴까?"

그래도 준호는 석연치가 못 한 모양이었다.

"글쎄 그런 말씀 마시라니까요. 사랑하면서도 결혼 못하는 사람이 얼마나 많아요. 또 한 번 맹세하겠어요. 저는 우리의 과거를 조금도 후회하지 않아요. 죽을 때까지 후회 안 할 거예요."

"결혼 안 한 것두 후회 안 할까?"

"그런 이야기보다두 더 급한 이야기가 있어요. 빨리 댁으로 돌아가세요. 부인이 위독하신 것 같아요."

“다 알구 있어. 그새 미원이 몇 번이나 왔다 갔어.”

“그런데도 왜 안 가셨어요?”

“나와 상관없는 일이니까.”

이 말을 할 때 성희는 이때까지 참고 있던 울음보를 터뜨리고야 말았다.

“그런 말씀을 하시면 선생님이 나쁜 분이 되시는 걸 모르세요? 선생님이 나쁜 분이라면 누가 제일 슬퍼할 것 같아요?”

성희가 눈물로 호소할 때 준호는 설사 변명이라 해도 그것을 입 밖에 꺼낼 수가 없었다.

“선생님! 제가 선생님을 좋아한 것은 선생님이 선량하기 때문이었어요. 지성이 있고 아량이 있다고 생각했기 때문에 존경했던 거예요. 원수처럼 미운 사람이라고 해도 위독한 가운데 선생님을 부르고 있다면 가 봐야 할 게 아니겠어요?”

성희가 울음을 그치지 않고 말할 때 준호가 커다란 목소리로,

“알았어, 다 알았어. 모든 사람에게 실망을 주어도 좋아. 실망! 실망 같은 게 문제야?”

하고 부르짖었다. 정말 하나의 절규였다.

준호는 지금 자기가 다 산 것이라 생각했다. 이제부터 산다는 것은 껍데기만의 삶이라 생각했다.

“선생님!”

성희가 준호 가까이로 다가앉아 그의 손을 잡았다. 그리고는 준호의 손을 자기 볼에 대고,

“선생님! 결혼을 못 한다구 해두 서로를 바라보며 살 수 있지 않아요? 서루 바라보구 사는 가운데 서로를 빛나게 할 수가 있다구 생각해요. 선생님! 절 한 번만 마주 바라봐 주세요. 선생님의 영상이 들어 있는 제 동공은 죽을 때까지 살아 있을 거예요.”

그리고는 준호의 손을 놓고 자리에서 일어났다.

준호는 울고 있었다.

“가겠어요.”

그래도 준호는 머리를 들지 않았다.

성희가 준호의 손을 잡아 일으킬 때야 겨우 일어섰다.

"안아 주세요."

그들은 서로가 눈물어린 눈으로 포옹을 했다. 마지막의 긴 포옹이었다.

포옹이 다 끝나자 준호가,

"좋은 사람과 결혼해."

하고 성희를 바라보았다.

"결혼을 해두 잊지 않겠어요."

성희는 준호의 손을 잡고 굳은 악수를 했다.

악수를 끝내자 성희는 몸을 휙 돌려 방을 나와 버렸다. 방 밖에서 구두를 신은 뒤,

"빨리 댁으루 가 보세요, 네?"

하고 준호를 자기 집으로 돌려 보내는 것을 잊지 않았다.

성희가 돌아가자 준호는 얼마 동안 성희를 의심했다. 자기 입으로 결혼하자는 말을 먼저 꺼냈던 성희다. 그런 성희가 별다른 이유 없이 결혼을 취소할 수는 없는 것이다. 반드시 새로운 결혼 상대자가 나타났음이 분명했다.

아무 말 없이 여행을 갔다는 것부터가 의심스러운 일이 아닐 수 없었다. 말은 자기 아버지와 갔다고 하지만 그랬을 것 같지 않았다.

불쾌한 일이었다. 죽을 때까지 씻을 수 없는 하나의 오욕이었다.

자기에게 사랑한다고 하던 그 말을 딴 남자에게 거침없이 속삭이고 있겠지? 그리고 자기에게 보여 주던 정열 그대로를 딴 남자에게 제공하고 있겠지!

준호는 분노와 질투에 가득 찬 감정으로 성희를 증오했다.

그러나 증오해야 하고 또 현재 증오하고 있는 성희를 자기는 포옹과 악수로 돌려 보냈다.

어째서 자기는 그러한 행동을 했을 것인가? 준호는 그러한 자기에게 대하여 불만이었다. 자기를 배신한 성희라고 하면 배신한 성희에게 돌려 줄 것이 따로 있을 것이 아닌가? 농락을 하고 짓밟고 그리고 배신한 성희에게

악수 속에 슬픈 의미를 포함시켜 그를 좋게 보내다니…….

그러나 그냥 돌려 보내지 않으면 어떻게 했어야 할 것인가?

준호는 아직도 자기가 성희를 사랑하고 있다고 생각했다. 사랑하기 때문에 성희를 미워하지 못한 것이라고 생각했다.

아무리 자기를 배반했다고 할지라도 애정을 끊어 버리지 못한 이상 그에게 보복적인 행동을 할 수가 없다.

준호는 생각했다. 사랑에 침을 뱉는 사람은 사랑할 자격이 없는 것이라고.

그래서 그런지 준호는 성희가 한 말들이 어느 정도 진실 같은 느낌이 들었다. 아직까지도 자기를 사랑한다던 말과 그리고 나쁜 사람이 되지 말아 달라고 하던 말들.

사실로 진실 같았다. 그리고 성격적으로 보아 성희가 아첨을 하거나 거짓말을 할 것 같지도 않았다. 그렇게 생각하니 사랑은 하면서도 결혼만은 할 수 없다는 말도 어쩐지 이해할 수 있을 것 같았다. 그리고 자기가 결혼의 조건을 구비하고 다시 결혼을 요구한다면 힘들지 않게 응낙해 줄 것 같기도 했다.

어쨌든 성희와 자기는 꼭같이 사랑을 끊어 버린 것이 아니라고 생각했다.

한결 마음이 편했다. 동시에 이때까지 생각지 못했던 생각을 갖기 시작했다.

미원이 몇 번이나 찾아와서 아내의 신병을 이야기했으나 찾아가 볼 마음을 한 번도 가져 보지 못했던 준호가 아내를 생각하기 시작한 것이다. 누구 때문에 얻은 병이든 한 번쯤은 찾아가 봐 주어야 할 것 같았다. 그럴 리는 없겠지만 혹시 죽기라도 하면 자기가 얼마나 옹졸한 인간이 되겠는가? 그리고 미원은 자기를 얼마나 원망하겠는가? 다른 것은 다 고사하고라도 성희가 얼마나 비난할 것인가?

아내는 월급까지 변성제를 통하여 보내 주었다. 그리고 교장에게 제출한 사직원을 어떤 수단으로 뺏어 왔는지 그것을 도로 찾아왔다.

애정이 끊어진 사람이지만 악한 인간이라고는 말할 수 없다.

준호는 아내의 병문안을 가리라 마음먹었다. 그래서 옷을 갈아입고 있을 때였다. 변성제가 들어오며,

"이거 뭣 하는 거요? 사람이 어디 그럴 수가 있느냐 말요?"

하고 소리를 질렀다.

"왜 떠드는 거요?"

준호가 의아한 눈으로 바라볼 때 변성제가,

"원수라도 그럴 수는 없을 거요. 빨리 갑시다. 부인이 위독하다는 걸 모르고 있소?"

준호의 멱살이라도 끌듯이 말했다.

"그렇지 않아두 갈려구 하던 참이요. 너무 흥분하지 마십시오."

"남의 애정 문제에는 아무도 관여할 수가 없다구 생각해요. 그러나 인정이 따르는 문제에는 참을 수가 없다구 생각합니다. 나보기에 방 선생 부인은 방 선생에게 조금도 악한 마음을 가지고 있지 않은 것 같습니다. 그런데 두 방 선생이 부인의 병환을 모른 척한다는 것은 결국 방 선생이 악하다는 걸 말해 주는 것밖에 아무것도 아니오. 난 이때까지 방 선생을 방조했지만 이제는 교장 선생에게두 방 선생을 악평하구 싶어졌소."

변성제는 흥분을 가라앉히지 못했다.

준호는 마음대로 하라고 한 마디 해 주고 싶었으나 그런 말을 할 때인 것 같지 않아 잠잠히 있었다.

"방 선생의 사표를 찾으러 갔을 때 부인이 교장에게 뭐라구 그랬는지 알기나 하시오? 방 선생은 오해받은 것이 분해서 사표를 제출했어요. 절대루 나쁜 사람이 아니니까 제 말씀을 믿어 주십시오. 나는 그 말을 잊을 수 없습니다. 그런데 방 선생은 그런 부인의 병을 오히려 달게 생각하는 거요?"

그때 준호는 겨우,

"지금 가는 길이라니까요."

했을 뿐이었다.

"빨리 갑시다. 의사가 와서 절망적이란 말을 하구 갔소."

준호가 변성제와 같이 집에 이르렀을 때는 경주가 이미 빈사상태에 있었
다. 그렇게 아파하던 통증도 잊어버리고 신음소리 한 마디 내지 않고 있었
다. 준호가 왔는데도 준호가 누구인지를 알아보지 못했다.

미원이 옆에서 울면서 어머니를 흔들었다.

"아버지가 오셨어요."

그래도 아주 대답을 안 했다. 변성제도 울고 있었다.

다만 준호만이 어리벙벙해서 경주를 물끄러미 바라보고 있을 뿐이었다.

정신충격과 피로로 협심증이 생겼고 거기에 뇌연화증(腦軟化症)이 겸하
여 소생할 가망이 없다는 경주. 그는 지금 죽음을 목전에 두고 평화스러운
얼굴로 누워 있다. 아무런 괴로움도 있는 것 같지 않았다.

너무나 평화스러운 얼굴이 되어 그런지 준호는 경주가 죽을 것 같지가 않
게 생각되었다. 죽지를 않고 다시 살아나서 무엇이라고 이야기해 줄 것만
같았다.

갑자기 경주가,

"여보."

하고 가느다랗게 입을 열었다. 그리고는,

"미원 아버지."

하는 것이었다. 그때 미원이 다시 경주의 몸을 흔들며,

"엄마."

이야기를 더 해 달라는 듯이 애절한 목소리로 경주를 불렀다.

그러나 경주는 다시 입을 열지 못했다. 눈도 채 감지 못한 채 숨을 돌리
고 말았다.

미원이 시체 위에 엎드려 오열을 했다. 변성제도 코를 쿨럭이었다.

준호도 울지 않을 수 없었다. 처음으로 경주의 손을 잡고 눈물을 떨어뜨
렸다.

울기는 울되 무엇이라 입을 벌릴 수가 있을 것인가? 입이 백 개가 있어
도 말을 할 수 없는 준호였다. 그저 울기만 했다.

말없는 눈물만으로 한 인생을 멀리 보내야 하는 준호의 마음이 편할 리

없었다. 그러나 그는 눈물을 흘리며 조용한 마음을 모았다. 성상(聖像)앞에서 손을 모으고 기도드리는 마음과 같았다.

정화수처럼 마음이 맑아 오는 것 같음을 느꼈다. 아무 사념이 없었다. 오직 자기가 잘못했다는 생각뿐이었다. 무엇이 잘못이었다고 조목을 따질 필요가 없었다. 단순히 자기가 잘못이었다는 맑은 마음속에서 눈물을 흘리고 있는 것이었다.

한참 동안을 울다가 경주의 뜨고 있는 눈을 감겨 주었다.

경주의 눈은 준호가 감기는 대로 감겨졌다. 준호는 죽은 아내에게나마 고마움을 느꼈다. 자기가 감겨 주는 대로 경주가 눈을 감지 않는다면 어떻게 할 것인가?

준호는 경주의 손을 잡고 조용히 손잔등에 입을 댔다.

용서를 청하는 뜻이었으리라. 그러나 순수한 마음이었다. 용서를 갈망하되 불순함이 없는 무조건의 갈망이었다.

사람은 이렇게 순수한 갈망 속에서 자기를 적실 수 있는 순간 아름다워질 수 있다.

"자, 이제는 할 일을 해야지."

변성제가 준호의 어깨를 두드렸다.

"그럽시다."

순수한 경지에 이르렀을 때 미련을 가질 수 없다. 장례 준비를 해야 했다.

그러나 미원이 경주의 몸에서 떠나지를 않고 오열을 계속했다.

"미원아."

준호가 미원을 손을 잡았다.

"죽음 앞에서는 모든 것을 용서할 수 있다지 않니? 우리 용서하는 데 인색하지 말자."

그때 미원이 눈물 속에서,

"엄마는 아버지를 용서하셨을 거야요."

했다. 준호는 가슴이 아픔을 느꼈다. 용서를 했을 것이라는 데 어째서 가슴이 아픈 것인가?

경주의 장례식 날이었다.

준호는 부고를 보낼 때도 그랬지만 이 날도 성희에 대한 마음이 자꾸만 망설여졌다.

부고를 보낼 때 준호는 그것을 보내야 하는지 말아야 하는지에 대하여 망설였다.

부고를 보내면 그것은 아내가 죽었으니까 이제는 결혼의 조건이 완전히 성립되었다는 것을 알리는 뜻이 된다.

말하자면 아내의 죽음을 다행한 것으로 생각하고 축배의 노래를 부르자는 뜻이 될 것이다.

준호는 아내의 앞에서 축배의 노래를 부를 수 없다고 생각했다. 아내가 죽은 뒤 여러 가지로 생각했지만 준호의 마음속에서는 성희와의 결혼을 계속 반대해 왔다.

성희를 미워할 수 없지만 성희로 말미암아 하나의 목숨을 죽게 했다. 하나의 생명을 죽이고도 성희와 결혼을 한다면 자기는 성희와 결혼하기 위해 아내가 죽기를 바랐던 것이 된다. 일시 아내를 미워하기는 했다. 그것이 결국 아내를 죽게 한 것이지만 그렇다고 해서 아내가 죽기를 바란 적이 한 번도 없는 준호였다.

준호는 성희 아닌 다른 여자와의 결혼도 생각해 봤다. 그러나 그것은 있을 수 없는 일이라 생각했다. 성희를 사랑했기 때문에 아내가 죽은 것이지만 성희 아닌 딴 여자를 사랑했다 해도 마찬가지의 결과가 나타났을 것이다. 말하자면 성희가 아니라 사랑이라는 것이 경주를 죽게 하였다.

아무 죄도 없는 경주다. 죽을 때까지 자기를 진심으로 사랑한 경주다. 사랑을 죽음 앞에 바친 여자다.

준호는 죽을 때까지 아내 앞에 손을 모으고 사죄를 하며 살아야 할 것 같았다. 살아 있는 동안 받아들이지 못했던 아내의 사랑을 죽은 뒤에나마 받아들여야 할 것 같았다.

준호는 성희가 보고 싶었다. 그러나 부고를 내지 않았다.

그런데 변성제가 무슨 마음에서인지 성희를 찾아가 경주의 죽음을 알렸다고 했다.

준호는 변성제를 속으로 나무랐다. 현실적인 정의파라고 찬탄은 했으나 상식적인 사람이라고 생각했다.

그러면서도 준호는 장례식 날 성희가 올 것인가 안 올 것인가에 대하여 신경을 썼다. 전적으로 성희가 와 주지 말기를 바라면서도 혹시나 나타나지나 않을까 기다려지는 준호였다. 역시 성희를 사랑하기 때문일 것이다.

오면 곤란하다. 와서 아내의 죽음에 축배를 올리자고 하면 어떻게 할 것인가?

절대로 안 될 말이다. 절대로 안 된다고 생각하면서도 모인 사람 가운데서 성희의 얼굴을 찾으려 하였다.

집안에서 거행하는 간단한 영결식이기도 했지만 두 사람이 모두 이북 출신이어서 그런지 손님이 많지 않았다. 교장을 비롯한 S여고 선생이 대부분이었다.

어쨌든 성희의 얼굴은 보이지가 않았다. 준호는 성희가 역시 현명한 여자라고 생각했다. 만약 성희가 나타나기만 한다면 모든 사람의 손가락질을 할 것이다. 안 오는 것이 얼마나 다행한 일이겠는가? 그러면서도 혹시나 하는 생각을 버리지 못하고 있을 때였다. 뜻밖에도 성희의 아버지 일무가 나타났다.

일무는 조객 틈에 끼어 있다가 영결식이 끝났을 때 준호 옆으로 와서 봉투 두 장을 내밀었다. 하나는 부의였고 하나는 편지였다.

준호는 그 편지가 읽고 싶었다. 특별한 말은 없다고 해도 자기를 생각해 주는 따뜻한 말이 들어 있을 것이다. 그러나 사람들의 눈이 무서워 읽을 수가 없었다.

주머니 속에 넣은 채 망우리까지 갔다 왔다. 아내의 시체를 묻고 돌아와 혼자의 시간을 가졌을 때야 겨우 편지를 꺼내 읽었다.

"PS!

훌륭하신 부인을 잃고 마음 아프시겠습니다. 달려가서 위로해 드리고 싶으나 제가 찾아갈 때가 아니라고 생각합니다. 더 가까워진 것 같으면서도 더 멀어진 것 같음은 무엇 때문일까요? 범접하기 어려운 분이 된 것만 같습니다. 부고를 받은 뒤부터 심적 고통이 컸습니다. 어느 때보다도 더 슬픈 것 같습니다. 아무래도 처음 결심한 대로 혼자 살아가야 할 것 같습니다. 멀리서 부인 영전에 분향을 올립니다, 마음속으로나마. 너무 상심마시고 굳건히 살아 나가시기 바라옵니다."

SH 올림

편지를 읽자 준호는 성희가 현명한 여자임을 다시 한 번 느꼈다. 만약 경주가 죽었으니 결혼의 장애가 모두 제거되었다는 말을 했다면 자기는 얼마나 괴로워해야 할 것인가`? 자기는 아내의 죽음에 박수를 보내는 사람이 되어야 한다.

현명한 여자라고 생각하니 성희가 더 좋아지는 것 같았다. 보고 싶어졌다. 그러나 준호는 편지도 안 했다. 교제를 끊으려 한 것이다. 마음속으로 그리워하면서도 만나서는 안 될 사람이었다.

성희 역시 준호를 찾아오지 않았다. 편지도 없었다.

준호는 성희도 자기와 꼭같은 마음이라고 생각했다. 그러면서도 가끔 편지가 올 것 같은 기다림을 가지고 있었다.

학교가 시작되었다.

준호는 어색하기는 했으나 학교에 나가고 있었다. 아내의 영결식 날 교장 선생이,

"훌륭한 부인이 돌아가셨습니다. 정말 반쪽이 떨어져 나간 것 같겠습니다. 그렇지만 산 사람은 살아야 하지 않겠소? 아무 생각 마시고 애들 교육이나 시키며 사십시다."

온정이 깃들여 있는 말을 해 주었던 것이다.

학교에 나가서는 혹시나 하고 성희의 전화를 기다리기도 했다.

'다섯 시 G선으로 나가겠어요.'

하고 목소리가 귓속에 살아 올 때가 한두 번이 아니었다. 그러나 달포가 지

서라도 성회의 결혼을 축복해 주어야 한다고 생각하며 직원실에서 기념품
살 걱정을 하고 있을 때였다.

성회에게서 전화가 왔다. 결혼하기 전 한 번 만나고 싶다는 것이었다.

준호는 차라리 만나지 않는 것이 서로를 위해 좋은 일이 아닐까 생각했으
나 성회가 만나자는 데 안 만날 수가 없었다.

만난다고 해서 새로 마음의 변화가 생길 리도 만무할 것 같았다. 도리어
마음의 정리가 될지도 모른다 생각하고 저녁 식사를 같이 하기로 했다.

미장 그릴에서 만났다.

만나기 전에 준호는 마지막으로 이야기가 많을 줄 알았다. 자기도 그럴
것이고 성회도 그럴 것 같았다. 그러나 정작 만나자 준호의 입은 녹슨 철문
처럼 열려지지가 않았다. 성회 역시 마찬가지였다.

음식을 청해 먹으면서도 그들은 말이 없었다. 서로 마주 쳐다보는 일도
별반 없었다.

"제가 따라 드리겠어요."

준호는 술을 마실 때 성회가 겨우 입을 열었다. 사랑하던 사람으로 마지
막 술잔을 권하고 싶은 심정이었으리라.

"고맙소."

준호도 마지막으로 성회가 주는 술을 마시고 싶었다.

준호는 술을 자꾸만 마셨다. 얼근해 왔다. 그래도 입은 열려지지 않았다.

"왜 말씀이 없으세요? 마지막 밤인데……."

성회는 준호가 이야기를 꺼내야만 자기도 입을 열 수 있다는 눈치였다.

"취한 사람이 무슨 말을 하겠소."

준호는 취했으니 이제는 돌아가야겠다고 자리에서 일어섰다.

"아듀……."

(원)《동아일보》 1960. 4 ~ 10, (출)　　　한국대표문학전집 7　　　삼중당, 1972.

태풍지대, 오늘의 신화 – 만우 박영준전집 10/중·장편

2006년 4월 25일 인쇄
2006년 4월 30일 발행

지은이 · 박영준
펴낸이 · 백규서
펴낸곳 · 도서출판 동연
출판등록 · 1992년 6월 12일 제2-1383호
주소 · 서울시 마포구 망원동 385-2 2층
전화 · 335-2630 / 팩스 · 335-2640

값 20,000원

무단 전재와 복제를 금합니다.
ISBN 89-85467-49-2 04810
ISBN 89-85467-31-X (세트)